李健吾研究资料集

上

上海戏剧学院戏剧文学系 ◎编

华东师范大学出版社
·上海·

图书在版编目（CIP）数据

李健吾研究资料集/上海戏剧学院戏剧文学系编. —上海：华东师范大学出版社，2023
 ISBN 978-7-5760-4196-5

Ⅰ.①李… Ⅱ.①上… Ⅲ.①李健吾（1906-1982）－戏剧研究②李健吾（1906-1982）－翻译－文学研究 Ⅳ.①I207.34②I206.7

中国国家版本馆 CIP 数据核字（2023）第 188631 号

李健吾研究资料集

编　　著　上海戏剧学院戏剧文学系
策划编辑　许　静
责任编辑　乔　健
特约审读　李　鑫
责任校对　王丽平
装帧设计　卢晓红

出版发行　华东师范大学出版社
社　　址　上海市中山北路 3663 号　邮编 200062
网　　址　www.ecnupress.com.cn
电　　话　021-60821666　行政传真 021-62572105
客服电话　021-62865537　门市（邮购）电话 021-62869887
地　　址　上海市中山北路 3663 号华东师范大学校内先锋路口
网　　店　http：//hdsdcbs.tmall.com

印 刷 者　上海锦佳印刷有限公司
开　　本　787 毫米×1092 毫米　1/16
印　　张　62.25
字　　数　1036 千字
版　　次　2024 年 1 月第 1 版
印　　次　2024 年 1 月第 1 次
书　　号　ISBN 978-7-5760-4196-5
定　　价　118.00 元

出 版 人　王　焰

（如发现本版图书有印订质量问题，请寄回本社客服中心调换或电话 021-62865537 联系）

晚年的李健吾

1912年，李健吾在运城

在北京师大附小读书时的李健吾

1927年，李健吾在清华大学教学楼前

1934年，李健吾与曹禺、唐槐秋等在清华礼堂观看《这不过是春天》演出后合影

1948年在上海华铃的寓所

李健吾（左一）在《艳阳天》中扮演董事长

1931年,李健吾与万淑芬的订婚照

1982年,出行途中

目 录

序言　　杨扬　/ 1

上

第一编　生平与回忆

李健吾自传　　李健吾　/ 3

《铁窗吟草》后记　　李健吾　/ 9

关于《文艺复兴》　　李健吾　/ 12

忆西谛　　李健吾　/ 17

实验剧校的诞生　　李健吾　/ 23

病中（二）　　巴金　/ 27

忆健吾——《李健吾文集·戏剧卷》代序　　夏衍　/ 31

苦干的雪茄　　黄佐临　/ 34

我的老友和畏友——悼念李健吾同志　　蹇先艾　/ 36

追忆李健吾的"快马"　　卞之琳　/ 42

忆李健吾先生　　唐湜　/ 50

李健吾的一生　　徐士瑚　/ 56

怀念李健吾同志　　魏照风　/ 77

上海演出《委曲求全》的点滴回忆　　凤子　/ 81

追怀李健吾学长　　常风　/ 83

听李健吾谈《围城》　　吴泰昌　/ 95

李健吾与巴金　　韩石山　/ 99

有一颗金子般的心——巴金谈李健吾　　张爱平　/ 113

遥忆健吾师　　龚和德　/ 118
怀念良师李健吾先生　　任明耀　/ 124
李健吾的二十四封信　　任明耀　/ 127
灰色上海时期我的父亲李健吾　　李维音　/ 147
汪曾祺致李健吾的两封信　　李维音整理　/ 152
李健吾书信：致巴金、陈西禾、常风、柯灵、师陀等　　李维音辑注　/ 155
父亲的才分和勤奋——《李健吾文集》后七卷编后记　　维音　维惠　维楠　维明
　　　　维永　/ 173
韩石山先生谈李健吾　　韩石山　张新赞　/ 195
郭宏安先生谈李健吾　　郭宏安　张新赞　/ 208
李健吾：不散场的戏　　周立民　/ 218
作家论之二：李健吾论　　郭天闻　/ 242
杨绛的成名与李健吾先生——从杨绛先生的一封信谈起　　蒋勤国　/ 246
有关李健吾的一则误传　　陈福康　/ 255
张可与李健吾的戏剧缘　　杨柏伟　/ 258
李健吾与上海剧艺社　　穆海亮　/ 260
李健吾研究亟待推进——兼谈李健吾不为人知的笔名"运平"　　穆海亮　/ 270
李健吾与《文艺复兴》　　魏文文　/ 275
李健吾关于《雨中登泰山》的两封信　　汪正煜　/ 284

第二编　戏剧/文学批评研究

李健吾：体验性现实主义戏剧批评　　宋宝珍　/ 289
李健吾与中国戏剧批评　　杨扬　/ 303
人性的光辉：在功利和唯美之间：李健吾戏剧批评观之批评　　包燕　/ 321
"剧评"的兴起——现代话剧史"剧评"问题研究　　张潜　龚元　/ 331
刘西渭的《咀华集》　　司马长风　/ 348
被遗忘的《咀华二集》初版本　　魏东　/ 353
"灵魂奇遇"与整体审美——论李健吾的文学批评　　温儒敏　/ 362

论李健吾文学批评的审美个性　　丁亚平　／ 377

论李健吾的文学批评　　季桂起　／ 389

李健吾的京派文学批评——兼论对茅盾之京派批评的回应　　高恒文　／ 409

论京派批评观　　刘峰杰　／ 429

李健吾的批评观念　　杨苗燕　／ 446

徘徊在现代与传统之间——李健吾与中国现代文学批评理论的建构　　文学武　／ 450

新中国成立后李健吾的文学批评　　麻治金　／ 463

下

第三编　戏剧/文学创作研究

李健吾与中国现代戏剧　　［英］波拉德著　张林杰编译　／ 475

论李健吾的剧作　　柯灵　／ 485

李健吾《这不过是春天》　　司马长风　／ 497

李健吾及其剧作　　陈雪岭　／ 501

试论李健吾喜剧的深层意象　　张健　／ 511

试论李健吾的性格喜剧　　庄浩然　／ 526

论李健吾的喜剧创作　　胡德才　／ 537

现代知识分子情感症候的喜剧形态：重读《新学究》——兼与《吴宓日记》对读
　　李星辰　／ 549

"心不在焉"的"性格"说——重评李健吾的喜剧风格及其生命关怀　　周文波
　／ 570

试论李健吾三十年代的悲剧创作　　王卫国　祁忠　／ 585

李健吾的悲剧创作初论　　宁殿弼　／ 598

话剧《青春》如何变成了评剧《小女婿》——兼谈1950年代初期戏曲现代戏中的婚恋
　　题材　赵建新　／ 609

《王德明》：莎士比亚悲剧的互文性中国化书写　　李伟民　／ 621

《阿史那》：莎士比亚悲剧的互文性中国化书写　　李伟民　／ 631

商业化面孔下的政治呼唤——从《托斯卡》到《金小玉》　　马晓冬　/ 645
李健吾对《托斯卡》的差别化改译——兼谈抗战文学的流动性问题　　朱佳宁　/ 659
李健吾对辛格戏剧的借鉴与中国现代悲剧的转型　　秦宏　/ 672
民族化的深化与写意戏剧的初探——论李健吾、黄佐临《王德明》对莎剧《麦克白》
　　的改编与演绎　　陈莹　/ 686
李健吾建国前剧作版本丛考——兼对《李健吾文集》的一点补正　　刘子凌　/ 701
"他有的是生命力"——《李健吾文集》补遗略说　　宫立　/ 714
试谈李健吾的现代派诗论　　吴戈　/ 729
李健吾当代散文的风格特征　　寇显　/ 737

第四编　翻译及学术研究之研究

读《委曲求全》　　朱光潜　/ 747
李健吾的翻译观及其伦理内涵　　马晓冬　/ 753
翻译文学经典建构中的译者意向性研究——以李健吾译《包法利夫人》为例　　于辉
　　/ 769
从手稿档案看李健吾译《爱与死的搏斗》之始末　　张梦　/ 785
李健吾与法国文学　　钱林森　/ 792
《福楼拜评传》　　常风　/ 806
读《福楼拜评传》——为怀念我敬爱的老师李健吾先生而作　　郭宏安　/ 810
论"福楼拜问题"　　王钦峰　/ 816
李健吾的莫里哀喜剧研究初探　　宫宝荣　/ 847
评李健吾对莫里哀喜剧的研究　　王德禄　/ 864
古典与现实：李健吾对莫里哀喜剧的研究与阐发　　徐欢颜　/ 873
李健吾对巴尔扎克的接受与传播　　蒋芳　/ 881
在学术论文的大生产运动中想起李健吾　　刘纳　/ 894
李健吾戏剧教育实践初探——以"上戏"时期为中心　　顾振辉　/ 898

附录一：李健吾研究综述　　王利娜　陈军　/ 907
附录二：李健吾研究资料目录　　王利娜整理　/ 939
附录三：学术研讨活动　/ 970
　　　李健吾研讨会在京召开　　赵丹霞　/ 970
　　"李健吾与中国现代戏剧"学术研讨会成功举办　　齐才华　/ 972

序 言

　　李健吾先生是上海戏剧学院的创始人，1945年抗战胜利后，他与黄佐临先生最早商议在上海筹建实验戏剧学校，也就是上海戏剧学院的前身。如果没有他的这一动议，或许二十世纪中国戏剧史将会是另一副模样，上海的城市名片中，也将不会有上海戏剧学院这一精彩的名字。饮水思源，上戏人是不会忘记李健吾这个名字的。由上海戏剧学院主持编辑、出版《李健吾研究资料集》，是上戏的应尽责任。

　　李健吾先生是文艺大家，他对二十世纪中国文艺的贡献是多方面的，影响也是持续不断，而这也让一些研究者感到棘手，不知道该把他安放在哪里论说更为妥当确切。一般是文学史领域讲他讲得比较多，大都将李健吾先生定位为二十世纪三十年代最具代表性的文学批评家，因为他的《咀华集》《咀华二集》在文坛影响巨大，他是当时文学批评领域的一匹引人注目的"快马"。但随着研究的展开，人们会发现，仅仅这样来定位李健吾是很不够的，因为李健吾先生的兴趣甚广，除了文学批评之外，他的外国文学研究、文学翻译以及文学创作也是成绩突出。他的《福楼拜评传》在三十年代曾轰动北平文艺圈；他的《包法利夫人》的译作以及莫里哀喜剧的翻译，堪称经典范本。二十世纪中国的文学翻译，除了傅雷的译作之外，李健吾的翻译也是别具一格，被同行赞誉为"李译"。除了批评、研究和翻译之外，他的文学创作，很早就受到鲁迅、周作人、朱自清、徐志摩等新文学家的赏识，小说《终条山的传说》被鲁迅先生收入他主编的《中国新文学大系·小说二集》。李健吾的戏剧创作也曾风靡"孤岛"时期的上海，他编剧、黄佐临导演的戏剧，是三四十年代上海剧院最受欢迎的作品，晚年有《李健吾剧作选》出版。在戏剧理论和戏剧批评上，二十世纪八十年代有《李健吾戏剧评论选》出版，其中收录的对曹禺的《雷雨》、夏衍的《上海屋檐下》以及老舍《茶馆》的评论，影响了很多研究者对这些经典话剧作品的评价，夏衍先生称李健吾的戏剧评论是真正的内行。新中国成立初，李健吾是上海戏剧学院戏文系的首任系主任，在戏剧教育领域辛勤耕耘，成绩卓著，为新中国培养了一批戏剧人才。五十年代他离沪赴京到新组建的中国文学研究所工作，晚年他任中国社科院外国文学研究所研究员，为外国文艺理论的翻译介绍，做出了贡献。鉴于李健吾先生多方面的文学、文化成就，对他的研究和评价，从一开始就是多方面、跨领域的。新世纪以来，比较重要的研究进展，是《李健吾文集》以及《李健吾译文集》的出版。另外有李健吾的年谱、书信集、评传以及各种研究专著的陆续出版。这些研究从更广更深的层面加深了人们对这位二十世纪文化人的认识，尤其是让大家感到，如果二十世纪中国作家研究资料中，没有李健吾研究资料的加入和出版，是学术研究上的一大空缺和遗憾，这项学术空白必须予以填补。

编辑、出版《李健吾研究资料集》是一项急迫的学术空白的填补工作，我想强调的是，李健吾研究应该成为深化二十世纪中国文学和文化研究的一个重要环节和常态化工作。可能在一些人看来，似乎原有的中国现代文学史、现代戏剧史中，对李健吾的研究已经较为充分了，他的文艺实践和业绩已经摆在那里了，很难再有新的拓展。的确，这些已有的研究是我们今天研究的重要积累，代表了一个历史时期人们对李健吾的认识和研究。只是这种认识和研究随着时代的发展，随着研究的深入，站在今天的研究视野和格局来看，似乎还有充实的可能。以李健吾的戏剧批评为例，迄今为止，研究和论述都还是不够充分的。李健吾先生不只是对《雷雨》《上海屋檐下》和《茶馆》等有精辟的评论，更重要的是同时期几乎很少有戏剧评论家能像他那样善于在极短的时间内，将自己观剧的感觉、印象，以一种较为理论化、系统化的方式来概括和提炼。与此同时，他对于中国戏剧的现代化问题，也有着与众不同的见识和论述。在大家都在谈论"民族化"问题时，他并不是简单的赞同，而是秉承五四新文学的批判传统，主张批判吸收，将传统戏曲作为一种本土戏剧资源，纳入到中国戏剧现代化的进程中去。他从来都没有说过中国戏剧的现代化出路就是民族化，也不赞同将民族化等同戏曲化。在这一点上，他与很多同时代人是有区别的，形成了他自己的批评特色。对于民族文化，李健吾先生从来都是重视的，但他主张民族化不能狭隘化，而是需要开阔眼界，与世界各民族文学艺术和文化成果相对照，吸收各方面的文化滋养，形成新的文化创造。他的这些看法，与他早期的清华学风、留法经历以及个人的学识修养和多才多艺有密切的关系。要弄清这些问题，可能还需要进一步系统研究才行。

《李健吾研究资料集》的汇编、出版，是李健吾研究的一项阶段性工作，因为工作量非常大，涉及面又多，所以，希望得到广大研究者的帮助指正，以便我们不断开阔视野，取得新的研究成果。

是为序。

杨 扬

2023 年 9 月于沪西寓所

第一编
生平与回忆

李健吾自传[1]

李健吾

一九〇六年八月十七日,我生于山西省运城县北相公社西曲马村,自幼逃亡在外。我生在一个闹辛亥革命的家庭。当时山西省革命军从娘子关败退,父亲李鸣凤,字岐山,正好从陕西带援军赶到,大家推他做首领,他带领队伍一直打到运城,想和黄兴在武汉会师,不料宣统帝宣布退位,就接受了孙文的第十九混成旅旅长的任命,在运城屯兵下来。阎锡山非常讨厌他,勾结袁世凯,四面包围,遣散他的军队,把他押解到北京。组织特别军事法庭。所幸庭长是陆建章,想做陕西督军,知道父亲在陕西有声望,便放了他,让他带路。陆建章是冯玉祥的舅父,当时是第十八混成旅旅长,后来就携手反对袁世凯称帝,父亲带兵打入山西,家被烧,四叔李鸣鹤被枪毙。所幸袁世凯也失败了,父亲就来到北京,做一名陆军部的闲官。从这时起,我这个在外漂零的孩子(我一个人在津浦线上良王庄住过一年)就在北京师大附小上学。

阎锡山并不放过。第二次逮捕他,在押上火车时,被陆军部发觉,又在陆军部扣押了一年多,最后驳倒阎锡山一切诬陷不实之词,放他出狱。一九一九年,父亲在西安的十里铺,被陕西督军陈树藩埋下的伏兵暗害。我当时十三岁。我一直保留着他的《铁窗吟草》,解放后,山西省文委把父亲归入辛亥烈士之列,要去保管,现在改为山西省政协文史资料研究委员会保管。

我的戏剧活动是在父亲遇害之后开始的。这时学生话剧运动蓬勃兴起。陈大悲从上海带来梳头娘姨(高妈),专帮人化妆。我在附小演戏,师大封至模一群大学生来看戏。那时没有女的,就约我合作,演陈大悲的《幽兰女士》之类的

---

[1] 原载《山西师院学报》(社会科学版)1981年第4期。

戏。从这时起，我演了几年的戏，以演旦角在北京出名，从北京大学一直借到燕京大学，熊佛西是我认识最早的剧作家之一。关于我演话剧的剧评，当时《北京晨报》常有。现任全国政协委员的郭增恺写了些剧评捧场。组织北京剧社，我这个孩子就成了发起人之一，其实它是一个空东西。后来陈大悲得到蒲伯英（即《北京晨报》老板）支持，创办戏剧学校，男、女生并收，开始有了女演员。我最早的习作，都是一些独幕剧，例如《工人》《翠子的将来》等。我这时已考入师大附中，学着写各样形式：短篇小说、新诗、散文，最早多在《晨报》的"文学副刊"刊载。这个副刊有个时期由王统照主编，即《文学旬刊》，他对我印象好，到我住的解梁会馆找我，我们之间建立了深厚的忘年交。附中时期，我的同班同学如蹇先艾、朱大枏……也爱好文学，我们组织曦社，在景定成（即梅九先生，安邑人，也是同盟会会员）主编的《国风日报》隔十天出一期《爝火旬刊》，没有报酬，能够发表写作，我们已经很高兴了。

师大附中最后一年，即旧制四年级，同学推我做学生会主席，那时政治活动频繁，记得为了反对一个姓马的教育总长，我和各大学的学生代表一道在国务院关了两天一夜。一九二五年，我考上新成立的清华大学，结束了我的政治活动，因为我害了肋膜炎（左右两侧），又感染了肺痨病，只能休养。我报的是中文系，分在朱自清先生的班里，他认出我来，劝我改读西洋文学系。毕业后，系主任王文显留我做助教。我在养病期间，写了《一个兵和他的老婆》（中篇）、《西山之云》（中篇）、《坛子》（短篇集）、《使命》和一部长篇小说《心病》，都私下里请朱自清老师看过。像《心病》，就由他介绍，寄给当时在上海主编《妇女杂志》的叶圣陶先生连载。

我后来抓住机会去了法国。一九三〇年阎锡山战败下野，我于一九三一年回家埋葬父母，山西省省长商震让教育厅送我三千元，又得到一些亲友的帮助，我就把助教这个职位让给刚毕业的张骏祥同志（现在是上海市电影局局长）。我在清华读了四年法语（规定二年），老师的兴趣是我们的兴趣，读的是一些当时流行的象征主义诗歌。我觉得中国需要现实主义，便在巴黎以福楼拜为主要研究对象，展开学习活动。一九三一年，赶上"九一八"，我写了《中秋节》，寄回祖国，在《东方杂志》上发表，反对内战。后来"一二八"起来，又写了《老王和他的一伙》，发表在上海傅东华主编的《文学》上，后来收在《母亲的梦》（也是独幕剧）书内，反对内战，主张团结抗日。一九三三年回国，我写出了《这不过是春天》《梁允达》《村长之家》等戏，还写出了《福楼拜评传》（商务印书馆版）。我开始给巴金同志主编的《文学季刊》写稿，又给沈从文主编的《大公报》文艺版写稿。这期间我排演了清华大学西洋文学系主任王文显先生的《委屈求全》，是东城青年会一些朋友找我演出的，我演戏里的董事长。还去清华演过一次。演女主角的马静蕴女士因恶性感冒而死，同台演出的现在只有魏照风同志还活着，他是上海戏剧学院的教授。我后来还演了萧伯纳的《说谎记》（独幕剧），出丑的丈夫由我来演。女主人公是董世锦演的。这是我改演男角的开始。其后郑振铎同志到上海做国立暨南大学文学院院长，约我去教书，我接受了。这在一九三五年。我一到上海，巴金同志告诉我，上海方面有些人对我这个北方人来上海教书，不大满意，我就销声匿迹，在学校附近真如住家，只在学校认识到周煦良、马宗融、张天翼和陈麟瑞几位先生。"七七事变"后，我离开真如，搬到法租界居住，常到郑振铎同志家里，认识到阿英、夏衍同志等人。我在上海开始读鲁迅先生推荐的青年作家的作品，我边写书评，如叶紫、萧军、艾芜和夏衍等，边自己写戏、短篇小说以及散文，在陈望道同志的《太白》，林语堂、徐讦先生的《宇宙风》以及《文学》等刊物上发表。还把刘西渭的笔名借给阿英出《离骚》。上海影剧界人士走得差不多了，我的班上有一位女同学张可，约我和做地下工作的于伶同志相识（他是当时的文委之一）。我就这样开始了上海阶段的戏剧生涯，成为孤岛话剧的一员。于伶同志利用中法联谊会创办上海剧艺社，我写法文呈子，送到嵩山路。

在最初阶段，我们上演我译的罗曼·罗兰的《爱与死的搏斗》，导演是许幸之同志（现在是中央美术学院教授）。我们还上演了我的《这不过是春天》，由西禾同志（即电影《家》的导演）导演，由夏霞和我主演。我写成的《草莽》（剧本）上部，寄给巴金在桂林发表，现已改名《贩马记》由宁夏人民出版社印成书，在发卖中。戏里写的是家乡一个秀才闹辛亥革命的事，有些材料便是从先父那里借过来的。《以身作则》一剧是讽刺道学家的，由张骏祥同志导演，在重庆演出，演员据说有沈扬同志（他已经去世）、耿震（他现在是中国实验话剧团的导演）等。上海方面也演出了，演员有蓝兰（她已在台湾死掉）等，导演是黄佐临同志（即上海市人民艺术剧院院长与著名导演），我写的《青春》，即后来被人改编的评剧《小女婿》，则由费穆导演。上海沦陷，一九四一年年底上海剧艺社解散，出现了话剧商业化的口号。曹禺同志改编的话剧《家》，已经在上海剧艺社演过，我还在夏天主演了他改编的意大利独幕喜剧《正在想》，写一个江湖卖艺人"老倭瓜"。本来巴金同志约我改编《春》，后来西禾同志要和我对调，我同意了，改编了《秋》这个戏，动员大批人马，是佐临同志导演的。

佐临同志和一些同志如胡醒安（现中国青年艺术剧院的顾问）、李德伦（现中央乐团的指挥）等，这时创办若干剧团，我把改编的《金小玉》即法国十九世纪后半叶的《萨尔都》（*La Tosga*）的男主角交由石挥同志饰，女主角由丹尼同志（即佐临的爱人）饰。我自己则演参议这个角色，演了一个月，上海日本宪兵司令部就把我拘捕了。出来时，我赶上看到莎士比亚的《马克白》（*Macbeth*）。我为佐临改编的一出大悲剧，定名《王德明》，演出时名字改成《乱世英雄》，女主角是丹尼同志演的；一个是《阿史那》。这两个剧本，一个借用五代的王德明的历史事实，一个借用初唐突厥族的阿史那。我很下了一番心思，尤其是《阿史那》，但是没有机会演出。日寇投降，便在朱光潜教授与常风教授主编的《文学杂志》（商务印书馆版）上发表了。

日寇投降后，张骏祥同志和中电剧团来到上海，我改编《和平颂》，演出时名字改为《女人与和平》，并在《文汇报》上发表。这是阿里斯托芬的大闹剧，女人不要丈夫打内战，到阴间讨丈夫回来。我给戏里安插了一个修鞋匠，揭发统治区的官僚剥削，由沈扬同志主演。

同时，郑振铎同志约我主编《文艺复兴》杂志，我在上面发表了一些书评，还发表了两个剧本，一个是《青春》，另一个是根据席勒的《强盗》改编的《山河怨》。

我的写作方面比较杂，在各刊物上发表，如今都在整理中。但是，我在敌伪时期，一直埋头翻译福楼拜的小说，后来都印书了，可惜的是《萨朗宝》，译了几章，没有再译。我早就计划翻译莫里哀喜剧，上海解放后，开明书店出了八册。一九五四年，我脱离上海戏剧专科学校，转到文学研究所，才得以继续进行，后来选了六种，作为世界名著丛书，一九六三年在新文艺出版社出书。一九六四年秋，成立外国文学研究所，我改到外国文学研究所的法文组，在这之前，由人民文学出版社出版了我译的福楼拜的《包法利夫人》，现在人民文学出版社即将陆续付印有关福氏的《圣·安东的诱惑》等书。

一九五〇年年底,我和现任上海音乐学院副院长的周小燕同志等去参观山东老区,回来写了《山东好》,先在《解放日报》上发表,后来由平明出版社出了书。抗美援朝期间,上海剧专让我领导全校师生写作,共写出五个独幕剧,其中有两个是我写的,在华东各地演出,先在《解放日报》发表,后来出了书,叫《美帝暴行图》。我还学着写相声,为抗美援朝做通俗的宣传。

我在剧专任教时,给全校开"剧本分析"一课,深感教材缺乏,就从英文译出高尔基、托尔斯泰、屠格涅夫等戏剧集,凡是有人译过的,我就不译了。

转到北京后,和戏剧家协会接触多了,在同志们鼓励下,写了一些戏剧技巧、理论和剧评等。"四人帮"打倒,文艺得解放,我虽年老多病,在心情舒畅之下,选了若干篇,定名为《戏剧新天》,现在已告绝版,改由戏剧出版社出版我的《戏剧评论选》(即将付印),并出版我的《剧作选》,由柯灵同志写"序",由我写"后记",两书都由巴金同志题字,因为我们是几十年的老朋友了。我还写了四个小戏,都收在《李健吾独幕剧集1924—1980》,由宁夏人民出版社出版,现已发行。一九七七年我又写了《1976年》,写"四人帮",最后把"天安门事件"带进来。在一九七九年,我又写成了历史悲剧《吕雉》,都收在《剧作选》内。《剧作选》共收了九出话剧。戏剧出版社还计划出版我的《戏剧集》,把过去所作的戏,不分改编和创作,将收在一起。宁夏人民出版社将出版我的《文学评论选》。湖南人民出版社即将出版我的《莫里哀喜剧》全集,今年出版一辑,明年再出三辑,就算出齐了,据说全书定价六元。小说选与散文选即将由四川人民出版社出版。

我眼前的工作是写一部《巴尔扎克和其他现实主义各家散论》。有些篇已经零星发表。另外,在外国文学资料方面,我主编四本书:一本是《巴尔扎克论文学》,一本是福楼拜书信选。其中有我译的,有些将得之于各方面的协助。这都是人民文学出版社约我做的。还有一本是"法国十七世纪古典主义文艺理论",这本书我正在编译,打算年底交稿,可能最先成书,将由上海译文出版社出书。还有湖南人民出版社的新版《福楼拜评传》,已经绝版了。

总之,我一生写作虽多都不成器,应时赶任务,不求工,只图一时痛快。还有一大堆小说,不知道哪家出版社要出。粉碎"四人帮"后,我觉得精神上浑身都是劲，只是体力跟不上了。人老了，七十六岁了，所幸我还活着，勉力做点什么，也感到快慰，一定要在新长征的道路上，跟着全国人民迈步向前。这就是我现在的一生。名之曰"自传"，不亦早乎？

一九八一年八月，北京

《铁窗吟草》后记[①]

李健吾

呜呼，此稿藏之十年矣！今得卓兄函，知先父手泽行将问世，于是旧日悲惨之情景，一一重见，如在目前，使余悲感交心，泪下乃不克自已。自先父逝世，九年于兹，吾藏此遗稿，亦即十年；盖诗之所以见重者，非以其为诗也，特以此中有吾先父之情影色笑，每一捧读，便若有多少人生重量鞭策于我之左右，不得不更自奋励也。

尚忆彼时吾方十三，无所知识，自学校泄泄而归，书袋方解，即聆先父彼拘之信，时在黄昏，暮色凄黯，一家惶惶，罔知所为。食客皆引去，男子则避溷幽处，唯妇孺数辈，噎泪待命，听逻者之检查。余酬对于此虎虎者之间，心寒胆壮，间作辨难，以示我非怯者，而家人亦不暇顾及。次日，事状稍明，以陆军部知讯较早，故克救先父于一发之间，留部待审，以明冤抑。家人之心得以稍安。

呜呼，先父在陆军部看守所中之一载，是吾过去最苦亦最堪回味之岁月也！母姊以余稚龄，且可任事，故省狱之责，以我当之；余则欢然上道，每如晨兴就学，兴趣之高，心胆之细，今吾回思，犹为神往。每值星期下午一时许，母姊便为我束扮停当，嘱咐一再，然后送诸门外，郑重乃别。其初往返均以洋车，后以日久道习，家境又渐艰窘，遂多徒步长行；盖吾家在南城之南，而陆军部则居北城之东也。

看守所为车官待鞫之地，在陆车部迤西一僻院中，守者均为宪兵，文而有礼，与余最稔；先父出狱后十九随去，逮在陕蒙难时，二三子尚以护卫而共命焉。此小院落尚敞适，南向为壁，三面为屋，屋则湫隘无光，未夕而昏，同囚者

[①] 选自李岐山：《铁窗吟草》，宝鸡：岐山出版社，1929年。

尚有数人，而以先父案情为最巨。人各一室，其待遇殊优，而先父任侠慷慨，知名当时，尤得全所敬爱。余以三时入视父，每逮上灯方去，去时，父必携余至小门前，交诸宪兵，嘱余自慎。然后，伫俟我行，久久方返。夏日多值暴雨，衣履透湿，归来每病，然吾乐之不疲，亦未尝向先父一言及此，盖先父爱我至深，家人与我皆恐重伤其心而阻我之行也。

虽然，吾今长矣，于学侪中，薄邀令誉，而今日之克以有此，则狱中教育之责我者为最多。先父遇人甚宽，待己则至苛，而于子女之成长尤悬悬胸臆：其待我诸叔及卓兄也督责殊严，彼等每战栗于前，不敢不自勉，以为我之楷模；吾时为父幼子，处境较优，然一言之舛，一动之乖，亦遭痛斥。省视以前，余必熟温校课，以备时或询诲，学业为优为劣，必质直敬答，求我父之垂谅，殆余泪下，父亦慰勉有加，俾慎诸将来。彼每周为我预书五六典故，讲解既明，令我携归熟记；如是一年以来，我所积者已有数百十纸之多。纸则绵纫作黄色，普通之细糙纸也，四方一张，长宽各三寸，多录自《世说新语》，其条例略如辞源。严课既，宪兵辄围我作戏，我则应彼等之请，立于小院一角，击幼年所习拳技；父与同因者则立阶上，观我身手，都赞慰有加，为我当时所最足自做而自得者也。数年来，我一病再病，幸卒无恙，不辜先父期勉者，或即得力于此，亦未可知。

犹忆先父诞日，家人煮饺，置大碗中，命我携以飨父，兼代家人叩寿：我至，揭袱以献，父神动色喜，留共晚餐，以宪兵方于是夕置餴，为吾父祝嘏也。不知何故，我竟忘叩头称寿，将母姊所嘱者，一未遵行；于是先父怒我失礼，掌我颊，责长跪以自赎，如此一钟后，宪兵方敢进为我解围。归来载星，为母姊述之，彼等既怜我痴，复惜我苦，相为嘲笑而罢。

此《狱中吟草》，即彼时先父酒后遣愁之狂歌；余幼不识诗为何物，唯知其为天下最整齐入耳之短文而已。小屋阴黯，无有窗牖，一红漆桌置正面壁下，床在一侧，而吾父即坐于对面椅上，振笔疾书，我则肃立其后，瞠目而听其微吟，于是扒敲既热，吟诵渐朗，久而泪盈眶睫，忘我之尚在其侧；已而灯上饭来，遂引满一觥，饮以自醉。我虽无知，睹此亦觉沉衰，以我十三岁幼童，当时唯觉胸臆间有物欲跃而自出耳！先父半生颠沛，数遭缧绁，一志未伸，有怀莫展，于是乃势成骑虎，前进为难，后退不可；既感国事之蜩螗，复怵世事之险巇；于是贮此抑郁之情，发为慷慨之歌，不求诗功，但求心和，所谓诗以咏志者也。先父非有诗人之材，天赋之禀，只以人生坎坷，狱中愁闷，吟咏以自抒，因物而寓情，即吾兄弟破箧刊以问世者，亦不过以其记忆之可贵，惧他日或有一时之损遗，不如公之先父友好，聊存謦欬，藉安逝者之心而已。

呜呼，逝者之心，岂真能有所安耶？方先父恶耗之传来也，同居故都者仅母姊及我三人，心碎不知所为，度日之资不知将何自出；八九年来相依为命，刻苦守贫，每以先父奋斗之精神为精神。中间姊弟俱辍学者数十百次，而老母操劳灶下，愁一日之两餐，首饰典质俱尽，呼吁四方，承前辈老友数人解囊相助，幸得苟全至于今日；然而吾母年仅五十，发已斑白，齿已豁落，面如七十之老妪，早年所希望于吾父者，岂料有后来之岁月者哉？乃今秋吾先祖又以忧患终堂，十年来侍养乏人，偶见吾兄弟远学归里，则老泪环面，垂首无言，耳重背驼，步履维艰，其心伤者，又何如耶？吾祖坐其缺腿高椅上，于灯光昏黄下，壹若自语："为我葬汝父及四叔，为我葬汝父及四叔……"已而抚我呜咽而泣，类如童骇，喃喃不复晰其作何语。今则先父及四叔之灵柩犹寄野庙中，而老人竟弃痛苦之人世先彼恻恻置念之爱子而营葬，则人间之悲哀与吾兄弟等之罪孽，讵有甚于此者耶？

呜呼，吾书及此，泪下乃不克自止，如云雾蒙两眸，笔震颤亦不复能为字，于是自怪十年之泪乃犹未洒尽也。

中华民国十八年一月四日　男健吾谨补记于北平清华

关于《文艺复兴》[1]

李健吾

《文艺复兴》这份杂志，是日本投降后，上海方面出的唯一大型文艺刊物，也是中国当时唯一的大型刊物。现在中、青年可能知道它的人怕是很少了。倡议者是一九五八年在苏联空中遇难的郑振铎先生。他个子高，兴致高，嗓门高，气派也大，人却异常忠厚。他的老太太经常做福建菜给客人们吃。吃惯了他家的福建菜，还有辛笛先生家的扬州菜，特别是扬州汤包，到现在想起来，舌根还有留香之味。解放后，有一次不知道是在什么场合，周扬同志忽然谈起了《文艺复兴》，说：这份杂志只有两个人编，大家应该向他们取经嘛（大意）。当时日本才投降不久，编辑不拿钱，出版公司资金少，时局动荡不安，振铎能顺手抓的，也就是我这小兄弟，还有就是他本人。

出这样一种大型杂志，完全是振铎的主意。他为什么看中了我，可能有这几个原因：一则是，我在贝公馆（即日本驻沪宪兵司令部）受尽折磨，没有出卖朋友，根本就没有提起他和我的交往关系。在日本宪兵获原大旭审问我怎么样到国立暨南大学当教授，我跳过了他（他是文学院院长），说是校长何炳松看到我在《文学季刊》上发表的关于《包法利夫人》的论文，就打电报约我到上海教书的。获原大旭觉得这话尽情尽理，大概在日本是这样的，也就相信了我的话。二则是由于我思想上有些中间偏右，他为了团结广大的投稿人和读者起见，挑出我这小兄弟来，做他的助手。三则是，他清楚我刘西渭不搞个人主义和小圈子，对任何人、任何事不存私心，可以避免祸根，单从当时的投稿人的姓名上，就可以领会一切。

---

[1] 原载 1982 年 8 月 22 日《新文学史料》第 3 期。

《文艺复兴》无所谓编辑部。他的"庙弄"就是编辑部，我的家就是编辑部，还有就是上海出版公司的小小办公室。抗战胜利后，我通过业主的内侄（？）唐某，住进了陕西南路的华光大楼，楼上一层就住的是俞振飞先生（当时我们并不相识），其后由于物价飞涨，我出不起房钱，就由佐临介绍，把房子顶给一位他的朋友，说是给他的爱人养病，我就在一九四二年中搬到东宝兴路路口卖菜的场合住家。创作大多由我负责，他负责大多是中国文学理论和文学史一类的文章。不过也不一定，有时稿子寄到他家，有时寄到我家，有时寄到出版公司，便由一位年轻叫阿湛的，送给我们看。快付印了，我总拿起每期的稿子到庙弄给他过目一遍。"编后""编余"，也分别由两个人写。

　　封面是我设计的。第一卷是国共谈判时期，我选的是欧洲文艺复兴时期的意大利大师米开朗皆罗的《黎明》，意味着胜利了，人醒了，事业有前途了。第二卷是米开朗皆罗的《愤怒》，意味着国共谈判破裂了，内战又要开始了，流离失所的人民又要辗转沟壑了，因而人民怨恨之声几可达于天庭。第三卷选的是西班牙著名画家高讶的《真理睡眠，妖异出世》，意味着当时上海、国统区民不聊生，走投无路，一片黑暗的境界。封面的针对性是强烈的。每期的"补白"都是我选的，大部分是法国的，偶尔有马克思的，也有鲁迅的，也有英雄主义的尼采的。

　　发行人是钱家圭先生。发行所是上海出版公司。所谓"公司"，其实人数寥寥，全是几位相好而已。上海出版公司的经济后台是晋成钱庄。这家钱庄是刘哲民和钱家圭两位先生经营的。辛笛在经济关系上可能通过金城银行也有些帮忙。

　　我永远忘不掉一位在我们中间跑腿的年轻人叫做阿湛的。他和柯灵有亲戚关系。校订工作主要由他承担责任。这位年轻人很用功，写小说，为了鼓励起见，我也让他在《文艺复兴》上发表了几篇东西。郑振铎一向是爱护青年和青年作品的，他们有什么东西也得到我的重视。《文艺复兴》当时发表了好多初露头角的作家作品。有些年轻人，对我说来，姓名已经似烟似雾，和我如今的记忆已经隔着重峦叠嶂。是死了？是改行了？还是根本在文学上销声匿迹了？真是大江东去也，日月如箭，光阴似流，令人无从说起。只有汪曾祺，当时在致远中学教书，开始在《文艺复兴》上发表小说，如今还活得好好的，还继续写小说，还由于小说而得奖。而阿湛却就不幸了。我写信问柯灵，阿湛现在干什么。他回信说：他在一九五七年被上海当局打成极右派，流放到青海省，没有音信，听说已经去世了，因为是个小人物，上海方面也没有人为他平反。我不了解他怎么会当成了极右派。不便说什么，也只能不说。想着汪曾祺，再想想阿湛，一样从《文艺复兴》迈步，两样结局，假如你能读到《文艺复兴》，能不为这位发奋有为的落魄的小说家叫屈？想到这里，我不禁为之悯然者久之。

第一期有发刊词，是振铎写的。文字慷慨激昂，从欧洲文艺复兴说起，从晚清说起，从鲁迅说起，有声有色，铿锵有力，是一篇难得的号召文章。《迎文艺节》，也是他写的，这是把"五四"定为文艺节日，号召作家为科学，为民主，为自由而斗争的节日。由于郭沫若的建议，我写了《为诗人节》，把端午节屈原沉入汨罗江定为诗人节日，以回顾他在重庆创作《屈原》一剧的战斗意义。往事如浮云，读者可以想见当年上海人文荟萃、同志交流的狂热情景。这时周总理和邓颖超同志还在马斯南路，雪峰也在，以群也在，记得马凡陀（即袁水拍）还约我去见周总理和邓颖超同志。我们经常开大会，欧阳山尊和李丽莲来到上海介绍秧歌舞，演出《兄妹开荒》等节目；我也参加朗诵，朗诵的是鲁迅的散文诗《野草》和胡适的白话诗（读者可以想见我是一个什么样的中间派！不过当时胡适还不是一个反动的角色）。郭沫若的演说，如雷如电，如火如炽，把听众听得如醉如痴，深深沉入他的有节有拍的声调里。

《文艺复兴》是受到党的支持的。在这上面发表文章的，有茅盾、巴金、叶圣陶、沈从文、景宋、李广田、臧克家、师陀、钱锺书、杨绛、蹇先艾、沙汀、靳以、周而复、唐弢、季羡林、萧乾、方敬、吴岩、罗洪、刘北汜、路翎、梅林、林焕平、丰村、骆宾基、许杰、蒋牧良、艾明之、风子、徐迟、杨刚、刘火子、范泉、冯夷、田涛、唐湜、艾芜……他们不是写小说，就是写散文。剧本有曹禺的《桥》，写炼钢厂；有杨绛的悲剧《风絮》；有石华父（即陈麟瑞）根据杨振声的小说改编的《抛锚》；有华铃从犹太作家平斯基译出的独幕剧《被遗忘了的灵魂》；有丁玲、陈明、逯斐的三幕剧《窑工》，写解放区的故事；还有我的《青春》和得到郭沫若称赞的根据席勒《强盗》改编的《山河怨》。张骏祥在戏剧理论方面还发表了一篇《悲剧的导演》。诗歌方面，有辛笛、鹄西（如今是云南省农业科学院院长）、陈敬亮，等等。

长篇小说，有巴金的《寒夜》、钱锺书的《围城》、李广田的《引力》。中篇小说，有艾芜的《乡愁》。

专辑方面，有闻一多的，悼念他的有朱自清、熊佛西等；有耿济之的，悼念他的有戈宝权、叶圣陶、徐调孚、周予同、赵景深、许杰等；有纪念鲁迅的，写文章的有郭沫若、冯雪峰、李广田、蒋天佐、靳以、唐弢和写《十年大祭》的许广平等。振铎还写了一篇悼念夏丏尊的文章。

最后三期是《中国文学研究号》，由振铎编好了，交给出版公司付印的，不料他就在这时候去了香港，《中国文学研究号》来不及出"下"册，就解放了。所以"下"册解放后出的。在这三册专号里，有郭绍虞的，吴晓铃的，吴晗的，季羡林的，封面也改成了陈洪绶画的《屈原》。

振铎是党的一位难能可贵的统一战线的非党员的义务工作者。当时党的地下组织的领导人，据夏衍同志来信告诉我，是梅益和姜椿芳两位同志。其实振铎总有办法和党取得联系的。

可惜他死于非命了。他不死于"十年浩劫"之中如老舍者，已经是得天独厚了。石华父是死于"十年浩劫"中的。据钱锺书和杨绛告诉我，由于造反派逼他找一篇文章而找不到，就觅了短见。发行人钱家圭躲过了"十年浩劫"，却躲不过自然规律，还是在最近一九八〇年去世。死的最可怜的，莫过于阿湛，戴着一顶极右派的帽子，远死在青海，孤零零一个人，这初出犊儿的小说作者就这样无声无息地夭折了，命也夫！多有希望的一位年轻人！谁能断言他今天不会成为另一位汪曾祺呢？

现在活着的，除我之外，大概就是后期也兼发行人的刘哲民了。柯灵和唐弢当时是《周报》的主编；施蛰存和周煦良是通俗文化的《活时代》的主编。他们四位都还活着。柯灵和周煦良长期住在上海的华东医院。唐弢过去有病，现在似乎好了，可惜分在文学所，难得见面。活着似乎没有病的，可能只有施蛰存了，当时是现代派的一位叱咤风云的人物！

《桥》先发表了两幕，我也不知道还要写几幕才告"剧终"。愿他能争取时间，续完这出以炼钢工厂为题材的大戏。

当时上海是国统区，法币和金元券都不值钱，出版公司度日如年，困难重重，靠广告也进不了几个钱，还都是靠着朋友面子拉来的，如梅龙镇酒家，是话剧界人物吴湄办的，新华银行是我的清华老同学孙瑞璜做副总经理，凡此种种，都挡不住物价飞涨，漫无止境，人心惶惶，朝不保夕，热望局势有一个改变，可是大家团结在振铎周围，没有半个人忍心抛弃他的。最后他编好《中国文学研究号》，要去香港了，朋友们这才分散。在最困难期间，振铎在"庙弄"让我们饱餐了一顿福建菜，根据刘哲民在《新民晚报》的回忆，除去柯灵已在香港外，吃这可能是在上海最后一餐的，有郭沫若、茅盾、巴金、曹禺、钱锺书、靳以、艾芜、杨绛、辛笛、唐弢和我。在饮宴中间，郭老慷慨陈词："你不付稿费，我们也为你写稿。"他还不知道，我们两个主编都是义务的事。当时振铎希望曹禺把《桥》写完，曹禺也表了决心。一晃三十多年了，《中国文学研究号》还是拖到解放后才把"下"册补起来的。

《文艺复兴》之所以能维持下来，是和上海出版公司与各方面鼎力相助有关，和振铎的人望与决心有关，我不过是一名马前小卒而已。最可怜的还是阿湛，在反右期间，直言无隐，到底说了些什么，才被打成极右派的啊？

一九八二年五月二十一日

附记：一九八〇年第四期《新文学史料》中，姜椿芳同志有一篇回忆"孤岛"时期的文章，说我的戏《这不过是春天》是吴仞之同志导演的。戒写信问于伶同志，他回信告诉我，确实是陈西禾同志导演的。借这里的篇幅，代为更正如上。

忆西谛[1][2]

李健吾

现在记忆力很差了，不是尔康亲自来找我写，我是不肯搅动我这浑浊的记忆之海的，因为一切在这里是如此平静，如此拖泥带水，好像都和自己无关，而又挣脱不开。二十多年不见尔康了，看见他长得像他父亲那样壮实、高大，我想起了你，西谛！你的个子高大，给人一种旧小说中人物的英雄气概，虎虎有生气，天生嫉恶如仇，仿佛要斩尽杀绝人间一切妖魔鬼怪，轻易不同人苟言苟笑似的。然而平日待人接物，笑语风生，彬彬有礼，又像慷慨大度，深谋远虑，别是一种儒将风度。你爱护人，原谅人，和你的魁梧身材、洪亮声音、豪爽性格，宛若两人。看着尔康，想着西谛，你的矛盾形象忽然在我心头亮了起来。我说"矛盾"，只是就我的感受而言，实际你永远是出生入死的先锋官，为追求理想而在多方面战斗的一位带头人！

你为党、为人民、为国家、为事业做出了多少贡献，而你守口如瓶，从无一言道及！

记得我们最后一面，你坐在你领导的文学研究所的一间会议室的长桌前面，长桌四周团聚着十多位新朋旧友，气氛异常严肃，不是讨论什么文学课题，而是批判你的思想。你虚心听取识与不识者对你这位开路人的高谈谠论。你的划时代的造诣是《插图本中国文学史》。偏偏就有一位和你相识的后辈，长篇大论，说你犯了这样那样的错误。这种违心之言，不才如我，只能将信将疑。还有一位年轻同志，据说还要写文章批判你的《中国俗文学史》。这篇文章后来发表了没有，

---

[1] 原载《收获》1981年第4期。
[2] 西谛即郑振铎同志。作家、文学史家。福建长乐人。新中国成立后任文化部副部长等职。1958年出国访问，中途因飞机失事逝世。

我已经毫无印象，反正你也没有机会再领教了。我只记得这是我们最后一面。当时会散了，我同情地过去和你握手，谁料竟是最后的握手！

这次批判会是在一九五八年十月十七日上午进行的。第二天，你作为中国文化代表团团长，去阿富汗、阿拉伯联合共和国访问，因飞机失事，在苏联上空遇难了！每次为开别人的追悼会，我去西郊革命公墓，总先要在你们这些遇难者的高大石碑周围，久久徘徊，像有许多话要倾诉而又倾诉不尽。我的无声的心音，你听得见吗？石碑就在进门不远的左侧。下面有你的骨灰吗？你真的就这样在人世消逝了吗？我不信，我说什么也不信。我没有勇气读石碑上的文字。那些文字是生活的假象，而真相是你出外远游了。我相信你真的遨游四方去了。我们战斗了一生的西谛！

从哪儿开始呢？你和王统照一样，是我半师半友的老大哥。我认识他比你早，他也比你死得早——只不过一年！记得去年《诗刊》发表他的遗诗，说是写于一九四八年，其实应该是一九三八年，上海剧艺社上演我译的《爱与死的搏斗》时，他看过戏有所感而写的。我缺乏改正的勇气，因为我最怕回忆，最怕动感情，我多愿忘性毁灭了我的感情！我悔不该答应尔康才是，可是从哪里开始呢？有了，我眼面前摆着你送我的结婚礼物：老式的"镇尺"，将近一尺长。本来是一对，经过"十年浩劫"，书桌上留下这一只了，多可贵的孤零零的一只！它的伙伴又哪儿去了呢？它们能像春天的鸿雁在高空排成"人"字飞来吗？我没有能力查，也不愿意问，不过明明是一对，上款和下款统统刻在失去的那一只上，如今就剩下这一只，刻着各种文体的古字，旁边还刻着现代语言的文字，落款是"茫父"，还有一个小小印章。"茫父"是谁呢？我的浩瀚无边的记忆之海忽地跳出一个"姚"字。难道陌生者姓姚？不管它，反正从我结婚起，这对镇尺就跟我跟到"文化大革命"为止。如今只有孤单单这一只，可是单这一只就有多重的分量啊，是铜的！

在神秘的记忆之宫，我看见我面前有一座大饭庄，在什刹海北岸，名字叫"会贤堂"，有长廊和楼房，有空阔的院落，推窗南望，眼前是一池残败的荷花。到会的人很多。客人中有我的老师朱自清，还有另一位老师杨振声，他写的小说《玉君》，似乎早已连人和小说都被人忘记了。另外，有周作人。也许有沈从文，好像从这时候起，我和他开始了往来。主人是巴金、靳以和你本人。靳以这个名字对我相当生疏,还是第一次听到。鲁迅先生当时不在北京。你在燕京大学教书。你在酒宴中间讲了话,说你们几个人要创办《文学季刊》,希望大家协力相助,办好刊物。

时间在我结婚之前不久。

《季刊》编辑部是北海东边的"三座门",这是一条短小的死巷子。就是在这里,我和靳以逐渐熟了起来。他是天津人。巴金知道我是李卓吾的兄弟,一见如故,偶尔也来我们新婚之家做客。他当时最怕照相,我偷着给他从背面照了一张,如今也不知道失落在什么地方。实际负责编辑刊物工作的是巴金和靳以,我在"三座门"不常看到你,常看到的倒是诗人卞之琳,偶尔也看到后来以《雷雨》成名的万家宝。这时应该是一九三四年。曹禺的《雷雨》和我的《这不过是春天》记得是同期刊出的,哪一期我忘了。对我生活最有影响的是我在创刊号上发表的论文《包法利夫人》。这篇论文引起一些文化界知名人士的注意。从未谋面的林徽因女士看后,给我写过一封长信,约我到梁家见见面。我的老师金岳霖住在她家的后院。我每次去,总到他老人家的房间坐坐,房间似乎有些发黯。常去的客人仅仅记得有张奚若、杨振声,我偶尔也遇到沈从文。她那封长信我一直保留着,后来在日本宪兵队逮捕我的时候,可能在骚乱中丢失了。论文《包法利夫人》也引起了你的注意。后来约我到上海国立暨南大学教书,就是为了这篇论文的缘故。

这在一九三五年。你要去国立暨南大学做文学院院长,约好了我也去教书。校长是谁我不知道,到了学校也从未见过面,只是接到聘书,上面印着"何炳松"三个大字。头两年的聘书我至今还保存得好好的。前些日子在偶然中看到,我才想起他的名字。

接到你寄来的聘书,我一个人高高兴兴先去了上海。巴金带我到他住的霞飞坊附近找了一所房子,在拉都路口,房子租定了,我又回了一趟北平,把家小接到上海,再去学校找你报到,一心准备上课。到底是新"教授"啊,什么也不懂,一切得自己摸索。

当时我并不知道你住在"庙弄"。初到上海,人地生疏,只在校园里偶尔看见你。这期间,我用刘西渭的笔名写了一些批评文章。知道我这个笔名的人还很少,大概只有从文和巴金,因为我常在前者主编的《大公报》文艺副刊上发表文章。后者在文化生活出版社帮我整理成册，出版了《咀华集》第一集。可是这件事我从来没有对你讲过，不知道你从什么地方知道的，有一天当着我的面大叫："原来刘西渭就是你啊！"是在什么时候我记不得了，每当我回想起这件事，心中总是充满了歉意。

一九三六年，鲁迅先生去世了。我怀着沉痛的心情，赶到殡仪馆，看我所尊敬的前辈战士入殓。有八个人组织了抬灵队，记得有巴金、靳以，……似乎也有胡风先生。我却怎么也想不起当时你在什么地方。你一定会去的，可是沉痛让我忘了问，而且人山人海，我也不可能问。如今什么也成了模糊一片。

不久上海变成了"孤岛"。你为了抢救中国古代文物，隐姓埋名，想方设法，冒着风险，为祖国救回了多少无价之宝！同时，为了"复社"能出版《鲁迅全集》，有一天你悄悄问我："健吾，你有五十块钱吗？你能约你顶熟的朋友也出五十块钱吗？大家要凑钱出《鲁迅全集》，可是走漏风声，就性命攸关啊。"听了这话，我立即回家取了五十块钱给你，又去找孙瑞璜先生，说明来意，又拿了五十块钱给你。书出来后，你送了我们每人一部，红封皮，厚厚的二十本！这二十本我一直当作学习的"宝书"。日本宪兵搜查我的家，搜去了我的笔记本。因为这二十本红书和我大部分外国书都寄存在一家中学里。这部书跟我南北跋涉了几十年，直到"十年浩劫"，才不知道流落到什么地方去了。

这期间，风声紧急，我在法租界巨籁达路租到了一所房子，跟着学校也搬进狄思威路。我在这里又看到了王统照先生，满心欢喜。他和你、和茅公是早先创办"文学研究会"的发起人，是我青年时期的文学引路人，写得一手好字。他当时在《大英夜报》办副刊。我最近在《新文学史料》上读到秦瘦鸥先生的回忆录，说他是王先生的助理编辑，投稿最多的刘西渭，"笔锋犀利"……，可是刘西渭在上面发表了些什么，我现在全忘光了。后来阿英同志借用刘西渭的名字办《离骚》，我更是一点印象也没有。"文化大革命"中，我下放到干校，来了两个外调人员，查问我办这个刊物的详细经过和有关人员。我回答不出来，为此苦闷了许久。现在揣测，大概是你出的主意。因为在"孤岛"时期办刊物困难，你就想到了我这个笔名。

认识阿英和夏衍两位同志似乎是在你家里。那时我常去"庙弄"。阿英常向你请教旧小说一类的事，夏衍似乎常谈《译报》的事。另外还谈些什么事，我就不清楚了。《译报》当时很轰动，我们都爱看。常去"庙弄"的，还有陈西禾，他也住在霞飞坊，和你是同乡。我们常在巴金那里见面，往来熟了，我也常去他家里聊天。还有诗人王辛笛和他的岳父徐森玉老先生——有名的版本学家。你常约我们在你家里吃饭，饭是老太太做的本土本乡的福建菜。

后来学校要内迁，我有家小拖累走不了，你也不想去内地受窝囊气。听说景宋先生被捕，风声立刻紧张起来，你不再露面了。从此一别，直到一九四五年抗战胜利之后，才又见到你。你约我编《文艺复兴》杂志，要我负责创作，你负责中国古今文学的研究。出版这个刊物的是新成立的上海出版公司，负责人是刘哲民和钱家圭两位先生。钱先生好像是一位中学教员。我不晓得我们怎么凑在一起的。只记得有一次酒席上谈起办出版公司的事，同席的有王辛笛、唐弢和柯灵。这些事都已像影子一样从我的记忆里退出。刊物是一九四六年一月出版。出版公司在它停刊以后，送了我一套合订本，在十年浩劫中，也不见了。当时《文艺复兴》印数不多，可是影响不小，我编好一期，就去"庙弄"一趟，请你过目。记得发表过的有我自己的戏，还有曹禺同志写的一出大戏《桥》。可惜只写了两幕，他就去美国讲学，以后再也没有动笔。长篇小说如今我记得最清楚的，是钱钟书的《围城》和含冤地下的诗人李广田的《引力》。两位著名的四川小说家：巴金的《寒夜》和艾芜同志的《乡愁》也在这里发表。解放区的作品在刊物上也出现了。可能是经过你转到我这里的，有：田间同志的《给战斗者》、孙钿同志的《旗》、丁玲同志的《窑工》，还有刘白羽同志的散文……我为刊物写得最多的是用刘西渭笔名赶出来的一些书评，如叶圣老的《西川集》、艾青同志的《诗论》、从文的《湘西》和茅公的《清明前后》，以及田间同志的诗……

解放前夕，你不见了。但是，你给我留下话，说：出完"中国文学研究专号"，《文艺复兴》不出了。我明白你的意思。这之前，你叫我到你家里挑书，说你要出卖一批英文书，叫我先挑。我挑了几部，其中一部是难得见到的、一九一一年再版的散慈玻芮（Saintsbury）的三厚本《批评文学史》（*History of Criticism*）扉页签名，是"雁冰手持"，字体异常秀丽，下面还盖着他的印章。我回过身子，问你，这部书可以拿吗？你笑了，说，送给刘西渭，茅公也一定心甘情愿。这部书我一直带在身边，视同至宝。

上海很快就解放了。不久我们又在北京见了面。你还是那样温煦、善良，兄弟般一样关心我。一九五三年，大概是夏天，我又到北京黄化门你的住处去看你。你说："你离开'狗熊'（我们平时对熊佛西的嬉称）吧，还是到文学所来，我们新近办的。我是所长，何其芳是副所长。你明天来我家吃中饭，算我给你接风。"第二天我去了，两位客人除我之外，另一位是周扬同志。周扬同志微笑着问我在上海看到什么好戏。我回答他：我新近看到唱黄梅戏的严凤英，嗓子甜甜的，很中听，预料她很有前途。周扬同志告辞后，你又让我改一天去北京大学看望何其芳同志（当时文学所归北京大学管），何其芳同志也是我多年不见的老朋友。他对我来北京表示欢迎，并约定我五四年转到文学所工作。

天下事最难莫过于创始，最贵也莫过于创始。为了中国的文化革命事业，你呕尽了心血。你的巨著《插图本中国文学史》，却在你生前几乎是最后时刻，被说成一无是处。批判会前不久，你还鼓励我过好这一关；万万没有料到，你自己却没有能度过生死这最后一关。回想起来，又怎样能让人不难过呢？

《插图本中国文学史》我一直保留得好好的，由朴社出版，出版日期是"中华民国二十一年六月四日"。你的序文写在新年。你把"变文""戏曲""小说"这些不登大雅之堂的东西，都作为"名苞"，第一次写进了中国文学史，和鲁迅的《中国小说史略》不相前后。你在例言里提起你的夫人高君箴和一位刘师仪女士为你奔波、抄写。我始终不知道后一位是什么人。最近看到新闻报道，才知道她是山东德县人，八十二岁了，和你的夫人差不多同样高龄，都还健在。可是她们帮你做的"年表"哪里去了呢？你的第五册哪里去了呢？我怎么只有前四本，单单丢了这最后一本呢？人事无常，是暗笑，是明嘲，多么难于捉摸！我只知道，我再也看不见你那高大的身材，再也听不见你那洪亮的声音，我再也见不到你了，你，西谛！

一九八一年五月四日

实验剧校的诞生[①]

李健吾

上海戏剧学院将于十二月初举行建院三十周年纪念，是十分值得高兴和庆贺的事。追溯它的前身，先拟的是上海戏剧专科学校，其后改为市立，但经人阻挠，被迫改为上海市立实验戏剧学校，直到解放，才由华东文化部派黄源同志作为第一个进步学校，予以接管，并正式宣布为市立戏剧专科学校。我们当时喜出望外，特别觉得光荣。上海戏剧学院就是在这个专科学校的基础上，于一九五二年，由中央文化部定名为现在这个名称的。

在旧中国，凡事来之不易。这所学校的创建也经过了一番曲折与斗争。参与这种事的，主要是顾仲彝同志，他不幸已于一九六五年去世。佐临同志虽是学校发起人，却并不深知其中经过，所以责无旁贷，只能由我揭开这个序幕的哑谜。

沦陷时期，话剧在上海畸形发展，走上了商业化道路。但是剧团此起彼伏，大都由于经济关系，或者经营不善，只有佐临的苦干剧团能在抗战胜利后保存下来。日本投降后，我心想，话剧界人才济济，办一个戏剧学校，也许是应该的。我把这种想法告诉了佐临，他表示同意。于是我拟了一个呈文，和佐临共同签了名，盖了章，拟名为上海戏剧专科学校，请求上海市教育局批准。

上海市教育局的国民教育处处长朱君惕，是我清华大学第一级的同学，我拿着呈文请他从中周旋。他告诉我，教育局局长是清华留美预备学校的顾毓琇，即顾一樵，也写过戏，而且是清华的老校友，一定乐于帮忙。他兴冲冲跑上了楼，下来告诉我，顾一樵热烈欢迎我。就这样，在朱君惕介绍下，我们相识了。他看过呈文，表示十分赞同，说他愿意帮这个忙，他在重庆也见过佐临；他又说，这

[①] 原载《上海戏剧学院三十年》纪念册，1945—1982 年。

个学校是市立还是私立,最好还是市立,因为年久月长,经费由私人筹措是有困难的。我同意他的看法。他忽然想了想,说,光你们两个人还不行,必须添上顾仲彝,才能各方面都照顾到。我说,我们欢迎顾仲彝合作,但是到哪里找他呢?顾一樵笑了,说他就在社会局,如今是那里的戏剧与电影处副处长。我知道教育局和社会局在一个大院里,两座大楼,前者东西向,后者南北向。

我走出教育局,过去找顾仲彝,正好他要上楼,我们就在大门边谈了起来;我请他做戏剧专科学校一名发起人,他立即应允,于是我请他领衔,在呈文上签了名,他掏出印章盖了章,我就把这个形式主义的呈文递了上去。这是一九四五年十月里的事。最发愁的是校址。后来朱君惕出来帮忙,说他接管四川北路一所日本小学,是一座四层大楼,也可以拨出二层楼做戏剧专科学校的校址。校长决定由顾仲彝担任。顾一樵私下告诉我,内定的校长应当是熊佛西,不过他在重庆还没有下来,先由顾仲彝当一时期的校长。一方面由于熊佛西是他的故交,一方面也由于熊的资望高于顾仲彝。这位局长不愧是一位政治人物,他叫我不要向顾仲彝讲起他的想法,免得事出意外,可能有变化。

当时虹口有四家敌伪的影剧院,顾一樵先下手为强,要顾仲彝担任接管委员会主任,要佐临和我担任他的副手,办理接管事宜,顾仲彝代表社会局,佐临和我是非官方人士,一切便由顾仲彝作主,我们也都没有话说。靠近火车站的一家影院是私人的,应当发还,就由他发还了。我们连看也没有看。佐临的意思是要那座日本人为自己建成的剧院,它在当时的规模相当于姚克代表英国人做经理的兰心剧场。我们看了一上午三家影剧院,一座是地点极好,而建筑破旧的影院(接管后,改名海光剧院,由我担任名义上的经理,不久内弟来了,代表我管理全院大小事宜),一座是靠里的一家影院,从这家影院往南进去一条小街,就是日本人的剧院,佐临看了很满意,仲彝也很满意,当时他有双重身份,校长兼接管委员会的主任,所以他建议收回来做学校的实验剧场,佐临和我都一致赞成。此后和日本人方面的经理如何办理接替手续,就都是仲彝的事,我们两个人都没有过问。

接管顺利完成了,顾一樵很称赞了仲彝一番,不料半路杀出个煞神来,前功尽弃。这个煞神就是南京政府的文化特务头子张道藩。他迟来了一步。可是听说我们办了一所上海市立戏剧专科学校,又听说我们接管了虹口三家影剧院,他大不高兴，很可能在顾一樵那里大发脾气。他背着我们已经视察了三家影剧院，心中有了底。为了周旋起见，顾一樵被迫请客，约仲彝和我作陪。什么饭馆，我已经完全忘记。只记得自己心中纳闷，不知道顾一樵请客为了什么，到时一介绍，才知道主客就是张道藩，还有一位他的亲信叫虞文的。大家都很客气。随后酒菜摆上，张道藩就单刀直入，说，南京已经有了一个国立戏剧专科学校，沪宁如此相近，上海再办一个，不怎么相宜。我默不作声。仲彝是内定的校长，只得委婉曲折地解释了一遍，什么沦陷期间从事话剧的人多了，上海是一个大城市了，等等，也无济于事。顾一樵看事情要闹僵，就说上海办戏剧学校是实验性质，仲彝似有所悟，立刻接口就说：是啊，学校是实验性质，就叫上海市立实验戏剧学校吧。这样，张道藩才点了头。但是他马上就谈起了胜利剧场（就是仲彝定给学校做实验剧场的名字），说：他那方面需要一个文化场所，而胜利剧场正中他的意。看我们都不做声，他就哈哈大笑，说，就这么定了。仲彝哑巴吃黄连，一肚子委屈。这桌酒宴就这样客客气气地不欢而散了。

这就是上海市立实验戏剧学校的分娩经过。它是在淫威之下分娩的。学校丢了一个实验剧场，而我们却背上了一个南京政府的文化委员的黑锅。这事是我在"文化大革命"审查历史时才知道的。

后来虞文就变成了胜利剧场的经理，打的旗号是南京政府的文化委员会的什么名义。顾一樵为了弥补这个损失，就让顾仲彝做了另一家电影院（离胜利剧场很近）的经理。在此期间，教育局和社会局还共同组织了一个公共影剧院管理委员会。

快解放时，顾一樵不见了，剩下副局长李熙谋，每月主持一次例会。这时熊佛西已经是上海市立实验戏剧学校的校长。原来，顾一樵要学校演他的《岳飞》，仲彝便以抗议为名，辞职不干，这时熊佛西已经来到上海，一樵和他来往密切，仲彝可能有所耳闻。

解放前，我一直是实验戏剧学校的研究班主任。研究班的高材生杨履方、叶至诚等人，还有一个姓翁的，是从青岛来的，我不记得他叫什么，人也早死了。

记得学校的第一任教务主任为吴天同志，是我介绍的。我在他家里认识了田汉。学校这时教书的都是大名鼎鼎的人物：有欧阳予倩、田汉、洪深、佐临、陈西禾、张骏祥、朱端钧等同志，真是济济一堂啊。大后方来的新中国剧社，由欧阳予倩向熊佛西讲情,要求海光剧院做他演出地点。我明白他也是被生活所迫,才往这上头想的。我在公营影剧院管理委员会总算给他争到了半年合同。后来,剧院每月亏本,电费负担不了,剧院方面积有怨言,公营影剧院管理委员会秘书杨某查账,也在委员会里表示反对。结果勉强维持了半年,我这才以合同满期为借口,得到剧社的谅解,停止演出。

佐临从看过虹口三家影剧院那天之后,便再也不问公营影剧院管理委员会的事,虽然委员会中有他的名字。

这些事都发生在解放之前,因为内情只有我这个发起人知道,揭述如上。

一九八二年九月

病中（二）[①]

巴　金

在病房里我最怕夜晚，我一怕噩梦，二怕失眠。入院初期我多做怪梦，把"牵引架"当作邪恶的化身，叫醒陪夜的儿子、女婿或者亲戚，要他们毁掉它或者把它搬开，我自己没有力量"拿着长矛"跟"牵引架"决斗，只好求助于他们。怪梦起不了作用，我规规矩矩地在牵引架上给拴了整整两个月。

这以后牵引架给撤销了。梦也少了些，思想倒多起来了。我这人也有点古怪，左腿给拴在架上时，虽然连做梦也要跟牵引架斗，可是我却把希望和信心放在这个"最保守、最保险"的治疗方法上，我很乐观。等到架子自动地搬走，孩子买了蛋糕来为我庆祝之后，希望逐渐变成了疑惑，我开始了胡思乱想，越想越复杂，越想越乱，对所谓"最保险"也有了自己的解释：只要摔断的骨头长好，能够活下去，让八十岁的人平安地度过晚年，即使是躺在床上，即使是坐轮椅活动，已经是很"美好"的事情，很"幸福"的晚年。这个解释使我痛苦，我跟自己暗暗辩论，我反驳自己，最后我感到了疲倦，就望着天花板出神。我的病房里有一盏台灯整夜开着放在地板上。两个月"牵引"的结果使我的脑袋几乎不能转动，躺在床上习惯于仰望一个固定的地方。

我躺在床上望着天明。六点以后医院开始活动起来。值夜班的孩子照料我吃了早饭，服了药。我不由己地闭上了眼睛，动了一整夜的脑筋，我的精力已经耗尽了；而且夜消失了，我也安心了。

打着呼噜睡了一阵之后，再睁开眼，接班的人来了。我可以知道一些家里的事，可以向他问话，要他读信给我听。下午接班的是我女儿和侄女。她们两个在

[①] 选自巴金：《随想录》，北京：生活·读书·新知三联书店，2004年。

两点钟护士量过体温后给我揩身，扶我下床，替我写信，陪我见客，在我讲话吃力的时候代我答话，送走索稿和要求题词、题字的人。她们照料我吃过晚饭，扶我上床，等值夜班的人到来才离开病房。不知怎样，看见她们离开，我总感到依依不舍。大概是因为我害怕的黑夜又到来了。

这就是"牵引"撤销后我在病房里一天的生活。当然，护士每天来铺床送药；医生来查病房，鼓励我自己锻炼，因为我年近八十，对我要求不严格，我又有惰性，就采取自由化态度，效果并不好。医生忙，看见我不需要什么，在病房里耽搁的时间越来越短，也不常来查病房，因此我儿子断定我可以出院了。

在这段时期，我已经部分地解决了失眠的问题。每晚我服两片"安定"，可以酣睡三四小时，儿子的想法又帮助我放宽了心：既然可以出院，病就不要紧了。情绪又逐渐好起来。不过偶尔也会产生一点疑惑：这样出院，怎样生活、怎样活动呢？但是朋友们不断地安慰我，医生也不断地安慰我："你的进步是已经很快的了。"大家都这样说，我也开始这样相信。

就这样病房里的日子更加好过了。

只有一件事使我苦恼：不论是躺在床上或者坐在藤椅上，我都无法看书，看不进去，连报纸上的字也看不清楚，眼前经常有一盏天花板上的大电灯。我甚至把这个习惯带回家中。

因为我"不能"看报、看信，所以发生了以下的事情。

我去年十一月七日住进医院时，只知道朋友李健吾高高兴兴地游过四川，又两去西安，身心都不错，说是"练了气功"，得益非小。我也相信这类传说。万想不到半个月后，就在这个月二十四日他离开了人世。噩耗没有能传到病房，孩子们封锁了消息，他们以为我受不住这样的打击。我一无所知，几个月中间，我从未把健吾同"死"字连在一起。有一本新作出版，我还躺在病床上写上他的名字，叫人寄往北京。后来有一次柯灵来探病，他谈起健吾，问我是否知道健吾的事。我说知道，他去四川跑过不少地方。柯灵又说："他这样去得还是幸福。"我说："他得力于气功。"柯灵感到奇怪，还要谈下去，我女儿打断了他的话，偷偷告诉他，我根本不知道健吾的死讯。我一直以为他活得健康，又过若干时候，一个朋友从北京回来忽然讲起健吾的没有痛苦的死亡，我才恍然大悟。我责备我女儿，但也理解她的心情，讲起来，他们那辈人、连长他们一辈的我的兄弟都担心我受不了这个打击,相信"封锁消息",不说不听,就可以使我得到保护。这种想法未免有点自私。

再过一些日子,健吾的大女儿维音来上海出差,到医院看我。几年前我还是"不戴帽子的反革命"的时候,她也曾到上海出差,夜晚第一次到我家,给我带来人民币五百元,那是汝龙送的款子。汝龙后来在信上说是健吾的主意。不多久健吾的二女儿也出差来上海,带给我健吾的三百元赠款。在我困难的时候,朋友们默默地送来帮助。在病房中重见维音,我带眼泪结结巴巴地讲她父亲"雪中送炭"的友情,十分激动。曹禺也在病房,他不了解我的心情,却担心我的健康,我的女婿也是这样。听维音谈她父亲的最后情况,我才知道他在沙发上休息时永闭眼睛,似乎并无痛苦,其实他在去世前一两天已经感到不舒服。维音曾"开后门"陪着父亲到两家医院,请专科医生检查。他们都轻易断定心脏没有问题。病人也无话可说,回到家里一天以后就跟亲人永别。

维音讲起来很痛苦,我听起来很痛苦,但是我多么需要知道这一切啊!曹禺怕我动了感情,会发生意外;值夜班的女婿担心我支持不下去,他听说维音还要去看健吾的另一个老友陈西禾(住在二楼内科病房),便借口探病的时间快结束,催她赶快下楼。维音没有能把话讲完就匆匆地走了,曹禺也放心地离开我。

我一晚上想的都是健吾的事情。首先我对维音感到抱歉,没有让她讲完她心里的话。关于健吾,我想到的事太多了,他是对我毫无私心,真正把我当作忠实朋友看待的。现在我仰卧在床上,写字吃力,看报困难,关于他,我能够写些什么呢?他五十几年的工作积累、文学成就,人所共睹。我最后一次见他是在他的家里,他要我给他的《剧作选》题封面,我说我的字写得坏,不同意。他一定要我写,我坚决不肯,他说:"你当初为什么要把它们介绍给读者呢?"我们两人都不再讲话。最后还是我让了步,答应了他,他才高兴。现在回想起来,我多么后悔,为什么为这点小事同他争论呢?

我想起了汝龙的一封信,这是我在病中读过几遍的少数几封信中的一封。信里有这样一段令人难忘的话:

"'文化大革命'刚开始,我们左邻右舍天天抄家,打人,空气十分紧张,不料有一天他来了。那时我……一家人挤在两间小屋里,很狼狈。……他从提包里拿出一个小包,说这是二百元,你留着过日子吧。……我自以为有罪,该吃苦,就没要。他默默地走了。那时候我的亲友都断了来往，他的处境也危在旦夕，他竟不怕风险，特意来拉我一把。

汝龙接着感叹地说："黄金般的心啊！""人能做到这一步不是容易的啊！"

在病房里想有关健吾的往事，想了几天，始终忘不了汝龙的这两句话。对健吾，它们应该是最适当的悼词了。

黄金般的心是不会从人间消失的。在病房不眠的夜里，我不断地念着这个敬爱的名字："健吾！"

七月十九日

忆健吾
——《李健吾文集·戏剧卷》代序[①]

夏　衍

健吾猝然去世，已经快两年了，但他的名字在我记忆中闪过的时候，总觉得这不是事实。

人世间的事，有许多是很难解释的。在半个多世纪的人生道路上，我认识过、共事过的人，少说也有几百乃至上千，随着岁月的流逝，多数人还记得，也有不少人连名字也记不起了；或明或暗地和我较量过的人，大致还记得，而不少和我合作过乃至感情上很融洽的人，倒反而渐渐淡忘了。奇怪的是健吾这个人和我没有共过事，往来也不算太多，可是提起他，心里会感到温暖，一股深挚的敬爱之情会涌上心来。

我认识他很晚，尽管三十年代中期，我就是他的读者。抗战时期我一直在所谓大后方，他却在上海这个极端艰险的地方，自告奋勇地当了我的"著作人权益代理"。也就是这种义勇行为感动了我，所以一九四五年抗战胜利，我回到上海，接上了组织关系之后，第一个要探访的就是他。当时他住在西摩路，大概我也只去过两三次，抗战刚胜利，我和他第一次见面，却真可以说一见如故。我读过他的《这不过是春天》和《咀华集》；他看过和评论过我所有的习作和戏作，其中一九四二年发表在《文化生活》上的那篇长达一万四千字的《评〈上海屋檐下〉》，对我的那篇不太成熟的诗作既有过于的肯定，又有搔到痒处的批评。由于这篇文章给了我很大的启迪，所以当他谈到《心防》和《法西斯细菌》的时候，我就说："我写剧本是半路出家，您写评论则是科班出身。"这样，初次见面

[①] 原载《文艺研究》1984年第6期。

就发生了"争论",他说:"你写了十几个剧本还说是试作,那么我写评论更是试论了。"我反问:"那么你的本行是什么?"他说他的专业是翻译和研究法国文学,接着很认真地问我:"那么你的专业呢?"我毫不迟疑地回答:"本行是新闻记者,写剧本是我的副业。"显然,这种争论彼此之间都有一点自谦的意思,所以几个回合之后他就作了结论:"我们还是同行,都可以说是杂家。"于是我说:"我承认,在这么一个时代,杂一点也不坏,但你的杂比我高明得多了。"第一次见面就谈得如此坦率,当然也还有别的原因,主要是他的几位知交也都是我的师友,例如在上海和他合编《文艺复兴》的郑振铎,以及那时还在重庆的马宗融,等等。当我提到在黑暗的时期还是笑口常开的乐观主义者马大哥的时候,他有点意外地问我:你怎么认识他的?我正在惦念着这位马大哥。我说:他是天官府郭老家的常客,又是中国艺术剧社的热心的支持者,他是赵慧深介绍给我的。这样,从赵慧深谈到了《雷雨》中的繁漪,又谈到了我二十年前就认识的、会在大学讲台上唱昆曲的赵景深。这样一谈,初交就成了老友,我忽然想起了叶圣陶先生的《赠李健吾》诗"当年沪上承初访,执手如故互不拘"。四十年后还是如在目前的那次初见,就是这种互不拘的情景。

读健吾的剧本《这不过是春天》也好,《梁允达》《云彩霞》也好,谁都会感觉到,剧作者是一个熟知人情世故的人,可是在生活中,他却是那样的天真、坦率,有时竟天真到使我觉得他有点不合时宜。就在下一年,我在顾仲彝家里遇到他,在座的还有吴仞之,当时国民党开始发动了内战,上海人已经把抗战胜利叫做"惨胜",国民党的"威望"在上海已经一落千丈,可是,当吴仞之对国民党大员的"劫收"表示愤慨时,健吾忽然说:"我父亲参加过孙中山领导的辛亥革命,所以我是血缘的国民党。"仞之和仲彝都哑然无语。你说他完全不关心政治吗,肯定不是,在艰苦的孤岛岁月中,他是抗日、团结、民主的坚强斗士;说他对国民党有感情吗,也完全不是,在四十年代他写的文章中,对光明与黑暗的斗争,他是爱憎分明、词严义正的。

他是一位学识渊博的学者,所以他尊重知识,他钦佩有真知灼见的人。我问他,要了解西方文学应读些什么,他毫不思索地说:"最好是细读亚里士多德和狄德罗。"我后来读了一些,但我的毛病是粗,只是浏览而没有"细"读。我问他:"在当代文艺家中你佩服的是谁?"他说:"我给你介绍一位学贯中西,博古通今的大学者，他就是钱钟书。"我认识钱钟书和杨绛，是他给我介绍的。提到这件事，还记起一段插话，那大概是五十年代中期，在一次《人民日报》文艺部召开的座谈会上，健吾发言，谈到文艺理论和美学，他又一次推崇了钱钟书的学识，记得话是从宋词研究说起的，健吾显得有点激动。散会的时候我跟他开玩笑说："你赞钱钟书，我捧杨绛，谈当代剧作家而不提杨绛，是不公道的。"

全国解放后，我在上海忙于打杂，和他来往不多，连他从上海调到北京我也不知道，直到上面所说的那次座谈会上才见面。回忆起来，从一九五五年到"文革"的十年中，我和他见面不过四五次，而每次相遇又都是在开会的时候，所以也不过相互知道太平无事就是了，因为从一九五七年以后，我就交了"华盖"运，不止一次有人告诉我，健吾一直在为我担忧，怕出什么乱子。

我们在一九六六年以后的遭遇，那是众所周知，不必多说了。可是，像他这样一位不求闻达，埋头做学问的人，居然也下放到河南息县去劳动改造！我们再次相见，是在一九七七年的何其芳的追悼会上，那时，我的"问题"还没有做出"结论"，去参加追悼会的时候还挂着双拐，这是我"文革"以后第一次在公共场合露面，人们都用惊奇的目光注视着我。而他却从人群中挤出来，紧紧地握住我的手，凝视了一会儿之后，只说了一句："见到你，太高兴了！"他依旧是那样豪放、爽朗，丝毫不把我当作"不可接触的人"。我鼻子有点发酸，这种友谊实在是太可贵了。

不久，大概在一九八〇年，我偶然在《陕西戏剧》上看到他的新作《一棍子打出个媳妇来》，单看题目就知道是一出喜剧，更使我高兴的是长期的折腾没有挫折他的勇气，他还是那样乐观，他还是那样勤恳！

健吾离开我们已经快两年了，讲一句套话，这种损失是难以弥补的。每次在报刊上读到空对空的文艺评论，就禁不住想起他，我们真需要能写出刘西渭的《咀华集》那样的文艺评论家。

正像一个演员死在舞台上一样，他是在每天写作的书桌上放下笔，而溘然长逝的，工作了五十年，写作了半个多世纪，千千万万的读者不会忘记他，他也该安息了。

一九八四年七月

苦干的雪茄[1]

黄佐临

苦干剧团的经费很紧，所以，我喜欢选一个景的戏，曾被戏迷们称之为"黄一景"。

我们曾演出过一个推理剧《一雯那》（改编：丹尼；导演：陈叙一；舞美设计：黄作燊），一天戏演到一半时，一个国民党军官忽然从观众席里跳上台去，把我们漂亮的布景全部踢倒，大声吼道："老子花钱看戏，你们演来演去，怎么不换景的?!"

正因为苦干的服装、道具、布景一切从简，常常会闹出一些笑话来。

《金小玉》（李健吾编剧；佐临导演）的第二幕，是一场堂会戏，发生在大官僚的家里，需要高级雪茄烟。我们的道具，就不知弄了什么鬼烟叶瞎凑了。

李健吾也参加了演出。他扮演一个参议员，在第二幕时，要和许多大官儿们一同上场的。记得那时金小玉（丹尼饰）被拉来唱京戏，还是柯灵拉的胡琴呢。李健吾兴致勃勃上场了，他在舞台上玩帅，猛吸了一口雪茄，吐出圈圈烟雾。谁知，他才吸了一口就醉了，晃晃悠悠，直想呕吐，脸色发青，……天晓得道具为了省钱，塞了什么充当雪茄呀！好在他只有一场戏，他赶紧下场，只觉得难受极了，绝望地叫道："我不行了，我不行了，送我回家！"剧务即刻扶他出了剧场慌慌张张地大声招呼："三轮车，三轮车！"一辆三轮应声而来。剧务说："三轮车，快一点，送太原路上海殡仪馆！"

---

[1] 选自黄佐临：《往事点滴》，上海：上海书店出版社，2006年。

三轮车夫愣在那儿了，不知该拉好，还是不拉好，不知是拉的活人还是死人。

原来，李健吾的家住在上海殡仪馆旁边。

害死人的"苦干"雪茄！

我的老友和畏友
——悼念李健吾同志[①]

蹇先艾

吴伯箫同志的噩耗传来才三个月光景,李健吾同志又于一九八二年十一月二十四日在北京去世。前些日子,我在给作协山西分会负责同志的一封信中说:"在山西的老作家中,健吾之死是赵树理同志以后又一次不可补救的损失。"我这不过是从籍贯来说,赵、李两位都是成绩卓著、贡献较多的作家,他们相继溘然长逝,是我国文艺界巨大的损失。

健吾是一位著名的、多才多艺的作家和翻译家,除了剧本创作以外,他还写过许多小说、散文和评论。三十年代,鲁迅先生在《新文学大系·小说二集》中便选了健吾早期的短篇小说,并在导言里赞扬说:李健吾的"《终条山的传说》是绚烂了,虽在十年以后的今日,还可以看见那藏在用口碑织就的华服里面的身体和灵魂"。他的散文集《意大利游简》,我以为直追朱自清先生的《欧游杂记》是无愧的。一九六一年十月,他发表在《人民文学》上的那篇情景交融的《雨中登泰山》,也被选入了几种散文游记选。几十年前,他用"刘西渭"这个笔名写的书评,早已被文艺界誉为"心灵探险式的评论"。

王瑶同志在《中国新文学史稿》中,就介绍过健吾的剧本,他说:"健吾有剧本集《这不过是春天》《以身作则》《母亲的梦》《新学究》《梁允达》等,产量很多,写的多是长剧;但是更擅长轻松性质的喜剧。他以对话流利生动和戏剧性的结构见长,里面也常常写革命人物……"王瑶还分析、评论了健吾的几个剧本。

[①] 原载《新文学史料》1983 年第 2 期。

唐弢同志主编的《中国现代文学史》中也承认健吾是"五四"时期的戏剧活动家，简要地议论了他的几个剧本的得失，肯定了他在艺术表现上的追求所取得的成果；特别提到抗日战争时期，健吾翻译的罗曼·罗兰的《爱与死的搏斗》等在上海的演出，吸引了很多观众，政治的影响极为广泛。

《李健吾剧作选》不久将由中国戏剧出版社出版。柯灵同志给这本集子写了一篇较长的序言（即发表在一九八一年第二十二期《文艺报》上的《论李健吾的剧作》），对健吾的剧本进行了比较全面的细致的科学分析，持论公允中肯。更重要的是柯灵指出了"健吾许多成功的剧作，目的只是想探索人生，却含蕴深厚地反映了现实，表明了作者鲜明的政治态度"。他认为健吾是一位具有独特风格的剧作家。那篇序言写得相当好，主要原因是抗日战争和解放战争时期，柯灵与健吾在上海共过一大段风雨同舟的岁月，他对健吾的思想、性格、生活、剧本创作的历程以及健吾在孤岛上的爱国戏剧活动十分熟悉。如果换上另一位同志，恐怕就不容易写出来；即使写出来，也未见得会像柯灵的文章那样深刻、亲切。

健吾在青年时代写的小说，有《西山之云》、《一个兵和他的老婆》（中篇）、《坛子》（短篇小说集）、《心病》（长篇小说）等。他的小说虽然也有一些出色之作，却被他的剧本盛名所掩盖了，并没有引起文艺界的足够注意，《心病》也只获得了朱自清、叶圣陶先生的赞赏。

健吾在文艺事业中所取得的另一个卓越成就，是他对外国文学名著的翻译和外国作家的研究。他翻译了福楼拜、司汤达、莫里哀、雨果、巴尔扎克、托尔斯泰、屠格涅夫、契诃夫、高尔基等人的大量作品，译文流畅，忠实可靠（《包法利夫人》，中国有三种译文。我更喜欢健吾的那个译本）。他还写《福楼拜评传》和有关莫里哀和巴尔扎克的论文。几十年来，健吾一手抓创作，一手抓翻译（晚年研究工作做得更多一些），精力如此充沛，产量如此丰富的老同志，在我国作家中并不是太多，实在令人钦佩。

我和健吾有六十年的友谊，他既是我的老友（如果把文场比作战场，我们应当说是老战友），又是一位畏友。二十年代（一九二三），我们同在北京师大附中读书，几个不知天高地厚的毛头孩子（包括朱大枬），便成立了一个文学团体，还出了两本不定期刊（茅盾同志在《新文学大系·小说一集》的导言中，曾提到我们这个小小文学社和幼稚刊物《爝火》；但是他把时间提早了一年，应当是民国十二年)。那时,健吾才十六七岁,已经开始从事戏剧活动,经常参加实验剧社的话剧演出了。他和陈大悲、蒲伯英、熊佛西这些前辈接触得最早,在陈大悲的《幽兰女士》和侯曜的《可怜闺里月》中,他都扮演女角(当时女人演女人是罕见的)。同时,他也学写剧本,他的最初的两个剧本习作《出门之前》和《私生子》,用的笔名是"仲刚",发表在《爝火》上。至于一九七九年九月。他所写的自传(见《中国现代作家传略》上册)中提到的独幕剧《工人》和《翠子的将来》,我已忘记它们何年何月登在哪一个报刊了。这几个"少作",后来好像都没有收入他的剧本集。健吾在中学时期,也很热心参加一些政治活动,上海"五卅惨案"发生,他同我们一起上街去搞过宣传。他还担任过一年北师大附中的学生会主席。

健吾的父亲李岐山是辛亥革命烈士。他们家寄居北京,生活是贫苦的,全赖亲友接济。读中学的那几年,健吾和他的母亲、姐姐住在北京宣武门外粉房琉璃街的解梁会馆。他的姐姐读女师大附中。他从小就养成了生活简朴艰苦的习惯,读书十分勤奋。若干年来,他自始至终把全身心都投入人民的艺术事业之中,革命家庭早年已经给他播下了种子。我为什么说他是我的畏友?因为朱大枬、健吾和我三个人都是同时开始学习写作的,大枬略有成就,正在成长,不幸早逝。健吾读文学书比我们多,写作的步子跨得很快,作品扎实,并不追求数量。我起步很差,底子也薄,粗制滥造了不少的东西。健吾随时督促我,帮助我,几十年中都是这样。他有时当面批评,有时在信里讲;但他也不断鼓励我前进。三十年代中期,我的第一本散文《城下集》,就是健吾介绍到开明书店出版的,被列为"开明文学新刊"之一,主编这套丛书的仿佛记得是夏老丏尊和叶老圣陶。这本小册子一出版,健吾就在《大公报·文艺副刊》上写了一篇短评(后来收入他的《咀华二集》),使我读后既感到振奋,也感到惭愧。

青年时代,健吾在写作上既已崭露了头角,王统照、朱自清、王文显、郑振铎等老一代的作家,莫不喜爱他的才华。许多人都知道把健吾从清华大学的中文系转到西洋文学系的,就是朱自清,介绍健吾参加文学研究会的就是王统照。后来健吾在创作、翻译和外国作家研究各方面取得一系列的成绩,当然是他的勤奋努力所致;但与上述前辈们的培养与诱导也是分不开的,而他接受马列主义、毛泽东思想,则是近三十多年来的事情。

据我所知，在文艺界的朋友中，健吾与巴金、沈从文、柯灵、黄佐临等同志往还最多。三十年代，他长期为沈从文编的《大公报·文艺副刊》写稿。他还短期编过《华北日报》的《文艺周刊》。健吾又是《水星》文艺月刊编委之一。他在巴金同志主编的《文学季刊》中出过好几本书，引起不少作者的欣羡。一九四六年，郑振铎同志曾约健吾一起编过三卷（？）《文艺复兴》。巴金同志的著名长篇小说《寒夜》和钱钟书同志的《围城》都发表在这个刊物上。由于健吾是一位有真才实学的作家和学者，为人正直诚恳，表里如一（他在一篇文章中就做过自白："我不搞个人主义和小圈子，对任何人任何事不存私心。"）。他与人无争无忤（原则他自然还是坚持的），又肯热心帮助朋友，大力扶持青年，我从来没有听见过朋友中有人讲过他的"闲话"。除了抗日战争期间，他在上海隐姓埋名搞爱国戏剧运动来抗拒日伪的那几年，我们中断了音问之外，几十年来，一直是书信往返；连他在法国留学期间，与我也经常通信，而且还写过两封讨论文学问题的长信。我保存的新中国成立前他给我的信比较多；但是在动乱的十年中，我被抄家，全部都损失了。

一九五四年，健吾从上海戏剧学院调到北京文研所工作以后，我每次到北京开会，总是首先去看他，老友见面，分外亲热，在他的小楼上一谈就是两三个钟头，主客都乐而忘倦。有时也有中学的同班同学参加。近几年来，健吾多病，记忆力日益减退；但他仍然坚持在家带病工作。去年我们一起参加中国文联召开的全委会，从外表看，他的身体似乎好了一些，我们都为他高兴。会议期间，大家几乎天天见面。会后，多年未晤的老同学汪燕杰同志约了我们三四个人在国务院第一招待所小聚餐，那天健吾时时发出笑声，话特别多。我们大喝啤酒，几次碰杯，互祝健康长寿。健吾还把他的女婿喊来，为我们摄影留念，不觉酒酣耳热，只差"仰而赋诗"了。

健吾的姐夫朱厚锟，是贵州大学外语系的教授，曾经翻译过吉辛的《文苑外史》。朱氏夫妇已先后逝世。据说，健吾的八叔还在贵州。几年前，健吾就写信给我，说他想到贵州看看。前年秋冬之交，他又来信说，他不久将到长沙，打算从那里转到贵阳，还提到我们的一位老友老诗人程鹤西在云南负责农科院的工作（这位诗人在叶老圣陶编辑的《小说月报》上发表过很多诗，还搞过翻译），约我一同去昆明访他。但是到了长沙，秋雨连绵，气候变化很大，骤然冷起来，健吾感到病体不支，急忙又折回北京去了，使我大失所望。

去年六月上旬，我接到苏州医院著名外科医师李颢同志来信，说是花城出版社将为他的父亲李青崖出一部《莫泊桑短篇小说选集》，希望我给这部书写一篇序。青崖是我的老朋友，当然义不容辞；但是不由我想起了健吾："如果请这位法国文学专家给青崖写序，岂不比我高明得多吗？"我一面写信向李巨川推荐（李颢已去英国讲学，巨川是李颢的儿子），一面写信给健吾，征求他的同意，并且寄去了有关的资料。原来健吾与青崖父子早就熟识，他很爽快地答应了，而且不到半个月，就寄来了一篇写得很精练的序文。我转寄给巨川，他喜出望外，感到很荣幸，连忙去函致谢。我把序文抄存的那一份交给了贵州的文艺月刊《山花》，登在去年第十二期。健吾是同意先发表的；但他已看不见这期刊物了。健吾对我们这个省级刊物是支持的，一九七九年《山花》就发表过他的一个小闹剧《大妈不姓江》，贵州读者都很喜欢。

去年十月十二日，我接到健吾从北京来信，说他十月二十一日将到西安，出席外国文学理事会，夫人同行，会后拟先去成都、重庆，再转贵阳。他到贵阳的目的是探亲访友，因为他的身体不好，决定不讲学。我把这个消息告诉了贵州省文联和剧协贵州分会的同志们，都表示欢迎。顺便我也通知了贵州省话剧团的几个演员，他们过去是上海戏剧学院的学生。听说老师要来，他们随时都来打听健吾到达的时间，好去迎接。我也准备健吾夫妇来后，陪他们游览花溪、黔灵山、阳明洞、黄果树瀑布，并送他们去历史名城遵义观光，再到重庆，坐船顺流而下，经三峡、葛洲坝，由武汉返京，让他们满足这次壮游。但是望眼欲穿，一直没有收到他们抵达时日的电报。迟到十一月十日，我才接到健吾从成都来信，说是北京来电催返，明后日即将回京，本拟往贵阳一游，现在连重庆都去不成了，遗憾之至！……（据健吾夫人后来的信，健吾在成都已患严重感冒）。想不到相隔不到三周，就接到外国文学研究所发出的健吾逝世的讣告，多么使我们悲痛和惋惜啊！

记得去年在北京会到健吾，适逢我记朱大枬的那篇文章在《新文学史料》季刊第二期发表不久，他读了以后，比较满意（主要是我真实地记录了这位"五四"青年诗人的短短的一生），他对我说："你写大枬的文章不错，有些正是我心里想说的话，亏你记性那么好，把几十年前的事弄得清清楚楚。"我回答说："我这笔对死者欠了几十年的债，再不还不行了。大栩后半段的史料，如果没有王余杞帮忙，是写不出来的。不过也有遗漏，例如他的那首《黄河哀歌》借黄河自述的口吻，无比愤怒地揭露了北洋军阀黑暗统治的罪行，当时是有影响的，至今还有人谈起这首诗；此外，陈梦家在《新月诗选》中选了大栩几首诗，我也忘记讲，只好以后再补了。"健吾说："你也应当给我写一篇，赶快收集材料；就从中学说起，我的情况难道你不是一样清楚吗？"现在回想起来，他当时的那段话竟成了所谓谶语。

接着，在《新文学史料》季刊第三期上，发表了健吾回忆抗战胜利后，他和郑振铎创办《文艺复兴》的经过。他叙述了创业的艰难，如何得到党的支持，还记下了一大串给这个大型文艺刊物写稿的作家们的名字（不知道为什么没有提到这个月刊起讫的具体年月）。我记得好像是一九四五年的冬天，我接到了健吾为《文艺复兴》约稿的信，从第二年一月起，他就按期寄赠刊物。那时，我手边恰好有一个短篇《老实人》，故事写得比较粗糙，还没有改好，连我自己都不满意，便匆忙寄给健吾，请他斟酌处理，后来他还是把它发表了。不久，他又来信说，发行《文艺复兴》的上海出版公司准备出一套文艺丛书，已经收到几本书稿，问我是否也愿意出一本。我就把抗战时期写的几个短篇小说收集起来，编成一本《沧桑集》寄去。不久就在《文艺复兴》的封二上见到了丛书的预告。后来果然也出版了几种。因为上海属于国统区，物价飞涨，内战迫在眉睫，书店经济日益困难，《文艺复兴》终于停刊。我的短篇集只见诸广告，并未出版。这不能怪健吾，他的盛情毕竟是可感的。

一九五四年，我编《山城集》，一九八〇年我编我的《短篇小说选》的时候，一直都没有找到登《老实人》的那一期《文艺复兴》，所以这篇没有选上。后来，人民文学出版社为我复制了这个短篇，现在还保存着。我预备做些修改，以便把它收进将来出版的小说集中去，借以纪念我的老友和畏友健吾同志。

一九八三年二月上旬于贵阳

追忆李健吾的"快马"[①]

卞之琳

作为文学家兼戏剧家,李健吾一生(1906—1982)都有点戏剧性。他一再强调文学批评本身也是一种艺术(《李健吾文学评论选》,宁夏人民出版社,1983,"序一"),还把批评家对创作家作品的理解和掌握比作"快马"。风驰电掣的快马形象,我认为,也与戏剧性有关。而在他的场合,戏剧性又不只限于他有过戏剧(话剧)方面的多种经历。他,特别在他的盛年,就是一般为文,也如他平素为人一样,总有声有色。有声有色这一点也就包含在这里的所谓戏剧性的意义里,而戏剧性的涵义还包括出人意料的变化和效果,还包括从一方面转到另一方面的高速度、从一端跳到另一端的大跨度。

健吾少小从学校舞台开始他的文艺生涯,几十年主要出入书斋、讲堂和学院,还一度与剧社、剧院打交道,甚至亲自登台,也算热闹过一时,可哀的是,最后却一声不响,溘然谢世,竟又出之于一种戏剧性的突然!

那是1982年11月24日下午。我有事要出门(出我们宿舍楼的后门,因为前院正变成建筑工地),在后门内仅能容一辆汽车周转的隙地,碰见我们小单位的一辆小轿车,一听等在驾驶座上的老卢(中秋)同志说李先生害了急病,我就折身转奔四单元后门。上得二楼,只见尤淑芬大嫂和拥在左右的几个人还正在敞开的对门邻居家忙着借打电话,我向他们打手势一招呼,径自推门进李家起居室,劈面就见健吾躺在匆忙中铺了垫褥的地板上,他的前额已经冰冷!原来他午餐后继续写稿子,然后搁笔,照例靠沙发椅小休。不久淑芬从套间寝室出来就惊见他已经悄悄作古了。

[①] 选自卞之琳:《漏室鸣——卞之琳散文随笔选集》,北京:中央编译出版社,2005年。

过几天报载勃列日涅夫最后一天的类似情况。他和夫人共进早餐，忽然要到套间寝室取什么东西，一去不回，随即发现他已经倒在那里，早断了气。健吾这一番不幸出事，倒像预先戏拟了苏联这位大人物的临终一幕。随后我再见到淑芬，就提起这点同样的不幸消息来宽慰她，说人家不可一世的大国首脑逢到这一种的疾病发作，也会像我们小百姓一样来不及抢救。但是我暗自强把健吾这一走看作戏拟、假戏真做了，想起来仍不能稍解（即使自己的）哀思。

戏剧性的变化还不止于此。健吾前几年一度病弱、消沉，最后几年忽然显得身心两旺起来，由淑芬陪同，频跑西北、东南、讲学、访旧、游览，还随身带了一个照相机。这次参加外国文学学会西安会议后，还应约前去成都，在川西转了一转，终受体力限制，听从友好劝阻，未去冒三峡急风，顺道一游，并直下上海探望病友，而折回西安，循原路回京，家居伏案。不巧当时楼后供暖锅炉出故障，管理人抢修不力，暖气不足，冻了我们全楼住户几天，那一天上午健吾下去到锅炉房发了一阵火，这可能多少诱致了他午后心脏病的发作。

我们在西安开会，住陕西宾馆，自有另一种格局。那里首先就是舒敞，占地宽广，围进了湖泊林木以至一小角农田，错落建起了一些馆舍，本来具有基础，足供卓越的园林建筑家驰骋想象，加工构成自具特色的一座大观园，而健吾夫妇、罗念生、罗大冈同志等和我几个人被安排同住的一组有现代化设备的平房，居然有翠竹半抱，也具有本可加工成潇湘馆的部分条件，可是我们都是年逾古稀的俗物，也已经没有悠闲的遐想了，未免有点煞风景。

西安是健吾小时候一度住过的地方，附近也就有他辛亥革命烈士的父亲遇害处。他近几年也到过几次。这次开会之余，组织参观，他的游兴特高。在一般观光活动中，现在依稀想起来，倒是一点细节给我留有突出的印象。健吾兴冲冲拉我以一处展出的"马踏飞燕"的古石雕为背景，靠围栏照了一张相，似乎还曾请淑芬拿相机为我们合照了一张，可惜以后没有下文，原来有一个胶卷全部曝光了，我们那次所照的，大约也就在其中，所以没有留下任何影。不留痕迹，实也没有什么，可是现在回想起来，这一点照相琐事本身很有意思。中国古代盛世的无名氏能工巧匠，以他们了不起的魄力和想象力，用现实物象构成非常图像，浑厚简朴，异想天开而处处逼真，毫不怪诞，在我看来，既远胜过狰狞的我国传统的龙一类图腾形象，也远优于现代世界任何"先锋""新潮"之流的想入非非。

这些以可见的现实物象的线条与姿势表现抽象的闪电式、戏剧性的速度和气派，健吾三四十年代的文风、气派，或者可以说，多少向这个路数走过一程。当然时至 80 年代，他也早已了然：如今是马跑燕飞了。

想当年，从抗战前不久到上海由"孤岛"变完全淹没的日子，直到抗战胜利初期，是健吾生活最不安定、事业最不稳定的时代，却也是他学术、艺术上的全盛时代。他从大学讲堂重跨到话剧舞台，是出于不得已，也符合他自己的兴趣。快手自然也容易成为多面手。他在话剧方面，创作、评论、翻译、改编、组社、导演以至亲自登台，什么都干，无不胜任。仅就涉及的欧洲戏剧创作家而论，无论是否在他们的主要成就方面，就有从莎士比亚到萧伯纳，从托尔斯泰、屠格涅夫到高尔基，从莫里哀到罗曼·罗兰，形形色色，不一而足，数量也有从一家一两出到十来出以至更多出，有的出版成整套书，有的排演完即了。跨度之大、速度之高、随之以变化之多，正有戏剧性的出人意外。

健吾在 20 年代的北京，早显才华，初露头角，1933 年从法国回来，又马上抛出一部煌煌的学术论著《福楼拜评传》。我们结识后，次年我为靳以编《文学季刊》的附属创作月刊《水星》，挂出六个编委名单，其中就包括他的名字。有他经常支持，刊物按月出版，就不怕缺稿，在我执编的第 1 卷六期中就有五期刊出过他的短篇散文。1935 年他定居上海工作后，从 1937 年到 1946 年，除了抗战八年，我北上南下，路过上海，短期逗留，曾几次承健吾盛情留住他家里并承当家的淑芬辛勤照顾。健吾和我虽然性格文风各异，在许多方面也有非同寻常的共同语言。我当然难于也不倾向于企及他的快手、多面手这个特长。但是出乎意外，我当时正比较集中译介西方现代主义文学作品，1937 年春天忽然译出了法国贡思当的经典中篇小说《阿道尔夫》。这是直接出于健吾的建议与鼓励。而且以一星期的速度来完成，这可能间接受了健吾冲劲的感染。另一方面，我虽然早已读过瓦雷里的后期象征主义短诗，还译过并发表过其中的一首，可是我硬着头皮读瓦雷里标志他后期诗创作开端的著名长诗《年轻的芭尔克》（命运女神），虽已不记得在什么时候、什么地方了，却明确记得是借用了健吾的一本精装法文藏书，这按常情说，更该出人意外吧。

当然，现在谁要是在健吾晚年写的一篇自传里读到他说 1930 年去法国以现实主义小说家福楼拜为主要研究对象以前，在清华大学读四年法文课，随老师的兴趣，"读的是一些当时流行的象征主义诗歌"（《运城文史资料——纪念李健吾专辑》1989，"自传"），也就不会惊异了。

现在我却感到惊异的是，如今居然还有年轻人在健吾多门类文学创作活动中注意到他早年写过诗而且在一本诗选里收入了他写的两首（其中一首是《这不过是春天》一剧的插曲）。然而，收入的选本竟是《现代派诗选》（蓝棣之编选，人民文学出版社，1986），这又出我意外，我想如果健吾自己见到，也会惊讶。因为论情调和语言，要勉强分派，他写的这路诗应更适于收入《新月派诗选》。事实上，说来又奇怪，即使过去也从没有文学史家把他和《新月》派扯到一起。

健吾在文艺活动方面，主观着力方向与客观反应趋势之间，随处有相左的地方，出人意外，也可能出乎他自己的意料。他一生所写、所译、所改编的大量剧本，自有它们的成就和价值，可是我回顾起来，认为最具有他个人特色的，《福楼拜评传》以外，还是他晚年自谦称为"高谈阔论"（《评论选》，334页）即"刘西渭"时期的文学评论文章。而它们的特色就在于它们往往产生近于戏剧性的效果，时令人惊见，文思活跃，文采飞扬，即使跑野马，也去来自如，随时会闪烁出一句两句精彩话的火星。

文学评论，本来与诗、小说、戏剧等一样，是文学的一个门类，健吾有理由强调王尔德等人提过的"批评本身也正是一种艺术"（《评论选》"序一"，1页）。他的文学评论也可说是他的艺术创作。这类文字通常会归入西方的所谓"印象派批评"，我现在重读他这些文章（这本80年代新编的《文学评论选》大半收入的是写在三四十年代、编入过《咀华集》各版的文章），出我意外，竟发现过去不记得注意过他另一方面早已清醒认识到："如若自我是印象批评的指南，如若风格是自我的旗帜，我们就可以说，犹如自我，风格有时帮助批评，有时妨害批评。"（《评论选》，《自我和风格》，217页，引文中着重点是原有的）他还承认批评家"有他的限制"，若干作家，"由于种种原因……超出他的理解能力以外，他虽欲执笔论列，每苦无以应命。尤其是同代作家，无名有名，日新月异，批评者生命无多，不是他的快马所能追及……"（《评论选》"序一"，3页）。也许正因为他在这里用过"快马"的喻象，才使我现在回忆起当年他和我在西安同游中突出记住了在"马踏飞燕"石雕前照相的琐事，而且觉得别具意义。同时他在上文中引用福楼拜的自我忏悔话："一个人太爱文笔，就有看不见自己写什么的目的的危险！"他当时的文笔真似一匹快马，驰骋中蹄下也时有前失后失，有时也会踩不中靶心（点子），那倒往往不是追不上而是追过了头。

如众所周知，1936年春夏间，健吾曾为文评论我那本有幸被列入风行一时的巴金编《文学丛刊》第一辑的《鱼目集》，把其中一路诗大加揄扬，竟引起了我一点意外的反应。我感到在一些阐释上需要自己按原来的文本安排加以牵引，指出他所说的有点欠妥，不能自圆其说。事实上我写诗以至为文，虽和健吾为文同样会不由自己而东拉西扯，一向另有相当于西方所谓"古典主义"（新古典主义或假古典主义）讲条理、讲层次、咬文嚼字的洁癖。健吾为文，特别在三四十年代，总的说来，笔势恣肆，易致泄漫、失控，顾不到逻辑性。写文章偶有败笔，发生漏洞，本来谁也难免。我后来一直后悔，作为作者自己出来说话（健吾又太严肃，说是"争论""驳辩"，见《评论选》334页"后记"），总是多事，而批评家说话，是代表读者，总无可厚非。他晚年自认"不相信自己的看法正确，所以我才将朋友的驳辩［主要包括巴金同志当时较长的《自白》——本文笔者］附在自己的'高谈阔论'之后"，并且说"友谊应该发展，由于争论，反而得到了巩固"（出处同上）。实际上，被评者，例如我这个作者，也只是作求全的补充，健吾果然也心领神会。

现在重读健吾的《文学评论选》，觉得集中的《情欲信》[①]《自我和风格》等篇正是学术与艺术的成功结合，有见解、能旁征博引，最似有"马踏飞燕"的气势。他晚年为文，以稳重来加以平衡，却更显出他当年才华横溢，行文自有戏剧性波澜起伏的特色。

健吾曾在文章中说："艺术的语言是文学的第一块敲门砖。"（《评论选》，《个

[①] 《情欲信》开头说"记得四五年前，北平有三两位教授指斥新诗的晦涩倾向，顺手拾了何其芳等新诗人做例，说是违背了明白清楚的修辞古训"，可能是指1937年（按此文写作日期1940年4月7日推算，应是三年前，"七七事变"前夕）梁实秋用假名给胡适编《独立评论》周刊发表"通信"，举我的四行短诗《第一盏灯》和何其芳《画梦录》的一段散文为例，指责我们影响青年学生写"看不懂的新文艺"，胡适在"编后记"中先为我开脱一下说我那首短诗，虽不算好诗，是看得懂的，随就跟梁实秋一唱一和肆口攻击何其芳当时那一路散文，引起周作人和沈从文在《独立评论》上也发表"通信"提不同意见。可能在1940年，健吾手头已没有原先读过的那些材料，所以记得不准。那次争论，详见我写的《追忆邵洵美和一场文学小论争》。

人主义》，221页）他的戏剧创作、改编、翻译等等，就最具他自己的特色而论，首先还是它们的语言的艺术。这不在于它们的一般所谓流畅（那往往是滥调），不在于擅用道地的土白（那往往是庸俗），而在于运用纯正普通话，干脆，活脱，绝不拖泥带水，每句话都站得起来，有点像纪德称赞斯丹达的语言每句都是垂直的样子。健吾还在口语基本调子里融会个别文言词汇和成语，但不因滥用或生搬文言和外来语而使白话文变成不文不白的书面文。例如现在我们的广播、电视之类的讲话中往往随便用"时"代替"时候"，叫人听起来别扭，不像是正常说话，话剧台词里这样说也会一下子破坏了全盘的逼真效果。

"文章千古事"，即使在大体上，也难讲得失。何况在细微处，读者感受会因人而异，各有主观因素。但是一种民族语言的规律性总比较客观。可怪的是，如今我们讲现代汉语的中国人，对于母语中的微妙差别，在白话中偶或乞灵于文言的需要与限度，竟然感觉十分迟钝或者满不在乎。例如莫里哀的一出名剧，健吾译为《吝啬鬼》，剧院演出却还是用的平板无生气的文言旧译名"悭吝人"。连这种语感都没有，人家就不易认健吾为莫里哀喜剧最合适的汉译者。从他用白话韵文译莫里哀《斯喀那勒里》这出喜剧（笑剧或闹剧）当中，可以读到例如这样的译文：

就算｜你和他｜婚约｜一订｜再订，　　　A
来了｜财主，｜还不｜成了｜画饼。　　　A
某利｜很好看，｜不过｜你要｜记住，　　B
有财｜可发，｜什么事｜都得｜让步；　　B
丑八怪｜有了｜金子｜也会｜顺眼，　　　C
没有｜金子，｜一切｜都是｜枉然。　　　C
你｜不喜欢｜法赖尔，｜做情人｜不行　　D
可是做｜你的｜男人，｜我看｜还成。　　D
丈夫｜这个｜名字｜是一种｜诱力。　　　E
爱情｜往往是｜婚姻的｜一种｜果实……　E

（湖南人民出版社版《莫里哀喜剧》第一集，306页）

这段译文照法文原用的一种传统诗律，亚力山大体，双行押一韵（随韵），但未照亚力山大体每行用十二单音节，而用较与英文传统随韵体相近的每行五音组（顿或拍），如我在引文中标出的这样。这样把莫里哀喜剧诗行译得如此相应忠实而传神，我想国内极少人能企及。

健吾与我，尽管在讲话上有灵舌与笨嘴的天渊之别，我自信同样有语感（虽然在音乐家场合，能作曲的不一定同时擅演奏，我在语言方面，也类似这样，与健吾不同）。我们一些人，以闻一多等为首，在引进西方自由诗体以外，探索新诗格律体，经过若干年逐渐摸索到一种简单显明、日趋圆熟的基本办法——就是依现代汉语吐字的自然音组一顿一逗伸缩调配照内容要求适当建行的节奏原则——，健吾没有注意这方面的实验，无意中却正好不存先入之见，按他自己充分掌握的用现代汉语讲话的客观规律（也就是自然规律）在翻译戏剧诗行的实践中证实了我们少数人日渐得出的这种新诗律的基本点的可行而且行之有效。就此而言，他是无心，我们是有意，倒正好走到了一起，为解决新诗形式问题，我敢肆言，时间将证明不无小助。

从诗行回到剧本说，由于他天生的性情，健吾显然最擅长喜剧，无论创作、改编、翻译。但是我认为他操纵语言流有时会产生几近失控的倾向，若再用他的"快马"比喻说，就是不时会有点脱缰的趋势，以至越出"马踏飞燕"的轨道。他翻译莫里哀的喜剧以至喜剧或闹剧，再合适不过，而不见得适于翻译同属法国17世纪古典主义的拉辛悲剧。他也没有译过，显得他有自知之明。

健吾平素为人为文的戏剧性特色，特别是一言一行的喜剧性癖好，最后使我在回忆他的沉重心情中不由不想使大家轻松一下而提一声他几十年前闹过的一个笑话。这场笑话的发生，偶然中也有非偶然性。健吾笔下擅出喜剧，不等于他在台上也擅演喜剧人物。他做戏可能和为人一样，不善作假。他生平工作作风是一贯认真，偶在舞台上演戏也可能过分认真。他那次正因为认真才闹出了笑话。

事情是这样：他在上海沦陷期间，有一次上台演戏，因为向不会抽烟，偏碰着所演的角色需要表演抽烟斗，就认真抽了两口，马上晕不可支，勉强挣扎到下场，后台人员立即帮他雇黄包车送他回家休息，问他该去的地址，他脱口说了一句"殡仪馆"，使大家愕然，随即不禁失笑。原来他当时家住殡仪馆近旁，地点的确往往就称"殡仪馆"，并非说笑话！

他这句话，想不到几十年后，终成谶语，不由他自己说，一下子真被送进了医院太平间，自属可哀，但是在大家惋惜他的损失以后，庆幸他毕竟留下了丰硕的当可传世的文学收获。突出它们一贯的喜剧性特色，提一下他过去也缘于认真的一次笑话，把它还原为佳话，也就像把悲剧喜剧化，亦悲亦喜，还是以喜结束，为人间添一分喜气，也正易令人长远想起他平素习于眉飞色舞的音容笑貌吧。

1990年3月14日，3月31日

忆李健吾先生[1]

唐 湜

1950年印出我的评论集《意度集》后,我寄了一册给健吾先生的清华同窗钱钟书先生,他回信说:"你能继我的健吾(刘西渭)学长的《咀华》而起,且大有青出于蓝之慨!"健吾先生比钟书先生在清华外文系高一二级,他称健吾先生为"学长",是名副其实的,说我能继健吾先生的两本《咀华集》而起,对我已是十分抬举,说"青出于蓝"就是太过誉了!

不过,我确是健吾先生的一个私淑弟子,从两本《咀华集》的风格、文采与内容都学习到不少东西,汲取到不少营养。如果说,文学评论中应有一个刘西渭学派的话,我就是其中的一人。我在《意度集》的前记中说:在那时的文学评论中,"刘西渭先生与梁宗岱先生的亲切又精当的风格,恰如春风化人"。又说:"我那时企慕着刘西渭先生的翩然风度,胡风先生的沉雄气魄与钱钟书先生的湛深修养,但我更期望在他们之间有一次浑然的合流。"我当时站在文学评论界的三大学派之间就如一个观星者在瞻望天上灿烂的星座,而我,无疑是最爱慕刘西渭这个星座的,自己愿成为其中的一颗小星!

还在1936年左右,我在故乡温州念初中最后一年时,就在一些文学报刊如《大公报·文艺》《水星》上,读到了刘西渭先生的品评卞之琳诗作与巴金小说的评论。并与卞先生、巴金先生进行了一些讨论,后来,《咀华》一、二集在巴金编的《文学丛刊》中出现,更成为我最喜爱的书,因为他的虔诚的心就扑在完美的艺术上,从熠熠的抒情文采上,也从北方人的亲切谈吐上,更从广博的学识与艺术分析的一语中的,对诗人、小说家的淡淡却极为传神的勾描上。在《水星》

---

[1] 原载《文史月刊》2002年第2期。

上我还读到他的《意大利游简》，也是风格那么潇洒自然的散文，与他的评论风采是一致的；而从他的《福楼拜评传》，更可见出他的学术功力无比深厚，他后来就译出了一整套那么精纯的《福楼拜全集》。

在20世纪20年代之末与30年代初期，北京是一个辉煌的文艺中心与学术中心，也可以说是中国现代文学史上一个最光灿、最优雅的文学中心。就以清华来说，健吾先生的同学中就出现了最杰出的博学学者钱钟书与考古学家夏鼐，伟大的剧作家曹禺、袁俊（张骏祥），雄伟的史诗《宝马》作者孙毓棠，还有诗人辛笛、曹葆华，后者还从四川带来了学生陈敬容，也在清华、北大旁听，当时就成为最年轻的优秀女诗人，后来更成为现代最抒情的抒情诗人，而健吾先生则是他们中的"健吾大哥"！在北大，一本校园里的习作《汉园集》就以最美的现代诗艺水平大大超越了"新月"，把三个最好的诗人与散文家何其芳、卞之琳、李广田，送上了诗的天宇，成为一代光耀的新星座，健吾先生曾与巴金、卞之琳们一起合编《水星》，与汉园诗人们也很熟。以健吾先生来说，不仅以小说《终条山的传说》得到了鲁迅的赞许，而且多才多艺，写了许多剧作，并跟着陈大悲们一起参加演出，被斯诺认为是与曹禺并立的当代两大剧作家。最后又以刘西渭之名写评论，震惊了当时的文坛，对比当时僵化的评论界，他对我们犹如一阵化雨的春风。

我是抗战胜利后来到上海才认识健吾先生的，当时他与郑振铎先生（五四时期文学研究会的主要领导人）合编一个大型文艺刊物《文艺复兴》，是由《小说月报》《文学》《文学季刊》《文季月刊》以来的一系列文学研究会系的大型文艺刊物之一，由郑振铎领衔，健吾先生具体负责编务，两年后又加上一位唐弢先生来参加编辑工作。我于1945年在温州时就给他寄去了几首诗，健吾先生选了几首，以《山谷与海滩》为题在1946年初发表了，包括一首《沉睡者》。之后，我的胆量大了，又寄去了几篇书评，如《冯至的〈伍子胥〉》《杜运燮的〈诗四十首〉》，后来也陆续发表了。大概是1946年的春天，我寄居于曾借读过的暨南大学上海宝山路的宿舍里，接到了他的通知，要我到陕西路他家里领取稿费，我这就惴惴不安地去叩他的门扉了，哪知出来开门的就是十分和蔼的他自己，一口北京话，未说话就爽朗地笑着。这第一次见面就痛快地谈了两个多小时，我才不好意思地告辞了。以后我就时常送稿子去，听他谈论欧洲文学，我当时想照过去惯例，以借读生转入暨南，听他与钱钟书、施蛰存几位名教授的课，却不料新来的教务长刘大杰要我参加转学考试，我只好回杭州继续在浙大学习，可每星期六常来上海，住在舅父王国桐家里，去向几位文学界前辈请教。健吾先生家中是最常去的。这样，我不能成为他讲台下的学生，却成了他家中的亲近弟子，常在咫尺之间听他那种广征博引、逸兴横飞的谈论。

当时国民党政府任命他的一位清华同学顾毓琇做上海市教育局长，这位局长是美国麻省理工学院的科学博士，却又是写过《荆轲》《项羽》《西施》之类的话剧作家顾一樵，与健吾先生曾是同年级的同学，又是话剧的同行，在学校时颇有点交情，因而，也照顾他的教授清贫生活，叫他兼任一个戏院经理。抗战开始后，健吾先生曾在上海的"孤岛时期"，编译了不少戏演出，后被日本宪兵逮捕。出狱后，即奔赴大后方，胜利后回上海，要拿金条去搞房子是无法可想的。听说他住的房子就是这位局长拨给他的，该局长还叫他在上海市图书审查委员会兼一个委员。健吾先生自然不敢当这个"委员"，就去请教郑振铎先生。郑先生却认为"身在公门好修行"，为了民主人士办的《民主》一类刊物能通过审查，也为了一些出版单位能批到一些"官价"的白报纸，他劝健吾先生去兼这个"委员"，健吾先生因而就答应了顾毓琇（顾原是国民党政府的教育部次长，解放后一直在美国理工科大学里任教授，前几年曾两次回国参观、讲学，受到了欢迎）。为这事，他受到了一些人背后的批评。不过，组织上是谅解的。因为实际上，通过与顾的交情，他做了一些工作，有利于人民，有利于进步的文化事业。

据后来健吾先生与我的多次谈话，我大致了解到他的身世。他父亲李岐山将军是同盟会在山西晋南一带的领袖，辛亥革命时率众起义，成为同盟会系统部队的军长，占领晋南，与占领晋北的军阀阎锡山对峙，势不两立，因而与占领西北的冯玉祥将军联盟倒阎，不料一战而败，被俘遇害。他一家由西安迁北京，曾受到冯玉祥将军的照顾，就是他上大学，赴法国留学，据说也是由于冯将军的资助。

健吾先生翻译了大量欧洲文学名作，除了福楼拜的长篇小说《波娃利夫人》等之外，还有《莫里哀全集》、司汤达的小说与高尔基、罗曼·罗兰的许多剧作，在孤岛时期，他在上海改编莎剧《马克白斯》为《王德明》，曾连演六个月之久，我最喜欢他由莎剧《奥塞洛》改编的《阿史那》，文采斐然，而又十分口语化，完全是北京话，十分活泼自然，我以为中国目前的莎剧译本都无法与它相比。这个剧由于孤岛时期的结束没有演出，抗战胜利后才发表于朱光潜编的《文学杂志》，其中有些精彩的大段独白神采熠熠，逼近原作；而剧中的唐代历史气氛又十分浓郁，可以说是他自己的绝妙创作。可以说，他是通过自己的再创作来进行翻译的。

胜利后他一直在上海剧专任教授，这是他主要职务，新中国成立后又任剧专文学系主任。我于1951年来上海，在他虹口的新家里见到了他，他给了我一大叠当时新出的文艺作品与理论著作，让我多学习，并介绍我进剧专当他的助教，却事与愿违，我没有被市教育局接受，只好去北京教书，后又调入中国剧协的《戏剧报》，一直没与他联系。一直到1956年，一天偶然在前门外遇到他，才知道他已调到北京，在中国社科院外文所，住在西郊中关村宿舍。他邀我去便宜坊，吃了半只烤鸭。当时我在《人民日报》上发表了一篇文章，对北影专为马连良拍《借东风》的计划写了一些意见，认为该加上一个完整的《群英会》，也该加上个清同治、光绪年间三庆班原有的《横槊赋诗》，让叶盛兰、特别是郝寿臣充分发挥艺术光彩，《人民日报》的刘淑芳同志曾让我与北影的一位负责同志在编辑部进行讨论，结果是文章发表了，北影也接受了我的意见，拍成《群英会》《借东风》两部真正的京剧群英会；许多名角，如肖长华、郝寿臣（作为艺术指导），与马连良、叶盛兰、袁世海、孙毓堃们都在银幕上留下了永恒的姿影。李先生告诉我他与钱钟书先生现在一起工作，对我的意见十分赞成，希望我的想法能成为事实（当时电影还没有开拍）。也谈起他的一个话剧《青春》，曾发表在《文艺复兴》上，被东北评剧院的一位姓曹的剧作家拿去改编成评剧《小女婿》，在沈阳、北京、天津天天演出，文化部也给了一笔不小的奖金；改动的只不过把时间从辛亥革命前后移到解放后，并加添了一个妇女主任。姓曹的说自己见到一本连环画，是根据连环画改编的，根本没有提原作者是健吾先生。为此，他的清华同学后来留学美国学戏剧的张骏祥先生，一位声名可与曹禺相侔的剧作家与上海电影制片厂的厂长，曾向文化部提出意见。李先生一提《小女婿》，我就想起了戏中的主角香草与田喜儿，怪不得这两个名字那么熟，原来是《青春》里的人物！那时候不像现在，作家的著作权没有什么法律保障，因而我一听就心中不平，回去写了一篇文章，到中关村请李先生看过，就交给了《戏剧报》编辑部。

不料形势一变,"老工人说话了"! 我是在劫难逃,如果这篇文章刊出了,更会连累李先生。幸亏李先生也知道了风声,连忙来编辑部找到他的上海剧专学生张江东(这个可怜人后来也倒霉入狱,因病保外就医,不久就亡故了),抽出了我这篇文章,才没有出事。

到1978年我摘了帽,到北京要求平反时,在东城罗圈胡同的一幢大楼里找到了李先生,畅谈了别后的情况,他给了我一本话剧《贩马记》,宁夏人民出版社刚出版的。说巴金的弟弟李采臣到宁夏去了很久,近来信要老朋友寄稿,他给了一本评论选与这本剧本。原来上海解放前后,巴金、李先生、朱雯几位作家、翻译家合资办了一个平明出版社,由李采臣出面经营,这就成了资方代表,与另几个出版社的资方代表,在一次运动中一起被派到宁夏帮助搞出版事业,实际上是变相的流放。现在形势好转了,急需外稿,李先生要我也编一个诗集寄去。我回来后,即编好一个十四行诗集《幻美之旅》寄去,第二年,1984年就出版了。

据李先生说:《贩马记》是他在上海孤岛时期就构思并动笔写好的,原想好好写一个精彩的大戏,只写出了这一半就搁下了,这一搁就搁了几十年,反正这一半也可以独立成一个戏,就让它出版吧!当时原想写上下两集,准备了不少资料,《青春》就是用剩下的一些材料写的,也可以说是其中的一个插曲。我读了《贩马记》,觉得写的该是他的父亲李岐山将军的事,至少是以他父亲作坯子来写的,而他的计划是让这位主人公在投身革命中到处碰壁,最后入北大,与李大钊烈士一起死在张作霖的绞架下,可惜他这个精心构思的传奇式的革命悲剧没有完成。

就在他逝世前的一年,他与李师母要南下,经上海、杭州赴长沙,参加湖南人民出版社为他翻译的《莫里哀全集》举行的初发式,我恰好在京,也要回家,就顺便与他们俩一路走,路上好照顾李先生,并打了电报通知辛笛来上海北站接他们。辛笛先接大家到自己家里,又通知他的几个戏剧界老友来看他们,最后安置他们在一家中等旅馆里。我在上海没住几天,就买了轮船票回乡,他们在上海会见了许多老同事、老战友后又到杭州,在杭州有他在暨南、剧专的学生陪他们玩了几天,为他们买好车票去长沙。那三两年我知道他回了一次家乡安邑,又到四川、武汉一带游玩了一趟,在外面游了个痛快,才回到北京罗圈胡同那个大楼上,安安静静地写了一些文章;却在写完一篇文章后,回到沙发上坐下,拿起一张报纸来看，报纸飘然落下，他也就魂游天上了！我是在家乡接到他的讣告的，只能写了一封信给李师母表示悼念之忱，后来又在《文艺报》上写了一篇《李健吾与〈文艺复兴〉》。而早在 1973 年 8 月，我还写过两首十四行：《怀刘西渭先生》，在刊物上发表后收在《幻美之旅》内。第一首是：

  呵，亲爱的刘西渭先生，
  这忽儿我想起了您爽朗的笑，
  四十多年前，一个中学生
  由于您的《咀华》的光照，

  进入了一个新奇的世界，
  从此，自己也学习着凝眸。
  拿诗似的精致散文来抒写
  书国的行旅中一次次感受；

  可一直学不到您的真淳，
  您富于人情味的潇洒风华，
  直到后来，在上海见到您，
  才明白风格即人，您笔下
  翩翩的文采是打您的淳朴，
  您含咀的英华里来的气度！

我相信这儿对他的形象的素描还是准确的。

李健吾的一生[1]

徐士瑚

著名作家、戏剧家、翻译家、文艺评论家、法国文学专家李健吾同志离开我们已经四个月了。作为他的同乡、同学和近六十年的挚友，记述和回忆他的一生经历和成就，心情是非常沉痛的。在他六十年的译著生涯中，可以说是著作等身，译文如海，估计有六百万言之多。我只读过一小部分，因此，不可能对他的译著进行全面的分析评价，我只是想根据我和他多年交往的闻见、尤淑芬大姐的口述以及她借我参阅的第一手材料，将他的家世、教育、译著、戏剧等方面的重要事实，尽可能翔实地加以叙述罢了。

一、革命家庭

1906年8月17日，健吾出生在山西运城县（昔称安邑）西曲马村一个耕读传家的家庭。父李鸣凤（1878—1919），字岐山，中过秀才，是辛亥革命晋南领导人之一，母相竹筠。祖父秀才出身，教书为业，有子八，李鸣凤为长，其余七子或务农，或经商，或读书。李鸣凤"少有大志，虽业儒，不好章句学，傍览孙吴兵法则大喜，居恒与人谈古今战争胜败，了如指掌"[2]。1905年夏，景定成[3]由日返里，与李鸣凤在运城创办了回澜公司，以出售戒烟丸为名，密输革命刊物。翌年夏，景二次返里，介绍李鸣凤加入同盟会，李后发展郭润甫、裴子清等为会

---

[1] 原载《新文学史料》1983年第3期。
[2] 景定成：《李君岐山行状》，作于1920年阴历9月，1931年他还写了《李岐山烈士墓志铭》，均载《安邑县志》。
[3] 景定成，字梅九，安邑人，留学日本，1905年秋在东京加入同盟会。

员，在运城开设汇文书店，出售革命刊物。① 景、李两人曾赴陕西与该省同盟会同志井勿幕、陈树藩等建立了密切的关系。李还往来于口外贩卖马匹，借以结交塞外豪杰。这在健吾写的《贩马记》中有所反映。1907年，李鸣凤到太原任职于铁路学校，在校旁开设大亨客栈，作为暗中联络革命同志的地方。

武昌辛亥革命消息传来后，李鸣凤赶回运城与革命党人"秘密会议，制定策略，准备响应。又派人和陕西革命党人取得联系，安排让其弟李九皋，招兵买马……"② 北返太原，行至太谷时，始知山西起义军已自娘子关败退下来，都督阎锡山率残部退往晋北。副都督温寿泉、景定成等率千余人向晋南退却，李鸣凤乃在太谷借枪数十支，收编部分败兵，组成一支队伍，与温、景队伍在霍县会合，从洪洞渡汾河，下襄陵、汾城，12月底前抵河津。大家决定温、景渡河，联络陕西民军，攻取河东，并推李鸣凤为五路招讨使，兼由哥老会洪汉军改编的国民军总司令，分两路向运城进兵。先是温、景赴陕之前，河东革命党人已派同盟会会员张士秀于12月20日赴陕乞援。陕西都督张凤翔乃派陈树藩、井勿幕等率秦陇复汉军，随张士秀渡河，于12月29日攻占了运城。次日，李鸣凤大军亦到。于是组织起河东军政分府，温寿泉总领一切，张士秀管民政，李鸣凤管军事，兼任旅长。1912年1月7日，李统军北上，先下绛县，俘清兵八百余，杀清统领陈正诗，后围攻临汾。城将陷，适清帝退位，共和告成，袁世凯当了临时大总统，4月任命阎锡山为山西督军，7月取消河东军政分府，任命李鸣凤为山西第一混成旅旅长③，张士秀为河东观察使。

阎锡山当督军后，逐渐背叛革命，投靠袁世凯，排除异己，找了个借口，先向李鸣凤开刀。他"派心腹南桂馨为晋南筹饷局局长，借机拉拢李鸣凤、张士秀的部下……南厚结李部团长景蔚先，让取李代之。景向李告发。李、张便将南扣押审讯。阎向袁密报李、张叛乱。袁即下令晋陕豫三省派兵围剿。豫军赵倜从河

---

① 见《辛亥革命在河东》，《运城报》1981年10月7日。
② 同上注。
③ 健吾在《自传》（见徐州师范学院编的《中国现代作家传略》）中有"不料宣统帝宣布退位，就接受了孙文的第十九混成旅旅长的任命"等语，他可能记错，因这个名义不见于我看过的许多第一手材料。

南攻占运城，将李、张逮捕，解至北京"①。这事大约发生在 1912 年底。李鸣凤在监狱关了大半年。幸而军事法庭庭长"是陆建章②，想做陕西督军，知道父亲在陕西有声望，便放了他，让他带路"③。事实是袁世凯任命陆为陕西督军，负责围剿匪军，陆遂乘机保李出狱，参赞军务。李到陕后，从老家接来家眷。因此，健吾说他"七岁上第一次来西安，那时住在东木头街。后来父亲送我到史可轩④叔叔家乡念书。有一位老夫子教叔叔们和我念古书"⑤。1915 年冬，李闻袁世凯将称帝，乃先与革命党人胡笠僧、景定成、杨虎城、续西峰⑥等人在三原商定起兵讨袁，后偕余赴西安见陆说独立，陆意颇动，未决。⑦ 李乃返渭北与陕西民军揭起讨袁护国军的义旗，率师东渡黄河，讨伐袁的爪牙阎锡山，连下数城，并命他四弟李鸣鹤率偏师袭取介休、平遥，不幸李在虞乡中伏兵败，逃往北京。于是"家被烧，四叔李鸣鹤被枪毙。所幸袁世凯也失败了，父亲就来到北京，做一名陆军部的闲官。⑧ 从这时起，我这个在外飘零的孩子就在北京师大附小上学"⑨。关于他"在外漂零"的事，他在《五四期间北京学生话剧运动一斑》⑩ 中叙述较详。"记得我十岁那年，父亲把我从津浦县上的一个小站良王庄⑪接回北京。袁世凯死了，父亲的讨袁事业失败得可怜"。一个九岁的小孩为什么远离父母而住在良王庄呢？据健吾夫人尤大姐回忆，他父亲最疼爱他，在决定讨袁的时候，为了他的安全，派一亲信将他送交天津一位老友加以照顾，老友为了更安全

---

① 山西省文史研究馆编：《山西辛亥革命资料选编》上册，太原：山西省文史研究馆，1981 年，第 53 页。
② 陆是冯玉祥将军的舅父。
③ 李健吾：《自传》。
④ 史可轩，陕西兴平县人，曾任国民二军师长，后加入中共，1927 年 7 月被反动派杀害。
⑤ 《饱经沧桑话西安》，载在《陕西日报》1983 年 3 月 15 日。这是健吾逝世那天上午写好的文章，标题数易，最后定为《西安行》。《陕西日报》发表时，易为《饱经沧桑话西安》，并压缩了一部分。
⑥ 续西峰，山西原平县人，辛亥山西革命时，组织了忻代宁公团，夺取了大同，后反对阎锡山，亡命在外，他是续范亭的哥哥。
⑦ 景定成：《李君岐山行状》。
⑧ 少将谘议。
⑨ 同③。
⑩ 此文写于 1979 年 4 月，后收在中国戏剧出版社 1982 年出版的《李健吾戏剧评论选》内。
⑪ 距天津六七十里，在杨柳青与独流镇之间。

起见，便将他送到良王庄车站附近一个忠实可靠的农民家住了一年，使他有机会接近贫苦的农民和铁路工人。他们的凄惨生活深深铭刻在他那富于同情心的幼小的心灵上。后来他常写劳苦人民，是与这一年的农娃生活分不开的。健吾被接回北京后，上了师大附小三年级，他家那时住在宣武门外粉房琉璃街的解梁会馆。

李鸣凤1918年夏二次入狱，健吾在《五四期间北京学生话剧运动一斑》中有详细记载。"阎锡山恨透了山西一班闹事的辛亥革命派，派人来抓续范亭的大哥续西峰和我父亲，续西峰翻墙逃掉①，父亲去找他，正好碰上，自然就被捕了，幸亏父亲机智，被押送到车站，在开车之前，高声大喊：'我是陆军部现任官员，不能随便抓……'车站上的人一听，马上打电话询问陆军部……这样，陆军部就把父亲扣下来……听候审查。"这时，他大哥卓吾已赴法勤工俭学，家中只有他这个十二岁的男孩，只好每星期日从解梁会馆步行两小时到铁狮子胡同拘留所探监，除送酒食食物外，还为他父亲传递消息。经过各方友好的营救，一年后，终于恢复了自由。他在狱中写诗一百余首，抒发自己的胸怀，名曰《铁窗吟草》②，现引《立秋日次子健吾送酒食书物》一诗以见一斑：

夏云秋来袭觉寒，平明稚子适来看。

手将美酒古书并，口报家人问我安。

开瓶立饮百忧消，展卷朗吟意气豪。

席地幕天同造化，窥看泰山等鸿毛。

关于这部诗稿，健吾在《自传》中告诉我们，"解放后，山西省文委把父亲归入辛亥烈士之列，要去保管……"记得在清华读书时，健吾常和我谈起他每次探监时，他父亲怎样勉励他要正直做人，刻苦学习，不要辜负自己的聪明，这使他终生难忘。他还常说，一年的探监活动锻炼了他的坚强意志并培养了他的艰苦朴素的生活习惯。

1919年，陕西民军于右任、胡笠僧、杨虎城等人组织起靖国军，讨伐背叛辛亥革命、投靠北洋政府的陕督陈树藩。是年夏，陈鉴于李鸣凤与交战双方均有

---

① 续西峰当时住在宣武门外代郡会馆。
② 刊印在《山西文史资料》第十九辑。

交谊，便电李鸣凤入秦调停，于右任、胡笠僧诸同志亦表示欢迎，民军多愿归李鸣凤指挥，陈氏忌之，阴遣人狙击李鸣凤于秦郊。健吾补充了详情。他说，陈树藩"中秋节请父亲吃饭，好得什么似的。不料三天后，父亲辞行，在十里铺被陈树藩埋伏下的车队暗害了"①。这事发生在1919年阴历八月十八日。毕生矢志辛亥革命的一代英杰，竟然惨遭毒手，识与不识，无不悲愤。这使得健吾从少年时期就痛恨封建军阀和一切邪恶势力，后来在他的作品中有所反映。我听到的传闻说，陈所以害李，嫉妒固然是一个原因，但更主要的原因是他接受了阎锡山银币二十万元作为杀李的酬金。李惨死后，生前友好捐赠了银币二千元，每月生息二十元，作为赡养孤儿寡妇之用。

二、附小附中

健吾十岁从良王庄回京后，先插入师大附小二年级，不久升入三年级。他在校的成绩以国文、历史为最优。从小学高年级起，他就积极参加话剧活动。他在《自传》与《五四期间北京学生话剧运动一斑》中有详细记载。他对话剧很早发生兴趣，可能与他幼时爱看蒲剧有关。他写道："记得小时候在叔父肩头上看庙会戏，我什么也看不懂，就是不叫叔叔走，累死了叔叔也不肯从叔叔肩头上下来。"② 后来上附小时，他家住在解梁会馆，常常偷偷溜进附近的"新世界"去看文明戏。他说："有两个名字，我到现在还记得牢牢的，一个是李悲世，一个是胡恨生……胡恨生扮女的，小巧玲珑，专演反封建的小姐，他会哭，把我哭迷了……"这就培养了他爱好话剧的兴趣。这时，话剧运动蓬勃发展，他爱好话剧到着迷的地步。"学校要举行什么纪念会，王老师就找我们几个好活动的学生练节目，编排戏，而且居然也演出了，我反串女的……后来，我被封至模（师大学生）找了去，在《幽兰女士》③ 里扮演了丫头，封至模演主角……从此，各大学话剧团纷纷邀请我参加他们的演出。……当熊佛西在燕京当学生时，剧团约我扮演他写的《这是谁的罪》（？）的女主角……我那时是以'名'演员的身份答应

---

① 景定成：《李岐山烈士墓志铭》。
② 《迎成都市川剧院》（收入《李健吾戏剧评论选》）。
③ 戏剧家陈大悲的作品。

的……戏公演时，我准时去了……戏幕拉开，演了一阵，观众反应相当冷淡。临到我出场，我按着剧情的发展，'哭'开了。哭是我的拿手好戏。观众被吸引住了。熊佛西是个痛快人，幕一落下，他赶到后台，朝我扑通下跪说：'健吾，你救了我的戏，谢谢你！'我吓了一跳，我们就这样开始了友情。"① 健吾还告诉我们，他当时热爱话剧是和陈大悲的鼓励与帮助分不开的。"幸而遇到一位从上海方面来的、有实践经验又确实热衷于话剧运动的大师陈大悲。……当时他确实鼓舞着我这个再有一年就毕业的小学生。我年纪小，不会化妆，完全靠他在我的脸上描来描去。我离不开他，更离不开他从上海带来的高妈……陈大悲办人艺戏剧专科学校……1923 年 5 月 19 日，剧专在新开剧场演出陈大悲写的《英雄与美人》，中国正式有了女演员。于是我这个男扮女的演员就在自然规律下被淘汰了。"② 健吾当时既然是所谓的名演员，报刊上当然常出现吹捧文章。他说现任全国政协委员的郭增恺同志就是其中之一。陈大悲等人组织北京剧社时，"我这个孩子就成了发起人之一"。总之，健吾当年在我国话剧运动方面的活动，是可与欧阳予倩先后媲美的。

　　1921 年，他在师大附小毕业后，考上了四年制师大附中。他和班上三个爱好文学的同学——朱大枬、滕树榖、蹇先艾（现任贵州省文联主席）组织了曦社，在《国风日报》上出了《爝火旬刊》，发表他们的作品，虽无稿费，他们却感到高兴。健吾还为《北京晨报》的《文学副刊》写文章。当时主编该刊的是王统照，对健吾有好的印象，还到解梁会馆看他，从此两人建立了深厚的友谊。1924 年 11 月，健吾在该刊上发表了《终条山的传说》，1935 年，鲁迅把它收在《新文学大系·小说二集》内，鲁迅在导言中写道："……偶然发表作品的还有裴文中和李健吾……后者的《终条山的传说》是绚烂了，虽在十年以后的今日，还可以看见那藏在用口碑织就的华服里面的身体和灵魂。"

　　关于写戏的事，健吾说："我在中学四年级时写出了头一个像样子的剧本《工人》，写铁道工人受军阀祸害，不得不罢工。这是在 1924 年，我头一个正式发表的戏。"③ 后来，"有朋友告诉我，《向导》转载了。人小，不懂事，也不知道

---

① 李健吾：《五四期间北京学生话剧运动一斑》，《剧本》1979 年第 5 期，第 21 页。
② 同上注。
③ 同上注。

《向导》是什么刊物"①。他说,他所以写这个戏,是因为"工人群众的苦难生活感染着我,武汉和长辛店罢工给了我相当的影响"②。

健吾在附中时,除努力学习功课与写作外,"还是一个活跃分子,爱打排球,常参加校外比赛……四年级时,我被同学选为学生会主席;请鲁迅在大礼堂给全校师生作《未有天才之前》的报告"③。健吾在《自传》中还告诉我们,他当学生会主席时,受过一次北洋政府的迫害。"那时政治活动频繁,记得为了反对一个姓马的教育总长,我和各大学的学生代表一道在国务院关了两天一夜。"

在附中时,他认识了女作家石评梅,受到她许多的教益。他说:"1923年,石评梅先生从女师大毕业以后,到男附中教课……被聘为附中女子部主任、体育教员,兼教国文……学生们都喜欢她,而她那时才二十一岁……她也喜欢文学、体育,我们又是同乡,所以我们在课外晤谈的时候比较多,我年纪小,就像一个小弟弟似的,事无巨细,一片真心,全对她讲。"④ 石评梅是山西平定县人,当时在女师大以善写诗文,与庐隐、陆晶清齐名。她和中共早期党员高君宇(1896—1925)相爱,不幸高死在她前头。她本人1928年病故。"朋友们知道她的心愿,将她的尸骸埋在陶然亭高君宇的棺木一旁,成为后人凭吊的另一座鹦鹉冢。"⑤ 石评梅去世后,健吾在《北京晨报》上发表了一篇热情洋溢而又感慨万千的《悼评梅先生》,因为"我们的感情不仅是乡谊对于乡谊,先生对于学生,朋友对于朋友,而是姐姐对于弟弟"⑥。文中提到她听到高君宇病逝的消息时,"一声霹雳,她昏厥过去,后来她好容易才换过气来,和大风浪后的海面一样,她貌似沉静,支撑着她的厄运,然而由于这时起,她的心完全碎了"。谁想到五十四年后,山西人民出版社竟找上门来,请健吾写这篇序。他是怀着沉重心情,在他逝世前六天,带病写好它,寄往太原的。

---

① 李健吾:《李健吾独幕剧集:1924—1980》,银川:宁夏人民出版社,1981年,"后记",第176页。
② 同上注。
③ 《石评梅选集》序,这个选集1983年由山西人民出版社出版。
④ 同上注。
⑤ 同上注。
⑥ 《悼评梅先生》。

三、清华大学

1925年夏，清华学堂创办了大学部，健吾、冯伴琴（人民教育出版社离休编审）和我是同时考入的三名山西学生。健吾原报考中文系，后来接受朱自清师的劝告，转入了我报考的西洋文学系。后来我俩都因肺病休学一年。当时清华属外交部管，校长曹云祥，教务长张彭春。张提出了通才教育的办学方针，一年级课程文法学院完全相同，即国文、英文、中国史、西洋史、自然科学任选一门，二外任选一门，还有木工与体育。木工一课是在校门东大土堆后装有十几部机床的工学馆上的，每周一次，每次两小时。记得我们第一学期费了大劲才做好一个书架。这门课在当时全国大学内，可以说是一门别开生面的课。我们在系里学过的专业课不拟在此赘述，只谈谈与健吾后来从事的译著有关的法文学习。我们选的二外是法文，学校规定学两年，可我们学了四年，因为我们愿学，法文老师愿教，老师就是现在北大的九十六岁高龄的温德教授。第一年念语法，第二年念短篇小说，第三年念戏剧，第四年念法文诗，Baudelaire（鲍德莱尔）和 Verlaine（魏尔伦）的印象诗念得最多。四年的法文学习培养了我们阅读和欣赏法国文学的能力。

健吾在清华读书时，好像和他念附中时判若两人。他很少参加学生会的活动，运动场上也不大看到他。他"虽然担任了学校的戏剧社社长，可是并没有为学校演出做过什么事"[1]。这一半是因为他把精力放在课程学习上，一半是因为肺病伤害了他原来生龙活虎般的健康。他先得了急性肋膜炎，后转为肺结核。这是第二学年发生的事。他先在校医院治疗，"随后又转向协和、首善[2]各医院，移向家中。只为求得病好，妈妈通宵伺候在我的床边"[3]。在养病期间，他写了三个短篇——《私情》《红被》和《关家的后裔》和一个中篇《西山之云》，1928年把它们收在一起，出了个集子，标题是《西山之云》。除《红被》外，其他三篇都是以农村生活为背景的。写这篇传略时，我又看了一遍《西山之云》，我想知道

---

[1] 李健吾：《李健吾独幕剧集：1924—1980》，"后记"，第176页。
[2] 首善医院当时以治肺病出名，原址在今人民大会堂西侧。
[3] 《西山之云》序（1927年5月6日）。

健吾在大学一年级时失恋的痛苦是否有所反映。原来健吾在附中时曾爱过一个漂亮女生。他上清华后，她便中断了和他往来。这使他非常痛苦。我曾劝他痛下决心，割断情丝，或者另找女友，或者仿效歌德将自己的失恋痛苦发泄在写小说上。我重读了《西山之云》后，没有发现如歌德在《少年维特的烦恼》中所抒发的那种直接的失恋描述。这是健吾写的第一个中篇。塞先艾同志在序言中认为小说的结构好，但"一个大学生居然爱上一个乡下女子，这是很少见之事，而且把村女的程度也写得太高了，对话有些地方有点生硬不自然"。养病期间，健吾还写了两个独幕剧——《翠子的将来》和《母亲的梦》，都是以同情的笔触描写劳苦人民的。他很喜欢这两个小戏。前者的"背景是南下洼的茶馆，一个女孩子眼睁睁地看到自己被人卖出去做妓女，就找邻居'大姨'帮忙进了工厂"①。这是根据他们在解梁会馆期间常去贫民区南下洼子一带徘徊时的观察与听闻而写的。关于《母亲的梦》，他写道："我想父亲为辛亥革命苦了一辈子，最后被暗杀在陕西十里铺。我们一群孤儿寡妇，每月靠二十元利息过活……我怎能不写《母亲的梦》呢？我写的是我守寡的好妈妈。当然也受到辛格②的影响……"③

1930 年 6 月，健吾毕业后，系主任王文显教授因他爱好戏剧，便留他当了助教。

四、巴黎二年

1931 年春，健吾和他大哥回到运城老家合葬了父母，他母亲是头年在南京他大哥处病故的。陕西省主席杨虎城将军是他父亲生前的好友，曾派人到运城来祭奠。于是，健吾亲赴西安答谢。杨知他暑假赴法留学，送了他一千元学费，北返时，他在太原顺便拜见了山西省主席商震将军，商也是他父亲生前的朋友，因此，商让省教育厅补助了他三千元学费。他经商的七叔也帮助了他一部分学费，连同他当助教节省下的数百元，就凑够了他留法二年的学费。

---

① 李健吾：《五四期间北京学生话剧运动一斑》。
② 辛格是十九世纪后半叶至二十世纪初的爱尔兰大戏剧家，他的名独幕剧《骑马下海的人》有郭沫若的译本。
③ 李健吾：《李健吾独幕剧集：1924—1980》，"后记"，第 176 页。

1931年8月初,健吾和我,还有赴英休假的朱自清师三人结伴离开北平,经沈阳、长春,到达哈尔滨,然后乘中东铁路和苏联火车,经莫斯科、华沙、柏林到达巴黎。健吾在巴黎下车后,我与朱老师便转车,渡英吉利海峡到了伦敦。

健吾在巴黎学习了两年。第一年他在一所专为外国人开设的法文学校打好了听说写的基础。1932年夏,我去巴黎看他时。他高兴地告诉我,他刚通过考试,取得了优异的成绩。我们还和其清华同级校友吴景祥、施士之、孟广哲和温德教授等七八人欢聚几次。每次聚会,健吾总是谈笑风生,眉飞色舞,一如既往。记得有一次他谈到人体有四种气质时,他一一指出某人是多血质的,某人是粘液质的,某人是抑郁质的,他自己则是胆汁质的。大家对他的分析都哈哈大笑,表示同意。他陪我游历了巴黎许多名胜古迹,使我过了一个非常愉快的暑假。

第二年,健吾在巴黎大学文学院听法国文学课。他说:"我觉得中国需要现实主义,便在巴黎以福楼拜为主要研究对象,展开学习活动。"① 这就为他后来撰写《福楼拜评传》和翻译福楼拜小说打下了充实的基础。

我们到欧洲一个半月之后,便发生了震惊中外的"九一八事变"。健吾反应快,热情高,"写了《中秋节》,寄回祖国,在《东方杂志》上发表,反对内战。后来'一二八'起来,又写了《老王和他的一伙》,发表在上海傅东华主编的《文学》上……反对内战,主张团结抗日"②。

五、北平二年

1933年7月,健吾由法国回到北平,8月与清华经济系六级校友尤淑芬同志结婚,尤大姐是1931年1月由我介绍给健吾认识,7月两人订婚的。不久,健吾由朱自清与杨振声两位老师介绍给胡适主持的中华文化教育基金董事会编辑委员会,撰写《福楼拜评传》和翻译福楼拜的小说,每月预支一百元稿费,次年由商务印书馆出版《评传》时,每千字按五元结算。同时,他还"给巴金同志主编的《文学季刊》写稿,又给沈从文主编的《大公报》文艺版写稿。这期间我排演了

---

① 李健吾:《自传》。
② 同上注。

清华大学西洋文学系主任王文显先生的《委曲求全》①，是东城青年会一些朋友找我演出的，我演戏里的董事长。还去清华演过一次。演女主角的马静蕴女士（后来）因恶性感冒而死，同台演出的现在只有魏照风同志还活着……我后来还演了萧伯纳的《说谎记》，出丑的丈夫由我来演，女主人公是董世锦演的。这是我改演男角的开始"。《委曲求全》这出戏，我记得清楚，曾在清华园照王先生英文原剧演出过，男主角由教务长张彭春演，女主角由某教授太太演。健吾当时养病没有看，所以他在《王文显先生戏剧选》② 后记中未提这次轰动全校的演出。王先生幼年就去英国读书，对西欧戏剧有很深的造诣，他除用英文写了《委曲求全》外，还用英文写了一个大戏《北京政变》和五个独幕剧。在上海孤岛时期，健吾看王先生的生活相当拮据，就把王先生的《北京政变》翻译过来，交给洪谟导演，剧名改为《梦里京华》，1942年，由美艺剧社在辣菲花园首次演出……当时有上演税可收。我每星期拿着一个黑色皮夹到剧场收过百分之六的上演税，然后转交给王先生。③ 后来听说抗战胜利后他去了香港，病故在那里，两个女儿现在美国。健吾生前设法与她们取得联系，探询王先生那五个独幕剧的下落，终无结果。由此可见健吾对这位老师生活与创作的关怀是怎样地无微不至了。

在北平二年期间，健吾除写了《福楼拜评传》外，共写了五个戏，即《火线之外》《村长之家》《梁允达》《这不过是春天》和《一个没有登记的同志》，还译了萧伯纳的《说谎记》和《福楼拜短篇小说集》。总之，在北平短短两年之内他做了不少工作。

六、上海二十年

（一）暨大教书

1935年夏，健吾应上海暨南大学文学院院长郑振铎之聘，到该校任法国文学教授。他的家到上海后，住在学校附近自租的民房内。他除教书、译著和校内

---

① 原剧是用英文写成，健吾在当助教时译成中文的。
② 1983年由人民文学出版社出版，书名为《王文显剧作选》。
③ 李健吾：《后记》，见王文显：《王文显剧作选》，北京：人民文学出版社，1983年。

少数同事交往外,很少抛头露面参加校外活动。1936年夏初,我由欧洲回到上海,健吾到码头热情迎接了我,并陪我看了上海许多值得看的地方。我回到太原任教于山西大学,直至"七七事变",书信往来从未间断。在暨大期间,他翻译出版了福楼拜的《包法利夫人》和《圣安东的诱惑》,还写了一个四幕剧《新学究》和一个独幕剧《十三年》。《新学究》写于1937年初,四月初版,五月再版,受到人们的重视。剧中写了一个自作多情的迂阔的老教授康如水,写得惟妙惟肖,既令人发笑,又令人同情。他朝思暮想的情人是谢淑义,为了等她从美国留学回来结婚,竟和十五年的发妻离了婚。但谢并不真正爱他,只是和他保持不即不离的关系而已。剧中的孟太太和谢是大学同学,聪慧漂亮,她讲了许多关于爱情、结婚的话,好像就是剧作者自己常发表的意见。整出戏写得生动活泼,幽默风趣,而且完全符合西欧新古典主义学者所主张的三一律:一个行动,即康如水等待多年要与谢淑义结婚的迷梦破灭了;一个地点,即某大学附近的康家与赵家,一个时间,即星期日上午十时至下午吃茶点时。当时是否演出过,健吾在《自传》中未提。我想,当时如果搬上舞台,是会轰动一时的。

在此期间,健吾还用笔名刘西渭写了许多篇评论文,1936年收在一起,出了个集子《咀华集》。对当时文坛上有影响的作家的各种作品他都有所评论。他写评论文章的目的,在该集的跋中讲得明白:"努力接近对方一个陌生人——的灵魂和它的结晶……我用心发现对方好的地方。"当然对作品的不足处他也有论述。限于时间,我这次只看了其中的若干篇,总的印象是,他的评论文章表现出他的敏锐的鉴赏力和独到的见解,比较偏重艺术分析。

(二)孤岛八年

"七七事变"后,暨大后撤,健吾全家搬到法租界居住,在复旦大学兼课,写文章,维持生活。从此,我们中断了联系,1946年5月,我到上海出差,得以欢聚数次,他详细谈了他八年艰苦的孤岛生活。

太平洋战争爆发后,日寇侵占了整个租界,复旦大学关门后,健吾无固定收入,全靠写文章、写戏演戏糊口养家。他在《自传》中有详细的叙述:"……常到郑振铎同志家里,认识到阿英、夏衍同志等人……我边写书评……边自己写戏、短篇小说以及散文,……还把刘西渭的笔名借给阿英出《离骚》……我的班上有一位女同学张可,约我和做地下工作的于伶同志相识。我就这样开始了上海阶段的戏剧生涯，成为孤岛话剧的一员。于伶同志利用中法联谊会创办上海剧艺社，我写法文呈文，送到嵩山路。"该社最初演出了健吾翻译的罗曼·罗兰的《爱与死的搏斗》，还上演了他写的《这不过是春天》，由西禾同志导演，由夏霞和健吾自己主演。在这期间，他还写了《草莽》，寄给巴金在桂林发表。这个剧本现在改名《贩马记》，1981年由宁夏人民出版社出版了单行本。他还写了《以身作则》，由张骏祥同志导演，在重庆演出，上海方面也演出了，导演是黄佐临同志。他写的《青春》，就是新中国成立后被人改编的评剧《小女婿》，是由费穆导演的。在上海沦陷前的夏天，健吾主演了曹禺改编的意大利独幕喜剧《正在想》，他还改编了《秋》这个戏，动员大批人马演出，是黄佐临同志导演的。

健吾还把法国十九世纪后期著名剧作家萨尔都（V. Sardou）的 *Fernande* 改编为《花信风》，*Fedora* 改编为《喜相逢》，*Sera-phiue* 改编为《风流债》。他在《花信风》的跋中说："我要写的戏永远没有写，我要改编的戏永远没有改编。"可以推想他心中想写想改编的戏一定很多。仅就上述的剧本，也可以看出他这几年是如何努力于实现这个愿望了。

上述几个改编戏，是否在上海演出过，他在《自传》中不曾提及。他提及上演的是由萨尔都的 *La Tosca* 改编的《金小玉》。上演时，"男主角由石挥同志饰，女主角由丹尼同志饰，我自己则演参议这个角色。"此剧演了一个月，轰动全市。据尤大姐回忆，健吾向不抽烟，但为了演好参议，他不得不在台上抽烟，抽的是由劣质烟叶自制的雪茄，最后一次演出，由于抽得过头，戏一演完，就晕倒在后台，以后没有再演参议。这大约是1945年夏天的事。此剧所以轰动一时，是因为它写了北洋军阀时期敌人利用女演员金小玉的政治活动，惨杀了两位革命党人，女演员最后也以身殉国。剧中有一场写的是警备司令用酷刑拷打两位革命党人的办法向金小玉逼供。这是间接对日寇迫害中国爱国志士与善良百姓的惯用的伎俩的鞭挞，因而演出引起了观众的强烈反响，从而也招来了敌人的仇恨。成为日本宪兵队逮捕他的原因之一。幸赖清华校友国华银行副总经理孙瑞璜代出了伪币五十万元，才将他保出来。出来后，"我为佐临改编的一出大悲剧，定名《王德明》，演出时名字改成《乱世英雄》，女主角是丹尼同志演的；一个是《阿史那》"[①]。

---

① 根据莎士比亚悲剧《奥赛罗》改编的。

这两个剧本，一个借用五代的王德明的历史事实，一个借用初唐突厥族的阿史那。我很下了一番心思，尤其是《阿史那》，但是没有机会演出。"① 关于他改编的几个剧本，可以说，它们既保存了原剧的精神，又表现了中国的规定时代、特定环境和特定人物，使之成为具有现实意义的剧本。如果健吾对于中外历史与社会没有深刻的了解，对中外戏剧没有很深的造诣，他是改编不好这些剧本的。

健吾从日本宪兵队保出后，过了几个礼拜，为了避免再次被捕，决定全家秘密离开上海。他通过李伯龙同志，认识了一个往来于沪杭、屯溪之间的商人李化，把家中仅有的首饰交给他，由他负责一路费用，健吾一人先去杭州，尤大姐带着四个儿女随同李化家小到杭州与健吾会合。然后乘船到了安徽屯溪。一个月后，日寇便无条件投降了。

（三）抗战胜利

日寇投降后，健吾全家回到上海。为了便于演戏，他通过上海市教育局局长、清华校友顾毓琇，接办了海光电影院。不久，离开了这个电影院，到上海戏剧专科学校（上海戏剧学院的前身）担任戏剧文学系主任。同时，"张骏祥同志和中电剧团来到上海，我改编《和平颂》，演出时名字改为《女人与和平》，并在《文汇报》上发表。这是阿里斯托芬②的大闹剧，女人不要丈夫打内战，到阴间讨丈夫回来。我给戏里安插了一个修鞋匠，揭发统治区的官僚剥削，由沈扬同志主演。"③

郑振铎这时编辑出版了一个大型文艺刊物《文艺复兴》，健吾是全力协助编辑工作的。他在去年第三期《新文学史料》上发表了《关于〈文艺复兴〉》一文，对该刊的情况谈得很多。他说，该刊的目的是"号召作家为科学，为民主，为自由"而写作，并且是受到党的支持的。在这个刊物上发表作品的，有郭沫若、茅盾、巴金、叶圣陶、沈从文、臧克家、钱钟书、周而复、唐弢、萧乾、曹禺等著名作家，他自己写的剧本《青春》和得到郭沫若称赞的、根据席勒《强盗》改编的《山河怨》也发表在上面。

关于翻译工作，他在《自传》中说，他在敌伪时期一直没有中断翻译福楼拜

---

① 李健吾：《自传》。
② 阿里斯托芬（公元前约446—前380），古希腊大喜剧家。
③ 同①。

的小说,《情感教育》是1948年由文化生活出版社出版的,可惜《萨朗宝》他只译了几章,没有再译。莫里哀的喜剧,他译了八出,1949年由开明书店出版。

(四) 上海解放

上海解放后,健吾继续在上海剧专教书,在政治上紧跟着党走,努力学习马列主义、毛泽东思想,改造自己,并用新观点研究文艺。他在剧专"给全校开'剧本分析'一课,深感教材缺乏,就从英文译出高尔基、托尔斯泰、屠格涅夫等戏剧集。凡是有人译过的,我就不译了"。现在初步看到他译出的俄国戏剧是高尔基的《底层》《日考夫一家人》,托尔斯泰的《头一个造酒的文明的果实》《光在黑暗里亮》,屠格涅夫的《单身汉》《贵族长的家宴》。1950年,他还出版了《司汤达研究》。

1950年底,他和现任上海音乐学院副院长的周小燕同志等去山东参观了老解放区,回沪写了《山东好》,在《解放日报》上发表。抗美援朝期间,他积极响应党的号召,写了两个独幕剧《战争贩子》和《伪君子》,揭露了美帝的侵略与伪善的本质。

总之,健吾在上海工作的二十年,在写戏、演戏、写评论文、搞教学以及翻译等方面,都做出了卓越的成绩。

七、调京工作

1954年初,文化和旅游部调健吾到北大文学研究所(中国社会科学院外国文学研究所前身)任研究员,从事巴尔扎克的研究工作。他家住在西城他七叔的院内,距我家不远,因此,我们得以常相往来,肺腑相见,无话不谈,谈至兴头处,他总是眉飞色舞,声音爽朗,一如当年。对文艺问题,他常发表自己的独到见解。他一贯主张著书立说,贵在创新,否则,不必浪费笔墨。一次,谈到某君的《法国文学史》时,他说"全是抄的书"。有时,他的看法,我觉得有点偏颇。有一天,他带着一本大部头的俄文版《法兰西文学史》找我,要我为他译出专讲莫里哀的一章。我译出后,他根据莫里哀喜剧的内容,指出一些译得不大妥帖的地方。我于是核对原文,做了修改。记得他看过这篇专论莫里哀的五万字的文章后,说过这样一句话:"谈得一般,没有什么独到地方。"后来他把我这篇译文寄交巴金同志出了个单行本。

关于莫里哀喜剧的翻译，他调到文学研究所，继续进行。他不顾体弱多病，终于在逝世前一年译完了莫里哀全部二十七个剧本，交湖南人民出版社分四册出，第一册已于1981年4月出版，了却了他一生的一大愿望。

健吾对于中国古典戏曲也很有研究，对各地方剧种的兴趣大于对京剧的兴趣。"文革"前，不论哪个地方剧团来京演出，他总要设法买票去看，他也常看话剧，看后常写剧评。他在《自传》中说，他"转到北京后，和戏剧家协会接触多了，在同志们鼓励下，写了一些戏剧技巧、理论和剧评等"。这些文章收在1980年上海人民出版社出版的《戏剧新天》内。1982年，健吾逝世前不久又从新中国成立前后的剧评中选了数十篇，编成《李健吾戏剧评论选集》交中国戏剧出版社，今年可以出版。限于时间，我只看了其中我最感兴趣的七八篇。对于中国戏曲，他有精辟的见解。他说，中国戏曲第一是题材大半属于历史或传说，第二是体裁属于歌剧，第三是遗产丰富，美不胜收……然而现实主义精神，不论是在写作上，或是在表演上，往往强烈地感染着历代观众。年深日久，它们在千锤百炼中，充满生活气息，经过演员的创造，给观众留下真与善的完美结合的艺术感受。这是世界艺术的一大宝库。它们有重唱的，有重舞的，同时也有重做的，更各式借鉴。[①] 他这个见解当然是适用于中国各个古典剧种的，在他看来，中国戏曲的生命力是绝不会枯竭的。

对于山西南路、中路、北路梆子的著名艺人，他是赞不绝口的。他说："蒲州梆子重视特技。不过，演员很少为特技而特技。对他们来说，特技是一种夸张的手段，它们只是用来显示人物狂风暴雨般的感情的。"[②] 在《看戏十年》一文中，他对老一代的中路梆子名须生丁果仙、北路梆子名花旦"水上漂"和"小电灯"的表演艺术都是钦佩不已的。他写道："我第一回看丁果仙，把她看作男的，看完她的《芦花》，心里真惭愧！男的不见得比她好……'水上漂'真是男的，偏演花旦，戏活得不得了……'小电灯'把戏演绝了，又有戏，又有嗓子，看过她的《三击掌》，不看旁人的，也不怎么遗憾！"1963年，健吾随学部访问团参观

[①] 李健吾：《戏剧新天》，上海：上海文艺出版社，1980年，第123—124页。
[②] 同上书，第129页。

了山西侯马地区的农村先进点，顺便看了两出蒲剧：王秀兰的《藏舟》和阎逢春的《舍饭》。他说："他们的戏又一次征服了我。"至于他对川剧、湖南花鼓戏、福建高甲戏、周信芳的戏以及《茶馆》《蔡文姬》等著名话剧的精辟的赞扬的分析评论，限于篇幅，就不在此赘述了。

1963年9月，健吾利用赴兰州西北师范学院讲学的机会，在西安逗留数日，访问亲友。陕西剧协帮他"找到了负责秦剧改革的封至模同志……封老在北京高等师范学校（北京师大的前身）上学时……要我和他一同演陈大悲写的《幽兰女士》……我们相逢，倍感亲切，拉长叙短，无话不谈。前两年才得知他已于1975年在南京去世"①。这一次，健吾还访问了延安，"延安文艺界的同志们邀我为他们做了一次关于独幕剧写作问题的讲演"②。他"还到富平见了大哥一面，天也下着雨，不料这竟是最后一面。他是和陈延年一道去法国勤工俭学的……他去世已经两年了。他知道当年留法勤工俭学的掌故，但是不为名，不谋利，一直在煤矿做一名默默无闻的会计……"③。

五十年代，健吾曾到上海给苏联学者做过两次讲演，一次是讲莫里哀，另一次是讲中国古典戏曲。可惜这两次的讲稿现在都找不到了。

"文革"初期，我去看过他几次。我们本是一介书生，便以逆来顺受，等待阴霾驱散，相互勉励。我被抄家后去看他时，知道他为自己数千册中外文书未受重大损失感到非常欣慰。以后我们都被关进牛棚，又下放农村，不通音问达四年之久。1972年我获得解放，他也从河南五七干校回京。我去看他时，看到他背驼腰弯，步履维艰，气紧胸憋，细声细语。一副老态龙钟、面目憔悴的模样，不禁为之心酸，热泪盈眶。柜子里摆满大小药瓶二十九个，书桌上铺着稿纸，放着辞典。我便以"留得青山在，不怕没柴烧"劝他多休养少工作。有五年多工夫，他是从不出门，少与人往来的。打倒"四人帮"后，他和全国亿万人民一样，心情舒畅，精神焕发，"我觉得精神上浑身是劲，只是体力跟不上了。人老了，七十六岁了，所幸我还活着，勉力做点什么，也感到快慰"④。从外表看，他的健康

---

① 《饱经沧桑话西安》，《陕西日报》1983年3月15日。
② 同上注。
③ 同上注。
④ 李健吾：《自传》。

逐渐恢复到"文革"前的程度。许多出版社找上门来，于是他抓紧时间，从事译著工作，整理旧作，准备出版。除前述的《莫里哀喜剧》《戏剧新天》《李健吾独幕剧集》外，今年将由中国戏剧出版社出版他的《戏剧评论选》和他的《戏剧集》，我看过他逝世前不久与该社责任编辑拟定的四十四个剧本的名单，分四册出。宁夏人民出版社将出版他的《文学评论选》和《小说与散文选》。人民文学出版社也将出版他的选集，还将出版他写后记、张骏祥同志写序言的《王文显先生戏剧选》。1979年4月，他写了《五四期间北京学生话剧运动一斑》长文，收在他的《戏剧评论选》内。文内叙述了他的坎坷不幸的家庭与童年，怎样成了"小戏迷"，又怎样开始写独幕剧。"文革"前，他还负责主编《古典文艺理论译丛》，他约我译了布莱德雷教授的《莎士比亚悲剧的实质》，还约曹葆华和我翻译莫尔根的《约翰·福斯塔夫爵士的戏剧性格》，由我一人执笔译出全文，并写了千余字的译后记，发表时用的是曹葆华与徐仙洲（我清华时用的字）。这两篇译文发表在哪两期上，现在记不清了。他还约我译了马修·亚诺德的《批评的职能》，正准备发排，"文革"发生，下落也就不明了。

他在所里还负责主编《巴尔扎克论文学》《福楼拜书信选》和《法国十七世纪古典文艺理论》，书未成而已逝世，真令人痛心！幸而他为后一本书写的《法兰西十七世纪古典文艺理论》前言与各家小议，已发表在《外国文学研究集刊》第四辑上。

健吾自调京工作后，多年来未写过剧本，可能是因为他不熟悉工农兵生活的缘故。"打倒'四人帮'后，幸存下来的都是心头压了多年的闷气，像山河冲出闸门一样，恨不得一泻千里，我按捺不住，一连写了几个戏。"[①] 1978年他写了三个独幕剧：《一棍子打出个媳妇来》，根据的是他长春工作的孩子讲的一个结婚死要彩礼的真人真事；《喜煞江大娘》是从街道上听来的受"四人帮"毒害，爱财如命，见风使舵，闹出大笑话的事；《分房子》是根据他的另一个孩子讲的笑话写的。他说："为了大家出闷气，我就写成小喜剧，逗大家发笑，好让大家向过去诀别。"[②] 1977年11月，他写了四幕剧《1976年》；1979年，又写了大型历

---

① 李健吾：《李健吾独幕剧集：1924—1980》，"后记"，第177—178页。
② 同上书，"后记"，第178页。

史剧《吕雉》。前一剧的手稿我仔细看过一遍，很受感动。戏的背景是内地某市一个纺织厂，时间是 1976 年清明节前后（一二幕）和国庆前后（三四幕）。戏中写的是以"中央首长"的特派员尚卫青与造反起家的厂党委书记兼革委会主任李随东为一方，和以王英、方茜、赵中为代表的广大革命干部、群众为另一方之间的路线斗争。尚表面上的使命是停产闹革命，批林批孔，大批还在走的走资派，他的秘密使命是借口保护六十岁的女劳模刘玉，要将她的档案和人一起带到北京。因为刘玉幼年时曾服侍过江青的前身——李小姐。围绕着这两个使命展开了一系列的紧张生动的戏剧冲突。第三幕借胖大姐的口吻和钟科长的叙述，将轰轰烈烈地振奋人心的"天安门事件"带进戏里，表达了广大人民群众对党和国家的命运的关心和对老一辈革命领导人的怀念。全剧写得生动活泼，幽默风趣，还有许多出人意料的形体动作，起到了打破路线斗争戏常有的沉闷与枯燥感觉的作用。第四幕以打倒"四人帮"，抓起尚卫青，隔离李随东，刘玉安全返厂，全厂出去游行庆祝胜利结束。健吾写这出戏时，还没有为"天安门事件"平反。他如果没有足够的艺术胆识，没有充沛的革命热情，是不可能把"天安门事件"写进戏里的。可惜，当时没有一家报刊敢于发表它，更谈不上演出了。

　　健吾最后两年，心情特别舒畅，总觉得自己的冠心病完全养好，经常出外参加会议，热烈发言。他还买了照相机，到处拍照，以为自己老了，总是怀念浩劫后的老友，于是在 1981 年 9 月，夫妇二人南赴沪杭、绍兴、庐山、长沙等地，访问亲友，游历名胜古迹。他回京后我去看他时，他兴致勃勃地谈了沿途所见所闻，以未遇老友巴金同志为一大遗憾。同年 12 月下旬，应临汾文艺界的邀请，他和尤大姐去该地参加了蒲剧名须生张庆奎艺术生涯五十周年的庆祝活动，然后回到运城老家看了看，并看了王秀兰演出的《杀狗》。他俩返京时，本拟在太原停留两天，会晤老友常风、姚青苗两教授，因在运城患了感冒，只好电约常、姚两同志在太原车站会晤了一刻钟。去年 4 月，在尤大姐陪伴下，他去兰州西北师范学院讲欧洲戏剧，顺便探望了患病卧床的内兄尤炳圻教授，在赴兰州之前，曾在银川市下车，会晤了宁夏人民出版社的朋友，商定了出版自己著作的事。8 月中，他们夫妇去北戴河休养，因房间太热，只住了十天便回家中，写了《北戴河十天》。10 月 22 日，健吾在尤大姐陪伴下，到达西安参加了外国文学学会理事会会议，顺便游历了西安城内外的名胜古迹，并探望了患病的同级校友唐得源教授，为他在室内摄影数张，又两人同拍一张。11月初，应四川人民出版社李致同志的邀请，夫妇同赴成都，面商出版他的合集的事，他们顺便游历了成都和乐山等地的名胜古迹。健吾原来的计划是自蓉赴贵阳与老友蹇先艾会晤，贵阳话剧团和贵阳师院中文系，根据蹇先艾同志去年12月18日给尤大姐的信，已经准备好欢迎他，并请他讲戏剧问题，"至少也要开两三次座谈会"，然后由渝乘船，直赴上海去看巴金同志，顺便领略三峡风光。不料半月的旅途劳顿使他患了重感冒，只好取消原来计划，11月8日离蓉北返，本应直返北京；可他不听尤大姐的劝告，9日下午到西安时，硬是下车，直奔住在四楼的唐得源兄家，为他补拍了几张相，因为原照的胶卷在成都冲洗时给人曝了光，他不补照，就觉得对不起老同学。夫妇两人当晚就住在唐家。以后两天重游了碑林、小雁塔等地，13日才回到北京。14至18日，将山西人民出版社寄给他的石评梅诗文浏览一遍后，写了第二节内提到的那篇《石评梅选集》序。19日上午我去看他时，他谈了西安成都两地的见闻，并谈了唐兄的病情。我立即感到他谈得没有以前那种眉飞色舞的样子，后来尤大姐才告诉我："健吾是从成都病回来的，贵阳没有去成。"谈话之间，他咳嗽得很厉害，喝了几口热茶才又谈下去。我感到他这次感冒相当严重，力劝他放下工作，不要外出，静心休养。在门口握别时，我再三嘱咐他病不痊愈，决不出门，并戏言了一句："你我都是七十六的人了，要养好病，争取再活十年。"他连说："好！好！"谁知这次握别，竟是永诀。27日接到他逝世的讣告后，不啻青天霹雳，一阵心酸，泪流满面。于是赶去慰问尤大姐，方知他病逝的经过。原来健吾未听医生的劝告，始终伏案写作。23日上午又勉力去外研所参加学习十二大重要文件的会，24日上午写完《西安行》。午饭后，开始为《成都日报》写游川观感的文章。一点多，尤大姐进里屋午睡时，他说等一会儿在沙发上休息休息就行了。三点多钟，尤大姐来外屋时，见他仍坐在沙发上，半闭着眼，大张着口，先给他膝上盖了一条毛毯，后问了几声，没有回答，摸了他的手心，还有余温，知道情况不妙，赶快搅拌冠心病急救药，往他口里灌，洒了许多。好不容易才叫来急救车，送到首都医院时，已经无法抢救了。我认为健吾明显是心力交瘁，死于老毛病——冠心病的。当时如果有医生在身边，很可能抢救过来。死时，书桌上铺着稿纸，圆珠笔放在上面，他只写了一页，开头几句是："从来没有去过四川。这次在西安开会，我和老伴决定到成都一趟……"成了他的绝笔。12 月 4 日上午,在首都医院后院举行了健吾遗体告别仪式,参加者有三百人之多。在他生前,党和人民给了他很高的荣誉:国务院学位委员会文学评议组成员、全国文联委员、中国戏剧家协会理事、外国文学学会理事、法国文学研究会名誉会长、北京市政协委员。

健吾的大哥卓吾,在前几节内已经提及,弟养吾是离休干部。长女维音、次女维惠都是工程师,三女维明是中学教师,四女维永从事编辑工作,子维楠是大学讲师。

健吾天资聪颖,勤奋好学,性情爽朗,平易近人,生活朴素,正直热情,重视友谊。力所能及,无不慷慨相助。他兴趣广泛,文思敏捷,下笔神速,洒脱风趣,一如其人。在写戏、演戏、评论、翻译、小说等方面都取得了卓越的成就。国外已有不少学者在研究他,并发表了著述。希望国内的中青年同志能对他的著作进行系统的研究,这是对他的最好的纪念。

1983 年 4 月 1 日于北方交大

怀念李健吾同志[①]

魏照风

接到中国社会科学院外国文学研究所寄来的讣告，惊悉李健吾同志于一九八二年十一月二十四日因病逝世，四十八年的老友一旦诀别，感到万分的悲痛，使我想起不少同他相处时的往事。

一九八一年九月间，健吾曾同他的爱人一起来到上海，我们又一次会晤，由于谈话过久，中午时外出进餐，沿着梅龙镇向政协餐厅前进，从北京西路走到绍兴路，我陪着健吾，他步履蹒跚，一步三停，气喘嘘嘘，好容易才到达目的地。饭后，我又冒雨陪他到华东医院看望佐临和柯灵同志：柯灵正在为健吾剧作选写序言，这是一篇比较全面的评述。

我同健吾相识于一九三四年，第二年三月，健吾新婚不久，我们一起演出了王文显英文编剧、由他翻译的三幕喜剧《委曲求全》，使得静寂的北平剧坛，有了一股春天的气息。随后，我们又准备演出他的《梁允达》和《以身作则》，由于时机不成熟，未能实现。后来剧社又演出了三个独幕剧，其中有他改编的《说谎记》，是他和董世锦合演的，揭示并讽刺了绅士阶层的生活。去年健吾准备把王文显的戏剧结集出版，几次来信要我提供资料，并请张骏祥同志来我家把剧本拿去，准备写序言。从这一点上，可看出健吾对师友的热情和一片赤诚之心。

健吾从二十年代起经历了半个多世纪，创作和编译了不少剧本。在三十年代所写的《这不过是春天》，描写北伐战争前夕，北京警察厅长的夫人，掩护了阔别多年的旧情人，使他便于进行革命秘密活动。剧中细致地描写了警察厅长夫人的理想和现实的矛盾，纯真的爱情和世俗偏见的矛盾，物质享受和精神空虚的矛

[①] 原载《上海戏剧》1983年第2期。

盾，青春不再和似水流年的矛盾，虚荣心和自卑感的矛盾，给人以深刻的同情，写出了人物的内心世界和行动，显示了人物所处的时代和社会风貌，这出戏各地专业和业余剧团普遍上演，获得观众热烈的欢迎。

健吾笔下以农村生活为题材的悲剧或喜剧，揭示了旧社会农村的黑暗，是对中国农村的猛烈鞭挞，把一个烂透了的旧世界端了出来。如《梁允达》中的主人公就是邪恶的化身，使人感到反动政权必须彻底推翻方有出路。

抗战期间上海沦陷后，健吾在党的领导下，积极参加了上海剧艺社的演剧活动，他改编了《麦克白》《云彩霞》以及萨尔都四剧：《金小玉》《风流债》《花信风》《喜相逢》，用来鼓舞观众的抗日斗志。他经历了一条崎岖、曲折的道路，终于迎到了胜利。当抗日胜利初期，他鉴于国民党反动派的倒行逆施，根据席勒的《强盗》改编成《山河怨》，描写抗战"惨胜"后的社会疾苦，提出了"胜利后又怎样"的大问号，真实而深刻地抒发了人民对国民党反动统治的怨愤，表达了他对国家前途的关心。

健吾所写的剧本，人物性格鲜明，非常口语化，而且干净利落，打动观众的心坎。我也喜欢谈他的散文和评论，他以"刘西渭"的笔名写下的许多文学戏剧评论，笔调刚劲，犀利无比，给我们留下宝贵的财富。他的文章浸透着机智和才华，幽默而俏皮，那通达人情世故的言论，凝练而生动的风格，使你发出会心的微笑，感觉到作者真挚的热情，真是百读不厌。

上海解放后，一九五二年我同健吾共事于上海戏剧学院，他担任戏剧文学系主任，在这之前他还参加了《钢铁是怎样炼成的》和《美帝暴行图》（后改拍电影命名为《控诉》）的集体创作，产生了积极的宣传效果。这时，我们天天见面，坐在一张办公桌上，有时商谈系内教学工作，有时则高谈阔论，使我感到他的平易近人，单纯可亲，风趣乐观，胸无城府。他为筹建戏文系和培养年轻一代的戏剧创作人才煞费苦心，全力以赴。

健吾上课非常有吸引力，举例精辟，议论风生，尤其对中外文坛掌故非常熟悉，俯拾即是，增加了讲课的魅力，并能引导同学对某些文学戏剧问题进行研究探讨，甚至系外同学也来旁听，有时窗台上都坐满了人。尽管这样，系内的矛盾还是重重的，使他应接不暇，尤其是师生间的思想矛盾，使他大伤脑筋。记得一九五三年暑期前夕，师生共作郊游，在吃西瓜时，有一个坐在女生旁边的助教，

（左起）孙浩然、朱端钧、李健吾、熊佛西、赵铭彝、魏照风（时为一九五一年合影于中央戏剧学院华东分院。李维永供稿）

忽然拿起刀子插进西瓜里，大耍其流氓腔。这引起健吾极大的愤怒，认为一个新中国的青年不应当有这样可耻的举动，声色俱厉地当场批评了他，可见他的嫉恶如仇和公正无私的品质。就在这年，戏文系停办了，学生分别转到复旦大学和中央戏剧学院，健吾也就离开了上海，参加了文学研究所担任研究员。他虽然离开了，但对学院的教学工作仍极为关心，大力支持。我们分手后，仍保持着通信联系。他写的字狂草如飞，很难识别，大家开玩笑地称之为"天书"，每逢我接到他的"天书"，便感到由衷的喜悦，他来信，往往是开门见山，信笔直书，对我鞭策很大。

一九五四年他应邀来沪，为上海戏剧学院编剧进修班讲授莫里哀戏剧专题，他是这方面的权威，具有丰富的学识，边讲边示范表演，如对《答尔丢夫》（即《伪君子》）的讲解，简直像演一出戏，显示了他对莫里哀剧作的精通和表演才华，使同学都着迷了，从而介绍了作者的生平和戏剧创作的特点，以及戏剧的独有风格，使同学获得很多知识。

一九六三年春，他从广州开过话剧、歌剧、儿童剧创作会议后，路过上海，特意来看我，还带了一包大蒜给我，这时上海蔬菜很紧张，他的雪中送炭，可以看到他对老朋友的关心。我们一起到锦江饭店，看望了曹禺、老舍和张庚同志。谈到了有关广州会议的一些情况，饱览了南国风光。健吾谈及老舍，说他喜欢喝用滚开的水冲泡的好茶，一路谈来风趣而幽默。

健吾寄给我的最后一个剧本是辛亥传奇剧《贩马记》，一九八一年由宁夏人民出版社出版，这是一九三八年写的，是他尝试把话剧结合旧戏的精神实质，按照戏曲南戏的规模来写的，可说是话剧民族化的一个创举。我用一个夜晚一口气读了全剧，不禁为之拍案叫绝。剧本正面写了辛亥革命，通过高振义和金姑男女主人公恋爱的悲剧，表达了辛亥革命的失败带给他们的失望和痛苦，他们希望寻找真理，认为不能空闹一场革命，要走遍天涯海角去寻找这个"思想"，为这死了也甘心。从而显示了男女主人公为追求革命真理而献身的精神。这次革命虽然失败了，但从政治上表明了资产阶级民主革命的脆弱性，使我们了解到高振义所希望的是什么样的革命，这也就是剧本的主题。

健吾这出戏，虽然是四十多年前写的，但可见到他对革命的向往和纯熟的艺术技巧，显示了辛亥革命的时代风貌，写了半部戏，却概括了辛亥革命前后的过程，确是大手笔，塑造出了典型环境中的典型人物，是付出辛勤劳动的。因此，我建议有剧团能排演这出戏，这就是对他最好的纪念。

一九八二年暑期，我为了庆祝上海戏剧学院建院三十周年，曾写信给健吾，要他写纪念文章，九月间他写成了，来信告诉我由于忙还无暇缮清。现在他的文章《实验剧校的诞生》已在《戏剧艺术》增刊发表，而他竟未能看到，便溘然长逝了，这就使我更加怀念他。

1982. 11. 30

上海演出《委曲求全》的点滴回忆[①]

凤 子

一九八二年初，接李健吾回信，要我回忆上海复旦剧社演出王文显著、李健吾译的《委曲求全》一剧的情况，并附一演职员名单给我，这份名单是根据上海戏剧学院的藏书复印的。我见名单除导演吴铁翼是复旦剧社的外，其他人均不认识。当时复信李健吾，请他去信上海问包时，我同时也去信包时。包时是当年复旦剧社主持人之一，为排《委曲求全》，我和包时、吴铁翼及杨守文三同学曾去过李健吾家，洽谈排演此剧事。

我得包时回信，信中说明复旦剧社在一九三五年夏天，在上海卡尔登影院（今长江剧场）演出，接着又到南京世界大戏院演出。南京演出饰校长的一角换了吴铁翼饰演，吴铁翼原饰演的校长仆人陆海，改由张庆弟扮演，张庆弟原饰演的学校秘书，改由苏明扮演。其他少数几个角色也作了小小更动。

据复旦剧社几个老社友回忆，复旦剧社演出《委曲求全》后，交通大学也排演了此剧。由吴铁翼导演，我参加演出王太太一角，李健吾寄我的那份演职员表就是交大剧社演出《委曲求全》的名单，演出地址就在交大礼堂。事隔四十七年，加之我记忆力不好，具体情况都忘了。得包时回信，当即转给了李健吾。读《新文学史料》一九八三年第四期李健吾的《〈王文显剧作选〉后记》一文，李健吾又不幸已谢世，看来我给他的回信和转给他的包时的说明，当时他已来不及补进这篇《后记》中。为了提供一点真实史料，特缀数语，供研究戏剧史的同志参考。

附带想谈谈上海演出《委曲求全》在话剧史上可以一记的事。

[①] 原载《新文学史料》1984年第2期。

《委曲求全》当时在上海卡尔登影院演出，是话剧走上剧场演出的第一步。在此之前话剧一直是在学校或同乡会的礼堂演出的，没有台，得临时搭台，观众席是平地，而且座位有限。能租借到卡尔登，对《委曲求全》的演出自必增加了它的号召力。

复旦剧社有个弦乐队，在卡尔登演出《委曲求全》时，复旦弦乐队参加伴奏，除在演出前后演奏迎宾曲和欢送曲外，幕间休息时还伴以音乐。乐队创造了很好的剧场气氛，这种气氛是任何职业剧团所没有的，因为只有大学校组织的剧社才能团结那些音乐爱好者同时又是戏剧爱好者共同合作。

诚如李健吾所说，应云卫是位喜剧导演，复旦剧社演出《委曲求全》的成功，除了剧本好外，可说与应云卫的导演手法分不开。应云卫惨死于"十年浩劫"游斗时的大街上，回忆往事，深深怀念这位剧坛老将。

追怀李健吾学长[①]

常 风

　　李健吾先生是我的老朋友中第一位离开人世的。他于一九八二年十一月二十四日病故，随之而故去的有朱光潜、沈从文几位先生。听到他们的噩耗，当时我只能发个唁电、写封信慰问他们的家属并略表我对于逝者的伤悼。去年八月湖南吉首大学沈从文研究室要在今年沈先生逝世一周年出一本纪念文集来函征文。十一月，安徽省政协办公厅也约我给朱先生逝世三周年纪念专辑写一篇文章。沈先生的纪念集《长河不尽流——怀念沈从文先生》去年七月由湖南文艺出版社出版。我收到书后寄给李健吾夫人尤淑芬学姊一本，她也是我的大学同学。她收到书后给我信说："读了你写的《留在我心中的记忆》，我不禁有个冒昧的想法，你能否用同样的题目写点对健吾的回忆。"我自然是很愿意写这篇文章的。八月底山西省政协文史资料编辑部编辑武胜利同志来访，希望我写一篇回忆李健吾的文章。我考虑了一下答应了。《山西文史资料》是应该有文章纪念这位出生在山西大地上、驰骋在中国文坛六十年的著名文学家的。

　　李健吾在中学时就和爱好文艺的同学结社办刊物，开始写剧本和小说。一九二四——一九二五年间，在北京文坛上开始崭露头角的山西人有石评梅、高长虹和李健吾三人，他们之中李健吾最年轻，他还是石评梅的学生，当时只十七八岁，在北京师大附中四年级读书。一直到一九八二年他逝世时还是写作不辍，最后在伏案写文章时冠心病发作，抢救不及猝然死去。

　　李健吾幼年遭家难，过着颠沛流离的生活，十岁到北京定居。他的小学中学和大学都是在北京（后改北平）读的。大学毕业后当了一年助教便去法国留学。

[①] 选自常风：《逝水集》，沈阳：辽宁教育出版社，1995年。

回国后五十多年在北京、上海两地工作。山西人对这位大作家是很生疏的。读过他的作品的并不都知道他是山西人。李健吾去世后，中国社会科学院和外国文学研究所联名发出的讣告写着："李健吾是著名剧作家、翻译家、法国文学研究家、国务院学位委员会文学评议组成员、全国文联委员、北京市政协委员、外国文学学会理事、中国戏剧家协会理事、法国文学研究会名誉会长、外国文学研究所研究员"。这个讣告简单扼要概括了李健吾的一生——他的工作和他在文学创作与研究方面的成就与贡献和他所享受的荣誉。这对不知道李健吾的人是一个很好的介绍。

我是在六十年前认识李健吾的。一九二九年我考入清华大学西洋文学系。进山中学高我两班的徐士瑚，在当时的清华学校于一九二五年创办大学部时就考入清华西洋文学系。每年暑假士瑚回太原常给我们介绍清华的环境、师资阵营、教学设备、学校建设等。特别是学校在西郊，风景优美，学习秩序特别好。士瑚鼓励我们毕业后报考清华大学。他还告诉我们和他同时考取又在同系同班的李健吾原来是山西省人人皆知的老同盟会员李岐山的儿子，其父坚持革命反对阎锡山与袁世凯而被逮捕到北京，后又遭陕晋军勾结，在陕西被害。李健吾是有不寻常的难言之痛的身世的。

我考入清华大学（一九二八年清华学校正式改名为国立清华大学）后，在西洋文学系和山西同学会的迎新会上，经徐士瑚介绍，认识了李健吾。不论在哪一个会上李健吾都是个中心人物。他是高年级学生，又是已经出版过小说的成名作家。他说一口漂亮的北京话，声音响亮又抑扬顿挫、铿锵有力，再配合上他很巧妙地适当运用的手势和生动的面部表情，非常吸引人。我当时不知道李健吾还是一位"客串"话剧演员，在小学读书时就以装扮女孩子在新兴的话剧界闻名。我和李健吾认识之后，每逢在校园里遇见互相招呼一声问几句，没有直接来往过。有时在到西院的路上比较偏僻的荷花池一带看见他踽踽走着，冷眼望去，他的神情十分抑郁，和在人多的场合不一样。在我离开学校后和他的交往中，他的谈锋总是很健，他总是兴致很好。可是忽然之间脸上会隐隐约约掠过这样的表情。他的父亲惨遭军阀杀害给予他的痛苦，是永远铭刻在他心上的。

一九三一年暑假前，清华的山西同学会开会欢送李健吾和徐士瑚出国分赴法国和英国留学。一九三三年我毕业后回到太原，在平民中学教书。一九三五年我改就北平艺文中学之聘到了北平，李健吾已由法国回来在北平结了婚。当时他还没有固定工作。中华文化教育基金董事会编译委员会约他撰写一部《福楼拜评传》，并翻译福楼拜的小说，他就靠稿费生活。一九三四年沈从文接手编辑天津大公报的《文艺副刊》，我们两人经常在这个刊物上发表文章。我到北平工作后，常在《文艺副刊》编辑部的聚餐会上和李健吾相遇，我们才有了进一步的认识和直接接触。李健吾和沈从文是很熟悉的老朋友，他们两人都是一九二四年在北京《晨报》副刊初露头角，由此开始了他们各自不同的文学活动。我和他们熟识后却忘记问问他们两人是否从那个时期就缔结了友谊的。

在那个时候，一个已有成就并有著作的留学生，在北平也是很难找到在大学里教书的工作的。一九三五年夏天，健吾的老朋友郑振铎就任了上海暨南大学文学院院长，他聘请健吾担任法国文学教授。健吾先一个人到上海就职，到了冬天，安排好一家人住处以后他才回北平接了夫人和两个孩子到了上海。健吾离开他从童年到壮年度过那许多难忘的痛苦岁月的北平时，怀着多么辛酸而又甜蜜回忆的恋恋不舍的复杂心情，我们是无从揣测的。

健吾到上海后，教书成了他的正式职业，翻译和写文章都成为副业。他十分喜好教书工作，能够把他所学的和钻研的心得直接传授给学生。他的精力十分充沛，又开始了写剧，还用"刘西渭"这个笔名写了几篇极重要的评论当时创作的文章，开辟了他写作的另一块园地。直到"七七事变"前，健吾在上海除了教书就是在家里埋头写作、翻译、研究，没有什么社会活动。上海对他是一个生疏的地方，熟朋友只有郑振铎几位，和在北平不同，他有亲戚、老同学、老朋友，他从童年就生活在北平，一草一木都是他熟悉的。一九三七年一月，朱光潜先生接受上海商务印书馆的聘请，主编新创刊的《文学杂志》。朱先生和杨振声、沈从文先生商议组织了一个十人的编辑委员会，除了他们三人，朱自清、叶公超、周作人、废名、林徽因都在北京，另外有上海的李健吾和武汉的凌叔华两位。朱先生约我担任助理编辑。从筹备《文学杂志》开始，我和健吾的通信就多了一个内容。我要经常和不在北平的两位编辑联系，请他们写稿并介绍稿件。健吾是很积极支持这个杂志的。他自己写了一个剧本《一个没有登记的同志》和论文《巴尔扎克的〈欧贞尼·葛郎代〉》，还介绍上海作家的稿子。这个在一九三七年创办的杂志"七七事变"后即停刊，仅出了四期。

"七七事变"后,健吾和我一南一北留在沦陷区,北平的朋友们先后离去。南行的朋友们都很怀念留在北平的周作人,担心他躲不过日本侵略者的拉拢、利诱以至胁迫。他们经常给我写信问讯周作人的情况,健吾给我写信也要我告诉他周作人是否会下海。我常把他们的信带给周作人看,他看了总是很感激朋友们对他的怀念。一九三八年暑假,叶公超先生(我大学的老师,到了昆明后任北京大学西语系主任)由昆明回到北平安排家眷南行。叶先生告诉我,他还负有代表北京大学敦促周作人赴昆明的使命,他问我周作人近来的情况。我陪叶先生看望了周作人,过了一天,周作人约叶先生在他家吃午饭,并约了俞平伯先生和我作陪。我们在周家"苦雨斋"就座后,又来了徐祖正先生,大家闲谈了一会儿就入席。饭后徐先生先告辞。我们四个人吃茶时叶先生转达了他所负的使命。他对周作人很恳切地说,北大老朋友们都极其惦念你,盼望你能早日回到昆明,一同把国难时期的教育办好。昆明的生活确实很苦,可是大家不论教书还是生活都很愉快,而且课外有许多学术活动和文艺活动,都是北平很少见的。周总是强调举家南迁的种种困难,只说他也十分惦念大家,希望能早日回到北平来。叶先生未能完成他的使命就回了昆明。我写信告诉了健吾叶周会谈的经过,健吾给我信也说周作人是不会离开北平的。一九三八年十二月初,健吾给我信说,近来关于周作人的传说又多起来,希望我到八道湾周家了解一下,并要我写一短文寄给他,以便在上海报上发表。我打算抽时间去看望周作人时,恰好收到他给我的一封信,附了他写在一张诗笺上的一首新作。原诗录在下面:

粥饭钟鱼非本色
劈柴挑担亦随缘
有时掷钵飞空去
东郭门外看月圆

古有游仙诗今日偶作此岂非游僧诗耶
二十七年十二月十六日写示
常风兄以博一粲
知　堂

我把这首诗抄了寄给健吾,并照他的要求写了一千来字的一篇短文《岁寒然后知松柏之后凋》。周作人在请叶先生吃饭时已明确表示了不能走。大家都知道他留在北平就难逃日本侵略军的罗网被迫下水,可是谁都不愿这样想,总以为不会如此吧。我也是在这样的心情下写了这篇短文。健吾收到我的信就回信说,"劈柴挑担亦随缘",可见有人拉他下水他就随缘,"大不妙"。一九三九年元旦,刺客光临苦雨斋,吓得周作人不再与敌人虚与委蛇,以后就越陷越深做了大汉奸,与北洋政府残渣余孽混在一起了。一九三九年年底健吾送家眷到北平岳家,半年后又北来接家眷回去。这两次他都很匆忙,我们都见了面。当时他的风湿病闹得很厉害,走路都困难。我们谈到周作人时只有扼腕。

健吾不能随暨南大学内迁因而没有了固定的收入,只得靠写剧、改编剧、翻译书维持一家人的生活。通过老朋友郑振铎,健吾认识了于伶和地下党的剧作家。他参加了地下党领导的戏剧运动,是上海剧艺社和若干剧团的中坚。他提供他们剧本,协助他们演出,有时他也登台扮演角色。健吾小学生时就被北京几个大学的学生剧团邀去参与演出而且很成功。现在沦陷的上海,健吾积极而又热情地做了一个爱国的文化人,为反抗侵略,为民族和人民的生存做他所能做的贡献。一九四五年,健吾根据一篇外国剧改编的《金小玉》上演时,他自己也在剧中扮演了一个角色。这个剧上演十分成功,演了一个月。可是因此激怒了日本侵略军,健吾被日本宪兵逮捕,幸而得到清华一位老校友慷慨解囊,赎他出来。健吾担心再次被捕,曾和家眷先后逃出上海到安徽乡间躲避,想不到一个月后日本就投降了。

上海沦陷期间,健吾曾翻译了清华大学西语系老教授兼系主任王文显先生写的一篇英文剧《北京政变》(译名《梦里京华》),他自己组织上演而且还参加了演出。健吾在出国之前就译过王先生用英文写的另一篇剧《委曲求全》并在北平出版。可惜王先生不能用中文写剧又不喜交游,他的剧虽曾在美国上演过而且获得好评,但在国内,除了清华大学圈儿里,很少有人知道王文显其人。王先生一生研究西洋戏剧,又是一位莎士比亚专家。"七七事变"后他携带一家人跑到上海,后来健吾知道了去看望,才知道王先生生活困窘。健吾于是翻译了王先生这个英文剧又积极组织上演,拿所得的上演税送给王先生贴补家用。经过健吾的翻译和剧本的演出,王先生才逐渐为文学界和话剧界知道。这都是健吾介绍翻译之功。王先生是健吾在大学读书时受益最多的老师,又曾指导他研究戏剧艺术和舞台技巧。健吾可谓无愧于师门了。

胜利后，曾任清华大学工学院教授兼院长的顾毓琇先生任上海市教育局长，他派健吾接收上海海光电影院。顾先生年轻时也喜欢文学，写过剧也写过小说。健吾接收了这座电影院很兴奋，他写信告诉我，他可以大展他的抱负，实现他办一个"法兰西喜剧院"的愿望，组织志同道合的朋友写剧、演自己的剧。不久他的热情就冷却了。国民党的宣传机构是不肯把大有利可图的剧院交给和他们不相干的人的。顾先生和健吾到底还是书生，办不成剧院对健吾还是大有好处，他参与筹建上海实验戏剧学校（后来改名为上海戏剧专科学校），并担任戏剧文学系主任，得到能充分发挥他学识和才能的机会。为了教戏剧文学，他翻译了许多部莫里哀、屠格涅夫、契诃夫等人的剧本供学生学习研讨。他的教学工作十分繁忙，工作又极认真负责，可是一九四六年一月，他还和郑振铎创刊了《文艺复兴》那样的大型刊物。一九四七年商务印书馆决定要《文学杂志》复刊，仍请朱光潜先生主编。原来的编委有几位早已离开北平，杨振声、朱光潜和沈从文三位商量不必要那么多的人，于是只增加了冯至和冯的夫人姚可昆。我写信告诉健吾《文学杂志》复刊的事，并请他准备稿子。他很赞成复刊，后来他把精心结构、依据莎士比亚的《奥塞罗》改编的《阿史那》寄给《文学杂志》。健吾的精力仍然十分旺盛，他教书、写剧，和学生们一同编剧、编辑杂志，还继续翻译莫里哀的作品。

解放后，大家精神上、思想上都感觉到从来没有过的愉快舒畅，政治学习很紧张，又有许多社会活动。健吾在上海剧专课堂内外的教学任务更加繁重。这个时期我们的通信就少了。一九四九年夏天，健吾到北京参加第一次文代会，他曾抽时间到沙滩北大教员宿舍看过我。他还要继续在剧专教书，他对教书已经有了浓厚的兴趣和感情。教课之余继续翻译莫里哀和福楼拜的作品，写些关于法兰西文学和他喜爱的几个法国作家的作品研究。

一九五二年全国高等院校进行院系调整，我和西语系三位同志分配到新华社。山西大学领导听说后，请求教育部分配我到山大，于是我就回到太原到山西大学工作。一九五四年健吾从上海调到北京大学文学研究所任研究员，我俩没有在北京相遇的机会。一九五六年暑假，我到北京参加高教部召集的课程大纲讨论会，我们才又在北京聚首。说来也怪凑巧，正赶上健吾五十岁生日。我去看他夫妻俩，他们约我大学同班同学钱钟书、杨季康和我到学院路国强西菜馆吃饭庆祝他的寿辰。健吾那天分外高兴。我们在餐桌上边吃边谈。饭后出来，我们在马路上漫步，继续说说笑笑。健吾说多少年没有和老朋友们这样痛快地谈话，他在上海待了整整二十年，以为再不会回到从儿童时代到他成人度过那许多苦难岁月的他的第二故乡北京了。过了几天开完会我就回了太原。一九五七年我被划为右派，不可能也不便和亲友来往和通信。我在一九五九年被摘掉帽子，一切处分虽然还没有撤销，可是我终于算是个自由人了。一九六〇年我到北京看望亲友。这几年文学研究所已经搬到城里，大家住处十分分散。我先和钟书通信知道了他的住址，在朝阳门大街文化和旅游部西边一条小胡同里文化和旅游部宿舍找到钟书和季康。我们谈到反右运动中许多熟人的情况，不禁感慨系之。在这个宿舍院里，我的熟人只有罗念生一位。钟书陪我去罗家，很不巧念生不在家。我要去看望健吾，他却住在比较远的另一个宿舍。我到北京来去只一个星期，未及去看健吾夫妇就回了太原。

二十世纪六七十年代十几年中我们国家可以说是祸患频仍，中期出现了一场"文化大革命"，大家怕互相牵连都不通音信。全国各高等院校和研究单位都下放到各省农村。"文化大革命"最后几年才听说文学研究所同志们都先后回到了北京，我才逐渐和老朋友们恢复了联系。健吾夫妇经过这一场大浩劫，精神和身体都受了许多折磨。健吾常犯心脏病，走路要依赖手杖。淑芬本是有病的人，因照料健吾，身体更衰弱，她还动过手术，反而要健吾照料。一九七九年我应兰州大学外语系之邀到兰州，在兰州大学招待所意外遇到多年未通音信的北大老朋友吴小如先生，他在兰大中文系讲学，先我两天到达。我和他各住相对的一套房。每天朝夕相聚谈说北京大学和文学研究所熟人的情形，我才知道他们在北京和下放到各地所受的磨难远比在太原的我们大得多。我俩谈到一位熟识的年轻朋友惨遭酷刑致成残废不禁相对唏嘘。师范学院请小如做报告，我乘他的便车看望了我大学同系的同学尤炳圻，他是淑芬的兄弟，和我一样在北平度过八年的沦陷生活。我们三十多年未见，一向活泼强壮的炳圻已是半身不遂。我进了屋子，他由一位老人和一个年轻人扶持着从里屋出来。他的夫人几年前车祸去世，三个孩子都工作，身边无人，只好请了一位老大爷照料他的生活，情况很凄凉，但炳圻精神却很好。学校领导想请他指导研究生，他考虑答应，他相信他还可以在教学、指导读书上尽点力的。我回太原后写信告诉健吾我和炳圻会面的情形。一九八〇年四月，健吾应西北师范学院之请到兰州讲学，他和淑芬同往，有机会探视卧病的尤炳圻。健吾回京后写信告诉我，他俩去看望尤炳圻时，姊弟两人一见面就抱头痛哭，他在一边不知怎样才好，只是黯然流泪。

打倒"四人帮"后健吾恢复了健康，精神照样焕发，许多出版社要出版他的书，他又伏案整理旧作和翻译。三十年代初期写的《福楼拜评传》《包法利夫人》等重印出版。他还惦念着出版王文显先生的剧本集。健吾在三十年代初期曾译过王先生的一篇剧《委曲求全》（中译名）。他和我通信好几次，问到这篇剧在清华校内和城里上演的情况和时间与地点。可惜我没有看过这篇剧的上演。他还说到温源宁先生（也是我们的老师，他是北大西语系教授兼主任，在清华兼课）在他用英文写的书《不完整的理解》中的那篇《王文显先生》。我有这本书，便把那篇文章打了寄给他。健吾在一九八二年三月把王先生的《委曲求全》和《梦里京华》这两篇的翻译本和他翻译的温源宁先生写的那篇文章编成《王文显剧作选》，交给人民文学出版社付印，了却他多年萦怀在心中的一个心愿。遗憾的是他生前没有能看见这个集子的出版（一九八三年十月始出版）。

打倒"四人帮"后，他的新书和重版的书陆续出版都寄赠我。我收到他最后的赠书是宁夏人民出版社一九八一年五月出版的《李健吾独幕剧集》，他亲笔题了字，日期是"一九八一．九．十"。

一九八一年十二月十八（十九）日我收到健吾的信，他和淑芬应运城地委之邀，月底回老家参加蒲剧名须生张庆奎艺术生涯五十周年的庆祝活动，要先来太原在我们家住两天好好聊聊。特别嘱咐我们，他们都穿棉大衣千万不要为他们张罗被褥。我立即去信欢迎，并和学校接洽请他们到专家楼住。我还告了他的同乡好友中文系姚青苗教授，青苗也应邀参加庆祝活动。大约是二十八（二十九）日后我又接到他的一封信，运城地委特派一位同志，到北京接他们乘北京到运城的直达车赴运城，只得回京时再到太原畅叙。怪有意思的，健吾还在信皮背后写着"我们都穿着棉大衣，千万别准备被褥"。青苗也在那几天到了运城。一月中旬，青苗从运城回来告诉我，健吾回到老家太兴奋，每天活动很多，十分紧张，他还要一个一个地方去寻找儿时到过的地方，每天总是很疲倦。临离开运城前终于累垮了，犯了心脏病送到医院抢救。青苗回太原前去医院探视过，健吾已好多了，过几天就可回北京，经过太原一定实践约言来山大看我们。又过了几天，山大接到运城地委电话，健吾夫妇改由运城乘到北京的直达列车不能在太原下车，希望我们第二天在太原车站一晤。学校派了车在清晨五点送青苗和我们夫妇到车站。那时天还没有亮，我们三个近视眼跟跟跄跄找到那次列车到达的站台时车已进站。我们跑到软卧车厢赶快登车，健吾正向车门走来，他引我们进了车厢见了尤大姐。我们忘记卧车里的旅客都在酣睡，你一言我一语谈笑起来。列车员提醒我们才放低声音。二十年未见健吾，他受了多年病痛折磨和"文革"浩劫，神采依然奕奕，谈话也是眉飞色舞不异当年。可是十五分钟过得太快，我们只得向健吾和淑芬叮嘱保重身体握手告别，健吾送我们到车厢门边。我们等列车开走才离开站台。这是我最后一次与健吾的会晤。

淑芬在《咀华集》重印本（一九八四年花城出版社）的后记中说健吾"大半生在坎坷、寂寞中度过"。健吾的创作生活却是很不平凡的，一帆风顺的。他一九二一年考入师大附中后就和班里三位喜爱文学的学生组织了个曦社，在《国风日报》上刊出《爝火旬刊》，发表自己的习作。后来健吾还在北京《晨报》的《文学副刊》发表作品，受到该刊主编、文学研究会创始人之一王统照的重视，并亲自到解梁会馆看望他，和他成了忘年之交。就是这个中学生在四年级时写的《终条山的传说》在《文学副刊》发表后很引起人们的注意。一九三七年鲁迅先生编辑《中国新文学大系·小说二集》曾把这篇小说选入，并在他撰写的导言中写着："……偶然发表作品的还有裴文中和李健吾……后者的《终条山的传说》是绚烂了，虽在十年以后的今日，还可以看见那藏在用口碑织就的华服里面的身体和灵魂。"我们如果找出这篇小说来看看，一定会承认鲁迅先生的评语是十分公平正确的。他肯定了这是一篇传世之作。就是这篇十七八岁的中学生写的小说在六十多年后的今天还是不失其光辉的。

健吾写小说同时也写剧本，他的第一个正式发表的剧本也是一九二四年写的。鲁迅先生说健吾是偶然发表小说的。他只出版过一个中篇《西山之云》（一九二八）、短篇小说集《坛子》和一本并不长的长篇《心病》（一九三一）。以后没有看见他再写过小说。而他写的剧本从最早的《出走之前》（一九二三）到《吕雉》（一九八〇）约有五十部。我们可以说李健吾创作生活的一生都是写剧本。宁夏人民出版社在健吾去世那年出版的《李健吾独幕剧集》后记中，作者说："这十个独幕剧，是我少年到老年的脚印，浅浅的脚印，学习的脚印。头四个,远在解放以前,那时,我还小,在津浦铁路站线住过一年,后来又搬到解梁会馆。挨近南下洼子,星期天,我常在那里徘徊。我想着父亲为辛亥革命苦了一辈子,最后被暗杀在陕西十里铺!我们一群孤儿寡妇每月靠二十元的利息过活,一直到我进清华大学。我怎能不同情工人和穷苦人呢?我怎样不写《母亲的梦》呢?我写的是我守寡的好妈妈。当然也受到辛格(Singe)的影响,如同最近英国一位研究我的戏剧写作者说的话,他只指出了一半。工人群众的苦难生活感染着我。武汉和长辛店罢工给了我相当影响。我学着写戏,第一个戏就是《工人》。朋友告诉我《向导》转载了。人小,不懂事,也不知道《向导》是什么刊物。"健吾在一九七九年写的《五四期间北京学生话剧运动一斑》中说他的父亲在陕西被暗害后,"我的家本来一直就在动荡中过活,这一下子跌到了贫困的边缘。我苦闷的很,常到附近的南下洼一带溜达,把穷苦人的痛苦看成自己的。其实我是一个小知识分子,离他们还远着呢"[1]。健吾明白地告诉我们是什么样的现实、什么样的生活和什么力量激发他那样的一个少年学习写剧,而且从此走上了写剧的路子。他从一开始就面对现实,在他写剧的各个不同时期健吾总是面对现实,从现实生活中取材。健吾是体现了古人所说"文章合为时而著,诗歌合为事而作"的精神的。

健吾不仅是戏剧作家,而且还是对戏剧艺术、戏剧文学和戏剧理论有重大贡献的研究者。在大学读书时,健吾系统地学习过西方文学理论、戏剧理论、戏剧作品。工作之后仍潜心钻研,数十年如一日。他欣赏、敬仰西方文学中的珍宝,并不鄙薄祖国的伟大作品,他对这二者能平允而毫不偏颇地分析研究,找出各自特有的优点与缺点。他说:"在我读过的世界戏剧杰作中,《关大王独赴单刀会》这出杂剧,怕是最单纯、手法最简练的了。"他还拿这篇剧与法国大戏剧家莫里哀的《达尔杜弗》剧中所写的达尔杜弗和关汉卿的关公比较。健吾给关汉卿这篇杂剧的技巧分析是很令人信服的。他对整个杂剧这样评论:"整个这出英雄颂剧,素朴有力,对比鲜明,效果卓越,显示了关汉卿写戏的多样才能,布局有层次,进行迅速,线条直率,气势雄浑,收煞明朗,唱词自然豪放,就英雄剧而言,确

---

[1] 李健吾:《李健吾戏剧评论选》,北京:中国戏剧出版社,1982年,第404页。

是绝唱。"[1] 他又说："《关大王独赴单刀会》这出颂剧，在境界上，让我们想到古希腊悲剧《普罗米修斯被绑》，也只有《普罗米修斯被绑》能和它相提并论，虽然故事、主题、布局、人物迥然不同。"这是一生钻研中国和西方戏剧理论、中西戏剧文学的专家，本人又是写了六十年剧本而且有舞台经验的作者的意见。有人听了或者读了这些评论也许会咋舌或者轻蔑一笑。健吾的这种博大精深的见解确实是值得我们深思的。

健吾还有一点值得称道的。他是新文化运动中兴起的一个新剧种话剧的作家，他却十分重视我们国家各色各样的地方剧。他在一九五九年写的《看戏十年》一文中热情洋溢地歌颂了百花齐放的政策，是党创造了这个奇迹，他才能在北京看了全国各地的戏曲，一个奇迹接着一个奇迹使他眼花缭乱。他不曾知道也不曾听说过城市里所谓文明人瞧不起那许多土里土气的地方戏。在北京的巡回演出打开了他的眼界，偏见不存在了。他才认识到不论剧本编排与结构、语言和演员的技艺，各种地方戏都各有独到之处，可与京派或海派名演员媲美甚至过之的。健吾认为："这是社会主义制度的伟大成果。六亿五千万人民看戏，懿欤盛哉！"不论是徽剧、粤剧、川剧、越剧、汉剧、黄梅戏以至花鼓戏，无不使他心折口服。住在北京的他居然还能看到他从不曾看过的不同剧种的山西地方戏中路梆子、北路梆子。他看了丁果仙的《芦花》，以为演员是男的，可是"男的不见得比她好"。"水上漂""真是男的，偏演花旦，戏活得不得了"。"小电灯""把戏演绝了，又有戏，又有嗓子，看了她的《三击掌》，不看旁人的，也不怎么遗憾"。他的家乡蒲州戏是他儿时熟悉的，那时他还不懂得欣赏。五六十年后他在北京剧院看蒲剧名须生阎逢春的表演。他以前看过上海京剧团著名表演艺术家周信芳的《跑城》，以为绝了，看了阎逢春表演这个剧才知道这个"绝"字下早了。"真是不怕不识货，只怕货比货。"一九六三年，健吾随社科院同志到山西侯马市，阎逢春演《舍饭》，王秀兰演《藏舟》。这是他头一次看王秀兰的戏。"他们的戏又一次征服了我，特别是王秀兰。""据说川剧的表演艺术生活味道浓，可是看过王秀兰的《杀狗》，曹禺同志伸出了拇指，生活味道浓到不能再浓。"[2] 可见

---

[1] 李健吾：《关汉卿单刀会的前二折》，《李健吾戏剧评论选》，第 176 页。
[2] 李健吾：《李健吾戏剧评论选》，第 313 页。

称赞蒲剧演员的表演艺术高超并不是健吾一个人对家乡剧的偏爱。

健吾去世忽忽已七个周年。今天是他的忌日。故人长逝,我只能写下回忆到的我们两人半个世纪以来交谊的点点滴滴纪念他。至于他在文学上、学术上的贡献,世人早有定评,毋庸我置喙。一九八六年出版的《中国大百科全书》中国文学卷已给健吾专设了条目,我们可以说,李健吾这个名字已铭诸史册。他的作品与翻译,就我所知,全国大小出版社从北到南、从东到西,从五十年代起已有七八家出版过。我们山西的人民出版社似乎应该急起直追出几本李健吾的书,至少也出一本。逝者如有知,在九泉之下也必欣喜的。

李健吾去世后,他的大学同班同学徐士瑚写了《李健吾的一生》,刊在《新文学史料》一九八三年第三期。我写这篇回忆时参阅了徐士瑚学长的文章,谨在此致谢。

一九八年十一月二十四日
李健吾忌日写毕

听李健吾谈《围城》[①]

吴泰昌

1980年11月，钱锺书的长篇小说《围城》于人民文学出版社重印出版后，畅销一时，许多报刊纷纷发表评论文章。《文艺报》拟请李健吾先生撰文。

健吾先生是钱锺书的老友，钱家的常客，更是和郑振铎经手发表《围城》的人。

1981年1月13日下午，我去北京干面胡同拜望健吾先生。除工作外，其时我受湖南一家出版社委托，正在编纂一套中国作家外国游记丛书，健吾先生的《意大利游简》就是其中一种。我将编辑部的请求向他提出，他当即答应了，他说，当年《围城》发表后，他就想写文章，一直拖了下来。

他拿出钱先生签名赠送他的新版《围城》给我看，顺此他谈到《围城》发表时的一些情况。

1945年秋，抗日战争胜利后，他和同在上海的郑振铎（西谛）先生共同策划出版大型文学杂志《文艺复兴》，至1946年1月创刊，在这几个月内，西谛先生和他分头向在上海、南京、重庆、北平的一些文友求援。《围城》就是这个过程中约定的。他说，我认识钱锺书是因为他的夫人杨绛。杨绛是写剧本的，我们一起参加过戏剧界的一些活动，我写过她的剧评。他笑着说，我还在她的戏里凑过角儿。至于钱锺书，我原来的印象他是位学者，主要撰写文艺理论方面的文章，后来才知道他正在写小说，写短篇，而且长篇《围城》完成了大半。西谛先生和我向他索取《围城》连载，他欣然同意了，商定从创刊号起用一年的篇幅连载完这部长篇。但在创刊号组版时，锺书先生却因为来不及抄写，要求延一期发

[①] 原载《出版史料》2004年第3期。

(上世纪 50 年代中期)

表。同时，他拿来短篇小说《猫》。这样，我们在创刊号发表《猫》的同时，在"下期要目预告"中，将钱锺书的《围城》（长篇）在头条予以公布。健吾先生说，这是为了给读者一个惊喜，也是为了以防作者变卦。谈到《猫》，他说，《猫》后来被作者收入开明书店出版的短篇小说集《人・兽・鬼》中，在集子问世时，我在 1946 年 8 月 1 日出版的《文艺复兴》上写了一则书讯："作者钱锺书先生，以博学和智慧闻名，他目光深远，犀利的观察并且解剖人生。《人・兽・鬼》仍旧保持他的一贯作风。里面包括《上帝的梦》《猫》《灵感》《纪念》四个短篇。像有刺的花，美丽，芬芳，发散出无限色香，然而有刺，用毫不容情的讽刺，引起我们一种难以排遣的惆怅，该书由开明书店出版。"

健吾先生说，《围城》从 1946 年 2 月出版的《文艺复兴》一卷二期上开始连载，在该期"编余"中我写着："钱锺书先生学贯中西，载誉士林，他第一次从事于长篇小说制作，我们欣喜首先能向读者介绍。"他有点得意地对我说，这简短几句话也许是有关《围城》最早的评介文字。关于《围城》的连载，本来预计二卷五期结束，由于作者的原因，暂停了一期，第六期才续完。读者很关心这部小说，暂停连续的原因，我在三期"编余"中及时作了披露："钱锺书先生的《围城》续稿，因钱先生身体染病，赶抄不及，只好暂停一期。"健吾先生说，有的文章说《围城》连载《文艺复兴》一卷二期至二卷六期，这是不确切的，其中停了一期。《围城》1947 年由晨光出版公司作为"晨光文学丛书"之一出版，出书前，钱锺书写的《围城》序，在《文艺复兴》1947 年 1 月出版的二卷六期续完小说的同时发表了。初版《围城》不到二年，就印了三次。他说，《围城》在当时长篇小说中算得上是很热闹的读物了。想不到，这部好小说，三十多年后才得以重版。

上世纪三四十年代，李健吾以"刘西渭"的笔名，写下了一系列的文学评论文章，曾编为《咀华集》《咀华二集》《咀华余集》问世。上世纪八十年代初，新时期启始，他雄心不减，想继续写些文学评论，他要新写本《咀华新篇》，他说，为你们写的这篇评《围城》，就算是这个集子的开篇。

1981年3月号《文艺报》刊发了李健吾的《重读〈围城〉》，作者不是署刘西渭而是以李健吾的名字打出了"咀华新篇"的栏题。在这篇不足三千字的文章里，作者谈了重读《围城》的"感慨"，他说：

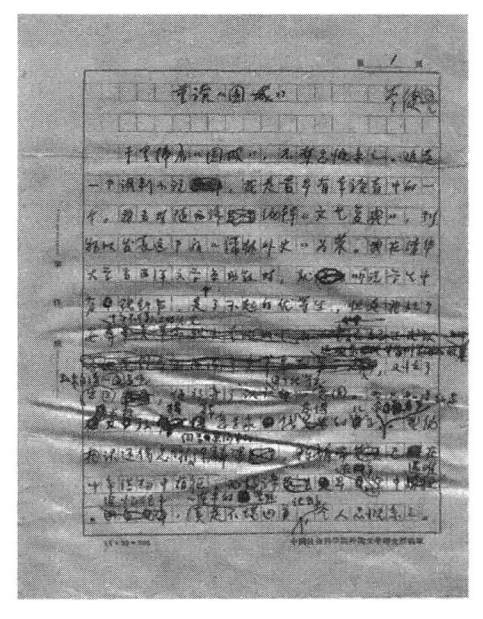

（李健吾《重读〈围城〉》手稿）

  手里捧着《围城》，不禁感慨系之。这是一部讽刺小说，我是最早有幸读者中的一个。我当时随着西谛（郑振铎）编辑《文艺复兴》，刊物以发表这部新《儒林外史》为荣。我在清华大学当西洋文学系助教时，就听说学生中有钱锺书，是个了不起的优等生，但是我忙于安葬十年不得入土的先父，又忙于和朱自清老师一道出国，便放弃了认识这个优等生的意图。我只知道他是本校教授韩愈专家钱基博的儿子，家教甚严。我们相识还得感谢同学兼同事的陈麟瑞。陈麟瑞已在十年浩劫中捐躯。西谛早在五九年空中遇难。追忆往事，一连串的苦难。真是不堪回首。

  他家和陈家（即柳亚子的家，陈麟瑞是柳亚子的女婿）住在一条街上，两家往来甚密，经陈介绍，我家便和他家也往来起来了。他是个书生，或者书痴，帮我们两家成为知友的还得靠他温文尔雅的夫人杨绛。我演过她的喜剧《称心如意》，做老爷爷，佐临担任导演，却不知道她丈夫在闭门谢客中写小说。其后胜利了，西谛约我办《文艺复兴》，我们面对着他的小说，又惊又喜，又是发愣，这个作学问的书虫子，怎么写起小说来了呢？而且是一个讽世之作、一部新《儒林外史》》！他多关心世道人心啊。

所以'重读'《围城》，就不免引起了这番感情上的废话。

他认为评介《围城》，首先要弄清作者创作《围城》的本意，他说：

《围城》本意是什么呢？

这个谜不难解释，就在书里，只是有些渊博罢了。我照抄如下：

慎明道："Bertie 结婚离婚的事，我也和他谈过。他引了一句英国古语，说结婚仿佛金漆的鸟笼，笼子外面的鸟想住进去，笼内的鸟想飞出来；所以结而离，离而结，没有了局。"

苏小姐道："法国也有这么一句话。不过，不说是鸟笼，说是被围困的城堡 fortres-se assiégée，城外的人想冲进去，城里的人想逃出来。鸿渐，是不是？"鸿渐摇头表示不知道。

辛楣道："这不用问，你还会错么！"

慎明道："不管它鸟笼罢，围城罢，像我这种一切超脱的人是不怕围困的。"

整个情节，如果这里有情节的话，就是男女间爱情之神的围困与跳脱，而这个平常的情节又以一个不学无术的留"洋"生回国后婚姻变化贯穿全书。这个留学生就是冒牌博士方鸿渐。

《重读〈围城〉》引起了多人的注目。我曾先后听到北大吴组缃教授和朱光潜教授谈到这篇文章。吴先生说，文章不长，但写得实在细腻，有的文章说《围城》写得好是因为钱锺书有知识、有学问，他说，有知识、有学问不一定能写好小说，《围城》写了众多人物，有些人物写活了，小说只有写出了人物，才能吸引人爱读。朱先生说，《围城》多年没有再版了，许多年轻的读者不熟悉，健吾先生的这篇文章，有助读者确切了解作者到底在小说中想要说什么，表达什么，只有摸准了作者写小说的初衷，对小说定位评价才可能准确。

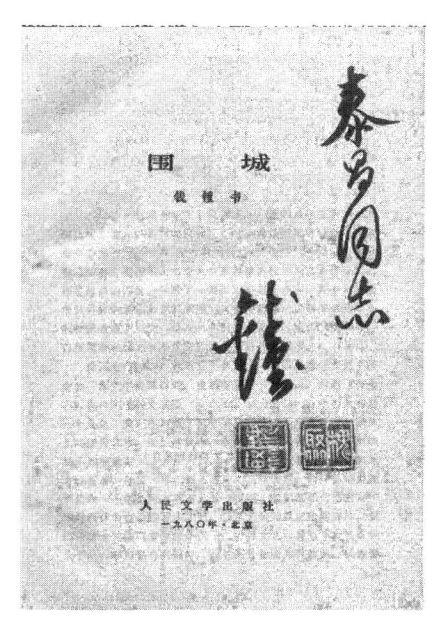

（钱锺书题赠本文作者新版《围城》）

李健吾与巴金[①]

韩石山

一

1993年10月,巴金与李健吾初识便一见如故,不是因了李的文名,而是因了他是李卓吾的弟弟。

李健吾兄弟三人,排行为二,兄长卓吾,早年信奉安那其主义(即无政府主义),1917年与陈独秀的两个儿子陈延年、陈乔年一起去法国勤工俭学,在法期间,与周恩来等人有过交往,直到20年代末始回国。巴金1927年至1928年在法国留学,安那其主义者之间多有联络,又同在异域,该是见过面的。顺便说一下,李卓吾新中国成立后一直在陕西耀州区一个煤矿上当会计,过着平静的生活。1979年6月24日去世。八十年代初,青岛、天津都有人找他,要他回忆法国勤工俭学时期周总理等人的情况,可惜去迟了一步,他已于1979年6月间去世了。

两人的相识,是在筹备《文学季刊》的宴会上。

北平的立达书局约章靳以编一本文学刊物,章觉得自己的资历不够,便请郑振铎出面主持。郑是文学研究会的主要发起人,主编过《小说月报》,当时任燕京大学中文系代理主任,同时兼任清华大学教授,在新文学界声望很高。实际负责编务的是靳以和巴金。名分上,巴金是帮朋友的忙。两年前,两人在《小说月报》的同一期上各发表了一个短篇小说,经人介绍而相识,可说是老朋友了。正

[①] 原载《黄河》1995年第2期。

巧这时，巴金在沈从文家里闲住，章要办刊物，便搬到编辑部来住。编辑部在三座门大街 14 号，这儿同时也是靳以的家。写稿的人都约好了，免不了要请桌饭，彼此见见面。

宴会的地点选在什刹海北岸的会贤堂。这是当年北平的一座大饭店，南向，两进，院里有楼房和长廊，还有荷花池。应邀而来的客人，有周作人、杨振声、朱自清、沈从文、李健吾，加上郑振铎、靳以、巴金三位主人正好是八位。

周、杨、朱、郑四人，都是当时的文坛翘楚。沈从文已文名满京华，且主编《大公报》文艺副刊，堪称文坛一方重镇。巴金的创作势头正健，1931 年《激流》（即《家》）在《时报》连载时，广告上已誉为"新文坛巨子"，这年 5 月，又由开明书店出版了《家》的单行本。相比之下，李健吾的名声要小一些。这年 3 月，刚从法国留学归来，在文学上还没有什么显著的成就。他的入盟，很有可能是杨振声、朱自清两位老师的引荐。但也绝非无名之辈，上清华大学的头一年，就加入文学研究会，其散文作品，曾得到周树人的赞赏。早在出国前，已出版小说集、剧本集数种。

巴金性格内向，不善交际，而对信奉的主义十分执着。听说李健吾是李卓吾的弟弟，自然是一见如故，格外亲切。

就在两人初识的这个月的月底，李健吾与清华校友尤淑芬结婚，婚后，巴金曾来李家做客，李赠以新出版的长篇小说《心病》一册。巴金生性腼腆，不喜照相，李健吾悄悄地从背后给他照了一张，这张照片，李一直保存着，直到"文化大革命"中才遗失了。

1934 年 1 月 1 日，《文学季刊》创刊号出版，上面刊出了李健吾的论文《包法利夫人》，巴金的小说《将军》，此外还有老舍、吴组缃、冰心等人的小说，卞之琳、臧克家、废名等人的诗作。真可说是一炮打响了。

文章可以兴邦，可济世，有些大而不当，而一篇好文章引起世人的关注，进而被垂青者委以重任，则古今中外不乏其例。李健吾的《包法利夫人》一文就起到了这样的作用。初回国，李健吾一时找不下合适的工作，承杨振声、朱自清两位师长的挽介，为胡适主持的中华文化基金会的编译委员会写《福楼拜评传》，每月领取 150 元的稿费补助。这篇论文，即正在写作中的《福楼拜评传》中的一章，精到地分析了福氏的长篇小说《包法利夫人》的社会意义与艺术特色。刊物出版后，立即获得文学界的好评，分析的精到还在其次，那跳跶洒脱的文笔尤其令人折服。郑振铎最是赞赏。

第二年，即 1935 年夏，郑氏受聘为上海暨南大学文学院院长，当即聘李健吾为该校外文系法国文学教授。这在李健吾，是意想不到的殊荣。去法国留学前，他不过是清华大学外文系的助教，留法两年，并未获得更高一级的学历，按常规，回国后能当个讲师就不错了。不次擢用，李健吾的欣喜是不言而喻的。

"接到你寄来的聘书，我高高兴兴一个人先去了上海。"在晚年所写的《忆西谛》（西谛为郑振铎的字）一文里，李健吾写道："巴金带我到他住的霞飞坊附近找了一所房子，在拉都路口，房子租定了，我又回了一趟北平，把家小接到上海，再去学校找你报到，一心准备上课。到底是新"教授"啊，什么也不懂，一切得自己摸索。"

按这里的叙述，似乎房子一租定，李健吾便回去将家小接来，实则不然。李健吾当时所以不能与家属一起来上海，是因为尤淑芬即将生产，不便行动，待到这年的 11 月，二女儿维惠满月后，尤淑芬可以行动了，正好巴金有事北上，李健吾便与他相随回到北平，将家眷接到上海。暨南大学在真如乡下，家在市内，这样李健吾常是白天在学校上课，晚上再赶回市内。

一家人安顿好后，李健吾正式开始了在上海长达 20 年的人生途程。

二

然而，上海等着这位北方青年的，并不全是友谊与理解，还有疑忌与鄙薄。

暨南大学是专为海外侨胞子弟办的国立高等学府。一个 28 岁的北方青年，虽说留过洋，并没有显赫的学位，一来就是教授，总让人看着不那么顺眼。一篇论文就能看出真本事么？谁敢肯定不是个绣花枕头！霞飞坊、拉都路都在法租界，在几个租界中，这儿是留学欧美的文化人聚居的地区。李健吾的性格，又是那样热情奔放，外露，了无挂碍，更易招人非议。大上海是个五方杂处的地方，但不是没有章法，未必就是排外，只能说是一个高文化圈子对一位贸然闯入者的鄙薄与警觉。而对这一切，李健吾自己却浑然不觉。

是一位朋友及时提醒了他。在写于 1979 年的《自传》中，李健吾说道："我一到上海,朋友告诉我,上海方面有些人对我这个北方人来上海,很不满意,那时京派、海派之争正闹得厉害,我虽不在其内,也不得不回避一下。"

行文的方便略去了许多不必提及的事实,岁月的久远又缩短了当年的时限,那个"一到上海"的"一",至少也有四五个月之久。证据是,李健吾在《记罗淑》一文中说:"大概不到半年光景,我们迁到真如乡下去住。"这一举措,可解释作为了生活上的方便,也未始不是为了那"不得不回避一下"。

那么,这个坦诚告诫的朋友是谁呢?

今年春天我去北京拜访尤淑芬老人时,提及此事,老人不假思索地说,是巴金。

至此,我们仍可以说,巴金所以如此关照李健吾,还是将他视作安那其主义同志李卓吾的弟弟。以巴金选择朋友的挑剔,一生对文学理论的藐视,加上两人性情的不同,断不会对以戏剧与法国文学评论见长的李健吾有多大的钦佩。所以摈弃常人多有的地域成见,暗中给以指点者,只能做这样的解释。

也正因了哥哥的这位安那其主义同志的劝告,李健吾住在真如乡下期间,除去学校上课外,平日深居简出,俯案写作,很少与外界有什么接触。除将自己的活动限定在校园里,交往的也不过是周煦良、马宗融、张天翼、陈麟瑞等几位同事。就是对有知遇之恩的郑振铎,也未登门拜访,只是在校园里遇见了说几句话而已。

然而,年轻气盛,精力充沛,外界的压抑与冷漠,更大地激发了他内在的才情。再蠢的人,也不会因了他人的疑忌,便捐弃了自家本领,以坐视对方的轻蔑。在这十里洋场上,多的是声色犬马,也多的是高人雅士,尤其是那些出身江南名门的世家子弟,更是以才学相标榜。在这个圈子里,若没有真才实学,那就等于是身无分文的小瘪三。甚至连小瘪三也不如。小瘪三还会引起他们的同情,而腹中空空的学者,只会让人鄙视。要在这个圈子里站稳脚跟,谦恭,热情,无异于心虚。你得先让人家心里佩服,才会做感情上的接纳。公平交易,钱货两讫,乃是现代文明规则,空口的信义,如同路旁的垃圾桶,只会藏污纳垢。你只不过是个清华大学外国文学系的毕业生,写了几个剧本,几篇小说,发表了几篇论文,凭什么叫人高看你呢?凭你那朗朗的笑声,还是凭你那纯正的京片子?

这层道理,以李健吾的聪颖,不会悟不出来。

小家庭的生活是温馨的，贤惠而俊俏的妻子，两个可爱的女儿。妻子平日料理家务，闲暇时便帮字迹潦草的丈夫抄稿子，孩子则另雇有女仆照顾，授课之余，李健吾尽可以安心地读、写。就在这年的5月，在北平，他还和青年会一班朋友，在协和礼堂演出了萧伯纳的讽刺剧《说谎集》，他翻译了剧本，担任了导演，还扮演了主角，那个俗而不落俗套的丈夫，如今，才过去半年，却不得不困守书斋。他是个爱热闹的人，生活教会了他怎样沉默。

在北平时，他已开始用刘西渭这个笔名发表了一些文学批评文章，批评过的作家和作品计有，塞先艾的《城下集》、萧乾的《篱下集》、沈从文的《边城》。这段时间看书多，兴致更浓，又接连写了好几篇，分别批评了何其芳的《画梦录》、卞之琳的《鱼目集》、林徽因的《九十九度中》。发表这些文章，用的都是刘西渭这个笔名，朋友中，只有沈从文和巴金知道刘西渭是何许人也。因为这些文章大都发表在沈从文编辑的《大公报》文艺副刊上，后来又由巴金为他出版了《咀华集》，就连郑振铎，起初都不知道这个刘西渭是谁，其他人就可想而知了。一时间，人们都在纳闷，怎么一下子冒出这么个成熟的文学评论家？

他的这些批评文字，以分析得透彻精辟，语言的活泼机智见长，往往从作者写作的深层心理切入，纵横捭阖，直言不讳，被称之为"心灵的探险"式的评论。

然而，他绝然没有想到的是为写一篇评论《爱情的三部曲》的文章，竟与巴金发生了冲突。

从1931年到1934年，巴金陆续写了三个中篇小说，分别叫《雾》《雨》《电》，统称《爱情的三部曲》，前两部是在《东方杂志》《文艺月刊》上连载的，后一部在《文学季刊》上发表时，为对付当局的检查，改名为《龙眼花开的时候》。直到1936年，才结集为《爱情的三部曲》，由上海良友图书公司出版。李健吾的评论文章，写于1935年11月，其时合集本尚未出版，仅从这一点上也可以看出，李健吾的用心良苦。说是对巴金表示一点感激之情，亦不为过。

但他那耿直的脾性，坦荡的胸怀，自认为超卓的见解，又不允许他有任何的偏私。感情归感情，批评自有它独立的尊严。

"批评之所以成为一门独立的艺术，不在自己具有术语水准一类的零碎，而在具有一个富丽的人性的存在。……临到批评这两位作家（另一位指废名——韩

注）的时节，我们首先理应自行缴械，把辞句、文法、艺术、文学等武器解除，然后赤手空拳，照准他们的态度迎了上去。"

这就是他的批评态度，也正是批评的独立的尊严。

他赞赏了巴金作品中的热情，及这种热情对青年读者的感染力量。"你可以想象那样一群青年男女，怎样抱住他的小说，例如《雨》和《雨》里的人物一起哭笑。还有比这更需要的！更适宜的！更那么说不出来的说出他们的愿望。"而对巴金作品的语言，则作了毫不客气的，可说是尖刻的批评：

"他不用风格，热情就是他的风格。好时节，你一口气读下去；坏时节，文章不等上口，便已滑了过去。"

顺便将茅盾与巴金的作品作了比较，对茅盾也同样地不客气：

"茅盾先生缺乏巴金先生行文的自然；他给字句装了过多的物事，东一样，西一样，疙里疙瘩的刺眼；他比巴金先生的文笔结实，然而疙里疙瘩。这就是为什么，我们今日的两大小说家，都不长于描写。茅盾先生拙于措辞，因为他沿路随手捡拾；巴金先生却是热情不容他描写，因为描写的工作比较冷静，而热情不容许巴金先生冷静。"

对巴金至今仍常说的那句话——"没有读过一本关于文学的书"，这位契弟也不轻易放过，特意在文中的一个小注中说：

"'没有读过一本关于文学的书'，巴金先生真正幸运，创造的根据是人生，不一定是文学，然而正不能因此轻视文学，或者'关于文学的书'。文学或'关于文学的书'属于知识，知识可以帮忙，如若不能创造。巴金先生这几行文字是真实的自白，然而也是谦虚，便含有不少骄傲的成分。"

在现代作家里，巴金对自己作品的维护，不容他人曲解，是有名的，有时甚至到了偏狭的程度。这从几乎每部作品，他都要写长长的序言或跋文上能看得出来。对这样尖锐的，甚至关乎个人品质的批评，巴金当然不会默不作声。很快，他以信的形式，写了一篇更长的文章，来为自己辩护。对李健吾也不无讥讽：

"朋友你坐在书斋里面左边望望福楼拜，右边望望左拉和乔治桑，要是你抬起头来，突然看见巴金就站在你的正面，你一定会张惶失措起来……你好像一个富家子弟，开了一部流线型的汽车，驶过一条宽广的马路。一路上你得意地左顾右盼，没有一辆汽车比你华丽，没有一个人有你那驾驶的本领……朋友，我佩服你的眼光锐利。但是我却要疑惑你坐在那样迅速的汽车里面究竟看清楚了什么？"

"等到作家一自白，任何高明的批评家都得不战自溃。"李健吾很快也写了反驳的文章发表，劈头便是这样一句。你以为他要缴械投降了吗？没那么容易的。这是一篇绝妙的答辩文字。他说作品之于作者，犹如母亲之于儿女，"唯其经过孕育的痛苦，他最知道儿女性格和渊源。唯其具有母性的情感，我们也得提防他过分的姑息"。同时竭力维护批评的独立与尊严，"谢天谢地，我菲薄我的批评，我却不敢过分污渎批评本身……它有它的尊严。犹如任何种艺术具有尊严；正因为批评不是别的，也只是一种独立的艺术，有它自己的宇宙，有它深厚的人性做根据"。

这样在报纸上兵戎相见，外人或许以为两人要失和了吧。不会的。打笔墨官司，原是文人之间的常事，只有两个小人，或一个君子一个小人之间，才会因此而结仇记恨，对两个都还心胸旷达的人来说，只会加深彼此的理解。果然，上文发表没过两个星期，见到巴金新发表的小说《神·鬼·人》后，李健吾又写了热情而中肯的批评文章。或许正是经历了这场笔战，巴金才真正认识到李健吾人品的正直，才华的丰盈，与见识的超卓，并由此结成数十年不渝的真挚的情谊。

这年年底，在巴金的擘画下，创办不久的文化生活出版社，出版了李健吾的文学批评集《咀华集》。在这前后，他的论著《福楼拜评传》、戏剧集《梁允达》及翻译小说集《福楼拜短篇小说集》等一批著译接连出版。至此，李健吾在上海文化界的名声大振，谁还好意思说这位28岁的年轻人不配当大学教授呢？

三

此后，无论是在上海，还是抗战期间在桂林，凡是李健吾的作品，巴金总是无一例外地给以出版。太平洋战争爆发后，李健吾滞留上海，生计艰难，巴金将李健吾的剧本搜集在一起，为他出版了《健吾戏剧集》一、二两种。文化生活出版社对李健吾如此关照，曾引起一些人的非议。巴金不管这些，照出不误。

我在翻检资料，与人晤谈中，还发现了一个奇特的现象，就是，不光巴金一人与李健吾相友善，他的弟弟李采臣（尧棪）、纪申（李尧集），对李健吾也都很有感情，且彼此之间以兄弟称呼。

据一位对李健吾知之甚深的先生谈，当年巴金兄弟之间似乎有过一些纠纷，李健吾凭着与诸人均有交情的关系，居间调和，不偏不倚，因而博得了巴金兄弟的一致尊敬。是怎样一回事呢？我们只能从现有的文字资料上来钩稽了。李健吾去世后，纪申写过一篇沉痛的悼念文章，名叫《怀念健吾大哥》，其中透露了一点端倪：

"后来平明出版社创办，他又把译稿《屠格涅夫戏剧集》交与了《新译文丛书》的主编人巴兄，还多方面给出版社以支持。"

"他为人是那么的正直热情，诚挚爽朗。记得出版社闹内部矛盾时，他总面对事实，义正词严、语重心长地站在真理的一边，从不玩花样。"

平明出版社是解放初期，巴金在文化生活出版社与吴朗西有了龃龉之后，与李健吾、李采臣、李尧集等人合股创办的一家私营出版社。在李健吾的档案资料中，有曾投资平明出版社的记载（不便引用原文）。地点设在上海汕头路82号。创办的具体时间不详，我手头有三本平明出版社出版的书，其中一本是1951年3月出版的《何为》，即车尔尼雪夫斯基的《怎么办》的缩写本，罗淑译。版权页上有"1950年3月初版"字样，可知其创办绝不会迟于这个时间。平明出版社所出的书籍中，以"新译文丛刊"（纪申说是"新译文丛书"，稍误）影响最大。作为股东，李健吾在这期间著译的书，几乎无一例外地，全交给"平明"出版，共计有13种之多。

巴金、李健吾当时都有自己的工作，实际负责的是李采臣。1954年公私合营后，李采臣就是作为资方的代表，以援助内地出版业为名，被"分配"到宁夏去的。粉碎"四人帮"后，宁夏人民出版社所以会很快地出版了李健吾的《贩马记》《李健吾文学评论选》《李健吾散文集》，就是因为李采臣在那儿负相当责任的缘故。

至于这个"内部矛盾"的详情，就不必深究了，想来不外是名利二字上的纠葛吧，这里要说的是，幸亏有个李健吾，为人正直挚诚，从不玩花样，出版社及李氏兄弟之间方相安无事。

新中国成立后，巴金一直在上海，且声望日隆。李健吾的境况就不妙了。

1946年，他与顾仲彝等人创办了上海实验戏剧学校，任研究部主任。1949年11月，剧校改为上海戏剧专科学校，任教授。1951年又改为中央戏剧学院华东分院，任戏文系主任兼工会主席。然而，因了抗战胜利后一个很短的时期（一个月），曾在国民党上海市党部任编译科科长这一历史问题，不见容于学校当局，待到在华东分院将戏文系撤销后，他的一切职务随之消失，就成了可有可无的人了。在这种境况下，健吾不得不于1954年初，黯然离开待了20年的上海，返回北京任文学研究所的专职研究员。

在上海的20年，是李健吾一生事业最辉煌的时期。一个北方青年，赤手空拳，在上海滩上打出一方天地，固然主要是靠了他绝大的才华，敦诚的人格，然而，若没有郑振铎、巴金一班江南朋友的关照与点拨，至少成就上会打点折扣，处境上会狼狈些。离开这个流过血汗，也获得过荣誉的城市，李健吾的心情是沉痛的，凄凉的。

此后的十多年间，两人都不同程度地经受了一些波折，大体说来，都还平安无事。每次巴金来京开会，总要抽空去看看李健吾，有时两人共同出席某种会议，晤谈的机会就更多了。最能见出这对文坛异姓兄弟情谊之真挚的，该是"文化大革命"期间的相互惦念与关怀了。

最初的冲击都一样，后来的情形各有不同。1970年，李健吾随学部人员下放到河南息县五七干校，第二年年底因病回京休养，没有再去。巴金名气大，又是上边关注的人物，还有一点，其实上海当局对文化人的摧残，似乎比别处更甚。直到1974年，巴金仍未"解放"，没有生活费，开销又大，很是窘迫。在北京的李健吾得知这个情况后，暗中联络几个老朋友，设法给以接济。

为此事，李曾对臧克家说："老巴是个好朋友，重感情，有学问，不但创作丰富，在文化出版事业上也做出不小的贡献呵。朋友们弄了钱，我要设法给他转去。"

没过多久，初夏，李健吾的大女儿维音要去上海开会，临行前，父亲将一个信封交给女儿，让她按信封上的地址，去找巴金先生，自个儿找，不要打听，不要用巴金这个名字。见了李伯伯（李健吾的儿女称巴金为李伯伯），就说朋友们都很想念他。女儿从父亲的话语里感到的是，父亲对李伯伯的思念更甚。信封上是武康路某号，名字则写作李芾甘，巴金的字。

李维音到上海后，一天晚上，按照地图找到武康路。武康路挺长，她是从离巴金家最远的东口进去的，在黑暗中，勉强辨认着门牌号码，直到九点多钟，总算找到了巴金的家，一扇破旧的大铁门。一见是维音，巴金很激动。夫人已亡故，在凌乱的卧室里，这一老一小两代人站着聊天。谈起眼下的状况，巴金告诉维音，现在没人理睬他的事，趁此机会，他在悄悄写关于赫尔金的论文，中午则听法语广播。维音要回去了，巴金送出门，陪着她走到武康路西口。路上，让维音一定代他向她爸爸问好，就说他很好，运动开始时还挺认真，后来越听越不对头，全是瞎话，就慢慢不搭理，不走心了。

从后来巴金写的文章中知道，这次带去了500元，是汝龙的款子。汝龙在后来致巴金的信上说，这是健吾的意思。

又过了一段时间，二女儿维惠要去上海出差，李健吾让女儿给巴金捎去300元。这是李健吾自己的。

这两件事，直到晚年，躺在病床上，巴金仍念念不忘，在《掏出一把来》一文中，他引用了汝龙的信之后，接下来说道："汝龙是少见的真挚的人，他一定没有忘记那十年间种种奇怪的遭遇。我也忘记不了许多事情，许多嘴脸，许多人的变化。像健吾那样的形象，我却很少看见。读了汝龙的信，我很激动。那十年间我很少想到别人，见了熟人也故意躲开，说是怕连累别人，其实是怕牵连自己。一方面自卑，另一方面怕事。我不会像健吾那样在那种时候不顾自己去帮助别人。"

粉碎"四人帮"后，李健吾更加思念在上海的老朋友。然而，他的身体实在太糟了。原来白净丰满的脸盘，瘦了许多，两颊塌陷，骨骼隆起。走路弓着腰，挂着一根木棍，连三层楼都上不去。一到冬天，只能裹着厚棉衣，坐在火炉旁，窗户吹开了，都没有力气过去关上。1977年秋天，大女儿维音又要去上海出差，李健吾让女儿代他去看看老朋友们。这时的情况，与三年前自是不同，王辛笛、巴金等一班老朋友，专门在饭店设宴招待了这位使者。今天看来，这次宴请，是隆重的，也是让人心酸的，颇能反映出打倒"四人帮"初期文化人的处境。李维音在写给笔者的信中，对此有详细的记述，兹将原文抄录如下：

"1977年秋，我又去上海，还是为728工程，爸爸让我去看看老朋友，说他去不了，特别想念他们。他给了我王辛笛的地址，又叫我去看巴金。我挨家去了，李伯伯（指巴金）已经解放，最大的变化，是大门被油漆一新。我感到那是李伯伯在国际上的威望，'四人帮'下台，外国朋友来访，政府办的事。我进门，他妹妹把李伯伯从楼上叫下来，李看见我显得特别高兴，那是个星期日，他让我到他的小花园坐坐，还看到他的小外甥女在玩。一天晚上，我去拜访王辛笛伯伯，我说是代表我爸爸来看望他的，伯伯和伯母在那拥挤的住房中招待我喝茶，他很活跃，十分高兴，说我到上海就是我爸爸到上海，要一起聚一聚。当时约定，在上海外滩海军俱乐部和巴金伯伯一起共餐。也许那是李伯伯已有的主意。

"那天晚上五点，我按时到了俱乐部，人到齐了（我忘了还有谁了），在一张小桌上，就是等李伯伯等了一个多小时，是他下午去看牙，时间耽搁了。七八个人坐在一张小桌旁，挤得够呛。我记得王伯伯说，我要是在这时站起来喊一声：'中国的大作家巴金在此！'看他们（指服务员）给不给换一张大桌子。当然，那是笑话，他没那么做。饭间，他们一起再三向我表示想念我爸爸。"

四

巴金"解放"了，有机会去北京，可以看望老朋友了。

第一次去北京，在1977年10月上旬，是随上海干部群众赴京代表团到北京，瞻仰毛主席遗容，头一天到，第二天上午去毛主席纪念堂，下午便离京南下。这大概是巴金复出后，享受的第一次"政治待遇"，来去匆匆，不可能拜会老朋友。第二次是1978年2月25日，赴京出席第五届全国人民代表大会，下榻虎坊路的前门饭店。3月初打电报到杭州，让女儿小林赴京。5日，会议结束后，由女儿陪同，集中时间看望北京的一些老朋友，李健吾当然在看望之列。回到上海后，巴金对弟弟纪申说：

"我又见到了健吾，是和小林一道去的，他一看到小林就哭了，他想起了蕴珍啊。"

蕴珍即巴金夫人萧珊。李健吾与萧珊早就相识。1937年春天，上海爱国女中学生会想邀请巴金与靳以去学校演讲，来的两个代表，一个是学生会主席陶肃琼，一个是学校的文艺活跃分子陈蕴珍。向来不善辞令，更不善做讲演的巴金，居然同意了这两位女中学生的邀请。靳以也不是个善于言辞的人。情之所系，并未失了自知之明，巴金又拉上向来以能说会道见长的李健吾。莫名其妙的是，巴金上台第一句就说了"我是四川人"这么句毫不相干的话。是对着台下的陈蕴珍说的吧。

此后巴金每次去北京,只要不太忙,总要去看望李健吾。

有一次,巴金又来了,正巧李健吾遇上个难题,要向巴金讨教。原来,前几天,李健吾整理旧作时,从后院小书房的书架底层,摸出一份手稿,原来是一出戏,题目叫《草莽》。这是他在抗战期间,上海尚未全部沦陷,通常称作"孤岛"时期写的一出戏的上部,后来因忙于别的事,没能写下去。可他分明记得,写出后不久,巴金从大后方回到上海,返回前,他曾托巴金将这个上部带到内地发表。现在《草莽》的手稿仍在他家里,而当时内地出版的他的另一出戏《以身作则》的封面上,却印着《草莽》二字。

这究竟是怎么回事呢?他问巴金。

巴金说,好像有这么回事,他返回内地后,将这个稿子交给了在桂林主编什么刊物的王鲁彦,刊物的名字记不清了,王鲁彦已去世多年,发表没发表实在记不得了。《以身作则》上怎么会印着《草莽》的名字,他也搞不清楚。

几十年前的事,两个七八十岁的老人碰在一起,再怎么回忆也理不清爽了,反正不会再写下部了,李健吾便将这半部《草莽》改名为《贩马记》,交给李采臣,在宁夏人民出版社出版了。

两人最后一次相见,是 1981 年冬天。这年冬天,巴金曾两度赴京,一次是 11 月上旬,参加五届人大三次会议,一次是 12 月间,出席中国作家协会第三届理事会第二次会议,在这次会议上,巴金当选为中国作协主席。究竟是哪次开会期间去看望李健吾,一时还弄不清楚。确切的是,在这次相会时,为一件小事两位老朋友争吵起来,几乎闹僵,最后还是巴金作了退让,才转恼为笑。

实在不是什么大事。中国戏剧出版社将出版《李健吾剧作选》和《李健吾戏剧评论选》,一切已准备就绪。正好巴金来寓所看望,李健吾便要巴金为这两本书题写书名。巴金说我的字写得坏,不同意。李健吾一定要他写,巴金坚决不肯。李健吾生气了,质问道:

"你当初为什么要把它们介绍给读者呢?"

好长一会儿,两人都不再说话。最后还是巴金让了步,答应题签,李健吾这才高兴了。巴金当即用圆珠笔,写了这两本书的书名。巴金一生确实极少为他人题签,是余怒未息吧,这两个书名写的遒劲有力,在巴金的题签中当属上品。

李健吾的身体原是很壮实的，"文化大革命"期间，在河南息县五七干校得了一场疟疾，瘦得脱了形。临去世的前两年，坚持练气功，竟复原了，精神特别健旺，且学会了照相，多次外出，或访友，或参加学术会议。1981年，偕夫人去南方，先去上海，后去杭州、绍兴、长沙，还上了庐山。这次去上海，本来是想见见巴金的，不巧的是，巴金出国去了，未能见到。1982年10月，他偕夫人去西安，又去成都，原打算去贵州看望了蹇先艾后，再返回重庆，顺长江而下，去上海看望巴金。不料到成都后，患了感冒，无法成行，只得返回北京。到北京后，一病不起，于11月24日溘然长逝。

临去世的前一天，他还关心病中的巴金，在给萧乾的信中说："巴兄的病情弟回京后始知。马绍弥已去上海服侍放心多了。"马绍弥是马宗融与罗淑的孩子。

这天下午，李健吾正在写一篇文章，觉得有些疲劳，斜靠在沙发上稍作歇息，不意心脏病突然发作，溘然而逝。第二天早上，在上海的巴宅接到北京的电话，家人瞒住了病中的巴金。李瑞珏（巴金的妹妹）与纪申商议，由纪申代巴金发个电报。因此，将近半年的时间，巴金并不知道李健吾已去世。他出了书，仍签上名，让人寄往北京。直到有一次，柯灵来医院看望巴金，谈起李健吾，问是否知道健吾的事。巴金说，他去四川跑过不少地方。

"这样去的还是幸福。"柯灵说。

"他得力于气功。"巴金说。

答非所说，柯灵感到奇怪，还要问下去，在一旁服侍父亲的小林忙打断柯灵的话，偷偷告诉柯灵说，她父亲至今仍不知道李健吾先生的死讯，一直以为他还健康地活着。柯灵这才明白是怎么回事，止住了这个话题。又过了一个多月，一位朋友从北京返沪，来病房看望巴金，闲谈间忽然讲起李健吾毫无痛苦的去世，巴金这才恍然大悟。

事后巴老责备女儿，不该将健吾的死讯瞒着他，同时，也理解女儿的心情。他知道不光女儿这辈人，连长女儿一辈的弟弟纪申，都担心他受不了这个打击，相信封锁消息，不说不听，就可以使他得到保护。纵然如此，巴老还是认为这种想法未免有点自私。

李健吾去世的第二年，李维音又去上海出差，专程去华东医院看望巴金。当时巴金的女婿，还有曹禺夫妇都在场。一见老友的女儿来了，巴金从病床上坐起来，拉住维音的手直说：

"我想你爸爸呀！我想你爸爸呀！"

维音强忍着盈眶的热泪，先向巴金问好，也向曹禺夫妇问好。在巴金的要求下，维音讲了她父亲去世的情况。巴老也带着眼泪，结结巴巴地讲了她父亲当年雪中送炭的友情。维音讲得很悲伤，巴金听得也很悲伤。在一旁的曹禺，还有巴老的女婿，怕老人受不了这个刺激，听说维音还要去看望住在二楼的陈西禾，借口探病的时间快结束了，催她赶快下楼。

这天晚上，巴老的心，总也平静不下来。先是觉得对维音有些抱歉，没能让她讲完心里的话，而这些话也是他最想听到的。"关于健吾，他是对我毫无私心，真正把我当作忠实朋友看待的。现在我仰卧在床上写字吃力，看报困难，关于他，我能够写些什么呢？"回想起三年前为了健吾让他题签，他起初怎么也不答应的事，老人不由得责备自己，"现在回想起来，我多么后悔，为什么为这点小事同他争论呢？"

一连几天，躺在病床上，巴金的脑子里都在翻腾着李健吾的事，总也忘不了汝龙在给他的信里，评价李健吾的两句话："黄金般的心啊。""人能做到这一步不是容易的啊！"

夜深了，病房里悄无声息，巴金的眼前，闪过了旧北平什刹海北岸的会贤堂，三座门大街14号的院子，上海霞飞坊的寓所，北京干面胡同的李宅，一年又一年的时光，一次又一次的相见，眼前模糊了，思绪也有些紊乱，嘴里不断地念叨着：健吾，健吾……

1994 年 10 月 7 日

注：非学术著作，故部分引文未注明出处，希作者见谅。

有一颗金子般的心
——巴金谈李健吾[1]

张爱平

1951年初,抗美援朝战争正紧要万分,全国镇压反革命运动也如火如荼,国内气氛很是紧张,文化界当然更是敏感,偏偏这种时候,有人要命地提起李健吾的所谓历史问题。问题的焦点,是李健吾曾在国民党上海市党部吴绍澍的手下做过一段时间的科长,又在担任上海海光戏院经理期间,上演过据说是黄色戏的《女人与和平》。在当时彻底纠正镇压反革命中宽大无边倾向的声势中,这样的审查,着实令人忧虑。巴金是李健吾的朋友中第一个知道这件事的人,然后是黄佐临、唐弢、郑振铎,朋友们都着急了。

作为一个难得的"糊涂人",李健吾同时也是有福的。5月12日,巴金写下了一份长长的证明材料,希望"这篇东西能够消除一些人对李健吾的怀疑"。这份材料,当时不可能公布,后来也一直未曾露过面,只是静悄悄地躺在档案库中,随着时光的流逝,到今日,已成为一份无比珍贵的历史文献了。

材料很长,但我在抄录这份材料的时候,却丝毫不觉其长,如果加一个标题,正是绝好的一篇"巴金谈李健吾"。

达君同志:昨天您要我写一点关于李健吾先生的事情,我这两天事情多,又患重伤风,无法安静地坐下来写文章,因此只能简单地写一点。昨天下午我还跟黄佐临、唐弢、郑振铎三位先生谈起李健吾的事。他们也都是李健吾先生的朋友。他们都说,倘使要他们讲话,他们也可以写一点东西。(我请郑振铎先生先写一点交给您。)

---

[1] 原载《档案与史学》1996年第4期。

我是在一九三三年认识李健吾的，记得是在上海开明书店的宴会上。（他大概是刚从法国回来。）在这以前我读过他的小说《西山之云》（记得鲁迅先生在良友版《新文学大系》中的一篇导言中也讲过这小说）和《无名的牺牲》。我是在法国认识他的哥哥。以后我又在北京参加郑振铎先生主持的文学季刊编委会，李健吾已先回北京，他在北京结了婚，正在著述《福楼拜评传》。他有时也写戏。我替文学季刊拉到他一篇《这不过是春天》，又替上海的文学杂志拉到他一篇"梁允达"。在北京我们常见面，那时我跟章靳以先生住在一处。我在一九三四年秋天回上海，不久健吾也因郑振铎的邀请到上海暨大任教来了。（郑当时做暨南大学的文学院院长。）我留在上海担任文化生活出版社的编辑工作。李健吾也经常给我们供给书稿。（如：《以身作则》《母亲的梦》《新学究》等）抗战后陆蠡在上海维持文化生活社，他帮过一点忙。我一九三八年春天去广州（同年七月中回过一次上海，都是和章靳以同路的），一九三九年二月由桂林回上海。我一九四〇年七月又经海防去昆明，一直到一九四五年十一月才由重庆回上海。（住了一个多月把我哥哥安葬后又回重庆了。）我在上海的时候是常常跟李健吾来往的。我在内地的时候跟他通信不多，但他也曾寄过几本戏稿给我（如《黄花》《云彩霞》以及他根据我的小说改编的《秋》），但这些戏由重庆的文化生活出版社在重庆送审时，原稿全被扣留，只有《黄花》一种被删改得体无完肤后附了意见发回来了。我在上海跟他来往的时候，我可以说是了解他的情况的。我不在上海的时候（尤其是一九四〇年七月到一九四六年五月），唐弢、佐临、郑振铎几位常跟他来往，他们应更了解他。郑振铎还跟他一起合编过《文艺复兴》月刊。（从一九四五年底出到上海解放前不久为止。）从一九四六年六月一直到上海解放前的时期，他没有离开过上海。那时他担任《文艺复兴》的编辑和海光戏院的经理，据我所知，这海光戏院的职务是听了郑振铎的劝告在一九四八年底辞职的。中间一九四七年曾经因为《女人与和平》一个戏的演出，受过批评，这是一则黄色（但《女人与和平》在《文汇报》发表也讽刺过国民党反动政治的一些措施）噱头多，二则他写过一篇答辩文章，态度傲慢。他在一九四五年被日本人逮捕，于日本投降前他逃到屯溪，刚到屯溪不几天就得到日本投降的消息，赶回上海，以及在上海进国民党反动派市党部，在吴绍澍下面做了一个月的编审科科长，这些消息都是抗战胜利后他在上海写信到重庆来告诉我的。我回到上海以后也曾听见几个朋友说起这事,大家说是他糊涂,居然在这时候干起这种事来,骂了他一顿,他便辞职了。昨天我和佐临谈起'科长'的事,佐临说,李健吾做'科长'的一个月中,并没有做过什么坏事情。记得一九四九年我们在北京参加文化大会,在会前有人在资格审查委员会中也提过李健吾的名字,他写过一篇坦白书,后来经审查结果以为他的代表资格可以保留无问题。去年上教工会成立,在《文汇报》上发表过他的一篇自我检讨文章。反动党团登记条例发布后,有一天在宴会上谈起某人登记的事,李健吾自动地对我们说,他也去登记过,不过登记处的人对他说像他这样的情形不必登记。

昨天和唐弢谈起,他说:"健吾人是很单纯的,他有缺点,但他的缺点是一眼就可以看出来的。"我同意这句话。据我个人的判断,李健吾聪明,博学,有才气,但是不踏实(我们常批评他有点"浮",有时也来一点"粗制滥造"),喜欢替自己吹牛,爱批评人,但是从来没有害过人。他解放前对政治并无兴趣,但是他从无写过反动的文章。他的著作,除《西山之云》《无名的牺牲》等二三种外,大都是在开明书店、文化出版社、上海出版公司、平明出版社出版的,而且不难找到。解放后他参加华东文艺访问调查团去过一趟山东,回来后正在写一本《山东巡礼》。我和前面提到名字的几位朋友近来谈到李健吾,都觉得他解放后表现得相当好,虽然过去的缺点还没有完全改掉。郑振铎在解放后回上海两次,见到他劝过他少讲话乱批评人。他又曾用刘西渭的笔名写过一些文学批评文章,也批评到我,都收在他的《咀华集》《咀华二集》内。据我所知外面对他的为人和工作可以说是"毁誉参半"。有人对我骂他,也有人对我恭维他。譬如章靳以先生就不喜欢他的翻译,并且说他的文学写得"浮"。但叶圣陶先生却非常称赞他在开明出版的《莫里哀戏剧集》。

话写得多了,我不会写这种东西,而且也没有写过,不知道这样写对不对。我只希望我的这篇东西能够帮忙消除一些人对李健吾的怀疑。总说一句,李健吾这人的缺点是不少的,但却不是大的缺点,而且他正在受着知识分子改造的磨炼,更不会有什么反动的活动。

此致
敬礼

巴金 1951.5.12

作为上海文联的副主席，巴金不单单有一个老朋友的身份，四十多年以后，我们可以想象他当时的心情，是如何重视他所要说的话，会对李健吾的命运产生什么样的影响，但我发现巴金从来没有回忆过这件往事，也就是说他没有提起过他写的这第一份证明材料。

除了在这份材料中评论了李健吾之外，巴金曾在多篇回想录式中的文章中，几次谈及李健吾。他对李健吾有一个著名的评价——"他有一颗金子般的心"。给人印象深刻的，还有《十年一梦·掏一把出来》（百家丛书）中那次笔涉崇敬地写到李健吾：

随想九十九是在七月十八日写成的。在文章的结尾我用了朋友汝龙（翻译家）来信中的话，……那么让我再从他的信中抄录几句："我知道他死讯的那天晚上通宵没睡，眼前总像看见他那张苍白的脸，他那充满焦虑的目光，他那很旧的黑色提包，他那用手绢包着的钱，我甚至觉得我再活下去也没意思了……"汝龙是少见的真挚的人，他一定没有忘记那十年间种种奇怪的遭遇。我也忘记不了许多事情，许多嘴脸，许多人的变化。像健吾那样的形象，我却很少看见。读了汝龙的信，我很激动。那十年间我很少想到别人，见了熟人也故意躲开。说是怕连累别人，其实是怕牵连自己。一方面自卑，另一方面怕事。我不会像健吾那样在那种时候不顾自己去帮助别人……想起健吾，想起汝龙信中描绘的形象，我觉得有一根鞭子在我的背上抽着，一下！一下！……想起健吾，我更明白，人活着不是为了捞一把进去，而是为了掏一把出来。

有三十年后这样的一段文字，如果不是出于对巴金先生的崇敬，其实是没有必要再写这段往事的，我们都相信在危难之中能看出一个人的真性情，看过"文革"中的李健吾的形象的人，都相信李健吾的清白无辜而毋需别的什么证明。当时的巴金不会想到十年后会发生的事，但他对李健吾确实非常了解，而且有坚强的信心，所以会在一场病后，不等完全恢复就急忙拂开了信笺。所以会有努力保持客观的文字，从他一贯爱憎分明的笔端一泻直下。

当事人，正在上海剧专任教务长的，名满天下的剧作家和文艺评论家李健吾，当时正随团访问山东老革命根据地。这是个在文坛上已拥有自己的一份天地的人，他的文艺评论独步当时，在小说与剧作两个方面也各有名作。他有一种一任激情、绝无顾忌的评论风格——一方面固然是因为他的天真的个性，另一方面怕也确是有一点恃才，虽然不是上海人，却有着海派才子的风格，有时不免给人落下口实。这个人，在一把达摩克利斯剑悄悄架上头顶的时候，却毫不知情地爬泰山，写下了他的散文中的名篇《雨中登泰山》游记，高喊着"我爱这个时代"！李健吾一直说自己是一个不懂人情世故的糊涂人，他确实是。

并不知情的李健吾到山东游了一遭后回到上海，优哉游哉地集结出版了这次山东之行的散文集《山东好》。专著《司汤达研究》也在早些时候由平明出版社出版。这场风波竟然对他毫无影响。不过1954年初，郑振铎还是把李健吾调到北京文学研究所（中国社科院外国文学研究所前身）任研究员，离开了上海。

除了巴金从来没有说起过这件事，我发现李健吾也从未说起过这件事，也许李健吾根本就不知道有这么一回事情，以他的个性，是不会不受这样的友情感动而保持沉默的。巴金已是文坛的人瑞，我们没有问老人有关这件事情的情况，好像已经不重要了，只要友谊确实地存在，这已经够了。巴金在说李健吾有一颗金子般的心的时候，也有一颗金子般的心在他自己的胸膛里，事情就是简单得如此让人叹气。

——伟大的人格，伟大的友谊！

遥忆健吾师[①]

龚和德

李健吾先生（1906—1982）走进历史已整整 40 年。我算不上他老人家的入室弟子，更不是他艺术人生和学术成就的研究者，只是在母校读书时听过他的课，走出校门后又受到他的关爱。我虽年逾九旬，仍留有他的一些记忆，写下来表达对他的思念和敬意。

1950 年我 19 岁投考上海戏剧专科学校时，对这个学校的创建历史和师资情况一无所知，凭的只是对文艺有兴趣。抗战胜利后，我从崇明到了上海，喜欢上京戏，尤迷麒麟童。在大东中学读初中时，参加了绘画老师周牧轩先生开办的"行馀书画社"，画师有张大壮等。读高中时，参加了范石人先生开办的"范氏余剧研究集"。电台举办京剧清唱比赛，裁判是余派名家陈大濩，得分最高的是比我小一岁的王顷梅，我唱得"非余非麒"，名落孙山。考上海剧专，指望将来能当个编剧，为京剧写新戏。偏偏 1950 年不招编剧科，改考舞台技术科。发榜录取后，我向口试老师孙天秩先生表白："明年如招编剧科，我要转过去。"孙先生一口拒绝："我们是按国家计划培养人才，你要转，那就不录取了。"我只得服从。1952 年，上海剧专改称中央戏剧学院华东分院，三年制改为四年制，舞台技术科改称舞台美术系。毕业两年后，母校又改称上海戏剧学院，校址也由四川北路（横浜桥附近）迁至华山路。

母校原是以培养话剧各种专业人才为宗旨的，由于熊佛西校长（院长）的办学思想开明，除了有话剧的各路名师任教外，也请苏联专家和我国的戏曲名家到校讲学。我见过列斯里来指导正在排演的《曙光照耀着莫斯科》，北京的孙维世

[①] 原载《中国戏剧》2022 年第 6 期。

老师专程陪同给专家当翻译。表演系同学徐企平扮演剧中一个干部，由于紧张，表情呆板，列斯里走上舞台抓起他的手，打了三下手背，说："你肚子里吞了尺子吧！"京剧南派武生泰斗盖叫天来上课，登台的头一句话："我是大老粗！"可他边讲边演，非常精彩。如说演《恶虎村》，有个"鹰展翅"的身段，那是夜行时拂开垂柳望明月。在校老师中也有戏曲专家或戏曲爱好者。前者如戏文系的陈古虞先生，有一天上大课，他演昆剧《夜奔》，大概是感冒了，一边唱，一边用手掌擦鼻子，引发同学们的轻轻笑声，演完，收获同学们的热烈掌声。最近，叶长海教授告诉我，陈古虞《夜奔》的说戏录像，已收入王文章先生主编的《昆曲艺术大典》了。爱好者的例子是表演系老师罗森，他是早些年毕业的学长，留校任教，在一次联欢会上演出《描容上路》，饰张广才，唱的是地道的麒派，配演赵五娘的是罗老师外请的一位年轻漂亮的女友。

我在校时的编剧科，有1949、1951、1952年历年招的学员，共约30人。李健吾先生是科主任和主教老师之一。他开有两门课：一门编剧实习，一门名剧分析。我有"专业思想不稳定"的毛病，学舞台美术时写过一出抗美援朝的小戏，改编过一出传统大戏，因不是编剧科的学生，不敢拿请健吾师指教，但"蹭听"过他的名剧分析。那时我已知道健吾师是能编、能导、能演、能译的戏剧大家。在抗美援朝运动中，以健吾师为主力，师生合作创排了由5个独幕剧组成的《美帝暴行图》，其中李老师就写了两个。我们舞台技术科的同学就是为此剧装台、拆台、迁换布景道具。这出戏演了70多场，还进了兰心大戏院。在兰心演出期间，听到陈白尘先生来上课，地点就在兰心二楼观众休息厅，学生们席地而坐，陈先生站着讲课，讲的内容记不得了，只记得散课后在陈先生站的地方留有一堆香烟头，他吸烟只吸半支多一点就接换另一支。健吾师讲课是不吸烟的。他是长方形脸，宽额，微胖，戴金丝边眼镜，肤色白里透红，一口清脆流利的"京片子"。给我印象最深的是讲法国喜剧大师莫里哀，讲剧情、人物，能背诵重要台词，且带表情，讲到得意处，他自己先嘎嘎大笑。我没有读过莫里哀，却被他声情并茂的讲解和朗朗笑声感染了。

1954年毕业时，因要参加华东区话剧会演的工作，推迟至9月下旬我才落实到达分配单位。在我到中国戏曲研究院之前，健吾师已调进北京的文学研究所。因我有一位比我早两年毕业的编剧科校友张江东在中国戏剧家协会机关刊物《戏剧报》(一度改名《人民戏剧》，后称《中国戏剧》)编辑部工作，十分热情，使我刚出校门就有机会列席剧协组织的重要学术活动——由欧阳予倩发起的关于京剧艺术改革的讨论。健吾师转到北京后，与中国戏剧家协会接触也多。在剧协工作的校友，还有李慧中、容为曜、朱青、阮文涛等。师生、校友在北京相聚，倍感亲切。1955年5月7日，我与汪醒华结婚，相当热闹，除本单位的领导、同事外，还有在京的亲戚、校友。健吾师和夫人尤淑芬托校友带来礼物——红格大床单。尤老师在母校图书馆工作，我借书还书常经她手，也是很熟的。

(1954年7月，李健吾先生从上海调到北京文学研究所工作后与家人合影。
前排左起：夫人尤淑芬、幼女李维永、三女李维明，
后排左起：子李维楠、长女李维音、二女李维惠。)

约在20世纪60年代初的某一天，在王府井大街靠近灯市口的原文联大楼礼堂观看山西蒲剧的招待演出，健吾师也在，看完戏，要我陪他去请一位朋友吃饭。我真有点受宠若惊。选的饭馆是离文联大楼较远的虎坊桥晋阳饭庄，请的朋友是顾仲彝先生。这次餐叙，我收获很大。第一次也是唯一的一次见到顾先生。健吾师以为我认识顾先生，其实不认识，所以向我介绍说顾老师"是我们学校的首任校长"。我入学时的校长是熊佛西先生，后来顾先生重返母校任教，我已毕业多年。另一个收获，我才知道健吾师是山西运城人，他选晋阳饭庄是要以家乡

菜肴招待好友。更重要的是在这次饭桌上改变了我对健吾师的印象。他不仅是话剧、西方戏剧和文学的专家，对民族戏曲尤其是家乡戏曲也有深厚感情。席间顾先生很少说话，多听健吾师谈蒲剧，如数家珍。真巧，1959年春夏间，中国戏曲研究院奉中央宣传部之命进行戏曲工作的"四省调查"，我分在山西组，曾与表演室的祁兆良先生在临汾蒲剧院住过好几天，每天都有王秀兰、阎逢春、张庆奎、杨虎山、筱月来"五大头牌"陪我们共进午餐。白天做些采访，晚上看他们和青年演员们的营业演出。所以健吾师所谈，我听得津津有味。还有个印象，健吾师好像说过他家前辈办过蒲剧团。

关于顾先生是母校首任校长和健吾师的家族前辈办过蒲剧团这两点记忆是否有误？为此，我最近做了一点"考证"。母校曾经编印过校友通讯《横滨桥》，我向戏文系陈莹老师要到了电子版，共85期，打印出来有1300多页。第36期刊有健吾师《实验剧校的诞生》，第26期刊有顾仲彝先生《上海市立实验戏剧学校的创办经过》，都是可贵的第一手材料；第12期上袁化甘先生《上海市立实验戏剧学校大事记（1945.10—1949.5）》是对我入学前母校从无到有艰辛历程的编年史。李健吾、黄佐临、顾仲彝于1945年10月提出创办戏剧学校的倡议，健吾师为筹委会召集人。同年11月22日顾仲彝出任校长，12月下旬正式开学。1947年2月4日熊佛西接任校长。另外，我向山西临汾蒲剧院任跟心老师要到了《蒲剧艺术》杂志和《蒲州梆子志》。在1981年第4期的《蒲剧艺术》上有健吾师《祝贺张庆奎演戏五十年》，提及"'文化大革命'前，蒲剧院来北京演戏，阎逢春在后台告诉我，新中国成立前有些蒲剧演员在西安避难，穷无所归，得到我七叔和景爸（景梅九）的支持，才幸免于流落街头"。怎么"支持"？不具体。于是托女儿网购一套《李健吾文集》（共11卷），从第6卷收录的《悼念蒲剧老艺人阎逢春》一文"附记一"中，看到了支持的具体措施："由我七叔（李少白）出钱办剧团把他们救下来的。"健吾师亲切地称为"景爸"的景梅九何许人也？《蒲州梆子志·人物》中有专条释文："景梅九（1882—1959），著名学者，社会活动家。"辛亥革命爆发后，他与健吾师之父李岐山一起率军，光复运城。他们是亲密战友。同书的《机构·唐风社》释文中记载，1937年秋冬之交，蒲剧艺人为谋生从晋南到西安，由景梅九、李少白等人发起筹办，1938年年初成立唐风剧院，后改称唐风社。演员中就有阎逢春。

"文革"后我没有再见过健吾师。有一次出差上海，到绍兴路上海昆剧团办事，抽空逛就近的上海文艺出版社读者服务部，买到一本健吾师的《戏剧新天》。说来惭愧，这是我当时仅有的一本健吾师戏剧评论集。内收文章46篇，多为20世纪五六十年代的作品。"文革"后陆续发表在1977年、1978年《人民戏剧》上的四篇《写戏漫谈》，健吾师在该书《后记》中特别说明是"王育生同志帮我整理后才和读者见面的"。我与久未晤面的育生先生联系后，承他寄送我一本他的文集《剧海览胜》，内有《忆健吾先生》，讲到1977年见健吾师时，"劫后余生，身体很坏，形销骨铄的那副样子，与50年代神采飞扬的风貌简直判若两人"。"重病时都不肯向单位要车，而是由他的研究生柳鸣九教授用自行车推了他去就医。"《戏剧新天》中的个别文章当年见报时我读过，如《喜看京剧现代戏会演》一组短文中的《相得益彰的舞台装置》，给张正宇先生为《耕耘初忆》所做设计的评论，写得像散文诗。这次重读，最吸引我的是《海派与周信芳》。文末注"1961年6月"。发在哪个报刊上的呢？我查中国戏剧出版社1982年出版的《周信芳艺术评论集》的附录索引中有它，是发在1961年6月24日《人民日报》上。但《周信芳艺术评论集》及1994年出版的《评论集续编》都未收此文，实有遗珠之憾！

健吾师在文中说："我从10岁到30岁，有将近20年的光景是在北京度过的……我赶上了杨小楼，所以一直念念不忘。演须生的，我赶上了几个，可是印象不深……后来我去了上海，朋友请我听周信芳的戏，我顺口说了一句不知天高地厚的话：'跑到上海来听京戏，我看也就算了吧！'""话虽那么说，我还是让朋友拉着去看了周信芳的《四进士》。周信芳当时用的名字一直是麒麟童。我不瞒人，从那次看戏起，我成了麒派的一个观众。"

在这篇1500多字的短文中，健吾师对周信芳的演剧精神和艺术特色做了相当精辟的评述。概括起来有以下三点。

第一，"走生活路线"。京剧有京派、海派之分。在海派内部"又有两大派别，一个是重视机关布景和舞台效果的共舞台派，一个是重视表演艺术的戏剧效果的麒派。他们是各有千秋的"。"海派京戏和各地方剧种有同一个趋向，就是走生活路线"。周信芳"是受过严格程式教育的科班弟子，也处处知道尊重自己剧种的格调"，但在上海待了几十年，所以会受这种"趋向"的影响，重视协调程式与生活的关系,"给角色注射进了新鲜血液",既不是共舞台派,又区别于京朝派,独树一帜,追随者众,遂成麒派。

第二,重性格刻画。周信芳的嗓子"不够纯洁,对'听'众来说,就成了他作为京戏演员的缺点","不过味道厚,并不妨碍性格的要求"。"周信芳演戏,都是全力以赴。不草率,不偷巧,认真走进角色,因而角色的态度永远明朗"。看《四进士》,"在我不提防的期间,忽然台边跑出一声'好赃官'!像迅雷一样,自天而降,让我浑身打战,又像紧跟着一把天火,烧得我心也沸腾了。十条嗓子也抵不住这样一条沙嗓子。形式主义是感动不了(更不用说震动了)观众的。我被征服了"。

第三,有整体追求。周信芳自己"有戏的时候如狼似虎,没有戏的时候帮助有戏的演员如狼似虎。这种有人有我的合作精神应当是演员(作为演员看)的最高品德。他的演出给人以强烈而又和谐的感觉"。文章结尾处,说了带有总结性的一段话:"沙嗓子并不是麒派的特征,依我看来,应当深入角色的性格和生活,注意选择细节,注意舞台调度,使观众对整个演出觉得贴切而又鲜明。有自己,又有全体。这才算得上麒派!周信芳把海派京戏的艺术带到一个高度发展的艺术阶段。"

值得注意的是,健吾师赞扬家乡戏蒲州梆子的艺术家时,也联想到了周信芳,指出他们有共同点:"强调力和感情""细致和粗犷都有分量""敢于往开里放,动作幅度大,配合激情,也就显出更深的力量"(见《戏剧新天》第180页)。健吾师的审美判断对我很有启发。梆子戏与京剧的关系,梆子戏对南派、海派京剧的影响,麒派风格中的梆子艺术元素,都是值得研究的啊!

从时间上来说,健吾师离我们这些学生越来越远了;从心理上来说,只要需要,随时可以向《李健吾文集》求教,他永远是我们亲切的充满智慧的名师!

怀念良师李健吾先生[①]

任明耀

在人生的道路上倘能遇到良师的教诲,那将是无限幸福的。抗战胜利以后,我在上海暨南大学外文系求读的时候,有幸遇见了留学法国的李健吾教授。他给我最初的印象是:精力充沛,学识渊博,年富力强。他戴着一副浅色茶色眼镜,给我们上课时,谈笑风生,语多精辟,经常发出爽朗的笑声。我们听他的课特别有味,不但没有精神压力,而且常常感到是一种艺术享受。当时系里不少名教授教完课以后,往往夹着皮包走掉了,不与学生接触。可是李先生没有一点教授的架子。他经常在课余时间带我们去观摩上海戏剧学校师生精彩的话剧演出,有时也带我们到电影摄影棚去参观拍摄电影的场景,这使我们大大扩展了视野,增加了在课堂教学中学不到的新鲜知识。有一次我们去看电影时,竟然在银幕上看到他扮演的角色,同学们对他的多才多艺,都感到由衷的赞佩。事后我们一打听,知道他从小学开始就醉心于戏剧事业。早年他在北京扮演陈大悲写的《幽兰女士》中小丫头角色初露头角,以后又扮演了熊佛西写的《这是谁之罪》中的女主角,以哭到恰到好处而赢得了全场观众的热烈掌声……李先生居然以扮演女角步入话剧舞台,不由得不使我们赞赏不已。

1948年夏毕业前夕,我们全班同学都想跟系里的教授先生们合影留念,虽然事先我们都通知了,可是拍照的时间到了,系里的教授们一位也没有到场。正当我们万分焦急的时候,李先生带着甜蜜的微笑赶来了。我们欣喜万分,立刻请他坐在中间。这一张珍贵的照片,我一直小心保存着。可是在"文革"期间被毁了,岁月不居,如今我也成了古稀老人,再也看不到李先生当年的风采了,能不

[①] 原载《群言》1996年第6期。

深感遗憾么！

　　新中国成立以后，健吾先生的学术著作和文章不断出版和发表，粉碎"四人帮"以后，他精神焕发，笔耕更勤，发表的著作和文章更多了。他的名声在国内外也越来越大了。英国汉学家波拉尔（D. E. Pollard）在《李健吾与现代中国戏剧》一文中，高度评价了他早年的戏剧作品《新学究》《以身作则》，尤其称赞了《青春》的语言。他在文章中说："语言在这里还不是最重要的，他的喜剧更注意意境和性格。"美国著名记者埃德加·斯诺在《活的中国》一书中，曾把他和曹禺并列为30年代中国最重要的戏剧家。他早年以"刘西渭"的笔名撰写的《咀华集》重版以后，更得到许多人的赞赏。大家公认，他的文笔率直、热情、幽默、不讲套话空话，坚持实事求是。他在《咀华二集》中说："一个批评家明白他的使命不是摧毁，不是和人作战，而是建设，而是和自己作战。"他本着这种精神，对巴金、夏衍、何其芳、萧军、卞之琳、师陀、叶紫等许多作家的作品进行了中肯的评论。他还写了长文和巴金探讨了《爱情的三部曲》，巴金读了深为感动，称赞他的文章"写得这么自然，简直像一首散文诗"。

　　1981年秋，健吾先生和夫人尤淑芬女士来杭旅游，我们重新见面，分外高兴。我陪同他们游览了建德灵栖洞，桐庐富春江，绍兴的名胜古迹和鲁迅纪念馆。也请他向杭州大学中文系师生作了"莫里哀其人其事"的学术报告，受到全场1000多名师生的热烈欢迎。他回京以后写信给我，说这次游览杭州等地，给他留下了美好的印象，准备以后有机会再来杭州。岂料这次相见，竟成永诀。他突然于次年11月24日病逝。尤淑芬女士怀着极其伤痛的心情给我来信写道：

　　"……12日由西安返回北京。到北京首都医院诊治感冒，大夫不够重视，而病人只相信服药，对大夫嘱咐要停止工作，谢绝接待两点不照办。待至感冒不减轻，大家都劝他去复诊，始终强调工作重，没有时间。迨至11月24日午餐后，还不休息一直在写，将近3点，停笔住沙发椅一靠，就此长眠不起。在他本人完全同睡觉一样，毫无痛苦表情，只是眼睁睁看着他丢下我，丢下全家，丢下热爱他的无数好朋友，丢下他为之奋斗一生的文学事业，就此甩手，太惨了，太惨了……"我捧着来信，热泪盈眶。莫里哀为了追求艺术事业，终于倒在舞台上，健吾先生为了他所追求的文学事业，终于倒在他工作的写字台旁。他们两人的不朽献身精神将永远留在中法两国人民的心中。

李先生不幸辞世的消息，震撼了全国。在遗体告别会上，一位浙江去的青年痛哭失声，惊动了李师母。她要我打听一下此人是谁。事后才知这位青年名叫赵锐勇，诸暨人，从未见过李先生一面，却在书信往来中得到李先生的热情指导。他现已成为出版多部长篇小说的著名作家了。那次他是自费从诸暨赶往北京参加遗体告别会的。巴金先生事后得知李健吾先生逝世消息后，他在病中写的一则随想录中深情地写道：

"……想起健吾，我更明白，人活着不是为了捞一把进去，而是为了掏一把出来。"

这是对健吾先生最好的评价。在当今"一切向钱看"的商品大潮中，我想到，我们活着的每一个人，如都能像健吾先生那样"掏一把出来"，我们的国家和社会不是会变得更加可爱么。

李健吾的二十四封信[①]

任明耀

我有幸在上海暨南大学读书时期结识了法国文学专家、翻译家、戏剧家、作家李健吾教授，他当时风华正茂，为我们开设外国戏剧课，讲课生动，而且特别强调理论联系实际。在课外时间，他常带领我们去上海剧专观看剧专师生的话剧演出。有时去电影摄影棚参观名演员的现场表演。这些活动，使我们增长不少知识。新中国成立以后，我在大学教书曾和他取得了联系，通过几封信，但由于众所周知的原因，这些信件均已遗失。粉碎"四人帮"以后，我们重新取得了联系。从20世纪70年代末到80年代初，他先后给我写过24封信，这些珍贵的信件现在保存在中国现代文学馆内。从这些信件可以清楚地看出李健吾先生的高尚道德风范和渊博的学识。他虽是知名学者，可是没有知名学者的架子。有的知名学者拒不接见来访者，有的只给几分钟时间，时间一到，请客出门。可是他却是"来者不拒"，并以非常热情的态度接见来访者。其次，有些知名学者对待群众来信采取漠然的态度，有的甚至连看也不看就扔进了字纸篓。可是李师却采取了"来信必复"的态度，他挤出宝贵的时间审读群众的来信、来稿，并给予热情的答复和指导。浙江有一位青年作者赵锐勇，自费亲赴北京，在李师的追悼会上动情地号啕大哭，非常伤心。事后才知道李师生前对这位无名作者做过热情指导，以后成了一名作家。像这类例子在李师的一生中并不少见。

我在这里公布这24封来信，目的是弘扬我国老一辈学者、专家的高风亮节。他们的献身精神是一面镜子，永远值得后人借鉴、学习。

[①] 原载《新文学史料》2004年第3期。

在这里我要顺便感谢李师母尤淑芬女士和李师的公子，他们在病中或百忙中为我整理、复印了这些信件。没有他们的无私帮助，根本不可能把这些信件公诸于世。为了便于阅读，我对每一封来信，作了简要的附注。

一

明耀同志，

谢谢寄来的大文，并把开会的选题给我一份。大文谈狄更斯的"怪人"，明白易晓，颇为中肯。狄更斯的"怪人"确是有你说的两类的。

我由于工作忙，无力再担负更多的工作，所以寄下来的选题，我就胜任不了。身体也坏了，不能再加压力。杭州开会我也不会去了，因为我走不动，开会时将成为累赘。每天吃药，不可能走开。

这里开文代大会，我也只是出出席，开过三次大会回来就不参加了。身体已经支持不住额外的行动。

再谢谢你的好意。此致
革命敬礼！

李健吾
11月5日（1979年）

附注：

1980年秋，杭州大学中文系和浙江省外国文学研究会联合在杭州召开纪念巴尔扎克、托尔斯泰科学讨论会，我受大会委托寄给李师一份选题，请他就巴尔扎克的选题写论文并欢迎他参加大会。在此信中他称自己的身体坏了。他原来身体很好，在"文革"中他受尽了身体和精神的双重折磨，身体完全搞垮了，然而到开会前夕，他突然寄来了两篇论文《巴尔扎克的创作方法》和《巴尔扎克与神秘主义》，这对大会是很大的鼓舞。两篇论文先后均在有关学术刊物上发表了。信中提及的狄更斯的"怪人"，是我请他审阅的论文，此文以后也发表了。

二

明耀同志，

来信早已收到，因忙，未能立即回答，请谅。

关于巴尔扎克的"吝啬人"，除去葛朗台之外，巴尔扎克还写了好几个，例如高布塞克，是一个短篇，例如立高，在《农民》中，是一个长篇。可能还有，但这三个，是全不能忘的。此外，你还不能忘掉莫里哀的吝啬鬼哈尔巴贡。那是老型的，但是他是巴尔扎克所佩服的；他早年印行过莫里哀全集并写了序。当然，还有莎士比亚的夏洛克。此外，还有古罗马的哈尔巴贡的原型。在大银行家中，纽沁根是一个值得一谈的人物。此外，巴尔扎克还有一些，例如《幻灭》中的老印刷局的头头，盘给儿子那个精打细算，也是有名的。例如《皮罗多盛衰记》里的莫利索。写吧，写出来给我们看吧。祝你成功。

我身体坏了。可能去不了杭州。但心不死，总想活动。其实活动不了，这几天又开市政协，就只能请假了。用汽车，又不方便，何必呢！不去开会得了。

此祝

安好

李健吾

12月5日（1979年）

附注：

我写信向李师请教有关外国作家笔下的"吝啬鬼"形象的问题，这是李师对我的答复。当时我想写一篇有关外国文学中吝啬鬼形象的论文，以后由于种种原因没有写成。另外，从信中也可看出他的身体确实不行，连北京市政协会议也只好告假了，可见他的苦闷心情。

三

明耀同志，

接到你的信，非常感谢你们的盛情。我回信迟，因为在写文章，现在文章写完了。是两篇，一篇谈巴尔扎克的创作方法，一篇谈他的神秘主义。这两篇都是七千字上下，不算长。请你斟酌吧。不用，不好，就还我。

我所，据我知道，法国方面没有人去。因为他们没有论文，不想去应景。苏俄方面，就不知道了。

我的两篇论文如能用，请打印出来，请同志代我在会上读，其实还是看的好，读起来不一定会听懂。你们如发表，发表权也给你们。

如有稿费，请代我买一斤杭州的绿茶（龙井）。好的龙井在北方很难买到。麻烦你们。请代我问候君川同志。

此致
你好！

弟李健吾
4月30日（1980年）

附注：

信中说明两点。首先，"不用，不好，就还我"这是他的谦逊精神，有的学者不允许编辑改动其论文一个字，连标点符号也不能动。如果约而不用，那就更光火了。可是李师有宽容精神，他还给我们有"发表权"，这是多么信任我们。至于龙井新茶，我们当然不会动用他的稿费。以后我经常给他寄去龙井新茶，以表敬意。君川是指杭大外语系张君川教授，是李师的朋友，也是著名的莎士比亚专家，前几年已病故。信末他自称"弟"，不少老专家往往这样自称，令人肃然起敬。

四

明耀同志，

奉上三册古希腊剧本（罗念生译），可能对你开课有用，请笑纳。

祝好！

健吾
（约1980年）

附注：

古希腊文学专家罗念生教授是李师的好友，也是邻居。这三册古希腊剧本可能是罗念生赠给李师的，李师转赠给我，这里包含着他对我的深情厚意。

五

明耀同志，

好久以前，你来过一封信，我因为害病，又忙于一些事务未曾回复，正在有些不安，你又来信，看过之后，觉得一切如常，心里很高兴。

光阴如流水，我一天比一天觉得力不从心，这也是大自然的规律；我向例乐观，所以也就没有什么可说的。今年中国戏剧出版社忽然想起了我这个无益之人，要给出《剧作选》，还要出一本《戏剧评论选》，明年再出《戏剧集》。对我来说，真是太过分了。湖南人民出版社的《福楼拜评传》即将再版，《莫里哀喜剧》将分册付印，可能于十一月先卖第一册。共分四册，将一直印到明年。我每天忙忙碌碌的，困了就睡，就这么昏昏沉沉地过日子。我希望秋天能乘车直达杭州一游，山自己上不去，路走不成了，只能由家人扶着，旧地重温而已。不过这只是一种愿望。可能就实现不了。因为人实在不行了，只是此心不死而已。

《巴尔扎克与神秘主义》已否付印，印出后，请寄一本，留作纪念。

信写得潦草，可能你有许多字不认得。没有法子，我就是这么马马虎虎的。

此候

夏安！

李健吾

7.15（1981年）

附注：

这封来信他向我报告了好消息，各家出版社争着要出版他的著作。他自谦为"无益之人"，实际上他的名气很大，研究戏剧的人，谁不知道"李健吾"呢，然而他的身体越来越不行了。他认为这是大自然的规律，他抱着乐观精神，他希望秋天能来杭州，我希望他的愿望能实现。他说"信写得潦草"，确实如此，读他的信必须仔细看好几遍才能读懂，有的字，至今未识，一直是个谜。

六

明耀同志，

两文均已拜读，"论京剧"一文已推荐给《人民戏剧》。如兄另有处置，请即直接写信给"北京东四八条胡同52号《人民戏剧》编辑部王育生"。

拙剧《贩马记》奉上，求教。

匆此，敬颂

暑安

健吾
1981年7月24日

闻台风警告，浙江将受波及，不知杭州如何，甚念，甚念。

附注：

我常将自己的论文打字稿寄他审阅，其中"论京剧"一文他推荐给《人民戏剧》，结果没有下文。但他提携后辈的精神是令人感佩的。

七

明耀同志，

寄来的两包笋干，都已收到，盛情殷渥，只能心领。

你前信说，外国文学浙江分会拟在温州开会，日期已确定??念念。信中请告知。

我拟游杭州，但据说杭饮水很成问题，故此可能放弃。现日期尚未确实，行否尚无定期。

总之，身体许可即行，不许可便作罢论，此乃老人无可奈何之事也。

此颂

一家人都好！

健吾
8月15日（1981年）

附注：

浙江外国文学研究会温州年会李师未参加，他念念不忘再游杭州，我期盼着他的到来。

八

明耀同志：

　　打来的电报已收到，不过我的行期又往后推迟了两天。可能四日上午49次车或175次车到杭州。同行的人也只我夫妻二人。行时当打电报。

　　别的就不谈了。一再延迟，实在是不得已，打扰之处，容当面谢。

　　此致

敬礼！

健吾
1日晚（1981年10月）

附注：

李师已决定行期，我热切期待着。10月中的一天，我收到他从上海打来的电报，他决定日期来杭了。这次我们在杭的欢聚情况详见拙文《良师益友　终生难求》（原载《智慧之泉》，教育科学出版社1986年版）。

九

明耀同志：

　　我们一路平安，来到南昌，当即由江西省文联副主席时佑平同志接站，还带了一位作协同志，我们先在省委招待所用过午饭，后来文化局局长李定坤也来看我们，他让办公室副主任夏俏同志把我们搬到红都饭店住，殊不知那边更糟，简直不如绍兴的饭店，还要八元一天。我们把这话告诉了夏俏，第二早他就让我们收拾行李，离开了这家饭店，直奔庐山。我们住在汪精卫过去住过的地方。现在我们还住在这里。头一天很好，今天下午下雨，未免扫兴。我们后天下山。天气冷了，我们不能多待。我们有专人招待，是京剧团的孙少武同志。请你向嫂夫人吴新楣同志致意，也向你儿媳沈为明致意。你的儿子我们没有看到，也请你代我们问候。

我们十九日早晨八时乘火车到长沙，到时将近五点钟。我们将在长沙游览几天。回北京或去重庆，尚在未定之中。谢谢你和中文系同志，请你代我问候几位同志。

健吾
10月16日（1981年）

你有信请寄长沙，我们就可以收到。

我们照了许多相，都是《电影介绍》的编辑霍约礼拍的。

昨夜下了一整夜雨，看来我们只好休息了。我爱人也走不动了。看样子，还要下雨，不会停的。

十七日晨。

附注：

这是李师离杭以后给我的来信。信中还提及我老伴和儿媳的名字，真难为他了。可见他是一位很细心的人。

十

明耀同志，

在杭州、绍兴、白沙旅游，多蒙招待，感谢无以言说，我们老夫妻在长沙停了三天。《福楼拜评传》再版已出，当由弟签名赠送中文系各位师友，嘱托湖南人民出版社另包邮寄，想已收到。《莫里哀喜剧集》才付印，出版已推迟到明年。出版后，当赠送全套与我兄，权作感谢表记。

我不懂照相，在绍兴与杭州所拍照片完全报废。可气又可笑。仅白沙还有两张可取。附在信内，作为纪念耳。

我们夫妻运气不佳，到南昌后，第二天晨即上庐山，头一天还好，从第二天起，就细雨不断，第三天更是大雨淋淋，只能在旅舍闷坐一天。第二早只好下山。一路逛来，天气已逐渐转好，过白鹿书院，在星子旅店吃饭，然后到鄱阳湖边看了看（出星子旅舍走几步就是鄱阳湖边），然后又游览了秀峰，巍然奇观。

瀑布重叠，极为出胜，归到南昌已将垂暮，次晨八时半，便出发去了长沙。不料天气大坏，阴雨连绵，橘子洲头便不清澈见鱼，浑浊如黄河滔滔，堪为叹息。第二天去了韶山，归来已是黄昏，十分阴冷，夫妻商量，只能连夜赶回北京。到家已是次夜，幸小儿、小女已接到电报来迎，带了棉大衣等物接站。未曾冻坏，而北京天气，一直良好，可笑又可气。自九月二十二日出游，归时恰是二十二日。整整一个月。

在报上得悉，温州一带大风，有台风掠过，幸而未击温州。信已转交李同志，李同志在外边学习邓小平总结，出版社只有四人。轮流学习。我们在南昌一直由市文化局办公室主任夏俏同志招待，厚情可感。

正值"长影"在庐山召集电影文学会议。我听了听会，又被拉强做了二十分钟发言。夏俏同志还拉了一位京剧演员照料我们夫妻。我们给唐湜（诗人）买的香烟几乎都送给司机和夏俏同志抽了，回来只剩下几包。还遇见一位镇江旅游社同志，一定约我们夫妻明年四月底旅游到扬州去看琼花。我们如无别的事，到时当如约前往一游，便在镇江登轮直往重庆。此是后话。在杭州多蒙我兄招待，行时又未能向大嫂辞行，我们夫妻极为不安。请向她特别致意。并问候你的儿子和儿媳。

想兄现已到温州开会。不能前往，不胜抱歉。夏珉（外国文学出版社法文室主任）迄今尚未见到。四川人民出版文艺部负责人李侄（巴金的侄子）正在北京开会，访我三次均未见到，最后他打电话给《文艺报》，知道我已归来，见了一面，约定出《李健吾选集》五卷，明年将陆续付印。出版后当送兄一部。

匆匆，此致

安好！

淑芬附笔问候。

健吾
十月三十一日。（1981年）

附注：

这封信写得比较长，比较少见。值得说明的是我们同游绍兴时我请来了早年在中学教书时的几位男女同学一起陪同李师游玩绍兴的各个景点。我们师生三代人相聚，其乐融融，李师兴致勃勃为我们到处拍照，我以为他是业余摄影师，后来才知道他是一位新手。照片全部报废了，珍贵的留影全部泡汤。我除了遗憾，还能说什么呢？他们到了长沙以后，天气突然变坏，幸而急忙回京，不然半途病倒就难以设想。信中提到的唐湜，大概就是指温州老诗人唐湜，但他为何替他买香烟，令人费解了。

十一

明耀兄，

　　你还去了一趟上海；还见到了辛笛兄。这可真没有想到！你寄来一张邮票，没有用过，想必是你×样寄给你。所以我就用上了。你那篇戏曲论文，我前几天对王育生讲了，他一时想不起，他说他好像看过，请总编辑再看，他对后来的情况就不甚了然了。他表示无论如何，他要承担这个责任。回到北京以后，事务太多。我是挤出时间给你写信的。上礼拜山西人民出版社为《名作欣赏》请了一大群人。有林默涵、李希凡、戈宝权、×铃和我所好几位，自然也有郑克鲁。我和他说起你和他在杭州相会，不过我一句也没有提起他的夫人，你可以放心。他明年初到法国两年，在巴黎大学第三部进修两年。昨天又是《文艺报》举行"散文"座谈会，到会有夏衍、臧克家、周而复、沈从文、萧乾、吴组缃、季羡林等同志。头一个会，我以山西人之说，头一个发言，请大家帮忙。第二个会圣陶老人因感冒而书面发言，冯牧和冰心因病也书面发言。克家写了稿子自己念。夏衍做了即席发言。下面自然是轮到我了。我胡乱诌了一通。我小女儿听《文艺报》人说，还"好"哩！

　　现在我又要出门。我先看一下圣陶的病。还有《戏剧论丛》的一个收据。白沙的照片有一张留着做纪念，你怎么不寄给我一张呢？还没有收到吗？

　　匆匆，此候

　　你好！并问候大嫂好！最后，你一家人好！淑芬嘱我问候你们。

健吾

11.14（1981年）

附注：

这封信内容庞杂，有的话我看不大懂，为什么要看一个收据？我不明白。最后的问候话，一而再，再而三，说了不少。

十二

明耀兄，

20日的信收到。照片我都收到了。钱也收到。只是我非常忙，有时忘了也难说。你信里有一张邮票，我以为是你要我保留的，所以贴在信封上，我并没有搁这信封里面。你说在信封里面，那我就不明白了。总之我是一个糊涂人，有些事我都七错八错的。

我到长沙给你们寄了六本①，又给黄源②同志寄了一本，另外四本湖南人民出版社一定要我写给他们，我一直在等他们再寄来，前几天寄来了五本，说什么以后再要，只能到邮购部买，我有三十本的权利，他们说洛阳纸贵，给了我几句重话。这样，我就对不起袁敏③同志，因为我的老朋友那么多，该怎么办呢？《名作欣赏》开会，我正好和林默涵同志坐在一起，我谈了自己最近的情况，他一定要我送他一本。我现在只有两本。自己总该有一本。另一本给谁呢？老朋友那么多，我正为这事发愁呢。你看见袁敏同志把情形说给她知道，不是我不情愿送，而是出版社"抠门儿"，我也奈何他们不得。我到现在还没有回他们的信。袁敏同志如果想看的话，请你把你的那套借给她看。可是丢了，我概不负责，一笑。

请袁敏同志别怪罪我言而无信，千万千万！我有一封信给你，说起杭州、绍兴的照相全部坏了，由于我粗心大意曝了光，这是无可挽救的事情。请他们一定原谅。我对照相是个外行人，这你知道。我爱人直说我，和在杭州一样。

云南人民出版社为你出书，我十分高兴。我打算明年去云南，因为我在那里有一个朋友，是农科院院长。他原来也是诗人，叫"鹤西"，真名是"程侃声"。

---

① 指《福楼拜评传》。
② 浙江省作协主席。李健吾在杭州时，黄源曾去看过他，为方便他去绍兴，给绍兴市文化局写了介绍信。
③ 女作家。

我当年不知道他的消息，原来他也是师大附小的学生，十一月一日上午师大附中校庆，我去了，在刊物看见他的文章才知道的。我还没有写信联系呢。

匆匆，此候

你全家人好

淑芬附笔问候。

健吾
11.28（1981年）

附注：

信中关于邮票的事，我也闹不明白。他说他是糊涂人，其实我也同样糊涂。袁敏是青年女作家，李师在杭时，我介绍她去华侨饭店拜见李师，李师对她印象不错，以后调往北京了。信中提到"我爱人直说我"，这话不假。李师母暗中告诉我说李师"顽固"得很，她的话从来不听。云南人民出版社后来因故未出我的译著。

十三

明耀老弟，

我从山西回来，是病着回来的。今天上午又到首都医院看中医，我在地区医院住了七天。每天打针，注射青链霉素，每天打三次，后来在我央求下，免去了半夜十二点钟一次。医生都很细心热情。快好了，还安排了一位大学的毕业生叫阎建华，陪伴我们夫妻到北京。我们仅在太原和朋友在火车上见了一面。回来，就立刻到首都医院，改用红霉素，吃了三天，又到西苑中医研究院。多活动（打太极拳），多休息。可是我怎么能成呢！今天给你写信，还是抢出陪伴我的阎同志这才在当夜（十九夜）由我的二女婿买车票送走。一回来，就劈头盖脑地一大堆信要回。到现在还不消停。文章一个字也没有写。医生劝我有时间来回你的信。你要我写游记，我从哪儿找那种心情呢？一大堆事情裹在我身上，我甩都甩不开。文章债欠得那么多，如何是好！我想着都头疼。袁敏同志，不知道她收到了我的信没有？我那天闹笑话，她可以写一篇小说。你不是说要到北京来吗？欢迎你来。什么时候？不然的话，我可能五月去上海，也许又转到你那里。不过也说不准，一切看当时情况决定。我计划先到镇江，到扬州看"琼花"。据说四月底五月前开的最好。匆匆写来，已经是初五了。向你一家人道一个晚"节"吧！

健吾

淑芬

1982年1月29日

附注：

山西之行，因为太忙，李师病倒了。回京以后，他给我写信也是硬挤时间的。他一回到家，就"劈头盖脑地一大堆信要回"，可见做名人，也有他们的苦处。信要回，文债也得还。从信中李师还有出游的雄心壮志，他还想去扬州看琼花呢！

十四

明耀同志，

袁敏同志的书，我已经直接寄到她住处。可是你叫我写游记，还要两篇，我到哪儿找时间呢？四川人民出版社要出我的"选集"，约有六册，要我写"总序"，现在已经进入12月中旬了，我还写不出来。何况我最近就要回家乡一趟呢？一去就要将近一个月。回来还得为人民文学出版社写另一种"选集"的前言，还逼着我回忆《文艺复兴》，要在《新文学史料》上登呢？我苦不堪言。胡乔木同志给严文井同志写信说：为什么你们不出李健吾的"选集"呢？我想了半天，只好对来人说：出一本书吧，由你们自己选。胡乔木同志一共举了五个人，其中我记得的有师陀。另外三位，因为忘性太大，名字我已经忘记了。回老家，是因为临汾蒲剧院硬要我去，说你多年不回乡了，六十多年不回家乡了。我们在12月底要举行蒲剧演员张庆奎同志演戏五十年大会。你是山西人，怎么样也得回家乡去。我只好跟老伴儿上临汾，然后回运城老家走走，再转到太原看看老同学，访访老朋友。所以我实在没有办法写游记。回到家乡，又怕跟在杭州一样，到处找我讲话，那就要了我的命。你千万不要和人谈起胡乔木同志的事，给我惹麻烦。我自己也是守口如瓶。你看见汪同志、陈同志代我谢谢他们。看见袁敏同志，也代我问候，那天的丑事实在不堪入目。你就知道我多糊涂了。

匆匆，

此致

敬礼！问候你全家人。

健吾

12月17日（1981年）

又，辛笛、柯灵等人，明天将飞广州，也要去香港一趟。

我称你"同志"又是"敬礼"，你知道我多忙多乱。欢迎你明年上半年来北京。

附注：

李师写过不少中外游记，文笔生动、优美，他的一篇游记还选进了中学语文课本。上次我陪李师夫妇游富春江，大家感叹不少，因此我建议他写一篇富春江游记。我甚至奢望他写两篇游记，后因他忙得不可开交，没有写成。信中指的汪同志是汪飞白教授，陈同志是陈坚教授。所谓丑事说来可笑，离杭前夕我和袁敏去看他，他忽然发现火车票不见了，硬说我未将火车票给他，我有口难辩；幸好袁敏机灵，说了一句会不会服务员来打扫房间过了。李师默默地走到字纸篓边，突然从字纸篓里找出了两张火车票，我的"冤情"才消除。李师纵情大笑，老人糊涂可见一斑。

十五

明耀同志，

你的《玉堂春和茶花女》，我读过后，已寄往临汾市山西师范学院的学报（季刊）窦楷同志，请他们编辑部斟酌发表。最近我看到武汉的《外国文学研究》广告，有《杜十娘和茶花女》一文。列在比较文学之下。陈坚同志约我写稿（序），我已经写信给夏衍，他立刻送来了《选集》。我由于工作多，未能立即回信，请你原谅。窦楷同志我相当熟。你可以放心。

问候你一家人！

李健吾

82.2月

附注：

《玉堂春和茶花女》一文以后在《山西师大学报》发表了，他在杭期间答应为陈坚教授的《夏衍评传》写序，后在百忙中写就。他说到做到，很讲诚信。窦楷是李师的学生。

十六

明耀弟，

十五日信，我今天上午收到。《莫里哀喜剧集》第一卷可能就在日内出，据夏敬文（湖南人民出版社编辑）来信，争取于年底出齐。这回我不能多赠了，请各方面原谅。戏剧出版社的《李健吾剧作选》计八个，已校阅完毕。译文社的《意大利遗事》已于日前挂号寄出。希望两本书都在年内出齐。吕漠野兄赠《毛泽东诗词研究》，写得不错，你看见他，代我谢谢他。我不另外写信了。蒙兄远道赠送新茶，十分感谢。袁敏已见过一次。

问候你全家人好！

5月17日（1982年）

我去了一趟西北，到银川、兰州一行。

邮票请寄回。外孙女要。无锡之会到时候再说，临时有变化，不敢保证。

附注：

他又去了一趟西北，可见他忙得不可开交。吕漠野教授是儿童文学作家、诗人，时任杭大中文系副主任，现已故世。无锡之会指第一次全国法国文学讨论会。

十七

明耀同志，

来信敬悉。知道拙文业经收到。一切代劳，至为感激。

报到日期即将来，我所无人前去，实在是由于无人写这方面文章，有愧于心了。会议可能于六月一日开始。各方面对两位大师的意见必定多种多样，又感兴味，可惜我不便行走，无福听聆教益为憾。

今年春意迟迟而来，南方不知，但杭州可能最是理想，想开会诸君边游边谈快何如之。

匆匆，此致

革命敬礼！并祝大会成功！

李健吾
5月20日（1982年）

附注：

无锡举办法国文学讨论会，我事先收到了他为大会所写的论文，届时由我转交大会。

十八

明耀弟，

茶叶收到。香味扑鼻，爱人已将其收妥。谢谢。

陈坚同志来信，告诉我，他的稿子寄到人民文学出版社，可能在看中，还没有转到我这里。请你就近告诉他一声。

六月底可能在无锡开会。你已经在准备论文了。我毫无准备。还说不定临时有意外，就不能去。

祝你一家人好

健吾
5月22日（1982年）

附注：

李师为陈坚教授所著《夏衍评传》写的序，以后在百忙中完成了。

十九

明耀弟，

论文已收到。可惜我不能去无锡了。由于文联召集第四届二次全体文委会议。19 日正式开始，而法国文学讨论会则在 22 日报到开会。正好冲突。如文联能在 26 日结束，我也可能前往赶上一个尾声。到时再说吧。袁敏同志昨天来，我送了她一本《法国文学史》（中），借了一本《萨特研究》给她，这是《文艺报》的。论文方才接到，尚未读，到时当带话过去。你需要豆腐粉，或者什么，请来信告诉我。勿客气。茶叶已收到。谢谢。

问候你全家人！

6 月 4 日（1982 年）

邮票仍请寄回。

附注：

我为参加法国文学讨论会撰写了两篇论文，先交李师审阅。均已发表。

二十

明耀，

收到你的来信，你太客气。论文我已看过，提不出什么问题，这是实话。维永可能去，不过她可能迟两天。据说，法国文学会原来胡耀邦不允许成立，可是我的一个研究生却说，一定召开，如果召开，我在廿七日才能起程，只能赶个尾巴。讨论会可能已经结束了。不过，消息不明，你我能否在无锡见面，只有天知道了。

问候你一家人好！

健吾
6 月 17 日（1982 年）

附注：

维永是李师的小女儿，研究外国文学，是李师的接班人，现在《文艺报》编"外国文学评论"专栏。

二十一

明耀同志，

昨天庹老师（北京民族学院教师）来，坐了许久，详细告诉开会的情况。说起到会者各抒己见，畅所欲言，五天实在太紧了。她讲起孙席珍前辈不喜欢巴尔扎克，谈了他不喜欢的作家的五点，令人笑倒。赵瑞蕻先生讲世界十大文学家，上不及古希腊，下不及莫里哀和巴尔扎克，令人感味无限。

总之，会开的好。

蒙赠绿茶一斤，够我吃用半年有余，无胜感谢。不用再买了，将来扣还购茶钱，令我心安便好。

此致

敬礼

李健吾

6月22日（1982年）

附注：

庹老师将在杭州召开的巴尔扎克、托尔斯泰的讨论会情况向李师作了汇报。孙席珍是杭大中文系教授，研究外国文学的专家。赵瑞蕻是南京大学教授，研究外国文学的专家，他二人都在会上作了精彩的发言。现二人均已作古。

二十二

明耀，

我收到你回到杭州的来信。我在北京开文联会议。接着又开翻译工作者会。《读书》杂志接着又开比较文学会议。所以未能去无锡开会。杂务又多。辛笛和我是老朋友。你看见他，当然高兴。《莫里哀喜剧》第一集已出，预计本年可出齐。

问候你一家人好！

7月9日（1982年）

附注：

我从无锡开会回来写信向他报告了无锡之行。路过上海时，我特地去访问李师的好友，著名老诗人辛笛先生。

二十三

明耀同志：

　　宋同学来，带来出口明前茶两听，至为感谢。再也不要了。说到茶叶，几处送来，几年也喝不了。前次送上拙作一本《戏剧新天》，寄往校内，谅已收到。因兄住家处的信未曾找到，始有此寄。

　　匆匆，此致
敬礼！

9月5日（1982年）

　　附注：
　　宋同学是杭大中文系学生，趁他去京之便，送上两听龙井明前新茶，让李师尝新。

二十四

明耀同志：

　　9月27日的信，我已收到。《巴德林克先生的故事》已在《杭州大学学报》第三期发表，可以说不辜负你去无锡一趟。我读过了，觉得无啥可说的。这出戏还是我早年读的，看你今天的分析，很是有趣。我没有意见可提，你也未免过谦了。陈坚同志的《夏衍评传》是我在北戴河期间看完的，不料回来，就送来夏衍全集给我写序。我还有别的工作要做，非常之忙，所以也很少给你写信。袁敏同志回去，不知她学习已结业否；她临行前借的我的书早已归还，万一看见她，代我问候。今年10月后半月，我们将去西安，因为外国文学理事会将在西安召开。可能明年开大会。地点尚未选定，希望能在杭州。

　　问候你们全家人好！

健吾
1982年10月2日

附注：

这是李师生前最后给我的一封信，信中他打算 10 月份去西安参加外国文学理事会议，结果他从西安回京以后就病倒了。他在病中坚持写作，结果在 1982 年 11 月 24 日溘然离世，终年 76 岁。详情请参见拙文《良师益友　终生难求》（原载《智慧之泉》，科学教育出版社 1986 年版）。

我的感言

今日重温李师生前给我的 24 封来信，使我感触良多。这些老专家在拨乱反正以后的大好时光里，拼命抢回以往失去的时间，埋头著书立说，这是中国知识分子最可宝贵的精神。他们没有其他本事，只能以自己的知识来报效国家。可是他们在"文革"这场大灾难中，身心受到了严重的伤害，他们大都在病中工作，精神可佩。

另外，这些知名老学者、老专家，由于他们知名度高，兼职多，社会活动多，他们所到之处不是讲话、做报告就是宴请、安排旅游活动，搞得他们疲惫不堪，再加来访来信多，更加重了他们的精神负担。因此在新时期如何保护这些知名学者，让他们安心研究、写作应该引起有关部门的重视。当然学者专家们也要有自知之明，不能像李师那样"有信必复，有访必见，有约必写"，毫无节制地工作，有时连午休时间也在埋头写作。李师离世才 76 岁，按照时下的流行说法，"人生七十小弟弟"，他在"小弟弟"的年龄段就离世了，不是太早了么！他有不少文章要写、要译啊！然而为时已晚，除了遗憾以外，还能说什么呢？

我想，像李师那样类似的知名专家提早离世的并不少见，这给国家、民族造成了无法挽回的损失。人的生命是最宝贵的，那些知名学者、专家们的生命尤其宝贵。我们殷切希望这些人类的精英能在新世纪里活得更长久更愉快些吧！人类有福了！

2003 年夏—秋于浙江大学

灰色上海时期我的父亲李健吾[①]

李维音

编者按：本刊 2012 年第 25 期南书房刊发了《灰色上海，1937—1945 中国文人的隐退、反抗与合作》一书书评后，李健吾先生长女、78 岁高龄的李维音女士发来她关于这本书的感想，回忆了"孤岛"时期李健吾先生是怎样以内心的道德力量，抵抗时代重压。特将李维音女士文章刊发，以飨读者。

我非常喜欢傅葆石先生的《灰色上海》这本书，并不是因为他正面评价了我的父亲李健吾，而是他选择的写作角度：从完全个人的道德角度来观察个人的表现和行为，这是我们以前十分缺失的。为此，傅葆石先生选择的是一些无党无派的人士，可能还是被视为"右"的人，在艰难生存的日本铁蹄下的上海，因内心道德的底线不同，会有不同的表现和行为。他不是仅仅描述那个年代的文人万象。

我想在这里说说一个有良心的普通文人，我的父亲，在上海时他能做的一点抵抗，也理解，为什么傅葆石先生选择他作为上海孤岛时期抵抗者的代表。

"一个有良心的小民"

应该说，在 1937 年之后，学校带着老师和学生从北方转移到上海，然后跟着政府的撤离，大部分都去了大西南，也就是重庆、云南、贵州等抗战的大后

[①] 原载《南风窗》2013 年第 2 期。

方。当然，有一部分青年转移到了陕北。在上海，开始还留下相当一部分文化人，如巴金、郑振铎、王辛笛、陈西禾等，还有许多地下党的工作人员，如阿英、夏衍、于伶等。他们编刊物，演街头戏，号召群众起来反抗。也就是在那时，父亲，这个从1935年以来一直是个教书匠和伏案写作的人，终于有机会走进了大社会，成了当时话剧活动中极为活跃的人，包括为出版《鲁迅全集》筹钱，亲自编剧，参加演出。他还利用自己的法国留学生和法国文学著名翻译的身份去法国使馆活动，使地下党员领导下的上海剧艺社取得合法身份。他这时感到，自己虽未去内地，可内心还是充实的。也是在这个时期，他回忆起了自己早逝的父亲，一个血性的汉子，反清反袁，带领民军走在战场第一线，他开始着手写《草莽》。

从1942年起，上海的形势越来越混乱，特别是1943年之后，英法租界都向日本屈服，整个上海全在日本和汪伪的手中。活动愈发无法进行下去，不少人早早躲进书斋，或离开了上海。许多副刊停了。巴金早于1938年就去了西南。按照党组织的要求，夏衍、于伶等地下党员于1942年都去了香港。

上海成了真正的孤岛，彻底沦陷。一个普通老百姓，养家糊口总是必然的，再说，从13岁就是孤儿的我父亲，对这个家是很珍视的。他自己的过去，他不能在自己的孩子身上重演，他不能抛开妻女，奔赴大后方。他留在上海，没有正常的工作，生活来源不固定，当时想要坚持道德底线确实艰难。作为始终不在任何组织内的人，孤孤零零，不想妥协，还想抵抗，是非常不容易的。清苦、寂寞，但是，他坚持着。开始他在上海剧艺社还坚持活动，他不仅积极参与，帮助张罗，还将母亲陪嫁的一点点首饰变卖了，给剧艺社作经费。之后，他参加了苦干剧团，用改编外国名剧的方式提供剧本，和同样留在上海的朋友们（基本上都是无党派人士，如黄佐临夫妇、陈西禾等）组织和参与了大量的演出活动，在许多剧本中都在暗示观众，应该选择不妥协，选择抵抗。当然，也参加一些纯商业性演出，为了弄点钱。

他曾自称"一个有良心的小民"，良心让他绝不接受为日本人服务。1942年，在收入贫乏的情况下，他坚拒了周作人邀请他去北大任系主任的邀请。那时，我们住在徐家汇多福村的一个小弄堂里，紧贴着上海殡仪馆。我们家是三房客，也就是一个小三层楼最底层的两间屋（厨房、卧室兼写字间），前门对着弄堂，后门是上二楼的正门，二房东在二楼。我清楚记得，父亲常常在傍晚到小菜场去捡人家卖剩下来的小菜，有时还能带回一条没有卖出去的鱼——那是大事，妈妈是无锡人，爱吃鱼。演出活动之余，他总是伏案，我记得他曾经在读萧乾的《八月的乡村》。萧乾本人当时在陕北。他很喜欢这篇文章，准备写书评。

为了剧团，1944年父亲改编完成了《金小玉》的话剧剧本。剧本表达了欢迎国军归来的情节，演出在当时轰动了整个寂寞的上海。这就招来了日本宪兵的注意。一场惊心动魄的抓捕活动就在我的眼皮底下发生。

直面日本宪兵

1945年春一个深夜，后门被冲开，一批人蹬蹬上了二楼，我父亲以为来了强盗，从前门出去叫来了警察，小弄堂里堆满了人和车。据说警察一眼就辨认出那些车全是日本人的，立刻就呆在弄堂墙根不动了。

日本宪兵做梦也想不到，一个大剧作家，会住在楼下，只是个三房客。他们回身进了我们的厨房，我醒了，吓得一动不动，假装还是睡着，把手搭在身边熟睡的二妹和弟弟的身上，10个月大的三妹在两张大床之间的摇篮里。妈妈在忙碌着，她趁日本人在厨房的柜子里翻腾时，匆匆地把父亲书桌上的书，特别是《八月的乡村》塞进了我床下的鞋子里。接着日本宪兵就进了我们的卧室兼小书房，一边在书橱里翻找，一边询问我母亲父亲在哪里。母亲回答，没在家，没回来。最后，那位笠原"大佐"（编者按：笠原幸雄，日本11军司令）让其他人退出，自己坐在床边，吹灭了蜡烛（当时，整个晚上都是灯火管制），他说："我们先睡觉！"就在这时，父亲拍门而进，他张嘴说："你们要抓的是我，带我走吧！"就这样，他被捕了。母亲瘫坐在床头，吐了一地。

父亲在宪兵司令部里，受尽了折磨，冷水从头上、从身上直直地灌入嘴里和鼻子里，直到血涌了出来。那个笠原"大佐"用要他留遗书威吓他。他费力地说："告诉……孩子……们，爸……爸死……得惨，他……是个……好人。"

一个好人，这是我父亲刻在我心上的话。

是他的朋友和同学出了大钱把他赎了出来，但是他必须每周一次去面见笠原"大佐"报告行踪。对这他不能容忍。过去7年，他没有妥协，这时，直面日本宪兵，他绝不能委曲求全，他决定离开上海。一个黢黑的夜里，在朋友们的帮助和接应下，他离开了上海。几天后，我母亲牵着我的小手进了我学校的校长办公室。当时大考结束，校长见到母亲，高兴地对她说：李维音这次考得很好，我们决定给她全额奖学金。我母亲静静地回答：我们是来退学的，我们准备去无锡乡下。校长说不出话来，战乱时期么！母亲离开了校长办公室，我难过地跟着，真正体会了什么是国难。国难啊！

两天后，娇小瘦弱的母亲抱着三妹走在前面，小弟和二妹在后面跟着。我，一个不到11岁的小姑娘，家里剩下的唯一劳力，拎着两只箱子，走在最后面。我们出了上海，登上一只逃难的破船，一路上听着后面的枪声。母亲因晕船，呕吐着。我们是去和父亲会合，一起走向完全不熟悉的安徽山区，那里没有日本侵略者！

父亲为了保护妻子，挺身进屋就擒，在狱中，忍受折磨和威吓，没有提供一个朋友的名字，出狱后，他拉扯着家小，千辛万苦，走向了后方。他不是国民党员，不是共产党员，他只是一个中国文人，照我母亲的话，一个书呆子。他真正显示出了他内心道德的力量。

同样是道德力量的促成，他把他老师用英文写就的戏翻译成中文，也就是《委曲求全》，使之公演，然后把版税和演出费全部寄给了穷困潦倒的王文显先生，自己分文不取。

遗憾的是，从1948年下半年开始，从延安到上海，进了一批文人，他们开始批判以沈从文伯父为代表的"京派"（他们的作品被革命者视为过于纯文学性，小资或纯资），我父亲就是被批判的人之一。之后，我父亲一直被视为"右"，特别是《金小玉》盼的是"国军"，更是十足的把柄。可是他有自己的原则，在抗日胜利后回到上海，政府里的同学让他到上海文化局工作，他一看尽是干"文禁"之类的事，干了一个月就告病假，然后就溜了，又进了教室和书房，教书和翻译。

他热爱这个国家，欢呼着解放，总想跟上步伐，却时常被排斥。但不论在何时、何种压力下，他坚持道德底线，忍受被贬，不做不该做的事，不说瞎话（其至会说些不待见的傻话），不求虚荣，不出卖朋友。

今天，个人的道德重被提起，特别是傅葆石先生选择了那个能考验个人道德的年代，这就是《灰色上海》的特别之处。我感谢他正确评价了我父亲，恢复了那个年代的岁月，同时深深地感到，如果一个人道德底线缺失，仅仅是他个人为人民所不齿，不足挂齿，可是当有一大批人缺失道德底线，那么对社会的摧毁性就是巨大的，是到了重提时代转折期个人道德的时候了。

汪曾祺致李健吾的两封信[1]

李维音整理

一

李先生：

您的信由评剧院转给我了（我在北京京剧院，不在评剧院）。

我为《文艺复兴》写小说事，我记得这两篇小说是《小学校的钟声》和《复仇》。小说是一九四四年在昆明写的，是沈（从文）先生寄给郑振铎先生或您的。刊出时大概在一九四六年春。哪一期我记不清了。可能是《文艺复兴》的第二期和第三期。似是先刊出《小学校的钟声》，后刊出的是《复仇》。我的印象，似郑先生和您轮流编一期。刊出我的第一篇小说，曾有一编者后记，说我的小说是用毛笔写在学生的作文绿格本上的，原稿已有虫蛀的痕迹并说我的小说好像用大斧砍削着岩石。后记有署名，署作（铎）。这两篇小说在当时在上海似有一些影响。

我在上海曾在一私立的"弄堂中学"致远中学教书，是您介绍的。校长名高宗靖，是您在暨南的学生，曾和您一同搞过话剧，艺名"夏风"。

您曾给我票，让我去看"十大名牌"（马连良、叶盛兰、袁世海等）的京剧。您在"卡尔登"门口等我，我现在还记得您当时的样子。

我不知道您想回忆什么事。如有所需我当竭力提供。

您让我二十二日上午来找您。这一天我恰恰没有空。我接到电话通知，说今年的全国作协短篇小说评选选了我的一篇小说《大淖记事》，那天上午正好是开

---

[1] 原载《新文学史料》2023年第2期。

会授奖。据闻这次会议将开八天。您如要我到府上谈往，只能在四月上旬（这次发奖的会要开八天）或在本月二十日之前。在本月二十日之前似较好。因我在四月间或将应四川之邀去逛一趟峨眉山。

李先生，我时常怀念您，怀念您在上海对我的帮助，怀念您的流利峭拔的文风。

回信最好寄到我的家里。我住在甘家口阜成门路南一楼五门九号。

问安！

汪曾祺
三月十四日

注：此信写于1981年。李维音系李健吾的女儿。

二

李先生：

来信收到。

在您到兰州期间，我也到陕西、四川旅游了四十天。

采臣我在上海认识，我也知道他是宁夏人民出版社的顾问。他约我编一本小说集，我自然是高兴的。但是，我在四川已经答应了四川人民出版社，明年交稿。约稿的是采臣的侄儿。他们叔侄是要展开竞赛的，但是看来侄儿比叔叔的手更要快一些。因此，我对采臣暂时只好无以报命，候诸来日吧。

《文艺复兴》上我记得发表过我两篇小说，一篇是《复仇》，一篇是《小学校的钟声》。《复仇》在巴金编的丛书中的《邂逅集》中已收。今年北京出版社出的我的小说选中也收了。《小学校的钟声》未收入集子过。这篇东西是用意识流的方法写的，当时就有人（如李广田先生）以为没有意义，故我未入集，也未存留。现在倒想看看（收不收入集子再说）。如果方便，望能给我复印一份。此外，《文艺复兴》上是否尚有我的作品，我已记不清楚。如尚有，亦望代为复印。

因为想起您写的评《九十九度中》的文章，想起林徽因一直还没有一个集子（香港出的中国女作家选集收入她的部分作品）。她的小说是很有特点的。我觉得

您可建议采臣出一本她的选集（包括诗）材料。我想她的女儿梁再冰手里大概有一些。再冰出国了，不久可能回国探亲。即请

时安！

汪曾祺五月廿一日

再冰在新华社工作。另外有一个人可能保存了林的作品，即金岳霖。此事可问问沈先生。

注：此信写于1982年。

李健吾书信：致巴金、陈西禾、常风、柯灵、师陀等[①]

李维音　辑注

　　作家、翻译家、文学批评家、法国文艺学研究家李健吾先生的书信近日整理完毕，共计二百七十一封，多写于1973年他从干校归京后。这些写给朋友、学生、出版社编辑的书信，内容丰富，是有意义的文史资料，在结集出版之前，特选少量信件在《新文学史料》上发表。

——辑注者

20世纪60年代李健吾（右一）与巴金（左二）合影

---

① 原载《新文学史料》2016年第1期。

一、致巴金三封

写给巴金的信共三十七封。巴金本名李尧棠，字芾甘，朋友之间常称呼他老巴。

一九七三年十一月六日信

芾甘兄：

　　许多年没有看到你的信，今天从北大回家，看到了，心里涌起了不大容易形容的悲喜交集之情。我去北大图书馆借书。我说起的书，它那边有，问题大致解决了。我知道 Browning[①]，非常崇拜 Balzac[②]，可是读了他的一些信，并没有发现他有什么见解值得介绍。倒是借到一本 James[③] 的讲演稿，*The Lesson of Balzac*[④]，说他写小说是向 Balzac 学的，谈的很有趣味。我因为没有时间，没有去看占元[⑤]。而且估计他开会或者编教材备课，就没有吵扰他。他来我们所借过两次书，一清早来，八点半以前就走，说要九点钟赶回北大。我请我们所的临时管借书的方土人（你知道吧？）代我问候他。所以，占元还在北大，好好的。及人[⑥]还是很早同我说起占元没有进城去过他那里，估计还是很少进城。北大房子非常紧张，我想，他住的房子一定被挤小了，不会例外。我今天上午也是八年来第一次去北大校内。Herzen[⑦] 的回忆录怎么这么长，有一百万字，那要你相当年月了。现在巴尔扎克的翻译成了问题：谁再译下去啊？人文可能在动脑筋。昨天晚上我分析了别林斯基对 Balzac 的矛盾看法[⑧]：我想不到此公那样反对法国文学！

　　敬祝

---

① 即罗伯特·布朗宁，英国诗人。
② 即巴尔扎克，法国著名小说家。
③ 即亨利·詹姆斯，美国小说家、文学批评家。
④ 《巴尔扎克教程》。
⑤ 即陈占元，教授，法国文学翻译家。
⑥ 即汝龙，字及人，苏俄文学翻译家。
⑦ 即赫尔岑，俄国哲学家、作家，此处提到的回忆录为《往事与随想》。
⑧ 此长篇评论已收入即将出版的《李健吾文集·文论卷·五》中。

你和家人好！

弟　健吾 11.6

一九七五年九月十四日信

芾兄：

　　大女儿维音出差上海，让她去看你和你一家人。维音就是"小乖"。

　　带去叁百元①，你如若不留下，我就生气了。这先能帮你买买药，操操外孙女的心。

　　我最近没有去看及人，相信他们一家人都安好。过几天我会去的。听说占元在译《高老头》。我们一直没有见面。他大概怕我有问题。这也是人情之常。

　　学部运动在六月中全部结束。干部都做了结论。皆大欢喜。先是军宣队退出，八月中最后少数工宣队也退出，现在各所都由总支领导。学部由国务院领导，和科学院平行了。业务张罗的是胡绳。他在国务院的政治研究室。中央已经通报全国。这一个月，我所一直在讨论方针任务，工作计划。已呈报中央批准。我名下是"法国批判现实主义问题的研究"。一年写两三篇论文。之琳②译莎氏四大悲剧其他三部，并加入《英国文学史》的写作。《世界文学》在筹备。《文学评论》复刊较快，可能年前就和读者见面。其他刊物都在进行。中央派来三位新领导，很关心老人。让我们在家里工作，只去两个下午学习。

　　我现在正在写《〈红与黑〉的关键问题》，可能在年前写好。以后写些有关巴尔扎克的论文，每年写个两三篇，将来出一本论文集。从前拟写的《人间喜剧》不搞了。因为那太死，把我拘住了。

　　我的官能都还好。就是血压高，吃药打针，便退些；休息时间多，也就不成为问题。淑芬③的伤腿已经好了。文学所的总支有其芳④、毛星等；我所有王平凡、冯至等。都是多年在一起的。唐弢偶尔也见到，他最近身体好多了，上午还来上班。

---

① 指的是前一个月二女儿出差上海，带给巴金的钱。
② 之琳，诗人卞之琳。
③ 淑芬，指李健吾的夫人，尤淑芬。伤腿是指1968年她作为黑五类家属被迫劳动，不慎仰天摔入地道，右大腿骨折一事。
④ 其芳，何其芳，时任中国社会科学院文学所所长。

祝你和一家人好！

弟　健吾
9月14日

淑芬昨天上午看见三小姐①，人瘦了，牙也脱落了，忙着照料孙子。从文埋头搞他那个古董摊子，求他协助的单位倒不少，他的兴致还是很高的。有些东西也在付印。我前些日子去看他，小屋子无处不是选定的图片，包括床上、凳上，桌上自然不必说了。我从他那里知道了不少过去不知道的东西，挺开眼。早先害眼病，现在也好了。

我大学的同学吴景祥，他的爱人黄玉如，在街道上学习，碰见过你的姐妹，她想不起她们的名字。我的记性更是没有了。她这时候来北京探亲，我听她讲起。她害心脏病，好久不学习了。

唐弢告诉我，师陀退休了。问候起我：不知道你看见他不？看见了，代我问候一声。

一九八一年三月十二日信

巴金兄：

你的建议很好。中国应当有一个文献馆②。但是我的手稿，第一，不值得保存；第二，全部都在出版社，因为出版社拿去付印，从来不还我，有史以来就是如此。文化生活社应当最多，可是现在都还存在吗？你说保存，谈何容易。中国过去从来不重视这个问题。我现在搜集自己过去出的书，尤其发表的文章，很感到异常困难。比如，我看见秦瘦鸥谈王统照编《大英夜报》文艺版，说"戏剧家李健吾刘西渭先生投稿甚多，笔锋犀利……"可是我到哪里找这些文字啊？我在文化生活出版的《切梦刀》《希伯先生》……都哪里去了，我一本也没有。

柯灵要到香港去，参加中国现代文学会，来信问我过去写的戏，他发现我写的戏最多，可是我都没有了，手稿更不必说了。

中国戏剧出版社决定要出版我的两本书，可是我就没有法子编出来。一本是《剧作选》，我打算选《这不过是春天》《以身作则》《梁允达》《贩马记》（即《草

---

① 三小姐，指沈从文夫人张兆和。
② 指巴金倡导建立的中国现代文学馆。

莽》)、《青春》《分房子》，新写的《吕雉》。可是《贩马记》，采臣①那边正在印；《梁允达》，明明有，就是找不到；《青春》我没有。《草莽》，手稿我明明记得当时寄给了你，你那时在桂林，希望你在桂林先把上部印出来，可是采臣来信时，我正在后院书房，竟然在书橱下层看到了它，还是"手稿"，到底给你寄去了没有？这是怎么回事？我一点也记不起来了。

第二本书是《李健吾戏剧论文集》，就更难了，许多稿子我连发表的地方都不记得，出版社也在找。可是怎么出版呀？

小弥②病稍稍好些，来看我，说是济生③嫂夫人去世了，我听了很为他难过。我也不敢写信给他。招他难受。

你和一家人好！

健吾

12 日

出版社希望你写序。我说不能让老巴再为我添麻烦了，他有他的事，我替你回绝了。序嘛，看情形吧。现在先不去想它。

二、致陈西禾一封

写给戏剧家陈西禾的信共两封。西禾与李健吾是上海孤岛和沦陷时期一起从事戏剧活动的好朋友。

一九七八年七月二十七日信

西禾：

今天看到你的信。我那次没有给你写回信，但是我立即给钰亭④写信去问

---

① 采臣，巴金的弟弟李采臣，当时是宁夏人民出版社的顾问。
② 小弥，马小弥，作家马宗融和罗淑之女，在法国出生，父母早年去世后，小弥和她弟都受到巴金的抚育。马小弥当时在北京居住，从事翻译和写作工作。
③ 济生，巴金的弟弟李济生，当时在上海文化出版社工作。
④ 钰亭，成钰亭（1910—1982），笔名众志。文学翻译家。新中国成立后，历任平明出版社编辑部副主任，上海文艺出版社、人民文学出版社上海分社编辑。

候，我想，这差不多就是写回信了，其实是我欠你一次情，你不会怪我的。

你、我都到了老病的地步。你的肾动脉硬化，还是要注意，看中药有什么好办法。我由于动脉硬化，脖子转动不了，太用功，有时就头一侧疼。照了相，不是颈骨增生。过去总认为是颈骨增生，花了许多冤枉时间。现在由于血的供应不足，心脏坏了。前些日子，口试法语研究生，所里派车接我去，结果车子一颠，害得我上不了楼，赶紧吃硝酸甘油，在椅子上坐了好半天。赶着同志上班，这个问，那个问。现在所里什么也不敢找我了。医生也坚持我休息，所以两个月来，很少提笔了。

你为我那个破小戏找佐临①，真是冤枉。都是我不好，没有写信告诉你，他已经看到了。前些日子，我的二女儿出差来北京，给我讲了个财迷小故事。我一高兴，就写成了四场小喜剧《一棍子打出个媳妇来》。我也不准备发表。这个小戏是可以发表的，不过我不感兴趣。我闹着玩儿，由它去。所以养病，还是禁不住手痒痒的。上海文艺出版社决计要我把三十年来写的戏剧论文和剧评编成一个《戏剧新天》的集子，为庆祝三十年国庆用。我手头很少几篇，只得找人向旧报刊抄。我约定十一月前交稿，也还不急。这样，我就结束了我写戏剧方面的即兴兴致。现在，补上一篇，即用马恩理论驳斥意志冲突与危机论的错误东西，才写了个开头，因为休息时日多，也就不急于写。题目将用"戏剧性"。

关于巴尔扎克，准备一篇论文的资料，结果心脏病发，还没有动笔。希望杂活儿结束，专心写。上海的《文艺论丛》第四册发表一篇，朋友们买了看吧，我就不再寄去了。这篇，你们都没有看过。《文艺报》将发表《巴尔扎克的世界观问题》，大约要稍缓一些，头几期还轮不到。我也不给你们寄去了。

我以后就在休养中专心写论文了，戏完全扔了。会也不去开，因为走路实在困难，只能像你说的，在附近慢步走走。也怕去开会，去看远处的朋友，因为我容易激动，对我很不利。

钰亭兄告诉我，你的女儿改到福利会编刊物去了。这是一个好消息。我为你们夫妇高兴。

看了《文汇报》知道上海出了一些治冠心病的中药，如改良的冠心苏合丸等

---

① 佐临，指黄佐临，著名戏剧、电影艺术家，导演。

等。北京连冠心苏合丸也买不到。

我对死不害怕,已遗嘱家人,一、不开追悼会,二、不留骨灰,三、不上报。若无此人。此自然规律也。

淑芬比我身子好些。她天天为我急,其实她也七十了。也是这个病,那个病的。

祝你们一家人好!

健吾

(一九七八年七月二十七日)

又:看见钰亭,问候他。他最近眼睛好了吧?

再告诉你,《世界文学》十月号开始在邮局订购。我再寄去一期八月号,此后我不管了。你告辛笛①一声,如果遇见。

三、致常风一封

写给常风的信共十二封。常风是山西大学教授,和李健吾既是山西同乡,又是清华大学时期的同学。

一九八一年四月六日信

常风兄:

我由于患冠心病,爱忘事,又忙于结束我早说结束的一部分书,现在结束了,忽然想起你的信。先说,我这部书是《法国十七世纪古典主义的文艺理论》,主要是翻译,我写"前言"和"各家小议"。现在由所内拿去抄写,准备在"集刊"上用,另外给我一份,送给上海译文社出版。这是三套丛书《外国文学理论丛刊》的计划内的,我从去年年底,一直拖到现在才算完成。可是译文还得校,还得抄。所以你前次来信说起从文赴美事,我就忘了回你的信。从文是我的老朋友,他现在可以出口气了。他工作的机关原来在历史博物馆,一直受气,也不给他分配房子,不过他精神好,记性好,人也不在乎。原来我们中央社会科学院总

---

① 辛笛,本名王鑫迪,诗人。

算把他要过来，安排在历史研究所，也给了房子。我因为病，一直没有能去看他，因为他住在五楼，我上不去，听说有电梯，还是不敢去。反正知道他出了这口气，替他喜欢。

我也有一口闷气。你劝我写"回忆录"，我不肯写，那太占我的时间，我工作紧张，无法写，也不想写。最近由于老朋友西谛①的儿子找我，我不能不写，我就来了个《忆西谛》，看样子在中国不好发表，我打算在香港《文汇报》发表。可是我还得抄它。我想请柯灵兄看一遍，可是他现在患肾炎，躺在医院。

中国戏剧出版社要我两部书，一部是《李健吾戏剧论文集》，一部是《李健吾戏剧选》。我选了七出长戏，大概是：《这不过是春天》《以身作则》《村长之家》《梁允达》《青春》《贩马记》《吕雉》。《贩马记》还在宁夏出版社出单行本，印刷条件似乎不够强。还要出我的《李健吾独幕剧选》。《吕雉》是新写的，我还想改，可是又想不出改的法子。美国有一位叫 Pollard②的，写了篇论文，题目是《李健吾与现代中国戏剧》，说我的农村戏有特色，要翻译《青春》，要我写序，我没有答应。

《忆西谛》写完了，还要整理一部书，是《巴尔扎克与各法国现实主义作家散论》。这是中央人民文学出版社的，上海也要，因为去年它印我的戏剧批评《戏剧新天》不理想，我不给了，答应了人民文学出版社。它一直在等着我完稿。上海译文出版社还要印我的《情感教育》与《意大利遗事》。《情感教育》和中央人民文学出版社的从前约两个年轻人译的《情感教育》冲突了，我说两个译本也好嘛。今年大概可以出来，接着印我的《圣安东的诱惑》和《三故事》，我现在还没有改，人民文学出版社早已就抄出一份清样给我，我搁在那里没有看。

你看我忙不忙？还有别的工作我还没有和你谈。《莫里哀戏剧集27种》我早给了湖南人民出版社，它早就向我要，可是拖了一年多，说是要今年分成四册印，到底如何，我也不清楚。

---

① 西谛即郑振铎，终生与李健吾亦师亦友，1935年是他邀请李健吾到上海担任震旦大学教学工作，1946年由他发起和李健吾一起编辑出版大型文艺杂志《文艺复兴》，1954年又是他帮助李健吾进入北京大学文学研究所。1958年，郑振铎担任文化部副部长期间，在率团出访时，飞机在莫斯科上空出事，全体人员遇难。
② 指 D. E. 波拉德，伦敦大学教授，著有《李健吾与中国现代戏剧》。

山西人民出版社忘掉了我。这是好事。不过各杂志社还没有忘,我也没有理。只有你,老朋友,我忘不掉,可是我回信迟了,你应当原谅我,我身体不好。记性完全没有。还带着冠心病。

现在有一件事求你帮帮我的忙。1964年,山西省有个山西文史资料编辑委员会,有一位"王昉"同志,向我要去了先父李岐山的手稿《铁窗吟草》。说是由他保存,比较好些。我就给了他。可是"十年浩劫",他说的话还算不算?这位王昉是死还是活着?今年又是辛亥革命70周年,又来了人,机关名称变了,是"山西省人民委员会文史资料委员会"。武振候同志来我家问过,说《铁窗吟草》还在,这是不幸中的大幸!但是"王昉"这人活着还是死了,他没有告诉我,希望你有机会替我打听一下。山西省把先父作为山西省辛亥革命第一人看待,我很感谢他们。运城文史馆也来信,说要重修先父的坟墓,可是也不见动静,不知道什么缘故。最近也不回信,可能地委又拿不出钱来。据说,他们也要写地方志。

我只要你打听一下王昉(王孟邺),家住在太原柳巷15号。我收理旧东西,发现他有一封长信分析先父的《铁窗吟草》。现在《铁窗吟草》有了下文,我想知道王昉此人怎么样。他的信是1964年3月21日寄出的。啰嗦了半天。字也写不清楚。希望你就近问候他一趟,可能死了。此双安!

学弟健吾
81年4月6日

四、致柯灵一封

写给柯灵的信共十五封。在日本人占领上海时期,柯灵和李健吾在上海一起被捕、受过罪,"文革"时都曾因此受审查。

一九八一年七月十六日信

柯灵兄:

接到你的来信,觉得你有些多余,我已是世外之人,似乎不需再作为重点的对象,既非党员,又非戏剧界重点人物,确实觉得多余。承问情况,谨答如下:

（1）有些剧本我全丢了。我的残存的剧本实在有限。有感情幸而保存下来的，有独幕剧十个1924—1980，将在宁夏人民出版社出：《李健吾独幕剧集》。现在可能正在排印中。另一个《草莽》，偶然拾到原稿，我以为寄给巴金兄丢了（当时他在桂林），现在改名《贩马记》，即将由宁夏人民出版社出版，这都是由于巴金兄弟，过去平明出版社的李采臣向我要去出版的。他来信时，我正在后院整理书，无意中在最里层看到一摞纸，一看，原来是《草莽》，四十年来我早已把它忘了，我当即将它改名寄给了采臣。其所以改名之故，是因为过去有《草莽英雄》，我不愿它和人重名，不料改名之后，发现叫《贩马记》者更多，稿已寄出，我也就算了。这是我的抗战与沦陷之间的绝笔！它的不用的材料，我写成《青春》，送给佐临，佐临说他不喜欢，他说转给费穆了，费穆看后大喜，决计将它演出。解放后，被某个作家看中，改名《小女婿》，在评剧界走红，52年还得过文化部奖，周扬同志还写过评；后来知道是李某原作，也就不提了，该剧改编者可能还有压抑之感，因为有盗窃之嫌。

进入沦陷（1941年），我就绝笔不写创作。只靠改编外国剧苟且维持生活，在沦陷前夕，我改编《秋》（受巴金之托）；本来是西禾兄改编《秋》，他嫌线条太多，不愿改，和我交谈后，于是他就改编了《春》；《春》迟迟没有成剧，《秋》却已改出了，事为黄金荣的孙子黄伟闻知，便抢过去，约定佐临导演，动员石挥、张伐无数名将演出，但阵容太盛，亏本完蛋了。此后便都是外国剧的改编了，直到解放前为止。解放后，抗美援朝，我领导剧专学生投入创作热潮，写的剧本名字我已忘记，只记得《解放日报》曾经登过，后来成书，熊校长要我领衔，便写上了李健吾……作（我记不清了），其中我写的一个，还被中央《新华日报》看中，因为不知道是我写的，选用了。十年浩劫后，我又恢复了创作，现在《小剧本》二期就发表了我1980年写的《分房子》。此外，长戏就不谈了。因为曲折甚多。

（2）改编的外国戏，多为糊口之作，和你沦陷期间差不多，不过你少法国和外国做本钱，我本钱多些，就改编了许多，其中有些明知其无意义，而是混饭吃的。如《花信风》《喜相逢》等戏，都是萨尔都的，现在我连看也不要看（我给世界书局孔另境了，因为孔逼得紧，而我对世界书局又无好感，就把三出坏改编都给了他）。我手边没有书，它们是萨尔都的哪些戏，我也都没有印象。承兄问我，我记得下的，写下：

① 《云彩霞》是法国结构剧家思科里柏 Scribe 的 *Le Couvreur*①；这是一个女演员的真事，十八世纪的名演员，后来自杀，因为人家造她流言，说她和外国一位亲王有往来。是朱端钧导演。这出戏，我似乎没有付印（它是哪里印的？我一点也记不得。你从哪里找到的？）。演员因而成名的是蒋天流。

② Sardon②，最成功的戏是 *La Tosca*③ 和《祖国》。《祖国》太明显了，不能改。我改编了它写革命党的意大利画家 La Tosca（托斯卡），即《金小玉》，是"苦干"④ 的，石挥演司令，丹尼演女演员，我演司令的秘书。你记得"上海殡仪馆"的笑话，就是那次我出了丑。由于这场戏，日本宪兵把我抓走，后来保出来，"苦干"正在上演我改编的《麦克佩斯》⑤ 的《乱世英雄》。《乱世英雄》原名《王德明》是佐临起的。王德明是五代人，我改时下了一番功夫，几乎等于创作，在被捕之前给了佐临。同时我还改《奥赛罗》，改成唐代人物，叫《阿史那》，唐初突厥族姓阿史那的大族很多，也立了不小战功，李世民很欣赏，但是"苦干"没有"美人儿"，没有演，后来在朱光潜编的《文学杂志》发表了，还是胜利后的事，这也是我精心之作。《王德明》给胜利后吴天同志的刊物发表，计分四期，仍用原名。

③ 胜利后，我改编《和平颂》，是张骏祥导演的，由沈扬主演，曾在你的《笔会》上发表，张公将剧名改为《女人与和平》。这是古希腊的阿里斯托芬的《国民大会》，写一群女人到地府要丈夫的，我填了一个补鞋匠，就是沈扬演的那个角色，骂国民党贪赃枉法的。《文汇报》同时还发表了叶老⑥的诗，洪深的文章，赞不绝口。（不）仅胡风反对，满涛也跟着反对，只是没有写成文章而已。满涛原来和西禾都很尊重我的，他倒向胡风了，用笔名在报上骂钱钟书和我。钱公告诉我，他气坏了。该戏上演情况，你该知道，因为你当时是《文汇报》的编

---

① 常译作斯克里布，法国剧作家。此处提及的作品指《阿德丽安娜·莱科芙露尔》。
② 萨尔都，法国剧作家。
③ 即《托斯卡》。
④ 即上海沦陷时期由黄佐临、柯灵等人组织的苦干剧团。
⑤ 即莎翁名剧《麦克白》。
⑥ 叶老，指叶圣陶。

辑人。其后我又改编了席勒的《强盗》，即《山河怨》，在《文艺复兴》发表，写逼上梁山的，记得郭老曾称赞它，也没有人演出，后来就解放了。

④ 萨尔都是 1831—1908 人，后来当选为法兰西学院院士，戏和雨果、和 Scribe 的差不多，当时很红，现在名气小多了，正如小仲马一样。现在看起来，十九世纪最好的剧作家应该是缪塞（Musset）：我在今年二月号《剧本》曾介绍了他一个戏《大主教的马车》，还有《雅克团》，写农民暴动的。

我给你写信很潦草，我写此信时，就吃了两片"三硝"，字迹也潦草，都不成字了，可能你认不出，你就勉强认吧，人老了，就是这个样子。巴金兄来信说他也不成了，写字也歪了，不过还不像我这样潦草。不是你，我不会立即复你这封信的，我们是苦难的老朋友，我在沦陷期内的丑事，你就少谈些吧。你吃的苦比我大，我还有老婆的金首饰托你卖，你却走不了，又吃了苦。我走了，路上也吃了苦，回来还做了一个月伪市党部科长。这笔账不说了，说了叫人心酸。

最后，你去香港开会，托你一件事，香港有家书店，印了我的《咀华集》两本，请你打听一下，向它要一部，作为送作者的，别的什么也不必说。这种风气是太坏。还有司马……①写的《中国现代文学史》，听说有话谈到我，你在会上一定看见他，请你代我要一部，因为我不知道他怎么谈法，引起我的好奇心。

夏霞住在香港九龙，地点是"九龙塘歌和老街 8 号 A2"。你如得空，可给她一信，请她来看你，因为你行动不便。她是纺织厂李公的夫人，她的名字叫夏亚男。说我问她好。还有一个《新晚报》记者王一桃，广西人，也去了香港，曾有信给我，他一定会到会旁听的，你看见他可以问他书店的名字，或者让他把《咀华集》取来给你。麻烦你了，我倒问你，你从哪里弄到我那些破戏的？是你向巴金借的？

敬祝

兄，嫂安好！

弟　健吾

7月16日

---

① 此处司马……指司马长风，系笔者省略。

你知道抗战初期有《大英夜报》吗？最近一期，有秦瘦鸥的一篇记王老[1]的文章，说"戏剧"提到了"刘西渭，投稿甚多，……"我很想查对。你回来后再说吧。

五、致师陀一封

写给师陀的信共三封。师陀，原名王长简，笔名芦焚。

一九八二年四月二十六日信

师陀兄：

捧读《芦焚散文选》，不胜感慨系之。从头读了一遍，觉得你在沦陷期间委屈无限。芦焚久矣不见于文，今方知其故。我还以为你为编辑之故而改名，现在才知道当时叫"芦焚"的有许多乌七八糟的，现在你可以出气了。

你还给时代电台做过宣传，这完全是我不知道的。黎频[2]也没有对我讲过，所以读了《序》中的话，完全觉得有趣。

这本散文集出得实在有意思。使读者明白了许多。

不过我身体不行了，比起前年来，更差了。现在哪里也不去，只是在家里待着，什么社会活动也断了。这大热天我还穿着丝棉裤，家里人都笑话我。关个窗户也关不了，写的句子没有几个字能让人认得的，而且经常顺手写来，错别字连篇，本来就不会写字，现在更不行了。

你的赠书用了"前辈"，你为什么要和我开这个玩笑呢？我从来没有"后辈"过你，我们兄弟惯了，现在看来，似乎隔了一道山。建议你以后别这样对我见外了。这是我要责备你的。

我现在手头事太多，又患冠心病，每天昏沉沉，还得赶几小时看东西。积的债太多了。

西禾病了，肠穿孔，后来又尿中毒，华西医院不让他出院。柯灵也患肾炎，

---

[1] 参看致巴金第三封信。王老即王统照。
[2] 黎频原"苦干剧团"的演员，"文革"后曾到李健吾家访问。

华东医院要他住院两月，不知道他还能去香港否？你在上海，可能知道。

不啰嗦了。

祝你好！

健吾

四月二十六日

六、致华铃三封

给华铃的信共三十一封。华铃即诗人冯锦钊，李健吾三十年代中期在上海暨南教书时期的学生。

一九八〇年一月二十二日信

华铃弟：

来信和汇款都已收到。款子当即转汇给上海林家。今天得到他林祥①的回信，我现在把他给你的一封信附在这里。他不知道华铃就是你，我也大意了，现在我给他回信，告诉他就是你，这样他就明白了。

另一封给张可的信，我已转请上海戏剧学院转过去。她住家何处，我不知道，过去来信都是由学院转送，因为她在学院工作。现在我仍请代我送转。她只能看信，回信就办不到了。

我在修改祝敬译的波特莱耳，当然非修改不可，因为错误百出，不能和世人见面的。看来，我只能修改个二十来首，此外，我因为年老，工作繁多，就作罢了。已经说妥一个发表的刊物。发表之后，当由刊物将稿费直送祝敬爱人。全稿，我修改不动，只好搁下。他儿子来信，也说他父亲法文不如英文，看样子确实不行。有时连字义、文法关系都错。

我最近将《福楼拜评传》改完付印。这是我二十八岁的作品，36年由商务出书，是我初到暨南时写的。现在真是不堪回首话当年。我把莫里哀二十七个喜

---

① 林祥，林祝敬的儿子。林祝敬、张可、欧阳文彬等都曾是李健吾的学生，与华铃是同学。张可曾引荐李健吾与当年地下党的于伶相识，从而开启了李健吾在孤岛时期的戏剧活动。

剧全部译出，已经交由书店出版。这两个工作完成了，我精神上稍稍放松了，可以写写论文了。《文艺报》二月号将发表我的《巴尔扎克的创作方法论》。我如今正着手于写《辞海》的《从对波特莱耳的评价说起》①，指出它的不公道。将与我的译文和以林祝敬译名义发表的诗一同在刊物上发表。到时候我将寄一份给尔。发表期将在下半年。因为刊物一年两期。是我的过去的学生为辽宁编的。他是我所内的助理研究员。

你问我"外汇"的问题。是这样的。我们私人没有外汇，只有国家有。国家都把钱用在建设上，科学技术发展上，所以就分不到我们文学方面了。所以买外国书要外汇，我就无从想办法。这个苦衷只能从体会国家缺乏外汇上原谅。我托你买书，靠你私人在国外，在国内就毫无办法可想。

你对我的帮助，我将是感激无已的。我最近有一位按摩医生每日来家按摩，极为有效，希望这样能改善身体。

祝　你和一家人好！

健吾　一月廿二日

你给欧阳文彬和另一位同学的信，我都已看到。很感动。你的精力充沛。我就写不出你那样的信了。我们在国内的都为你十来年不在国内为好，为安。在国内深受"四人帮"的祸害，不分男女老少，都深受其害。有些人已经死了。像你说起的那位跳楼而死的总工程师。这种情况不在少数，谈来色变。这是中国一大浩劫。孔子说，言而无信，不知其可。虽是老话，却是常理。现在国内一片乱，一片穷，人和人的关系不正常，都是这样惹起的。这种情形不急于改正，中国前途就堪忧了。好在中央已经想到这一点，正在努力抓，但是希望快抓，否则就抓不好，大事就上不去。而国外情形则紧张已极，看来是等不及了。这些但望是过甚之辞。

健吾
又

一九八〇年三月四日信

锦钅学弟：

---

① 即《从〈辞海〉的对波特莱耳的评价说起》一文。

连接两信，中间因为我害了一场病，回信就耽误了。我因感冒转为肺炎、咽炎、气管炎，打针吃药，用药来解决。所幸没有往更坏处转。偶尔发生气闷现象，就赶快吃"三硝"。现在快到春天了，希望能从此脱离这场临时灾难。

那三本书，现在还没有见到。可见海关检查仔细，对证仔细，什么时候见到，估计也就快了。这要谢你了。

你要我做的事，我把信都发了。你的热情汪洋，还是老样子，这是不容易的。林祝敔的翻译实在差，我改了二十六首，交给辽宁省出版的《春风》，这是我的一位同事主编的。预计在年底出版。到时，我将寄一本给你。还有我一篇文章。不是纪念林祝敔，而是为波德莱耳责难《辞海》编委会的。

我现在忙着在为《大百科全书》写三个大作家的评语，一个是莫里哀，一个是巴尔扎克，一个是福楼拜。中间还有些零碎文章要写。

药，不用寄了。我这里要药有药。谢谢你的关怀。

当此，敬候你和一家人好！

健吾

三月四日

一九八〇年八月二十四日信

华铃老弟：

信读到后，我思考了好几天，因为你不知道，中国出一本书的困难。我自己还压了好几本书在手头找不到出路。但是我又确实想读一下你的作品。十几万字不算太长，我虽年纪大了，也还顶得住。但是要我介绍一个出版处，把话许下来，就收不回了，而我又确实无把握。所以迟了好几天才写回信。

把你的作品寄给我吧，先让我读一遍，再说吧。出版不做保证。但是读你的作品还是非常感兴趣的。问题是，寄来会不会遗失或者被扣，这就无保障了。

我的身子近来似乎见好。血压不高，但是心脏却和我为难。冠心病每天还是要发作一两次。我就吃复硝、二硝、三硝，随便捡一种吃。走路摇摇晃晃的，总要扶着墙，看见朋友们净出国，自己由于心脏而不能动弹，也就只有叹气之份了。最近看电视，看到陕西有一种新药"心痛定"，效力高出二硝五十倍以上，我就写信买去了。看它到底是什么东西。我每天清晨做些体操、太极拳之类运动。

然后有一位老先生来给我做全身按摩。这就是我还能顶住最坏的发展的有效措施。

工作只能闲中偷忙。现在搞法国十七世纪文艺理论即古典主义。希望这个月能搞完。社会活动早已终止了，会不开，戏不看，只在家里待着。能把工作早日完成，就算大有希望了。

此候

近安！

健吾

8月24日

七、致宋维州两封

给宋维州的信共十一封。宋维州原是辽宁省丹东市鸭绿江造纸厂的员工，热爱法语翻译。1979年给李健吾写信，想做他的研究生。因为当年考研很难，李健吾也做不了主，而且对他不了解。但是此后，对宋维州的要求，李健吾总是不遗余力地满足。

一九八〇年九月二十六日信

维州同志：

你在九月八日寄来的诗和信，还有后来的信，我早已收到，回信却迟到现在，请你务必原谅。我在八月初大暑中感染带状脓疮，极为严重，每天打针吃药，受了整整一个月的罪，医生说，如果窜到前脸三叉神经，左眼就要瞎了。现在仅仅限于左耳与耳后与耳下，一时不幸中之大幸。如今好了，却留下后遗疼痛病，每天要吃解痛片才能减轻。由于身体衰弱，九月上旬又感染流感，到今天还咳嗽。总之，我一直在和顽疾斗争，却侥幸度过来了。

诗，我拜读了，感情有深度，但是不够精炼，诗意有，而形象不足。这是我的个人看法，可能不正确。《人民日报》和其他报纸，一般都登短的，长了就不好办。同时，我和各报也缺乏联系，经考虑之后，没有代转。你以后有诗作，可以直接寄给报刊，这比走私人关系更好。

你的长篇小说已寄给屠岸同志，那很好。我相信，他会在读后向你提出他的看法的。现在出版社都争取多出书，响应中央的号召，他们很希望多发掘些好作品出来。只是我平日不出门，和他们缺乏联系，所以实际情况就不大清楚。

今年秋深，北京这边来的晚了些，气候不够正常。你们那边想必已经秋意很深了。诗稿可能你还有一份，不寄回了。你如需要，我再寄上。我不懂诗，请你不要相信我的看法。匆匆。

此致

敬礼！

李健吾　九月廿六日

一九八二年十一月二十二日信[①]

维州同志：

收到 Herve Bazin 的 *Le Bureau des Mariages*[②]。你让我看一遍译稿，我刚从西安开会〔外国语理事（扩大）会议〕回来，由西安到成都走了一趟，受李致的热情招待（他是巴金的侄子），我们老两口子真算享福了。回来，就忙着写回信，看各种稿子，实在分不开身子看你的译稿，只好排队。这是没有办法的事，请你务必谅解。前次借的"所"内的书，希望你能早日译出，因为不是私人的事，丢了书，我赔不起。《当代外国文学》不用《毒药》，等我看完以后，帮你找一个机会，另外介绍出去，现在手头一大堆"序"要写，朋友又要我写这写那，我都谢绝了。你的 Bazin 自然不在此例，但是心不能二用，只能干完一件事，再完一件事，才能轮到看你的翻译。我现在苦的很，年岁大了，要写夏衍的序，马少波的序，今年写了好几篇序，还有人约各种文章，我只能埋头不吭声，好像一个闭户不出的人一样。我最近感冒，痰特别多，医生不许我出外。我把事情向你讲，不过请你多多原谅。

祝你安康！

健吾
1982 年 11 月 22 日

---

① 写完这封信四天后李健吾倒在了桌前，离开了这个世界，扔下了他所有没有完成的工作。
② 艾尔维·巴赞，二十世纪法国著名小说家。此处提到的作品指《婚姻介绍所》。

父亲的才分和勤奋
——《李健吾文集》后七卷编后记[1]

维音 维惠 维楠 维明 维永[2]

我们不是文学家，没有权力哪怕是介绍，更不要说评说。我们是带着对父亲的真挚的爱和深沉的怀念收集和整理他的遗作的，在整理的过程中更好地理解了一位热情洋溢，热爱文学艺术，而又冷静严谨地对待文学研究，怀着一颗寂寞的心埋头写作的博学的学者。

在编写编后记的时候，我们首先想到的是想向所有提供过帮助的各方人士表示感谢。几百万字的材料，跨越时间太长，从一九二三年在他读中学时，在只办了一年的学生刊物《燧火》上发表的文章，新中国成立前在《铁报》《文汇报》《大公报》和《万象》等报刊上发表的零碎文章，再到新中国成立后没有公开出版的，在社科院外文所内部刊物上发表的各种学术研究类文章，总之，千头万绪，犹如大海捞针。最后终于能够把各方面的材料尽量搜集齐全，在我们中间，维永立下了汗马功劳，为编辑这套文集打下了最基本的基础。但是，在开始的时候，她曾经手足无措，如若没有各方面，特别如若没有父亲当年尚在世的多位朋友，叶圣陶、柯灵、于伶、陈复尘等多位伯父的帮助，父亲作品的获取是不可能做到的。他们几乎是手把手地对维永进行启蒙和指点。他们对父亲真挚的友情，对我们晚辈耐心地引路，是永远铭刻在我们心里的。在后来编辑整理文稿的过程中，我们还要提到多位专家和各方面的朋友给我们的指点和提供资料，譬如郭宏

---

[1] 原载于李维永编：《李健吾文集文论卷 5》，太原：北岳文艺出版社，2016 年。
[2] 《李健吾文集》后 7 卷的 5 位编者皆为李健吾先生的子女，编后记后七卷署名以长幼为序。——编者

安先生，韩石山先生，周立民先生以及上海戏剧学院的韩生院长和他们的档案室，运城博物馆的卢馆长，特别是年青的博士张新赞先生，等等，总之，对于来自各方面的支持和帮助，我们心中充满的是感激。

其次，作为编后记，我们想向读者说明这后七卷的编排和基本内容。我们经过反复权衡，决定《小说卷》和《散文卷》仍保留原来的命名，而其他五卷，都统一命名为《文论卷》，做到既相对集中，又兼顾各卷的容量均衡。《文论卷1》基本上是中国文学评论卷，其中包括戏剧；《文论卷2》基本上是针对中国戏剧，以戏剧舞台技巧理论和观戏感想为主。《文论卷3》至《文论卷5》，整整三卷都涉及的是西方文学（包括戏剧）评论，这充分说明了父亲是一位真正的西方文学，特别是法国文学的研究专家，这是他认定的终生事业。《文论卷3》基本上是西方戏剧评论卷，从古希腊到现代的苏联话剧，其中对莫里哀的评论和介绍占了主要篇幅，正好说明他是莫里哀喜剧研究的专家，而《法兰西十七世纪的古典主义理论》也就是戏剧理论，从时间和内容都是此卷的一个合适的结尾；《文论卷4》和《文论卷5》囊括了对法国十九世纪的文学作家和他们作品的评述。《文论卷4》是法国十九世纪文学大家福楼拜和司汤达的专卷，是他最早涉足的两位著名小说家；《文论卷5》则是收尾卷，包括了所有除司汤达和福楼拜外的其他十九世纪作家（其中只有一篇《纪德》，应该是跨到二十世纪初叶），其中特别以巴尔扎克和他的《人间喜剧》为主，并以《十九世纪法国现实主义的文学运动》开卷。这样的分册编辑，可以让读者清晰了解作者作为一个学者，一生所从事的工作和研究的各个方面。

尽管我们收集和选录了大量文稿，特别是在出版社的大力支持下，由原来的十卷扩展为十一卷，并在最后时刻因为每卷有些增补稿而改变了版面，从而给出版工作带来了许多麻烦，但是我们还是要向读者说明的是，父亲的文章并没有全部收录，《李健吾文集》并不是《全集》，原因如下：

1. 在时代的动乱过程中，许多工作部门变迁，或者资料被毁，根本无法收集。

2. 收集到的文稿，也因为各种原因，譬如在《高干大》和《种谷记》两次座谈会上的发言，因为发言者相互交叉，难于摘录和单独录入，故而放弃。为中国大百科全书编写的《莫里哀》和《福楼拜》没有收录，因为并不属于评论文；个别小文章和一些自我检讨，如一九五〇年写作的《向集体学习》是一篇为宣传《美帝暴行图》演出的宣传稿；在自我检讨类的文章中采用了《我学习自我批评》[1]一文，已可见一斑，其他的则免了，因为斥责自己更甚，多出于无奈。"文革"中的一些"初步检查"或"情况说明"，因为父亲从未提及，恐怕言不由衷，也没有必要收录；其他尚有极少许，多因为本文集不涉及译文，而其为其译作所写前言无法独立达意者；个别文稿在编辑过程中因为疏忽，难免遗落，等等。

为此，我们特向读者在这里深深表示歉意。

为了忠实于原作（遗作），对原作里的外国人名、地名的翻译，一般都保留父亲原来的译法，只在必要处给以注释[2]，以说明当下通用的译法，如梵乐希即瓦莱里，渥尔加河即伏尔加河等；在一册中译法前后不同的，我们在每册最前面的文稿上加注说明，如鲍德莱耳即波特莱尔等；总之，我们一般不改动原作，因为作者是较早进行西方文学的翻译和研究者之一，当时尚无通用译法，他的翻译都是自己的音译。

早期父亲的文字都是繁体字，之后，用了简化字，但是一些名词和文字的用法不完全和今天的文字要求相同，凡是发生与规则冲突的，如"像"和"象"的用法，等等，我们都按今天的文字规定作了相应的修改，除此而外，作为历史，我们一般都不做变动，以保留他的语言风格。

个别文稿中少量文字因年代久远，凡原报章或文稿中字迹不清乃至破损遗落处，只能以随文注加以说明。

至于父亲的写作语言，是有他的独特风格的，因此，哪怕与今天的习惯差别较大，我们一般也是保留他的原话。

对父亲的作品按写作或发表的时间编排，一直是父亲的主张，这可以让读者历史地了解一个作家，分析一个作家，为什么在那个时期会写那样一篇文章，做那方面的研究，所以，所有各卷均遵循这个原则。不过，为了方便读者阅读，有

---

[1] 见李维永编：《李健吾文集·散文卷》，太原：北岳文艺出版社，2016年。
[2] 凡是外文中译名旁附有外文本名者均不加注释。

些部分形成专题,如《散文卷》中关于翻译的专题论述,《文论卷4》中按福楼拜和司汤达各分成专题,即使如此,在每个专题下每篇文章还是按时间顺序编排。

以上各点是我们作为编者首先想向读者说明的。

整理完父亲的文集,我们最大的感受是父亲那特有的热情、才分和他的超人地耐受寂寞的勤奋。

父亲是一个特别热情的人,对师长他从不忘旧恩,对朋友永远是热情洋溢,对学生是满腔热血。读他《忆西谛》①的最后一行字:"人事无常,是暗笑,是明嘲,多么难于捉摸!我只知道,我再也看不见你那高大的身材,再也听不见你那洪亮的声音,我再也见不到你了,你,西谛!"你不觉得他的眼泪已经收不住了,只好停笔?他在《李广田选集·序》②中,为这样一位天才的散文家和诗人的屈死,满心悲愤:"广田有一颗赤子之心。……他从来是肝胆照人。……在十年浩劫中,竟惨遭毒手,于一九六八年十一月二日下午八时,在昆明市郊外莲花池内,直挺挺站立了好几个小时,脑后还让人捅了一个血流如注的大窟窿!原来他死了!死而能直挺挺站立,何等气概!能听了不流泪?……控诉?愤怒?还是蔑视?"他听说他的老师王文显穷困潦倒,在上海就组织演出了王文显的《梦里京华》③,然后每月把演出的版权费转送到王先生的手中;他喜欢夏衍的《上海屋檐下》,在上海组织了演出,然后存着演出后的钱,抗日战争胜利以后,在夏衍从重庆回到上海时,他不仅一个人到车站去迎接他,还把钱给了他;他特别欣赏曹禺写剧本的功底,对戏剧语言的掌握,和为了写好《日出》亲自到天津妓院去实地了解的敬业精神;他对《雷雨》的评论早在一九三五年,那个时候,《雷雨》的反响还远没有他自己的《这不过是春天》在上海的轰动;他帮助学生修改稿子,想方设法帮助出版,譬如,对华铃的诗,为他写序④;帮助他的"一个苦命的默默无闻的学生林祝敔"修改他翻译的《恶之花》⑤……他的热情贯穿在他所

---

① 见李维永编:《李健吾文集·散文卷》。
② 同上注。
③ 他从英文翻译后取的剧名。
④ 李健吾:《序华铃诗》,李维永编:《李健吾文集·文论卷1》,太原:北岳文艺出版社,2016年。
⑤ 李健吾:《漫谈我的翻译》,李维永编:《李健吾文集·散文卷》。

有的作品中间，真挚、实在、发自内心是他写作的一个特点。他很容易融合在集体之中，特别是和朋友们在一起时，始终能听到他爽朗的笑声，滔滔不绝的话声，和学生们在一起，从来不以老师自居。一九八一年到上海和戏剧界的朋友们相聚，在一家饭店里，他的学生们，都已经是戏剧界的名角了，演示他讲授莫里哀喜剧时的场景，一边讲课，一边表演，就在这样出神入化的时候，学生们突然发现他们的老师不见了，原来他自己先乐得钻到了桌子底下，于是，哄堂大笑。在饭店里学生们把这编成了段子，服务员堵在了门口，笑弯了腰。父亲从上海回来，特别讲述了这段，带着满心的欢乐。

但是，他的内心又是寂寞的，长期以来，他默默地承受来自各方面他想不到的误解、冷落和非难。从北平到上海暨南大学教书，就听巴金提醒他：上海人对他这个从北方来的人，心存疑虑。他就一面埋头于教学，一面写作他的法国文学方面的研究文章。在完善《福楼拜评传》一书的同时，他阅读和研究法国其他的作家，对巴尔扎克的《欧也妮·葛朗台》、波德莱尔的《恶之花》和《梵乐希文存》等的评论文章都是那个时期前后的作品。暨南大学南迁后，他曾经在孔德研究所工作了一小段时间，想写法国文学史，完成了两篇：《罗朗歌》和《法兰西的演义诗》。① 抗日战争胜利以后，"左"派文人涌进上海，对他在孤岛和沦陷时期的戏剧活动，给予了不公正的评论，特别是攻评他旨在反对内战，从希腊古剧改编的话剧《和平颂》。他于是从此停止了改编剧的工作。后来，他又被归入所谓的"京派"，属于"小资"，他就把注意力完全放在了戏剧学院的教学上。为补充教材，他翻译了屠格涅夫、契诃夫、托尔斯泰和高尔基的戏剧杰作，对它们进行了评介。② 一九五八年底，在全国铺开的反右倾、插红旗拔白旗的运动中，突如其来地遭遇了年轻人对他《科学对法兰西十九世纪现实主义小说艺术的影响》一文的批判③，面对年轻人，他没有反驳，在不便写作外国文学评论文章的情况下，他转而写出了大量的戏剧舞台理论和戏剧观感。④

这些经历和作为充分体现了他的性格特点：虽然外在表现是一个易于激动和

---

① 后来上海整个沦陷，孔德研究所停办了。
② 均收入在《李健吾文集·文论卷3》中。
③ 见李维永编：《李健吾文集·文论卷4》，太原：北岳文艺出版社，2016年。
④ 均收入在《李健吾文集·文论卷2》中。

极端真挚热情的人，内心却带着不被人理解的痛苦，或者困惑，和固有的做人原则，始终默默地耕耘着，奋斗着，绝不气馁。这种性格源于他的出身和早年的遭遇。他本来是个爷爷喜欢、父亲心疼的小孩子，淘气，逃学，爬树，欺负姐姐，跟在姐姐后边捡枣吃，学过拳击，打败过欺负他的人①。但是，这样调皮、淘气的时间实在太短了。他的父亲加入了同盟会，是个把命都丢给反清抗袁的带兵的人。他对下级的豪爽（他的豪爽的性格遗传给了儿子，我们的父亲），在战场上的率先，对兵士的爱护②，这使得他在晋南和西安的民军中有着让地方军阀嫉妒和不能容忍的威望，再说，在这样的乱世中，他既希望儿子受到良好的教育，又想到自己可能有意外，所以，父亲六岁时就被放在他的一个下级军官的家乡念私塾，九岁时被送往天津一个小火车站③做站长的朋友家里，十岁后，好不容易在北京落脚，进了小学，十二岁，他的父亲又被陷害入狱，小小的年纪，因为没钱坐洋车，作为家里唯一的男子，只得每周日拎着母亲做的饭菜，迈开两条小腿，整整两个小时，步行送饭到监狱。十四岁，他那好不容易出狱到西安就职的父亲又被暗害在西安郊外十里堡，他彻底地成了无依无靠的孤儿。没有书香门第的背景，没有显赫世家的依靠，有的只是父亲朋友救助的银钱放在银行里的一点点利息，和寡母和姐姐一起艰难度日。考进清华大学之后，为了筹集学费，他不得不到天津去向父辈的朋友求助，而那位吸大烟的长辈，只有在过足了烟瘾后，才给了他五十元钱，他整夜都只能陪坐着。为了尽早返校，大清早，顶着寒风，立在火车车厢的接口处，衣着单薄，冷风拂身，回到北京，到家禀报母亲之后，回到学校，交上学费，就起不来了。高烧，一侧肺炎，稍好后，又一侧肺炎。他不得不先休病假，然后带病上课，大夫不准他过于劳累，寂寞伴随着他：清早一人独自散步，课余看书、伏案写作。他的许多剧本、小说、散文就是在那两三年里写出来的。他把热情关在了他的作品里面，关在了他的书桌上："我中学是一个非常活跃的分子，做学生会主席，到国务院请愿被关了三天，同时还是篮球、排球的选手。后来一场大病，不由自己把我赶进了寂寞的道路"④，"我的经历是非常

---

① 见《李健吾文集·散文卷》里的《梦里家乡》和《枣花香》。
② 不过，对儿子们却特殊地严厉，所以父亲在论及他的父亲时总加上"封建"一词。
③ 良王庄火车站。
④ 李健吾：《我学习自我批评》，李维永编：《李健吾文集·散文卷》。

苦的，我的理想常常败于环境，我的性情从小是活动的，慢慢变到现在，变成忧郁了"①。在他清华毕业的前夕，他的哥哥在法国勤工俭学归来，把母亲接走，姐姐早一年远嫁到了贵州，可是接着传来姐姐服毒自尽的消息，再一年，他的亲爱的慈母又病故了，他成了真正的孤儿，好强的他不喜欢在人们面前表露他的痛苦，而是在内心深处默默地承受，早早地懂得了做人的艰难。

这种性格有时会引发误会。在他父亲去世后，他曾经送他六婶回家乡，见到爷爷们在哭，他忍受不了，第二天就返身回了北京；在出国之前回乡安葬父母时只是向坟头深深鞠了一躬就离开了。家乡人不理解他，背后议论，可是如果他不走，他会痛哭失声的，他不愿意。看他自己在学校宿舍书桌前写的《铁窗吟草·后记》②，他的痛苦是那么深，眼泪似乎怎么都流不尽。

一九六六年底，他刚从韶山回来，就遇到了"文革"的揪斗，作为何其芳重用的资产阶级知识分子，他被揪上了台，接着而来的是抄家。一帮造反的中学生，把家翻了个遍，最后说，找不到钱，全是书③，最后总算找到一张照片："地主婆"，撕了。那是他存留的唯一的一张他挚爱的母亲的照片，一个穷困的寡妇，不过就是穿着一件山西人冬天穿的高领的布棉袄！他为这事痛彻肺腑，默默地到西郊女儿宿舍的床上躺了一中午。可是周末儿女们回家看到父亲露出的却是笑容，靠着炉子，高兴地夸口：我每天早晨去给办公室生炉子，比年轻人都干得好！显得那么自然、得意，满不在乎！他一字没提他母亲的照片。他习惯于把悲痛埋在心中，除了向他挚爱的妻子说说之外，是从不往外，包括子女们的抱怨和诉说。

不了解他的身世，人们从他热情奔放的外表完全想不到他的另一面。

生活的艰辛，自己所处的社会地位，使他终生同情弱者，同情贫苦的下层人物，同情和他一样奋斗的年轻人，同情在男性社会中处在底层的妇女，他的作品中很多涉及了这一方面。他写出了散文《慈善机关》，对一个年轻人没有及时得到医治而不幸病故表示愤慨；在《关于〈文艺复兴〉》一文中特别表达了对一个勤奋的被打成右派后惨死的年轻人阿湛的关怀和对他命运的不平。他会不顾一切

---

① 李健吾：《自志》，李维永编：《李健吾文集·散文卷》。
② 见李维永编：《李健吾文集·散文卷》。
③ 还多是他们看不懂的外文书！之外，是从不往外，包括子女们抱怨和诉说的。

地帮助一些人:在他去世后一年,一九八三年,一位五十多岁的从上海过来的人,登门拜访,在痛惜健吾先生去世的同时,掏出了四十元钱,说,那是在他被打成右派(一九五七年),被遣送到"新、西、兰"之前,父亲"借"给他的,一个没有多少来往的,当年上海戏剧学院的一名年轻会计!朋友们对他的真情的评价:"黄金般的心"(汝龙语),"金子般的心"(巴金语),将永存人世。

因为是个孤儿,寡母跟前唯一的男儿,他早熟,早早地学会观察人、观察社会。早期的写作,从他的散文诗《献给可爱的妈妈们》、小说《母亲的心》、独幕剧《母亲的梦》中既可以看到他对母亲的爱,同时,还可以看到他对"母亲"观察的细致和文字写作的才分。《小说卷》中收集的各种篇幅不等的小说,基本都是他在中学[①]到大学时期(二十五岁前后)完成的,用地方方言写成的中篇小说《一个兵和他的老婆》、特别注重心理分析的长篇小说《心病》,等等,正如他在小说《使命》后面附的"跋"中专门说明的,他曾经努力在不同的小说里探求不同的表达方式,特别注重人物的心理描述,如,《死的影子》里的单调、沉郁和暗示,《田原上》的亲切明快。他写道:"从我晓得什么叫做文学创作以来,我把风格看作一种人生的质素,可以因人而异,因书而异,不必篇篇雷同。"他最后说:"一切是工具,人生是目的,艺术是理想化的人生。"

所有这些都说明了他的早熟、他的才分、他的努力。

不过,他给自己选定的终身职业是文学研究,他在这方面投入了大量的热情,在各种社会背景下,孤独地、默默地耕耘着。

《文论卷1》中是大部分以刘西渭作为笔名发表的评论文。父亲的文学评论被带上了印象主义派的称号,但是他不是西方的印象主义者。印象主义是从印象派画家引申过来的,最早是欧洲、特别是法国如莫奈等人的画作,还有著名的凡·高的作品,给人以朦胧的感觉,远看,才感到整体的美。于是,印象主义的文学批评当然也像是一种朦胧的、没有明确论证的批评,强调的是作者个人的感受。在《咀华集》出版以后,个别人,如欧阳文辅先生者,义愤填膺,急声嘶喊,说印象主义的死鬼到了中国,危险孰甚,跳脚挥拳道:"印象主义是垂毙了的腐败的理论。刘西渭先生则是旧社会的支持者!是腐败理论的宣教师!"特别是,《咀

[①] 从不满18岁开始完成的第1篇《萤火虫》、19岁完成的《终条山的传说》。

华集》中被评论的十一二位作家，除了巴金之外，其余在当时都还没有被社会文艺界的人们所注意，可是事后这些人的成就证明了父亲确实是慧眼识珠，是认真读了他们的作品，从他们作品的整体价值给予了正确的评价，赞扬是诚恳的，真知灼见的。他说："批评者注意大作家，假如他有不为人所了解者在；他更注意无名，唯恐他们再受社会埋没，永世不得翻身。"① 他就是怀着这样诚恳和学习的态度来做批评的。他就是这样真诚地读作家的作品，欣赏他们的文字。

父亲对文学评论的作用在《现代中国需要的文学批评家》一文中，非常明确地指出："……一个不读书的人，才会浅尝而止，看了一出《梅罗香》，一个没有什么稀奇的社会问题剧本，就随口夸好，夸好未尝不可，但是绝不如此简单，因为便是好，也有若干层次。印象派的批评家自有其取祸之道，然而随口夸好，才是等而下之的印象批评。"他严肃地说：一个批评家"他能够拦阻一个大作家产生吗？不能够，他可以帮助一个杰作出世吗？可以。这就是我们今日需要的批评家"。② 他对于文学批评是非常认真的，所以他对自己说："假如有一天我是一个批评家，我会告诉自己：第一，我要学着生活和读书；第二，我要学着在不懂之中领会；第三，我要学着在限制之中自由。"③ "我的工作只是报告自己读书的经验。……我厌憎既往（甚至与现时）不中肯然而充满学究气息的批评或者攻讦。……用不着谩骂，用不着誉扬……冷静下头脑去理解，潜下心去体味。"④

他读的书多，知识渊博，中西典故随手拈来，往往令人深思，特别是中青年时候写的文章，带着他特有的意气风发的格调，用他自己的特色语言，每一篇本身都可以是耐读的美文。他的批评文字之美，可以说是一种艺术创造。他的学生唐湜谈到他的评论文《边城》时说："不仅小说家沈从文写活了他的人物，他的湘西故乡，而且，批评家刘西渭也写活了他的人物，他的小说家沈从文。"⑤ 诗人卞之琳评价刘西渭的文学批评，说他的特色就在于"产生近于戏剧性的效果"。

---

① 李健吾：《〈咀华二集〉跋》，李维永编：《李健吾文集·文论卷1》。
② 李健吾：《现代中国需要的文学批评家》，《大公报·文艺》1934年12月15日，副刊第128期。
③ 李健吾：《假如我是》，李维永编：《李健吾文集·文论卷1》。
④ 李健吾：《〈咀华集〉跋》，李维永编：《李健吾文集·文论卷1》。
⑤ 唐湜：《含英咀华》，《读书》1984年第3期。

他的感受是："令人惊见，文思活跃，文采飞扬。"① 对于我们来说，阅读他的文章，带给我们的真是一种美的享受。

遗憾的是，在他生存的大环境下，刘西渭的写作风格没有可能发展。再说，日寇侵略中国、占据上海之后，他要为了生存而奋斗，不得不改变了工作方向。从一九五四年，在被聘为中国社会科学院外文所的研究员以后，他为他的工作几乎付出了全部的热情和时间，无暇顾及中国文学的评论。他这样写道："时间大多被本职业务所拘束，一点不是对新中国的文学不感兴趣，实在是由于搞法国古典文学搞多了，没有空余另开一个是非之地。力不从心，只能有欠了。"② 刘西渭就这样逐渐消失了。

对西方文学的研究占了《李健吾文集》的整整三卷。他还是在清华大学读书的时候就选定了他的文学研究方向——法国文学。特别是面对中国的现实，作为一个关注祖国命运的、充满热血的文艺青年，在清华大学毕业前夕，他认定了中国需要的不是浪漫主义，而是针砭现实的文学，是欧洲的现实主义文学。当时受到教了他四年法语的美国老师温德的影响，首选了法国的福楼拜，特别是《包法利夫人》给了他深刻的印象。一旦认定，他就全力以赴。在没有家资的情况下，靠着父辈朋友，特别是他七叔的资助，他在法国待了短短的两年：第一年在高等法语学校学语言，第二年在巴黎大学听课，专门选择法国文学，特别是福楼拜的课程。他拼命地阅读，收集资料，甚至为了理解福楼拜这样一个独身人的性格及他写作的家庭背景，专门去了趟福氏的家乡鲁昂·克瓦塞。在那样短的时间里，他埋首写作，完成了《福楼拜评传》一书的底稿。到了上海沦陷时期，他只要没有活动，就"清早上街买菜，稍稍分享太太全日的辛苦，下午埋头翻译，就这样，陆续译成了《情感教育》《包法利夫人》，而且一字一句修改好了《圣安东的诱惑》《三故事》，……"③。

《文论卷4》中的第一部分是二十七岁写成的《福楼拜评传》，一九三五年在上海商务印书馆正式出版发行。这本书充分展示了他的才分和他的勤奋，是一本

---

① 卞之琳：《李健吾的"快马"》，《新闻出版交流》1997年第1期。
② 李健吾：《李健吾文学评论选》，银川：宁夏人民出版社，1983年，"后记"，第334页。该文未被录入。
③ 李健吾：《与友人书》，李维永编：《李健吾文集·散文卷》。

可以传世的杰作。现代法国文学研究权威柳鸣九先生曾在广西师范大学出版社二〇〇七年再版这本书时写的序言中做了详细的评介，他感叹道："在今天，我们回顾二十世纪中国文化史时，竟然发现这部书几乎可以说是中国三四十年代西学领域中唯一一部国人有独创性的学术力作，至少在外国文学研究领域，迄今仍无同类佳作出其右。

"……他以翔实的资料为基础，作者饱读了国外有关的文学史与文学评论的论著，青年学者的这种勤奋保证了这本书坚实的广阔与下笔的准确，不至于产生国人论述外国文学时经常难免的'外行话'。……他保持了自己独立自主的主观精神，富于渗透力的感受，独特的视角与精辟入微的见解，并全部表述在潇洒的文笔与灵动而特个性化的语言中。"①

前面提到的《科学对法兰西十九世纪现实主义小说艺术的影响》一文被收在此卷中。这篇文章实际是为纪念《包法利夫人》发表一百周年而写的，在一九五八年被稀里糊涂地批判。事实是，十九世纪欧洲科学的发展，带来了工业技术的革命，社会关系的巨大变化，出现了真正的工人阶级，法国里昂发生两次大罢工。生产力的变化，社会问题的新动向，引起了社会哲学的新理论，马克思就是那个时期的重要哲学家，与此同时，文学家中间也出现了真正的现实主义者，文中说："重视想象，还是重视观察，正是浪漫主义者与现实主义者分道扬镳的一个起点。……对于福楼拜，小说应当是科学的，这样才能正确反映现实，但是就在反映现实的阶段，想象起着决定作用。他认为观察必须冷静，一个人不是醉鬼、情人、丈夫、小兵，才写得好酒、爱、妻、光荣。而形象是否具有典型意义，情节是否具有必然性，每一细节都要作家身临其境，具体感受，才能把观念与事实相成相长的完整形象建立起来。方法并不神秘，但是对材料应该具有起死回生的效果。"他还说"福楼拜的现实小说有一个值得注意的特征，就是从日常生活入手，加强生活样式的感觉"。他避免"畸形可笑"。在没有新鲜东西告诉读者的时候，他就用一段简练的文字，"'有话即长，无话即短'，决不有意制造事故，耸人听闻"。这些论点有无问题，请今天的读者自鉴。

---

① 柳鸣九：《福楼拜评传·序》，李健吾：《福楼拜评传》，桂林：广西师范大学出版社，2007年。

可是，越到后来，他越来越不喜欢福楼拜了①。他被司汤达所吸引，他了解到，司汤达"……参加了浪漫主义运动，而且在法兰西是最早、最激烈的战斗员。……他永远和唯我主义者的'我'斗争着。他永远在和丑恶的现实，在和造成这个现实的不合理的制度战斗着。……仇恨迷信和虚伪稀奇上，司汤达比前辈伏尔泰走得远多了。……他更猛烈的鞭挞是在宗教和封建制度方面……在这一点上，《意大利遗事》有着它特殊的反抗的意义"②。他称赞《红与黑》："他的《红与黑》早在一八三〇年问世，给现代小说开辟出来一条宽阔的大道——和司格德的历史小说背道而驰的大路。"③ 为了研究司汤达，他又回到了起点，他阅读了几乎所有司汤达的小说：《红与黑》《意大利遗事》《帕尔马修道院》《拉辛与莎士比亚》，翻译了后三部作品，查阅了司汤达自己写的《生平》（Vie de H. B.）和《旅行者的日记》，等等，他详细地分析了司汤达成长的历史和环境。为了分析十九世纪的欧洲社会，他还特别注意研读了对十九世纪社会有深刻研究的马克思和恩格斯的一些文章，这些资料都记录在他厚厚的笔记本里。

在转入社科院外文所之后，巴尔扎克成了他主要研究的对象，开始注意的只是巴尔扎克的《人间喜剧》，一部深刻揭露资本主义上升时期金钱对社会、对家庭所起的破坏作用的小说大集，之后，转而注意巴尔扎克这位作家。按照他的一贯作风，他又从头开始，大量地阅读，收集资料，书写学习札记。看看这些严肃的文题：《〈人间喜剧〉远景》《巴尔扎克的世界观问题》《巴尔扎克与空想社会主义者》《〈人间喜剧〉的革命辩证法》《激情与巴尔扎克的创作方法》《〈人间喜剧〉提供了一部法国"社会"特别是巴黎"上流社会"的卓越的现实主义历史》……十七篇长短不一的论文，他花了多少心血、多少时间！一九七五年九月，他曾给巴金写信："我现在正在写《〈红与黑〉的关键问题》，可能在年前写好。以后写些有关巴尔扎克的论文，每年写个两三篇，将来出一本论文集。从前拟写的《人间喜剧》不搞了。因为那太死，把我拘住了。"也就是说，他念想着把评论巴尔扎克的作品收集在一起，形成一部巴尔扎克的评论文集，遗憾的是，从干校回来

---

① 李健吾：《与友人书》，李维永编：《李健吾文集·散文卷》。
② 李健吾：《〈意大利遗事〉引言》，李维永编：《李健吾文集·文论卷4》。
③ 李健吾：《〈拜耳先生研究〉译者附记》，[法]巴尔扎克：《巴尔扎克论文选》，李健吾译，上海：新文艺出版社，1958年，第116页。

以后身体状况的严重衰竭，心血管的疾病不断折磨他：高血压（高达 120—220）、冠心病，甚至发展到严重的肺心病，他的愿望不能实现了。也因为这个，我们把他所有论述巴尔扎克的文章，不论是正式发表的，还是没有发表的，都收集进了《文论卷 5》中。

但是司汤达和巴尔扎克的作品完全是政治性的社会小说，现实主义文学完全离不开社会，离不开政治，离不开阶级关系，离不开阶级分析的理论，他必须深入社会学、哲学和马克思、恩格斯的学说，熟悉法国的历史、作者所处的环境，他们各自的出身和后来生活的状况对他们的影响。巴尔扎克的思想是相当复杂的，他分析巴尔扎克之所以复杂的历史和社会的根源，但是绝对地肯定他的《人间喜剧》的特殊成就。

他对法国十九世纪文学大家的评价，不喜欢偏激，不喜欢只看重文字的柔美，他不看好夏多勃里昂，就是因为他的作品都在美化基督教[①]。但是即使这样，他在《关于〈阿达拉〉》一文中表示："在百花齐放的今天，包括文学欣赏在内，都应当尊重亲身体验，而不应当人云亦云，一部小说越是争议多，才越要探索。其次，学习的知识要广，如果沙里淘金，淘出真金也是值得的。但是，就《阿达拉》这本小说来讲，它的'情景交融'写作手法的到位，还是值得读者学习的。"

他看重作品的意义、所起的社会和历史作用。一九八一年他的《〈辞海〉中有关波德莱尔等人的评价问题》[②]和《漫话卢那查尔斯基论〈爱与死的搏斗〉》[③]都明确阐述了他的观点，他特别强调辩证唯物主义的辩证和历史唯物主义的历史这两个方面。他不同意把人绝对地看死，他客观，从心底里爱惜和尊重世界文艺史中所有各类卓越的成就，打心底里反对"左"的偏激。

可是，他的写作风格还是受到了当时社会的影响，在拔白旗以后（甚至于之前），他不仅在他的散文中会偶尔用上一些当时社会上通用的语言，特别是在他的论文中不断地引用马、恩、列、毛的语汇，努力学习和运用阶级斗争的学说。对于像司汤达、巴尔扎克这类作家，他们写的都是政治性的社会小说：《红与黑》和《人间喜剧》等，在研究他们的世界观、对宗教的态度等方面，必须涉及社会

[①] 当时的教会统治着法国社会，教会本身非常腐败。
[②] 见李维永编：《李健吾文集·文论卷 5》，太原：北岳文艺出版社，2016 年。
[③] 见李维永编：《李健吾文集·文论卷 3》，太原：北岳文艺出版社，2016 年。

和阶级问题。对这些文章的评价都只有请读者来给出。

但是，同时，我们在阅读了他的诸多文章后，又深深感到，他确实是一个努力研究法国十九世纪现实主义文学的研究者。法国十九世纪是西方资本主义上升、原有的贵族彻底走向没落的时期，金钱在家庭和社会中正在起着最恶劣、最决定性的破坏作用，法国从大革命以后有过多次的社会变化、工人运动……，而马克思、恩格斯确实是对十九世纪的政治经济乃至社会阶级关系研究最深刻的学者。作为一个十九世纪西方文学的研究者，联系历史、哲学和社会的诸多方面，贯通起来进行分析，认真学习和参考马克思、恩格斯的作品并加以引用，是极为必要的。至今在家里破旧的书柜里放着的整套的马克思、恩格斯全集，许多书页上都留下了他勤奋阅读时做的标记，勤奋在这里充分地体现出来。

还必须说明，在那个年代，中国的外汇奇缺，更谈不上开放，他曾苦于看不到所想要的文献，而向他的在澳门的学生华铃诉苦，并请他代为购书。

所有以上的影响，使他虽然同样地刻苦地阅读、思考，下足了功夫，写过厚厚的读书笔记，包括对马克思、恩格斯和毛泽东书籍和语录的摘引，但是他并没有再写出像《福楼拜评传》那样丰富、隽永、独立、自我的佳作。

在编辑《文论卷5》的最后时刻，我们决定把父亲从干校拖着病体回来后，于一九七三年底写就的而从未得到机会发表的一个长篇《别林斯基对巴尔扎克评价的改变问题》收录在此卷。源于此文的特殊视角①，作为外一篇处理。我们事前声明过，我们没有资格介绍，更勿谈评价，对于这样的长篇理论文章，我们能做的只有使之公之于众，至少看到一个学者曾经下过的功夫，更何况他在"文革"期间，一九七三年和巴金恢复通信后的第一封里就谈到了他做的这件事："芾甘兄：许多年没有看到你的信，今天从北大回家，看到了，心里涌起了不大容易形容的悲喜交集之情。我去北大图书馆借书。……我今天上午也是八年来第一次去北大校内。Herzen（赫尔岑）的回忆录怎么这么长，有一百万字，那要你相当年月了。现在巴尔扎克的翻译成了问题：谁再译下去啊？人文可能在动脑筋。昨天晚上我分析了别林斯基对Balzac（巴尔扎克）的矛盾看法：我想不到此公那样反对法国文学。"我们为他的热情、执着和勤奋所感动，而论点的是与非，

----
① 评论一位俄罗斯文学评论家对巴尔扎克不公正的评价。

好与坏的最好的评论者则是读者。

但是，在他的一生中，有许多时候，他不得不为了生活，借助其他方式挣钱养家，其中的一项就是戏剧活动，而戏剧活动又是他在上海沦陷期间表达爱国、反抗日本侵略的特殊手段。

他对戏剧的爱好，早在小学还没有毕业之前，因为父亲已故，没有人约束他，就成天在放学后，在天桥剧场，混在人群后面看戏，当时的文明戏把他带进了演剧表演[1]，他学会了女角的哭，尽管岁数比同班同学大一两岁，可是个子不高，更不胖，正赶上五四运动后学生话剧在北京兴起，他天生活跃的性格使他头一个响应老师要学生自创自演话剧的要求，他的哭戏在当时的北平演出了名，并且和陈大悲等人成了北京话剧活动的发起者之一。[2]

在上海暨南大学南迁后，他因为腰椎间盘突出的毛病，行走困难[3]，加上家庭的羁绊，他只能留在上海。但是，他父亲的血在他身上淌着，他热情洋溢地爱着这个国家。在他的内心有着既定的原则，用他的话说，他是"外圆内方"。在日本鬼子的铁蹄下，他"跳出象牙之塔，扔掉了清高，摔开了诱惑"，从此以戏为生，成了"士大夫不齿的戏子"，一个"有良心的小民"[4]。他拒绝了周作人请他北上做系主任的邀请。在他学生张可的引导下，认识了以于伶为首的不少当时从事抗日戏剧活动的共产党的地下党人士，主动帮助于伶向法租界的管理方写申请报告，并且参加了他们的上海剧艺社。从此，他从书斋走上了戏剧舞台，又像学生时代那样张罗着上海剧艺社的演出。后来又和黄佐临等人组织苦干剧团，提供剧本、登台演出、后台管理，甚至为演出写宣传稿。在上海整个沦陷以后，生活没有了着落，借助商业化的机会，他用他改编的外国剧目活跃了寂寞的上海，自己参加演出，得到了少许不稳定的收入。遗憾的是，改编的《金小玉》在轰动全上海之时也惊动了日本宪兵队，于是在"……仅仅余下《萨朗宝》，译了不到

---

[1] 李健吾：《希伯先生·文明戏》，李维永编：《李健吾文集·散文卷》。
[2] 李健吾：《五四期间北京学生话剧运动一斑》，李维永编：《李健吾文集·散文卷》。
[3] 严重发作时，只能躺在床上，根本动弹不了，曾经被误诊为风湿病，直到50年代中期，在北京，才被一位老中医治愈。
[4] 李健吾：《与友人书》，李维永编：《李健吾文集·散文卷》。

一章"时，意外发生了："敌宪在半夜把我拘了去。"他受尽了侮辱和水刑，直到吐血，还被威胁写下"遗书"，但是他的原则是绝不出卖朋友。抗战胜利后，他又张罗着建立上海戏剧学校[1]，在该校教授戏剧文学[2]。

他把这种戏剧活动看作是他的副业，一种爱好、一时的需要。但是，实际上，在他的一生中，他从没有离开过舞台[3]，没有离开对各种剧种的欣赏，大量的文章如今都汇集在《文论卷2》中。

《社会主义的喜剧》是在一九六五年看了中南区戏剧观摩演出后写成的学习札记。在"文革"后，他从旧文稿中翻了出来，还是喜欢它，稍作修改，在一九八〇年正式收录在《戏剧新天》里。他这样写道："我们能够畅怀大笑，因为我们有革命的乐观主义，深信党中央能把我们[4]引导到胜利的道路上去。"他说的这些话并不违心。他喜欢喜剧，喜欢喜剧为观众带来欢乐，人民忙碌一天后，在戏园子里开开心心地大笑，回去后第二天再去忙碌。他甚至在一九四五年《我理想中的新中国》[5] 里天真地写过：

……我还希望这个国家（因为是我的祖国）一百二十分地可爱。

假如每一个做官的人，能够每星期看一两本新文艺作品；假如每一个需要娱乐（因为人人需要）的人，能够每星期看一两出有价值的话剧或者任何高级消遣；

假如每一个平民能够每年有一两次的远近旅行；

于是，趣味向上，一团和气，这四万万五千万人将如何招人喜爱，在和平自由之中，携手前进呀！

他在《社会主义的喜剧》一文中，从古希腊对戏剧的定义开始，又用但丁的话指出："喜剧'以欢乐美满收梢'。"他接着说："而欢乐精神也正是马克思所说的：'为了人类能够愉快地和自己的过去诀别。'"在此文的最后，他写道："我

---

[1] 被国民党教育局定名为实验剧校，后又变成上海剧专。
[2] 李健吾：《实验剧校的诞生》，李维永编：《李健吾文集·文论卷2》，太原：北岳文艺出版社，2016年。
[3] 包括舞台演出和编剧的技巧等著作论文。
[4] 包括我这改造中的知识分子在内。
[5] 见李维永编：《李健吾文集·散文卷》。

们谁'道路上'不犯这样错误，犯那样错误呢？生活里该和过去'诀别'的东西有的是。犯过错误的我们在喜剧形象上引人发笑有什么大惊小怪呢？"他说："单从这些下乡节目来看，社会主义的喜剧就依然显示了它的向上的健康的、与人为善的本质，没有丝毫充满资本主义发展到帝国主义的喜剧的颓废主义、形式主义与趣味恶俗或标新立异的气息。……我们这里不再是财富支配着的绝对意志，不再是虚构的喜剧性转折，不再是饱食终日为恋爱之是务的主题。……社会主义的喜剧是一分为二的革命乐观主义的辩证产物，到处有斗争，到处是喜气洋洋。"

这些话确实是出自他的真心，是他对喜剧作用的基本观点。

话虽是这么说，在当时的大环境下，他虽然努力跟上，不断地在许多文章中提道：接受了教育，和过去诀别，等等，但是等到"文革"大浪冲来，他还是被卷了进去。因为在一九六二年广州"全国话剧、歌剧、儿童剧创作座谈会"上的一篇最后的即兴发言提纲《漫谈一些编剧技巧问题》[1]，他不得不在"文革"期间写检查："由于事前没有准备，当时十分紧张。题目一时也想不出一个来，后来决定就编剧技巧问题，谈一些零星感想。我之所以这样决定，因为，一、政治、思想、生活，一切关键性问题，全有领导谈，我能做的只是敲敲边鼓；二、谈编剧技巧，印证过去的戏剧，帮助当代的创作，比较切近毛主席关于'借鉴'的指示。"[2] 他做梦也没有想到，这样一篇因为他对戏剧的熟悉被剧务组再三动员而做的纯技术性的谈话会给后来留下话把。"文化大革命"结束以后，这篇文章被收入一九八〇年出版的《戏剧新天》中。

说起他对戏剧的熟悉，其中包括对中外、古今戏剧的熟悉，是确确实实的。在这里我们就要特别说明一下厚厚的《文论卷3》。

他对舞台的熟悉，对喜剧的爱好，在戏剧语言上的功底，都促使曹禺鼓动他翻译莫里哀的作品。于是，在一九三五年以后，他开始从事这项工作，从此也就爱上了莫里哀。"法国的大喜剧家莫里哀""战斗的莫里哀"……都是他给莫里哀安上的称号。他出访各地，演说的题目也往往离不开莫里哀。在一九五九年，他被邀请给中央戏剧学院编剧组讲解的《莫里哀的三个喜剧作品》，简直是把莫里

---

[1] 见李维永编：《李健吾文集·文论卷2》。
[2] 李健吾：《关于〈漫谈一些编剧技巧问题〉的初步检查》，《戏剧新天》，上海：上海文艺出版社，1980年。

哀的喜剧讲活了，对人物分析细致、生动，从舞台布景、演员衣着到演员的每一个动作，就仿佛他亲自看过莫里哀的演出。这篇讲解真实体现了他的舞台活动经验和对莫里哀喜剧理解的完美结合。在离世之前，他终于完成了《莫里哀喜剧全集》的翻译工作，这是他的一大心愿。莫里哀是法国十七世纪的人，当时的法语和今天的有着许多不同，其次，莫里哀的喜剧很多都是用诗的语言写就的，对于中国的观众，用法国的诗的语言作为演出的语言是难以接受的，他必须既要重视原作的精神，又要考虑语言的表述，在这项工作中确实展示了他的特殊的才分和超人的勤奋。

在一九四九年末到五十年代初，他在上海实验戏剧学校教书，深感教学资料的匮乏，于是用了很多时间，花了很大精力，用英文翻译了俄罗斯一些著名戏剧家的戏剧作品，对这些作品写的序或后记都收集在了《文论卷3》中。

他喜爱和尊敬莫里哀，他喜爱所有为人类戏剧事业做出过贡献的剧作家。他静静地伏在桌前，写出的是一篇篇热情洋溢的文章：《意大利的喜剧之父——哥尔多尼》《光荣永远属于人民的号手——纪念世界文化名人洛卜·德·维迦诞生四百周年》《青春常在的古希腊悲剧》《契诃夫——歌颂劳动和生命的剧作家》《阿里斯多芬——热爱祖国的伟大喜剧作家》《读本·琼森〈悼念我心爱的威廉·莎士比亚大师及其作品〉》。这些都可以从《文论卷3》中看到。

他爱朋友，爱他从事的事业，爱人类历史中各种伟大的成就，他更爱自己的国家，他对新中国的热爱，是一种出自真心的热爱。他的这种性格和思想都可以从《散文卷》中看出。

抗日胜利后，他曾经天真地期盼，写下了《我理想中的新中国》："我希望我理想中的中国是值得我骄傲的一个可爱的蒸蒸日上的国家。没有文盲，因为国民教育普及。没有失业的人，因为事业和志愿一致。"可是，他并没有感到应有的欣喜："胜利虽临，痛苦未见减轻。"他对国民党的统治十分不满："接收大员"的疯狂敛财、美国大兵的胡作非为、对共产党和谈的背弃并最后挑起内战、戏剧事业艰难生存的环境……他在报上发表对社会的不满，他写的《山西没有战俘》表达了对阎锡山收容日本兵的强烈不满；《文人沦为盗匪》，更是为生活无着落的文人叫屈。

在这里，我们作为插曲，顺便说明一下，他曾以"法眼"为笔名，应《铁报》编辑的要求，主笔《旁敲侧击》的小栏目。这是在一九四六年五月一日到一九四七年九月期间，他几乎每天编撰几条时评。作为历史，我们在《散文卷》中收录了少许条文，供读者研评。后来是郑振铎提醒他，《铁报》是国民党的机关报，他就彻底放弃了那项工作，转而与郑振铎全力合作编辑《文艺复兴》杂志。

  他爱自己的祖国，对国民党当时的黑暗统治十分不满，中华人民共和国的诞生，中国的解放，他是真心欢迎的，他感受到人民的喜悦。新中国成立后，他写的《我学习自我批评》《我有了祖国》《向中国人民志愿军致敬》确实是发自内心的，"祖国这两个字，在我过去一直是这样和我发生关联：我是中国人，所以我爱国；我生在中国，所以我爱国。民族和土地是我对它的基本感情。……过去，我是中国人，我活在中国，但是作为一个国家，中国在我身边，没有骄傲给我。……然而，现在，我有了祖国！一个我要喊给全世界听的祖国！一个让我打心里骄傲的祖国！……它是我的，是我们人民的。在这个祖国，人民翻身了，而且，更光荣的是：我们的祖国走在全世界最进步的行列中了，从前就没有国家拿它当作国家看待！如今没有人敢拿俏皮话挖苦我心爱的祖国了……是谁把祖国还给我的？是谁让我深深爱着我这红光满面喜气盈盈的祖国的？共产党！以毛主席为首的共产党！以全体人民意志为意志的中国共产党！……"这一番话是发自肺腑的。

  在"文革"后期，大概是一九七五年冬季的一个周末吧，我们在一起用晚餐。他那时病重，从干校回来没有什么班可上，不大外出，对外面的世界了解不多，我们向他提及，说起北大好像有大字报批评毛主席。他把正在夹菜的筷子缩了回去，轻轻地把筷子放到了桌面上，然后，重重地叹了一口气，低沉地说："年轻人不懂事啊，中国的解放是多大的功劳啊！"这句话和当时的神态，让我们永远忘不了。

  他确实把新中国的建立这件事看得非常重，亲身的经历和鲜明的对比，让他发自内心地看重解放以后的新事物，接受上面安排，深入基层学习。《散文卷》里收入的《山东好》就是那个时期的作品，尽管写作的文字有些平铺直叙，但是对底层老百姓的生活、他们所讲的故事、他们的戏剧活动，等等，他是真心喜爱、真心信服的。新中国成立后，对中国戏剧演出的大好局面，他更是欣喜异常，看看他写的：《〈红旗歌〉是一出好戏》《两个好喜剧——〈墙头记〉和〈万家香〉》《诗情画意——谈〈钟馗嫁妹〉》……太多了。那不是空泛地赞美和讨好,那是他用真实感情写出的一篇篇随笔和随感,为人民的戏剧事业发出真情实意的赞歌。①

在这里,我们还想说一下父亲写就的《摘帽子纪实》这篇杂文。这是他在看了杨绛女士写的《干校六记》后,在小女儿的鼓励下,用文字表达了他在"文革"期间曾经的遭遇。他曾经两次写信给好友柯灵,把稿子寄给他,希望能够得以发表,见没有回音,开始有些不满,但是在见了朱自清的儿子和听说了朱师母在"文革"中被质疑的情况后,觉得自己的事实在不算什么,又主动撤了稿。他在信中写道:"来看我的朱老师的儿子,为了写《李大钊传》,被打成'反革命'!朱老师之妻也被清华工宣队赶进一间屋,现在才给两间!回想当年,真是不堪回首!而兄为我《摘帽子》一文尚耿耿于怀,令我感激之余,不知多么恼人!朱老师还被说成历史不清楚,与蒋匪帮有勾结!毛主席称赞过的历史人物尚且如此!"现在,作为历史,我们把这篇杂文收入《散文卷》,既是供读者了解和分析当时的情况,也算是对父亲最初愿望的一个交代。

父亲一生中的一大成就,就是翻译和介绍外国文学作品。因此,他对翻译是有自己深刻的体会和见解的,在论述翻译这个课题方面他写了不少文章,从最早,在二十年代写的对中国文艺的翻译现状的议论,到《翻译笔谈》《诗剧的翻译》《漫谈我的翻译》,等等,我们把这些文章集中在《散文卷》中的最后,并作为一个完全独立的专题,就是为了方便读者了解他在这方面的见解。

父亲的一生,从剧作、小说、散文,甚至诗歌、翻译、中国文学评论、法国文学研究、文学编辑工作,各方各面,确实是一位成就杰出的学者和多面手。

可是,他把自己始终定位是一个平凡的人,从不以学者自居。一个一生写作足有上千万字(包括翻译)的作家,却从来没有特地安排书房,他看重的是一张书桌。而那张书桌还是一九三三年结婚时置办的,来回多次搬家,从一九三三年冬直到他一九八二年十一月二十四日离世,不是在卧室里,就是在接待客人和吃饭的客厅兼饭厅里,当然,永远是贴着窗户。书桌上放着郑振铎送他的结婚纪念

---

① 均见李维永编:《李健吾文集·文论卷 2》。

品：一对镇尺，之外就是书，参考用的书、字典，堆得高高的，然后就是他写作用的纸、钢笔，或者铅笔，他不用毛笔，没有文房四宝。他接待朋友就挨着他的书桌，朋友来了，满屋子全是他朗朗的笑声和滔滔不绝的说话声。吃饭的时候到了，朋友们一起上饭桌，有滋有味地吃着我母亲做的饭菜，我们放学就帮着端盘子。朋友走了，他立刻就会静下心来坐在桌前，急速地书写他心中如泉涌一般的文思。没有朋友来，特别是晚年，他在桌上写作，给朋友写信、回信，身旁是妻子来会走动的忙碌的身影，后面是儿孙的玩闹声，他全不在乎。他最后的文字：《忆西安》《关于〈文艺复兴〉》《石评梅选集序》《作为戏剧家的梅里美》……都是在这样的环境里写成的。

一个孤儿，奋斗在大千世界里，在动乱的年代，他满怀着热情，以他的才分和勤奋，读书、探索、演戏、教书，在文学艺术的各个方面，都留下了他活动的身影，他独特的写作风格，他的黄金般对朋友的情，他的一些至今难于超越的杰作，譬如他的专论《福楼拜评传》，譬如他的翻译《包法利夫人》《莫里哀喜剧全集》《意大利遗事》，还有，他的评论文《咀华集》《咀华二集》，还有，那些戏剧理论，也许，还应该算上鲁迅夸奖过的他的小说《终条山的传说》和他的特殊的以乡土语言创作的小说《一个兵和他的老婆》，等等。当然，还有他的一些情真意切的散文。

晚年，病痛的折磨给他带来了太多的痛苦。一九七八年十月十日，他向巴金诉苦："九月中，我忽然大坏，幸而我爱人会打针，就每天给我注射丹参注射液，注射了二十针，还有益康宁注射液，现在冠心病的心绞痛部分似乎已终止，偶然还有气闷的现象，走路越发困难。……我的脑子好像一下停止了，什么也想不起来了，不知道写什么好。……我停下了笔。所内同志也来看我，恰好葆华[①]又死，只好劝我安心养病。我已扔下巴氏论文等写作。研究生也放弃了。总之，做一个休养的老人。也只能这样。"实际上，他什么也没有放弃，他常常因为心绞痛，手臂、背部和胸部都痛到不能坐下，不能握笔，但只要在含服硝酸甘油，感到有

[①] 即曹葆华。——编者

了缓解之后却又开始工作。当然，在晚年写成的作品，是不可能和他青春年少时那样的朝气蓬勃、语言俏皮的作品相比的。但是，我们想在这里强调的是，不论外界的干扰和身体的状态如何，他的是非观是清晰的，爱憎是分明的、客观的，分析是深刻的，坚持着最基本的做人原则，这真是十分难能可贵的。这也是我们在整理父亲遗作时感受到的。

父亲过世三十多年了，《李健吾文集》终于要面世了，我们想借此告慰我们九泉下的父亲，也是送给一百零五岁长寿母亲的礼物，她是多么盼望父亲文集的出版啊！母亲和父亲的感情深沉，患难与共一生，她用她的理智和毅力帮助了他，弥补了他的偏重感情的性格。我们在此借机为母亲说这两句话，恐怕这是父亲最愿意听到的。

利用这个机会，我们再次向所有帮助过我们的各界人士和朋友们表示深深的谢意，其中包括北岳文艺出版社二十余年来的耐心配合和支持。

韩石山先生谈李健吾[1]

韩石山 张新赞

时间：2009 年 8 月 21 日
地点：山西太原作协家属院，韩石山书房潺暖室
交谈者：韩石山（韩）；张新赞（张）

第一部分

张新赞（以下简称"张"）：韩老师，我可不可以录一下音？也做笔记，一边聊一边记。

韩石山（以下简称"韩"）：录就录吧，没关系。先把你这几个问题说了，再说别的。李健吾的资料，当初弄下很多，现在不用了，都在地下室堆着。复印下的文章装订成册，一本子一本子摞下这么高（用手比划）。为了查资料，先去了李先生北京的家，又去了国图、上图，西曲马是后来去的，知道那不是个重要地方，去了不会有什么重要的东西。李先生1982年就过世了，去他家是找他的女儿李维永，当时老太太（指李健吾夫人尤淑芬女士）还能正常活动，现在听说老太太还活着，糊涂了，不能说话了，有一百岁了。

张：一百岁了？
韩：不是一百岁就是九十九，叫我想想，她是1909年生人，比李健吾小三

---

[1] 选自张新赞：《在艺术化与现实化之间——李健吾的文学批评》，北京：知识产权出版社，2014年，附录一。

岁，没错，整一百岁了。还说查资料。北图去过两三次，最麻烦的是看缩微胶卷，那么个机器，手在旁边一圈一圈地搅。后来又去了上图，20世纪三四十年代李健吾主要在上海活动，这儿的资料要多些，最多的是戏剧活动的资料。凡是有用的资料都复印。在查资料的同时，就开始做年谱，就是这个《李健吾先生年谱长编》。（韩先生出示年谱）这你就明白，为什么我的《李健吾传》比一般人写得好了。

张：对，年谱非常重要。

韩：因为我是学历史的，知道搞人物研究，必须先做年谱。你做了年谱再写，就能前后照应，左右逢源，也能看出问题，前头有个这事，后头有个这事，连起来说不定就是个值得考究的问题。编年谱的过程，也就是熟悉传主的过程。编年谱就是所有资料都按时间顺序排列，有日的分在日下，没日有月的，分在月下，月份模糊的按季分，连季都查不出来的，那就按年份，放在这一年最后头。年还是好确定的。这样就把李健吾所有的资料都汇编在一起了。

张：我觉得您的《李健吾传》在目前李健吾研究当中，是最好的，也是最见功力的一部著作。

韩：你可以这么说。其他人，包括他的弟子，有的也写一两万字的文章，介绍他的生平，一般都是大路货。他们不可能下这个功夫，特别是对有的史实，他们不会下考证的功夫，纠正的功夫。

张：韩老师，我想插一句，就是前几天我刚买了一本中国现代文学馆编的李健吾代表作《这不过是春天》。

韩：哦，这本书我倒没有，我看看（韩翻看书）。

张：这本书前面的《李健吾小传》就有不少的常识错误或者不准确的地方，比如把李健吾中学时代编辑的刊物《爝火》与后来的《国风日报》副刊《爝火旬刊》混为一谈。正如您所说，是考证的功夫没有到家。

韩：哦，对。这个选本把李健吾的长篇小说《心病》给选上了，这不容易，编者还是有见识的。

张：是，李健吾的长篇，我也是第一次看到这个版本的《心病》。
韩：这本书还是弄得不错的，能把《心病》选上，因为《心病》（1949年后）从来没有出版过。

张：《心病》是李健吾的第一个长篇，也是唯一的长篇。
韩：是，也就十二三万字。

张：韩老师您接着说。
韩：所以，做研究，一定要下功夫，那些材料一定要亲眼看到。即使这样也还可能出错，你比如说，我见到《爝火》第一期，没有见到第二期，我给塞先艾先生写信询问第二期《爝火》刊发文章的情况，塞先生当时已经是八十多岁的人了，给我回了信，说都刊发了什么文章，提供了一个目录。我不相信他是靠记忆提供给我这个目录，恐怕他有日记。塞先生出身大家，又是一个很仔细的人，这样的人多半会写日记的。要不怎么能五六十年前的事情记得这样清楚？他写信时把李健吾的《母亲的心》写成《母亲》，说明很有可能当年他记的时候就记作《母亲》。

张：有可能是这样。
韩：所以，即使下了很大功夫，用了三年的时间来找资料，仍然会出错。

张：其实您做得已经非常详细了，能做到这样非常难得。
韩：我当时的打算，就是要写一部传记，而且要写好这部传记。先前我是写小说的，这次可说是转型，头一锤子买卖，一定要做好。所以，从材料到结构，到语言，都下了功夫。不知你注意到了没有，我这部传记的语言实际上就是"李健吾式的语言"。我是有意要这么做的，用李健吾式的语言写李健吾，从声口上都像李健吾。

张：是，能感觉出来。

韩：我给自己的目标是，一定要挥洒自如，谈笑风生，笔端带着感情，写出来不光资料可信，还要有一定的可读性。下了这么大的功夫，结果没有出好，头一次是让北岳文艺出版社出的，那个真是——就像遇上打劫的一样。当初说这么好，那么好，书出来了却是这么个样子。都是熟人，不好再说什么，只能怨自己没主意。有朋友当时就劝我给北京的出版社出。原来我还想着《李健吾传》出来会有点响动的，出成这个样子，什么响动也没有，只有行内的人，知道韩石山不写小说了，写起了传记。后来很快就转入《徐志摩传》的写作，心情也就平静下来，觉得无所谓了，唉，下了四五年的功夫，才写成这么一部书。

张：确实了不得，我觉得您把李健吾先生的一生给写"活"了，这是我阅读比较了不少作家传记后得出的结论。比如，关于李健吾留法的行程的记载，《李健吾传》详细叙述了同行的朱自清、徐士瑚，一直到巴黎分开，再看《朱自清传》中对这一段的记载，孤零零地叙述朱自清先生一人，流水账似的，非常奇怪，对同行的李健吾、徐士瑚只字不提。

韩：现在学术界写什么，总先想着申请一笔钱，社科基金什么的。是好事，也是坏事。好事不用说了，有钱总是好事嘛。怎么说是坏事呢，尽着钱办事，像是包下个活儿，给多少钱做多少活儿。做学问，总得有一种兴趣，一种热情，才能做好。我没那个资格，不可能申请下社科基金，不是尽这笔钱办这个事，是我自己想做这个事。自己想做的事，想写的书，还想写好，就会不计成本地投入。我写《李健吾传》的投入还不算大，主要是辛苦，找资料。写《徐志摩传》可就不同了，徐志摩的资料多，出的书多，有的还是海外出的，为收集《徐志摩传》的资料，花的钱在两三万块左右，头一次（出版社）给我的稿费也不过一万多。就是一分钱不给，也要把这件事情做好，把这本书写好。

张：我觉得像您这样写书的人，现在是越来越少了。

韩：那个时候也不多。你能想象到吗，知道徐志摩办过《晨报副刊》，我在琉璃厂一家古籍书店，见到一套影印的《晨报副刊》，自己就买了一套。那个时候这套书就要三千块钱呢。还有台湾出的什么《胡适之先生年谱长编》，香港出的《徐志摩新传》，都是很贵的，是通过外文书店买下的。内地出版的书，就不用说了，只要与徐志摩有关的，哪怕只有一条有用的资料，见了就买下。有的书，可是费了劲了，比如说，张幼仪的侄孙女张邦梅写的《小脚与西服》，明知道台湾出版了，就是买不下，后来还是通过一个朋友在美国买的。要写好一本书，不能全靠图书馆，你自己也要舍得投入，该花的钱一定要花。有的书，自己买下的，跟图书馆或朋友那儿借下的，看起来的感觉都不一样。比如那套《晨报副刊》，是我自己的，没事了翻一翻，后来写了好几篇文章，再后来又编成书，成本早就捞回来了。

张：就是要去挖掘别人没有挖到的资料，一手的材料。

韩：对，只有这样你才可能写好一本书。开始的时候，你能不能写好这部书，先不要管，更不要先想在哪儿出版啦什么的，只说怎么搜集资料，怎么钻研分析。我写《李健吾传》的时候，根本就没有联系过什么出版（的事情），后来他们（指出版社）知道了来找我，我心一软就同意了，结果出得很坏。后来，2006年，山西人民出版社的朋友又重新出版了《李健吾传》，我也做了修订，距第一次出版差不多是十年的事情了。

第二部分

张：韩先生，我知道您的家乡是山西临猗，在地理上和李健吾先生都属于晋南（运城）地区，算是不折不扣的老乡了。晋南（运城）这个地方，地处秦晋豫三省交界，古称河东，西临黄河，南面中条山。中学时代，李健吾就写过一篇小说《终条山的传说》发表在《晨报副镌》（副刊）上，晚年的李健吾也写过怀念家乡的散文如《梦里家乡》。那么家乡在李健吾的文学生涯中占据怎样的位置呢？

韩：我觉得李健吾对家乡的感情是比较复杂的。第一，这是他的生养地，一般来说人对自己的生养地都有感情，李健吾在家乡长到大概八九岁的时候就到了西安，可以说是"少小离家"。但是他和一般意义上的"少小离家"又有不同，就是家乡对他来说有仇恨，他的父亲惨死，是在西安附近一个地方被人害死的。辛亥年间，他父亲跟阎锡山都是朋友，后来闹翻了，成了仇人。他父亲叫李岐山，辛亥革命元勋之一，民国初年全国统一部队编制，山西仅一个师的编制，下辖两个旅，李岐山任山西第一混成旅旅长，少将军衔，驻军晋南，另一位旅长续西峰，驻军雁北。可以说李岐山当时的地位是相当高的，其时冯玉祥也不过是个旅长，如果李岐山活着，一直这样下去的话，地位会更高。可是跟阎锡山交恶，李健吾的父亲死了之后，连回家乡安葬都不可能，阎锡山恨死他了，必欲除之而后快。当然，李岐山的死跟阎锡山没有什么关系，是陕西地方军阀陈树藩，买通了他的一个朋友设下埋伏，把他害死的。死了以后，都不能运回山西安葬，那就是阎锡山的事了。

张：山西是阎锡山的地盘。

韩：对，阎锡山的地盘。所以只能把棺材暂厝在西安郊外一个地方，一直到李健吾清华大学毕业教了一年书，出国前，大约是1931年才回乡安葬。中原大战后阎锡山下野，商震任山西省主席，这样李岐山的灵柩才运回来。所以说李健吾对山西、对家乡的情感是比较复杂的。同时第二，他又能在家乡得到一种荣誉感，清华毕业后的回乡大奠，让李健吾和他的哥哥真正享受了辛亥元勋后人的荣耀。比如当时的于右任、杨虎城、冯玉祥等都派人来祭奠，杨虎城派自己的秘书亲自到了运城西曲马村。大奠之后，李健吾去拜访商震，商震听说他要去法国留学，就特批教育厅给李健吾三千大洋；拜访杨虎城，杨虎城听说侄儿要留法，给了一千大洋，再加上他自己教书一年的积蓄，还有他六叔还是七叔给的钱，留学法国就没有问题了。所以说只有在家乡才能得到最大的荣耀。

张：李健吾晚年的时候也回过几次家乡。

韩：是，晚年回来的时候也是备受欢迎。因为他是戏剧家，学术地位很高，又是大家子弟，晋南一带，人一听说是李岐山的儿子，都给予很高的待遇。但是他晚年回老家的时候，因为乡里让他捐资办岐山中学，他轻信了几个本家的话，自个说话也有过头的地方，弄得很不愉快。在这件事情上，李健吾是受到了打击的。他的死，或多或少，与这件事有点关系。人老了，身体又不好，经不起这种打击。

张：是的，您在传记里也提到了，就是李健吾筹钱没有筹够。

韩：嗯，引得本家的那些子侄不满，甚至写信骂他。

张：那就不对了，李健吾没多少钱吧？他又不是巨商。

韩：就是，他其实没多少钱。李健吾这个人很天真，说起话来滔滔不绝，做事很热情，有时候不计后果，这是他的天性，也是他的性格上的一个缺憾。

张：我知道您写了《徐志摩传》后，还主编了《徐志摩全集》。那么为什么一直没有《李健吾全集》的出版呢，或者至少出一套比较像样的文集呢？

韩：早在十几年前，山西的北岳文艺出版社是打算出《李健吾文集》的，据说当时的设想是出个十卷本。后来没有弄成。这个事情说来，和李健吾的家人有关系。当时山西省拨了一笔钱，而且已经开始运作，已经编起了四卷，戏剧集，我见过。写《李健吾传》时，还参考过里面的序跋。稿子都弄起来了，校样都印出来了。可是他的小女儿，就是在《文艺报》的李维永，负责编辑的散文部分，迟迟没有编起来。结果《李健吾文集》一直没法出来。一开始的时候拨款二十万，十卷本还是能出的，过了十几年，五本也出不了，问题是当时有这笔钱，现在连这笔钱也没有了。

张：如果当时出版十卷本的话，估计也得几百万字吧？

韩：十卷本，最少也是四百万字。全部五六百万？多！李健吾的文字，如果算上翻译要上千万字。李健吾下笔非常快，快到我们不可想象的程度。光看他的翻译，福楼拜的几乎全部著作，《包法利夫人》《情感教育》《圣安东的诱惑》《短篇小说集》。还有司汤达的小说，长篇短篇都有，莫里哀的喜剧全集，雨果的作品，巴尔扎克的理论著作《司汤达研究》，罗曼·罗兰的作品，大量从英文翻译过来的契诃夫的戏剧，托尔斯泰的戏剧，屠格涅夫的戏剧，高尔基，等等。上世纪 50 年代开"文代会"的时候，山西有个姚青苗老先生，去宾馆看李健吾，跟他聊天，他说有个翻译稿子出版社催得紧，姚先生说那他就不打扰了，李健吾说不碍事，一边聊天一边翻译，速度非常快。当然李健吾的字啊，简直天书一样，一笔大草。他的稿子，大都是他写好了，夫人给抄的。

现在如果再运作《李健吾全集》的出版事宜，已经变得很难了，那个时候说出就出来了，现在恐怕没有五十万是不敢启动这个事情的。

张：韩先生，我最早知道李健吾先生是通过他的《雨中登泰山》，那么您最早听说李健吾这个人是在什么时候？什么原因让您开始写《李健吾传》的？

韩：我第一次听说李健吾，恐怕也是因《雨中登泰山》这篇文章。粉碎"四人帮"后，我还在中学教书，我 1980 年离开教育界的，这篇文章也是在这之前一两年收入中学语文课本的。撤下了杨朔的《泰山极顶》，换上了李健吾的《雨中登泰山》。那篇《泰山极顶》是个八股文，写的是，他去登泰山，要看日出，结果没有看到日出，天阴着，太阳没出来。他看到了什么呢，他写道：我看到人民公社这轮朝日在齐鲁大地上冉冉升起。现在，听说李健吾的《雨中登泰山》也撤掉了，没办法，彼一时也此一时也。我觉得《雨中登泰山》还是应当留下的。

张：记得我上中学时，《雨中登泰山》是要求背诵的。

韩：嗯，这是一篇很有气势的文章。此外，我早就知道在晋南有这么两个人，一个是景梅九，另一个是李岐山。这两人当年是一文一武，李岐山死了之后，景梅九的名气就更大了。

张：是，景梅九办过《国风日报》，先在北京，后来去西安接着办。

韩：对，李岐山和景梅九关系很好，李健吾管景梅九叫"景爸"，两家是通家之好。景梅九是个大才子，学问好，文章也写得好。

张：景梅九有一本书叫《罪案》。

韩：对，你如果看了《罪案》，就能发现他和李岐山的关系。

张：这是一本回忆辛亥革命的书。

韩：是。我萌生写《李健吾传》的念头，是在 20 世纪 90 年代初。因为 80 年代末，我就对写小说失去了兴趣，觉得没有意思。我上大学学的是历史，多少年又从事文学写作，总想找一个文学与历史的结合点，写人物传记就能兼顾这两方面的优长。之所以选择李健吾，也是因为我一直就喜欢现代文学史上的人物。当时还犹豫，写《李健吾传》是不是有点早了？是不是再过上多少年再写？

张：为什么这么想呢？

韩：总觉得年轻的时候，应该干一点有创造性的事情。又总放不下这个心，最后决定还是当下就动手，写这个传记。接下来就开始搜集资料，当时谢泳也开始转向，不写什么当代作家评论了，开始弄现代文学研究，我们两个就一起出去查资料，去北京去上海，都是我们两个一起去的。

张：想请您谈一谈李健吾的思想渊源问题，以及对写作的影响。

韩：你可能也注意到了，就是李健吾从小喜欢文史之学，爱看书，而且爱看历史书。小时候他父亲送他一本《东周列国志》。更早一点，在村学念书，淘气不好好读书，没有正经读过"四书五经"。所以我感觉他受中国传统文化的影响并不是太大。历史的叙述对他影响更大些。

张：确实是这样。比如他的一些剧作《王德明》《阿史那》等都是根据历史题材改编的。关于李健吾戏剧的研究，喜剧方面有一些，但是李健吾的历史剧创作的研究还非常少。

韩：是很少。李健吾后来自己也说，中学时代，历史老考第一。谈到传统文化，就李健吾的这点传统文化，在他当时的时代是根本算不了什么的，可以说是家常便饭。至少不能说他受了很深的传统文化的影响，这和蹇先艾等都不能比，也不要和钱锺书等出身世家的人相比。

可是这个人呢，是个爱看书的人，爱读书，是个有慧心的人，甚至可以说是个天才人物，脑子特别好使。你看他涉及的所有方面，几乎都达到了当时的最高成就。李健吾真正的来说应该是一个戏剧家，戏剧是他安身立命的根本，他自小演戏，写戏，李健吾自己也以戏剧家自命。一生大约写了三十几出戏。

张：戏剧在"五四"运动时期的地位是很高的。

韩：是。今天我们可能不把戏剧家当一回事，"五四"运动以后，人们比较热爱的文艺形式呢，并不是小说，像鲁迅那样的小说，郁达夫那样的小说，当时是凤毛麟角。人们更多地喜欢戏剧、诗歌。

张：当时曹禺也没有李健吾出名早。

韩：对，对。但是后来呢，曹禺的名气越来越大。但曹禺的戏剧很容易看出模仿外国戏剧的痕迹，而曹禺本人对这一点又是讳莫如深。

张：比如说他的《雷雨》与易卜生的《群鬼》，很多戏剧能看到古希腊悲剧、斯特林堡、契诃夫、奥尼尔等的影响。曹禺和李健吾都是清华大学外文系毕业的。

韩：是。李健吾、曹禺都出身清华大学西洋文学系。那个时候呢，你要搞创作就去外语系，李健吾后来从中文系转到了西洋文学系。那是当年的一种风气，你要搞研究呢，就去中文系，要搞创作，就去外文系，这和今天不一样。所以我认为李健吾受西方文艺思想的影响更大，恐怕主要是受西方的影响。

我觉得可以这样说，历史给了李健吾好恶与正义，西方的那些东西呢，给了他艺术的感受力，艺术的判断力。包括他的很多批评文章，更多地来自西方美学的理论资源，所以他的这些批评文章一出来就有一股清新之气，而没有八股文的陈旧之感。

张：记得您在一篇文章中曾说："若有机会，我真想重编一本李先生的批评文选。写《李健吾传》时，搜集到许多他散佚的批评文章，一点都不比编来编去的那些差。好些篇章，可以说是更见品质，更见风格。"想请韩老师您具体谈一谈有哪些篇目？

韩：当时我说这些话的时候，像《李健吾批评文集》等书还没有出来，人们研读主要的一个凭借是宁夏人民出版社1983年版的《李健吾文学评论选》，以及稍后人民文学出版社1984年出版的《李健吾创作评论选集》。社科院郭宏安在选编《李健吾批评文集》的时候，我给他们提供了李健吾评塞甘艾《朝雾》的文章。是陈子善跟我要的，他是这套书的实际负责人。李健吾一些很见个性的文章，比如批评当时文学翻译的《中国近十年文学界的翻译》（1929），《伍译名家小说选》（署名刘西渭，1934），诗歌批评《生命到字，从字到诗》（署名刘西渭，载

《中国新诗·第二集·黎明乐队》,1948年),至今未见重刊,还有抗战后在上海写出的一组批评文章,以及戏剧集的序跋等。这些都是一些非常重要的批评文章。

张:韩先生,您曾经说过,您期待"李健吾热"的兴起,那么就您看来"李健吾热"兴起了吗?另外,您如何看待目前学界的李健吾研究状况?

韩:我觉得没有,也不可能兴起。在目前这种社会格局和社会状况中,那是不可能有李健吾研究热潮的,不可能。目前李健吾的研究,还远远没有达到李健吾自身达到的成就。还有待进一步深入的研究。

张:目前现代文学研究中,一些作家的研究年会是年年开,但是还没有听说哪里开过一次李健吾研究的学术研讨会。

韩:没有,没有,我也没听说过。"李健吾热"必须是在一个政治开明、学术自由的环境下才会有的。否则,学界不可能有研究李健吾的热潮。

张:我甚至觉得李健吾太热反而不正常。

韩:对,对,你这个话是有道理的。

张:但是就目前来看,李健吾本人和他的一些批评文章不断被人提起,见诸报纸杂志。

韩:现在的批评家羡慕李健吾,从精神上效法李健吾都是可取的,但是又有几人?即使有这个勇气又在何处施展?!比如说,李健吾的批评文章从来都是指名道姓的,我看了李健吾的文章后,就下决心,不写批评文章则罢,写的话就必须指名道姓,不能含糊。

张:李健吾在他的批评文章中多次谈到"人性""人生"。不知道您如何理解李先生所说的"人性"?

韩:20世纪三四十年代谈人性、人生,是一种多少带些时髦的提法。但是李健吾恐怕对人性,对人生有更多不同于别人的感悟。自小父亲被害,逃亡在外,受尽冷眼,恐怕对人性感悟更深一些。一个人成为一个什么人他的身世是非常重要的因素。

张：20 世纪 30 年代欧阳文辅曾批判李健吾的文章说："作者只顾到雕琢文章的美丽，很多地方却有意转弯抹角，不肯把要说的话爽快地说出来。"还说有"龙头蛇尾的毛病，开始铺张得极宽广，而结尾往往极无生气"。不知道韩老师您如何看待李健吾先生的文风？

韩：我看未必。欧阳文辅的说法没有什么道理。李健吾的文章可以说是痛快淋漓，怎么能说是不爽快呢？李健吾很会写文章，属于那种天分很好的人，他写文章不是有意做给谁看，基本上做到了像苏东坡说的，"吾文如万斛泉源，不择地而出"，"行于所当行，常止于所不可不止"。文理自然，姿态横生，这可以说是李健吾的文风。

张：唐湜在《春风化人——李健吾论》（见《九叶诗人："中国新诗"的中兴》，上海教育出版社 2003 年版，第 2 页）中写道："我确实是李健吾先生的私塾弟子，从两本《咀华集》的风格、文采都学习到了不少东西，汲取了不少营养。如果说，文学评论中有一个刘西渭（李健吾曾用笔名——编者注）学派的话，我就是其中一人。"您觉得存在这个学派吗？如果存在，还有谁可以归入"刘西渭学派"呢？

韩：哦，当时很多人学李健吾的文风，唐湜可以算一个学得比较好的，而且他亲受李健吾的教诲。但是真正得其精神的人不多。我觉得没有什么"刘西渭学派"。也许他当时的一些学生会喜欢他，但是李健吾的语言是不可模仿，不可仿制的。李健吾十几岁就上台演戏，写戏，这种舞台生涯对他的文学写作恐怕也有作用，一个人会演戏他就懂得抬手动脚都要有戏。李健吾的文章，真正是如丽人出行，身佩琼琚，叮当有声而仪态万方。

张：您觉得李健吾先生的批评文字对当下有何意义？

韩：那绝对有意义的。即便做不到，人们总知道"前贤在望"。等于说有一个好的"模子"在那儿放着，我们可能做不到，但是并不等于没有，有和没有就是不一样的。有一个指引，好比长夜行路，明灯在望。我认为呢，综合李健吾各方面的成就，给怎样高的评价都不为过。

张：李健吾一生中直接或参与创办的文学刊物有：《爝火》《国风日报·爝火旬报》《北京文学》《清华周刊》《文学季刊》《水星》《文艺复兴》等。韩先生我知道您也做过《山西文学》的主编，您觉得李健吾先生在编辑刊物方面有什么值得后人重视的地方？

韩：李健吾在中学时代就开始参与文学刊物的创办、编辑工作。很早就有参与文坛、进入文坛的意识。而且胸怀宽广，郑振铎和他一起创办《文艺复兴》杂志时就说李健吾没有私心，从当时投稿人的姓名就能领会这一切。李健吾在编辑方面，他的眼光、他的胸怀都是值得今人学习、借鉴的。

张：李健吾先生的笔名问题。就目前我所查到的有：李健吾、仲刚、刚、川针、可爱的川针、刘西渭、西渭、沈仪、成己、东方青、健、健吾、丁一万、石习之（可参见徐迺翔，钦鸿编：《中国现代文学作者笔名录》，湖南文艺出版社1988年版，第254—255页）。问题在于很多都是"孤证"，如署名"东方青"的《张太太这样的母亲》刊登在《万象》1944年7月1日，我核实此篇之后，再没有发现第二次使用此笔名，所以不敢确定，只有存疑，同样的情况还有"成己""沈仪""石习之"（此笔名我没有发现一篇文章）等。所以还请韩老师指教。

韩：在这个问题上，必须是确定的，不能确定的就只能存疑。比如《蛇与爱》（杂文）署名"丁一万"，在《人民日报》（1956年9月5日）上发表，后来《人民日报》的编辑姜德明就写文章说明"丁一万"就是李健吾，这是可以考证出来的，如果没有确证，就只好存疑。仅仅根据这个《中国现代文学作者笔名录》是不行的，必须找到文章，倒回去找原始材料，而且要证据确凿才行。

张：另外，我问一下，李健吾有没有日记？
韩：没有。李健吾不记日记。

——访谈录音，笔者于2009年8月25日整理完毕，2009年9月9日又经韩石山先生审阅并校正。后分上下两部分刊于《名作欣赏》2011年第10、13期。

郭宏安先生谈李健吾[1]

郭宏安　张新赞

时间：2009 年 8 月 29 日
地点：北京海淀区西四环美丽园，郭宏安先生书房
交谈者：郭宏安先生（郭）；张新赞（张）

张：郭先生您好，作为李健吾先生的学生，您能不能谈一谈您和李先生交往的一些情况？

郭：虽然作为李健吾先生的学生，我其实跟李先生接触得不算太多。因为我是 1978 年考入中国社科院研究生院的，81 年毕业，李先生 82 年就去世了。我入学的那个时候，李健吾先生的身体已经不太好了，所以他也没有给我们上过课，我们就是到他家里去跟他聊聊天呀，随便聊点什么。81 年的时候，李先生的身体忽然又好起来，精力好像特别充沛，全国各地跑呀，见见老朋友，还特别喜欢照相。1982 年底，李先生永远倒在了写字桌前面。让人欣慰的是，他去世时没有任何痛苦。我实际上跟了他四年，对李先生算不上特别的了解。

张：当年李先生带了几个学生？

郭：当时三个学生。除了我还有两个，他们现在好像都在国外。[2]

张：李先生是知名的法国文学研究专家，同时他还有很多的创作，包括戏剧、小说、散文、批评等，在中国现当代文学史上有不可取代的地位。

郭：是。但是我对李先生的一些作品、戏剧啊什么的，都了解得不太多，偶

---

[1] 选自张新赞：《在艺术化与现实化之间——李健吾的文学批评》，北京：知识产权出版社，2014 年，附录二。
[2] 按：李健吾 1981 年在中国社科院外文所共招三名硕士研究生：胡承伟、李清安、郭宏安。

尔看一看。后来因为自己就搞的外国文学这方面的，对中国文学看得相对少些，也没有专门去找李先生的作品来看，但是我很喜欢中国文学。李先生自己呢，关于自己在文学批评上写的一些东西，他从来没跟我说过，像《咀华集》《咀华二集》从来没说过，一个字都没有提过。

张：他从来没跟您主动提过自己的这些作品？

郭：对，从来没有。但既然当了李先生的学生，所以多少还想有点了解，于是就找来他的《咀华集》来看。哎呀，我一看，我就觉得这个批评文章写得确实是不错，而且在当时那个情况下，李先生写的这些就风格很独特，所以我也很喜欢。但我也只是自己看，也没有来得及就这些批评文字跟他请教什么，因为他本来就身体不好，所以就跟他随便聊聊天就是了。

张：想问您一下，当时李先生是如何指导他的研究生的？比如读书方面有什么具体要求？因为现在我还在求学，所以想了解一些这方面的情况。

郭：读书这方面呢，李先生也跟我稍微谈过一些。他就说，你读书要广泛地读，什么都读。不管是哪个流派的，都要看。因为只有这样，你才能有一个基础，以后你就可以自己选择了，根据你的兴趣、个人审美取向，或者别的什么取向来自己选择。但是要读的话，你必须尽量都去读，广泛地去读。

张：那么，李健吾先生的一些朋友，您有没有和他们有什么学术上的接触或交往？

郭：李先生的一些朋友我几乎都不认识，我也没见过，他也没有给我介绍过去找谁。只有一次，他让我找一个人，就是钱锺书先生。1981年我毕业的时候，准备去美国留学，那边都已经同意录取我了，但是需要两个教授写推荐信。北大我找了西语系的一个老先生，社科院这边李先生就说："你去找钱锺书吧！"我说："钱锺书我又不认识，从来没打过交道。"李先生说："没关系，没关系，钱先生对年轻人很好。"于是我就去找了钱锺书了。当时钱锺书住在三里河南沙沟寓所，去了后，钱先生很热情，说知道我的名字，李先生写过信来，说你是第一名考上研究生的。我也不知道我是考的李健吾先生的研究生中的第一名，还是全体研究生的第一名，反正是第一名吧。钱先生很高兴，很快给我写了推荐信。然后还问我，哈佛那边的导师是谁，我就跟他说谁谁谁。钱先生说："哦，这个人，我引过他的东西。"他就拿出《管锥编》，翻开一处，指给我说："你看看，就是这个人。"钱先生记忆力特别好。后来，因为一些原因，也没去成美国，就一直在（外文）所里面工作。

张：我知道您的研究生论文做的是波德莱尔《恶之花》，当初为什么会选择这个题目？①

郭：我曾经在日内瓦大学留学过两年，其间课堂上听过"法国诗歌"，讲的就是《恶之花》。文本我也看了，当时就觉得很新鲜，因为我们国内的诗跟它不是特别一样，无论从内容还是从形式都不太一样，这是波德莱尔《恶之花》对我的印象。但那个时候因为在新华社工作的缘故，主要是为了学习法语，而不是文学，这种诗歌课程也就讲一讲过去了，不是很深入。后来读研究生写论文时，我就觉得毕竟这个还比较熟悉吧，就选了这个题目。

张：当时《恶之花》是不是还没有被全面地翻译过来？

郭：没有。但有一些零散的介绍，在一些选本，一些杂志里面。我当时因为做论文，翻译过其中的一部分，不是全部，论文主要依靠的是外文资料。

张：当时李健吾先生对您的论文选题什么态度呢？

郭：我当时就给他说了这个题目，他说可以，因为在国内这方面研究得还比较少。论文具体写作的过程我也没有更多地去请教李先生，但是最后论文答辩的时候，他参加了。答辩是在他家里举行，李先生对我这个论文还是比较喜欢的，说了不少好话，给予了相当高的评价。

张：想请教郭老师的另一个问题是，李健吾先生与国外文艺思想的关系问题，尤其是与法国文艺思想的关系，因为从李健吾的文章可以看出他受国外文艺思潮的影响很大。

郭：对，法国的文艺思想对李健吾影响很大。像法国的一些主要的批评家的东西，在他的《咀华集》里都有引用，像波德莱尔、蒙田、圣伯夫（圣佩夫）、瓦莱里（梵乐希）、古尔蒙、布吕纳杰（布雷地耶）、法朗士。他特别对古尔蒙有一个比较深的体会，古尔蒙曾给过他"建议"："一个忠实的人，用全副力量，把他独有的印象形成条例。"我觉得这一点特别重要，古尔蒙这个人新中国成立前

---

① 按：1981年李健吾先生的三个硕士的毕业论文题目分别是《论莫里哀的创作思想》（胡承伟）、《论〈幻灭〉》（李清安）、《论〈恶之花〉》（郭宏安）。

在国内好像还有点名气，现在很少有人提到他了。其实，古尔蒙的批评思想是很有独特的地方的，"独有印象"与"形成条例"这两者缺一不可。而李健吾先生的所谓"印象批评"与法朗士等人的印象主义不同，他已经超越了印象主义的批评。把"印象"整理成"条例"，实际上包含了感性与理性，诗与科学的统一。

我现在还在找古尔蒙的批评文章，但是还没有找到，因为目前在法国也没有新出他的东西，他有一本批评集，我估计是很重要的。国内对法国"二战"以前的批评思想都了解得很少，像古尔蒙、蒂博代等，蒂博代有《批评生理学》（即《六说文学批评》）。前年，蒂博代的批评文集又重新出版了。蒂博代在30年代的法国很有名气，可以说是第一批评家了，新中国成立后这些人在中国就统统地销声匿迹了，就没有人再提到他们了。

张：记得郭老师您也翻译过古尔蒙的文章，收在一本法国作家的散文集子里面。

郭：是，我翻译过他的一篇《海之美》。这篇文章我觉得很重要，人们对海的欣赏，对海的美的发掘，西方也很晚，到19世纪才开始。以前的城市都是背海而建，人们对海充满了恐惧，海很少是一个审美的对象，人犯了罪或者患恶疾会被扔到海里去，这是一种惩罚的措施。19世纪，有了火车，人们才开始去海边度假，开始欣赏大海的美丽。中国游记文学里也很少，只是在汉赋里看到过一些。

刚才说古尔蒙国内目前很少提到他，他虽然是个诗人，批评文字也很有名。这一方面是因为我们对西方的东西介绍得比较少，另外我觉得目前学界即使对介绍过来的东西也没有很好地去学习、去领会。譬如，韦勒克的《近代文学批评史》，你只要好好去阅读，其实还是很有收获的。我们目前对新的东西比较重视，但是这种"重视"也就是介绍介绍而已，批判地吸收这个做得很不够。我们在追逐西方最新潮流的时候，也要知道人家的那些东西都是"有所本"而来的，今天新的东西也都是在对过去研究得很透的基础上，发展而来的。我们今天从中"截取"一段最新的，而对过去的老的东西都不知道，这是无源之水、无本之木呀。

所以，我觉得我对西方"老"的东西，如对19世纪的思想很有必要好好地梳理一下，我现在也可能是有这个愿望，却没有这个能力。

张：所以是不是可以这样说，李健吾先生其实是受法国文艺思想的影响很大的？

郭：是，可以这样说。比如，李先生曾经引用布吕纳杰（布雷地耶）的话说，他读一本书而想到了所有的书。布吕纳杰是当时法国的几个主要的批评大家，从圣伯夫，接着是泰纳，再就是布吕纳杰，然后就是郎松了。这四个人可以说是法国20世纪最重要的几位批评家了。布吕纳杰主要研究的领域是法国文学中文体的演变。

张：您在《"日内瓦学派"：学派的困惑》一文中认为："日内瓦的批评家是一个同气相求、同声相应的批评群体，不是一个有着共同纲领和口号的学派。在批评史上，批评家的重要远甚于学派。"就我所了解的情况看，国内关于日内瓦批评家的研究寥寥无几，我在学术期刊网上搜索了一下，加上您的文章，总共不到10篇。国内的专著除了您的《从阅读到批评——"日内瓦学派"的批评方法论初探》一书外，还没有见到第二部专著。就翻译的情况看，日内瓦批评家的著述远远不及其他批评家，仅有您翻译的《批评意识》，去年河南大学出版社出版了马塞尔·雷蒙的《从波德莱尔到超现实主义》（邓丽丹译）。

我想问的是：您为什么给予这样一个批评群体如此的关注？

郭：刚才你提到的马塞尔·雷蒙的《从波德莱尔到超现实主义》，这本书非常重要，可以说是日内瓦学派的第一本书。为什么如此关注日内瓦学派呢？因为我觉得这个批评群体的批评观念和中国古代的诗文评传统有一种内在的联系。联系在什么地方呢？联系在它们在对具体作品的关注上。

日内瓦学派从20世纪的30年代开始，五六十年代最盛，一度被称为"现象学文学批评"。日内瓦学派甚至没有什么理论、口号，如果说有什么理论的话，那就是"意识批评"了。在布莱的《批评意识》这本书里，作者都是从具体的作品出发，来就作品进行解读，强调批评者与创作者之间的精神遇合；雷蒙则认为读者要和作者一起"摸爬滚打"，然后再上升到批评，这是一个基础。我们中国的诗文评恰恰有这样的基础，古人强调对作品要"沉潜往复"，真正体味到作者当时的心境，然后你才能够提出批评。所以我就觉得日内瓦学派和中国古代的诗文评有这么一种很深的内在联系，那就是强调阅读。

张：我记得您的文章中也曾提到过日内瓦学派与中国受道家思想影响的批评

家之间有相通之处。

郭：是。日内瓦学派与中国受道家思想影响的批评家在对待作品的态度、接近及深入其中的方式和途径各方面看，存在许多根本的相似甚至相通之处。日内瓦学派强调要直接进入作品，其余的一切，像社会的历史条件、个人的生平、政治经济的、意识形态的等都可以放弃。而在实际上，完全地放弃似乎也不可能，日内瓦学派内部也有争论，但是他们就是要提出这种主张，就是在批评中你要强调重视的一点是什么。只有这样才能真正地理解作品，不然的话，没有阅读之前就先弄了一大堆的条件，就冲淡了你对作品的进入和理解。

张：记得在您《李健吾批评文集》的《编后赘言》中写道：

我近年研习法国文学及批评理论，深感李先生的批评观与法国二十世纪三十年代兴起的日内瓦学派遥相呼应，有异曲同工之妙。文学批评的日内瓦学派肇始于马塞尔·雷蒙的《从波德莱尔到超现实主义》，时在1933年，而李健吾先生以刘西渭为笔名的《咀华集》与《咀华二集》则在三四十年代问世，这大概不是巧合吧，而是与当时整个文学批评界出现的一股反实证主义潮流有关。……李健吾先生的批评我想是直接通向日内瓦学派后期的斯塔罗宾斯基1983年所提倡的"自由的批评"。[1]

那么，李先生与日内瓦学派究竟是什么关系呢？也想请您具体谈一谈。

郭：30年代李健吾在法国留学，你说他会和日内瓦学派有什么联系？恐怕也不能说有什么具体的联系，但是有一点是确定的，就是李健吾先生确实读过日内瓦学派的作品、文章，这个他肯定知道的。我有一本书就是李先生送给我的，而且就是马塞尔·雷蒙的《从波德莱尔到超现实主义》。（按：谈话间，郭宏安先生走进书房，从书架上拿出那本法文原版的《从波德莱尔到超现实主义》，破旧，书页已经开裂，但还完整，1933年出版，如果不错的话，应该是第一版。）

张：如果不能确定他们之间的具体联系，至少可以把他们的批评理念做一个比较吧？

郭：我看可以。因为他们的批评观点有很多的相似之处，不妨在论文中提一提。另外，乔治·布莱的《批评意识》一书中比较重要的是前半部分对那十几个

---

[1] 郭宏安编：《李健吾批评文集》，珠海：珠海出版社，1998年，第328页。

作家的论述，后半部分基本上是他个人的一种看法，日内瓦学派内部乔治·布莱和马塞尔·雷蒙他们之间的分歧也是很大的。日内瓦学派没有什么统一的纲领，或者宣言，虽然《批评意识》被视为日内瓦学派的"宣言"，但是它代表不了整个日内瓦学派的理论主张。

同时，因为日内瓦学派的批评家之间的私人关系很好，他们又有一个对文学的基本相同的看法，他们都认为文学是人类的一种意识现象，文学批评是一种关于意识的意识等。一切从文本出发，所谓它起源于现象学批评，确实是从文学现象出发，而不像20世纪前50年的批评，大部分都是从意识形态出发，结构主义、精神分析、社会学批评等，都是从某一种意识形态出发，但是日内瓦学派没有这样。日内瓦学派不仅没有什么统一的纲领，甚至连传人都没有。

张：所以您才称日内瓦学派是一个不是学派的学派，是一个批评群体。

郭：对。在文学批评史上批评家要比流派重要得多。一旦被人叫做"流派"，就很容易被归出几条原则，这样是对批评的限制。日内瓦学派内部充满了差异，所以它带给批评很多的活力。所以我就觉得日内瓦学派所有的批评家都比较重要，其实也就五六个人。

张：日内瓦学派的批评一个重要特点就是"紧贴"作品。

郭：对。像《从波德莱尔到超现实主义》一书，它甚至连"诗人"都不大谈，而是直接进入"诗"，进入诗人的具体作品，马塞尔·雷蒙就觉得"诗比诗人重要"。这和一般的批评就很不一样了，一般的批评从诗人出发，认为什么样的人就会写什么样的诗，雷蒙是反过来的，他认为什么样的诗反映出什么样的诗人，哪怕诗人的生平什么的和诗中所反映的不一样。

张：我觉得日内瓦学派的批评理念，对于一个喜欢文学、热爱文学的人来说，更加符合文学的本性。西方的很多批评流派，其实已经离文学很远了，文学只是他们进行批评的一个使用的东西，就像学法律的人也能谈文学一样，但他们最后是要去谈法律的，归结点是非文学的。

郭：我也觉得是这样。现在的西方，不叫文学理论，就叫理论，他们虽然也讲文学，但是这个理论和文学作品就没有什么关系了，更多的是从理论到理论。

张：李健吾先生是法国文学研究专家，翻译过福楼拜、莫里哀等人的很多作品，而且都达到了很高的水准。记得李先生还在清华大学上学的时候就写了《中国近十年文学界的翻译》，30 年代在《大公报》上发表了《伍译名家小说选》，署名刘西渭，等等。那么想请郭老师谈一谈李健吾先生的翻译思想，因为您也是一个法语文学的翻译家。

郭：我看过李先生翻译的一些作品，像莫里哀的戏、福楼拜的《包法利夫人》、司汤达的《意大利遗事》，还有他写的《福楼拜评传》等，也有一些我没有看过。李健吾先生翻译的一个重要的出发点是，他认为翻译和创作都难，创作是表现，翻译是再现，翻译也是一种艺术。李先生也认为翻译要传神，但是他说，这个"神"在什么地方？"神"就表现在一字一句上。这样就把翻译落实到具体的字句上，这样的看法我觉得是对翻译的一种很重要的启示。就是讲，在翻译的过程中，你用什么样的词、什么样的句子，这就和你的翻译能不能传神联系在一起了。比如，法文的句子你是不是要尽量尊重？如果是法文长句子，为了照顾中国读者的理解，要不要拆成短句子？李健吾先生认为不可以。因为你如果这样，就等于把一部作品的风格完全给取消了。像普鲁斯特以长句子著名，你当然可以把它切分成短句子，但是这样一来，原作中思想上一些曲折的部分在你切断句子的时候必然就丧失了，中间的联系就没有了。在长句中有思想的起伏变化，变为短句后就没有了。不能为了读者理解的方便，你就把长句子弄短。

李健吾先生举的例子是巴尔扎克。巴尔扎克的长句子显示出他的才情像大海一样的汹涌澎湃，一泻而下，短句子就和巴尔扎克的风格不一样了。反过来说，长句子并不是不能理解，这就需要读者花一点脑筋去捕捉句子里面的东西。长句子并不是完全不符合中文的特点，中国人也可以说长句子，作家的风格不一样，翻译的风格也要不同。我就特别赞成李健吾先生的这一点。像傅雷先生其实也是这样，一般人认为傅雷的翻译非常符合中文规范，其实傅雷本人也讲过，他说翻译要尽量保留原文的词序和结构，从傅雷翻译的一些作品也可以看出这点。傅雷讲的"不要形似，要神似"，但是你没有"形似"哪来的"神似"？"形似"是个起点啊，不要忘了这一点。我觉得，"形似"是个基础，然后才能进入"神似"。

张：李先生谈翻译的时候不是抽象地去谈，而是非常具体，具体到一字一句。其实他和傅雷先生的翻译思想是相通的。

郭：对，是这样，李先生 50 年代写过一篇文章专门谈这个。哦，我想起来了，叫《翻译笔谈》，后来收入了罗新璋先生主编的《翻译论集》，商务印书馆出的。

（按：说到这里，郭先生走进书房，取出《翻译论集》，并且找到李健吾的那篇文章，指给我看。）

张：哦，是。原载《翻译通报》1951年第2卷第5期。这篇文章我还没有注意到！这也是研究李健吾先生的一个难点，就是目前没有人知道他到底发表过多少文章，我在查阅民国报纸期刊的时候就不时会发现一些新的文章，非常高兴，同时又很忧虑，因为还有很多未知的刊物和文章。

郭：是。当时我编《李健吾批评文集》的时候也有这方面的遗憾，主要收入了他的《咀华集》和《咀华二集》的文章，其他的文章我没有来得及去搜集。我在《后记》里也说，虽然作为李先生的学生，但这并不是我能编辑他批评文集的充分的理由。

张：郭老师，还有一个问题，就是李健吾先生在他的文章中经常会提到"人性"啊，"人生"啊，那么您觉得应该如何理解李先生笔下的"人性"呢？

郭：我想李健吾先生说的这个人性，恐怕也就是常情常理吧。这里的人性好像应该分成两部分，一个是情，一个是理，情与理统一起来这就是人性。如果光有情，那就和动物没什么区别了，情必须要在理的限制和规范下才能成为一种人性。我是这样理解的。

张：我觉得您讲的有道理。因为，李健吾先生那里的"人性"并不是一个玄妙不可理解的东西，我们都是人嘛，李先生提的这个应该是很具体的，正如您所说，是常情常理。

张：最后想请您谈谈李健吾先生批评文章的风格问题，您如何看待他对风格的追求？

郭：李健吾先生的文章在今天看来似乎有些不可思议，刊物的编辑未必喜欢这样的文章。因为他的批评文章很多在开头的时候并不是一下子进入主题，好像是跑题了，其实不是这样。开头的部分是一种为了让读者熟悉的铺垫。李健吾先生的文笔是一种随笔式的自由风格，这需要很高的素养，还需要很好的文字功底，这也是为什么李健吾的学术继承人少的原因。随笔式自由批评是理性与感性、科学与诗的结合，这也是日内瓦学派批评的一个特点。另外一点，就是李健吾先生的文章不玩弄词句、概念，这也是和日内瓦学派相一致的地方。现在理论搞得这么热闹，大家都在玩弄概念，李健吾先生的批评风格或许对当下的批评有借鉴意义吧！

张：非常感谢郭先生，您的谈话消除了我心中关于李健吾先生的不少困惑。

（张新赞根据录音整理，2009 年 8 月 31 日）

——访谈录音，笔者于 2009 年 8 月 31 日整理完毕，经郭宏安先生审，后刊于《名作欣赏》2012 年第 28 期。

李健吾：不散场的戏[1]

周立民

一、黑漆漆的夜，沉重的脚步

1945年4月19日凌晨两点，整个上海都沉入酣梦中，急促的砸门声惊醒了李健吾夫妇。未几，便听到有人从后门闯进楼里。打劫的来了！李健吾急忙穿衣，从前门跑出去喊巡警。他有机会躲过一劫，然而，命运之神没有给他一点提示，直到跑回来面对着守在屋里等他的那个人，才明白遇上更大的强盗——日本宪兵。

战争已经进入第八个年头。日军攻入租界之后，不知有多少骇人听闻的故事流传着，连文化人也不能幸免。1941年12月25日凌晨，日本宪兵闯入鲁迅夫人许广平的家中，拿走鲁迅日记，带走许广平，把她关了七十五天。其间，不仅对她脱衣侮辱、拳打脚踢，还残酷地动用电刑，等放出来，年仅四十四岁的许广平已头发花白、遍体鳞伤，贫血、高血压、心脏衰弱等毛病此后长久伴着她。三年前，散文家陆蠡进了宪兵队，从此活不见人死不见尸。李健吾记得当时陆蠡新婚不久，还腼腆地请朋友们吃喜酒。在炮火连天、血肉横飞的岁月里，人如草芥，死生就在转瞬间。

外面下着濛濛细雨，孤独的街灯打在积水的路面上，有种光怪陆离的感觉。街上是死寂的，只有李健吾和宪兵的脚步声。出门前，他清楚地看到太太眼眶里含着泪珠，床上睡着三个年幼的孩子，摇篮里还有一个更小的。李健吾心中一团

---

[1] 原载《收获》2013年第3期。

乱麻，不清楚等待他的将是什么，倒是担心那批重庆朋友的来信被宪兵抄走……此时，"黑漆漆的夜不及我的心黑。沉重的脚步在寂静的雨中不及我的心重"①。

他被带到贝当路（今衡山路）的日本沪南宪兵队，这里被称为"贝公馆"——这么雅致的名字，当年人们提起它却心惊肉跳。宪兵队以前是美国学堂，对面便是飘荡着神圣气息的基督教国际礼拜堂，据说在礼拜堂里做祷告的教徒常常可以听到贝公馆拷打犯人发出的撕心裂肺的惨叫声，那简直是来自地狱的声音。李健吾的朋友柯灵两年里曾经二进贝公馆。有一天连坐三次老虎凳，柯灵只感到求生不得求死不能，高喊让他们直接枪毙自己。一次，柯灵被打得倒地不起，宪兵还拿着他的杂文集《市楼独唱》审问他。这个"手执一卷，絮絮胁诱"的日本宪兵，名荻原大旭，"完全是一个冷血动物，两眼闪闪发光，活像一条对着青蛙的长蛇"②，想不到他战前居然是个和尚。就是他带着人深夜闯入李健吾家中，也是他负责审问李健吾。

四个小时，翻来覆去，一无所得。荻原恼了，他把李健吾带到一个水泥砌成的高高的大浴池旁，衣服剥光，捆在长凳上，开始"灌水"。翻译坐在浴池边记录，荻原站着边问供边用橡皮管喷水。他问李健吾到底是延安分子，还是重庆分子，并威胁他："你快要死了，你有什么遗嘱，我好传给你的女人和孩子们。"听到"遗嘱"两个字，李健吾不禁流下了泪水，他打着冷战哆哆嗦嗦地说："告诉他们我是好人。爸爸……死的苦……叫孩子们好……好儿……作人……"③

将近二十天，他们就这么从肉体到精神反复折磨着他。

看到日本宪兵拿出的物证不过是他的读书笔记、剧照和一些书刊，李健吾清楚与重庆朋友的通信，敌人并没有抄来，他心定多了。可是，当荻原从《金小玉》舞台照、《歌谣》周刊等一包东西中抽出景梅九的《罪案》时，他还是有些心疼。这书是他父亲的老朋友景梅九的自传，书中以"李大哥"的称呼多次提到李健吾的父亲。书是他从巴金处借来的，巴金再三叮嘱要好好保藏。巴金信仰无政府主义，景梅九是他的前辈，又是李健吾家的世交，李健吾称景梅九叫"景爸"，因而，李健吾说这书有着"双重友情的关系"，但后来书还是没有还给他，

---

① 李健吾：《罪案》，《李健吾文集》第6卷，太原：北岳文艺出版社，2016年，第290页。
② 李健吾：《荻原大旭》，《李健吾文集》第6卷，第287页。
③ 同上书，第288页。

李健吾感叹:"我唯一的财富就是友情,你却帮助岁月在剥夺我的财富。"①

审讯中,李健吾逐渐摸清他被抓与从事戏剧活动有关。抗战全面爆发后,大学内迁,因为腰腿有病,他未能去内地,也就失了教职,有段时间,他受聘孔德研究所做研究员,也是在家中,很少公开活动。"清早上街买菜,稍稍分享太太全日的辛苦;下午埋头翻译……"②那时,能让他抛头露面的只有戏剧活动,由此,曾被目为京派作家和重要批评家的李健吾与左翼戏剧界发生了联系,此中的核心人物是于伶,他代表地下党领导着上海的进步戏剧运动。李健吾与于伶等人还共同发起成立上海剧艺社,演出的第一个剧就是李健吾翻译的《爱与死的搏斗》。这出戏一炮打响,上海剧艺社由此在法租界站稳脚跟。李健吾这个"老"剧人也再次出山,积极地投入到孤岛的戏剧活动中。于伶精干,可信任,又懂戏,几年来他们相处很融洽。直到皖南事变后,于伶才撤离上海。李健吾想日本人抓他来无非是想探问一些左翼文化界人士的情况,但他不是共产党员,对于组织情况所知不多,再说那些左翼知名人士走的走躲的躲,日本人的魔爪也抓不到。

刚刚上演的《金小玉》也可能刺激了日本人。《金小玉》是李健吾根据法国剧作家萨尔杜(Sardou)的《托斯卡》(La Tosca)改编的,李健吾将一个女伶的传奇故事放在北伐战争的革命风潮里面,巧妙地避开了不能碰的现实问题,然而,剧中京城警备司令王士琦阴险毒辣,革命者范永立备受酷刑却宁死不屈,这些要说什么观众都心领神会。有"话剧皇帝"之称的石挥在剧中演王士琦,他剃着光头,故意模仿日本宪兵的神态,常常引得观众哄堂大笑。李健吾也在戏中扮演总参议一角,过了把戏瘾。有一次开演前,李健吾在后台兴奋地跟演员大谈他如何演总参议,说到得意忘形,平时从不吸烟的他,猛吸了几口做道具用的劣质雪茄,顿时觉得天旋地转,接下来强撑着将戏演完,回到后台就吐了。朋友连忙给他叫车让他回家,上了车,车夫问去哪里,他眼睛都懒得睁,有气无力地说了句:"上海殡仪馆。"在黑乎乎的夜里去殡仪馆,车夫吓了一跳,其实是他家住殡仪馆对面……这出戏连演两个月,成为1945年最受欢迎的戏之一。

---

① 李健吾:《罪案》,《李健吾文集》第6卷,第291页。
② 李健吾:《与友人书》,《李健吾文集》第6卷,第217页。

常言"树大招风",在沦陷区的戏剧界李健吾的声望与日俱增,董史在1942年6月出版的《万象》十日刊"剧坛人物志"中说:"假使问起上海剧坛上最有权威的人,热爱内幕者一定会告诉你是李健吾。真的,他隐隐中占有了剧坛盟主的最高宝座,有许多导演与演员,对他非常尊敬,非常听从的。""上海剧艺社拥有许多优良的导演,如吴仞之、佐临等也是由于他的关系。剧本的供给,曹禺、袁俊等都能从远地寄来,也是他的交情,更有许多演员愿意受他的指挥……"[1] 细论起来,李健吾可算是中国话剧运动的先驱,他尚是小学生时就开始演话剧了,1921年,陈大悲组织北京实验剧社,李健吾也是发起人之一,他那时不过是十五岁的"孩子",可见当时他在戏剧界的影响。我想李健吾能够被视为剧坛盟主,除了他的戏剧天分、才华之外,更由于他的侠义性格、热情的为人。抗战期间,夏衍不在上海,李健吾自告奋勇地当起夏衍著作权代理人,夏衍闻知,大为感动,抗战胜利重返上海,接上组织关系后,夏衍第一个去探访的朋友就是李健吾。李健吾在清华大学读书时的老师王文显,上海沦陷后,生活相当困难,李健吾主动把他写的英文剧本翻译过来,交给剧社排演,每星期他又拿着一个黑皮夹到剧场收上演税,然后转交给王先生。他和朋友还鼓励杨绛写戏,剧本转到李健吾的手上,有一天,杨绛忽然接到李健吾的电话:剧本《称心如意》立即由黄佐临导演,投入排演,李健吾还自己饰演了一个角色……还有比这更"称心如意"的事情吗?杨绛就这样又惊又喜地成了剧作家[2]。

回忆起这一幕幕,八年来的生活有空寂有压抑,但也很欣慰,他没有虚度时光,大家相濡以沫,不但保持了做人的清白,还在特定时期造就了中国话剧的繁荣。然而,进了贝公馆,只好将命运交给上帝了。正当李健吾不抱什么希望的时候,在外面亲朋的活动下,他被成功保释,走出那个魔窟,真是庆幸大难不死。

然而,荻原却像一个噩梦一样摆脱不掉,每个星期天,他都在咖啡馆约请李健吾例行问话,总想从他口中套出点什么消息。战局对日本越来越不利,谁都不知道他们在中国最后的疯狂将是什么。不久,柯灵第二次被捕,大家更加担心李健吾的安全,当年六月中旬的一天,李健吾与家人分别秘密离开上海。

---

[1] 董史:《剧坛人物志一:李健吾》,《万象(十日刊)》1942年第5期。
[2] 参见杨绛:《〈称心如意〉原序》,《杨绛作品集》第3卷,北京:人民文学出版社,2004年,第248页。

都说人生如戏，但戏可以删改、重排，人生却不能。试想，李健吾从监狱里出来，在去往屯溪的路上，如果不遇到他的老同学朱君惕会怎么样？然而人生无法假设，分别多年的老同学认出了他，听说他去屯溪，又立即打电报给屯溪方面的国民党负责人吴绍澍，吴立即安排下属毛子佩盛情款待李健吾一家。惊魂未定的李健吾受到热情的照顾，心中不能不觉得温暖。多少年来，李健吾都是独立作家，与政治、党派素无瓜葛，这一次却莫名其妙走进了一个政治圈：两个月后，日本投降，国民党组建上海市党部，吴绍澍是党部主任，毛子佩是党部宣传处长，他们聘请李健吾做编审科长。① 尽管李健吾很清楚这不适合自己，可是想到之前受到人家的照顾，从情面上讲，他无法开口拒绝。他还心存一个小幻想，就是一直想抓个剧院自主地演话剧，希望这个职位能对实现这个想法有所帮助。然而，官僚衙门那汪深水哪里是一介书生能趟得开的，尔虞我诈，当面一套背后一套，让李健吾实在忍受不了，从9月1日到30日仅仅做了一个月，他就辞职了。但是，他的人生履历中多了一个纠缠不断的绳结。

早知如此，又何必当初呢？可是，这一切确实又符合李健吾的性格，朋友"大义"常常超过自身利害，情感冲动又会让他一往无前。对此，夏衍曾谈过：

> 读健吾的剧本《这不过是春天》也好，《梁允达》《云彩霞》也好，谁都会感觉到，剧作者是一个熟知人情世故的人，可是在生活中，他却是那样的天真、坦率，有时竟天真到使我觉得他有点不合时宜。就在下一年，我在顾仲彝家里遇到他，在座的还有吴仞之，当时国民党开始发动了内战，上海人已经把抗战胜利叫做"惨胜"，国民党的"威望"在上海已经一落千丈，可是，当吴仞之对国民党大员的"劫收"表示愤慨时，健吾忽然说："我父亲参加过孙中山领导的辛亥革

---

① 直到"文革"期间，李健吾才知道，他当年在屯溪，上的是谁的船。他曾写道：另一个"五·一六"小头头吴元迈，和我住在一个集体大营盘里，一间容几十只床铺的大营盘里，没有人理他，我看他怪可怜的，黄昏来了，有时陪他散散步。有一回散步，不知道是什么缘故，他感叹道："我原先是你的外调，想不到从上海回来一下子就成了'五·一六'！我去上海外调，找到了你从屯溪搭船回到杭州的那个包船的主人，他是 C. C. 的人，他说他在偶然之中遇见了李先生。"我这才恍然大悟，原来我搭的是 C. C. （即陈立夫，陈果夫）派的船，看我这个冒失鬼，自己流落在屯溪，雇不起船，搭船也不问个明白，就上了这个"贼船"，幸而他记忆犹新，说在"偶然之中"。这样，我的"特务"嫌疑也就从心里一扫而光。（李健吾：《摘"帽子"纪实》，《李健吾文集》第6卷，第290、417页。）

命，所以我是血缘的国民党。"仞之和仲彝都哑然无语。你说他完全不关心政治吗，肯定不是，在艰难的孤岛岁月中，他是抗日、团结、民主的坚强斗士；说他对国民党有感情吗，也完全不是，在四十年代他写的文章中，对光明与黑暗的斗争，他是爱憎分明、词严义正的。①

看来，不论扮演什么样的角色，李健吾都脱不掉自己的个性。

二、我是一个书生

1947年年初的辣斐德路（今复兴路）已经不似抗战前那么安静、幽雅，寒风吹走了抗战胜利带给人们的兴奋和温暖，给这座城市增加了几分阴冷。翻开那段时间叶圣陶的日记，这样的记录随处可见："政府仍由一党操持，真正代表民意之议会无从产生，现在实际上亦只能任国民党作恶……""物价齐涨，日中狂疾。我店书价亦不得不涨。观其趋势，以后恐将每周改价，乃至每日改价，此何可维持乎！""时局至于今日，已入最沉闷时期，政府不能自为振作，唯以战争对共党，以压迫对全国人民。""晚报来，载今日南京学生游行，军警压制，用武力，伤学生二十余人。民众正愤恨于心，奈何复激之，政府昏庸实已臻其极。今日为参政会开幕之期，会前各参政员均主于此会中，宜以停止内战，恢复和谈为主题。然好战者方以民命为赌注，殆无望也。"②

时局动荡，连年来生活朝不保夕，话剧演出不但没有迎来艳阳天，而且犹如浪里行舟艰难无比。美国电影卷土重来，声光化电的刺激不说，就从票价而言，话剧也不占优势，很多剧场都不演戏而改放美国电影。再加上政府又提高娱乐税，剧团运营成本增加，真是釜底抽薪。中国的话剧演出说起来真是一把辛酸泪。柯灵在《"衣带渐宽终不悔"》一文中曾描述过当时的文化环境：大小赌台用彩色电灯装饰起来，公开招徕顾客，还有很多吞云吐雾的鸦片烟馆。不少戏院以表演"裸体出彩"的节目相号召，很多演员是为饥饿所迫才上台显现真身的。

---

① 夏衍：《忆健吾》，《文艺研究》1984年第4期。
② 以上分别引自叶圣陶1946年11月7日、1947年2月8日、1947年3月3日、1947年5月20日日记，分别出自《叶圣陶集》第21卷，南京：江苏教育出版社，1994年，第134、159、166、185页。

在二十年代末叶，几乎和胡蝶齐名的电影女演员夏佩珍，穷愁潦倒，不得不在静安寺一家小剧场里演出《摩登寡妇》，报纸广告上大书特书"真正电影女明星牺牲大贡献"[1]……严肃的话剧在这里求得生路，更是难上加难。职业话剧的剧场、舞台、演员和编导等条件还都不成熟，大家是在因陋就简的条件中一步步推进探索。布景等美术设计更是简单到不能再简单，黄佐临就常常是整场戏只用一个布景，而被人戏称为"黄一景"。1945年4月苦干戏剧修养学馆演出李健吾根据莎士比亚名作《麦克白》改编的《乱世英雄》（又名《王德明》），条件所限，设计师用仅有的四个聚光灯在舞台上制造出扑朔迷离的气氛，因为法租界用电有限额，超过用电额，便被勒令停电三天。电停了，戏不能停，改用汽油灯，演员们还自嘲：莎士比亚时代连汽油灯也没有，他们不照样创作和演出了传世名剧吗？没有电灯，或许更接近莎剧风格呢！不料，由于汽油质地不纯，燃烧不充分，大病初愈的张伐又戏重，在台上时间久，有一次竟然被熏倒在舞台上……1947年年初，国共大战在即，人心惶惶，有多少人还有心思看戏？剧团欠债，演员没有戏演，不要说艺术，连饭碗都成了问题，李健吾正是在这种情况下应邀着手改编《和平颂》的，大家都不愿意放弃努力，希望能为话剧的职业演出挽回一线生机。

抗战前，李健吾写过不少剧本，兴之所至也登台演出，但他还不是职业话剧人。可是，抗战期间，困居上海，一家大小饭碗成了问题。1942年春天，向来关注李健吾的周作人托人带话：留在上海没有出路，还是回北平来做北大一个主任罢。李健吾客气却又无比坚定地拒绝：我做李龟年了，唐朝有过这个先例，如今李姓添一个也不算怎么辱没。他宁愿"下海"当一名"戏子"，挣一点干净的钱[2]。职业演出，艺术和商业之间平衡的问题屡受争议，没有观众，剧团维持不下去，艺术成为空谈；而一味迎合观众，又违背艺术的初衷……在种种压力下，能把一出剧搬上舞台是真不容易。

1947年1月11日，歌舞剧《女人与和平》在辣斐德路上的辣斐大戏院首演，这戏改编自阿里斯托芬的喜剧《公民大会妇女》。改编外国剧，使之中国化并适合舞台演出，是李健吾的擅长，但是，这次，为了赢得上座率，他和导演、演员

---

[1] 柯灵：《"衣带渐宽终不悔"》，《柯灵六十年文选》，上海：上海文艺出版社，1993年，第1226页。
[2] 见李健吾：《与友人书》，《李健吾文集》第6卷，第216页。

们都不得不大动心思。他们增加了不少噱头：发表时剧名为《和平颂》，演出时改为《女人与和平》。熊佛西和许多朋友都反对，认为太不严肃，但李健吾几个人考虑下来，还是决定改戏名。戏彩排完了，导演笑着说：看，要多下流有多下流。辣斐的舞台好久没有这么热闹了，这戏一开场就很"闹"：黎明之前，战鼓，军号，炮火，兴高采烈的战神，连年战争，人间几乎找不到青壮男人，装扮妖娆的女性第一协会会长在台上慷慨陈词：

战神抓住了男性一个弱点，嗜杀成性，所以能够编排指挥，称心如意。……人类对于和平的热望越往前走越将成为梦想神话，永远不能够实现。人越活下去越凄凉，地球越转越离阳光远。大家以为今年冬天冷，我敢说，最冷的冬天还在后边。①

一群妻子、母亲谴责战神，要皮鞋匠去替他们到地狱中将丈夫和儿子要回来，不想，地府人满为患，房荒严重，连阎王为生计所迫都将王宫出租为舞厅，鞋匠述说的人间温暖虽然打动了听者，但听说人间仍有战争，所有人都哗然而散，拒绝还阳，鞋匠无功而返。后来战神需要人去为他打仗，就花钱买回大批壮丁返回人间，女性协会会员在会长的指点下，利用自己的女性魅力挽回男人们的心，让他们逐走战神，回到女性的怀抱中……戏的结尾是战神的屈服和求饶，大家载歌载舞，欢呼和平来到了人间。不过，老鞋匠立即向观众泼了一瓢冷水：

亲爱的观众，什么和平来到了人间，那是骗着人玩玩的。……我说老实话，我们这些年来一直活在打仗里头，昏天黑地，日子都过不了，那儿有什么雅兴玩儿这一套？原因是姓李的，不，李健吾先生，说不定他就在你们当中坐着，我是说呀，李健吾先生和我们一样过不了日子，闷得头发胀，可是一心巴望好，就七搞八搞，搞出这么一出和平颂，骗骗自己，骗骗我们大家……②

演这么"闹"的剧，演员们一开始也不是没有顾虑，不过，他们比谁都清楚话剧的现状，正如李健吾后来所说："因为第一要出钱的老板放心你，然后才能谈长久合作。有了钱，有了信任，然后剧团就可以放手执行进攻的策略。……先别一上手就进攻，经济不叫你垮，政治也会叫你垮的。好戏不怕上，冷戏也不怕

---

① 李健吾：《和平颂》，《李健吾文集》第4卷，太原：北岳文艺出版社，第217—218页。
② 同上书，第263—264页。

上，但是先得争取资本：钱和信任。"①

在宣传上，他们也下了功夫。《文汇报》提前连载剧本，并请丁聪配插图。首演当天，李健吾邀请几位朋友在《文汇报》写文章推荐该戏，叶圣陶题了首诗："人生苦难关冥世，讽刺流传见政情。谁识健吾酸楚意，和平颂里悼苍生。"② 柯灵则明白地指出："《女人与和平》的主题是反对内战，争取和平。这是目前中国四万万人的要求。"③ 闹归闹，这个戏道出了当时的民众的心声，演出后还是激起观众的热烈反响。有位演员说：

> 根据六十多场的观众反应，我们可以确定地宣称：一般观众，对于那些"下流"地方的喜爱，是远较对于那些对现实的辛辣的讽刺为弱的。比方，"……可是要想那个呀……"这首歌几乎一场都没有得过掌声，而"……再当炮灰，我们不去了……"这一首却几乎没有一场不得到热烈的共鸣。我们又曾接到不少观众的来信，接触过许多集体看戏的青年朋友们，他们所关心的，爱好的，也都是那些健康的影响而不是那些病态的色素。④

可是，"谁识健吾酸楚意"，批评的声音也来势凶猛，尤其是来自左翼文人的批评意见。这些批评集中起来不外乎两点：一点是"色情"，为上座率丢掉艺术；另外一点是拉朋友不负责的"捧场"，是"市侩主义"。"捧场"这个问题，便渲染成没有批评的"一团和气"，又扯出很多另外的话题。

正在兴头上的李健吾，突然遭逢这样的批评，觉得那是不了解话剧现状的人站着说风凉话，性格率直的他，写了篇《从剧评听声音》来回应：

> 我老早就和弄戏的朋友们声明过，我是不怕牺牲的。沦陷期间话剧被逼得走投无路的时候，我什么也为她干过。我的第一个策略是要她"活"，用干净钱去活，第二个才谈得上"攻"。说风凉话容易，把剧团擎在你的肩膀上，试试看。⑤

据说李健吾答辩中的傲慢态度激怒了某些左翼文人，楼适夷为此写了一篇

---

① 李健吾：《从剧评听声音》，初刊 1947 年 2 月 23 日《文汇报》，现收《李健吾文集》第 8 卷，太原：北岳文艺出版社，第 88 页。
② 叶圣陶：《健吾兄和平颂上演为题一绝》，《文汇报》1947 年 1 月 11 日。
③ 柯灵：《喜〈女人与和平〉上演》，《文汇报》1947 年 1 月 11 日。
④ 刘厚生：《"你往何处去"》，《文汇报》1947 年 3 月 24 日。
⑤ 李健吾：《从剧评听声音》，《李健吾文集》第 8 卷，第 88 页。

《从答辩听声音》。一上来他就说对李健吾"是有私见":以前学生们演《这不过是春天》时,"那种咬文嚼字,舞文弄墨的调调儿也真叫人难受。从此,我对李健吾先生就倒了胃口。李健吾一本什么书的批评,他认为是我的化名,背后对我大为不满。所以虽然见了面大家还点点头,甚至这次《和平颂》在报上大吹大擂时,我也敷衍地问他可不可以交给我有关系的一家书店出版,以代替'今天天气'之类的寒暄,但心里是有芥蒂的"①。"私见"与公论混为一团总是批评的特色,当时也有人指责李健吾在批评他的人面前"嚣张一世,气焰万丈"。

看来,李健吾的个性又为自己招惹了是非,他豪爽、大气,直率、坦诚,又为人热情,还曾宣称:"我是一个书生。我要的是公允:人生以及艺术的公允。"② 这些都是一把双刃剑,可以识得同道,也会伤及他人。董史在"剧坛人物志"《李健吾》中就写过:"他为人是非常爽直,尤其是谈吐方面,一句话好像是一把锋利的刀,不肯看情面,很痛快地要骂就骂,要说就说,许多人对他很有怕惧,记得1941年9月上海剧艺社分裂时,大会中不客气揭露出许多不良现象,同时声泪俱下,好像开国会似的。""他还有几部已完成的剧作《黄花》等没有上演,因为他个性太强的缘故,又不肯敷衍人家,人缘方面也不大好。但是,钦佩他学问的人对于他的脾气都能予以原谅的。"

事情当然没有这么简单,楼适夷说:

像李先生之流的话剧运动者,眼睛死死盯望着上座的场子,搞明星主义,搞噱头主义,而完全放弃艺术路线,纯正的艺术的优秀作品不敢搬上舞台,而明星和噱头又搞不过姚水娟和大世界,进步的与落后的双方观众都拉不住,这就是话剧剧院闹得如此冰冷的真原因。即使《女人与和平》卖了钱,辣斐还清了债,然而纯正的承受了进步传统的新话剧又何在呢?③

这个批评切中要害,但李健吾和那批从事戏剧运动的朋友一定觉得委屈,因为批评者丝毫没有顾及戏剧演出的艰难状况,也不谈改变这状况的现实路径,更抹杀了这批人的良苦用心。当时就有人提醒:"虽然《女人与和平》的声音如此微弱,但是它终归是射击敌人的!因此,祝福大家分清朋友和敌人,把朋友当敌

---

① 楼适夷:《从答辩听声音》,《文汇报》1947年3月3日。
② 李健吾:《〈黄花〉跋》,《李健吾文集》第2卷,太原:北岳文艺出版社,第314页。
③ 同①。

人，这是我们给敌人制造的快乐！因此，希望朋友不要误解了朋友。"[1] 其实，叶圣陶、风子等人为这个戏写推荐文字，并非是没有原则的"捧场"，而都看出了作者的用意，也感同身受，才写了品评文字的，至少，他们并非向他们的批评者所想象得那么庸俗和"市侩"。叶圣陶在日记中曾记："健吾新作剧本《和平颂》，系一讽刺剧，旨在反内战，有阳世与冥世之分。最近将上演，健吾坚嘱作文，因题一绝赠之。"[2] 风子则在文章中表达当时中国人渴望社会安定盼望和平的感受：

可是，今天，抗战胜利了，政府复员了。而老百姓呢？一年多来，社会不安定，生活数倍艰难于战时。生产停滞，币值贬落，农村荒芜，都市里"幸"有美国货装点了"繁荣"。发饱了抗战财的，现在又大捞一笔胜利财，富者愈富，穷者愈穷。这么大的国家，有那么一个地方可以叫人安居乐业，这么多的人口，谁不是求生无门的呢？[3]

这不正是李健吾剧本喊出的呼声吗？可是，有些人不满足，这令我想起当年周作人"五十自寿诗"招致左翼青年批评时，鲁迅在书信中发表的看法："周作人自寿诗，诚有讽世之意，然此种微辞，已为今之青年所不憭，群公相和，则多近肉麻，于是火上添油，遂成众矢之的。而不作此等攻击文字，此外近日亦无可言。此亦'古已有之'，文人美女，必负亡国之责，近似亦有人觉国之将亡，已有卸责于清流或舆论矣。"[4] 与之不同的是，这里还有政治局势变化所引出的微妙的态度的改变：抗战时期，大家是并肩战斗的朋友，现在形势发生变化，从楼适夷这坚定的声音中，不难看到左翼文人已经开始吹响新时代的号角，勾画更远的蓝图，他们不满足那些曲折的表达，需要的是热烈的血与火。联系到那前后，很多作家都得到了与李健吾一样的待遇，楼适夷等左翼人士批评李健吾就不是简单的个人恩怨，沈从文、巴金、唐弢都曾遭到批评，甚至沙汀、姚雪垠、茅盾都未能幸免，当年的"进步作家"都落后了，一些声音不断地在提醒他们要跟上时代的脚步！特别是那些还沉浸在旧梦中的无党无派的自由作家……

---

[1] 周彼：《从〈女人与和平〉看不自由的作家们》，《文汇报》1947年3月18日。
[2] 叶圣陶1947年1月8日日记，《叶圣陶集》第21卷，南京：江苏教育出版社，第152页。
[3] 风子：《颂和平》，《文汇报》1947年1月11日。
[4] 鲁迅：《340430致鲁迅》，《鲁迅全集》第13卷，北京：人民文学出版社，1981年，第397—398页。

历史错综复杂，站在不同的山头能看到不同的风景，不是三言两语能够概括的，但不容否认，从二十年代批评鲁迅时就积攒下来的某些"左"的文风和行事思维，深远地影响了二十世纪的中国文坛，柯灵晚年曾说过："有些党员或左翼作家有个通病：自以为有了马克思主义的先进立场，充满'唯我独革'的优越感，对党外作家，又常怀着宗派情绪。这种作风，对党的事业和文艺事业都极为不利。"[①] 李健吾的教育和所处的文化圈与这些气息有相当的距离，他们虽然有一群合得来的朋友，但大家不是帮、派，更没有组织可言。所以，这次，他没有再"气焰万丈"，而是听从友人劝告，以短短数行《敬答适夷兄》高挂免战牌，他说："有些事情，我不太清楚，所以也无从了解，但是适夷兄心中有数，我全盘收下，我相信天佐兄的话，应当沉默。这是一种学习。希望自己有一天还可能长进，所以谢谢适夷的仗义执言。但愿他有一天还和我谈天气。特别谢谢天佐兄，他把做人的道理教我。"[②] 这欲言又止、吞吞吐吐、小心翼翼的文字，真不是李健吾的风格。或许，他在想与巴金、卞之琳等那群朋友的争论，那群朋友与这群朋友，完全不同，他明显感觉到了。

《女人与和平》事件使他情绪上大受影响，一段时间，不再有写戏的热情，而只是潜心于外国戏剧的翻译。然而，人生的戏剧从来都不会轻易亮出结局，李健吾未能预料到，这出"色情"的戏埋下了伏笔，又成为他今后人生中的"污点"。

三、不喜欢批评带着恶意

什么地方去找往年轻快的心情？什么地方去会赤心相与的朋友？战争！战争像一个梦，一场恶梦。北平沦陷了，那古老的北平，那回旋在人人心田的和平的象征，如今蒙尘三丈，软软摊在沙漠一旁。鸟儿散了，剩下高塔危阁，张看空了的母怀，望眼欲穿。什么地方是三座门？什么地方是金鳌玉蛛？什么地方是你？是我？

有一天，我们会飞回去的。有一天，巴金，我会为你再赶一个《这不过是春

[①] 柯灵1988年2月1日致傅葆石信，《柯灵书信集》，北京：学苑出版社，1996年，第84页。
[②] 李健吾：《敬答适夷兄》，《文汇报》1947年3月3日。

天》。有一天，靳以、家宝、巴金，甚至于西谛，你这新学人，我们会到北海濠濮间后面的董事会再摆几台酒的。①

这是守在"孤岛"的李健吾对朋友的怀念和呼唤。在遭到左翼人士批评郁闷不已的日子里，李健吾更加怀念另外一种气氛，那才是他如鱼得水的天地。

他一个个点数着朋友的名字，思绪飞回了北平三座门大街十四号，不能忘在《雷雨》发表前，曹禺与他煮酒论英雄，逐一评点过来，曹禺惟独把首席留给李健吾坐，"老哥，我不是恭维你，当今写戏的，在中国还要数你"。他绝口不提自己的《雷雨》已经完成。那时，正当农历二三月，大地回春，李健吾在为《文学季刊》赶写《这不过是春天》，为了赶戏，他竟忘了给新婚的夫人送生日礼物，后来，索性就把这剧本当礼物了。

这个剧本是巴金"逼"他写的，那时，巴金偶尔也会到他家里聊聊天，知道巴金最怕照相，李健吾忍不住要捉弄一下，结果他给巴金拍了张背影。回首往事，李健吾曾以轻松的笔调写出与这位"老兄"深笃的交情：

我不原谅巴金。说实话，从《这不过是春天》起，几乎没有一出戏不是他逼我的，从我案头抄去的。他的理由是"我爱家宝的戏，也爱你的戏，我都要"。他不写戏，至少不私下写戏，像家宝那样信口所之，兜起我的疑心。巴金是一个不追女人的男人，（想想家宝那副做爱的可怜相！朋友都替他担心，然而，滚你们！他幸福了，有情人成了眷属，如今添了一位千金）说话会可靠的。一个闹恋爱的人一定在朋友面前扯谎。巴金不然。他始终过着流浪的生活。没有比他来去自由的人了，没有比他诚挚的人了（看看他一部一部的巨制），所以，我相信他。也就是这种信心叫我一再上当，一再给他写戏。晓得自己不成器，单只为贪图二三知己的赏爱，我便马不停蹄地赶着。②

据巴金说，他与李健吾的第一次见面是 1933 年在上海开明书店的宴会上，那时，李健吾刚从法国回来。在这之前巴金就读过他的小说，听说李健吾又是他在法国结识的朋友李卓吾的弟弟，两人不由得一见如故。两个人的性格并不一样，巴金与萧珊初识时，萧珊和后来成为靳以夫人的陶肃琼应学生会的要求请巴

---

① 李健吾：《时当二三月》，初刊 1939 年 3 月 22 日《文汇报》，现收《李健吾文集》第 6 卷，第 114 页。
② 李健吾：《时当二三月》，《李健吾文集》第 6 卷，第 113—114 页。

金来学校演讲，巴金不喜欢讲话，便拉能说会道的李健吾上阵，李健吾果然口若悬河滔滔不绝，可同学发现陪同李健吾来的竟然是巴金，怎么肯轻易放过？拗不过同学的热情，巴金只好走到台前，老半天才一字一句地说出这两句大实话："我是四川人。四川人是会讲话的，可是我不会讲话……"他与李健吾，一个内向一个外向，两人心中都燃烧着不灭的热情，一生中都把友情看作像生命一样重要。

1934年秋天，巴金回到上海，不久李健吾应郑振铎之邀到暨南大学任教，他们又在一个城市了。"我一到上海，巴金同志告诉我，上海方面有些人对我这个北方人来上海教书，不大满意，我就销声匿迹，在学校附近真如住家……"① 这种提醒和坦诚只有知交间才会有，可见这时他们的关系已经超出一般。

李健吾是个多面手，小说、戏剧、翻译，样样能来，而且都有不凡的成就。在他与巴金的这个朋友圈中，尤其是三十年代，李健吾恐怕首先是一个才华横溢的批评家。他以"刘西渭"的笔名所写的批评目光犀利、语言华丽、大气磅礴，至今人们仍然赞不绝口，香港文学史家司马长风在《中国新文学史》中推崇备至："三十年代的中国，有五大文艺批评家，他们是周作人、朱光潜、朱自清、李长之和刘西渭，其中以刘西渭的成就最高。他有周作人的渊博，但更为明通；他有朱自清的温柔敦厚，但更为圆融无碍；他有朱光潜的融会中西，但是更为圆熟；他有李长之的洒脱豁朗，但更有深度。"那本薄薄的《咀华集》，单从所评论的作品目录就可以看出作者的眼光：《爱情的三部曲》（巴金）、《神鬼人》（巴金）、《边城》（沈从文）、《苦果》（罗皑岚）、《九十九度中》（林徽因）、《篱下集》（萧乾）、《城下集》（蹇先艾）、《雷雨》（曹禺）、《鱼目集》（卞之琳）、《画廊集》（李广田）、《画梦录》（何其芳）……除了巴金、沈从文、蹇先艾之外，其他的都是文坛新人，他们的作品刚刚冒尖儿，李健吾就给予热情的批评，不能不令人叹服他的眼光独到。

李健吾的批评是艺术的探险，风格的发现，他更追求公正，一如他的性格。凭着自己的艺术感觉，不吝惜赞美的言辞，也不做无谓的捧场。他常常与朋友辩论、"争吵"，不是私下里，而是公开的，直来直去都发表在报刊上，吾敬良友更

---

① 李健吾：《李健吾自传》，《山西师院学报》1981年第4期。

爱真理。《雷雨》还没有引人注意的时候，李健吾就写了评论文章，曹禺对其中一点另有看法，借《雷雨》单行本序言说了出来，李健吾看后又在另外一篇评论中予以回应。一来一往，好像隔空对话。而李健吾与巴金、卞之琳的争论，则是短兵相接，你来我往，谁也说服不了谁，有时候还夹杂着讥讽、火气，不熟悉他们关系的人不免为之担心，可是，这丝毫不影响他们的友谊。李健吾与巴金不用多说，卞之琳也是，抗战刚刚爆发，卞之琳从雁荡山回到上海，就是搭着床睡在李健吾的书房里。后来他们各自出版的书，巴金和李健吾都毫不避讳地将对方批评自己的文章收了进来，一版版印到如今，这是何等的气度！想今天动不动就发掘什么"史料"的人，如果仅凭他们的文字就去打听"文坛恩怨"，那完全是找错了对象。

  有位学者讲到李健吾与他的朋友们的关系，他说"文人相轻"在李健吾这里仿佛失效，李健吾经常挂在嘴边的那些老朋友：巴金、郑振铎、傅雷、陈占元、何其芳、钱锺书夫妇，同事说，他提到他们就像提到自己的家人一样自然、亲切、平常。这些人何以保持那么真挚持久的友谊，除了相互尊重、欣赏之外，他认为：他们志同道合，都是身受西方人文主义文化熏陶的人。——这是识者之见，正因为这个圈子那种热情、率真、坚持己见的风气，所以李健吾更习惯于直截了当表达自己的想法，更习惯于和而不同，大约正因为如此，《女人与和平》的争论中，让他那么无所适从。他甚至说过这样的话："假如建立剧评，或者批评，我们首先应当心平气静，从作品本身去分析，即使分析错了，被批评的人也会悦服的。十年前，我解释之琳兄的《圆宝盒》那首诗，自以为是，之琳兄回了我一篇文章，说我解释错了，我承认自己理智不够，便征取他的同意，把他的文章收为附录。两个人，两种影响，两种世界，两种看法，我们完全接受。因为，太简单了，我可以拿理说服对方，绝对没有办法取消他的存在。就如适夷兄的文章，从我的理智立场来看，情感重，语病多，然而我不能否认他的诚恳，所以我也就不动感情。""刘西渭不喜欢批评带着恶意去攻击别人，离开了作品本身去漫骂别人。"① 显然，他更怀念"十年前"的争论；他也从未认为自己"一贯正确"，

---

① 李健吾：《情感与理智——读许杰兄文章书后》，初刊 1947 年 3 月 12 日《文汇报》，现收《李健吾文集》第 8 卷，第 92 页。

但是，他不喜欢作品之外的、"带着恶意"的批评。也是十年前，梁宗岱为了"滥用名词"问题曾在《大公报》上给他写公开信，其中谈到朋友间开诚布公的学术争论：

> 我虽不敏，自幼便对于是非很认真。留学巴黎的几年，又侥幸深入他们底学术界，目睹那些学术界第一流人物——诗人，科学家，哲学家——虽然年纪都在六十以上了，但在茶会中，在宴会席上，常常为了一个问题剧烈地辩论。他们，法国人，平常是极礼让的，到了那时却你一枪，我一剑，丝毫也不让步，因为他们心目中只有他们所讨论的观念，只有真理。而当对方底理由证实是充足的时候，另一方面是毫不踌躇地承认和同意的。我羡慕他们底认真，我更羡慕他们底自由与超脱。我明白为什么巴黎被称为"新雅典"，为什么法国各种学艺都极平均发展，为什么到现在法国仍代表欧洲文化最高的水准。①

"自由与超脱"，这也是论争的境界，还有一个前提，没有非学术之外的因素参与，而1947年的论争，恐怕比单纯的学术论争要复杂得多，这也是为什么向来滔滔不绝的李健吾怯懦的原因。

朋友的相知，体现在相互的体贴和理解上，《女人与和平》遭到劈头盖脑的批评时，巴金给李健吾写了一封信：

> 现在已是胜利后的第十七个月了，可是你仍然在为生活奔波。你没有安静，你也没有续写《草莽》的心境。你写了《女人与和平》（我不大喜欢这个题目）。你不是个爱热闹的人，在你过去那些戏里我找不出一个热闹场面。这次在你应该说是"破例"。或许有人不赞成你改变作风，但我想你是被"逼上梁山"。这一年半来你看的受的，一定够多了。你为什么不该把那些牛鬼蛇神一齐请上舞台，打得个落花流水，使他们在你那照妖镜下面一一现出原形。让我们这些闷得要死的人痛快地吐一口气；嬉笑怒骂，皆成文章，的确你有一支能运用自如的笔。②

这是一位兄长的关怀和一个挚友的坦诚。多少年来，巴金欣赏他的才华，理解他的选择：是巴金在自己主持的出版社，推出李健吾的批评集《咀华集》《咀

---

① 梁宗岱：《从"滥用名词说起"底余波》，黄建华主编《宗岱的世界·诗文》，广州：广东人民出版社，2003年，第260页。
② 巴金1947年1月×日致李健吾信，《巴金全集》第23卷，北京：人民文学出版社，1993年，第221页。

华二集》，是巴金推出了"李健吾戏剧集"，也是巴金推出李健吾翻译的《福楼拜全集》，还是巴金后来接连推出李健吾翻译的屠格涅夫、托尔斯泰戏剧集……李健吾大半生的心血都是经巴金之手送到读者面前，如果说世间尚有"知音"，难道这不是最好的知音吗？

前些年，我意外地看到在一篇文章中披露的一封巴金1951年5月12日致达君的信，它与李健吾有关。据作者说，此信为"镇压反革命"运动期间巴金就李健吾历史问题所写的证明材料。整篇材料回忆了他与李健吾的交往，巴金自称："我在上海跟他来往的时候，我可以说是了解他的情况的。"用意很明显，就是他凭自己的了解为李健吾担保，"我只希望我的这篇东西能够帮忙消除一些人对李健吾的怀疑。"经历过那个时代的人都知道"多一事不如少一事"的道理，在人人自保的氛围中，巴金却毫不犹豫地证明李健吾在政治上是清白的，这对李健吾政治生命的保全太重要了。在《女人与和平》这出戏和李健吾与国民党的关系上，巴金也说得很明确：

从一九四六年六月一直到上海解放前的时期，他没有离开过上海。那时他担任《文艺复兴》的编辑和海光戏院的经理，据我所知，这海光戏院的职务是听了郑振铎的劝告在一九四八年底辞职的。中间一九四七年曾经因为《女人与和平》一个戏的演出，受过批评，这是一则黄色（但《女人与和平》在《文汇报》发表也讽刺过国民党反动政治的一些措施）噱头多，二则他写过一篇答辩文章，态度傲慢。他在一九四五年被日本人逮捕，于日本投降前他逃到屯溪，刚到屯溪不几天就得到日本投降的消息，赶回上海，以及在上海进国民党反动派市党部，在吴绍澍下面做了一个月的编审科科长，这些消息都是抗战胜利后他在上海写信到重庆来告诉我的。我回到上海以后也曾听见几个朋友说起这事，大家说是他糊涂，居然在这时候干起这种事来。骂了他一顿，他便辞职了。昨天我和佐临谈起"科长"的事，佐临说，李健吾做"科长"的一个月中，并没有做过什么坏事情。[①]

巴金没有把他的朋友说成是完人，他还客观地评价了李健吾：

据我个人的判断，李健吾聪明、博学，有才气，但是不踏实（我们常批评他

[①] 巴金1951年5月12日致达君信，初载张爱平：《有一颗金子般的心——巴金谈李健吾》，《档案与史学》1996年第4期；现收《再思录》增补本，桂林：广西师范大学出版社，2004年，第280—281页。

有点"浮",有时也来一点"粗制滥造"),喜欢替自己吹牛,爱批评人,但是从来没有害过人。他解放前对政治并无兴趣,但是他从无写过反动的文章。……他又曾用刘西渭的笔名写过一些文学批评文章,也批评到我,都收在他的《咀华集》《咀华二集》内。据我所知外面对他的为人和工作可以说是"毁誉参半"。有人对我骂他,也有人对我恭维他。譬如章靳以先生就不喜欢他的翻译,并且说他的文章写得"浮"。但叶圣陶先生却非常称誉他在开明出版的《莫里哀戏剧集》。[1]

说千道万,巴金要证明:"李健吾这人的缺点是不少的,但却不是大的缺点,而且他正在受着知识分子改造的磨炼,更不会有什么反动的活动。"[2] 由于这篇文章发表在专业性很强的一份刊物中,很少人注意它,我查了巴金和李健吾两个人各自的资料,在他们生前谁都没有提起过它。李健吾可能根本就不知道巴金写过这样一份材料。而巴金,或许早就忘了,因为这在他也很平常,他曾经说起过马大哥(马宗融),倘若有人在马大哥面前说起自己朋友不好时,他会立即挺身而出为朋友辩护。这不也正是巴金的交友之道?也许他觉得没有必要讲,他不是那种做点事情就喜欢到处嚷嚷的人。

事过境迁,读着这一句句语言平淡的叙述时,我感到每个字都是滚烫的,"友谊"不是空洞的字眼,也不需要惊天动地的佐料,它就是这样一笔一划书写出来。

命运的大戏没有万能的导演,巴金为朋友的证明难以洗刷那个时代加在李健吾身上的成见。据韩石山在《李健吾传》(北岳文艺出版社 1996 年 11 月版)中披露:五十年代初,李健吾就听到过这样的消息,华东文化部副部长彭柏山在北京对朋友说,李健吾在上海表现不好。而他所在的学校领导和上海文化界的领导也对他有看法。这些也是他离开上海、离开自己参与创办的上海剧专去北京工作的重要原因。有一点不容否认,那几年,他在文艺界很受冷落,1953 年秋天在北京召开的二次文代会,李健吾居然连代表都不是,这几乎是沈从文四年前缺席首次文代会的重演。远在朝鲜战地的巴金闻讯,大为不解,在 10 月 29 日给妻子的信中为老友鸣不平:"健吾未去参加文代会,郑振铎提意见,这是对的。健吾

---

[1] 巴金 1951 年 5 月 12 日致达君信,《再思录》增补本,第 281—282 页。
[2] 同上书,第 282 页。

是个有修养的作者，如能克服自己的缺点，前途未可限量。不帮忙他进步，把他关在门外，这是损失。"① 巴金自己也料不到，1958 年，反右浪潮刚过，惊魂未定，他与郑振铎、李健吾三位老朋友在"拔白旗"运动中又同属一科，被当作"白旗"而受到声势浩大的批判，仿佛刻意要给他们补上反右的一课似的。尤其是巴金，几乎是文艺界最大的一面"白旗"被批了大半年，那种批判他们的语言和口气有着他们曾经熟悉的气息。就是这样，他们在被排定的人生角色中疲惫地演完这场又是下一场。1964 年文艺界整风，李健吾差一点被定为汉奸，算的还是前面提到的那些旧账。

"拔白旗"运动时，一位年轻人曾写万言长文批评李健吾，对他最大的不满是，时代变化了，李健吾的"资产阶级唯心主义的学术观点是表现得淋漓尽致的"，"还是依然故我"！文章认为，他所批评的李健吾这篇文章，"几乎渗透着客观主义的态度，为学术而学术的倾向，和立志不让别人看懂的文风，这些也都直接间接地与资产阶级的学术观点有关。因此，我们可以断言：李先生是文学研究工作领域内的一面白旗，这面白旗历二十年如一日，甚至不因我们祖国解放后惊天动地的变化而有所变化，这确实是惊人的"②。

思想、学术问题另当别论，仅从做人来讲，这话仿佛不是批判，而是赞扬，特别是对于那些善变的墙头草、趋炎附势的小人而言。当郑振铎被批得狼狈不堪，甚至为改造思想在日记中发誓今后不再买古书时，批判会一结束，李健吾却上前握手安慰老朋友，他总是"依然故我"！

四、他的心有光彩

1972 年春节前，屡受高血压折磨的李健吾获准从干校回家治病。临行匆匆，家里人并不知情。当女儿看到面前站着的瘦小、苍老的小老头时，一下子竟没有认出是爸爸。此时，这个家庭也面临着极大的不幸，大女婿和外孙女在四川乘船过江落水而亡，女儿遭受打击，长时间心情不好。好在，不到一年后，学部恢复

---

① 巴金 1953 年 10 月 29 日致陈蕴珍（萧珊）信，《巴金全集》第 23 卷，第 348 页。
② 陈燊：《评李健吾先生的〈科学对法兰西十九世纪现实主义小说艺术的影响〉》，《文学研究》1958 年第 4 期。

了原来的建制，李健吾的处境才略有改善。

此时，他却听到巴金的妻子去世的消息，接下来是巴金的"问题"一直悬而未决。1974年，巴金的外孙女出生，家里添了人口，这么多人仅靠一点点"生活费"度日，这怎么行啊？李健吾开始为老朋友的生活处境而忧心，他还为巴金鸣不平。几年前在干校中，他就说过："在干校看电影《英雄儿女》时，我向同事说，这是巴金的，把他的名字勾掉了，可是为什么又不断在放呢？一定是为了朝鲜！这说明，巴金是有功的。否则，你为什么又利用他的作品呢？"[①]

臧克家清楚地记得，有一天李健吾跑到他家中说："老巴是个好朋友，重感情，有学问，不但创作丰富，在文化出版事业上也做出了不小的贡献呵。朋友弄了钱，我要设法给他转去。"[②] 钱是李健吾找巴金的另外一个朋友汝龙借来的，汝龙刚刚发还稿费，李健吾向他谈了巴金的情况，说朋友们要帮他渡过难关，并告诉汝龙他女儿将去上海，他有办法近期把钱转到巴金手上。汝龙毫不犹豫地答应了，这不仅有对巴金的共同情谊，而且汝龙在"文革"初期就得到过李健吾同样的帮助，对这种情谊有切身感受。李健吾去世后，汝龙在1983年1月24日给巴金的信上含泪谈到这件事：

他有一件事，我永世也忘不了。"文化大革命"刚开始，我们左邻右舍天天抄家，打人，空气十分紧张，不料有一天他来了。那时我的稿费没有了，而且一家人挤在两间小屋里，很狼狈。不知他怎样晓得的，他从提包里拿出一个小包，说这是二百元，你留着过日子吧。因为那时人文正考虑给我们每人每月二十元生活费，我自以为有罪，该吃苦，就没要。他默默地走了。那时候我的亲友都断了来往，他的处境也危在旦夕，他竟不怕风险，特意来拉我一把。黄金般的心啊！人能做到这一步不是容易的啊！因此我知道他死讯的那天晚上通宵没睡，眼前总像看见他那张苍白的脸，他那充满焦虑的目光，他那很旧的黑色提包，他那用手绢包着的钱，我甚至觉得，我再活下去也没意思了。……我认为，他文字有光彩，首先因为他的心有光彩。[③]

---

① 李健吾1978年7月6日致巴金信，《李健吾书信集》，太原：北岳文艺出版社，2017年，第72页。
② 臧克家：《一个勤奋乐观的人》，《散文》1983年第2期。
③ 汝龙1983年1月24日致巴金信，据手稿整理。

1975年，李健吾还是对巴金的生活放心不下。这次环境宽松一点了，他们不用在书信中为送钱的事情打哑谜了，当年9月14日李健吾给巴金的信上直接说：大女儿维音出差上海，"带去叁百元，你如若不留下，我就生气了。这先能帮你买买药，操操外孙女的心"①。语气不容置疑，全然不顾巴金还是一个"不戴帽子的反革命"……在那样熟人相见扭头作不识的年代里，这送来的岂止是钱？巴金后来同样是眼含着热泪在向人们讲述这"'雪中送炭'的友情"②。

在李健吾心中，友情是不分寒天还是酷暑的，朋友处在逆境，他就会义无反顾出手相助。这种友情中也含着正直，那种出于正义力量的人格光辉。1967年，上海有位年轻人找李健吾外调柯灵的材料，这年轻人开口"叛徒"闭口"叛徒"地称呼柯灵，李健吾气得浑身发抖，和他大吵了一场。在那些阴晴不定的日子里，人的命运常常大起大落，不论怎么变化，李健吾的性格没有变，他的豪爽和热情没有变。夏衍写道：

我们再次相见，是在一九七七年的何其芳的追悼会上，那时，我的"问题"还没有做出"结论"，去参加追悼会的时候还挂着双拐，这是我"文革"以后第一次在公共场合露面，人们都用惊奇的目光注视着我，而他却从人群中挤出来，紧紧地握住我的手，凝视了一会儿之后，只说了一句："见到你，太高兴了！"他依旧是那样豪放、爽朗，丝毫不把我当作"不可接触的人"。我鼻子有点发酸，这种友谊实在是太可贵了。③

不就是握个手吗？李健吾1977年10月6日给巴金的信恰恰可以佐证，夏衍的出现是多么"轰动"以及有些人是如何把他当作"瘟神"的："夏衍去上海探亲了十来天，后来和周扬赴国宴，公开恢复名誉，又赶回来了。这里有一个故事，就是吴雪约他到中国话剧团看演出，而经理认为是'四条汉子'，动员剧团不演戏，要退票。后来吴雪急了，以上级的身份下命令要他服从，夏衍才看了戏。'四人帮'流毒多深！吴雪向中央汇报，中央立即决定请夏衍回京参加国宴！"④

---

① 李健吾1975年9月14日致巴金信，《李健吾书信集》，第42页。
② 巴金：《病中（二）》，《巴金全集》第16卷，北京：人民文学出版社，第471页。
③ 夏衍：《忆健吾》，《文艺研究》1984年第4期。
④ 李健吾1977年10月6日致巴金信，据手稿整理。

友情是一汪洗涤灵魂的圣水，这个直性子的人常常表现出孩子般的率真。1977年4月底听到巴金的"问题"终于得以解决，李健吾高兴得不能入眠，吃了安眠药，还是在清晨三点就醒来，拿起笔给巴金写长信，倾诉自己的兴奋之情①。又把这消息立即告诉在京关心巴金的朋友，巴金感动地回信："你比我自己还激动，这说明你的关心。我感谢你的友情。在困难的时候才看到真心。我已习惯于沉默，习惯于冷静，但是我要把我对朋友们的感激的心情带到坟墓里去。"② 真算上是生死不渝的友情，1978年3月13日上午，老朋友劫后重逢，巴金的日记中写道："健吾紧紧握着我的手，老泪纵横，令我感动。"③

他们相互鼓励，在晚年又开始了人生的新篇章。巴金翻译《往事与随想》，写《随想录》，出访。李健吾又开始写戏，写论文，整理译作。后来，他开始练气功，大有返老还童之感，去四川，到陕西，回山西，与其说去游览名山大川，不如说是访亲会友，这让他更激动，更兴奋。他的旧作要出版了，为了纪念那份沉甸甸的友情，他坚持要巴金为他题写书名。那是1980年4月15日，在李健吾家，两位老朋友为此还闹了点小别扭：李健吾请巴金给他的《剧作选》题名，巴金说自己的字写得太坏，坚决不同意，而李健吾却坚持己见，并说："你当初为什么要把它们介绍给读者呢？"两个老头儿都很认真，一时间谁都不讲话了，屋子里沉默下来。巴金不是客套，题字确实是他深以为苦的事情，而李健吾也并不是要拿巴金的字为自己贴金，他的创作里浸透着两个人半个世纪的友情，他看重的是这个。巴金理解这些，终于让步了，李健吾高兴得像孩子一样有说有笑了……

这是他们的最后一面。

1982年11月24日上午，从外地游览归来的李健吾在家中赶写文章。午饭后没有休息，继续伏案工作，后来，当夫人再进屋喊他时，他已坐在沙发上不应声了，书桌上还有他没有写完的文章……李健吾曾多次说过，他敬佩的莫里哀是倒在演戏的舞台上，而他作为一个作家是倒在书桌边，也算写作到最后一息了。他的老友卞之琳认为李健吾的人生犹如戏剧，高速度、转换大，不但有声有色，而

---

① 见李健吾1977年4月26日致巴金信，《李健吾书信集》，第49页。
② 巴金1977年5月14日致李健吾信，《巴金全集》第23卷，第227页。
③ 巴金1978年3月13日日记，《巴金全集》第26卷，北京：人民文学出版社，第221页。

且做戏和为人一样都不作假。①

此时，巴金正打着牵引，在医院里与病魔搏斗，"文革"后遗症让他夜间噩梦不断。亲友们怕他经受不住这样的打击，对他封锁了消息。巴金出了新书还不忘老友，在病床上写上李健吾的名字，要家人寄往北京……

前不久，我翻开这本有着巴金题词的《李健吾剧作选》，在李健吾的后记中，读到这样一段话：

> 在活着的老朋友当中，心里一直有这么一个"李健吾"的，数十年如一日，怕是不多了。他就是巴金。尽管他的日子过得那么忙、那么苦，解放前为"李健吾"写的戏剧坚持到底，把"李健吾"写的一些不成才的东西一部一部印出来。特别是创作的话剧，不分好歹，在重庆印，在上海印，虽然有些偏爱，友情却十分可贵，所以这回印《李健吾剧作选》，我就老着面皮请他用圆珠笔，在扉页上题几个字，他推辞不过，只得答应。②

我想到了他们最后一次相见，不但理解了李健吾为什么坚持要巴金题写书名，还看到了一种情感几十年不变的坚定，特别是："在活着的老朋友当中，心里一直有这么一个'李健吾'的，数十年如一日，怕是不多了。他就是巴金。"这是彼此间多大的信任啊，默念着这些语句，我的泪水忍不住流了出来，在一个瞬息万变的社会中，我们的生命里还有多少东西牢不可破？能够说出这样的话的人是多么幸福啊！幸福的巴金，幸福的李健吾！

今年春节前，听说我关注辣斐剧场的演剧旧事，一位老师要把李健吾的一位朋友介绍给我。春节后，正当我要去与他一起追寻那个年代的往事时，他却突然去世了，那一代人的历史仿佛瞬间又对我关上了大门。不久前的一个晴暖中午，我沿着复兴中路寻找辣斐花园剧场、辣斐大戏院，它们也都不在了，当年剧场的热闹也早已烟消云散了，这令我未免有几分怅惘。然而，在初春的阳光下，想到巴金在《随想录》里的话："黄金般的心是不会从人间消失的……我不断地念着这个敬爱的名字：'健吾！'"③我又觉得他们用生命演绎的人生大戏是不会散场

---

① 卞之琳：《追忆李健吾的"快马"》，《新文学史料》1990年第3期。
② 李健吾：《〈李健吾剧作选〉后记》，《李健吾文集》第4卷，第505页。
③ 巴金：《病中（二）》，《巴金全集》第16卷，第472页。

的，那些过往的情节会被观众永远留在心中，在以后的岁月里反复地上演，不断地散播。

2013 年 3 月 18—20 日

附录：

黄永玉致本文作者的信

立民仁弟：

今早读到《收获》第三期大作《不散场的戏》，我哭了。

和健吾先生一辈子只见过三两次面，都没有说话。我小，搭不上腔。一次是一九四七年我去《文艺复兴》送扉页的木刻头花，是振铎先生约的。在一间小阁楼上。郑先生介绍了李先生。记得还有一位前来办事的穆木天先生。以后是多少多少年沈从文表叔的东堂子胡同，一回还是两回，也是没有搭腔。

中国那么大，所有老人家们的遭遇，几十年来由于我自己缠身的政治小困境，难得额外心思关注。恍一眼，几十年过去了。

健吾先生为人，当年帮我好朋友汪曾祺在致远中学教书，听说还经常给些经济帮助。以后表叔谈起李先生的豪侠和学养，都给了我深刻印象。但主要是他的翻译和"刘西渭"评论的精微头脑。

《包法利夫人》无容置疑是翻译和文体的典范。从容，委惋〔婉〕，平实到家的风度，把福楼拜的精神直落骨髓。两个文章高手捧在一起，好重，好精彩。

你这篇文章勾起我层层旧梦。

"当年的进步作家都落后了！"这句很伤了我的心；可能痛苦的回荡会伤好多老人的心。

老人也不多了！

祝好！

黄永玉
一三、五、廿二

作家论之二：李健吾论[①]

郭天闻

"人生如此丑恶，唯一忍受的方法就是躲开。要想躲开，你唯有生活于艺术，唯有由美而抵于真理的不断的寻求。"——居斯达夫·福楼拜

从法国文学到话剧

中国作家研究法国文学而有成就的如袁昌英、黎烈文、李青崖、徐霞村、马宗融等，李健吾也是其中之一；而对于法国名作家福楼拜的研究最有成就者，当以李氏为第一人。中华教育文化基金董事会编译委员会主编的《福楼拜评传》，即系李氏所著；参考书目近百种之多，集各家之大成，其材料之丰富，可以想见。

福楼拜是法国十九世纪文学园地里小说方面的不世之才，与当时的司汤达（Stendhal）、巴尔扎克（Balzac）鼎足而三，凭着内在的迸涌不绝的艺术意识，在小说创作上立了不朽的丰碑。健吾先生说得好："他做我们性灵最后的反抗，从理想里追求精神的胜利。生来乡下人，他终身不过是一个布衣。"

健吾先生虽以研究福楼拜知名，然而，最大的成就还推戏剧。作品是辉煌的一列：《这不过是春天》《以身作则》《母亲的梦》《梁允达》《新学究》《黄花》《金小玉》《喜相逢》《秋》《云彩霞》《艳阳天》《青春》《王德明》《阿史那》《委曲求全》（原著者王文显）《袁世凯》（同上）、《爱与死的搏斗》（原著者罗曼·罗兰）。次推文艺批评，著有署名刘西渭的《咀华集》两册。再次为短篇小说，集

[①] 原载《上海文化》1946年第6期。

有《使命》，散文著有《希伯先生》等。

健吾先生对于剧本的改编，自承其有经验，他能抓住原著的灵魂，而改编出来的无论就氛围、结构、人物、对话上讲，都是百分之一百的中国的。笔者非常欣幸得以先睹为快地一气读完他的《阿史那》。他从浩如烟海的中国史实里，找出与莎士比亚的共鸣之点，殊足钦佩，希望该书早日问世。

作品里的人性表现

古今中外的伟大作家，其成功的最大条件，在对于人性的体验与理解。作品里若没有人间的影子，还成什么"东西"。健吾先生在他每一个作品的跋或后记里，都从不同的角度提到人性表现问题。今以《黄花》及《以身作则》为例：

"我不要勉强人性，我要它平常而又平常。"（《黄花》跋）

"我要的是公允：人生以及艺术的公允。问我多要些，我没有编造的本领；要我少来些，我担心我的情感。我唯一的畏惧是自己和人生隔膜。"（《黄花》跋）

"我发见若干人类的弱点，可爱又复可怜，而我的反应竟难指出属于嘲笑或者同情。马齿越加长，世事的体验越加深，人性的观察越加细，我便越发觉自己忧郁，而这忧郁蒙着一层玩世不恭的浮尘。"（《以身作则》后记）

鲁迅先生曾经说过大致如下的一段话："一个斗士的日常生活中的一节一目，看是寻常和平凡的，但无一不与他底斗争有关。"我们更爱看作家们怎样描写常人凡人生活中的一节一目，因为我们觉得对于它们更亲切，更熟习；它们是人间的，跟环绕于我们周围的影子常有或多或少的类似之点，因此，我们易于接受，而获得有益的启示。

就以《黄花》为例：

健吾先生笔下的 Lilien 姚，是一红舞女，怀着一位空军战士所下的罪孽的种子，不敢和人世相见，悄悄避出内地，举目无亲，身无分文，来到一个稍一不慎即将失足的大都市。同情者问她如何安排；她说：我什么安排也没有，只是随着命运的摆弄。我们不必奢望像 Lilien 姚这样的一个女人，为了纪念光荣殉国的战士、情人，而慷慨激昂，参加抗战，拖一个"光明的尾巴"。因为，事实上，她还得向浊流里跑，也就免不了要遇到像陈三爷、Master 杨及 General 苗那些各从不同角度追求而来的丑怪。她千方百计地不让别人知道她是一个有夫之妇，一个已经做了母亲的女人。（虽然丝毫无损于她的母性爱；她把希望寄在下一代，她要孩子好！）然而，严格地说起来，身体是她唯一的资本，欢笑场中谁稀罕一个养过孩子的女人！其余的人物，如电影公司的代表关先生，消闲小报的经理仇先生，都想在这个可怜的女人身上捞上一票；以前他们这样做，以后也将这样做。就在这十里洋场的上海，这班东西的嘴脸不是常常在我们的面前一掠而过吗？健吾先生笔下的人物，栩栩如生，好得可爱，也坏得可憎。成功就在这里。

我说健吾先生的作品充满了"人情味"，他对于人性体验之切，理解之深，非常人所能及。《黄花》里的"第一号"是"一个忠厚的世故老"，他向 Lilien 姚叙述香港的沧桑，也叙述人世的沧桑，跟《云彩霞》里的琴师王景福是同一类型的人物。

"告诉他们我是好人"

健吾先生在敌宪施以残酷的水刑之后，敌宪问他有什么遗嘱传给他的女人和孩子们；他在极度苦痛中，迸出了一句话："告诉他们我是好人。"

简简单单的八个字，包含着多么深刻的意义！

因为腿病不能跋涉，因为家累不能远行，留在敌伪盘据的上海，吃一口"百家饭"（健吾先生自己的创语），忙中翻译自己喜爱的国外作家的作品，来的钱是干净的，所作所为并无不可告人之处；这样自称是一个好人，该无丝毫的夸张和自诩吧。

八年来留在上海的忠贞不渝的文学工作者，有的蛰居治学如郑振铎先生；有的靠着某种职业为掩护，而尽其教育沦陷区广大民众的责任。健吾先生的"职业"就是戏剧的编导；有时兴起，与年轻的一辈粉墨同场。他曾扮演《这不过是春天》里的厅长和《金小玉》里的黄参谋长。

戏剧是八年来上海文化工作最有力的一环，健吾先生是中流的砥柱。凭着他对于法国文学的修养，给我们翻译了以法国大革命后史实为背景的罗曼·罗兰的《爱与死的搏斗》，予上海人民以卓然的启示。更进而根据萨尔都的原著改编了《花信风》《风流债》《喜相逢》及《金小玉》，以最后者为最成功，敌人也觉得该是"请"他进去的时候了。石挥所饰的王士琦简直是一绝,他的残忍,淫荡,活画了有"上海屠夫"之称的敌宪。然而,"动刀的必死于刀下",影射敌宪的王士琦终于给一个顽强的女人手刃了;"太阳帝国"的日本也殒落了,强权暴力是最靠不住的。

一个好人的痛苦

"没有光明的自由,没有希望的岁月,我虽一介书生,如何能不痛苦?"这是健吾先生"与友人书"的结语。

我们的心比胜利前还要乱;作为一个文学战斗者的健吾先生,自比一般人更敏感,也就更感痛苦。

战斗了一程又是一程,我们没有顾盼的余裕,快把痛苦变质,磨厉以须,剑及履及,为下一程的斗争作准备!

杨绛的成名与李健吾先生
——从杨绛先生的一封信谈起[①]

蒋勤国

已逾期颐之年的杨绛先生，驾鹤远行，魂归道山了。

杨绛先生晚年企慕苏东坡"万人如海一身藏"的人生境界，几乎谢绝一切社交活动，默默而专注于自己自由而独立的精神世界，尤倾全力于构建"我们仨"的心灵家园和文化世界。晚生有缘，因研究李健吾先生之故，曾与杨绛先生有过"一函之交"——杨绛先生手书并"钱锺书同候"的一封书函至今珍藏在我的书箧中，倏忽之间已二十六年。

缘起：因研究李健吾而与杨绛通信

那是1990年5月的事，杨绛先生年近耄耋（79岁），我26岁，正是初生牛犊不怕虎的年岁。

我自中国人民大学中文系毕业后一度专注于中国现代文学研究，并因研究李健吾先生而与杨绛先生通信。李健吾先生是中国现代著名的戏剧家、小说家、散文家、文学评论家和翻译家，以"刘西渭"为笔名的印象式的文艺评论风格冠绝现代。我在搜集李健吾先生研究资料的过程中，获知李健吾与钱杨夫妇有多年的交谊。他是钱锺书杨绛夫妇的清华学长，其妻尤淑芬女士是杨钱夫妇的同乡且有远亲。李健吾上世纪四十年代在上海沦陷的"孤岛"时期、抗战后的上海一度与钱锺书杨绛夫妇过从颇密。李健吾与钱杨夫妇的往来由上海而到解放后的北京，

[①] 原载2016年6月4日《新京报》。

由校友、朋友而朋友加同事，他们又相当长时间一直"住在一个大楼"，他们之间的交谊近四十年。

李健吾是法国著名喜剧家莫里哀的翻译者和研究者，他翻译的《莫里哀喜剧》1982年4月由湖南人民出版社出版时，钱锺书先生为之题签，题的是："李健吾译　莫里哀喜剧　钱锺书敬署"。李健吾去世后的1983年8月，宁夏人民出版社出版《李健吾文艺评论选》时，杨绛为之题签："杨绛敬题"。两个题签均分别加盖个人印章。

钱锺书、杨绛夫妇饶有个性，他们夫妇常以互为对方的著作题签为乐，绝不轻易为人题签题字。我据此认为钱杨夫妇与李健吾交往多年，应当知晓李健吾更多的生平事迹，同时也希望了解他们对李健吾文学成就的认识和评价。我斗胆向钱杨夫妇写了一封言辞恳切的信请教。1990年5月中旬的一天，我收到了杨绛先生写在中国社会科学院外国文学研究所信笺上的亲笔信。她在大函中用端庄娟秀的字体这样写道：

勤国同志：

你好！你的信昨天才由所（指杨绛先生工作过的中国社会科学院外国文学研究所——注）里的同志转来。李健吾先生是我们夫妇的学长和前辈（大学里毕业早四五年便是长一辈），没有同过学。我写剧本，曾受他鼓励。但钱锺书的《围城》在《文艺复兴》刊出，主要是由于郑西谛先生的关系。我和李先生曾是同事，但对他的生平，可说一无所知。记得"四人帮"得势时，他忽对我说："我的丈母是贫农出身。"（他丈母是我同乡，且有远亲。）我说："绝不可能。"他和我从社科院办公处一同步行回宿舍（20—30分钟的路），一路争辩——当然是友好的辩论，末了他说："我的事，你知道什么？"我想想他的话很对。他的生平，我实在一无所知。我只能说说他的为人。他自奉甚俭，工作勤恳，对贫困的亲友很重"哥们儿义气"。他是好丈夫，对妻子（我的同学）笃爱体贴，对子女是十足的慈父而不是严父。他好大言，吃了亏或上了当就"打肿脸充胖子"，朋友都说他天真。我们所知，仅此而已。专复。

　　即致

敬礼！

杨绛五月九日
钱锺书同候

解读：信函蕴含多重文化信息

　　杨绛先生的信函不长，却传递并透露出多重丰富的历史文化信息：一是他们夫妇很尊重李健吾先生，称李为"先生"和"前辈"。前述两个含"敬"字的题签即见敬重、推重之意。李健吾生于1906年，钱锺书生于1910年，杨绛生于1911年，李不过年长他们夫妇四五岁而已哉；二是她写剧本，曾受李健吾鼓励；三是她与李健吾丈母是同乡和远亲，与李妻是同学，因此与李健吾同为清华校友、学长，友情外另加一份亲情；四是用一路争辩和"好大言"对李健吾为人的真诚侠义、慈父特别是天真性格做了极简洁而形象的描述，有赞赏也不无某种谐趣；五是似乎不无刻意地以带有澄清某种历史事实的意味说明一个历史事实："但钱锺书的《围城》在《文艺复兴》刊出，主要是由于郑西谛先生的关系。"一个"但"字，语气陡转，颇费思量。学界众所周知，《文艺复兴》是郑、李二先生联合主编的啊！当年我对"但"字后的叙述有所疑问，本想再致函杨先生寻个究竟，但犹豫再三，终于未敢再叨扰先生。

　　1906年出生的李健吾成名极早，上世纪二十年代尚在就读北师大附小时就在北平剧坛以出演旦角闻名，是北平亦即中国新兴话剧运动的积极参与者。1925年夏，李健吾考入清华大学。他原报的是中文系，后来听从朱自清的劝告，翌年转入西洋文学系，从此与朱自清结下师生之谊。李健吾与杨绛先后成为朱自清、王文显（著名戏剧家、时任西洋文学系主任）、著名的温德教授的学生。朱自清赞赏李健吾的小说和戏剧创作，热情地给予指导和推荐发表，并为《一个兵和他的老婆》、《心病》（中国第一部长篇意识流小说）写评论、写序推荐。杨绛求学清华大学研究院时，选修了中文系朱自清先生的"散文习作"。

　　一贯爱好文学的杨绛开始文学创作，得到朱自清先生的欣赏，她的第一篇散文《收脚印》和第一篇小说《璐璐，不用愁！》都被他推荐至《大公报·文艺副刊》上发表，引起了文坛注意。当时不免稚嫩的杨绛尚是杨季康，由此作为女作家崭露头角。杨绛先生终生难忘朱自清先生的提携，晚年编订《杨绛散文选》《杨绛全集》时分别将《收脚印》和《璐璐，不用愁！》作为自己的散文、小说处女作收入，并特别各自加附注、附记说明缘起，"承朱先生称许"，"承朱先生鼓励后学","留志感念",以表达对朱自清先生的感念之情。

李健吾为人确有侠义之风,正如杨绛所言很重"哥们儿义气"。巴金晚年在名著《随想录》中两次深情撰文回忆李健吾,称赞他总是"掏一把出来","有一颗黄金般的心"。李健吾出生于山西安邑(今运城市)古舜帝庙、关帝庙附近,一方有古道热肠和关公侠义的水土,一个耕读传家的家庭。父亲李鸣凤是辛亥革命晋南主要领导人之一,后被军阀暗杀。孤儿寡母一度靠冯玉祥等父亲生前好友的资助方勉强完成学业。自幼失怙,生活艰辛,但并未消磨李健吾的厚道和赤诚侠义性格。

上海"孤岛"时期,李健吾靠教书和翻译勉强维持一大家人的生机,生活极为拮据,当知悉郑振铎为"复社"筹资出版《鲁迅全集》时,慨然拿出50元资助。特别让人感动的是,王文显先生在上海沦陷后道路阻塞,流落沪上生活艰难,他常去看望先生和师母。他放下自己的事,把王先生的英文剧《北京政变》翻译成为《梦里京华》,先后由美艺剧社、联艺剧社演出,每星期去剧场收6%的上演税送给王先生,解决了他们一家的生计问题。当时任教西南联大的朱自清先生也将滞留上海的家眷托他照顾,他都尽心竭力。

据杨绛回忆"孤岛"时期那段灰暗的岁月,郑振铎、李健吾是他们"经常往来的朋友"。钱杨对此当有所耳闻。"十年浩劫"时,人人自危,李健吾获知翻译家汝龙生活窘迫,偷偷地去看望他并给他200元资助,给了汝龙一家生活下去的勇气。尽管汝龙谢绝了他的好意,但终生感激他的雪中送炭,李健吾去世后他通宵未睡,写信向巴金表达他对李健吾的感激之情。李健吾关心老朋友巴金的生活,悄悄地借大女儿、二女儿出差上海之际专门给巴金送去500元(李健吾动议汝龙出钱)、200元钱。巴金晚年卧在病床上一笔一画地撰写专文两篇,赞美李健吾"一颗黄金般的心"。

"孤岛"末期,李健吾和杨绛有一个共同的悲惨遭遇。李健吾"孤岛"时期因参与进步戏剧的编译,曾遭日本宪兵的迫害,受到水刑折磨。幸得清华校友保释出来。杨绛也险些遭遇同样的迫害,家里遭到日本宪兵的搜查,被迫到日本宪兵司令部接受讯问。迫害他们的,竟然是同一个叫荻原大旭的日本宪兵。

李健吾后来写了《荻原大旭》《罪案》和《小蓝本子》三篇纪实散文,记叙他在日本宪兵司令部所遭到的迫害,愤怒地控诉荻原大旭这个和尚出身、人面兽心的强盗的狰狞嘴脸。杨绛在四十多年后的1988年，写了散文《客气的日本人》，记叙日本人对她的"客气"和她的所谓"运气好"。文中记叙她与李健吾先生谈起他经受的种种酷刑，特别是"水刑"直灌到他七窍流水昏厥过去后，杨绛先生这样写道：

  大概我碰到的是个很客气的日本人，他叫荻原大旭。

  李先生瞪着眼说："荻原大旭？他！客气！灌我水的，就是他！"

（1947年在上海出版的小说《围城》）

解疑：《围城》的发表与李健吾的推介

  据我爬梳剔抉相关资料，杨绛先生关于"钱锺书的《围城》在《文艺复兴》刊出，主要是由于郑西谛先生的关系"这一叙述未免偏颇且片面。《围城》是最初发表在《文艺复兴》第二期。1945年秋，抗日战争胜利后，郑振铎、李健吾二先生共同策划出版大型文学杂志《文艺复兴》，号召作家"为科学，为民主，为自由"而写作，1946年1月创刊。

《文艺复兴》是当时全国唯一的一个大型文学刊物，实际的编辑就是郑、李二人。大体的分工，李健吾负责创作，郑振铎负责中国文学理论和文学史一类稿件。付印前总是由李健吾拿给郑振铎过目。《编后》和《编余》一类文字，分别由两人写，郑编的称《编后》，署"谛"，李编的，称《编余》，署"健"或"健吾"。据此大致可以看出这一期刊物是以谁为主编起的。刊物的封面，都是李健吾设计的。

郑、李都与钱锺书杨绛夫妇相熟，知道钱锺书正在写小说《围城》，就商定从创刊号起用一年的篇幅连载完这部长篇。然而在创刊号组版时，钱锺书先生却以来不及抄写为由，要求延一期发表。同时，他拿来短篇小说《猫》。这样，《文艺复兴》的创刊号发表《猫》，也发表了杨绛的短篇小说《ROMANESSQUE》。同时在"下期要目预告"中，将钱锺书的《围城》（长篇）在头条予以公布。

这样，《围城》从1946年2月出版的《文艺复兴》一卷二期上开始连载，李健吾在《编余》中特别指出："钱锺书先生学贯中西，载誉士林，他第一次从事于长篇小说制作，我们欣喜首先能向读者介绍。"这简短的几句话是有关《围城》最早的评介文字。

《围城》连载原来预计至二卷五期结束，由于钱锺书患病的原因暂停了一期，第六期才续完。1947年《围城》由晨光出版公司作为"晨光文学丛书"之一出版，钱锺书写的《〈围城〉序》，在《文艺复兴》1947年1月出版的二卷六期续完小说的同时发表了。1980年11月，人民文学出版社在新中国成立后第一次重印《围城》，出版后畅销一时。钱锺书的名声顿时如雷贯耳。钱锺书亲笔签名赠送李健吾新版《围城》。当时许多报刊纷纷发表评论文章评价。1981年3月号《文艺报》刊发了李健吾的《重读〈围城〉》，并且以李健吾的名字而非"刘西渭"打出了"咀华新篇"的栏题。李健吾在文章中以好友话家常的口吻回忆了他与钱锺书杨绛夫妇的交往，并对《围城》给予了高度评价。他说：

手里捧着《围城》，不禁感慨系之。这是一部讽刺小说，我是最早有幸读者中的一个。我当时随着西谛（郑振铎）编辑《文艺复兴》，刊物以发表这部新《儒林外史》为荣。

我们相识还得感谢同学兼同事的陈麟瑞（清华校友、著名戏剧家、柳亚子先生的女婿——注）……经陈介绍，我家和他（指钱锺书一家——注）家也往来起来了。……我演过她的喜剧《称心如意》，做老爷爷，佐临担任导演，却不知道她丈夫在闭门谢客中写小说。其后胜利了，西谛约我办《文艺复兴》，我们面对着他的小说，又惊又喜，又是发愣，这个作学问的书虫子，怎么写起小说来了呢？而且是一个讽世之作，一部新《儒林外史》！他多关心世道人心啊。

这是一部发人深省的各种知识分子的画像。……而作者清词妙语，心织舌耕，处处皆成文章。

改革开放之初的八十年代，文学报刊并不多。《文艺报》当然是最有权威性和影响力的。钱锺书杨绛夫妇的阅读面极广且量极大，必定会注意到李健吾的这篇《重读〈围城〉》。或许是他们对李健吾的某一事实叙述（即使那么简约）有所异议，觉得书稿首先是与郑振铎先生约定而非与郑、李二人共同商定刊发的，忘记或者竟然未曾留意书稿主要是由李健吾编辑的历史事实，又或许他们对李健吾在文章中称钱锺书为"书虫子"这样的揶揄（这样的民间俚语朋友间调侃未为不可，写入评论文章中难免有伤大雅甚至也未免失敬）不免哑然失笑，或许是其他未明的因素，故而以"但"字所述委婉地表达某种隐曲。生活经常没有逻辑，这或许又是一个文坛悬案罢。

成名："杨绛"的得名、盛誉与李健吾

杨绛先生开始写作剧本源于李健吾先生等的鼓励。事实也确乎如此。据杨绛在《〈称心如意〉原序》中的叙述，1942年冬天的一天，陈麟瑞先生请杨绛、李健吾等朋友上馆子吃烤羊肉，李、陈二人都爱喜剧，在兴头上怂恿她也来写一个剧本：

大家围着一大盆松柴火，拿着二尺多长的筷子，从火舌里头抢出羊肉夹干烧饼吃。据说这是蒙古人吃法，于是想起了《云彩霞》里的蒙古王子，《晚宴》里的蒙古王爷。李先生和陈先生都对我笑说："何不也来一个剧本？"

当时我觉得这话说得太远了；我从来没有留意过戏。可是烤羊肉的风味不易忘却，这句话也随着一再撩拨了我。年底下闲着，便学作了《称心如意》。

陈请客而李、陈两位在席间鼓励杨绛开始戏剧创作，不是没有缘由的。李、陈皆为当时颇有声誉和影响力的戏剧家，李健吾是卓有声誉和影响力且兼票房号

召力的戏剧家,更是当时剧坛运动的主将。他们经常往来,当时的戏剧创作和演出动态等当然会成为热门话题。受到"撩拨"的杨绛于1942年底创作了喜剧《称心如意》,经陈恳切批评,重新改写后送到李健吾手里。李健吾当即推荐给导演黄佐临,舞台经验丰富,又惊叹喜剧的黄佐临看过剧本后马上拍板决定排演。

"杨绛"的名字首次出现在中国剧坛以至文坛上同样与李健吾有关。杨绛原名杨季康。《称心如意》剧本被黄佐临看中,即将发广告排演,李健吾电话问她如何署名,杨绛不敢用真名,担忧一旦失败会出丑,忽然想起家里姐姐妹妹嘴懒,呼她的名字总把"季康"二字说叫成"绛",于是回答李健吾说:"就叫杨绛吧!""绛"是"季康"二字的切音。《称心如意》即以"杨绛"署名。

1943年5月《称心如意》在"孤岛"上演,黄佐临导演,著名女演员林彬饰演女孩李君玉,李健吾扮演舅公,大获成功。杨绛以一剧一夜成名。"杨绛"这个起于灵光一闪间的名字一直使用到她去世。她的本名"杨季康"反而除朋友、亲人和研究者外被世人所淡忘。

"杨绛"初期的名声大震更离不开李健吾不遗余力地推介。能写戏,能演戏,又能评戏,还有较强的组织能力和人格感召力,李健吾在"孤岛"时期的上海剧坛是"最有权威的人",被誉为"剧场盟主",他作为著名的戏剧家和文艺批评家,不仅亲自粉墨登场,而且对《称心如意》大加赞誉,自然更使杨绛名震一时。

气量大度的李健吾等欣赏杨绛的创作才能,热情地鼓励她多写剧本。"同行而不相忌",让杨绛"深受感动"。随着《称心如意》的成功,杨绛趁热打铁,一鼓作气接连创作了喜剧《弄真成假》《游戏人间》,悲剧《风絮》,都很成功。李健吾"欢欢喜喜"地称赞《弄真成假》是继丁西林之后中国现代喜剧的"第二道里程碑"。前三部搬上舞台后都获得较好票房收益和社会评价。杨绛一家的生活水平也有所改善,告别了"三月不知肉味"的日子。

1945年,同为剧作家、曾创作过名剧《上海屋檐下》的夏衍观赏了杨绛的喜剧后,顿觉耳目一新:"你们都捧钱锺书,我却要捧杨绛!"那时的杨绛先生是剧团的贵宾和剧艺界的座上客。人们介绍钱锺书时,通常会说"这是杨绛先生的丈夫",恰与八十年代以来相反。

新中国成立后的1952年,全国高校院系调整,杨绛得偿所愿,与钱锺书都调到了新成立的北京大学文学研究所（即中国社会科学院文学研究所、外国文学研究所前身）。杨绛与李健吾同为文学所外文组。同事多年，直到李健吾于 1982 年去世。

在中国现代文学史上，李健吾、杨绛先生皆为难得的文坛多面手。他们同就学于清华，同受教于朱自清、王文显等多位名师，都曾远涉重洋留学因此学贯中西，又"弗失中华固有之血脉"，葆有民族传统之风骨。皆因戏剧创作和演出而得大名，皆以著名小说家、散文家、翻译家、外国文学研究专家等名世。在忧患多难的时代风云和环境中，他们以各自的命运担当和执善坚守，构筑了各自丰富的精神世界，丰富了现代文学的历史内涵，为后辈提供了值得深长思之的精神资源。

有关李健吾的一则误传[①]

陈福康

李健吾先生,我只见过一次面,但留下了深刻的印象。本来,我应该多见到几次,多向他请教的。查三十多年前的记事本,1981年9月,我因郑振铎研究之需,从上海赴京查阅书刊资料和访问文坛前辈。26日上午,振铎先生哲嗣尔康老师带我去李先生家。可惜老先生却正好去上海了。第二年我又去北京,9月8日上午又由尔康带我去李老家,不巧李老又外出了。李夫人抱歉地要我们明后天再去。后来哪天去的,本子上漏记,仍是由尔康带我。一见到李先生,我立刻就想起了自己在上海常去请教的另一位郑先生的老友赵景深先生。觉得他俩长得很像,同样长圆的脸,同样的一副眼镜,同样的和蔼可亲。(后来我从书上看李老照片,却又觉得不大像赵老了。但当时我就是觉得非常像。)我那次请教了些什么,现在几乎全忘了。只记得老人家非常热情地接待我们,对我研究郑振铎极为赞赏和支持,并表示欢迎我今后常去和常通信。临告别时,我忽想问李老家的电话号码,不料尔康微微向我摇头使眼色,不让我问。出门后,忠厚的尔康老师告诉我,李老家没电话。原来,当时电话还很稀罕,连李老这样有名的老作家老学者竟还不够安装"级别",尔康怕我问了会令老人尴尬。我回上海后仅一两个月,正想给李老写信请教,竟突然在报上看到李老病逝的消息!李老经常外出活动,身体看上去还挺好的呀,真令我惊讶痛心不已!从此,我只能通过读李老的书来向他请教了。

后来,我撰写出版的《郑振铎年谱》(1988)、《郑振铎传》(1994)等书中,多处写到了李老。再后来,我读到山西作家韩石山写的《李健吾传》(1996初

[①] 原载《文汇报·笔会》2017年7月7日。

版、2006 修订版)、《李健吾》(1999),都写到抗战胜利后的 1945 年 9 月,李健吾被国民党上海市党部聘任为宣传部编审科长。这些书中还说,当时李健吾曾征求郑振铎意见,"郑说身在公门好修行,有个自己人担任此职,对进步文化事业或许有益,不妨先答应下来"。我最初看到这一记述,是相信的,就引入了 2008 年三晋出版社版《郑振铎年谱》修订本。尽管当时自己脑子里也转了一下:这好像有点儿像郑振铎指示李健吾乘机潜伏到国民党机关里去的意思了,尽管郑本人也不是地下党;那么,李为何只干一个月就不干了,岂不有负于郑的指示和期待?但我也没有多往深里想。直到后来,我看到了李健吾自己写的文章,才知道所谓"郑说身在公门好修行"云云,是绝不可信的!

李健吾在 1950 年 5 月 31 日《光明日报》上发表的《我学习自我批评》中写道:"我对政治一向是不求甚解,……一碰到政治问题,我就不肯深入一步考虑。所以,我从日本宪兵队放出来以后不久,胜利光临上海,像我这种根本不在政治是非上坚定自己立场的书呆子,自然就盲目地乱兴奋一阵。所以国民党市党部约我帮忙搞文墨,我以为'大义所在,情不可却',明明自己和他们不相干,答应了帮忙一个月。九月一日,我正式踏进那座富丽堂皇的大楼,乱哄哄不像办公,忽然半个多月以后,我偶尔看到重庆一通密电,大意是防止共产党人员从重庆来到上海活动。当时报上正在宣传统一战线,眼看毛主席就要飞到重庆,而事实上却密令各地防止共产党活动!我生平顶顶恨的就是阴谋、捣鬼,自己本来不是国民党何苦夹在里头瞎闹,夜阑人静,我深深地为自己的糊涂痛心,回到'明哲保身'的小市民身份,混到九月三十那天走掉。……担心自己再走错路,我就决定赶紧回到本位工作。……接受朋友们的提携,跟朋友们编《文艺复兴》这个前进的杂志……"李健吾在这里明明白白地说,他糊里糊涂当了一个月的"官"是"走错路",根本就没有过郑振铎的那些"指示"。他说他退出衙门后"接受朋友们的提携",就是指他接受一生最佩服的"老大哥"郑振铎的"提携"。《文艺复兴》这个"前进的杂志",就是郑振铎请他一起编的。

近时,我读 2016 年最后一期《新文学史料》杂志,又看到 1969 年 4 月 21 日,李健吾在一份亲笔自述中说:"我搭吴绍约定的第二批船回上海。……回到上海我住在朋友陈麟瑞的家里。第二天,也就是八月三十一日上午,我去伪市党部拜谢吴绍,正好朱君惕、毛子佩都在,还有一个吴崇文,先拦住我,说估计我该到了，便你一言，我一语，拉我帮毛子佩的忙，在伪宣传处做编审科科长。……做到九月底（我说过只做一个月的话）退出伪市党部，原因有好几个。一个是受到老朋友郑振铎的责备，说我回到上海，不先看他，投到吴绍澍底下，轻举妄动。一个是不能搞剧场，我无所借重于国民党市党部。一个是我在伪宣传处看到一个通知，说要注意共产党在上海的活动，……我看到以后，决计不要再待下去了。"可见，李先生当初去"当官"时，不仅根本没有得到过郑振铎的指示，相反，郑先生"责备"他"轻举妄动"。好在李先生是一个非常正直的人，他马上认识到"自己的糊涂"，立即就退出，追随郑先生投身于进步的文化事业中去了。

由此事，我深感严肃治学之不易。稍有疏忽，便会上当。现在，我正要出版第二次修订增补的《郑振铎年谱》，当然必须更正这一误说。

张可与李健吾的戏剧缘

杨柏伟

李健吾是对张可帮助最大的老师，两人在《戏剧艺术》学报上有着长达四十年的业务合作。见到一封张可致李健吾的信札，穷书生只好请信札的拥有者发一份高清图观摩。原信共两页，原文不算长——

健吾老师：

接读来信，十分高兴，您又不吝赐稿，更是喜出望外。您为《戏剧艺术》写的稿子还没有收到，收到后当在学报第三期上发表，估计约十月中旬刊出……我很早就想写信问候您，也想征求您对于学报的意见，但考虑到您研究工作繁忙，不便打扰，就迟迟未写拖延到今……

我家情况尚好，谢谢您的关怀。我本人整天忙忙碌碌，没有什么成绩可以向您汇报，深感惭愧，也有负于您过去对我的谆谆教导。今后希望能够得到您的帮助，踏踏实实做些工作。您要送我《莫里哀喜剧六种》，感到非常高兴……

师母健康情况可好？至念。弟妹们想必安好。匆此

敬礼

学生张可手上 8.30

此信写于1978年8月底。这年3月，上海戏剧学院的学报《戏剧艺术》创刊，第一年暂为内部试刊。张可是这份刊物的编辑。

张可早年就读于暨南大学外文系，李健吾是对她帮助最大的老师。

1938年，19岁的张可翻译的奥尼尔独幕剧《早点前》作为"剧本丛书"之一由上海剧艺社出版。据张可回忆，这个剧本就是李健吾要她翻译的，译完后又

---

① 原载微信公众号"夜光杯"2023年6月12日。

由李健吾亲自校阅并修改。这个新译的剧本出版后的第二个月,在上海法租界的法国总会礼堂(今科学会堂)由上海剧艺社演出,导演是李健吾,演员则是译者张可本人,只是当时无论是剧本的署名,还是演出时的名字用的都是"范方"。

《早点前》的1938年初版本今天已经不容易见到了,好在1998年上海教育出版社出版张可、王元化伉俪合译的《莎剧解读》时,元化先生将篇幅很小的《早点前》作为附录收入书中,作为过去生活的一点记忆,也为读者提供了方便。

张可负责编辑《戏剧艺术》学报后,一定是会向她的师友们约稿的,恩师李健吾自然会名列邀约名单的前茅。

1978年8月底,张可该为第三期的杂志发稿做准备了。此时她收到李健吾老师的来信,说了让她这个负责任的编辑最开心的事——李先生为学报赐稿了。只是张可写回信的时候还没有收到来稿。

李健吾究竟为《戏剧艺术》写了什么稿子?好奇心驱使我查阅了《戏剧艺术》杂志1978年合订本,在第三期上并没有查到,继续翻到第四期目录,呵呵,找到了,是一篇整整十二页的论文——《戏剧性》,而文末的完成时间是"1978年9月2日"。

不用说这篇文章花费了李健吾很多时间、精力,毕竟他当时已经72岁,并不年轻了!

可惜这对师生长达四十年的业务合作以这篇文章的发表而遗憾地画上了句号,因为在1979年6月,张可在学校的会议中突然中风,被送到医院抢救,待她苏醒过来,就完全丧失了阅读能力,从此读写俱废。李健吾则于1982年在北京逝世,享年76岁。

张可于2006年去世,终年87岁。多年后,为纪念张可百岁诞辰,上海书店出版社出版了《张可译文集》;张可长期任教与工作的上海戏剧学院将该书纳入"高水平地方大学建设资助项目",可谓高度重视。

只是稍感遗憾的是,译文集限于体例,没有收入张可已刊或未刊的文章,也没有一篇张可的传略或年表,让我这样有点"历史癖"的读者不太过瘾!

李健吾与上海剧艺社[①]

穆海亮

（一）

应郑振铎之邀，李健吾离开北京来沪担任暨南大学法国文学教授，"八一三"之后因腰腿之疾及家庭之累，未到大后方去，遂滞留于孤岛。十四年抗战期间，除 1945 年夏为躲避日寇魔爪再次降临，迫不得已奔赴皖南屯溪避难月余之外，李健吾几乎未离开上海。正是在此期间，他迸发出蓬勃的戏剧热情。自从通过暨大学生、戏剧积极分子张可结识了地下党员于伶，李健吾就成为上海剧坛的一员干将。尽管从原创剧本来看，抗战期间的李健吾似乎不及战前，但他在战时新创的《草莽》《黄花》《青春》，翻译的《爱与死的搏斗》，改译的《金小玉》《王德明》《阿史那》等，都颇具艺术水准，且总体数量更多。更重要的是，李健吾全方位参与戏剧实践，案头场上并行，编导演兼顾，还曾亲自组织剧团推动剧院。抗战时期的李健吾成为一名真正意义上的戏剧家。

孤岛时期，李健吾的戏剧活动主要是在上海剧艺社（"上剧"）进行的。"上剧"是孤岛存在时间最长、演出剧目最多、艺术水准最高、社会影响最大的剧团，堪称孤岛剧院的中流砥柱和上海剧坛的一面旗帜。早在"上剧"的前身上海艺术剧院组建时，李健吾就是七个发起人之一。但艺术剧院未获租界当局批准，仅在游艺会上公演两次就夭折。剧人从中吸取教训，就找了块洋牌子做靠山，以"中法联谊会戏剧组"主办的名义成立了上海剧艺社。李健吾自一开始就直接参

[①] 原载《粤海风》2012 年第 4 期。

与了"上剧"的艺术活动,是剧社的业务骨干。为了"上剧"的发展,李健吾投入了超乎寻常的热情和心血。从剧社组织工作来看,李健吾是"上剧"开创者之一,并亲自撰写法语呈文,利用自己的人脉打通关系,获得租界当局的批准,为"上剧"争得"合法"的地位。在"上剧"创始之初最困难的时期,李健吾拉着妻子尤淑芬一起认购"上剧"股份,"上剧"演出《爱与死的搏斗》《早点前》时,他还捐出自己的上演税、导演税"代社缓急"。"上剧"初期,李健吾曾直接负责剧社的总务工作,精打细算地维持剧社运转,孤岛后期于伶离沪赴港,李健吾还曾临危受命,一度出任演出部长,与李伯龙一起主持"上剧"大局。从剧社的演出活动来看,整个孤岛时期,李健吾为"上剧"提供了(包括创作、翻译、改译)《爱与死的搏斗》《这不过是春天》《说谎集》《委曲求全》《撒谎世家》五个剧本,导演了《早点前》《说谎集》,并亲自在《这不过是春天》《说谎集》《正在想》等剧中粉墨登场。"上剧"每有新戏上演,李健吾经常以他那生花妙笔和超卓的艺术感悟写下激情洋溢的批评文字,为之介绍、宣传、评论不遗余力,常有画龙点睛之笔。如他撰写的《〈夜上海〉和〈沉渊〉》,第一次将于伶剧作的风格定义为"诗和俗的化合",这一说法后由夏衍发扬光大,成为话剧史定评。在一些具体问题上,也体现着李健吾对"上剧"事业的满腔热忱。1939年初,署名"旅冈"者在香港《大公报·文艺》发表了《上海剧运的低潮——孤岛剧坛总检讨》一文,对孤岛剧院多有指责,尤其对话剧运动作了较低的评价。李健吾在第一时间作出辩驳,义正词严地维护孤岛剧院[1],并带动吴仞之、于伶等连续撰文响应。张骏祥自美返沪,李健吾亲到码头迎接,再三挽留他为"上剧"工作,虽然未果,但张骏祥对此感怀于心,到大后方后,他与曹禺一样愿意把剧本寄给"上剧",主要就是出于对李健吾的友谊。黄佐临初到上海,人生地不熟,也是凭着曹禺的关系由李健吾介绍入社的,从而为"上剧"再添生力军。1941年秋"上剧"闹分家事件,李健吾先是居中调停,后又义正词严地在大会上揭露许多不良现象,而当终究难以挽回局面时,又难过得声泪俱下。排演曹禺《正在想》时,为保密起见,李健吾千叮咛万嘱咐,要演员务必保管好各自剧本,不料初排之后,徐立、孙芷君的剧本不翼而飞,李健吾大发雷霆,着令二人务必找回,此

---

[1] 李健吾:《关于"上海剧院的低潮"的辩证信》,《导报·戏剧》1939年3月19日。

举虽有点令人哭笑不得，却同样彰显了李健吾维护剧社的拳拳之心。甚至在他欣赏的学生张可为"上剧"翻译并主演奥尼尔的《早点前》时，他情愿在后台伸出一只手来做"活道具"。这样一位著名作家、批评家、教授、法国文学研究专家，为了"上剧"真可谓鞠躬尽瘁。

（二）

李健吾与"上剧"，一个是富有热情且才华横溢的艺术家，一个是人才济济且成绩辉煌的剧院中坚，二者的结合原本应该是珠联璧合、相映生辉的。然而实际情况似乎并非如此。孤岛时期，李健吾并无心满意足或踌躇满志的感觉，他认为自身及剧社的工作并未达到他理想的境地，他心中常感郁闷，笔下流露出的也较多失望、自责的感情。在《文汇报》创刊一周年之际，柯灵向他约稿论述孤岛剧院，李健吾写下这样一段话："我不说别人，我要指责的老是自己。有的是热心，然而少的是沉毅；有的是同情，然而缺的是表现；有的是兴趣，然而乱的是头绪。社会上多的是这类运动之士，我就是中间的一个。不拿全心全意去对付，于是失败一次，便须重来一个开始。二十多年来的戏剧运动，就停滞在这无数的开始和交替上面。开会多，说话多，不是不工作，只是成绩渺无。然后回来了，觉得疲倦，感到力的虚糜。"[①] 这段显得有些消沉的话显然是暗含深意的，既委婉地指出因剧人的不能全身心投入而影响剧院的开展，也为自己工作的不得力而自责。对于一个视艺术为生命的艺术家来说，李健吾的苦闷不难理解，剧院工作的实际成绩与他自身的期望之间存在不小的差距。实际上，他在"上剧"并未得到充分施展自身艺术才华的空间，"上剧"对他也并非像他期望的那样亲密无间。这一点，只要通过对李健吾在"上剧"与在沦陷后剧坛的简单纵向比较就可以很明显地看出来。

李健吾在"上剧"导演的两个戏都是独幕剧，《早点前》是作为《爱与死的搏斗》的加演戏上演的，《说谎集》是星期早场与业余戏剧交谊社合作演出的三个短剧中的一个，两者都带业余性质。他提供的五个剧本并未取得真正的轰动，

---

① 李健吾：《一年来的戏剧生活——编者命题》，《文汇报·世纪风》1939年1月25日。

其中《这不过是春天》是原创剧目却写于战前，其余均为翻译或改译剧。上演场次也不多，最少的《说谎集》只演了1场，最多的《撒谎世家》共计21场。但令人尴尬的是，《撒谎世家》恰恰是在"上剧"卖座最好的戏、吴天根据巴金原作改编的《家》连演129场、演员极度疲惫之后换演的，但终因卖座不佳被撤下，"上剧"很快恢复了《家》的演出。甚至《撒谎世家》最后几天只演日场，近乎鸡肋，黄金时段的夜场则排给了《家》。演出卖座不佳对于"上剧"这样的营业性剧团来说当然是不利的，而对李健吾这样期望甚高的戏剧家来说无疑也有艺术创作不被人接受的落寞。越到剧社后期，李健吾越发不想参与"上剧"的事务，在当了几天演出部长之后迅速辞职，其中除了他不想介入剧社内部的权力之争外，恐怕也有壮志难酬的感慨。

与在"上剧"的成绩及地位比较起来，李健吾在孤岛沦陷以后的上海艺术剧团（"上艺"）、华艺剧团（"华艺"）、联艺剧团（"联艺"）、苦干剧团（"苦干"）中的功绩更加卓著。沦陷时期，李健吾兼任过"上艺"的编导委员，与费穆等人并肩作战；他是"华艺"的演出委员，亲自导演过吴天编剧的《梁山伯与祝英台》；他是"艺光"成员，为之提供过剧本《云彩霞》；他是"联艺"的主持人之一，指导排演了《花信风》《喜相逢》；"新艺"演过《青春》，"荣伟"演过《秋》，"苦干"演过《金小玉》《乱世英雄》。改编自张恨水小说的《啼笑因缘》《满江红》，改编自萨尔度原作的《风流债》等都曾搬上舞台，李健吾本人也在《金小玉》及杨绛的《称心如意》中登台献艺。李健吾的作品大部分由黄佐临、费穆、朱端钧、吴仞之四大导演搬上舞台，主要演员石挥、张伐、韩非、丹尼、蒋天流等堪称一时之选，所以卖座之盛、影响之大、受众之广都远胜孤岛时期的"上剧"。在董史为《万象》十日刊撰写的剧坛人物志系列文章中，第一篇就是关于李健吾的，文中说："假使问起上海剧坛上最有权威的人，熟悉内幕者一定会告诉你是李健吾。真的，他隐隐中占有了剧坛盟主的最高宝座，有许多导演与演员，对他非常尊敬，非常听从的。"[①] 沦陷时期，李健吾真正抵达了自身戏剧事业的巅峰，他对此时的艺术活动最为满意，也得到了最多的赞誉。如此再回过头来反观孤岛"上剧"，李健吾在当时的失落感就显而易见了。那么，李健吾的艺术

---

① 董史：《剧坛人物志一：李健吾》，《万象（十日刊）》1942年第5期。

才华为什么在"上剧"难以得到充分的释放呢?

(三)

首先,李健吾的艺术观念在孤岛文化语境中存在明显的"不合时宜"之处。李健吾不属于左翼阵营,其创作向以人性为基点,注重发掘人之为人的基本生存状态、精神取向和情感需求,其文艺批评侧重印象主义的、唯美的艺术感悟,而与外在的政治环境及所谓的时代精神保持着一定距离。当战前多数剧人沉浸在左翼、国防的氛围中时,李健吾却写出了《梁允达》《村长之家》《以身作则》《新学究》等剧作,或探究人性深处的卑污、阴沉、挣扎,或揭示性格缺陷导致的人格扭曲。即使是披着革命外衣的《这不过是春天》,其实也不过是极其精微地描摹世俗男女的情感波澜而已,李健吾自己称该剧是游戏之作,"没有人生的涛波,也没有政治的动荡,社会的紊乱。"① 而在孤岛那样国将不国的险恶情境中,观众希望能在戏剧中感受到民族抗战的勇气和争取胜利的信心,要求戏剧以强烈鲜明的现实意义应和观众的政治激情。"上剧"前身上海艺术剧院演出《梅萝香》后,就应该剧只是揭露中产阶级生活问题而未指明出路、且与抗战现实无关被批为"软性"剧本。李健吾为之辩驳:"中国观众需要指示,但是我们不能因而要求每个剧本供给一个方案。最有效的宣传是潜移默化,不是强迫的。强迫招致反感;方案引起厉害的权衡。一个好剧本要理智情感两两相当,在艺术的潜移默化之下,达到指示的效果。"② 可见,李健吾仍然将戏剧注重情感陶冶的艺术价值置于首位,反对以戏剧进行宣传说教。这种观点在孤岛被视为"落后",马上受到批评,舆论要求孤岛剧人必须更进一步。③ 在这种情况下上演《这不过是春天》,剧作意识本身就与孤岛略有不合。故而评论界在赞扬其娴熟技巧的同时,不免要指出:"动员剧艺社的人力财力,要见见窗外的'春天',不是一件十分困难的事情,问题是在是否自己愿意先把窗门关上,'压根儿就不让这屋里见到春

---

① 李健吾:《放下〈这不过是春天〉》,《文汇报·世纪风》1939年3月25日。
② 刘西渭:《剧本的歧途》,《华美》1938年第13期。
③ 史楣:《与刘西渭先生谈"建设孤岛的戏剧"》,《大晚报·街头》1938年7月22日。

天'。"① "剧本的含蓄并不坏,但我们比较的去看时,那里的同情革命者是建筑在罗曼斯上面的,我想,这比以工作争取得来的力量是要差一些。"② 其实,这里的意思都是在指责李健吾的剧作现实意义不足,战斗性不强。

其次,李健吾的艺术追求与"上剧"的价值理念不太一致。"上剧"是中共地下党组织的剧团,背负着鼓舞民族斗志、稳固民众心防的神圣政治使命,其主要负责人于伶原本就是左翼剧院的骨干分子,势必要将左翼的战斗精神、政治意识继承下来,所以在选择剧目方面,十分注重剧作本身的宣传性、鼓动性。这与孤岛舆论的要求是一致的,"上剧"能够获得孤岛观众的热烈欢迎,主要原因也正在于此。《明末遗恨》《李秀成殉国》《正气歌》《夜上海》等剧最能代表"上剧"的价值取向,那就是旗帜鲜明地传达团结御侮的意志。而李健吾是个"艺术的囚徒"③,对剧作的宣传鼓动作用比较隔膜。《撒谎世家》的遭遇很清晰地体现出这一点。该剧李健吾早就译出,他还不断在《戏剧与文学》《剧艺》等杂志撰文介绍。在他的要求下,"上剧"在长期公演之初就曾将其列为上演剧目并提前做了宣传,计划在1939年底推出。然而该剧一拖再拖,直到1941年4月3日才终于上演。其中原因可从当时舆论窥其一二。当"上剧"计划在《家》之后公演《撒谎世家》及曹禺改译的《争强》时,马上有人批评"上剧"有"为艺术而艺术"的倾向,呼吁"走出艺术之宫的戏剧,总不应再只是逗留于高等社会的狭圈中,负有教育宣传使命的戏剧,也不应只是盘踞于都市高等的舞台上"。④ 很显然,《撒谎世家》之所以长期遭到搁置,是由于这出揭示人之习惯性撒谎的性格缺陷的改译剧,与抗战现实存在隔阂,"上剧"内部对上演与否存在不同意见。其实李健吾很希望该剧能够上演,他很欣赏剧中"性格的真切,进行得轻快,心理的深致,情绪的变易,技巧的优美"。⑤ 所以,当李健吾一担任"上剧"的演出部长就马上迫不及待地推出《撒谎世家》时,他与"上剧"主流倾向的差异也就

---

① 李一:《〈这不过是春天〉以外》,《华美晨报·浪花》1939年3月27日。
② 思华:《这不过是春天》,《华美晨报·浪花》1939年3月28日。
③ 韩石山:《李健吾传》,太原:山西人民出版社,2006年,第206页。
④ 海蓝:《为了什么?》,《神州日报·神皋杂俎》1941年3月29日。
⑤ 李健吾:《撒谎世家·跋》,李健吾:《撒谎世家》,上海:文化生活出版社,1939年,第11页。

显露无遗。但事与愿违，该剧不仅"上剧"内部存在争议，而且观众也不欢迎，仅仅演了十余天就仓促下场。《撒谎世家》因卖座不佳而停演，体现着一个职业剧团的市场化取舍。毕竟对"上剧"这样一个仅靠营业性演出实现"以剧养剧"的剧团来说，普通观众接受与否是其必须考虑的因素。在这个方面，李健吾翻译的《爱与死的搏斗》也存在问题。该剧的演出可谓叫好而不叫座，由于纯艺术气息浓厚并富哲理意蕴，文化界评价较高而普通观众不买账。其中较有代表性的评价是："至剧的意识方面，罗曼·罗兰的《爱与死的搏斗》要比《人之初》明朗得多，可是因为含义深奥，哲理气味极浓，而剧情又不如《人之初》之通俗化，所以或许会不适合于一般人的胃口。"① 作为艺术家的李健吾真是左右为难了。他醉心于剧作的艺术价值，"上剧"更侧重剧作的政治意义；他注重作品本身的艺术水准，而"上剧"必须注重市场效益。李健吾的剧作或因过于浓郁的文艺气息和哲理意味而不够世俗化，或因风格的含蓄、意识的淡远而不够政治化。由于这双向的背离，李健吾与"上剧"之间未能实现最亲密无间、最富创造性的合作。

其三，李健吾的身份、经历与"上剧"的特定组织背景之间存在错位。地下党直接负责的"上剧"，剧团组织本身就带有一定的政治化倾向，它在广泛发动剧人参与戏剧事业时，对不同身份、经历、地位的剧人是要区别对待的。实际上，在"上剧"，地下党员和左翼剧院的原有骨干受到更多重视，而李健吾这样一个党外人士，一个与左翼几乎没有什么关系的文化精英，较难得到充分发挥自身才能的机会；况且，暨大教授和孔德研究所研究员的身份恐怕也容不得李健吾全身心投入"上剧"工作。李健吾可以为"上剧"出谋划策，并通过自己的上层关系解决各种困难，但无法决定"上剧"发展的主导方向，也无法成为剧社的决策核心。多年以后，有人这样评价李健吾在"上剧"的贡献："这位值得信赖的戏剧家，上海剧艺社从诞生到壮大，'孤岛'剧院这几年来的发展，都得到他热情的全力支持。从选剧目、管理剧团，特别是同上层人士打交道，李健吾都出了不少好主意，参加奔走，打开局面。更难得的是他肯直言无忌，坚持自己认为正确的主张，坦率地指出工作中的缺点和失误。他的批评和指责，有时并不符合实

---

① 毛驹：《观〈爱与死的搏斗〉后》，《大美晚报·周末》1938年10月29日。

际，但是有这么一位诤友在旁边，工作就能做得更周到些。以后，剧艺社如果遇到麻烦事，少不了还要依靠他运用自己的社会地位和处世经验同租界当局交涉，化险为夷。"[①] 韩石山先生在论及对于李健吾的这种评价时说："这评价不能说低。但也不难看出他在他们心目中的地位。不管怎样热心，怎样卖力，在这个文艺团体内，他只是被当作'诤友'，以避免'工作中的缺点和失误'。这是李健吾的情感接受不了的。他要的是信任，得到的却是隔膜；他要的是投入，结果只是利用。"[②] 可以说，这是对李健吾在"上剧"的处境及其艺术心态最准确地描述。李健吾是希望能在"上剧"大展宏图的，然而他更多时候只被视为一个可被"团结"或"统战"的对象，这自然不能让他满意，所以到"上剧"矛盾越来越凸显的时候，李健吾逐渐心灰意懒，不想再过多参与剧社事务。

可以说，正是李健吾的艺术追求、身份经历跟孤岛特殊文化语境、"上剧"的价值理念及组织背景之间的错位，使得他在"上剧"的艺术活动受到诸多束缚。而恰恰是在孤岛沦陷、"上剧"解散以后，由于日寇的严格管制，在舞台上直接进行政治宣传已不太可能，所以剧人摆脱了沉重的政治背负，心无旁骛地用世俗化、商业化的演出在竞争激烈的文娱市场争奇斗艳。在此情境下，李健吾终于放开了手脚，不管是张恨水、萨尔度，还是莎士比亚，只要能受观众欢迎，就纷纷改编过来搬上舞台。此时的李健吾，俗是俗了些，但视观众为生命的话剧原本不就应有与生俱来的世俗性吗？《金小玉》《青春》俗中带雅，《王德明》《阿史那》化雅为俗，观众十分踊跃，而其中的艺术价值也并未因之而削减。李健吾"剧坛盟主"的地位由此确立。

（四）

值得一提的是，李健吾的遭遇在"上剧"并非个例。在很大程度上可以说，朱端钧、吴仞之等社中骨干都有着类似的经历。朱端钧是出于对于伶的友情而参与"上剧"的导演工作的，淡泊名利、衣食无忧的他并不在乎自己在"上剧"的

---

① 袁鹰：《长夜行人：于伶传》，上海：上海文艺出版社，1994年，第184—185页。
② 韩石山：《李健吾传》，第207页。

客串身份，工作兢兢业业。他为孤岛时期的"上剧"导了四个戏：《夜上海》《生财有道》《寄生草》《妙峰山》，前两部是"上剧"长期公演初期试图打开局面的作品，《寄生草》是一次特殊的"纪念"演出，《妙峰山》是"上剧""分家"后因人才骤减而临时请朱端钧出山，每次都是特邀性质，而且只在最"需要"的时候才"邀"他。四个戏中三个是喜剧，其实从朱端钧后来的艺术道路来看，其最为成熟的艺术风格是《上海屋檐下》那样"淡淡的哀愁"，或《桃花扇》《钗头凤》那样诗情画意的"造境"①，喜剧并非这个带有浓厚传统书生气质的导演艺术家最擅长的。这正是朱端钧在"上剧"未形成稳定风格、而在沦陷以后取得更高成就的原因之一吧。吴仞之是"上剧"最初的发起人之一，被称为"上剧"的"开国元勋"②，资历当然最深；为孤岛"上剧"导演了《人之初》《最先与最后》《女儿国》《生意经》《撒谎世家》五个大戏，贡献当然不小。然而吴仞之终究没有能够进入"上剧"核心决策层，连1941年3月辞去麦伦中学教职想做"上剧"专职导演都未能如愿。吴仞之不同于朱端钧，后者有自己经营的祖传布庄可以养家糊口，而辞去教职后的吴仞之如不能做专职导演就势必面临饿肚子的风险。于是，当黄佐临号召一批剧人脱离"上剧"另组上海职业剧团（"上职"）时，吴仞之起而响应。这就形成了"上剧"著名的"分家"事件。吴仞之、黄佐临等人也都是在沦陷后的上海剧坛达到自己的艺术巅峰的。

虽富有戏剧才华，饱含艺术热情，却终究施展不开，难免情感失落，李健吾等人在"上剧"的遭遇令人反思。对于一个团体来说，其创造潜力的充分发掘，是以其中每个成员之优长、特点的充分发挥为前提的，最追求创造性、最讲究个性色彩的艺术团体更是如此。个体成员积极性和艺术个性的受挫，最终损害的是团体的创作能力。以"上剧"实力超群的人才储备来看，它原本应该取得更大的成绩，但终因受到种种内外在限制而使自己的潜能消耗于无形。这不能不说是一种历史的遗憾。即使抛开艺术创作不谈，仅从"上剧"背负的政治使命来看，成员个体的失落也终究会影响到团体政治目标的实现。如果社内每一个成员都能人尽其才，"上剧"的艺术成就岂不会更高，其宣扬民族精神、鼓舞民众斗志的作

---

① 胡导：《戏剧导演技巧学》，北京：中国戏剧出版社，2005年，第157页。
② 董史：《剧坛人物志二：吴仞之》，《万象（十日刊）》1942年第6期。

用岂不会更佳？因而，即使李健吾等人确实存在某些同"上剧"主流趋向不太合拍的个性品质，这也不应该成为使其仅仅处于带有"隔膜"的"利用"地位的理由。因为"现代组织的精髓在于，使个人的长处和知识具有生产性，使个人的弱点无关紧要"。① 更何况，李健吾偏重于对艺术价值的追求而不直接与现实政治合流，对一个戏剧家来说，这似乎也不能算作一个"弱点"吧。

作为现代知识分子的戏剧家，具有知识分子固有的精神品质与行为方式。他们对自身事业和理想的维护、对精神独立和人格自由的渴求、对充分发挥个人价值的向往，即使在客观条件极为困难的处境下仍然是其基本精神追求。正是在这些方面，李健吾等"上剧"同人往往陷入不可避免的两难困境之中：他们有醉心于纯粹艺术的理想愿景，但往往不得不负起神圣的现实使命；他们希望以独立、自由的创作状态追求自我价值的充分实现，却不得不在各种外在势力的限制中艰难前行。艺术理想与现实境遇之间的落差，会让剧人感觉精神的失落与理想难以实现的苦闷，其创作力亦因在这"夹缝"中的游移而受损，艺术潜力的发挥就打了折扣。因此，如要艺术家才能得以充分发挥，必须营造开放自由的文化空间，松开加在艺术家身上的内外在束缚或负担，鼓励他们以人文立场和文化理想为主导，以独立思考和独特表达探寻人类灵魂的奥秘。这或许就是李健吾在上海剧艺社的遭遇带给我们的基本启示。

---

① ［美］彼得·德鲁克：《管理的前沿》，许斌译，上海：上海译文出版社，1999年，第325页。

李健吾研究亟待推进

——兼谈李健吾不为人知的笔名"运平"[1]

穆海亮

集杰出的剧作家、散文家、小说家、文艺批评家、翻译家和法国文学研究专家于一身，李健吾确实堪称中国现代文艺全才。他的戏剧创作与改编多产而高质，而且编导兼擅，俨然话剧史上一大家；他的小说创作风格独特，早期作品就被收入《中国新文学大系·小说二集》，并得到鲁迅的高度评价；他的散文佳作才情横溢，美不胜收，中学语文教材屡有收录；他的文学批评自成一家，感悟之敏锐、思维之灵动、言辞之奇谲，至今罕有其匹；他的文学翻译、学术研究具有极高的水准，法国文学研究权威柳鸣九先生在 1994 年说，李健吾的《福楼拜评传》往后五十年内中国是没人写得出来的。[2] 然而令人颇感遗憾的是，这样一位现代文学大师，学术界对他的研究与他在文学史上的卓越地位是极不相称的。从资料整理来看，至今不仅没有李健吾的全集出版，而且连一套比较系统的文集也见不到；那些看似数量众多的"选集"，又大都是相互借用者居多，屡有重复；尤其是各类评论选集，尽管版本众多，但其中收录的文章基本没有超出 1936 年《咀华集》、1942 年《咀华二集》及 1980 年《戏剧新天》的范围。更有甚者，规模宏大的"中国现代作家作品研究资料丛书"和"中国当代文学研究资料丛书"也未将李健吾列入其中。资料整理的滞后自然会限制李健吾研究的深入推进。虽然关于他的零散研究始终不绝如缕，但系统深入的整体性研究实在不能令人满意，有分量的专著屈指可数。韩石山先生的《李健吾传》，厚重、扎实、洋溢着

---

[1] 原载《粤海风》2014 年第 6 期。
[2] 韩石山：《李健吾传》，太原：山西人民出版社，2006 年，第 136 页。

激情，而且是以李健吾式的笔调描述李健吾，堪称近十多年来李健吾研究之力作；姜洪伟先生的《李健吾戏剧艺术论》① 是第一次对李健吾的戏剧创作进行系统论述，值得肯定。除此之外，还有多少真正能够大幅推进李健吾研究的学术成果呢？跟现代文学史上的其他一流作家相比，李健吾在目前学术界确实太"冷"了。这样一个文艺大家，绝不应该被如此漠视。

李健吾研究不够充分，原因是复杂的。这可能跟学界的学术思想不够解放、学术视野不够开阔有关。李健吾毕竟不属于左翼，甚至还和左翼阵营打过笔仗；抗战时期他生活在十里洋场的上海，难免会被扣上"商业化"的帽子；再加上1949年后从未获得显赫的政治地位，这或多或少都会影响到学界对他的关注。更可能跟李健吾自身的创作极为丰富、驳杂有关。这样一个各体兼擅的文艺全才，要从学术上进行整体把握确实难度不小，单是李健吾那么繁杂的翻译作品和改译剧作，就使不少外文基础不强的研究者望而却步了。甚至连李健吾的笔名和著作版本这些学术研究最基本的文献问题，都还存有诸多疑问。《咀华二集》的版本就曾搞得模糊不清，甚至以讹传讹。

《咀华二集》初版本于1942年1月刊行，其中收录文章比较驳杂，分现代作家作品批评（含一篇附录）、外国文学评论、古典文学研究等五类，共计20篇，另有一篇"跋"。1947年4月《咀华二集》再版时，只收录了初版本中有关现代作家作品批评的五篇文章及那篇附录，另增收了李健吾写于战后的三篇评论，并对"跋"作了相应的增删。两版本的差异不仅在于文章篇目的增删，还在于：初版本作者署名"李健吾"，再版本署名"刘西渭"；初版本几篇作家作品评论文章都是以作家名为题的，再版本大多改成以作品名为题。这样的改动显然都是为了与《咀华集》的体例保持一致。但是，由于《咀华二集》的初版本不易见到，众多研究者都将再版本作为参考，并且想当然地以为两者区别不大，直接将再版本当作初版本使用的情况屡见不鲜，于是研究中的错讹或不确之处被一再延续。② 关于这一问题，汪成法先生在《李健吾〈咀华二集〉出版时间质疑》一文

---

① 姜洪伟：《李健吾戏剧艺术论》，北京：光明日报出版社，2008年。
② 珠海出版社1998年版的《李健吾批评文集》和复旦大学出版社2005年版的《咀华集·咀华二集》都言之凿凿地声称自己是根据"初版本"编排的，其实都是参照了再版本。它们流传甚广，影响很大，导致了更多读者在这些文章的署名、篇名问题上混淆不清。

中早就提出了有针对性的疑问①,魏东先生则在《被遗忘的〈咀华二集〉初版本》一文中做过更加清楚的考证辨析②。值得注意的是,魏东先生在文中两次提及对一件事情的耿耿于怀:"《关于现实》由于不清楚原刊出处,故署名情况亦不得而知,还有待进一步查找。"《关于现实》即是初版本和再版本都收录了的那篇"附录"。正是在考究《咀华二集》的版本问题时,我有了一个意外的发现,终于可以对魏东先生的疑问做出一个圆满的回答了:《关于现实》一文,最初以《现时与现实》为题刊于1940年6月20日出版的《戏剧与文学》第1卷第4期,署名"运平"。《关于现实》与《现时与现实》属于异题同文,而"运平"则是李健吾不为人知的一个笔名。

李健吾笔名的问题,早就有学者探究过了。综合刘玉凯先生《李健吾笔名考》③一文和徐迺翔、钦鸿先生编《中国现代文学作者笔名录》④来看,学界已经发现的李健吾笔名有:健、健吾、仲刚、刚、刘西渭、西渭、川针、李川针、醉于川针、可爱的川针、法眼、郝四山、时习之、习之、丁一万、子木、沈仪、立世、成己、东方青,等等。其中多数可以确定,但也有些是孤证,只能说"疑似",仍需进一步考究。在这一大串笔名中并无"运平",至今尚未见到有学者将"运平"视为李健吾笔名的。但这并不是说没有学者注意到这篇署名"运平"的《现时与现实》。实际上,由于该文具有较强的理论深度,且在孤岛时期具有十分鲜明的针对性,在当时有关历史剧及现实主义的理论论争中,这是一篇不容忽视的文献。况且它又是发表在孤岛重要文艺杂志《戏剧与文学》上的,并不难被人发现,所以早就应该进入研究者的视野。确实偶尔有人在研究中提起该文,但都未将它与李健吾联系起来。孙庆升先生在《抗战时期的戏剧理论与批评概观(续完)》⑤一文中论及抗战时期的历史剧理论时,姜涛先生在《四十年代诗歌写作中的"摄影主义"手法研究》⑥一文中以及王鹏飞先生在《"孤岛"时期文学期刊

---

① 汪成法:《李健吾〈咀华二集〉出版时间质疑》,《博览群书》2005年第10期。
② 魏东:《被遗忘的〈咀华二集〉初版本》,《中国现代文学研究丛刊》2008年第6期。
③ 刘玉凯:《李健吾笔名考》,《社会科学辑刊》1992年第2、3、4、6期。
④ 徐迺翔、钦鸿:《中国现代文学作者笔名录》,长沙:湖南文艺出版社,1988年。
⑤ 孙庆升:《抗战时期的戏剧理论与批评概观(续完)》,《烟台大学学报》(哲学社会科学版)1988年第2期。
⑥ 姜涛:《四十年代诗歌写作中的"摄影主义手法"研究》,《中国现代文学研究丛刊》1999年第3期。

研究》[1] 一文中论及现实主义问题时,都引用了《现时与现实》一文的内容,但将本文作者模糊地称为"有的作家""一位孤岛文人",或干脆直称"运平",很显然都没有确定"运平"的身份,更没有将他与李健吾视为同一个人。那么,李健吾这篇重要文章为何发表在《戏剧与文学》,又为何以"运平"为笔名呢?

最初发表《现时与现实》一文的《戏剧与文学》,是于伶、林淡秋主编的文学专业杂志,1940年1月25日创刊,出至1940年6月20日,共计1卷4期。该杂志刊有小说、剧本、诗歌、批评、文艺理论及翻译文章,在当时具有较高专业水准,并在孤岛产生过重要影响。李健吾与于伶同为上海剧艺社骨干,交往甚密,合作默契,且互相欣赏,于伶主编《戏剧与文学》,邀约李健吾为该杂志撰稿是自然而然的事情。李健吾在杂志第3期发表了两篇"后记",分别是为他创作的剧本《这不过是春天》和翻译的罗曼·罗兰剧作《爱与死的搏斗》所做的"跋",署名"李健吾"。这两个剧本都由上海剧艺社搬上舞台,李健吾还亲自在前剧中饰演警察厅长一角。在第4期他又发表了《福楼拜幼年书简选译》和《现时与现实》,前者署名"李健吾",后者署名"运平"。李健吾在编剧、翻译及撰写研究论文时,一般署本名,写文艺批评一般署名"刘西渭";而"运平"一名仅在此处见到,其来历及署名原因尚待考究。根据刘玉凯先生的考证,李健吾在《文学评论》1965年第5期发表文章时,因为同一期有他《"风景这边独好"——谈〈英雄工兵〉》和《一出精彩的小喜剧——〈打铜锣〉》两篇文章,他就故意把后者署名为"立世"以避免同一作者的名字重复出现。据此猜测,李健吾把发表在同一期《戏剧与文学》上的两篇文章分别署名"李健吾"和"运平",有可能也是为了避免在同一期杂志的两篇不同种类的文章中出现同一作者的名字吧。

客观来说,《现时与现实》的题名十分贴合文章主旨,且更有新意、更加醒目,但不知何种原因,李健吾在将该文收入《咀华二集》时改为《关于现实》这样一个平淡无奇的题目。就因为这样一改,《关于现实》由于《咀华二集》的广泛流传而广为人知,并在1949年后李健吾的不少选集中反复收录[2],也引起了后

---

[1] 王鹏飞:《"孤岛"时期文学期刊研究》,博士学位论文,上海:华东师范大学,2006年。
[2] 如宁夏人民出版社1983年版的《李健吾文学评论选》,珠海出版社1998年版的《李健吾批评文集》等都收录了这篇《关于现实》。

世研究者的广泛注意。但这篇文章的"本源"《现时与现实》却被今天的绝大多数研究者所忽视,更没有人将之记在李健吾的名下,"运平"这一笔名也被彻底忽略了。

是不是知道"运平"就是李健吾的笔名,是不是清楚《现时与现实》就是《关于现实》,或许这些问题对于李健吾研究来说都算不上什么了不起的大事;但是我们却可以从中发现另一个比较重要的问题:鉴于李健吾研究至今仍开展得如此不充分,鉴于我们对李健吾的认识和了解还停留在粗疏、肤浅,甚至在具体细节上以讹传讹的层面上,我们实在有必要大力推进李健吾研究。这当然必须从最基础的工作做起,文学作品、各类文章、翻译及相关史料的搜集(甚至"搜救")、整理是第一位的。新时期以来出版的李健吾选集并不算少,但发掘出来的新材料十分有限,还有李健吾的很多重要文章散佚在原始报刊中未被发现。我在翻阅抗战时期及战后上海的报刊时,就发现李健吾在当时发表的文章之多远远超出我们的想象,而且其中有不少文章会改变我们对李健吾文艺观的一贯看法。比如人们一向认为坚持人性本位、注重艺术感悟、唯美的、印象式的批评是李健吾文艺批评的基本风格,其实我们只要全面考察一下他在孤岛发表的批评文章,就会看到,这样一个被视为"艺术至上"的知识分子,其实也有忧国忧民、拥抱现实,甚至为了政治意义而忽视作品艺术品性的"战斗"精神;只要看一下他在当时发表的数量众多的探讨戏剧理论、戏剧规律的文章,我们就会知道,他那高深的戏剧学养绝非现在最常见到的一本《李健吾戏剧评论选》所能囊括的。这些重要文献,都亟须得到进一步的发掘、整理、研究。

韩石山先生早在十多年前就大声疾呼,希望文化界掀起一个"李健吾热",但是令人惋惜的是,李健吾研究至今还未真正"热"起来。韩先生还认为,真正的"李健吾热"只有在一个政治开明、学术自由的环境下才会出现,难道现在还不是吗?今天的学人,尤其是现代文艺研究者,文艺理论界与批评界学人,不该真正为李健吾研究做点什么吗?但愿只知李健吾,不知"运平";只知《关于现实》,不知《现时与现实》;只知《咀华二集》有两个版本,不知两个版本之间的变迁与差异的时代早些结束。

李健吾与《文艺复兴》[①]

魏文文

内容摘要：李健吾一生的创作面相当宽广，不仅涉猎小说、散文、诗歌、戏剧、翻译、文学批评等，还致力于编辑文学杂志，他参编的期刊有数十种，其中《文艺复兴》最费心思，也最显功力。李健吾以作家型编辑独特的编辑理念推助《文艺复兴》成为抗战后著名的文艺刊物。虽然《文艺复兴》最终并没有促成中国文艺的全面复兴，但是给20世纪40年代中国文艺界注入了新鲜血液，做到了特色鲜明，卓尔不凡。

关键词：李健吾　《文艺复兴》　编辑理念

李健吾作为中国现代文坛不可多得的"多面手"，创作面相当宽广，涉猎小说、散文、诗歌、戏剧、翻译、批评等，成就斐然。学界对李健吾的关注也多聚焦于此，而作为编辑角色的李健吾却鲜被学者青睐，即使被提及，也多作为陪衬对象出现，这样"不公正"的待遇值得进一步探究。早在1922年冬，正读中学的李健吾便同蹇先艾、朱大枬联络同学组织了曦社，并于1923年初创办不定期刊物《爝火》，发行两期后停刊，随后又创办《爝火旬刊》，随《国风日报》发行，从此李健吾便与"编辑"这一身份结缘。清华时期的李健吾不仅参与编辑《清华周刊》，还同好友蹇先艾合伙编辑了双月刊的《北京文学》，由文化学社出版发行。此后，《文学季刊》《文学杂志》《文艺复兴》等大型文学刊物的编辑部都留下了李健吾的足迹。李健吾编辑文学杂志不在于造就文学流派，亦不在于提

[①] 原载《运城学院学报》2015年第5期。

升名气，而是努力为新文学的发展开辟园地，他的文艺报刊编辑理念与其文学创作及批评思想一脉相承，是研究李健吾不可或缺的一部分。

李健吾参与编辑的期刊有数十种，其中《文艺复兴》最费心思，也最显功力。"《文艺复兴》这份杂志是日本投降后，上海方面提出的唯一大型文艺刊物，也是中国当时唯一的大型刊物。"[1] 据《上海文化》统计，截至1946年11月，战后上海陆续出版的期刊累计达四百多种，有近二十多种综合性刊物，而文学刊物则极少。"偌大一个中国，竟没有作家的文艺园地，实在不成话。"[2] 在各方面的共同期待和努力下，《文艺复兴》终于1946年1月10日创刊，编辑人为郑振铎、李健吾（最后一卷《中国文学研究号·下》增加唐弢），月刊，十六开本，120页，由文艺复兴社发行，上海出版公司总经售。至1947年11月4卷2期停刊，不到两年的时间共出版了20期（其中1936年3—4月、1947年2—3月、1947年10—11月合刊）；1948年9月、12月、1949年8月，分别出版"中国文学研究号"上中下三卷。《文艺复兴》虽然只存在了不到两年的时间，却网罗了一大批文坛新秀，为读者奉献了一场场华丽的饕餮盛宴。据李健吾回忆："创作大多由我负责，他（指郑振铎）负责大多是中国文学理论和文学史一类的文章……'编后''编余'也分别由两个人写。"而杂志的"封面"和每期的"补白"均由李健吾设计、选定，为此李健吾多耗费心力，却又乐此不疲，而他在《关于〈文艺复兴〉》一文中自称"不过是一名马前小卒而已"[3]，实在是谦虚至极。

一、独特的编辑理念

作家型编辑除了在文学创作上需要优秀的特质之外，还应当具有极其敏锐的判断力和洞察力，而对稿件的甄选、修改也是极具考验的工作。李健吾在编辑《文艺复兴》之前就已"身经百战"，对编辑工作的相关事宜了然悉知，对作者、评论者、读者的思想倾向以及艺术禀赋等方面又具有独特的体味，因此他的加入既弥补了郑振铎精力上的不足，又使刊物的艺术风格得到提升，增加了刊物的审

---

[1] 李健吾：《关于〈文艺复兴〉》，《新文学史料》1982年第3期。
[2] 刘哲民：《回忆西谛先生，回忆郑振铎》，上海：学林出版社，1988年，第299页。
[3] 同[1]。

美趣味。正如杨义所说："由于郑振铎的编刊物的魄力和李健吾审美才华的结合，这个刊物确实做到了它的发刊广告上说的，在当时'水准最高，读者最多，期刊权威，风行全国'，是战后唯一巨型文艺月刊。"①

作为一名作家型编辑，李健吾更能体会创作的艰辛以及文坛新人投稿的艰难，因此在甄选稿件的过程中，他更加重视新人新作。《文艺复兴》不仅集结了巴金、茅盾、郭沫若、沈从文等诸多当时赫赫有名的文坛大家，还不遗余力地推出新作家、新作品。李健吾及时发现好作品的同时，还经常通过"编余"对投稿者进行点拨，他认为"当着好作品而沉默，站在文艺批评的立场来看，近似一种道德上的怯懦行为"②。鼓励扶植文坛新人与创办文艺复兴的初衷相关，也与李健吾开放、宽容的心性密切相关。我们先来看看李健吾在《文艺复兴》第2卷第6期"编余"中的一段话：

打开本期目录，有人将发出会心的微笑，奖掖我们的妄为，因为除去连载长篇之外，几乎很少几位作家曾经邀得读者的青睐。他们是一串生疏的名字，但是，相信读完他们的作品，正由于他们的年轻和陌生，格外引起读者的敬重。有谁对于中国的文艺运动表示怀疑吗？他们的苗壮，甚至他们的柔嫩，正有力量改变视听。这些无名的年轻作家来自四面八方，和我们并不相识，远道带来他们的心血的初次结晶，不仅增加我们的信心，同时刊出后，相信会有同情去鼓舞他们继续创作的雄心。

这就是我们对于新年的一份贺礼，一捆中华民族前途光明的文证。③

从作品的刊出情况看，《文艺复兴》创刊阶段为了增强影响力、扩大知名度，前几期多刊登成名作家的作品实属理所当然，而当《文艺复兴》被大众广泛接受后，一些陌生作者的名字开始增多，并逐渐占据刊物的主要篇幅。汪曾祺、辛笛、唐湜、袁可嘉等青年作家都是从《文艺复兴》初登文坛的，正是由于主编不同凡响的审美眼光，慧眼识珠，才给这些年轻作家、诗人们提供了最初的成长空间。但是不可否认的事实是，绝大多数曾在《文艺复兴》上发表作品的青年，后

---

① 杨义主笔，中井政喜、张中良合著：《中国新文学图志：下》，北京：人民文学出版社，1997年，第583页。
② 李健吾：《李健吾散文集》，银川：宁夏人民出版社，1986年，第172页。
③ 李健吾：《编余》，《文艺复兴》。

来并没有名气，有些人甚至终生只发表过一首小诗或一篇短文。但是李健吾打心眼里爱护着这些青年作者。他用一颗敦实、纯厚的心浇灌"幼苗"。写于1982年（李健吾去世的那年）的《关于〈文艺复兴〉》一文中，李健吾先后四次提到编辑助理阿湛（王湛贤），并深情地回忆道：

> 我永远忘不掉一位在我们中间跑腿的年轻人叫做阿湛的。他和柯灵有亲戚关系。校订工作主要由他承担责任。这位年轻人很用功，写小说，为了鼓励起见，我也让他在《文艺复兴》上发表了几篇东西。
>
> ……
>
> 死的最可怜的，莫过于阿湛，戴着一顶极右派的帽子，远死在青海，孤零零一个人，这初出犊儿的小说作者就这样无声无息地夭折了，命也夫！多有希望的一位年轻人！谁能断言他今天不会成为另一位汪曾祺呢？[①]

名家与新秀并重是《文艺复兴》突出的特色，也是李健吾的编辑理念之一，此外政治与艺术并重也逐渐融入李健吾的编辑思想中。"历时八年的抗日战争，导致广大中国作家在思想方面的一个重要变化，便是政治意识的增强。这种情况在抗战结束后得以延续，并有了进一步的发展。关心政治、评论政治、参与政治，成为战后中国作家的一个普遍现象。"[②] 李健吾这一时期留下的文字中，也开始频繁地使用一些当时比较流行的语词，并在上海文协成立大会上指出："有人说文艺与现实政治无关，现在可以知道文艺与现实政治是无法分开的。"[③] 报纸杂志的编辑要有精准的眼光以及与时俱进的精神，李健吾正是在担任《文艺复兴》主编的过程中逐渐转变思想，在大时代的熏染下找到更适合自己的位置。

二、成功的"副文本"设计

一本好的刊物，除了刊登较高水平的文学作品之外，"副文本"作为一种文学话语的存在，包含着许多对文学文本的补充和解析，也从侧面反映出刊物的质量。《文艺复兴》的封面"补白"以及广告的设计可谓独具匠心，它们与作品相

[①] 李健吾：《关于〈文艺复兴〉》。
[②] 陈青生：《年轮：四十年代后半期的上海文学》，上海：上海人民出版社，2002年，第12页。
[③] 赵景深：《记上海文协成立大会》，《文艺复兴》1946年第1期。

互映衬，共同缔造了抗战后这一大型文艺刊物的非同凡响。李健吾是这一成功的幕后推手：

  封面是我设计的。第一卷是国共谈判时期，我选的是欧洲文艺复兴时期的意大利大师米开朗皆罗的《黎明》，意味着胜利了，人醒了，事业有前途了。第二卷是米开朗皆罗的《愤怒》，意味着国共谈判破裂了，内战又要开始了，流离失所的人民又要辗转沟壑了，因而人民怨恨之声几可达于天庭。第三卷选的是西班牙著名画家高讶的《真理睡眠，妖异出世》，意味着当时上海、国统区民不聊生，走投无路，一片黑暗的境界。封面的针对性是强烈的。每期的"补白"都是我选的，大部分是法国的，偶尔有马克思的，也有鲁迅的，也有英雄主义的尼采的。①

"副文本"的"功能性"作为最基本的特征，其美学意图不是要让文本周围显得美观，而是要保证文本命运和作者的宗旨一致。②《文艺复兴》封面的设计简洁、明了，富有想象，除了醒目的刊名、期数、卷号、时间以及经售公司之外无其他字样，且印刷精良。杂志封面的设计一方面体现出刊物的创刊特色和主旨，另一方面也反映设计者的审美趣味。《文艺复兴》封面的配图每卷都不相同，但是同一卷的内容又具有连续性和统一性。四卷（除《中国文学研究号》上中下三期外）的封面分别是欧洲文艺复兴大师米开朗琪罗的《黎明》和《愤怒》、西班牙绘画大师高讶的《真理睡眠，妖异出世》以及意大利绘画大师达芬奇的《手》，这四幅画的针对性强，且均出自西方绘画大师之手。设计风格的形成除了与李健吾的编辑经验以及中西兼具的教育背景有必然的联系之外，还与他的文化理想有关，即为中国的文艺复兴创造一个"园地"，为民主的实现而工作。

《文艺复兴》的"补白"和封面一样精彩，"补白"虽然仅用来填补杂志空白，但是李健吾并没有小觑之意，每一期都由他亲自挑选并翻译。翻开《文艺复兴》，我们不得不敬佩李健吾的博学多识，大部分"补白"都来自外国作家、文艺理论家、诗人、哲学家，甚至政治家，既有散文、诗歌、名言警句，又有生活语录，可谓种类繁多，精彩纷呈。而细细分析来，法国作家占有比例最大，有莫里哀、巴尔扎克、福楼拜、左拉、司汤达、拉·布芮耶尔、米拉波、布瓦洛、尚

---

① 李健吾：《关于〈文艺复兴〉》。
② 朱桃香：《副文本对阐释复杂文本的叙事诗学价值》，《江西社会科学》2009年第4期。

佛、茹拜、梵乐希，英国有布莱克、泰特勒、哈代以及华兹华斯，德国有尼采、马克思、歌德，其他国家还有古罗马的贺拉斯、美国的梭罗和俄国的托尔斯泰等。中国作家只有鲁迅一人，且出现在《文艺复兴》第二卷第三期的"鲁迅纪念专号"上。这种情况的出现，与李健吾的个人经历有关。大学期间李健吾在朱自清的建议下转到清华大学外文系，系统地学习西方文艺思想。大学毕业后，他留学法国进一步深造，除了潜心研究福楼拜之外，他稔熟19世纪以来的西方先锋文艺思潮，尤其是象征主义、唯美主义、未来派等。李健吾在文艺复兴的"补白"中引用的名家作品与警句，不分国别、不问流派，正是在当时特殊的政治经济文化环境中期待中国文艺能够实现真正的"复兴"。

仔细研究《文艺复兴》的"补白"后发现，除了上述特征之外，还有一个值得注意的现象，第一卷"补白"有20多处，第二卷的"补白"近40处，第三卷逐渐减少至10处左右，而到了第四卷"补白"已经完全消失。与之相对应的是广告的增加，第一卷中的广告多是下期预告、报纸杂志简介以及出版社书讯。第二卷则增加了商业广告，仅钱庄、银行广告就有数种，如晋成钱庄、永庆钱庄、春茂钱庄、大同商业银行、上海市银行等，除此之外还用一个版面刊登了一种ABC品牌的水果卷糖广告，画面考究，印刷精致，从糖盒的外观"Candy Drops"的英文字样可以看出是一款"进口"水果卷糖。第三卷的广告又增加了金城银行信托部、新华信托储蓄银行、浙江兴业银行、通易信托公司、中国航运股份有限公司、华丰钢铁厂以及梅龙镇酒家，广告的种类已经涉及出版公司书讯、金融、航运、钢铁厂以及酒馆，种类和数量都已经达到顶峰。第四卷甚至出现了大东南烟公司出品的"白兰地"牌美国香烟广告。40年代中后期，在政治恶化、物价暴涨以及交通险阻的环境下，维持《文艺复兴》这样一份纯文学刊物实属不易。李健吾晚年回忆道："当时上海是国统区，法币和金圆券都不值钱，出版公司度日如年，困难重重，靠广告也进不了几个钱，还都是靠着朋友面子拉来的，如梅龙镇酒家，是话剧界人物吴湄办的，新华银行是我的清华老同学孙瑞璜做副总经理，凡此种种，都挡不住物价飞涨，漫无止境，人心惶惶，朝不保夕……"[①] 如此便可理解为何"补白"的逐期减少换来的是广告的增加，虽然广告不能给杂志

---

① 李健吾：《关于〈文艺复兴〉》。

带来丰厚的利润，但是经济困难时期仍能雪中送炭，助力《文艺复兴》的正常运营。

三、编辑理念的转变

20世纪40年代中后期是中国现代文学的转型期，而此时正在编辑《文艺复兴》的李健吾，他的审美追求也逐渐从早期的"纯文学"向"大众文学"积极靠拢。李健吾在编发大量作品的同时，还陆续写下了一些重要的诗文评论，这些文字对研究李健吾编辑思想具有重要意义。作为一个文学自由主义的信奉者，李健吾指出："一般人骂我是'为艺术而艺术'，我向例一笑置之。不是骄傲，而是因为我相信艺术不容我多嘴。人人可以体会，这不是什么独得之秘。它近在眼前，远在千里，并不扑朔迷离，然而需要钻研体验。……一切是工具，人生是目的，艺术是理想化的人生。"[①] 而他这一时期的批评文字中开始频繁地使用与时代相关的流行字眼，如"人民""时代""民族"等，这与他前期的"灵魂探险"似的批评恰恰相反。邵宁宁在《生命诗学的变调——李健吾40年代后期的诗论及其文化选择》一文中提出："到了40年代后期，李健吾身居上海，与郑振铎共同编辑大型文学期刊《文艺复兴》，同时与以郑振铎为中心的进步文人圈子频繁接触，其诗歌观念也明显受到当时新兴的'人民文学'的影响。"[②]

20世纪40年代，随着毛泽东《在延安文艺座谈会上的讲话》等一系列理论文章的问世以及《李有才板话》等文学作品的成功出版，左翼文学已经基本确定了它在文艺界的主导地位。在左翼文艺语境的影响下，《文艺复兴》也表现出极大的包容性，不仅刊登了茅盾、郭沫若、丁玲、臧克家、周而复、沙汀等左翼作家的作品，还策划了一系列纪念专号，如"鲁迅纪念专辑""闻一多逝世周年特辑"以及"抗战八年死难作家纪念"等，既丰富了杂志的可读性，也拉近了与左翼作家阵营之间的关系，让人大开眼界。这些都在无形中推动了李健吾编辑理念的转变。

[①] 郭宏安：《李健吾批评文集》，珠海：珠海出版社，1998年，第157页。
[②] 邵宁宁：《生命诗学的变调——李健吾40年代后期的诗论及其文化选择》，《甘肃社会科学》2013年第4期。

20世纪30年代，李健吾评价戴望舒、卞之琳等现代派诗人的创作时称他们是"新诗批评上对中国象征主义的诗歌写作最为了解的人"[1]，并称他们"歌唱的是灵魂"，"追求的是诗，'只是诗'的诗"[2]。随着"诗歌大众化"在全国的高涨以及街头诗运动的盛行，李健吾的"纯诗"批评只能暂时让路于"文艺大众化"。发表在《文艺复兴》第三卷第一期上的《〈诗丛〉和〈诗刊〉》中，李健吾提到了田间的《给战斗者》、袁水拍的《马凡陀的山歌》等，指出了诗歌词汇和形式的大众化，并认为"朗诵可以帮助新诗寻找它应有的节奏，不靠演员，却靠自己先从生活之中苦苦搜索"[3]。

《文艺复兴》第一卷第六期的《为"诗人节"》中，李健吾慷慨激昂地写道：

所以今天把屈原死祭的节日定做中华民族的诗人节，无论站在民族的立场，精神的立场，社会的立场，文学以及诗的本身的立场，乃是极有意义的举措。

……

让我们说一句大胆的话，写"旧诗"的人们，写"新诗"的人们，认真踏实在民间和传统之中寻找生命，认真踏实在语言和文字之间追求和谐，认真踏实在心灵和生活之间体会表现得适切，认真踏实去感受时代和民族的现实的教训，相信有一天会在一个顶点不期而遇的。[4]

李健吾的这番呼吁融合了自己的切身感受，诗人、作家都应该把自己的生命放到整个民族的复兴中去，融入人民的生活中感受和体验，只有这样创作出的才是具有生命力的作品。

在20世纪40年代特殊的政治背景和文艺语境下（上文有提），作为编辑的李健吾，不仅审美追求有所变化，在个人主观追求上也慢慢由个人主义危机转化为政治焦虑，这在他为文艺复兴所写的"编余"中可以明显看出。李健吾共为《文艺复兴》写了10篇"编余"，几乎每篇都或明或隐地表现出对时局政治的焦虑，这是一个编辑应有的责任感，更是身为一位有良知的中国人对国家、民族深切的热爱。如：

---

[1] 陈太胜：《象征主义与中国现代诗学》，北京：北京大学出版社，2005年，第166页。
[2] 郭宏安：《李健吾批评文集》，第107页。
[3] 李健吾：《李健吾文学评论选》，银川：宁夏人民出版社，1983年，第271页。
[4] 李健吾：《为"诗人节"》，《文艺复兴》1946年第1期。

胜利不曾为人民带来和平。挣扎，焦灼，忧切，恐慌，哀伤，愤怒，凡和幸福无关的心情成了我们今日哭笑不得的心情。（1 卷 3 期）

我们生在乱世，我们太需要拨乱反正了。（2 卷 2 期）

我们为作品服役，也就是为苦难的民族服役。（3 卷 1 期）

这是一个繁复的时代。抗战到胜利，胜利到幻灭，为时不过两年，变化多而且大，创作的反应显然也很繁复。（4 卷 1 期）①

特殊的历史时期李健吾肩负着编辑《文艺复兴》的使命，并小心呵护这来之不易的"文学使命"，即使《文艺复兴》最终并没有完成促使中国文艺全面复兴的理想，仍旧给 40 年代的中国文艺界注入了新鲜血液，也确实做到了特色鲜明、卓尔不凡。

刘纳的《在学术论文的大生产运动中想起李健吾》一文中指出："在文学研究各科畸形膨胀的今天，重温文学批评家李健吾的姿态是别有收获的。"② 而在数字媒体极其发达的今天，重温李健吾的报刊编辑理念也是相当有收获的。《中国社会科学报》于 2014 年 6 月 9 日、2014 年 12 月 3 日、2015 年 1 月 21 日、2015 年 6 月 17 日分别刊登了《学术期刊要厚待青年学人》《也谈学术期刊要厚待青年学人》《学术期刊如何厚待青年学人》《青年学人要以学术水平赢得期刊青睐》四篇文章，就当前的学术生态问题展开热议，后三篇主要是同第一篇《学术期刊要厚待青年学人》一文提出的"当今，部分学术媒体，特别是某些所谓的'核心'期刊，惯常以身份取文，只看重作者的学历（是否具有博士学位）、职称（是否教授）、工作单位（是否"211"或"985"）等资历信息。与就业歧视一样，'学术歧视更是一个值得关注和重视的社会不良现象'"③。青年学者是中国学术的未来，他们将是未来支撑起中国学术大厦的主力军，呵护和爱护青年学者是每一位学术前辈以及编辑应尽的责任。一切诚如李健吾所言："我们注重作品。我们希望把勇气带给年轻作家。给我们还东西，我们一定为你服役。"④

---

① 李健吾：《编余》，《文艺复兴》。
② 刘纳：《在学术论文的大生产运动中想起李健吾》，《首都师范大学学报》（社会科学版）2005 年第 3 期。
③ 刘月文：《学术期刊要厚待青年学人》，《中国社会科学报》2014 年 6 月 9 日，A04 版。
④ 同①。

李健吾关于《雨中登泰山》的两封信[①]

汪正煜

编者按 为了研究新教材《雨中登泰山》的有关问题，上海市普陀中学教师汪正煜同志最近曾两次致信作家李健吾同志。现将李健吾同志的复信发表于后，供教学参考。

信中提到的对《雨中登泰山》的四处更正，高中语文课本第一册除已将"峻嶒"改为"崚嶒"之外，其余三处尚未更改。"斗母宫"见课本第 23 页倒数第 2 行；"瑰奇"见第 17 页倒数第 6 行；"第一次的'南天门'"见第 18 页倒数第 6 行。

汪正煜同志的信（摘录）

（一）

《雨中登泰山》原文第四段写到："雨大起来了，我们拐进王母庙后的七真祠。"而文章结束处说："倾盆大雨时，恰好又在斗母宫躲过。"这样，避雨的地点就有两处。上海辞书出版社新出版的《中国名胜词典》618 页至 619 页介绍：王母庙后的七真祠在岱宗坊北，与虎山水库隔溪相望，而斗母宫在王母庙以北、经石峪西南一公里的登山盘道东侧。显见两处确非一地。

那么，是否在两处都避过雨呢？从文章记述层次看，七真祠避雨后，也不会重遇"倾盆大雨"，并"在斗母宫躲过"。

尊作在《人民文学》一九六一年十一月号刊载后，曾被选入散文专集。但各

[①] 原载《语文学习》1982 年第 8 期。

散文集中均未对此更改过。直至湖南人民出版社 1980 年 9 月版的《现代游记选》和人民文学出版社 1980 年 8 月版的《散文特写选（二）》，也是照录了原文。

这样，使我很自然产生了疑问：究竟是原著别有深意，还是笔误所致呢？"王母庙"俗称"王母宫"会不会因一字之误在文末写成"斗母宫"了呢？

（二）

另外，尚有两处不甚了了。您说，"第一次的南天门应为一天门"。查阅原文，凡写到"南天门"的，似无需更改处。不知您是指哪一句？祈能指明。"崚嶒"的"崚"，据说新课本并未印错，可能您查的那本散文集印错了，望能相告所本，以便查正勘误。

（一）

汪正煜同志：

谢谢你的来信。

"斗母宫"应是"王母庙"之误。"瑰奇"应做"瑰丽"。第一次的"南天门"应是"一天门"。"崚嶒"应是"崚嶒"。请予付印时一律加以改正。

此致

敬礼！

李健吾

1982 年 6 月 28 日

（二）

正煜同志：

接到来信，催我答复。我因后面书房尚未完工，方才寻找，勉强找到《泰山道里记》一本老书，是乾隆的书，其上有图可寻，唯名称稍有变更。其中南天门确为"一天门"，"孔子登临处"，即在其旁。"中天门"即《道里记》中所谓"二天门"，可以不改。"南天门"即《道里记》中所谓"三天门"。《记》中通称为"南天门"。《道里记》中"自序"说，"其中有一地两称或名同地异"，盖自古亦然。"一天门"书中又称"红门"。我根据的版本是北京出版社 1963 年的旧版。此书现在宁夏人民出版社，因为它要我的散文集。我抄了一份，打算寄往四川人民出版社，因为后者要出我的三本选集。

我因杂务多，回信略迟。请谅。如更正，第一次所见之"南天门"请改为"一天门"或古人所谓"红门"。"峻嶒"请改为"崚嶒"即可。

有关教学方面的事，你就饶过我吧，手头事甚多，既忙，亦不敢献丑也。

此致

敬礼！

李健吾
1982 年 7 月 16 日

第二编
戏剧/文学批评研究

李健吾：体验性现实主义戏剧批评[①]

宋宝珍

在中国现代文学批评史中，李健吾（1906—1982）无疑是众多批评家中独具风采的人物，但并非是重量级的，比如相对于像鲁迅、茅盾、周扬、胡风这样的批评大家而言，李健吾的文学批评的深度和广度毕竟有限；而把他列入中国现代戏剧批评史之中，他不但是屈指可数的戏剧批评家，而且是佼佼者了。

其实，他在新中国成立之前写的剧评并不多，著名的《咀华集》也只有一篇剧评——《雷雨》（1935年），以后按年代排下来有《吝啬鬼》（1937年）、《文明戏》（1938年）、《小说与剧本——关于〈家〉》（1940年）、《上海屋檐下》（1942年）、《清明前后》（1946年）。但是，就是这样几篇以刘西渭的笔名发表的剧评文章，就足以使其毫无愧色地屹立在中国现代戏剧理论批评史上。

论说李健吾戏剧批评的成就，有几点是必须交代的：一是不能把他的文学批评同戏剧批评割裂开来，毕竟是出自一人之手，自然有其批评立场、观点和风格的联系。二是特别要注意李健吾还是一位剧作家，他曾创作和改编过大量的剧本，如《母亲的梦》《委曲求全》《梁允达》《这不过是春天》《以身作则》《新学究》《十三年》《火线之外》《撒谎世家》《贵花》《青春》《贩马记》等；而他又曾经是在学生时代热衷于参加校园戏剧演出的演员，在清华园中曾留下他演剧的身影，并且是清华戏剧社的社长。三是他还是一位学者，曾赴法国留学，对于法国文学和戏剧有着深入的研究。这些，都给他的戏剧批评带来自身的特色。

[①] 选自宋宝珍：《残缺的戏剧翅膀——中国现代戏剧理论批评史稿》第十三章，北京：北京广播学院出版社，2002年。

一、独到的体验性观感和分析性批评

　　一般都把李健吾的文学批评概括为"印象主义批评"。当然，你不能否认他的文学批评有着受外国文学批评流派影响的痕迹，但如果就把他当作印象派的批评家，也许未免牵强了些；对于他的戏剧批评更是这样。例如认为李健吾的文学批评是在研究和探索"西方印象主义批评"的基础上，吸取某些本土的传统的成分，"建构其批评系统"的，这里不是故意咬文嚼字，确切地说：李健吾是植根在中国的文学和文化传统的基础上，吸取一些外来的东西，从而建构了他的批评系统。所以说，不必用印象主义来概括他的全部文学批评，或是他的批评系统。

　　有的学者认为李健吾的印象主义批评来自法国印象派批评家阿纳托尔·法朗士和于勒·勒梅特尔，自然还有他们的祖师夏尔·奥古斯坦·圣伯夫。李健吾的确借鉴了他们的一些观点，但是李健吾同他们是不同的，他决不是一个像勒梅特尔的"印象论"者。勒梅特尔认为批评就是"经过我们心目的镜子"，而且是"并非一成不变"的"镜子"；甚至说，批评是"玩味作品同时丰富和陶冶个人的作品印象的艺术"；他还承认"批评是判断，然而它是'由先前的印象所支配和启发之下的一个印象'"。[①]

　　至于阿纳托尔·法朗士，他的批评见解，如著名的论点有："优秀的批评家讲述的是他的灵魂在杰作中的冒险。客观艺术不存在，客观批评同样不存在……"；"批评决不可能变成一门科学……"；"乐趣才是衡量优劣的唯一尺度"，同时又是"我们的评判永远存在仁智之见的原因"。[②]

　　那么，我们不妨看看李健吾的批评主张。在中国现代文学批评史或者戏剧批评史上，还很少有人对于文学批评和戏剧批评本身发表系统的见解。李健吾在其文学和戏剧的评论中，不时对于批评自身提出他的看法。这些看法是相当系统、相当深入、相当独到的，连接起来，构成他的批评观，但是，这又绝非印象主义所能概括的。

---

① 以上参见雷纳·韦勒克：《近代文学批评史》第3卷，上海：上海译文出版社，1997年，第26—28页。
② 同上书，第28—31页。

首先，他认为批评是一门独立的艺术，一个批评家就是一个艺术家。之所以是独立的艺术，是因为它有"它自己深厚的人性依据"，是"一个富丽的人性的存在"。这些观点，在20世纪30年代社会学批评盛行之际，显然是不为人所赞成，甚至被视为"另类"的；但却树起一个新的批评流派。

批评不像我们通常想象的那样简单，更不是老板出钱收买的那类书评。它有它的尊严，犹如任何艺术具有的尊严；正因为批评不是别的，它也是一种独立的艺术，有它自己的宇宙，有它自己深厚的人性做根据。一个真正的批评家，犹如一个真正的艺术家，需要外在的提示，甚至于离不开实际的影响。但是最后决定一切的，却不是某部杰作或者某种利益，而是他自己的存在，一种完整无缺的精神作用，犹如任何创作者，由他更深的人性提炼他的精华，成为一件可以单独生存的艺术品。他有他不可动摇的立论的观点，他有他一以贯之的精神，如若他不能代表一般的见解，至少他可以象征他一己的存在。我们敬重他和他的批评，因为他个人具有人类最高努力的品德。一切艺术品，唯其攫有不苟且不雷同的个性，才能活在无数"旁观者"的心目中，与日月以共荣。①

批评之所以成为一种独立的艺术，不在自己具有术语水准一类的零碎，而在具有一个富丽的人性的存在。一件真正的创作，不能因为批评者的另一个存在，勾销自己的存在。批评者不是生硬的堤，活活拦住水的去向。堤是需要的，甚至于必要的。然而当着杰作面前，一个批评者与其说是指导的、裁判的，倒不如说是鉴赏的，这不仅出于礼貌，也是理之当然。这只是另一股水：小，被大水吸没；大，吸没小水；浊，搅混清水；清，被浊水搀上些渣滓。一个人性钻进另一个人性，不是挺身挡住另一个人性。头头是道，不误人我生机，未尝不是现代人一个聪明而又吃力的用心。②

这里，他不但认为批评不是裁判，不是指导的看法，是指出了当时批评的通病的，并且认为批评是鉴赏的，更认为是"一个人性钻进另一个人性"，这样的见解是同现代批评的对话说相似了。在这里，包含着批评者同被批评者的平等的内涵，把批评看作是平等的人性的交流、灵魂的对话，是一种相互的"吸收"、

---

① 刘西渭：《咀华集》，广州：花城出版社，1984年，第39页。
② 同上书，第2页。

渗透。李健吾认为在批评上绝不应以"绝对权威"自居。对于作者的创作本义应给予高度的尊重,尊重"一切人性的存在",尊重"灵性活动"的自由。他说:"在文学上,在性灵的开花结实上,谁给我们一种绝对的权威,掌握无上的生死?因为,一个批评家,第一先得承认一切人性的存在,接受一切灵性活动的可能,所有人类最可贵的自由,然后才有完成一个批评家的使命的机会。"①

基于上述的观点,他不赞成以一种一成不变的"标准",甚至"成见"去生硬地评价作品。他关于批评标准的利弊的见解,也是耐人寻味的。

阿诺德 M. Aynold 论翻译荷马,以为译者不该预先规定一种语言,作为自己工作的羁绊。实际不仅译者,便是批评者,同样需要这种劝告。而且不止语言——表现的符志,我的意思更在类乎成见的标准。语言帮助我们表现,同时妨害我们表现;标准帮助我们完成我们的表现,同时妨害我们完成我们的表现。有一利便有一弊,在性灵活动上,在艺术制作上,尤其见出这种遗憾。②

既然反对使批评者成为"生硬的堤",那么,就不能制造人为的"堤"来设防,成为交流和对话的障碍。他所提出"标准"有一利也有一弊的看法,颇有辩证的意味。这样的批评主张,是否带来某些不确定性的批评呢,但从李健吾的批评实践来看,这种非武断的批评,倒是给人带来多面的思考。如他对周朴园的结局的分析,后面将论及。

他既然坚决反对把批评视为一种判断,把批评视为法庭的审判,那么,究竟应当具有怎样一种批评态度呢?他认为批评应当采取科学的、公正的态度,批评者应是"一个科学的分析者"。

我不大相信批评是一种判断。一个批评家,与其说是法庭的审判,不如说是一个科学的分析者。科学的,我说是公正的。分析者,我说是独具只眼,一直剔爬到作者和作品的灵魂的深处。一个作者不是一个罪人,而他的作品更不是一纸罪状。把对手看作罪人,即使无辜,尊严的审判也必须收回他的同情,因为同情和法律是不相容的。③

李健吾认为批评是创造,批评者是创造家。那么,他应当对自己有着高度的

---

① 刘西渭:《咀华集》,第 52 页。
② 同上书,第 1 页。
③ 同上书,第 52 页。

要求。不但要有理想，有"更高的企止"，而且使批评成为一种"自我表现"，即要求讲公道，尊重个性。甚至主张批评者要有广大的胸襟，那么，在批评中就应当宽容、大度、公正，甚至有着同情和会心的情感：

  这样一个有自尊心的批评者，不把批评当作一种职业，不把批评当作一种自我表现的工具，藉以完成他在人间所向往的更高的企止。

  批评的成就是自我的发现和价值的决定。发现自我就得周密，决定价值就得综合。一个批评家是学者和艺术家的化合，有颗创造的心灵运用死的知识，他的野心在扩大他的人格，增深他的认识，提高他的鉴赏，完成他的理论。①

  他是一个学者，他更是一个创造者，甚至于为了达到理想的完美，他可以牺牲他学究的存在。……他的对象是书，是书里涵有的一切，是书里孕育这一切的心灵，是这心灵传达这一切的表现。他自己心灵的活动便是一种限制，而书又是一种限制。不是作者，他缺乏作者创造的苦乐，他不必溺爱，所以他追求一种合乎情理的公道。②

  一个批评者需要广大的胸襟，但是不怕没有广大的胸襟，更怕缺乏深刻的体味。③

即使他不止一次引用了法朗士的批评是"灵魂在杰作之间的冒险"的说法，但是他绝不把"乐趣"作为唯一的批评尺度，更没有反对把批评作为科学，而他倡导公正，正是同法朗士的反对"客观批评"相背离的。这些，都需要辨析才可得出准确的判断。

他永久在搜集资料，永久证明或者修正自己的解释。他要公正，同时一种富有人性的同情，时时润泽他的智慧，不致公正限于过分的干枯。他不仅仅是印象的，因为他解释的根据，是用自我的存在印证别人一个更深更大的存在，所谓灵魂的冒险者是，他不仅仅在经验，而且要综合自己所有观察和体会，来鉴定一部

---

① 李健吾：《自我和风格》，《李健吾文学评论选》，银川：宁夏人民出版社，1982年，第215页。
② 刘西渭：《咀华集》，第42页。
③ 同上书，第3页。

作品和作者隐秘的关系。他不应当尽用自己来解释，因为自己不是最可靠的尺度；最可靠的尺度，在比照人类已往所有的杰作，用作者来解释他的出产。①

李健吾对于理论和政治同批评的关系，也有着独到的看法。他说：

一个批评家应当有理论（他合起学问与人生而思维的结果）。但是理论，是一种强有力的佐证，而不是唯一无二的标准；一个批评家应当从中衡量人性追求的高深，却不应当凭空架高，把一个不相干的同类硬扯上去。普通却是，最坏而且相反的例子，把一个作者由较高的地方揪下来，揪到批评者自己的淤泥坑里。②

（他说批评家）不是一个清客，侍候东家的脸色；他的政治信仰加强他的认识和理解，因为真正的政治信仰并非一面哈哈镜，歪曲当前的现象。……他明白人与社会的关联，他尊重人的社会背景；他知道个性是文学的独特所在，他尊重个性，他不诽谤，不攻讦，他不应征。属于社会，然而独立。③

我厌恶既往（甚至于现时）不中肯然而充满学究气息的评论或者攻讦。批评变成一种武器，或者等而下之，一种工具。句句落空，却又恨不把人凌迟处死。谁也不想了解谁，可是谁都抓住对方的隐匿，把揭发私人生活看作批评的根据。大家眼里反映的是利害，于是利害仿佛一片乌云，打下一阵暴雨，弄湿了弄脏了彼此的作品。④

我们之所以这样多引用原文，在于展现李健吾这些长期被忽略的批评高见，而且是这样的系统，这样的精辟。历史常常对一些人、事有所误会，有所掩盖；但是，历史也最为公正、真实，又往往是不能掩盖的。

二、人性批评的基点

在戏剧批评上说李健吾是体验派、感悟派也好，鉴赏派也好，的确他是以其

---

① 刘西渭：《咀华集》，第53页。
② 同上注。
③ 刘西渭：《咀华集·序一》，《李健吾文学评论选》，第3页。
④ 同上注。

全部身心去体验、感悟、鉴赏一个作品，但是，他更把批评看成一个富丽的人性同另一个伟大人性的拥抱，是一颗心灵同另一颗心灵的碰撞和交流，于是人、人性、人的灵魂便成为批评的基点。正是在这里，激起他智慧的火花，涌起他独到的见解。

他写的第一篇戏剧评论是《雷雨》，尽管曹禺的《雷雨》于1935年、即在发表一年之后，可以说空前轰动，但是，对于《雷雨》的评论，除去郭沫若的一篇《关于曹禺的〈雷雨〉》，还没有几篇像样的文字。而李健吾的这篇，即使在今天看来，都有着耀眼的光彩。他说：《雷雨》"是一部动人的戏，一部具有伟大性质的长剧"[1]。单是这样一个评价，就有着历史的眼光，也成为一个具有历史价值的美学判断。

他首先指出："在《雷雨》里面，作者运用（无论是他有意或者无意）两个东西，一个是旧的，一个是新的：新的是环境和遗传，一个19世纪中叶以来的新东西；旧的是命运，一个古已有之的旧东西。"[2] 他认为"作者用力写出，却是环境与人影响之大"。这里所指的就是《雷雨》的现实主义的深厚内涵：如鲁大海和周萍，一母所生，但是一个成为罢工领袖，一个却成为"饱暖思淫欲"式的少爷。从"两个有力而奇妙的巴掌"，先是周萍打鲁大海，后是鲁大海打周萍的这两个前后照应的场面，"透示着不同的环境之下，性格不同的发展"。李健吾对人、人性的关注，也并非是超社会的，他同样重视环境对于人、人性的作用。在对茅盾的《清明前后》所写的剧评中，他就把抗战时期的社会视为"一个销毁人性的大锅炉"[3]。

而对《雷雨》中的命运观念，当时的一些批评意见，把它同古希腊悲剧的命运，甚至是宿命论等同看待了。而李健吾却认为"作者真要替天说话吗？如果这里一切不外报应，报应却是天意吗？我怕回答是否定的，这就是作者的胜利处"[4]。显然，这也是李健吾的戏剧批评的胜利处。可以看出，李健吾并非是一个拒绝社会性现实性的批评家，而是着眼于生活在现实中的人的命运。

---

[1] 刘西渭：《雷雨》，《李健吾戏剧评论选》，北京：中国戏剧出版社，1982年，第6页。
[2] 同上书，第1页。
[3] 刘西渭：《清明前后》，《李健吾戏剧评论选》，第42页。
[4] 同[1]，第2页。

他对《雷雨》中的一些人物的人性的阐释和发掘是相当深刻而独到的。如关于周朴园的结局的分析，对于周朴园作为一个人的人性的分析是颇见功力的。他说，周萍、周冲死了，四凤死了，"周朴园不唯活下来，而且不像两个发疯的女人，硬挣挣地活了下来。如若鲁侍萍不'再怨这不公平的天'，我们却不要怨吗？作者放过周朴园。实际望深处一想，我们马上就晓得作者未尝不有深意。弱者全死了，疯了，活着的是比较有抵抗力的人：一个从经验得到苟生的知识，一个是本性赋有强壮的力量：周朴园和鲁大海。再望深处进一层，从一个哲学观点来看，活着的人并不是快乐的人；越清醒，越痛苦，倒是死了的人，疯了的人，比较无忧无愁，了却此生债务。然而，在人情上，在我们常人眼中，怕不这样洒脱吧？对于我们这些贪恋人世的观众，活究竟胜过死。至于心理分析者，把活罪分析得比死罪还厉害。然而在这出戏上，观众却没有十分亲切地感到。所以绕个圈子，我终不免误裁作者一下，就是：周朴园太走运，作者笔下放了他的生"①。

　　这里，既有批评者独到的体悟，又有着冷静细密的分析。他把一件事的里里外外作了透视，似乎是有些矛盾，但是却给人以多面的启示，而不是一种武断的评判。而这些，却丰富了我们对于周朴园复杂人性的认识。李健吾批评的妙处也许就在这里。

　　那么，李健吾对于繁漪的评价和心理分析是最为切中肯綮的。"什么使这出戏有生命的？正是周太太，……就社会不健全的组织来看，她无疑是一个被牺牲者；然而谁敢同情她，我们这些接受现实传统的可怜虫？这样一个站在常规道德之外的反叛，旧礼教绝不容纳的淫妇，主有全剧的进行。她是一只沉了的舟，然而在将沉之际，如若不能重新撑起来，她宁可人舟两覆。这是一个火山口，或者如作者所谓，她是那被象征着的天时，而热情是她的雷雨。她什么也看不见，她就看见热情；热情到了无可寄托的时际，便做成自己的顽石，一跤绊了过去。再没有比从爱到嫉妒到破坏更直更窄的路了，简直比上天堂的路还要直还要窄。但是，这是一个生活在黑暗角落的旧式妇女，不像鲁大海，同是受压迫者，他却有一个强壮的灵魂。……"② 难得的是，作者带着深刻的自我批判意识走进了繁漪

---

① 刘西渭：《雷雨》，《李健吾戏剧评论选》，第2页。
② 同上书，第5页。

的复杂的人性世界。这是李健吾心中的繁漪,也是一首关于繁漪这样一个奇特女人的诗。李健吾有时就是把批评作为诗来写的,因此他的有些批评文字也是十分漂亮的美文。

在他关于法国喜剧家莫里哀的喜剧《吝啬鬼》同中国元剧中一个喜剧《看钱奴买冤家债主》的比较中,我们同样看到他的批评基点是人性。他从两个吝啬鬼欧克里翁同贾仁的一段台词的比较中,发现莫里哀的《吝啬鬼》虽然是对前人喜剧的模仿,但是却有着发挥:"原是模仿,然而由于作者创造的天才,这凝成人间最可珍贵的心理的收获,成为一场最有戏剧性的人性揭露。唯其缺少深厚的人性的波澜,中国戏曲往往难以掀起水天相接的壮观。"可见,李健吾觉得中国戏曲把贾仁的吝啬也刻画得惟妙惟肖,其中"可发现若干成分的真实的杰作",但是,却没有莫里哀笔下人物的人性的波澜。他进一步发挥说:"我们以往的剧作家注重故事的离合,不用人物主宰进行,多用情节,或者更坏的是,多用道德教训决定发展。对象是绮丽的人生的色相,不是推动色相的潜伏的心理的反映。这也就是为什么,我们常有可喜的幻想——一种近乎现实的文人的构思,然而缺乏深刻、伟大,一种更真切的情感的根据。"[①] 李健吾把对人性的揭露和开掘人性的审视和评估作为批评的基点,由此伸展到戏剧构成的各个环节和成分。

三、现实主义的批评观念

如果硬是把李健吾的戏剧批评归到一个什么学派的话,那么,他似乎还是一个现实主义派,可以把他纳入以曹禺为代表的诗化现实主义戏剧观念的范畴之中。

在对《雷雨》的批评中,我们已经看到他对于"真实"的重视,而他对《上海屋檐下》的批评,不但是他戏剧批评的杰作,更是中国现代戏剧批评的范文,其中展现出李健吾的现实主义批评观念。此文,有着批评的历史视野,批评的广阔胸襟,更有着批评的宽容和深厚的学识内涵。可以说是一篇精彩的夏衍论,一篇精辟的现实主义剧作论。它是耐人寻味、引人深思的,确是一篇具有深刻历史

---

① 刘西渭:《吝啬鬼》,《李健吾戏剧评论选》,第10—14页。

意蕴的剧评。

李健吾的学者眼光，使他在文学批评中具有历史的眼光。对于夏衍，以及其他剧作家和剧作，他都能从中外的戏剧历史的视野中给予比较的观察和横向的品味，从而确定其价值，确定其地位。

李健吾和夏衍并没有深交，甚至在当时那种政治营垒的分界中，李健吾被视为自由派的作家，同这位左翼的人物甚至是有着思想距离的。但是，在这篇批评中，全然没有派别之见，而且以对夏衍十分敬重的态度，对夏衍及其剧作做了一次会心的、知人论事的批评。

开篇的一段对于夏衍即沈端先的知痛着热的介绍，出于李健吾的手笔，今天读来都叫人感动，朋友般地把人们引入了夏衍的世界。当他把夏衍作了一番介绍之后，引出一句话，就是："夏衍先生站在现实这边。"

围绕着夏衍及《上海屋檐下》，李健吾阐发了他对于现实主义的见解，而对于一些所谓的"现实主义"做出他的评判。从某种意义上说，这是一篇具有历史意义的关于诗化现实主义的篇章。它让我们看到李健吾对夏衍现实主义创作的思考，甚至是对于 20 世纪二三十年代以来有关现实主义的思考。

李健吾敏锐地指出了《上海屋檐下》与夏衍以往所创作的戏剧在风格上的不同，他认为夏衍的《上海屋檐下》是在"奔向一条新路"。

从《赛金花》，到《自由魂》，再到《上海屋檐下》，夏衍虽然是现实主义的信奉者，把它作为"一种武器"；但是，如李健吾所说，尽管《赛金花》是"愤怒在这里化为讽刺。然而岁月既往，犹如女主角畸零的命运，赛金花的辉耀随之黯淡"。而"秋瑾缺少赛金花（去世不久）轰动的力量，作者对于自己创作的方向也起了反感。厌恶流行的情节戏与服装戏，懊恼自己虚掷时力于历史剧的写作，他宣告：'我要改变那种戏作的态度，而更沉潜地学习更写实的方法'，于是回到熟悉的'手触'材料，'不顾虑到商业上的成功'，他赠给读者一部平凡然而坚固的生活实录"[①]。当时，还没有人注意到夏衍的"宣告"，没有人认为夏衍在"奔向新路"，而正如后来夏衍所坦诚地说明的，他的《上海屋檐下》是受到曹禺剧作的直接启示而改变了创作态度，也就是李健吾所说的"奔向新路"。李健吾

---

① 刘西渭：《上海屋檐下》，《李健吾戏剧评论选》，第 22 页。

所肯定的就是曹禺和夏衍的现实主义。

也就在这篇文章中，他肯定曹禺的《雷雨》和《日出》的现实主义，"曹禺先生的《雷雨》一直就扩大自己同情的领域，《日出》的第三幕的现实性同样感人落泪。他或许偶尔犯了一些情节戏的毛病，然而他提炼出来的现实十分真实"。这里，他提出艺术创作必须对现实加以提炼以求得艺术真实的命题。

他是这样说的：

站在现实面前，并非站在一个抽象观念面前。

现实同时含有现代与历史，我们所请求于作家的，是还它们一个比较真实的本来面目（绝对是难的），历史挑不起全副的现代，歪曲仅仅是两伤。

现实似乎具有两类，一类是集中式，一类是自然式，因为对于现实解释不同，成为两种不同的手法。浪漫主义者群的集中往往只是过火；自然主义者群的自然往往流于琐碎，另一种过火。

同是一个人，中国人必然要反抗物质文明与帝国主义的双重剥削，然而误于艺术的宣传性，我们一般现实主义的作家难免倾向虚伪的夸张，很少如赫威斯所云，把现实主义看作材料的真实的处理。憎恶中产阶级，福楼拜不允许热情溢出正确的形容以外。一个现实主义者的胜利，正在他一丝不苟地呈现出性格与关系，好让读者修改那必须删剔的东西。无论是集中式，无论是自然式，他的观察与表现必须同时公正。现实主义者不自私，他服役于全人类。[①]

由上述论点看来，李健吾对于现实主义的见解在当时是别开生面，并且是有所指涉的。他特别赞赏尼考尔（A. Nicoll）对于戏剧的现实主义的看法："人生的一个复本、风俗的一面镜子、真理的一种反映。"也十分推崇雨果的说法："自然的现实和艺术的现实并不完全相同。"雨果嘲笑摄影式的现实主义，并且认为戏剧"必须是一面集中的镜子，不唯不有所减弱，反而聚敛增浓有色的光线，把一星星亮变成一道光，一道光变成一团火"。显然，在李健吾的心目中，现实主

----

① 刘西渭：《上海屋檐下》，《李健吾戏剧评论选》，第 24 页。

义所反映的现实是一种更集中更美更经过提炼的真实,也可以说是曹禺的那种"诗意真实"。李健吾所反对的也是摄影式的现实主义,反对虚伪的虚饰的现实主义,反对只顾宣传而忘记艺术的现实主义。

20 世纪 30 年代,不但写实剧急于跟踪现实的事件,历史剧也有着对"现实"的配合,戏剧中那种跟踪现实、摹写现实、摄影现实的剧作是太多了。他不赞成宋之的的《武则天》,那种"把现实用得极其武断"的历史剧,也反对魏如晦的《明末遗痕》"对于现实和历史的观念的混淆",以及将历史"生硬的嵌砌"于现实的作法。①

李健吾在这篇文章中非常鲜明地反对当时戏剧创作中"恶劣的倾向":"我们勿庸讳言,一种恶劣的倾向直到如今还在戏剧文学方面盛行。某些人士从未纳心戏剧,从未涉足舞台,从未深尝人生,由于聪明,由于有上演税和版税的双重利润,由于直接博取无识的观众……的赏誉,或者由于熟识大小戏剧人物,便安置姓氏,排比语言,分场列幕,每幕结尾插一意想之中的惊人之笔,把这叫高潮,然后斟酌事实,往若干谈吐嵌一些富有时代感与诱惑感性的警句,名之曰精心杰撰。……正是这样一批买空卖空的剧作家,率同他们的喽罗和群众,依仗周密布置的茶酒联络,暂时攘去了浩大的声势与营业。悲剧成了情节戏,一切成了服装戏。"②

于是他对《上海屋檐下》的现实主义的成就给予高度的评价和热情的讴歌:

《上海屋檐下》的造诣就在于它从人生里面打了一个滚出来。这是现实的,和广大的人群接近;这是道德的,指出一条道路给大家行走;不属于纯粹的悲剧,没有死亡,没有形而上的哲学,没有超群轶类的特殊人物;不属于纯粹的喜剧,虽说作者命之曰喜剧,因为人物并不完全典型,愁惨不完全屏除;这里不是自然主义的现实,我们明白作者在介绍芸芸众生的色相之下,同时提出一些严重的社会问题、一些人与人之间的纠纷、一些人与行为之间的关系;他不讽刺,他不谩骂,他也不要人落无益的眼泪,然而他同情他们的哀乐。《日出》是这种社会型的戏剧的另一代表,《上海屋檐下》是同型的又一形态。③

---

① 刘西渭:《上海屋檐下》,《李健吾戏剧评论选》第 25 页。
② 同上书,第 26 页。
③ 同上书,第 33 页。

《上海屋檐下》的尝试是成功的；他给自己选了一个真实然而艰难的局面，必须同时把五个不同的人家呈给观众，同时必须要观众不感觉缭乱。……他们仅仅回到一个更真实的人生。他们看到一个生活断面，天天在演悲剧，似乎没有力量成为悲剧，如今一位作家自然而又艺术地把平凡琐碎的淤水聚成一股强烈的情感的主流。情调是单纯的、忧郁的，《上海屋檐下》的地方色彩却把色调渲染得十分斑驳。作者更有聪明让观众在沉痛之后欢笑，在欢笑之后思维。这里没有夸张，他把平凡化为真实，再把琐碎化为陪衬，然而化龙点睛，他把活人放了进去。①

　　李健吾对于现实主义戏剧具有独到的见解，他肯定现实主义的思想性和倾向性，但是强调必须具有高度的真实性。必须写出活人来，创造活生生的人物性格。在评论《清明前后》中，也有精彩的论述：

　　曹禺先生的《蜕变》，在抗战初期问世，是一面明照万里的镜子，也正象征一般人心的向上。现在读到的茅盾先生的《清明前后》，发表在胜利前夕，犹如1930年的《子夜》，把现代社会的重心现象，也就是攸关着国家民族命脉的工业问题，源源本本，揭露无遗，和《蜕变》正好前后辉映。②

　　李健吾对于茅盾、曹禺和夏衍的现实主义风格有着十分精辟的论说。虽然都是描写同一现实，但是却发现，由于他们的创作个性不同，因而所呈现在作品中的现实主义风格也有所不同。

　　茅盾先生，我们这位体弱多病的小说巨匠，有若干点和他的后辈相似，然而生长在地上的人，看见的一直是地。四周是罪恶，他看见罪恶，揭发罪恶。他是质直的，从来不往作品里面安排虚境，用颜色吸引，用字句渲染。他要的是本色。也就是这种勇敢而明敏的观察，让他脚步稳定，让他摄取世故相，让他道人之所不敢道，在思想上成为社会改革者，在精神上成为成熟读者的伴侣，在政治上成为当局者的忌畏。原来是什么模样，还它一个什么模样，看好了，这里是《子夜》，这里是《腐蚀》，这里是《清明前后》。现实，现代文明的现实，龌龊，

---

① 刘西渭：《上海屋檐下》，《李健吾戏剧评论选》，第35页。
② 刘西渭：《清明前后》，《李健吾戏剧评论选》，第42页。

然而牢不可破。①

他把茅盾先生的现实主义风格,以最清晰的笔墨描绘出来。至今都是足以让人品味的可圈可点的论断。他觉得没有把他的意思发挥完,又紧接着说道:"他不是故意望黑暗里看,也不是隔着显微镜用文字扩大黑暗的体积。他虽说害着严重的眼疾,他的'心眼'却是平着去看,我甚至想要说,以一种科学的自然的方式去看。科学,让我们重复一遍这两个字,科学。他看见的不复是平面,不复是隔离,而是一种意境,不像矿石一样死,湖水一样平,而是一个有机的生命的构成。他对于社会的看法不是传奇式的故事的猎取,牵一发而动全局。他从四面八方写,他从细微处写,他不嫌猥琐,他不是行舟,他在造山——什么样的山,心理的,社会的,峰峦迭起,互相影响。"②

李健吾将茅盾同夏衍、曹禺的现实主义风格作了比较,他说:"同样以这种科学精神执行文学的尖锐的使命的,除去茅盾先生之外,我们还有熟悉小市民生活的夏衍先生。但是,他们不一样,真理的追求相同,完全属于两种气质。茅盾先生身体坏,容易受刺激,看着地,头上也许有天,只说着地。夏衍先生看见地,也看见地上映出来的光和影。看见光,所以他比茅盾先生愉快。质朴是他的现实主义的精神和美德。茅盾先生缺少这种明净的美德,曹禺先生也缺少,但是这不是病,这是特征。摇撼心灵的深宏,永远不是明净。"③ 而在评论《上海屋檐下》时则说:"《上海屋檐下》缺乏曹禺先生的作品的深度与幅员,然而它有质朴的美德,一切不求过分。"④ 在这里,我们不一定完全赞成他的意见,但是,他确实看出他们不同的现实主义风格,这是为当时的戏剧批评所忽略的。

---

① 刘西渭:《清明前后》,《李健吾戏剧评论选》,第 44 页。
② 同上注。
③ 同上书,第 45 页。
④ 刘西渭:《上海屋檐下》,《李健吾戏剧评论选》,第 36 页。

李健吾与中国戏剧批评[1]

杨 扬

毫无疑问，李健吾是 20 世纪中国文艺领域的大师级人物，他对中国文艺和学术的贡献是多方面的。但在当代研究视野里，他的文学批评成就被强调得比较多，几乎所有的中国现代文学批评史，都会提到他以"刘西渭"这个笔名发表的一系列精彩评论，他的《咀华集》《咀华二集》更是作为文学批评名作，在 20 世纪中国文学史上留下了不绝的美誉。而在其他相关领域，如散文和小说创作领域、外国文学翻译和研究领域、戏剧创作和批评领域，对李健吾的研究还是很不充分的，他的名字有时会被研究者淡忘，这种淡忘并不意味着他在这些领域成绩不够突出，而是反映出迄今为止这些相关领域的研究状态。譬如在戏剧研究中，李健吾的戏剧创作和戏剧评论，尽管在一些教材和研究中已有所涉及，但相对来说还是比较笼统的，无法做到像文学批评史研究那样，作为个案和专题来深入系统地充分展开。像李健吾先生这样一位在 20 世纪中国戏剧创作、戏剧翻译、戏剧批评和戏剧教育诸方面都有突出成就的文艺大家，他留下的宝贵经验应该值得高度重视和深入研究。所以，在李健吾先生逝世四十周年之际，本文希望探讨一下李健吾与中国戏剧批评的关系，以此纪念这位杰出的前辈。

一

戏剧是李健吾进入现代文艺的大门，是他文艺事业的一抹底色，也是他一辈子从未放弃的爱好。在他早年发表的文章《文明戏》和晚年完成的《自传》中，

---

[1] 选自上海戏剧学院编：《戏文名师》，上海：上海人民出版社，2022 年。

他首先提到的，是对戏剧的爱好。①1917年，11岁的李健吾在北师大附小念书，住解梁会馆，常常要经过新世界娱乐场。到了周末，他去那里看文明戏，从此喜欢上了新剧。后来学校组织演出，李健吾积极参加，扮演角色，从中感受到新文艺带给他的快乐。1921年，燕京大学的大学生熊佛西创作了话剧《这是谁之罪》，请李健吾扮演其中的女主角罗冰清，李健吾的出色表演给作品增添了光彩，让大家开始注意到这位文艺少年②。1922年2月，鼓吹"爱美的"（Amateur）戏剧的陈大悲的作品《幽兰女士》在北平演出，李健吾应邀参加，非常出色地扮演了其中的丫鬟角色，由此闻名北平，请他演出的机会也越来越多。1921年至1925年，李健吾在北师大附中念书，这一时期除了戏剧之外，李健吾的文艺兴趣很广，白话小说、新诗、独幕剧创作、散文随笔等，都有尝试。他追逐时代潮流，像很多文艺青年那样，邀请志同道合的朋友，办文艺社团，出版文艺刊物。1922年冬，他与同学蹇先艾、朱大枏组织文艺社团——曦社，次年创刊《爝火》。茅盾先生在《中国新文学大系·小说一集·导言》中，曾提到曦社和《爝火》。同样，1924年，18岁的李健吾发表短篇小说《终条山的传说》，显露出文学创作的才能，该作品被鲁迅先生收入他主编的《中国新文学大系·小说二集》。这一时期，李健吾还在《爝火》上发表了他创作的第一个剧本《出门之前》。戏剧之于李健吾，就像是一块文艺试验田，引发了他广泛的文艺兴趣。他在上面大胆尝试，自由发挥，播撒着各色各样的文艺种子，体验劳作的辛苦和创造的快乐。到1925年夏被清华录取前③，李健吾因发表作品而与新文坛建立起了良好的关系，如主持《晨报副刊》的王统照，成了他亦师亦友的朋友。1926年经王统照介绍，李健吾成为文学研究会会员。另外，他在清华二年级时，老师朱自清已

---

① 《文明戏》，收入郭宏安：《李健吾批评文集》，珠海：珠海出版社，1998年，第149页。《李健吾自传》，收入李维永：《咀华与杂忆——李健吾散文随笔选集》，北京：中央编译出版社，2005年，第527页。
② "李健吾扮演剧中女主角罗冰清，起初剧场反应平平，等到李健吾上场了，由于他的表演感情真挚，哭得又恰到好处，越演到后面越得到观众的赞赏。幕一落下，熊佛西赶到后台，朝李健吾扑通下跪，说：'健吾，你救了我的戏，谢谢你！'李健吾吓了一跳。但两人就此开始了友情。"引自熊佛西研究小组：《熊佛西传略》，收入上海戏剧学院中国话剧研究中心：《熊佛西研究资料汇编》，上海：华东师范大学出版社，2020年，第289页。
③ 清华1928年成为清华大学。参见苏云峰：《从清华学堂到清华大学（1911—1929）》，北京：生活·读书·新知三联书店，2001年。

经知道李健吾这个名字，上课第一天就建议他从国文系转到西文系学习，以便发展他的创作才能。李健吾转到西文系二年级继续学习，因各方面表现出色，得到系主任王文显教授的赏识，1930年毕业留校，担任系主任助理。一年后，李健吾自费赴法留学。恰好这一年朱自清学术休假赴英伦，李健吾在巴黎接待自己的老师，师生之间的交流更加密切。朱自清日记和书信集中，留有这方面的记录[1]。李健吾1933年8月回国，经老师杨振声、朱自清推荐，成为胡适主持的《独立评论》的编委，后又成为郑振铎、靳以筹办的大型文学刊物《文学季刊》的编委。1934年1月，《文学季刊》创刊号发表李健吾的论文《包法利夫人》，引起北平学界的注意，林徽因给李健吾写信，邀请他参加"太太客厅"的沙龙聚会，由此他进入京派文人圈，在《大公报》"文艺副刊"、《学文》《水星》《文学杂志》等京派文艺刊物上，大量发表文艺作品和评论。李健吾的出色才能也得到了郑振铎的赏识，1935年春，郑振铎辞去燕京大学教职，回上海担任暨南大学文学院院长，他聘请李健吾为外文系教授。8月，29岁的李健吾到上海执教，开始其教授生涯。李健吾的好友卞之琳在回忆文章《追忆李健吾的"快马"》中说，李健吾的一生可以用"戏剧性"一词来概括——"健吾少小从学校舞台开始他的文艺生涯，几十年主要出入书斋、讲堂和学院，还一度与剧社、剧院打交道，甚至亲自登台，也算热闹一时"[2]。在朋友眼里，戏剧不仅是李健吾文艺才能最初显露的地方，也是他一生文艺事业的辉煌象征。不少戏剧史研究著作，喜欢把李健吾的戏剧创作和戏剧评论从他的文艺生活中单列出来，展开论述，但对李健吾而言，他可能从来就没有把戏剧单独当作自己的一种职业，而是作为一种文艺爱好，从中获取滋养，抒发自己的才情。之所以要强调这一点，一方面是在梳理李健吾的人生履历中，不难看到他是一个热情、率性的人，与很多少年成名的大家一样，从来不愿意把自己的视野和兴趣局限在某个狭隘的职业范围之内，而是求知欲强，兴趣相当广泛，只要条件允许，他都愿意参与和体验各种新文艺活动。譬如戏剧，他有很精深的了解，对创作、评论、表导演等活动，他都有深入体验，但

---

[1] 参见朱自清1931年8月日记，《朱自清全集》第九卷，南京：江苏教育出版社，1997年。另参见朱自清致李健吾3封信，《朱自清全集》第十一卷，南京：江苏教育出版社，1997年。
[2] 卞之琳：《追忆李健吾的"快马"》，《卞之琳文集》中卷，合肥：安徽教育出版社，2002年，第240页。

他却从没有深陷其中,当作自己的一种职业。即便是抗战时期困守上海,为养家糊口而不得不参与剧团演艺活动,李健吾也没有放弃翻译和学术研究的正业,他的职业身份在公众眼里,依然是教授、学者,而不是职业艺人。另一方面,从中国话剧史分期来看,李健吾与曹禺等应属同一时期的同一代人,有很多经验上的相似性和共同性,但戏剧史研究对这样一批历史人物基本上还是采取单个研究或限制在戏剧史框架范围内来研究,没有从同代人的人文思想、人文教育的共同背景出发来探讨他们之间的关联和关系。这样的封闭研究,造成了戏剧研究的某种隔阂,对一些问题不能深入展开,如迄今为止还没有一篇深入探讨李健吾与曹禺关系的论文。事实上,他们同出于清华外文系,受教于同样的老师;学生时期都是清华戏剧社的社长,李健吾是1928年担任社长,曹禺是1930年;而且,曹禺的名作《雷雨》与李健吾的话剧名作《这不过是春天》1934年7月发表在同一期《文学季刊》(第一卷第三期)上,甚至发表时排名,李健吾的作品还在曹禺之前。这两部话剧,《雷雨》是悲剧,《这不过是春天》是喜剧,在当时都受到读者、观众的好评。在后来的文艺生涯中,李健吾与曹禺也多有交集和往来合作。这一连串的相似、相关性,在以往过于封闭的戏剧史研究中,常常是被忽略的,给人的印象,好像李健吾、曹禺都是单兵作战,自创江湖。其实,如果结合早期清华的人文教育,很容易看清楚,大学教育对于这一批文艺青年的影响和塑造是广泛而深刻的,教育的共同性远大于个体的独创性。所以,在研究李健吾与戏剧批评关系时,不是单单要突出李健吾的戏剧批评贡献,而是要探讨与中国现代戏剧发展相关的一些普遍性问题或共同的影响因素。在早期清华的戏剧教育大背景下,不只是李健吾一个人,此前此后有一大批青年学子,受惠于这种现代人文教育。像清华毕业生中,闻一多、顾毓琇、梁实秋、洪深、余上沅、陈铨、杨绛等,甚至像后来从事哲学、佛学研究的汤用彤、贺麟以及从事考古研究的李济等,学生时代都与戏剧有着程度密切的黏合。这种黏合既是文学的,又是个人品格和人文素养的培养。据相关材料显示,早期清华校园文化建设中,成绩最突出的是体育教育和戏剧教育,没有一所学校像清华那样注重体育和戏剧。以戏剧教育为例,从1911年至1921年最初10年间,学校正式演出达77次。因为是留美预备学校,从1913年起,每年圣诞节期间,学校都要组织戏剧比赛,以年级为单位开展比赛。1916年2月,洪深创作的话剧《贫民惨剧》演出,轰动清华,闻一多、汤用彤、李济等都参加剧组工作。① 除了文学社，清华的学生戏剧社是历史最为悠久、影响最大的学生社团，最初是1916年林志煌、闻一多等组织的游艺社和1919年改组的新剧社，1922年戏剧社正式成立。1925年9月清华大学部成立后，戏剧社迎来了新局面，不仅邀请洪深、欧阳予倩等戏剧名家来讲解戏剧史、表演术和剧场舞美等；还自己创作、排演节目。李健吾一年级新生时就被邀请参加戏剧社，1926年他发表了自己创作的历史题材的独幕剧《囚犯之家》，将父亲的遭遇投射到历史题材的书写之中。1928年李健吾担任戏剧社社长，成员发展到50多人；1930年后，从南开转来的曹禺担任戏剧社社长，排演了不少精彩的戏剧。像李健吾、曹禺这些后来在中国话剧史上声名显赫的人物，在清华读书时期，就是戏剧活动的积极参与者和组织者。浓郁的戏剧教育氛围，吸引了无数有文艺才华的学生、老师参与其中，也培养了他们的文艺爱好，像洪深、余上沅、陈铨、李健吾、张骏祥、曹禺、杨绛等一批戏剧史上的名家都是清华毕业生，这种后浪追前浪的戏剧人才的持续涌现，体现出清华人文教育的显著特色和长久影响力，彰显了博雅教育的魅力和价值。由吴宓教授亲自起草完成的1927年清华西洋文学系概述的总则中第一条是"使学生得能（甲）成为博雅之士，（乙）了解西洋文明之精神，（丙）熟读西洋文学之名著，谙悉西方思想之潮流，因而在国内教授英德法各国语言文字及文学，足以胜任愉快，（丁）创造今日之中国文学，（戊）汇通东西之精神思想而互为介绍传布"。② 与这样的博雅教育相呼应的课程设置，有西洋文学概要、专集研究（小说、诗、戏剧、文学批评）；西洋文学分期研究：古代希腊罗马、中世纪、文艺复兴时代、十八世纪、十九世纪；文学各体研究：诗歌、小说、戏剧等；选修课：英文、法文、德文、拉丁文、翻译术、浮士德等课程，通过这些课程，每个清华外文系学生不仅要掌握一门或多门外语，而且需要具备西方文学的一般常识，培养自觉的文学意识，能够以此为标准，分析和看待周围世界，合理选择自己的职业和人生道路。所以，与北大等名校相比，清华当时培养的学生，大都人文基础扎实，坚守所学专业，毕业后以自己的一技之长，恪守职业，服务社会。毕业于清华西文系的季羡林先生

---

① 参见张玲霞：《清华校园文学论稿（1911—1949）》，北京：清华大学出版社，2002年，第22页。
② 转引自齐家莹：《清华人文学科年谱》，北京：清华大学出版社，1999年，第50页。

回忆说:"西洋文学系有一个详尽的四年课程表,从古典文学一直到现当代文学,应有尽有。""上面列的必修课是每一个学生都必须读的;但偏又别出心裁,把全系分为三个专业方向:英文、德文、法文。每一个学生必有一个专业方向。"[1] 毕业生钱钟书先生曾致函清华外文系吴宓教授的女儿吴学昭,说自己"本毕业于美国教会中学,于英美文学浅尝一二。及闻先师于课程规划倡'博雅'之说,心眼大开,稍识新向"[2]。像季羡林、钱钟书等,毫无疑问,堪称20世纪中国人文领域的博雅之士。早期清华的人文教育,在季羡林、钱钟书身上造就了博雅、大气的文化气质和气象,同样,在李健吾、曹禺身上也具有这样的气质和气象。李健吾二年级转学到西文系后,随王文显教授学习西方戏剧。王文显是留美学生,在美国耶鲁学习戏剧,他曾用英文创作过《委曲求全》等剧本,在美演出受到过好评。王文显对西方戏剧非常熟悉,在清华开设莎士比亚和西方戏剧课程。[3] 李健吾通过西文系的学习,对西方戏剧代表作家及其作品有了一个基本的了解。他同时还随美籍教授温德学习法国文学和法语,为他未来的法国文学研究,打下了基础。1931年有机会出国留学,李健吾并没有选择美国,而是去了人文气息浓郁的法国。这也是当时清华的一种风气。在法国语言学校短暂培训之后,他很快通过法语水平测试,进入到巴黎大学学习。李健吾在法国的情形,或许与傅雷留学的情形有点相似,他们不是以谋取外国博士头衔或其他虚名为目的,而是以学到真本领为人生目标[4]。1933年8月,李健吾没有拿到任何外国学位就回国了,但这三年里,他在法国、意大利是真正见识了欧洲文艺的真容,尤其是领略了法国文艺的精彩风貌,他对福楼拜小说和莫里哀戏剧的价值有了清晰的认识和理解,

---

[1] 参见季羡林:《清华园日记》,沈阳:辽宁美术出版社,2002年,第6—7页。
[2] 转引自徐葆耕选编:《会通派如是说——吴宓集》,上海:上海文艺出版社,1998年,第20页。
[3] 有关王文显的情况,可参见温源宁:《不够知己》,江枫译,长沙:岳麓书社,2004年,第245页;《王文显剧作选》,北京:人民文学出版社,1983年,张骏祥的序和李健吾的编后记。
[4] 据傅雷自述,他没有拿到任何外国学位回国,母亲极度失望。参见叶永烈:《傅雷画传》,上海:复旦大学出版社,2005年,第32页。李健吾的自述中没有这方面记录,估计他回国后忙于结婚;后又在清华老师杨振声、朱自清、王文显等帮助下,做翻译工作,同时修改自己的专著《福楼拜评传》。一年后,他的论文和作品逐渐发表,声名鹊起,马上又受聘暨南大学外文系教授,所以,李健吾本人也没那么看重外国学位和文凭了。

由此给他的文艺职业打下了坚实的基础。可以说，李健吾对福楼拜小说的翻译、研究和对莫里哀戏剧的翻译、研究，其志向是在法国留学期间确定下来的，这种识见和志趣，完全可以与20世纪中国翻译史上另一位法国文学翻译大师傅雷对罗曼·罗兰的小说以及巴尔扎克小说的翻译、认识相媲美，代表了20世纪中国文学翻译和接受的最高水准。结合李健吾的文艺生涯，可以看到翻译和研究对他而言，不单是将外国的东西搬运进来，介绍给国内，更是触发他在更大范围和更深程度上学习、探索、思考和创造，不断提高他对文艺的认识水平和创造能力。他的论文《包法利夫人》以及后来出版的专著《福楼拜评传》之所以在当时北平的学术圈内能够引起巨大的反响，固然离不开老师对他的赏识和提携，但更重要的还在于他的分析和论述在批评意识上给当时的人们提供了一种别开生面的参考。说它是别开生面的，是因为李健吾的视野非常开阔，法国当时一些最优秀的批评家的成果，基本都收罗其中，真正有着京派学者的博雅大气的气象，就如他自己喜欢援引的一位法国评论家的话，论一本书，要让人们仿佛看到所有的书。其中的意思，一方面是指论述内容涉及面要广，学识要渊博，另一方面也指论述对象要高度凝练，论题本身的学术含量要高。的确，通过李健吾对《包法利夫人》和福楼拜的论述，人们看到了法国19世纪以来在小说问题上的探索、进展。这种进展固然有形式、技巧方面的因素，但归根结底，技巧是应和着作家对生活的认识、理解，法国小说从司汤达、巴尔扎克到福楼拜，由内而外不断生成新的思想和技巧。李健吾的论文《包法利夫人》和专著《福楼拜评传》中的一些评论，是一位中国作家对法国作家创作经验的精彩提炼和洞见，同时又似乎是对中国文学面临的问题的一种镜像式的批评和回应。譬如，对现实主义理论的讨论，以往国内只侧重于写实和人生经验两个方面，但李健吾从司汤达、巴尔扎克和福楼拜三个人所代表的现实主义的三个阶段来展示作家作品的风格、变化及各自特点，并结合了法国代表性批评家的主要观点，由此展开对福楼拜及其作品的论述。譬如对宗教对福楼拜思想和创作的影响等问题，探讨宗教观念和思想情绪是如何与一个作家的创作发生关系的。李健吾在自己的论文、论著中，用清晰的语言和丰富的材料，予以解说和论述。尽管李健吾之前，国内文坛对这些法国作家作品已有过一些介绍，但像李健吾这样能够对作者生平材料和作品人物剔爬梳理得那么清楚，引用材料又那样充分妥当，当时的确没有能见到有超过他成果的东西。这不仅仅是李健吾三年留学刻苦努力的结果，也是其学识学养和对文艺洞见的完美呈现。难怪北平的一帮教授、学者会被触动，像他的老师中温源宁、叶公超等，都是对西方文学非常熟悉的专家，对自己的学生有这样的力作出版，自然是非常赏识；学术性很强的《清华学报》《国闻周报》《大公报·图书评论》等也都发表书评，予以好评。后来的研究者中对李健吾的《福楼拜评传》也有盛赞的，像柳鸣九先生就认为李健吾的文艺批评的自觉，是从福楼拜研究开始的[①]。

二

如果说，戏剧对于李健吾是一种引人入胜的文艺体验，那么戏剧批评就是一种思想自觉，他要对经验过、体验过的情感生活，在理论层面予以总结、提升，形成标准和尺度；而且戏剧批评在李健吾的文学世界中也不是封闭、孤立的，是与其文学批评一体二用，完全融合在一起的，就像不少研究者指出的李健吾的戏剧批评和评论，是深深扎根于文学创作、文学批评土壤之中的[②]。李健吾晚年编订《李健吾戏剧评论选》时，挑选的第一篇文章是他评曹禺话剧《雷雨》的文章，这篇文章发表于1935年8月31日《大公报》文艺副刊"小公园"栏目，署名"刘西渭"。这篇评论的意见很明白，第一肯定《雷雨》是一部"内行人的制作"，是"一出动人的戏，一部具有伟大性质的长剧"；第二《雷雨》是一部命运剧，留有外国戏剧影响的痕迹；第三，《雷雨》最成功的是繁漪等女性性格的刻画。李健吾的剧评很有分寸，抓住了《雷雨》的突出优点，厘清了外国戏剧对《雷雨》的影响痕迹，肯定人物塑造之于戏剧创作的重要性。但李健吾对《雷雨》

[①] 柳鸣九先生认为"在《福楼拜评传》问世之后，李健吾才以刘西渭为笔名活跃在中国当代文学批评的领域，其《咀华集》与《咀华二集》以其鲜明的主观色彩、独特的视角视点与洒脱灵动的风格而蜚声文坛。新中国成立后，李健吾又写了大量短小精悍却精彩纷呈的剧评。这一切构成了李健吾作为中国二十世纪文学史上一位杰出批评家的主要业绩，显而易见，他的《福楼拜评传》正是他全部批评业绩的精彩开篇。"参见柳鸣九：《一部有生命的书——李健吾著〈福楼拜评传〉序》，收入李健吾：《福楼拜评传》，桂林：广西师范大学出版社，2007年，第3页。
[②] 参见宋宝珍：《李健吾：体验性现实主义戏剧批评》，《残缺的戏剧翅膀——中国现代戏剧理论批评史稿》，北京：北京广播学院出版社，2002年，第298页。

也是有一些不满足的，一些批评意见是含而不发①。撇开对《雷雨》评价的高低不论，就批评本身而言，对照"刘西渭"这一时期在《大公报》"小公园""文艺"栏目和《学文》《文学杂志》上发表的一系列"书评"和文艺批评，像评沈从文小说的《边城——沈从文先生作》，评林徽因小说的《〈九十九度中〉——林徽因女士作》，评巴金的《〈爱情的三部曲〉——巴金先生作》，评萧军的《〈八月的乡村〉——萧军先生作》等，都是在同一个批评系统中，针对着当时文学问题而发，或者宽泛一点说，是针对当时的文艺问题而发，并没有单独要辟出一个戏剧的空间来特别对待。这当然不是说李健吾对戏剧毫无专业意识，无法将戏剧与小说等区别开来论述，而是在当时中国新文学建设时期，需要从新文艺的共同基础着眼，来为新文艺，包括戏剧、小说等，建立共同的审美价值规范。这种意识从"五四"初期鲁迅、周作人等启蒙思想家开始，经过茅盾、郑振铎等，一直延续到 30 年代李健吾、朱光潜身上，可以说是一脉相承。他们一方面是从新旧文学的格局着眼，强调对传统文学，包括旧剧的批判、改造；另一方面是用现代文艺的新眼光，来创造新的文艺样式和审美规范。像鲁迅、周作人、茅盾、郑振铎等，对传统文学、传统戏剧都有过非常尖锐的批评。李健吾在出国留学前，接受了"五四"新文化思想的影响，他认为中国旧剧和传统文学一样，都处于穷途末路之中，必须经过改造、创新之后，才有出路。他希望从外国戏剧中获得创造的灵感和资源。早年清华西文系的学习和戏剧社的演出经验，让他对希腊戏剧、莎士比亚、易卜生和相关的西方戏剧作品，具备了一定的知识。到法国后，通过实地观摩，增强了他对中国戏剧创新问题的思考和认识。如 30 年代他发表的《吝啬鬼》一文，比较了元杂剧《看钱奴买冤家债主》与古罗马喜剧《瓦罐》（浦劳塔斯作品）和莫里哀的戏剧作品《吝啬鬼》，通过三者比较，李健吾明确指出中国旧剧的弱点。他认为单就具体情节而论，中国传统戏剧的生动性和戏剧性并不一定弱于西方戏剧，但就作品整体而言，浦劳塔斯和莫里哀的戏剧作品能够肯定人的价值，以人本主义思想为基础来构作戏剧，这种思想理念和价值立场是中国

---

① 对于《雷雨》过度的编排痕迹和人为的情感设置，李健吾是有保留意见的，同时期朱光潜在 1937 年 1 月 1 日《大公报》"文艺"栏目中，发表《"舍不得分手"》一文，对《雷雨》《日出》无节制情感的浅露，予以批评。该文收入朱光潜：《朱光潜全集》第 8 卷，合肥：安徽教育出版社，1993 年，第 488 页。

传统戏剧所缺乏的。中国旧剧大都只是停留在演戏、娱乐氛围中，很少有自觉的现代思想追求。所以，中国现代文艺，包括戏剧艺术，要向西方现代艺术看齐，要建立深厚的人文基础，将新文艺牢牢扎根于人性基础之上。李健吾特别强调戏剧艺术的现实性和创造性。在他看来，中国旧剧没有出路，其基本表现，就是缺乏现实性和创造性。旧剧创作人员文化素养低下，抱残守缺，编来编去脱离不了古人的题材、因果报应的逻辑；演艺行业门庭森严，各据一方；演员之间人身依附严重，师傅视徒弟为自己赚钱的工具，眼里只有利益，没有远大的事业眼光，更谈不上与国外艺术家之间的交流交往了。在20世纪这样一个发达的现代时代，中国戏剧如果还是沉浸在一个古人的世界，中国戏剧就没有希望。所以，他主张画地为牢、故步自封的旧习气、旧势力一定要打破，中国的新文艺，包括戏剧艺术，一定要开放，要与世界现代艺术对话、学习和交流。将戏剧纳入新文艺的基础之中，从共同性着眼来展开论述，这是中国现代戏剧批评的一个基本特点，也是非常宝贵的一条经验，它不是要消解戏剧的自身价值，而恰恰是为了给中国现代戏剧安置一个更加坚实并富有人文生命力的基础。李健吾的这一意见，与同时代的很多关注中国戏剧的新兴文艺家们的看法基本是一致的。如《雷雨》英译者姚克在30年代发表的文章《我为什么译〈雷雨〉》[1]和焦菊隐同一时期发表的《我们向旧剧界学些什么》[2]等文章，都持相似的看法。这些共同的意见，可以说就是一种戏剧批评的现代精神，李健吾的戏剧批评是延续着"五四"新文学的现代精神，并在30年代发扬光大。

所谓发扬光大，主要是指他作为中国现代戏剧经过草创阶段，进入新的创造、成熟时期在理论上的标志性人物，李健吾的戏剧批评是在"五四"新文学经验上继续前进，与当时的文艺实践保持着同步探索状态。如果说，曹禺的戏剧创作代表了这一时期中国现代戏剧的成熟，那么，与这种创作成熟相呼应的观念自觉，应该就是李健吾的戏剧批评了。戏剧史研究往往注意到了前者的意义，而淡忘了后者的思想自觉价值。李健吾对《雷雨》的评价，在曹禺研究中几乎是不能

---

[1] 收入姚克：《坐忘斋新旧录》，北京：海豚出版社，2011年，第24页。
[2] 收入焦菊隐：《粉墨写春秋》，天津：百花文艺出版社，2008年，第44页。

不提的名篇，所有较有影响的曹禺研究资料都会收录这篇评论[①]，但其评论的价值未必被所有的研究者所认识到，甚至曹禺本人也未必充分意识到李健吾戏剧评论的价值。这一价值简言之，就是从戏剧批评角度来清理、总结和提炼曹禺创作的经验。李健吾差不多是在第一时间对曹禺的戏剧创作经验给予评价和理论总结的。尽管在李健吾评论发表之前，《大公报》也有一些剧评，如1936年1月1日《大公报》发表耸天的评论，认为《雷雨》"焦点印象不清"，"载重过量"[②]。对比之下，李健吾的剧评意见就显得观点清晰、准确，理论意识非常自觉。一般从事创作的，常常在意评论者评价的高低，但对于真正懂理论的人，看重的是理论意识本身，也就是通过批评，在理论上需要达到总结的目的。并不是所有剧作都有可能上升到理论层面予以经验总结的，但曹禺的《雷雨》却是值得剧评去总结的。李健吾是欣赏曹禺才情的，但并不太在意捧还是贬《雷雨》，而是希望通过评价《雷雨》，让人们注意到这部话剧真正值得肯定的价值在哪里。李健吾的概括是一句话：人物性格的塑造。从普通观众的观剧习惯来说，情节剧可能是最受欢迎的。但李健吾标举的却是以刻画人物性格为主的人物性格戏剧。这样的戏剧审美与李健吾在论文《包法利夫人》和论著《福楼拜评传》中推举的小说审美核心问题之间的关联，几乎是非常相似的。如果说，福楼拜的《包法利夫人》最成功之处，是塑造了一个普通女性形象，那么，曹禺《雷雨》的成功，应该归功于哪些因素呢？李健吾将人们的注意力和话题引到了戏剧的人物性格刻画上。在专著《福楼拜评传》中对福楼拜小说美学经验的总结，未必全是李健吾的个人发现，很可能是吸收了当时法国批评家的意见，那么，这么多法国批评家的相同的意见，提醒李健吾应该注意到小说创作中突显人物性格这一类创作经验在理论上的重要性，因为并不是所有小说都是以刻画人物性格见长，有些小说就是讲故事为主，偏重情节。如果说法国批评家对福楼拜小说创作经验的总结，助推了法国的文学批评向新的方向发展，那么对批评有着自觉意识的李健吾，不能不联想到中国小说创作经验和批评理论的借鉴问题。中国的小说创作和批评，包括戏剧创

[①] 像王兴平、刘思久、陆文璧编：《曹禺研究专集》，福州：海峡文艺出版社，1985年。像刘川鄂等主编的12卷《曹禺研究资料长编》，武汉：长江出版社，2020年。
[②] 参见耸天《津市剧运之鸟瞰》（续），《大公报·本市附刊》1936年1月1日。

作和批评，难道不可以借鉴法国批评家对福楼拜塑造人物经验的理论概括吗？把注意力集中到人物塑造问题上来。尽管中国当时新文学作品中，小说领域还难以见到与《包法利夫人》相类似的长篇小说和成功的人物塑造，但戏剧创作中，曹禺笔下的繁漪等女性形象与福楼拜笔下的那些女性形象之间，似乎有某种类似的气质和接近。事实上，李健吾自己创作的话剧《这不过是春天》里的女主角厅长太太，也具有繁漪这样的性格特征。曹禺《雷雨》的创作或许离李健吾心目中成功的文学人物性格塑造之间，还有不小的距离，但其中人物塑造的基础和着力的方向，却是有某种程度的相似性。所以，李健吾从内心里是接受曹禺的创作探索的，但对于曹禺《雷雨》的评价，不是满足于贴上肯定否定的时尚标签，而是希望尝试进行戏剧批评理论提升的可能性。照理，这样的戏剧批评发现应该让李健吾感到兴奋，因为当时的剧评很少达到这样自觉的意识水平，但事实遭遇却让他感到微微失望和些许苦恼。

三

1936年9月13日，《大公报》副刊"文艺"发表李健吾的《刘西渭先生的苦恼》一文，从一个旁人的角度评价了"刘西渭"这一阶段的书评和文艺批评。此前他于1935年11月在《大公报》上发表了评巴金《爱情的三部曲》的文章，12月遭致巴金的反批评。曹禺尽管没有对李健吾的剧评有反批评，但在1936年1月19日《大公报》副刊"文艺"上，发表了七千字长文《我如何写〈雷雨〉》，后作为文化出版社单行本《雷雨》的序。在这篇文章里，曹禺就他创作的外来影响问题，做出了回应："我很佩服，有些人肯费了时间和精力，使用了说不尽的语言来替我剧本下注脚；在国内这次公演之后更时常地有人论断我是易卜生的信徒，或者臆测剧中某部分是承袭了 Euripides 的 *Hippolytus*[①] 或 Racine 的 *Phedre*[②] 的灵感。认真讲，这多少对我是个惊讶。我是我自己——一个渺小的自己。"[③] 事实上，并不只是李健吾文章中提及曹禺创作受到外国戏剧影响，估计当

---

① 欧里庇得斯，古希腊悲剧作家，这里提及的作品指《希波吕托斯》。
② 拉辛，法国剧作家、诗人，这里提及的作品指《菲德拉》。
③ 曹禺：《〈雷雨〉序》，参见王兴平、刘思久、陆文璧编：《曹禺研究专集》，第14页。

时京派文人之间也有所议论,对曹禺《雷雨》的评价不是很高。像姚克当时准备将《雷雨》译成英文,有人劝他放弃这项工作,认为"这个戏不过是把易卜生的《群鬼》改成庸俗的传奇剧(melo-drama),再安上了一个希腊命运悲剧的主题,和几个从西洋名剧里借来的人物。这样一个东拼西凑的'杂碎'(chopsuey)"①。这个"有人",很可能是英文刊物《天下》的主编温源宁,他是英国剑桥大学毕业生,回国后做过北大英文系主任,又在清华外文系做过教授,1936 年主编英文刊物《天下》,姚克在他手下做编辑,温源宁嘱咐他介绍一些中国当代的作家作品,姚克就选了曹禺的《雷雨》进行翻译,估计温源宁对曹禺的这部作品不太满意,于是有了上述说法,事实上,朱光潜同时期的文章中也有这样的看法②。如果说,温源宁、朱光潜等是北大、清华的名教授,可以毫无顾忌地臧否曹禺,李健吾作为学长说话就要含蓄一些了。更何况李健吾的着眼点不在于评价具体作品价值的高低,而是希望建构自己的文艺批评话语。但巴金的反批评加之曹禺的文章反应,对李健吾的思想情绪或许是会产生一些触动。1936 年上半年李健吾因为评价卞之琳的《鱼目集》,与卞之琳、梁宗岱等发生了争论。这一系列的文艺争论与《刘西渭先生的苦恼》的形成,应该是有关联的。但不少文学史研究常常把它当作李健吾的一种思想情绪发泄或文坛八卦谈资而轻轻打发掉了,殊不知它揭示了李健吾文艺批评在文艺领域遇到的挑战,以及李健吾文艺批评所处的文化氛围。像 30 年代与李健吾一起回国的朱光潜也与李健吾一样,因为不满意巴金、曹禺之类的情感外溢的创作,发表《眼泪文学》一文加以批评,同样遭到巴金的反批评③。像朱光潜、李健吾还有梁宗岱等一批文艺批评家,大都兼跨古典主义和现代主义文艺审美趣味。他们原有的教育中,又有很深厚的中国古典文学的修养和西方近代人文传统的基础。在欧洲留学期间,他们受到新起的现代主义思潮的启发。像朱光潜对于克罗齐"直觉"论的接受,梁宗岱受到瓦莱里"纯诗"和波德莱尔诗歌美学的影响,像李健吾对于法国近现代批评以及福楼拜小说美学的影响,这些接受过程,使得他们的文艺批评都表现出不同于"五四"启蒙

---

① 姚克:《英译〈雷雨〉——导演后记》,参见姚克:《坐忘斋新旧录》,第 30 页。
② 参见朱光潜:《"舍不得分手"》,该文收入《朱光潜全集》第 8 卷,第 488 页。
③ 参见商金林:《巴金与朱光潜的一场论争》,《朱光潜与中国现代文学》,合肥:安徽教育出版社,1995 年,第 186—198 页。

时期的文艺美学特征。尽管他们都是"五四"新文学的同道,但趣味和侧重点上,已经与鲁迅等启蒙思想有所差异。表现在文艺批评上,这种冲突更加明显。如果说,李健吾对曹禺《雷雨》的评论,还仅仅是这种批评的开端,那么,后来对巴金作品的批评,则是正面直接的观念碰撞。李健吾、朱光潜、叶公超、温源宁、梁实秋、常风、李长之、季羡林等一批具有京派背景的文学批评文章,几乎都对新文学那种浅露伤感的情感主义倾向和表现方式,持否定态度①。面对巴金等激烈的批评回应,李健吾没有像朱光潜那样坚定从容应对,而是以自嘲的姿态解释自己:"容我问一句话,天下有没有自我和风格的那一天?一个人只要说话,就是在表现,犹如法朗士所谓,就是在判断。那么,让我献一个乖罢,应当话多就话多,应当少说就少说,顶讨巧的办法是不开口。"②这或许是李健吾的热情爽朗、不计较的性格使然,他珍视巴金等朋友的关系,他刚刚置身海派的文化环境,需要一个缓和的适应过程,不像朱光潜等生活在京派的中心北平,朱家的"慈慧殿三号"的"读诗会"又是京派的坚强堡垒。总之,在此后评价曹禺戏剧时,李健吾比较多的是站在正面肯定的价值立场上,积极肯定曹禺戏剧的价值,而不再像评《雷雨》那样,批评立场鲜明了③。

四

如果说,与曹禺的戏剧创作相呼应的戏剧批评,是李健吾的戏剧批评,那么,对于中国戏剧创作的变化,尤其是那些标志性的创作进展,李健吾基本上都会有批评予以体现。这里不能不提到李健吾对夏衍的《上海屋檐下》以及老舍《茶馆》的评论。

收入《李健吾戏剧评论选》中的评夏衍《上海屋檐下》的文章有两篇,一篇

---

① 相关研究可以参见高恒文:《京派文人:学院派的风采》第六章,上海:上海教育出版社,2000年,第159页。陈富康:《郑振铎年谱》上册,上海:上海外语教育出版社,2017年,第532—535页。其他像季羡林的《清华园日记》和常风的《逝水集》《窥天集》中,也有相关的批评材料。
② 李健吾:《自我和风格》,参见李维永:《咀华与杂忆——李健吾散文随笔选集》,第116页。
③ 李健吾写过《关于〈日出〉》和《小说与剧本——关于〈家〉》,参见《李健吾戏剧评论选》,北京:中国戏剧出版社,1982年。

写于 1942 年，一篇写于 1957 年。尽管两篇文章相隔 15 年，又经历了 1949 年新中国成立这样的重大历史变革，李健吾对这部戏剧作品的评价，始终是稳定的。他肯定夏衍的现实题材和写实手法，但对写实手法有自己的新解：写实有两种，一种是集中式，一种是自然式。集中式是把很多现实的东西堆砌到一起，逼真但过火；自然式是客观像生活流，但琐碎零散。如何发扬写实手法的积极价值而避免落入消极的陷阱呢？李健吾认为夏衍的《上海屋檐下》提供了一种戏剧审美范式。通过舞台空间的隔离，让不同的空间发挥戏剧效果，呈现日常生活的常态，但整个戏剧剧情是在不断推进，形成舞台美学上的整体突破，这是夏衍戏剧有力的尝试。读李健吾评夏衍的戏剧，似乎"刘西渭"的批评自觉又回到了李健吾的身上。他不管左翼、右翼，他看重的是创作经验能不能给予批评理论以抽象层面的总结可能。如果仅仅是局限于作家作品评价之高低，争意气之长短，那批评的自尊和独立是无法体现的。就像曹禺研究资料中，一定会选李健吾的评论一样，夏衍研究资料中，也不会遗留李健吾的评论，像比较有影响的会林、陈坚、绍武编的《夏衍研究资料》（上下），收录了李健吾三篇评夏衍戏剧的文章。将李健吾的评论与其他一些评论相对照，李健吾的学理性还是比较强的，所谓学理性主要表现在两方面，一是从理论上来论述创作现象；二是将创作经验提升为理论。这是李健吾作为批评家对中国现代戏剧批评的一种贡献，这一时期无人能与其媲美。夏衍对于李健吾的戏剧批评也予以激赏，称赞他是真正的行家[①]。

老舍《茶馆》1957 年首发于《收获》创刊号，1958 年 3 月在北京首演。1957 年《文艺报》曾组织过专家座谈，听取意见，李健吾也参加了。1958 年《人民文学》第 1 期发表了李健吾的《读〈茶馆〉》。文章一千来字，依照当时流行的口吻肯定老舍的《茶馆》是优秀剧作。但优秀在哪里，李健吾的评论与很多参与座谈以及评《茶馆》的评论不同，他的理论优势驱使他在评论时，注重理论提炼，他以一种比喻式的说法，将《茶馆》模式概括为"图卷戏"[②]。这种批评归纳，让很多人记住了老舍《茶馆》戏剧艺术的结构特征，也是对老舍戏剧创作经

[①] 夏衍：《忆健吾》，参见李子云编：《夏衍七十年文选》，上海：上海文艺出版社，1996 年，第 473—477 页。

[②] 参见《李健吾戏剧评论选》，第 190 页。

验的一次理论提升。如果对照李健吾对曹禺、夏衍、老舍三人作品的评价，应该说对曹禺戏剧的评价是李健吾剧评中最为深入、细致，也最具有心得体会；对夏衍的戏剧评论，欣赏多、称道多；而对老舍戏剧评论，保持着他的一种评论家的客观冷静，但未必是他最欣赏最热爱的戏剧样式。他不完全欣赏那种展示式的场景戏，而喜欢围绕人物性格展开的戏剧冲突，他欣赏的是人物性格剧。但经过大半辈子磨炼，回到北京旧地的李健吾，慢慢在向自己的壮年告别。照他的戏剧欣赏口味，很多当时上演的戏剧是与他的趣味相悖的，但他显得宽容，不过宽容中偶有锐见。如他1962年对老朋友黄佐临导演的《第二个春天》的评价，有褒有贬，特别是对"间离效果"的批评意见，激起了佐临的共鸣和感激。因为很少有评论注意到佐临的这种探索，李健吾看出来了，并提出批评建议①。还有就是他对中国传统戏曲，尤其是地方戏的剧评，显得比此前任何时候都要多。50岁后，李健吾写了不少有关地方戏的评论。如何看待他的这种变化呢？这一方面是外国戏剧在当时形势下比较难谈彻底，就如外国文学评论一样，新中国成立之后很长一段时间对西方文学是以批判和否定为主，像李健吾这样靠研究福楼拜、莫里哀起家的学者、评论家，几乎无法从积极、肯定的方面来充分论述这些文学人物的思想和作品②，有时形势宽松，需要报告或发表文章，他谈的也是偏重形式、技巧方面，如他1962年参加广州会议，应邀报告，题目为《漫谈编剧的一些技巧问题》，后在《光明日报》发表，内容涉及莫里哀戏剧、古希腊戏剧等。另一方面，地方戏的确有很多被人忽略的艺术价值。回北京后，李健吾此前教过的学生有不少在文化部和《戏剧报》工作，像文化部领导中，周扬、夏衍、郑振铎等都是他的朋友，他们拉他看戏，李健吾对京剧、川剧、黄梅戏、民族歌舞剧、高甲戏、晋剧、湖南花鼓戏、蒲剧等代表性剧目演出，有不少观摩，并且在剧评中几乎都予以很高的评价和热情鼓励，这似乎与他二三十年代对旧剧所持的批判态度形成对照。其实，细细阅读他50年代以来对民族戏曲的评论，可以看到他的戏

---

① 李健吾：《社会主义的人物抒情诗——致佐临同志》，收入李健吾：《戏剧新天》，上海：上海文艺出版社，1980年，第126页。
② 1958年《文学研究》第1、2期就发表过外文所青年研究人员的来信和批评文章，认为李健吾是"文学领域的一面白旗"。参见韩石山：《李健吾传》，太原：山西人民出版社，2006年，第300—302页。

剧思考真的是处于一种创造性转向的时机。李健吾是一位批评意识非常自觉的批评家，只要条件允许，他都希望从理论上来总结和提升一些创作经验。中国是戏曲大国，拥有十分丰富的地方戏曲资源，但这些地方戏长期以来一直受到忽略，旧中国对传统艺人是看不起的。但这些地方戏曲有很顽强的民间基础和艺术生命力，在地方上受到群众欢迎，地方戏演员在表演上也多多少少有一手绝活。如何从这些地方戏经验中吸取他们的戏剧创作和表演经验呢？50年代焦菊隐、阿甲等戏剧名家从导演实践中，感受到戏剧民族化问题的重要性[①]。李健吾与这些职业导演不同，李健吾通过自己的戏剧观摩和体会，意识到中国地方戏作为中国现代戏剧发展可资利用的戏剧资源，还没有充分发挥好其应有的价值。李健吾没有提"民族化"这样的理论口号，但他花了很多笔墨来评论这些地方戏的表演和剧目，将它们与世界名剧对比，其目的就是希望向地方戏寻取有价值的戏剧资源，将丰富的地方戏的戏剧经验提升到一般戏剧理论的高度来思考和认识[②]。这样的用心，是晚年李健吾建构中国戏剧批评理论的一个努力方向，也是他壮年后最辉煌的一页。

五

作为戏剧批评家的李健吾，他的戏剧批评代表了中国现代戏剧批评理论的一个高峰，尤其是对人物性格在中国现代戏剧发展中的重要价值，他从批评理论角度予以充分论述，强化了这一问题在理论上的研究，在戏剧实践上的重视。他的戏剧批评气象博大，根基深厚，体现出人文传统和学识修养的教育特色。他翻译、介绍外国戏剧，将中国现代戏剧与世界戏剧相对照；他关注中国戏曲传统，希望从中国固有的戏曲传统中，挖掘戏剧资源，丰富当代戏剧理论。

[①] 参见焦菊隐：《略论话剧的民族形式和民族风格》，收入《焦菊隐戏剧论文集》，北京：华文出版社，2011年。阿甲：《生活的真实和戏曲表演艺术的真实》《再论生活的真实和戏曲表演艺术的真实》，收入李春熹选编：《阿甲戏剧论集》（上下），北京：中国戏剧出版社，2005年。
[②] 李健吾有关京剧和地方戏的评论，大多数收入晚年的评论集《戏剧新天》。

在并不漫长的 20 世纪中国现代戏剧世界里，曾涌现出无数优秀的人士，在创作领域，人们最愿意数说的是曹禺先生，在戏剧批评领域，我想李健吾先生也同样是最值得我们数说的人物之一。

2022 年 6 月 2 日于沪西寓所

人性的光辉：在功利和唯美之间：
李健吾戏剧批评观之批评[①]

包 燕

内容摘要：本文旨在从"人性阐释"这一角度分三个层面考察李健吾的戏剧批评观之内涵，（一）人性：戏剧的灵魂；（二）现实性：人性批评的支点；（三）戏剧性：人性展示的手段。提示其"艺术地观照现实人性"的戏剧批评尺度，并在历史坐标中给予价值定位，从而为当代戏剧走出困境，走向成熟提供参照。

关键词：人性 功利 唯美

在我们谈及李健吾的批评观时，我们首先注意到的是李先生和"五四"时期的田汉、洪深等先驱批评家是两代人。当田汉在其戏剧批评中散发着浓重的浪漫主义气息，表现出泼辣辣的对于自由人性的呼声时，李健吾却是一个被文明戏所迷，并在舞台上施展其"嘤嘤善哭的拿手好戏"的北师大附小的学生。之所以开篇强调这一印象，正在于"五四"对于李健吾来说只是一个隐约的背影，却绝无深入骨髓的冲击，这是否昭示了李先生的批评风格与这种时代洪流中的荡漾着昂扬生命力的浪漫激情的距离？回肠荡气的时代永远在当时的人们心中留下烙印，而回望更多的是想象！而我们对于李健吾的戏剧批评之重温则自然地自20世纪30年代始，历史更多地积淀了忧郁和苦难。

李健吾曾自白："我要的是公允，人生以及艺术的公允。""我唯一畏惧的是

[①] 原载《艺术百家》1998年第4期。

自己和人生隔膜。"① 在他看来，戏剧理想"应该建立在一个深广的人性上面，……然后传达人类普遍的情绪……"② 然则，对李健吾之批评尺度该作何种解读？本文正是从"人性阐释"这一视角对之作出历史的批评。

人性：戏剧的灵魂

"在所有文学类型中，戏剧既是最特殊，最难捕捉的类型，又是最引人入胜的类型。"③ 那么，作为一种特殊艺术，其区别于诗歌、小说之本质是什么？回答的角度各异。亚里士多德把戏剧解释为动作，把情节看成是戏剧的灵魂；布伦退尔认为"戏剧是一种意志的公开展示"④，在莎塞那儿，"除观众这个附属物外，所有的附属物都是可以替代的"⑤。而在李健吾的批评世界中，对于戏剧，自有其独特的角度，那就是"人""人性"，这才是戏剧之灵魂。

这一观念在其第一篇戏剧批评《雷雨》中初见端倪。在他看来，剧中最有生命力的正是那位"母亲不是母亲，情妇不是情妇"的周太太，"作者用力把重心放在周太太身上，……我们完全同意"。"我引以为憾的是，这样一个充实的戏剧性人物，作者却不把戏全给她做。""作者如若……用人物来支配情节，则我们怕会更感到《雷雨》的伟大……"这里，李肯定的是女主人公性格之光辉，否定的是其人性展示的不够充分，真可谓"成也萧何，败也萧何"，而其中批评的立足则在于人、人性。同样，对于鲁大海，李认为："作者或许想把他写成新式的英雄，但……往往停留在表面，打不进这类人物内心的存在。"显然，李对其形象的单薄，尤其是人性刻划的简单化，平面化是不满的。可以说，人性的深厚与否，构成其最重要的批评尺度。在他看来，戏剧对象是"绮丽的人生色相"，而我们以往的剧作家"不用人物主宰进行，多用情节，甚至更坏的，多用道德的教训决定发展"，而这正是戏剧构不成伟大深刻的根本原因。

---

① 李健吾：《黄花·跋》，上海：文化生活出版社，1936年。
② 李健吾：《以身作则·后记》，上海：文化生活出版社，1936年。
③ [英]阿·尼柯尔：《西欧戏剧理论》，徐士瑚译，北京：中国戏剧出版社，1985年，第1、39页。
④ 转引自[英]阿·尼柯尔：《西欧戏剧理论》，第28页。
⑤ 同上书，第30页。

正是在人性展示这一点上，李健吾和文明戏分道了。因为在话剧这儿，李发现了人生，而文明戏只是故事。以下这段话颇可以成为李在人生与故事间选择的注脚："我们承认故事是戏剧的一个主要成分，然而不是唯一的成分，更不一定是最好的成分……一个好故事可以生色，但决定不了全剧的价值……如若命运是谜，人和人性也许是一个更大的谜……我们放大故事的意义……它是一种切合人性的形式……故事不是一切，人生是……故事是一个死东西，不！人生，人生是血肉！"此处，人生、人性被李健吾提到了这样一个崇高的地位，我们完全可以据此得出：故事是形式，而人性是灵魂。没有人性，便没有戏剧！似乎还没有一个戏剧批评家这样朗然地把人性提到这样的高度。

谈到文明戏，很自然地想起意大利"即兴喜剧"。正如文明戏是戏剧的一个摆渡，即兴喜剧也可视为文人喜剧发展的中介。对于这一剧种，李健吾并不否认它曾有过的生命力及历史作用，但对其进入18世纪后，表演落入程式，台词脱离人性，李是反感的，对于其特征之一的假面具，李借哥尔多尼之口道出了自己的态度："在今天，艺人必须具有灵魂，而灵魂压在假面具下，就像火埋在灰烬底下一样。"确实，灵魂一词最能概括李对戏剧之要求，而此处的灵魂又何尝不是鲜活的丰富的人性之体现？

因着对人性在戏剧中的灵魂地位之张扬，李健吾的戏剧批评有了较宏阔的视野，这表现在"审丑"进入了他的批评视野。在对《钟馗嫁妹》的评论中，李就鬼的丑陋、恐怖如何在剧中转化为对鬼的同情，谈了自己的看法："我们是人，只有行动结合人的高贵使命时，只有恐怖不单纯为恐怖而存在时，我们对制造恐怖的技巧和安排才会产生正常的热情，只有鬼怪属于人间时……意境才会发出热力。"正是在这一意义上，阎婆惜、敫桂英的行动因其动机的人性而获观众的同情。同时，李指出："真正感人的意境首先在思想结构。"于《钟》而言，即"剧作者在最冷清处、最凄凉处、最无能为力处看到希望、友情与热爱"。换言之，在丑陋、恐怖的旁边，始终流淌着高尚、温暖、人性的光辉。正因如此，是鬼戏，却人趣盎然；没有矛盾，却凭借深厚的东西——人性获得情调和诗意。这里丑通过人性的展示获得了美的品格，进入了李健吾戏剧批评的范畴。

同样，人性批评标准的建立，使李健吾的批评获得了相对单纯的品格。因为，在他看来，舞台、观众固然是戏剧的要素，但有了"人"的光辉，这一切都显得无足轻重。在《农村剧团》一文中，李写道："就是这些充满了人性尊严的农村演员……没有布景，道具尽量往少里减，空空的舞台却显得饱满，因为'人'在上面起作用，实化了一切。"同时，李谈到了莫里哀："莫里哀，这在江湖上跑了十二年的老艺人，丢掉知识分子的包袱，学会乡下人的说话，有了真正的传统……他的喜剧全是'人'"，他遗憾的是到了现代，"诗和人少了，一片的景片和照明"，"舞台活了，想象死了"。这里，就舞台和人性展示之间，李不否认前者的必要性，然更看重的是后者的"灵魂"意义，朴实的人性足以压倒华丽的舞台！从这里实际可看出李健吾的戏剧批评是立于戏剧的诗情及人文精神。别林斯基说过"人是戏剧的主人公，不是事件在戏剧中支配着人，而是人支配着事件"①。李走的正是这一条路，我们用他自己的一句话作本部分的小结："只有在显示人的存在的意义时，戏剧性才给自己找到了真正生命与感动观众的力量。"这就是人、人性在李健吾戏剧批评中的"灵魂"地位。

现实性：人性批评的支点

在李健吾这儿，"人性"是戏剧的灵魂。然而，其人性的内核何在？我们回到文本，从《雷雨》开始探寻。在文中，李健吾明白道出剧作者所用的东西：遗传、环境和命运。遗传在李看来是存在的，什么样的周朴园，什么样的周萍。然鲁大海何以解释？因此李认为"作者真正用力写出的是环境与人影响之大"，这里李健吾以周萍与鲁大海在不同环境中的不同性格为例，实质上是倾向于把人性置于现实中考察的解读。紧接着，他谈到了剧中的命运观念："然而这出长剧里面，最有力的一个隐而不见的力量，却是命运观念。"这里李似乎又将我们导向另一极——"人性与命运"，读者期待着李对作品中人性命运之神秘性、哲学性的探挖，但意外的是李作了如是解读："但是作者真正要替天说话吗？……我怕回答是否定的，这就是作者的胜利处。命运是形而上的努力吗？不是，一千个不是！这藏在人物错综的社会关系和人物错综的心理作用里。"具体地说，在李看来，命运正在于鲁大海和繁漪的报复。而报复的背后，更深的则是"不健全的社

---

① 转引自《戏剧论丛》1957年第4辑，第42页。

会组织"。至此，我们清晰地看到李之所谓命运即处于一定社会关系中人性自然发展之趋势。而这种阐释恰好暗含了这样一种批评观：丰盈的人性展示正在于它是立于现实的，它和神秘、形而上无缘！1936年曹禺曾自白："我对《雷雨》的了解，……感到的是一团原始的生命之感。""与《雷雨》俱来的情绪，落成我对宇宙间许多神秘事物一种不可言说的憧憬。"① 显然，其最初的自白分明道出与李接受视野之差别，那就是对神秘性之不同态度，而这正反映了李作为戏剧批评家之独特视角。而更有意思的是同期田汉对《雷雨》的评价。与曹禺对命运的神秘性之追想，与李命运背后的人性揭示不同，田汉更多地看到命运的不合时宜，"觉醒了的中国青年，必然是反帝反封建的战士"，"对于人生……这样神秘灰暗的看法能回答中国观众当前的要求么？"② 显然，田汉要求戏剧的是解决社会问题。基于此，他建议欧阳予倩把这"有点时代错误"的命运悲剧改为社会悲剧。拨开历史的迷雾，我们重新审视《雷雨》这部人性丰盈之作，我们会轻轻地向田汉说声遗憾，遗憾他错过了一次欣赏现实人性之丰富性、深邃性的机会，而李健吾则更多地保留了学者的冷静和从容。他否认人性的抽象性，将眼光投向现实，但决非将现实人性粗暴地划为阶级性，应该说，这是他的睿智，是其批评成熟之处。

从多少有点神秘倾向的《雷雨》中读出其人性的现实性，对于优秀的社会剧，李自然也表现出批评的兴趣。事隔几十年，李仍明确表示"在曹禺同志所有的剧本里，改编方面我顶喜欢他的《家》，创作方面我顶喜欢的是《日出》"。基于现实的人性标准，始终在其心中占据一重要位置！谈及《上海屋檐下》，李更明确指出"这里的现实，既非形而上的现实，又非正人君子所不齿的现实，……更非中世纪教徒空灵的现实，……"这里的现实，即实实在在的人生！当然，李健吾也敏锐地看到作者走向沉潜的现实人性展示前所经历的探索之路。《赛金花》《自由魂》两剧的失败，《上》剧的成功，使李深信：基于对现实人性的真正了解的戏剧才是最有生命力的。夏衍在历史剧上的失败正在于他对剧中这个"现实"是隔阂的，未曾用灵魂浸润的！可以说，如此敏锐地看到现实人性之于夏衍，之

---

① 曹禺：《雷雨·序》，《论戏剧》，成都：四川人民出版社，1985年，第353、354页。
② 田汉：《暴风雨中的南京艺坛一瞥》，《田汉文集》第14卷，北京：中国戏剧出版社，1983年，第509页。未加注之引文，均见《李健吾戏剧评论选》一书。

于戏剧创作的崇高意义的，李健吾是第一个，也是见解最深透的一个。

出于对现实人生的关怀，李对于戏剧方面的一些"聪明人"把戏剧视为"把技巧分配在一个或几个事件中"的恶劣倾向甚为焦虑及厌恶。他曾说："某些人士从未纳心戏剧，……从未深尝人生……，他们不明白……人生如何决定一切；而这一切如何渗透作者的心灵……"质问是严肃的，对现实人性的呼唤亦是真诚的。同样，出于对现实人生的关怀，对于茅盾第一次创作的剧本《清明前后》，李作了相当宽容的批评。他也客观地指出其艺术上之不足，诸如结构安排不符合经济律等，但李用大得多的篇幅却在肯定作品对现实人生的发掘，指出（作者）"他以一种科学自然的方式去看……他看见的是一个有机的生命构成"。正是在以科学精神观照现实人性这点上，《清》剧获得了李健吾的认同。

纵观上述考察，现实已然成为李健吾人性批评观之支点，然而，与西方的人生探索美学相比，我们却隐隐感到其批评观中对人性超越性品格关怀的缺失，一种终极关怀的短缺，那么，其价值何在？

进入这个问题，我们首先面临的现实是中国不是西方。于中国的文化传统看，虽然不排除直觉式的体验美学之影响，但正如白璧德在《中西人文教育谈》中所说："孔子关心的主要不是彼岸世界，而是在这个世界中我们怎样才能生活得最圆满、最和谐的艺术。"这大体概括了占主流的儒家文化的入世倾向，而这对于中国文化环境的现实性的塑造是无疑的。于舶来品的戏剧言，似乎直接受文化传统的影响较少，但我们同样不能忘记的是它需要直接的接受群体；同时它也置于一定的社会环境中——在当时即孕育着重大矛盾的社会，因此，说到底，文化环境、时代环境和戏剧发展存在着互动的格局，无视或忽略这一点，躲进象牙之塔，构筑纯艺术境界，显然是不合时宜的。李健吾之前，20 世纪 20 年代宋春舫的"纯艺术论"，余上沅的"国剧"构想，多多少少走上了这条路子。我们不否认他们艺术探索的可贵和超前，以及与艺术本体价值的接近，但戏剧的特殊性与环境的契合需要注定纯艺术的没落是必然的。而李健吾感受更直接的是 30 年代后的动荡现实，1931 年李健吾留法研究的也是现实主义，这使他更多地把眼光投向现实，从而对艺术本质有了更成熟的理解。因此其人性批评观表现出关注现实的品格，无疑是明智的，它使戏剧不致离人生太远！于是，在历史的格局中，我们马上意识到刚才对其超越性品格缺失的指责是多余的，李对现实人性的关怀，正是对戏剧尤其是中国戏剧成熟的思考。然则，现实人性何以在戏剧中展示，它是否意味着对现实的机械的忠实？

戏剧性：人性展示的手段

在尼柯尔看来，"戏剧家经常用一些可导致情绪上与心理上发生震惊的意外成分"，作为其构思情节的基础。① 这里他所指的意外成分就是我们普遍理解的戏剧性，也正是古希腊亚里士多德曾在《诗学》中用相当的篇幅阐释的"发现"与"突转"问题。作为一名上过舞台、写过剧本的戏剧批评家，李健吾深知现实人性之意义，更知戏剧表现之魅力。戏剧性尺度也正被李健吾用来作为批评的依据。

在李这儿，戏剧性可以来自奇特的想象，如在《吝啬鬼》中，李盛赞元剧《看钱奴买冤家债主》中第三折贾仁（看钱奴）临死和他儿子书僮的对白。可以说这段对话极尽夸张之能事，必不会在现实中发生，但"幻想的奇谲、讽刺的老辣"使人物形象惟妙惟肖，人性得到了集中的展示，从而获得强烈的戏剧性；同样对于关汉卿笔下的赵盼儿、谭记儿的情节展示，有人以其现实感不强而否定，而李则给予充分肯定："取消这种可能性，不就取消了莎士比亚的喜剧，我们的全部传奇？……伟大的艺术就是在真实的基础上，把星星之火变为烽火，一句话，让虚象有真实之感。"这就相当程度上肯定了浪漫主义的存在；而于洛卜德维加之戏剧，李不仅肯定其喜剧的现实主义手法，对其剧中戏剧性强烈的题材（如在《莫斯科大公或受迫害的皇帝》中设想的一场《赵氏孤儿》的动人情节）颇为赞赏，称之为"现实主义精神与浪漫主义精神取得统一的戏剧生命"。奇特的想象构成了李戏剧性的"源头活水"。

然而奇特只是一面，李在谈到莫里哀的喜剧时，曾着重指出"一个是自然，一个是奇袭"，这才是人们喜爱他戏剧的原因。换言之，戏剧性即在情节的层层铺垫中自然地达到情感的高潮。在《吝啬鬼》中，对于浦劳塔斯《瓦罐》剧中吝啬鬼发疯的独白，李评道："这……是一个有热情的活人，在台子上叫、号、哭、

---

① ［英］阿·尼柯尔：《西欧戏剧理论》，第 1、39 页。

诉，透示深沉的心理存在，呈出情感集中的戏剧效果。所有从前形容吝啬的场面，好比一级级的梯子，只为最后达到这段疯狂的独白……戏剧到这里，算是到了顶点，我们情感的屏藩也摇动了。"正是从这一角度，他称据此改编的莫里哀的这段独白为"一场最有戏剧性的人性的揭露"。同样，悲剧《窦娥冤》因其情感的层层铺垫，获得了"单纯而有力"的悲剧性，如李所言"像钉子一样，越敲越深，又像阶梯一样，越升越高"，终到达戏剧性的顶峰。这些批评可谓是深知"戏剧三味"。

就结构言，李较看重高潮处理带来的戏剧性，在他看来，关汉卿最了不起的地方就艺术言"就是高潮往往统一在戏剧性最强的当口"，如《三勘蝴蝶梦》；而在关汉卿的《单刀会》和莫里哀的《达尔杜弗》里，李认为其戏剧性在于把握观众期待心理的最佳满足时机。就体裁言，戏剧性有时依赖于对体裁纯洁性的打破。李指出莫里哀的《贵人迷》就打破古典主义者的体裁纯洁的要求，闹剧在这里不但不破坏喜剧人物的性格，反使人物具有莫所肯定的"滑稽人的面相"；维迦的喜剧体裁在李看来也非纯洁，有些戏看似喜剧，然而以悲剧结尾。反之亦然。而之于《窦娥冤》，单纯的悲剧中仍夹入了重丑的打诨。对于这些有助于戏剧产生的手法，李是肯定的，毕竟，他不是学究批评家。

从想象的奇特、情感的铺垫、结构体裁的处理等方面，我们大致明了了李戏剧性的具体内涵。然判断戏剧性运用成功与否其最终尺度是什么？李有明确观点——"人性"。李指出"莫里哀的大喜剧，几乎都扎根在世态的深处"。同样，谈到喜剧《陈州粜米》，李指出其第三折两场戏之所以成功正在于"喜剧性是根据性格发展而出现的隽永境界"。喜剧如此，悲剧何尝不是？换言之，没有人生的支撑，也就无所谓戏剧性的存在。正因如此，戏剧性和人性的结合程度构成了李健吾批评的另一视角。

对戏剧性和人性结合的重视，李健吾表示了对廉价的巧合剧的反感："世态传奇剧的致命伤就在于自以为抱牢情节，其实只在拼凑，……这种廉价的戏剧性倾向过分畸重，喜剧就有沦入闹剧的可能，悲剧就有沦入惨剧与险剧的可能。"基于此，李肯定了莫里哀性格喜剧的成就，对其往往"借助外来力量和巧合"结尾的喜剧则略有微辞，与之相比，李肯定了哥尔多尼的"自然"，称他为"白描选手……自自然然地把戏剧搬上舞台，……自自然然地把戏结束"。

同时，出于对戏剧性和人性结合的重视，李健吾发现了"内在的戏剧性"这一领域。他朗然地发出"戏剧文学，拘于舞台物质的束缚，把紧张看成成败准衡，似乎文学不会从平常的人生产生，……我们必须为人生开拓领域，它有权利要求不偏不倚的认识"。显然，李在为平凡人性之丰富性、深邃性争一地盘！因此他推崇节制，推崇"平静然而有为的现实主义"，在《上海屋檐下》评论中，他写道："《上》的造诣就在于它从人生里面打了一个滚出来"，在李看来，它既非纯粹的悲剧，也非纯粹的喜剧，《上》的成功正在于"自然而又艺术地把平凡琐碎的淤水聚成一股强烈的情感的主流"。让人"在沉痛之后欢笑，在欢乐之后思索。"这里，李实质上肯定了人性展示的多样性的可能。它可以是集中式的戏剧化的描写，也可以是自然而艺术的描写，而后者的尺度正在于对人物心理性格的内在张力的展示。基于此，他对《上》的缺陷也毫不讳言，尤其指出，对三个主要人物（特别是那对旧夫妇）"作者不曾深入他们的灵魂，用具体的直接动作表现他的心境"。对内在戏剧性，对平凡人性的丰富性、深邃性把握不足，导致了形象的苍白。李健吾的见解是深刻的。

总之，外显戏剧性、内在戏剧性、集中式、自然式，只要表现了繁复的人性和个性，表现了人性的丰富性深邃性，戏剧也就获得了"长远的生命"。

认清李健吾批评观的彼端——戏剧性和人性的结合，是颇具意义的。我们知道，李健吾的戏剧批评大致自20世纪30年代中期始。无疑，这是一个苦难与抗争并存的时代，民族的深重灾难成了压倒一切的主题，"五四"随视界打开而发出的个性人性之呼声随着急剧动荡的现实，终于向阶级性倒去。伴随着革命文学主流，30年代马克思主义文艺观很快取代了20年代多极的文艺思潮而跃进为文学主流，功利文艺观充斥文坛，戏剧尤甚。我们无须怀疑文艺家对这一特殊年代的真诚回应，但于文学本体，却是悲哀的。毕竟，艺术非人生改造之工具，过多的功利只会让艺术生命衰竭，艺术不是唯美，但它离功利更远！回看李健吾，在这样的急功近利的年代，在左翼文艺试图整个地把文艺纳入政治轨道之际，他以高度的冷静，将文学和政治拉开距离，企图保持文学和人性自足，无疑是对主潮的漠视。至少可以说，李之批评观对30年代的左翼批评及日后时时"浮出水平"的功利批评构成了极有意义的互补格局。

至此，通过以上三个部分的探寻、解析，我们把捉到了李健吾人性批评观的内核，一言以蔽之，即戏剧之灵魂在于建立在艺术表现上的丰富深邃的现实人性之展示。在历史的坐标中，它获得了独特的价值定位：虽缺乏对人性超越性品格的关怀，但基于对戏剧本质和现实土壤的理智把握，更表现出对纯艺术美学的实际否定和对功利戏剧观的清醒反拨，从而在功利和唯美之间获得一种圆融的批评理想，为当代戏剧走出困境，走向成熟提供了参照。直至当代，那些较好地融合艺术与人生的，开放、深广的现实主义戏剧的成功，从一个侧面印证了李健吾戏剧批评观之长远的生命。毕竟，人性是文学永恒的探索对象。

"剧评"的兴起
——现代话剧史"剧评"问题研究[①]

张 潜 龚 元

内容摘要：近代以降，话剧"剧评"作为一种新兴文体，并非传统戏剧评点模式中的固有之物。有"话剧"之传入，方有话剧"剧评"之兴起。"剧评"的生成、成长、成型的历史过程，实际上就是"新剧"逐步划清自身与他者的文类边界，蜕变为"话剧"的历史过程。同时，"话剧"作为"知识"进入现代教育体系，必然意味着将被掌握"知识"的知识人定义与规划，这一定义与规划的历史性表现形式之一正是："剧评"文体之兴起与成型。

关键词：剧评　知识范型　现代教育

在近代中国"西学东渐"的历史过程中，"新剧"作为一种舶来的艺术类型，从清末西人演剧到 1928 年"话剧"之最终定名，经历了一个比较复杂的演进过程。袁国兴等将这一历史时期的戏剧活动称为"新潮演剧"，即各种各样的新剧"往往观念重叠、倾向接近、文类边界并不十分清晰，戏剧观念和戏剧意识游弋于古今中外之间"。[②]

这一思路可以这么理解："新潮演剧"本来蕴藏了多种"可能性"，这个阶段既是一团乱麻，仿佛混沌未开，又好像提供了多种路径选择，而戏剧史的发展告诉我们这初始的丰富性最终走向了写实话剧观念的建构之路。那么，问题是：从

[①] 原载《戏剧艺术》2015 年第 1 期。
[②] 袁国兴，饭塚容，黄爱华等：《清末民初的新潮演剧（笔谈）》，《戏剧艺术》2010 年第 3 期。

观念重叠、文类边界不清的"新剧"演进成观念统一、边界清晰的"话剧",是什么样的力量起了主导作用?当然原因有很多,但作为一种由"新的知识"与"新的审美意识"构成的"新的文体"——"剧评",在此过程中发挥了不容忽视的重要作用,从这一角度切入的思索与解读却被学界长期忽略了。

本文对"剧评"的兴起的解释分为四个方面。

首先需要界定:在本文的语境中,"剧评"主要是指对于"新剧"的评论与批评(这其中亦包含了当评论者需要言明新剧的文类特征时,将传统戏剧作为"对比方"而进行的论述)。其次,能够对新剧品头论足,必然意味着有掌握新剧"知识"的知识人,形成关于新剧的"知识结构",并以此为基础建立新剧的"审美原则"。再次,"剧评"作为一种新的"批评文体",与传统戏剧的评点模式有很大区别,这使得考察"剧评"兴起的历史过程,也即是观察"话剧知识系统"的建构过程,并进一步研究此知识系统得以建构的深层文化机制。最后,具备了"知识范型"的转移与文化机制的建构等条件,李健吾对《雷雨》的评点体现了新剧人士对"话剧"从文体形式到内涵的全面掌握,代表了话剧剧评之成型。

一、文类的边界:从"评点"到"剧评"

在《新青年》杂志关于"戏剧改良"的讨论中,傅斯年和欧阳予倩都注意到了"评戏问题"。傅斯年总结了"中国戏评界"的四点陋习:第一是不批评,第二是不在大处批评,第三是评伶和评妓一样,第四是党见。[1] 欧阳予倩在《予之戏剧改良观》里也指出所谓"旧的剧评"不过是"非以好恶为毁誉,则视交情为转移"。[2] 当然,这些意见都是很严重的批判。不过,如若换一个角度视之,从这些批评中未尝不可以见出在近代传统戏曲范畴内(以京剧为代表)所固有的"戏评"之特点:以品赏色艺、玩味伶人为核心特征。

具体言之,在文体形式上,以诗词或兼有札记、笔记及诗话词话性质的短文

---

[1] 傅斯年:《戏剧改良各面观》,《人生问题发端:傅斯年学术散论》,上海:学林出版社,1997年,第170—182页。
[2] 欧阳予倩:《予之戏剧改良观》,《欧阳予倩文集》,北京:华夏出版社,2000年,第295—298页。

为撰写形式。例如，名士易顺鼎诗咏歌郎贾璧云《贾郎曲》中有涉及梅兰芳语："京师我见梅兰芳，娇嫩真如好女郎。珠喉宛转绕梁曲，玉貌娉婷绝世妆。"① 又如，张伯驹《红毹纪梦诗注》兼诗与补注，评色艺、录趣闻，可谓集传统"戏评"之特色。诗曰："童伶两派各争强，丹桂天仙每出场。唱法桂芬难记忆，十三一是小余腔。"后有补注："当时有两童伶，一小小余三胜（即余叔岩），谭派；一小桂芬，汪派……小小余三胜演《捉放宿店》，'一轮明月'的'一'字转十三腔，名十三一。叔岩成名后，不复作此唱法矣。"② 而吴祖光的《广和楼的捧角家》更是把新闻记者之类的捧角之人描述得非常形象：

  他们的捧角无非是在报屁股上弄一个戏剧专号，作些肉麻的捧角文字。捧角文章其实是不容易作的，作得多了，自然离不了那一套，如"娇艳动人""黄钟大吕""嗓音清超""武功精熟""深入化境""叹观止矣""予有厚望焉"，诸如此类，举不胜举。③

  忽略其中讽刺调侃之意，吴祖光对于戏评文字的风格把握是大致不差的。客观地说，这种"戏评"风格与近代戏曲（尤其是京戏）对于演员色艺的特别强调是相适应的。从"艺"的角度言之：京剧进入鼎盛时期最重要的标志是谭鑫培的出现。而谭鑫培最显著的美学风格恰恰是追求演唱的含蓄蕴藉和行腔中的韵味，形成了"沉郁顿挫"的美学风格。④ 从"色"的角度言之：文人墨客对于"男旦"的"鉴赏"更是清末流行的社会风尚。而对于古典戏曲的评点传统来说，戏剧评论的著作十分繁富，而且评论形式灵活多样，除了专著品评、作品选评外，还有剧本评点以及杂文、小品、日记、书简中的随评。⑤ 譬如祁彪佳《远山堂曲品》《远山堂剧品》，潘之恒《鸾啸小品》，等等。它们基本立足于戏曲文本在绘情写景及叙事上的表现形式和表达效果，也注意到了戏曲形式的探索。但"曲"的观念直到明末依旧占据戏剧观念的中心位置。

---

① 易顺鼎：《易顺鼎诗文集1》，长沙：湖南人民出版社，2010年，第1060页。
② 张伯驹：《红毹纪梦诗注》，香港：中华书局香港分局，1978年，第3页。
③ 吴祖光：《广和楼的捧角家》，《吴祖光选集5·杂文》，石家庄：河北人民出版社，1995年，第259—264页。
④ 傅谨：《谭鑫培的文化意义与美学品格》，《戏剧艺术》2012年第3期。
⑤ 叶长海：《中国戏剧学史稿》，北京：中国戏剧出版社，2005年，第3页。

综上所述，当"新剧"作为异质性的戏剧形式上演于中国时，传统的"戏评"或"评点"模式从实质而言是基本无效的。"新剧"有"新剧"的表演方式和审美方式，布罗凯特对于"批评"的定义是"判断的行为"。[①] 欲对新剧的好坏优劣进行判断，首先需要拥有新剧的知识。如何"认识"新剧，在很大程度上决定了如何"评论"新剧。

查朱双云《新剧史》中有"评论"一节。所评均为关涉新剧整体发展的方针大计，偶尔兼及具体剧目。朱双云反对在联合演剧中以"抽签之法"分派角色：

> 盖新剧全恃乎配手得当者也。譬如恨海伯和棣华两角均抽得上选人才。而于鹤亭一角，适抽劣等之人。一着错，满盘都是输……此抽签法之不可行者一。同一悲旦角色，然恨海之张棣华与血泪碑之梁如珍，其间盖有不同。故往往善演恨海者，未必兼善血泪碑。凌怜影陆其美是其证也（凌善恨海陆工血泪碑）。使恨海与血泪碑两剧并演，所抽而各得其反，则联合演剧将永无完满之日矣。此抽签法之不可行者二。[②]

"抽签法"不顾戏情戏理，将对演员的选择付之"运气"，朱双云反对这种做法，理由有二：第一，新剧的演出效果靠的是合适的演员并且搭配得当，这是对新剧特性的一种判断；第二，演员扮演角色不能兼善，所以要根据"角色"特性选择演员。不过，在朱双云的表述中，"角色"前尚有"悲旦"一词，说明对于新剧角色的认识尚没有与传统戏剧的"行当"划分相剥离。换句话说，在某种程度上，"行当意识"还笼罩在"角色意识"之上（《新剧史》"派别"一节"生类"与"旦类"的分类方式亦可佐证此点）。《新剧史》出版于1914年，朱双云对新剧的判断颇能代表当时剧人的认知水准。虽然"行当意识"暂未消褪，但"角色意识"的"觉醒"还是通过以"剧中人"的特征为衡量演员的标准得到了表达。

涉及具体剧目，朱双云认为《祖国》一剧价值固高，但并不适合上演：

> 剧中人物，多系贵族。言语举止，在在异于常人。第是现今剧人，仅能描写中下社会，且纯以上海为归。若偶为上等之人，则往往失之毫厘，谬以千里矣。

---

① [美] 布罗凯特：《世界戏剧艺术欣赏——世界戏剧史》，胡耀恒译，北京：中国戏剧出版社，1987年，第21页。
② 朱双云：《新剧史》，上海：新剧小说社，1914年，"评论"章，第1—2页。

故吾谓祖国一剧，万不可演于今日。若必演之，则必至唐突名著而贻讥大雅也。①

这段话透露了非常丰富的历史信息：首先，朱双云对剧中人物的判断来源应是剧本（至少是来源之一），由此隐约显现的思维逻辑是：以剧本为旨归支配演员，从而认为目前演员的水准无法完成对"贵族人物"的塑造，所谓"唐突名著"即是此意。其次，"失之毫厘，谬以千里"透露出对于"写实"的极端重视：因为演员的条件对于扮演"贵族"尚不能"以假乱真"，所以"万不可演于今日"。

这段文字本意不是剧评，但客观上形成了"判断"，而且清晰地表达出了为何如此"判断"的理由，尤其是行文中浮现的理性之风，更能够使其区别于旧戏（京剧）的"评点"之文。另外，从朱双云对于不同剧目之间价值高低的判断中，亦可见出其秉持了何种"新剧观念"："双云曰血泪碑一剧，罅漏颇多，殊无价值……恨海恩怨记二剧，虽为一时名著，然其价值，则远在梅花落祖国之下……祖国为世界四大悲剧之一，其价值可想而知。"② 其中的价值序列颇能说明问题：《血泪碑》改编自时装京戏；《恨海》改编自吴研人小说；《恩怨记》为陆镜若编撰，受日本新派剧影响颇深；而《梅花落》与《祖国》均根据西方戏改编，尤其《祖国》一剧，是陈冷血翻译自法国戏剧家柴尔（萨尔杜）的代表作品。朱双云的"潜台词"其实是：愈接近西方戏剧的新剧，价值程度愈高。由此判断中显露的"边界意识"非常重要：它的意义其实就在于"用何种眼光、以何种标准"评估一部新剧的高下优劣。

1914年前后，是中国现代戏剧变革的一个转折时期，此前的笼统新剧概念开始发生分化。③ 与此相关，"文学"与戏剧的关系也被人重新进行探讨。譬如"新戏乃文学革新之一种"等等。④ 而就在这一时期，从史料上亦可观察到，出现了颇多以"剧评"或"剧谈"为题目的文章。这些文章多集中在《戏剧丛报》《剧场月报》《游戏杂志》《繁华杂志》及《新剧杂志》等刊物上。虽然这些评论

---

① 朱双云：《新剧史》，"评论"章，第3—4页。
② 同上书，第3页。
③ 袁国兴：《"文明戏"的样态与话剧的发生——兼及对"文明戏体系"说的质疑》，田本相、董健主编：《中国话剧研究（第十一辑）》，北京：中国传媒大学出版社，2008年。
④ 远生：《新剧杂论（续）》，《小说月报》1917年第2期。

文章鱼龙混杂，但大量出现于这一阶段，可以视之为"批评的自觉"：此种现象乃是一种新的文艺形式发展到一定历史阶段的必然产物。对于"新剧"而言，发展已有十余年，问题肯定不会少。对于新剧从业人士而言，随着新剧知识的积累、视野的阔大、认识的深化，以"论说"的方式褒贬一剧之高低，其实是为了借此表达自身对于新剧的观念变化。反过来说，以观念统摄评说，表露出不再将"剧"当成"儿戏"，聊抒闲情。至少从当时的剧评上即可以看出，"当看戏是消闲的时代"正在悄然地发生蜕变。

悼愚在《春柳之优点》（1915年）中说：

新剧虽无歌唱台步之必要，然注重剧本与服装则一也。且新剧除剧本服装外，更须兼重表情与布景，四者具备，始可与谈新剧。[1]

在此一观念之"观照"下，悼愚的评论聚焦于五点：第一，该社演剧一举一动、一颦一笑，无不以剧本为之主任者，于未演之先数日，将剧本指令演员，悉心揣摩，不熟不止。故无临时指画，暨茫疏艰涩之弊。第二，表情非常周到，或嗔或喜或歌或泣，莫不宛然似真，能使观客恍如置身其间，不觉是伪，诚难得也。第三，布景绝佳，幕幕完备，唯布置微嫌濡延，致急性观客有不耐之消。第四，演员程度高尚，如陆吴蒋欧阳等，均曾留学东瀛，于新剧研究有素，故演时各人有各人之精彩，固非率尔操觚者比也。第五，每演一戏，能不失当时之真。[2] 对于"剧本"和"布景"的重视在这一阶段的评论中占据了主要位置，可以将此视为对于新剧"特性"的进一步认识。正如季子在《新剧与文明之关系》中说：

试观剧场布影无不以物质上之文明为竞争之粉本，而剧情表示则更利用社会心理无形感力，以期收引人入胜之奥妙。此新剧之所擅长，而记者之认为文明关钥者此耳。[3]

"新剧之所擅长"即是新剧"特性"之所在。所谓"剧评"之意义正于不经意间从这段话中显露出来：将真正之"新剧"从"似是而非之新剧"与"改头换面之旧剧"中拯救出来，并试图划出清晰的边界。

---

[1] 悼愚：《春柳之优点》，《剧场月报》1915年第3期。
[2] 同上注。
[3] 季子：《新剧与文明之关系》，《新剧杂志》1914年第1期。

二、"剧评"的文体自觉

"剧评"反映了新剧人士对于"话剧"的认识水准和认知过程,在对新剧的不断学习与掌握过程中,马二先生(冯叔鸾)在当时剧人中最有"剧评意识",其《啸虹轩剧话·叙言》如此表述:

> 曩刊剧谈三卷,颇多芜杂。盖新剧旧剧固截然两事,未可混同。自吾演艺于春柳,始能阐明兹义。故甲寅以来所为剧评,约有两要点。第一,严新剧旧剧之界限。旧者自旧,新者自新。一失本来便不足观矣。第二,严脚本结构与演员艺术之分别。脚本结构之美恶,是编戏者之责。演员艺术之优劣,是演戏者之责。不可并为一谈,遂张冠而李戴也……泛言剧理者,录为悬谈。就艺褒贬者,录为随评。颜曰剧话,用别于前此之剧谈。夫戏剧虽小道而与社会文化有密切之关系。文化愈盛,则其戏剧之组织亦愈益繁难。①

马二先生的这段叙言对于"剧评"而言意义重大:不仅包含对于"剧评"内涵与功能的明确认识,而且自觉到了作为"文体"的"剧评"之形式规定。"严新剧旧剧之界限"正说明要从"新旧不分"中辨识出新剧的面貌,确定"新剧之所擅长",此为"剧评"在当时最大之意义;而"严脚本结构与演员艺术之分别"正说明"剧评"要有的放矢,对一剧之不同构成部分要建立不同的评价标准,以此评论具体剧目的水准,方能将"剧评"的指引匡正功能落到实处。

其中,最重要的还是对于"剧评"的"文体自觉"。马二先生首先区分了两种"剧评":一为"泛言剧理",一为"就艺褒贬"。前者名曰"悬谈",其实相当于广义的"戏剧批评",后者名曰"随评",就是所谓"戏剧评论"了。马二先生的定义非常精准,对于"剧评"的文体界定是建设"剧评"的关键一步。

其次,以"剧话"区别于"剧谈",盖有以表正式之意。何为正式?除文体区分与建立的考量外,就是对"剧评"实际存在状况的反思。马二先生在《新剧不进步之原因》中谈到三点问题,其中第二条即"评剧者之盲于阿谀也":

> 大报纸剧评每在可有可无之列,间有一二家,偶一载之。率为敷衍应酬之

---

① 马二:《啸虹轩剧话·叙言》,《游戏杂志》1915年第18期。

作。至于小报纸，则更足有令人失惊者。主笔先生强半受佣于新剧馆为缮写员。姑勿论其观剧之眼光如何，评剧之学力如何，第此辈在剧馆中之位置，尚在演员之下，而仰剧馆主人及一般管事者之鼻息以为生活……吾尝谓今之各报所作剧评，只可谓之剧颂。盖有褒无贬一意称赞，非颂而何然。①

也就是说，剧评水平之所以差，一是缺少发表场域，二是剧评者地位低下，没有独立性。故在马二先生看来，所谓"剧评"，无非是"剧颂"而已。这就需要进一步分析早期剧评者的身份及知识来源与"剧评"内涵之间的关系了。早期剧人多出身于新式学堂，其中有部分人曾留学日本。徐半梅说："日本的剧场中，吸收了一部分中国学生，后来又造成了若干酷嗜日本新派剧的中国人。日后一般提倡中国话剧的人，大半出在这里头。"②那么，对于没有到过日本且有志于新剧的人士，他们的知识来源为何？徐半梅有亲身的体验：

我每月在虹口要买好几种关于戏剧的日本杂志，而文艺杂志中，凡载有剧本的，我也一定买回去，单行本的剧本，也搜罗的很多，世界著名的剧本，我也读过好几种，兰心大戏院每两三个月一次的Ａ·Ｄ·Ｃ剧团演出，我必定去做三等看客，躲在三层楼上欣赏。我还发现一处日本的小型剧场……我便常常去看，成了一个老主顾了。③

虽然在早期剧人中，已经有人意识到了"严新剧旧剧之界限"，但由于在知识结构上对于西方戏剧的了解多是经过日本这一二手渠道，所以对于"新剧自新"之本源的了解始终隔膜难消。而且，"新派剧"与小说之间关系颇深，日本"新派剧"的名作除模仿欧洲浪漫派戏剧之外，多是根据家庭小说改编的"家庭悲剧"，诸如《金色夜叉》《不如归》，等等。特别提出这一点，是为了说明在早期剧评中普遍存在的"批点小说"的行文与思维模式，与早期新剧人士的知识来源有很大关系，具体表现为按幕评点新剧。例如，在白蘋《评〈不如归〉》一文中，因该剧一共七幕，作者即按照幕之顺序逐段进行评说：

第三幕：送别一场，真妙到十二分，因现在之惨别，忆及从前之欢情，软语缠绵，销魂几许……噫，妾怨绘文之锦，君思出塞之歌，送君南浦，伤如之何。

---

① 马二：《新剧不进步之原因》，《游戏杂志》1914年第9期。
② 徐半梅：《话剧创始期回忆录》，北京：中国戏剧出版社，1957年，第11页。
③ 同上书，第22页。

痛矣痛矣。①

这种评论虽然态度堪称严肃，但显然不仅缺乏新剧的知识，更没有建立应该如何评论新剧的"新剧思维"，而仿佛是在品味小说。

在包天笑的《钏影楼回忆录》中，还勾勒出一幅当时的"剧评"生产的生态图景：

那时，时报上新添了一个附刊，唤作"余兴"（其时尚无副刊这个名称，申、新两大报，有一个附张，专载省大吏的奏折的），这余兴中，什么诗词歌曲、笔记杂录、游戏文章、诙谐小品以及剧话、戏考都荟萃其中……徐卓呆却常在"余兴"中投稿。卓呆和我是同乡老友，为了要给春柳社揄扬宣传，所以偕同陆镜若来看我了……春柳社所演的新剧，我差不多都已看过。每一新剧的演出，必邀往观，不需买票，简直是看白戏。但享了权利，也要尽义务，至少是写一个剧评捧捧场，那是必要的，也是很有效力的。②

"捧场"的心态恰恰是为马二先生所深恶痛绝的。但何以会有这种"捧场"的心态呢？"剧评"虽然不过是纸上世界，但与社会文化机制息息相关。马二先生已经认识到剧评的意义之重大，所以要"严新剧旧剧之界限"。换句话说，剧评不论是对于一剧水平之鉴别，还是对于整个新剧的发展，都有匡正指引之功。但剧评首先是一种"知识"，当时剧人关于新剧的知识素养、知识来源、理论水平、认识层次完全体现于其中。其次，"剧评"是一种"机制"，理想的状态应是整个新剧行业的有机组成部分，从事剧评的人本身应该具备相对独立的社会身份、中等以上的社会地位，并拥有相对独立的发表剧评的媒介场域。而这一主一客两方面的构造在1914年左右这一历史时期，对于"新剧"这一社会新生事物而言，远未成型。

徐半梅将早期从事新剧的人分为三类：从日本回国的留学生；从外埠慕名而来上海的献艺者；上海本地的热心戏剧者，他们的共同点是召集同志、成立剧团、四处演出，而他们的结果"都是失败的。又可以说，一出现就消灭，一个也

---

① 白蘋：《评〈不如归〉》，《戏剧丛报》1915年第1期。
② 包天笑：《钏影楼回忆录》，香港：大华出版社，1971年，第401—402页。

没成功"。① 新剧在此阶段整体意义上的失败，仅从"剧评"这一文体的意义上而言，其实象征着"知识范型"与"文化机制"的双重失败。也就是说，在以日本新派剧、本土传统戏剧及新旧小说为主要知识资源的新剧视野中，既无法完成剧评本身作为一种文体的建设，更无法通过剧评规范新剧本身；另一方面，缺乏能够令"剧评者"得以独立发言的"场域"与"机制"，使得剧评者不得不处于依附性生存状态之中，而造成一种捧场的游戏心态。因此，只有当"知识范型"发生转移与新的"文化机制"得以建立的条件下，剧评方能够真正"兴起"。

三、"知识范型"的转移

"五四"时期《新青年》关于新旧剧的论争，其实蕴藏着"知识范型"的转移。胡适提纲挈领，"易卜生的人生观只是一个写实主义"，对新剧发展方向具有规定性意义。而"悲剧的观念，文学的经济——都不过是最浅近的例，用来证明研究西洋戏剧文学可以得到的益处"就从整体取向上预示着"知识范型"的转移。② 欧阳予倩认为当时的剧评有三大弊端：第一条就是"缺乏社会心理学、伦理学、美学、剧本学之知识，剧评本身的技术手段和批评方法多不完全"。③ 文明戏出身的陈大悲在《爱美的戏剧》"编述底大意"中说：

我编这部书的材料，多半是从雪尔敦陈霓底《剧场新运动》(Sheldon Cheney's *The New Movement in the Theater*)，艾默生泰勒底《爱美的舞台实施法》(Emerson Taylor's *Pratical Stage Directing for Amateurs*)，威廉兰恩佛尔泼底《二十世纪的剧场》(William Lyon Phelp's *The Twentieth Century Theater*) 等几部书里取得来的，其余还有四五种参考的书。我起先原想专译《爱美的舞台实施法》，因为这部书专为美国人而作，与中国情形很多不合，不如拿人家先进国底戏剧书做基础，编一部专为中国人灌输常识而且可以眼前实用的书，比较的有些收获的希望。④

---

① 徐半梅：《话剧创始期回忆录》，第 28 页。
② 胡适：《易卜生主义》，《新青年》1918 年第 6 期。
③ 欧阳予倩：《予之戏剧改良观》，《欧阳予倩文集》，第 295—298 页。
④ 陈大悲：《爱美的戏剧》，北平：晨报社，1922 年，第 10—11 页。

由此可明显发现新剧的"知识范型"从日本资源向欧美资源的转向。而知识范型转向"欧美资源"的优势主要体现于：一是直接从新剧的源头取法，通过留学西洋或阅读西文原著进入欧美戏剧的语境之中，减轻误读程度；二是就专业知识的系统性而言（譬如洪深在美国哈佛师从贝克学习戏剧），欧阳予倩所谓的各种知识的缺乏，特别是关涉剧评的"技术手段"与"批评方法"，在以欧美戏剧资源为取向的"知识范型"下，能够得到较大程度的弥补。这种弥补大致表现在三个方面：

　　第一，从20世纪20年代开始，肇始于《新青年》的"易卜生专号"，形成了翻译（改译）西方戏剧剧本及戏剧理论的热潮。从1917—1924年，26种报刊、4家出版机构共发表、出版了翻译剧本170余部，涉及17个国家70多位剧作家。①

　　第二，从这一时期开始，主要大学的外文系逐步走向完善（譬如北大、清华、东南大学），且均以欧美语言及文学为主要专业规划。在课程设置上已开设系统的西方文学史（含戏剧）、某一时段的戏剧史及专人研究（如莎士比亚）等课程。②

　　第三，以胡适、宋春舫、洪深、熊佛西为代表的留学欧美之学人，在专业的系统学习与研究上，远远超过了留日学人。倡导者的知识素养与视野在专业上往往具备方向性的决定意义。这批人回国后又长期执教于国内高校，遂在专业知识

---

① 参见张文静：《略论"五四"时期外国戏剧的翻译》，《西北农林科技大学学报》2009年第3期；周学普：《近代剧研究参考书》，《戏剧》1921年第6期，文中所列皆为欧美戏剧研究著作，共28种。田禽：《中国戏剧运动》，商务印书馆，1944年，据该书第八章"三十年来戏剧翻译之比较"中记载：从1908—1938年，总共出版了387册翻译的剧本。其中日本剧本84册，即翻译自欧美的剧本共303册。
② 国立北平大学文学院外国语言文学系课程一览：《戏剧选读》，潘家洵主讲，学分六；《莎士比亚》，梁实秋主讲，学分六；《欧洲戏剧史》，赵诏熊主讲。国立中央大学外国文学系课程：《英文戏剧》，三年级必修；《莎士比亚》，四年级必修；《现代戏剧》，三、四年级选修；《希腊悲剧》，三、四年级选修。国立武汉大学外国文学系课程：《戏剧入门》，袁昌英主讲；《莎士比亚》《希腊悲剧》，方重主讲，此两门为选修课。私立光华大学文学院英文系三、四年级必修课程：《莎士比亚》《诗学》；选修课程：《欧美现代戏剧》。私立金陵大学外国文学系课程：《英文戏剧》《莎士比亚戏剧》《现代英文戏剧》，均为三学分。参见张研、孙燕京主编：《民国史料丛刊——文教·高等教育》，郑州：大象出版社，2009年，第1063、1082、1095、1093、1085页。

领域形成"制度化传播"。另一方面,报纸的副刊逐渐为新文学人士所掌握。因为拥有相对自主的发言场域,所以马二先生对剧评"率为敷衍应酬之作"的批评,可以得到很大改观。由于早期新剧人士生存状况并不理想,往往呈现出一副混迹江湖的景象。而随着大学、报刊、出版机构等制度的逐步完善,相对独立的知识者阶层在20世纪20年代开始成型,新文化人依托于此,职业身份与地位攀升于社会中上层,生活趋于稳定。[①]"仰剧馆主人及一般管事者之鼻息以为生活"的境况基本消失了。与此相呼应:新剧从整体走向上在这一时期从"市场"退回"校园",目的也是重新寻找立足之基础。

余上沅在《晨报》创刊四周年纪念专号上说《晨报》"在促进'新中华戏剧'的实现上,他确是一员猛将"。[②]重点不是"新中华戏剧",而是余上沅把握到的这样一层关系,表现在本文的语境中即是:当知识者有了独立发言的场域,"剧评"文体、功能及意义的完善才能真正得到落实。陈大悲与熊佛西在《晨报副刊》上先后有两篇指涉剧评本身的文章。陈大悲论述的焦点在于"剧评家主体"的塑造:

> 戏剧是偏重感情的,而批评戏剧的人却不可偏重感情……换句话说,评剧家进了剧场,预备为舞台上演的那出戏作批评时,先应当把自己从听众所乐处的情网中解放出来,精确锐利的眼光透进剧本与演作底骨子去,探出他们底有力处与弱点来,然后很谨慎很忠实的下自以为最公正的批评。[③]

对于"剧评者"在戏剧整体中的位置,陈大悲亦有论述:

> 评剧家既与编剧家与演剧家在剧场中三权鼎立,同为剧场中不可少的分子,他为艺术经受的苦难当然与编剧家与演剧家相等……因为艺术的进步是有赖于艺术的批评家的……这个指路破迷的责任是要头脑清醒不为情感所困和具客观的眼

[①] 参见竹元规人:《1930年前后中国关于"学术自由""学术社会"的思想与制度》,《学术研究》2010年第3期。文中说:对于学术研究来说,1928年到1937年的近10年是近代以来比较稳定的发展期,所谓"胡适派"学人是1930年前后中国学术界的中坚,虽然有些对立的学人和学派,但他们能够吸引、提拔学生,动用国内外的种种学术资源,推动学术研究,影响力还是最大的。另参见章清:《民初"思想界"解析——报刊媒介与读书人的生活形态》,《近代史研究》2007年第3期。
[②] 余上沅:《晨报与戏剧》,《晨报副刊》1922年12月1日。
[③] 陈大悲:《关于剧评的我见》,《晨报副刊》1922年2月23日。

光的评剧家去负的。①

而对于"剧评家"的"知识标准",熊佛西侧重谈道:

戏剧批评家必须懂剧本,必须懂表演,懂背景,懂音乐,懂跳舞雕刻建筑以及其他一切与戏剧有关系的艺术……其次,他对于戏剧史亦应有系统的研究。末了最要紧的是他自己必须有他自己的主张。还有,他必须富有同情心和公正心。所以一个戏剧批评家不是一个无聊的捧角者或专事攻击他人的人。他是戏剧界的哲学家,理论家,历史家。他与创作家或与其他的艺术家有同样的地位。②

合而观之,理想的"剧评家"应由两方面构成。第一是批评的德性:理性与公正。第二是批评的能力:知识和主张。也就是说,剧评家主体的塑造是解决问题的关键。那么,能够塑造出理想的剧评家的社会文化机制是什么呢?从宏观角度言之:话剧进入现代专业教育体系的历史过程,即是提高与完善话剧从业者知识水准与人格素养的历史过程。从微观角度言之:作为"知识系统"的戏剧专业课程设置进入大学教育体系,使得剧评家主体的塑造具备了完成的可能。

四、话剧"剧评"之"成型"

"评论"的专业与非专业的基本区分,就在于"批评的德性"和"批评的能力"。从某种意义上讲,知识的系统性与发现知识的相关联性,往往决定了主张的高下。因此,本文将"剧评"在中国真正成型的标志定为李健吾评论《雷雨》文章的发表(文章名为:《〈雷雨〉——曹禺先生作》)。李健吾评论《雷雨》的文章初刊于《大公报》(1935年8月31日),后收在《咀华集》中(1936年)。③ 作为文体的"剧评"之所以在李健吾的笔下堪称"成型",可从批评家主体塑造与社会文化机制两个方面分而言之。

许纪霖将1949年之前的知识分子划分为三代:晚清一代、"五四"一代、后"五四"一代。其中后"五四"一代又可以分为前后两批:前一批出生于1895—

---

① 陈大悲:《关于剧评的我见》。
② 熊佛西:《论剧评》,《晨报副刊》1927年3月26日。
③ 刘西渭:《〈雷雨〉——曹禺先生作》,《咀华集》,上海:文化生活出版社,1936年,第115页。

1910年之间，后一批出生于1910—1930年之间。李健吾出生于1906年，恰恰属于后"五四"一代的前一批人。这一代人的特点是：

> 他们在求学期间直接经历过五四运动的洗礼，是五四中的学生辈（五四知识分子属于师长辈），这代人大都有留学欧美的经历，有很好的专业训练。如果说晚清与五四两代人在知识结构上都是通人，很难用一个什么家加以界定的话，那么这代知识分子则是知识分工相当明确的专家……五四一代开创了新知识范型之后，后五四一代作出了一系列成功的范例，三四十年代中国文学和学术的高峰主要是这代人的贡献。①

之所以如此，根本原因就在于随着"现代教育"在近代中国的逐步完善，李健吾这一代知识分子恰恰是"现代教育的典型产物"。观察李健吾的教育经历：受教于清华大学外文系、热衷于校园戏剧活动、留学法国研究福楼拜与莫里哀，使得李健吾在现代大学这一体系内完成了"批评主体"的塑造。② 在清华大学外文系的课程设置上，专门的戏剧类课程有《戏剧概要》《莎士比亚集》《近代戏剧》。还有《世界文学》一课，亦会涉及大量戏剧知识，更不用说清华图书馆以收藏大量西方戏剧原著而闻名学林。③ 在课程设置上将戏剧作为知识进行教授，不仅使戏剧成为学术研究的对象，而且推动了戏剧观念的更新，这一点对爱好戏剧的受教育者极为关键。另外，清华相对频繁的戏剧演出活动，令担任过清华戏剧社社长的李健吾有机会与戏剧实践保持接触，养成"专业感觉"。留法求学期间，李健吾更是受到了法国印象主义批评大家法朗士的较大影响，这一影响在相当程度上渗透到了李健吾的批评风格之中。正如李健吾自己所言，倘若不是系主任王文显知道他热爱戏剧，留他做外文系的助教，留法的机会恐怕不会轻易降临。④

---

① 许纪霖：《20世纪中国六代知识分子》，《另一种启蒙》，广州：花城出版社，1999年，第81页。
② 韩石山：《李健吾传》，太原：山西人民出版社，2006年，第42—71页。
③ 参见清华大学校史研究室：《1924—1925年的课程表》，《清华大学史料选编·第一卷》，北京：清华大学出版社，1991年，第316—317页；清华大学校史研究室：《外国语文学系概况》，《清华大学史料选编·第二卷（上）》，北京：清华大学出版社，1991年，第313页；另参见龚元：《中国现代话剧史上的"清华传统"》，《戏剧艺术》2012年第3期。
④ 寇显：《李健吾散文选集》，天津：百花文艺出版社，2004年，第215—217页。

由此可见，新剧以"爱美"自居，水准固然难免幼稚粗率，但由市场退回校园，在学校（尤其是大学）这一社会文化机制中，凡有志于新剧的学子在知识结构和人格素养上能够得到大幅度的提升，这一点至关重要。

从"批评的德性"而言，李健吾在《咀华二集·跋》中说：

一个批评者有他的自由。他不是一个清客，伺候东家的脸色；他的政治信仰加强他的认识和理解，因为真正的政治信仰并非一面哈哈镜，歪扭当前的现象……他明白人与社会的关联，他尊重人的社会背景；他知道个性是文学的独特所在，他尊重个性。他不诽谤，不攻讦；他不应征。属于社会，然而独立。①

这种"独立意识"的出现不仅能够显示出"批评主体"所受教育的类型和程度——以欧美自由主义传统为宗旨的高等教育，更表明批评主体能够从该教育体系中获得客观的、较高的社会地位，由此在一定程度上保障了其个性的伸张。

从"知识和主张"而言，李健吾在评论《雷雨》一文中有两处最见知识含量：一为"作者运用两个东西，一个是旧的，一个是新的，新的是环境和遗传，一个十九世纪中叶以来的新东西；旧的是命运，一个古已有之的旧东西"。另一为"作者隐隐中有没有受到两出戏的暗示？一个是希腊欧里庇得斯（Euripides）的 Hippolytus，一个是法国拉辛（Racine）的 Phèdre，二者用的全是同一的故事：后母爱上前妻的儿子"。②

知识含量说明批评者对于戏剧的研究程度，这样就可以将对一部剧作的评论放置在整个戏剧史的背景下进行考量，从而有利于做出正确的判断。而从主张来看，"人性探索"与"艺术本位"是李健吾批评一以贯之的标准，欧美经典戏剧（亚里士多德式）是李健吾的衡量尺度。所以，李健吾不仅关注人物性格的塑造，"《雷雨》里最成功的性格，最深刻而完整的心理分析，不属于男子，而属于妇女"。③而且，李健吾对于戏剧整体结构的敏锐观察更是体现出了他对于"情节整一性"的自觉把握：

我引以为憾的是，这样一个充实的戏剧性人物，作者却不把戏全给她做……

---

① 李健吾：《咀华二集·跋》，《咀华集·咀华二集》，上海：复旦大学出版社，2005年，第184页。
② 刘西渭：《〈雷雨〉——曹禺先生作》，《咀华集》，第116—121页。
③ 同上书，第120页。

作者如若稍微借重一点经济律，把无用的枝叶加以删削，多集中力量在主干的发展，用人物来支配情节，则我们怕会更要感到《雷雨》的伟大。①

这种判断力只有以"知识与主张"为底蕴才能作出，是真正意义上的"专业剧评"。陈大悲与熊佛西在《晨报副刊》上对于真正剧评家的"召唤"在李健吾这里实现了。可在李健吾专业的剧评背后，必须要看到在当时的北平，以大学建制为依托，以报纸副刊为场域，形成了一个批评家群体，而李健吾不过是其中之一罢了。

有学者论证"中国现代文学批评史上的清华学派"，说明在1930年代前后，以叶公超编辑的后期《新月》《学文》等刊物为发言场域，以清华大学外文系为核心群体（涵盖北京大学、燕京大学等校师生），形成了一个批评流派，他们的特点是教养深厚、谙熟西学、强调作品的审美特性、注重批评的独立个性，并且实在地掌握了一批有影响力的报纸副刊，通过评论、出版、评奖等活动体现自身的影响力。② 所以，作为"个体"的李健吾的"剧评"之成熟，离不开作为"文化机制"的"学院力量"（即现代教育体系）之培育和依托。换句话说，"文体"背后有"制度"，作为"文体"的剧评与作为"机制"的剧评是互为表里的关系：前者是批评家的"个人制作"，后者是批评家的"运作场域"。唯有两者结合，才能使剧评产生效果。这种效果从表面观之，表现为对于具体作品的品评与指点；但究其实质，其实是"解释的权力"。而哪一种解释最终能成为"定评"，就要看哪一种文化机制最终成为"定制"了。

洪深说："要晓得，在大学里学戏剧，所重的是理论与文学。"③ "理论与文学"的功底正是撰写剧评的基础，而"在大学里学"恰恰体现了文化机制的作用。倘若不是顶着"美国留学的戏剧专家"（明星广告部介绍洪深语）这一闪亮的头衔，洪深对于"新戏""文明戏""爱美剧"与"话剧"的区分，就不会有裁断的权威。在1928年一次戏剧人士聚会上，经田汉提议，由洪深定名"话剧"这一故事充分说明：现代教育制度使洪深获得了"象征资本"，而洪深则充分将

---

① 刘西渭：《〈雷雨〉——曹禺先生作》，《咀华集》，第123—125页。
② 张丽琴：《中国现代文学批评史上的清华学派》，《清华大学学报》2011年第1期。
③ 洪深：《我的打鼓时期已经过了吗》，孙青纹：《洪深研究专集》，杭州：浙江人民出版社，1986年，第241页。

此"象征资本"转化为一整套体系性的评论话语,建构了"从中国的新戏说到话剧"的、以西方近代写实剧为主流导向的理想秩序及价值标准。譬如,"剧本是戏剧的生命","现代话剧的重要,有价值,就是因为有主义。对于世故人情的了解与批评,对于人生的哲学,对于行为的攻击或赞成",等等。①

由此而言之:中国话剧"剧评"逐步建构的过程,即是"新剧"逐步划清自身与他者的文类边界、蜕变为"话剧"的历史过程。"戏剧"(包括"话剧"在内)作为"知识"进入现代教育体系,就必然意味着将被那些掌握"知识"的知识人重新定义与规划,而这一定义与规划的历史性表现形式之一正是:"剧评"文体之兴起与成型。

---

① 洪深:《从中国的新戏说到话剧》,孙青纹:《洪深研究专集》,第176—177页。

刘西渭的《咀华集》[1]

司马长风

三十年代的中国有五大文艺批评家，他们是周作人、朱光潜、朱自清、李长之和刘西渭，其中以刘西渭的成就最高。他有周作人的渊博，但更为明通。他有朱自清的温柔敦厚，但更为圆融无碍。他有朱光潜的融汇中西，但是更为圆熟。他有李长之的洒脱豁朗，但更有深度。

刘西渭（1906—1982），山西安邑人，乃名剧作家李健吾的笔名，清华大学外文系毕业。曾在母校任助教，中国文学研究会会员。后赴法国留学，1933年返国。先后任上海暨南大学、中法剧艺学校、清华大学教授。抗日战争时期留在上海，以坚不从敌遭日本宪兵队逮捕。战后与郑振铎合编《文艺复兴》月刊，并在上海市立实验戏剧学校（校长熊佛西）任教。1949年后留在大陆。

李氏早在中学读书时代即开始向报刊投稿。1924年，他18岁，所发表的《终条山的传说》被鲁迅选入《中国新文学大系·小说二集》。并力赞文采"绚烂"。李氏的小说著作有《西山之云》（1928，北新）、《坛子》（1931，开明）、《心病》（1933，开明）及《使命》等。文学批评则有《福楼拜评传》（1935，商务）、《咀华集》（1936，文化生活）、《咀华二集》（1941，文化生活）、《咀华余集》等。咀华一、二两集所录各文，皆写于30年代，见解宏富，文笔优美，为文学批评的典范。

当刘西渭执笔写文学批评的年代，正是左翼作家盘踞上海喊杀喊打的时期。在那凄厉的风暴里，平心静气地鉴赏作品，讨论艺术，即被认为是一种不赦的罪恶，如果没有真知灼见，孑然独立的勇气，《咀华集》便无从产生；那样的话，

---

[1] 选自司马长风：《中国新文学史·中卷》第二十四章，香港：昭明出版社，1978年。

文坛该多寂寞!《咀华集》的《跋》对当时的批评感怀良深:

"……由于我厌憎既往(甚至于现时)不中肯,然而充满学究气息的评论或者攻讦。批评变成一种武器,或者等而下之,一种工具。句句落空,却又恨不得把人凌迟处死。谁也不想了解谁,可是谁都抓住对方的隐慝,把揭发私人的生活看作批评的根据。大家眼里反映的是利害,于是利害仿佛一片乌云,打下一阵暴雨,弄湿了弄脏了彼此的作品。于是批评变成私人字句的指摘,殊不知字句属于全盘的和谐,私人有损一己的德……"

那正如沈从文所说的,批评变成了"精巧的对骂"。其实那已不是批评,而是赤裸裸的咒诅。批评死亡了,文学也死亡了!再看他的正面的态度:

一个批评家是学者和艺术家的化合,有颗创造的心灵运用死的知识。他的野心在扩大他的人格,增深他的认识,提高他的鉴赏,完成他的理论。创作家根据生料和他的存在,提炼出来他的艺术;批评家根据前者的艺术和自我的存在,不仅说出见解,进而企图完成批评的使命,因为他本身也正是一种艺术。批评最大的挣扎是公平的追求。但是,我的公平有我的存在限制,我用力甩掉我深厚的个性(然而依照托尔斯泰,个性正是艺术上成就的一个条件),希冀达到普遍而永久的大公无私。这些是刘西渭的见解,也是他的信条。

刘西渭的文学批评,所以出类拔萃,由于下列几点因素:

一、严格地说,到了刘西渭,中国才有从文学尺度出发的,认真鉴赏同代作家和作品的批评家。在他之前只有周作人偶一为之,而且零零星星,除了评郁达夫的"沉沦"那一篇以外,其他如为废名(冯文炳)、俞平伯、刘半农等人作品所写的序,多半是奖掖的话,或借机发表自己的文学见解,很少认真、具体、深入地品鉴作品。鲁迅、茅盾等人虽写了不少批评,但都是以社会目标、政治尺度干预文学;再如赵景深,虽发表了很多批评文字,但多浅尝辄止,随便谈谈,褒多贬少,也就缺乏批评的意义了。

中国人本来特别爱体面,认真批评原极困难;而在漫天骂战的气氛中,批评又最容易招惹是非。在这种情势下,出现了像刘西渭这样严肃的文学批评家,真令人既惊且喜。

二、刘西渭的文学批评,的确做到是是非非严正不苟的精神,而且"用不着谩骂,用不着誉扬",就文学论文学,就作品论作品。在他的批评中我们洞见了同代两大作家茅盾和巴金作品的缺陷,也透识了沈从文和废名作品的真价。不过,他的态度诚恳,语气委婉,流露传统的温柔敦厚,使被批评者不感难堪;使第三者心悦诚服。

试看他批评萧军的《八月的乡村》:

"毁灭给了一个榜样。萧军先生有经验,有力量,有气概,他少的只是借镜。参照法捷耶夫的主旨和结构,他开始他的八月的乡村。然而毁灭的影响——犹为萧军先生所谓'起始从事写作的人所不能逃避的'良好的影响——并不减轻八月的乡村的重量。没有一个人能孤零零创造一部前不把天后不把地的作品。我们没有一分一秒不是生活在影响的交流。影响不是抄袭,而是一种吸收……"

再看他批评曹禺的《雷雨》:率真地指出"在《雷雨》里面,作者运用(无论他有意或无意)两个东西,一个是旧的,一个是新的:新的是环境和遗传,一个十九世纪中叶以来的新东西;旧的是命运,一个古已有之的旧东西"。道破雷雨的基本思想。又指出"鲁大海写来有些不近人情……我们晓得他十年了,没有回家看看他生身的母亲。无论怎样一个大义灭亲的社会主义者,也绝不应该灭到无辜的母亲身上"。又指出《雷雨》过分注重情节、舞台效果。结论则说:

"……《雷雨》虽有这种倾向,仍然不失为一出动人的戏,一篇具有伟大性质的长剧。作者卖了很大的气力,这种肯卖气力的精神,值得我们推赏,这里所卖的气力也值得我们敬重。作者如若稍借重一点经济律,把无用的枝叶加以删削,多集中力量在主干的发展,用人物来支配情节,则我们怕会更要感到《雷雨》的伟大……"

一方面极严正,一点也不放松艺术的尺度;一方面又极体贴作者的甘苦,以温恭的同情来表述批评的见解。给中国文学批评树立了光辉的典型。

三、品鉴的作品,遍及各种文艺作品。以"咀华"一、二两集来说,批评了曹禺、夏衍等的戏剧,何其芳、陆蠡等的散文,卞之琳、朱大柟等的诗,沈从文、芦焚等的小说。没有另外一位作家,耐心地品鉴这么多不同种类的作品。换句话说,再没有一个批评家,像刘西渭这样关切同时代的作品,耐心地埋头于吃力不讨好的工作。这一点突出了他的孤寂——入地狱的精神,以及对新文学的忠心耿耿。再进一步说,没有刘西渭,三十年代的文学批评几乎等于空白。

四、常听到人说,文学批评也应是一种艺术的创作。读了刘西渭的批评文学，才相信确有其事。他写的每一篇批评，都是精致的美文。

当巴金读过刘西渭对爱情三部曲《雾·雨·电》的批评，忍着火，冒着烟，提笔答辩时仍忍不住赞叹："当你说：'雾的对象是迟疑，雨的对象是矛盾，电的对象是行动'，那时候你似乎逼近了我的'思想的中心'，但一转眼你就滑过去（好流畅的文笔！真是一泻千里，叫人追不上！），再一，你已经流到千里以外了，我读你的文章，我读一段我赞美一段……"在这里不如随手摘一段，请读者自己品尝：

"乔治·桑是一个热情的人，然而博爱为怀，不唯抒情，而且说教。沈从文先生是热情的，然而他不说教；是抒情的，然而更是诗的……《边城》是一首诗，是二佬唱给翠翠的情歌。《八骏图》是一首绝句，犹如那女教员留在沙滩上神秘的绝句……"

老实说，读刘西渭的批评文章，比读叶绍钧、郑振铎、茅盾诸人所写的美文更感舒畅。他的文笔仅有冯至可以媲美。

五、严肃地衡量作品，不顾作者的地位高低，也不顾俗论的毁誉。因此他发掘和彰显了很多无名的后进。例如有人批评他的《咀华集》说道："共有十七篇文章，被批评的作者是十一二个，这些作家除巴金例外，其余都是不被社会文艺界人们所注意的。"

《咀华集》所批评的作家计有巴金、沈从文、废名、罗皑岚、林徽因、萧乾、蹇先艾、曹禺、卞之琳、李广田、何其芳、张天翼。当他批评《雷雨》时，几乎没有人注意曹禺这个人。何其芳、卞之琳等又何尝不然。还有，沈从文当时虽已是全国知名的大作家，但在左派作家是"眼中钉"，真恨不得把他"凌迟处死"；可是刘西渭在他的《咀华集》里，则给予最高的评价。对任何作家，他都有褒有贬，唯有对于沈从文几乎褒而不贬。他自己是清华大学的高才生，并游学法国，中西学问已臻通透圆熟，在文学上是阅尽沧海的人，他自己的创作才华连倔强的鲁迅都击掌喝彩，可是对于沈从文这个仅读四年书，当兵出身的乡下人，竟由衷赞赏，推崇备至。《咀华》一、二两集共计十七篇文章，竟有三篇文章评论沈从文，除了《边城》是专评沈从文外，在评芦焚的《里门拾记》、萧乾的《篱下集》时，也都以相当篇幅谈论沈从文。试看当他批评芦焚时，对沈从文的赞叹：

这下血本的生意，沈从文先生做得那样轻轻松松，不时叫我们想起布洼鲁

（Boileau）那句格言："容易的诗，艰难地写。"他卖了老大的气力，修下一条绿荫扶疏的大道，走路的人不会想起下面原是坎坷的崎岖。我有时奇怪沈从文先生在做什么。每次读着他的文章，我不由记起福楼拜的野心："想把诗的节奏赋与散文（仍叫他散文极其散文）叙写通常的人生。"问问沈从文先生的读者，为什么那样连灵魂也叫吸进他的文章？为什么？因为沈从文先生的底子是一个诗人。

在评萧乾的《篱下集》时，一开头就谈沈从文的题记，接着谈到《边城》：

我们必须承认，这是他作品里面自来表现的人生观的透闻的启示。如《边城》，这颗精莹的明珠，我们看完思索的时候，我们便要觉出这段启示的真诚和分量。

他不但以中国的文学尺度品鉴《边城》，并且以国际文学的尺度来衡量。他竟说：

"例如巴尔扎克（Balzac）是个小说家，伟大的小说家，而严格的论，不是一个艺术家，更遑论乎伟大的艺术家……然而福楼拜，却是艺术家的小说家……"

沈从文先生便是一个渐渐走向自觉的艺术家的小说家。

这显露刘西渭海阔天高的胸襟，知人解文的智慧，庄严光辉的谦恭；同时也显露了沈从文和《边城》的真价！他这些话，将永远照耀现代文学史。

另外还有一个，一提起来左翼分子就火遮眼的作家废名，很少人了解他，更少人欣赏他；刘西渭也特予表彰，因为废名的作品最具个性。

在这里谨录他一段嘉言，作为对这位独步文坛的大批评家的礼敬。

一个批评者有他的自由……他的自由是以尊重人之自由为自由。他明白人与社会的关系，他尊重人的社会背景；他知道个性是文学的独特所在，他尊重个性。他不诽谤，他不攻讦，他不应征。属于社会，然而独立。

被遗忘的《咀华二集》初版本[①]

魏 东

20世纪三四十年代，李健吾或以笔名刘西渭或以本名写下了一批灵动飞扬的文字，结集成《咀华集》《咀华二集》，交付上海文化生活出版社出版。这两部集子早已因其新颖的架构、精到的结论、别致的文字名动文坛，成为中国现代文学批评的经典之作。直到如今，咀华篇章依然是一个令人神往的存在，一个很难企及的高度。

《咀华集》出版于1936年12月，收入巴金主编的"文学丛刊"第三集，出版后大受欢迎，一再重印。《咀华二集》有两个版本，初版本1942年1月出版，收入"文学丛刊"第七集，再版于1947年4月。《咀华二集》初版本流传甚少，通常见到的是其再版本。研究者往往忽略了两者的区别，误以为再版本只是个重印本，在征引时想当然，不加区分地一律标示为1942年1月版。这种习焉不察的状况一直到2005年才先后有两篇研究文章提出质疑。[②] 由此，近乎被遗忘的《咀华二集》初版本才得以重回读者的视野。

《咀华二集》初版本缘何流传甚少呢？据李健吾的妻子尤淑芬回忆，1945年，日本宪兵到家搜捕李健吾的时候，搜到了一些藏书，此外还"搜查了文化生活出版社，抄走了全部成书的《咀华二集》和所有的文学丛刊"[③]。李健吾在散文

[①] 原载《中国现代文学研究丛刊》2008年第6期。
[②] 参见拙作《〈咀华二集〉版本考》，《山西文学》2005年第5期，亦收入笔者硕士论文《"咀华"之旅——李健吾的文学批评历程》附录，略有增补，上海：华东师范大学图书馆，2005年7月；汪成法：《李健吾〈咀华二集〉出版时间质疑》，《博览群书》2005年第10期。两篇文章都注意到了再版本收入的文章包括了1942年以后的三篇，由此对《咀华二集》出版时间提出质疑。惜乎未见初版本，基本上都停留在猜测与想象的层面上。
[③] 淑芬：《重印后记》，刘西渭：《咀华集》，广州：花城出版社，1984年，第160—161页。

《小蓝本子》中也确认《咀华二集》"被敌伪没收"①。在《陆蠡的散文》中，李健吾也提到1942年4月12日"文化生活社被抄，没收全部新旧《文学丛刊》"②。

最近，在国内知名的孔夫子旧书网上惊现《咀华二集》初版本，恰好由一位朋友拍得，笔者亦有幸近水楼台先得月，得窥一直存于想象中的初版本之全貌，解了不少先前的疑惑。笔者硕士论文做的是李健吾的文学批评，在资料方面唯一耿耿于怀的就是这一版本问题，如今真相大白，实在是兴奋莫名。看来，我与健吾先生还是大有缘分的。

从初版本到再版本，初版本扮演了一个过渡性的角色，由于上述原因，亦成为一个被遗忘的版本，再版本才被视为定本，甚至是唯一的本子。在没有见到初版本之前，依据再版本我推测它可能是一本非常薄的小册子，当时即惊讶于其出版的仓促。其实，上世纪80年代李采臣为李健吾编选的《李健吾文学评论选》收入了三个版本（《咀华集》《咀华二集》初版本、再版本）的绝大多数文字，两位李先生肯定是知道初版本的存在的，只是我们这些后来者不知情而已，由此还引来一些额外的猜想。③

---

① 李健吾：《小蓝本子》，《切梦刀》，上海：文化生活出版社，1948年，第84页。但他亦提到日本宪兵"从家里搜到的不是大成问题的《咀华二集》，乃是这个久已被我冷淡的手册"，即读书笔记"小蓝本子"（第82页）。
② 刘西渭：《陆蠡的散文》，《咀华二集》，上海：文化生活出版社，1947年，第149页。
③ 李健吾：《李健吾文学评论选》，银川：宁夏人民出版社，1983年。李先生在该书《后记》中说这本选集"收的大多是三种版本的全部文字"（第334页），这句话并不全对，或许是另有《李健吾戏剧评论选》（北京：中国戏剧出版社，1982年）的缘故，这个选本未收入论乙曹禺、夏衍、茅盾等人戏剧的文章；亦未收入《悭吝人》《福楼拜书简》《欧贞尼·葛朗代》《致宗岱书》以及《咀华二集》初版本的跋语；他所说的"三个版本"当指的是《咀华集》以及前后两版的《咀华二集》。不过有学者疑心除《咀华集》《咀华二集》外还有一部《咀华记余》。关于《咀华记余》是否成书，一直是人言言殊。李健吾的女公子李维永先生说李健吾在世时曾说他除了大家常用到的《咀华集》《咀华二集》外，另外还有一个薄本《咀华余集》；香港文学史家司马长风在其《中国新文学史》（香港：昭明出版社，1978年）中也认为有这本书；吴泰昌在回忆文章《听李健吾谈〈围城〉》中提到李健吾编有一本《咀华余集》（《我认识的钱锺书》，上海：上海文艺出版社，2005年）；不过，韩石山先生在《李健吾传》（太原：山西人民出版社，2006年）中考证甚详，他认为李健吾写过，想写成一本书，却没有写完。比较而言，韩先生的说法是可信的。"咀华"乃健吾先生文学批评的精魂，是一辈子的坚持与牵挂，除却"咀华记余"的吉光片羽，健吾先生在晚年亦有重开"咀华新篇"的打算，可惜天不假年，只留下《重读〈围城〉》《读〈新凤霞回忆录〉》以及《读本·琼森〈悼念我心爱的威廉·莎士比亚大师及其作品〉》（前两篇载《文艺报》1981年第3（转下页）

初版本与我先前的想象存有明显的差异。初版本署名李健吾，依照《咀华集》的先例以及"咀华"文章结集前通常的署名，当是刘西渭更符合惯例。况且再版本亦署刘西渭。全书篇幅292页，近于《咀华集》以及再版本的一倍。全书分为四类：甲类，《朱大枏》《芦焚》《萧军》《叶紫》《夏衍》及其附录《关于现实》；乙类，《悭吝人》《福楼拜书简》《欧贞尼·葛郎代》《恶之华》；丙类，《旧小说的歧途》《韩昌黎的〈画记〉》《曹雪芹的〈哭花词〉》；丁类，《假如我是》《自我和风格》《个人主义》《情欲信》《关于鲁迅》《致宗岱书》《序华铃诗》。

各篇刊发情况大致如下：

《朱大枏》，写于1931年，是在亡友逝世近一年后，再版时易名《朱大枏的诗》，原刊于何处不详；

《芦焚》，原题为《读里门拾记》，刊于《文学杂志》第1卷第2期，1937年6月1日，再版时易名《里门拾记——芦焚先生作》；

《萧军》，原题为《萧军论》，刊于《大公报·文艺》（香港）第544、545、546、547、550、551期，1939年3月7、8、9、10、13、14日，再版时易名《八月的乡村——萧军先生作》；①

《叶紫》，原题为《叶紫论》，刊于《大公报·文艺》（香港）第809、810、811期，1940年4月1、3、5日，再版时易名《叶紫的小说》；

《夏衍》，原题为《夏衍论》，刊于《大公报·学生界》（香港）第267期，

（接上页）期，后一篇载《文艺报》1981年第10期，均署名李健吾，详见吴泰昌《"熟人的文章有时也很难写"》，《新民晚报·夜光杯》2005年10月8日）。

① 《萧军论》收入《咀华二集》再版本时没有注明写作时间，后来出版的《李健吾创作评论选集》（北京：人民文学出版社，1984年）中亦没有注明，而在《李健吾文学评论选》（银川：宁夏人民出版社，1983年）中则注明"1935年"，参照文章内容可知，这个时间明显错误，因为文章讨论的虽是《八月的乡村》（上海：容光书局，1935年），但同时也提到萧军的另外两部短篇小说集《羊》（上海：文化生活出版社，1936年）和《江上》（上海：文化生活出版社，1936年）。同样的错误也出现在《咀华集》中评论《篱下集》和《城下集》的文章中，原版本中前者没有标明写作时间，后者仅注明"五月十二日"，但在宁夏版中前者标明"一九三五年"，后者标明"一九三五年五月十二日"，这两个时间都错了，它们都写于1936年。宁夏版《李健吾文学评论选》处理作者落款时间不够严谨，时有错讹。郭宏安选编的《李健吾批评文集》（珠海：珠海出版社，1998年）基本上是以宁夏版为底本的，错误一仍其旧。2005年复旦大学出版社出版了《咀华集·咀华二集》，由书前的出版说明明显可知它是以珠海版为底本的，因而再次重复了前书的错误。

1941年2月21日；《大公报·文艺》（香港）第1036、1038期，1941年2月22、24日；《大公报·学生界》（香港）第268期，1941年2月25日；《大公报·文艺》（香港）第1039、1040期，1941年2月26、27日；《大公报·学生界》（香港）第268期，1941年2月28日；《大公报·文艺》（香港）第1043期，1941年3月3日；《大公报·学生界》（香港）第269期，1941年3月4日；《大公报·文艺》（香港）第1044期，1941年3月5日。[①] 1942年1月经整理后刊于《文化生活》[②]，再版时易名《上海屋檐下》，《关于现实》是这篇文章的附录，原刊于何处不详；

《悭吝人》，原题为《L'Avare 的第四幕第七场》，刊于《大公报·艺术周刊》（天津）第61期，1935年12月7日；

《福楼拜书简》，原题为《福楼拜的书简》，刊于《文学》第5卷第1号，1935年7月1日；

《恶之华》，原题为《鲍德莱耳——林译〈恶之华〉序》，刊于《宇宙风》（散文半月刊）第84期，1939年11月16日；

《欧贞尼·葛郎代》，原题为《巴尔扎克的欧贞尼·葛郎代》，刊于《文学杂志》第1卷第3期，1937年7月1日；

《旧小说的歧途》，原题为《中国旧小说的穷途》，刊于《大公报·文艺》（天津）第108期，1934年10月6日；

《韩昌黎的〈画记〉》，刊于《学生月刊》，1940年3月15日；

《曹雪芹的〈哭花词〉》，刊于《宇宙风》（散文半月刊）百期纪念号，1940年6月1日；

《假如我是》，刊于《大公报·文艺》（天津）第333期"书评特刊"，集体讨论"作家们怎样论书评"，1937年5月9日；

《自我和风格》，刊于《大公报·文艺》（天津）第328期"书评特刊"，集体讨论"书评是心灵探险么？"，1937年4月25日；

《个人主义》，原题为《个人主义的两面观》，刊于《文汇报·世纪风》，1938

[①] 文章很长，而报纸篇幅有限，所以在"文艺"上连载时省略了资料出处，收入《咀华二集》时才作补充，李健吾在连载结束时对此作了交代，并向读者作了预告，云此文收入文化生活出版社即将出版的《咀华二集》之中。

[②] 夏衍：《忆健吾——〈李健吾文集·戏剧卷〉代序》，《文艺研究》1984年第6期。

年 11 月 9 日；

《情欲信》，刊于《学生月刊》第 1 卷第 5 期，1940 年 5 月 5 日；

《关于鲁迅》，其中《"空头的荣誉"》原刊出处不详；《鲁迅和翻译》，刊于《大公报·文艺》（香港）第 428 期，"鲁迅先生逝世二周年纪念"专号，1938 年 10 月 22 日；《为什么鲁迅放弃小说的写作》，原题为《为甚么鲁迅放弃小说》，刊于《星岛日报·星座》第 140 期，1938 年 12 月 18 日；

《致宗岱书》，原题为《读〈从滥用名词说起〉——致梁宗岱先生》，刊于《大公报·文艺》（天津）第 318 期，1937 年 4 月 2 日；

《序华铃诗》，原题为《诗人华铃论》，刊于《星岛日报·星座》，1938 年 11 月；后题为《论诗与诗人——序华铃先生的诗集》，刊于《大公报·文艺》（香港）第 476 期，1938 年 12 月 21 日。

在跋语中，李健吾主动向读者坦承初版本的"驳杂"，的确，这批入选的文章较之《咀华集》要宽泛得多，最初在报章上发表时的署名既有刘西渭，亦有李健吾。① 四类文字中大概只有甲类大体吻合《咀华集》"作家作品论"的惯例，故再版时只保留了这一类。然后增补了 1946—1947 年间所写的《清明前后》《三个中篇》《陆蠡的散文》，署名变回刘西渭，跋语亦作了相应的增删。如此一来，无论是体例还是署名，均和《咀华集》保持了一致。②

署名的更改最能见出李健吾对"咀华"文字的心意。"咀华"文字的风流毕竟是属于刘西渭先生的。李健吾比较得意的批评文字一向是以"刘西渭"的名义发表的③，跟自己专业有关（譬如关于福楼拜、司汤达、梵乐希等法国文学名家）的文字方用本名。除了几个较为亲近的朋友之外，一般人很少知晓李健吾即是刘西渭，刘西渭

---

① 署名刘西渭的仅有《芦焚》《旧小说的歧途》《自我和风格》。《关于现实》由于不清楚原刊出处，故署名情况亦不得而知，还有待进一步查找。

② 增补的三篇文章发表时均署名刘西渭，分载：《文艺复兴》1946 年 1 月 10 日；《文艺复兴》1946 年 8 月 1 日；《大公报·文艺》（沪新）1947 年 3 月 5 日、4 月 4 日、4 月 8 日。依照这一标准，还可以收入的文章有《风雪夜归人——吴祖光编》《咀华记余·无题》《三本书》《方达生》，分载：《万象》1943 年 10 月号；《文汇报·世纪风》1945 年 9 月 12 日；《文艺复兴》第 1 卷第 3 期 1946 年 4 月 1 日；《文汇报·世纪风》1946 年 7 月 2 日。

③ 出乎意料的是，在《大公报·文艺》（香港）上连载《萧军论》《叶紫论》《夏衍论》三篇专论时，用的都是本名。

即是李健吾,默不作声的"刘西渭先生"几乎成了文坛一个不大不小的"索隐对象"。

其实,这种景况,李健吾先生是要负一定"责任"的,换言之,这未尝不是李健吾先生兼刘西渭先生苦心经营的结果。

还在《咀华集》结集之前,李健吾就在《大公报·文艺》(天津)"书评特刊"上以本名发表了《刘西渭先生的苦恼》一文。文章的构想以及布局很容易让人联想到鲁迅的《孤独者》,李健吾以刘西渭的老友面目出现,回忆了与刘西渭先生的几次对话,将批评界的"孤独者"刘西渭先生遭遇的委屈与苦恼一股脑儿倒出。以"书评"名家的刘西渭先生处境显然不妙,形单影只,四处树敌,愤懑不解至极。"闷极了"的刘西渭先生决意改换生活样式,"到别处走走"。在与刘西渭先生的对话中,李健吾故意处处刁难,频频揭对方的短,惹得刘西渭先生情急之下慷慨陈词,颇有明志的意味。如此安排,更可明白见出刘西渭先生的个性及其追求,相当动人。李健吾此举,可谓煞费苦心,不过也收到了效果,不明内情的读者恐怕无论如何也不会知道这对老朋友原是一人吧,刘西渭先生的苦恼原本就是李健吾先生的苦恼,本文只是一篇"自述"罢了。对于刘西渭先生的身份,李健吾口风着实很紧,仅仅透露他是山西人,所谓"西渭",当解为"渭河以西"。这大概是李健吾自己对"刘西渭"这一笔名的正解吧。李健吾的批评文字在当时被目为"印象"式的,从字面上去理解,印象一词似乎含有贬义,这也几乎成为李健吾的一块心病,因而申述自己的批评观就成了必要之举。在刘西渭先生的述说中,这类文字占了相当篇幅。"批评的成就是自我底发见跟价值底决定。""一个批评家是学者跟艺术家的化合,他的工作是种活的学问,因为这里有颗创造的心灵运用死的知识。""我不能禁止我在社会上活动,喝酒交朋友,但是当我拿起同代人一本书,即使是本杰作,熟人写的也罢,生人写的也罢,我精神便完全集中在字里行间,凡属人事我统统关在门外。我不想捧谁,不想骂谁,我是想指出其中我所感到看出的特殊造诣或者倾向(也许是好,也许是坏),尽我一个读书人良心上的责任。""他具有深厚的个性,然而他用力甩掉个性,追求大公无私的普遍跟永久。"[①] 立论平正公允,坦坦荡荡,是牢骚,亦是宣言。

[①] 李健吾:《刘西渭先生的苦恼》,《大公报·文艺》(天津)1936年9月13日,第214期"书评特刊"。

尽管李健吾为行将"隐遁"的刘西渭先生写下了这样一篇奇特的纪念文字，三个月之后，刘西渭先生竟又亮相了，而且还端出了色香味俱全的《咀华集》。这本小册子为刘西渭先生挣下了很高的荣誉，犹如一股清凉的风，吹过当时的文坛。

《咀华集·跋》将刘西渭先生的"苦恼"着意发挥，演化为整部集子的批评原则。"我不得不降心以从，努力来接近对方——一个陌生人——的灵魂和它的结晶。""批评最大的挣扎是公平的追求。但是，我的公平有我的存在限制，我用力甩掉我深厚的个性（然而依照托尔斯泰，个性正是艺术上成就的一个条件），希冀达到普遍而永久的大公无私。"[1] 此后，李健吾在"书评特刊"上相继发表了《自我和风格》和《假如我是》，这两篇文章的署名方式颇值得玩味，前一篇用"刘西渭"，后一篇用本名，如此，即拉开了李健吾先生与"书评家"刘西渭先生的距离，明摆着强调这分别是两个不同的人。在这两篇文章中，李健吾进一步阐明了自己的批评观，后来的研究者的不少观点即是对此所作的发挥。同样，也正是因为这类文章中的蛛丝马迹，再加上朋友间的口耳相传，"刘西渭"慢慢就变成了一个"公开秘密"。[2]

词锋犀利、文笔美妙的咀华文字让刘西渭先生名满天下，同时招来的，有善意的批评，亦有恶意的诽谤。《咀华集》出版之后，粗暴如欧阳文辅先生者，将刘西渭先生斥之为"印象主义的死鬼""旧社会的支持者""腐败理论的宣教师"。[3] 这惹恼了李健吾，在《咀华二集》初版本跋语中，他宣称"从今日二集起，我改回真名实姓，一人做事一人当，既不否认过去我的存在，更遂了刘西渭先生销声匿迹的心愿"，亲自跳将出来，亮出自家真实身份，进而代刘西渭先生痛陈欧阳先生不可理喻与矛盾之处，作为刘西渭先生"归隐道山之前"的"辞行酒宴"。[4]

将李健吾与刘西渭的文字公开合为一集刊行，如此编选《咀华二集》，李健

---

[1] 刘西渭：《跋》，《咀华集》，上海：文化生活出版社，1936年，第 i、ii 页。
[2] 少若（吴小如）：《〈咀华集〉和〈咀华二集〉》，《文学杂志》1948 年第 10 期。
[3] 参见欧阳文辅：《略评刘西渭先生的〈咀华集〉——印象主义的文艺批评》，《光明》1937 年第 6 期。
[4] 李健吾：《跋》，《咀华二集》，上海：文化生活出版社，1942 年，第 287、292 页。

吾同读者开了个不大不小的玩笑——权作二人的"联合声明"。至此，关于"刘西渭"的文坛索隐彻底休矣！然而，你料想不到，这事并不算完，李健吾在跋语的末尾老调重谈，大摆迷魂阵：

> 刘西渭先生放了一把火，自己却一溜烟走掉。平时洁身自爱，守口如瓶。他轻易不睬理别人的雌黄，如今惹下乱子，一切由人担当。我向他道喜，从此债去一身轻，可以逍遥于围剿以外。我为自己悲哀。但是，他逃不脱干系，我要借用他的书名，直到没有人分出他和我的存在。我和他是两个人，犹如书是两本，士别三日，便当刮目相看，然而，多用些心，读者会发现他们只有一条性命。[①]

一分为二，合二为一，原只是"一条性命"。《咀华二集》的读者读到此处，少不了会心一笑——"此中有真意"。

初版本跋语宛如三段答辩词，第一段针对的是"前进作家"叶灵凤先生指责其作品与"抗战"无关；第二段针对的即是欧阳文辅先生的谩骂；第三段针对的是"前进的评论家"黄绳先生指斥其"悲观""消极"。到了再版本中，李健吾又变回了"刘西渭"，整本书又恢复了"咀华"专题的模样。跋语亦做了相应的文字处理。譬如更改了距《朱大枬》一文的写作时间，剔除了"李健吾"的口吻，保留了第二段辩词，以及大谈批评者的自由及限制所在的相关文字。一切做得严丝合缝，略过初版本，读者自然会把再版本《咀华二集》和《咀华集》看做一气呵成，一脉相承。

《咀华二集》选择在1942年出版，大约与巴金的推举有关。《咀华集》的出版大获成功，趁热打铁推出续编似在情理之中。巴金对李健吾的咀华文字相当推崇（即使有过文字的交锋，但也在友谊的正常范围之类），从其主编的"文学丛刊"入选的作品来看，亦可见一斑，第七集十六册中仅《咀华二集》一册属于批评类。按韩石山的说法，巴金以及文化生活出版社对李健吾相当关照，凡是李健吾的作品，总是无一例外地给以出版。这中间的考量恐怕既有情谊，亦有名人的品牌效应吧！抗战爆发后，李健吾一直待在"孤岛"上海，1941年12月，最后一座孤岛也沦陷了，生活益形艰难，巴金特将李健吾的剧本搜集在一起，为他出

[①] 李健吾：《跋》，《咀华二集》，第287、292页。

版了《健吾戏剧集》一、二两种。[①] 据此推测,《咀华二集》的仓促出版似乎亦有此意。

从另一面看,《咀华二集》的出版亦见出李健吾对于文化生活出版社的支持。抗战后,很多文化机构内迁,文化生活出版社的负责人亦陆续去了内地(武汉、重庆等地),剩下陆蠡在上海维持工作,"挑起那想不到的责任的重担,拣书,打包,校稿,以及任何跑腿的杂差"[②]。巴金于1940年7月离开上海去了重庆的办事处,1945年短暂回过上海。直到1946年才完全回到上海,据他回忆,"抗战后陆蠡在上海维持文化生活社,他(李健吾)帮过一点忙"[③]。这种忙帮到什么程度,不得而知,但《咀华二集》书稿的提供带有对朋友支持的意味,应该不成问题。1942年4月12日,文化生活出版社被查抄后,陆蠡于次日亲自到巡捕房办交涉,就此失踪,一去不返。1947年,《咀华二集》再版时,李健吾特意增加了一篇"陆蠡论"——《陆蠡的散文》,文章的立意既是总结陆蠡文章的风格,但更多的是谈其人格的笃实厚重,应当是对朋友最好的纪念。

[①] 韩石山:《李健吾与巴金》,《文坛剑戟录》,北京:中央编译出版社,1996年,第67—68页。
[②] 刘西渭:《陆蠡的散文》,《咀华二集》,第148页。
[③] 巴金:《致达君》,《再思录》(增补本),桂林:广西师范大学出版社,2004年,第280页。此信录自张爱平《有一颗金子般的心——巴金谈李健吾》,原刊《档案与史学》1996年第4期。据张爱平言,此信为"镇压反革命"运动期间巴金就李健吾历史问题所写的证明材料。

"灵魂奇遇"与整体审美
——论李健吾的文学批评[1]

温儒敏

1936年文化生活出版社推出了李健吾（署名刘西渭）的批评论集《咀华集》，应当看作是现代批评史上的一件大事。可是李健吾的批评在当时似乎并没有引起大的反响，众多作家、批评家都在热情地追求那种有气度的社会学批评，批评界的空气是由这种正统的批评所主导的。当李健吾《咀华集》中的评论先行在《大公报·文艺副刊》等报刊上发表时，其影响主要在"京派"作家群及相关的读者层，后来逐步扩展，到《咀华集》结集出版时，他的批评才为整个文坛所熟知。顺便一提的是，进入八十年代以后，李健吾在二十世纪三四十年代写的批评文字重新引起许多年轻评论家的注意，在不少人眼中，李健吾作为批评家的名声要比他作为作家的名声更大。李健吾是属于非主流派批评家，或者说，属于自由主义倾向的批评家。不过李健吾的批评也自有其魅力，他并不局限于评"京派"等作家，他也评左翼的和倾向革命的作家，如叶紫、巴金、肖军、肖红、罗椒、艾青，等等，而且往往能说出一些别具只眼的意见，特别在对艺术风格和技巧的评论方面，弥补了社会学批评之不足。这又不能不使主流派的作家和批评家对李健吾格外关往。他们可能为不同的政治观点支配，曾经竭力排拒李健吾[2]，但恐怕也不能不承认李健吾的批评也有其长处和优势。而对一般文学读者来说，李健吾显然比主流派批评家随和、平易而又亲切得多，特别是当他们对那些充斥于报刊的说教的宣传的批评已经开始腻味的时候，李健吾印象式的鉴赏的批评就

---

[1] 原载《中国现代文学研究丛刊》1993年第2期。
[2] 例如《光明》半月刊第2卷11号就发表过欧阳文辅的《略评刘西渭先生的〈咀华集〉》，指责刘西渭是"旧社会的支持者"。

另有一种吸引力。

《咀华集》的结集出版，从理论到实践都显示了一种新的批评路子，以印象主义为基本特征的批评已足以在现代批评的格局中占一重要位置。在李健吾之前，也有很多所谓印象式批评。如果要从二三十年代报刊上寻找文学评论文字，最常见的还是印象式的随想录、读后感之类。这些大量出现的印象式评论跟传统的读书札记比较接近，但缺少批评的自觉，没有明确的理论导引，也很少卓著的批评实践。始终没有人像李健吾这样自觉地把印象主义作为一种批评理论与方法来认真探求，有意识建设一种印象主义的批评系统。如果说二三十年代许多印象式批评确实存在如梁实秋所指责的随意与滥情①，那么李健吾则把印象式批评的"品位"大大提高了，而他也由此成为杰出的批评家。

李健吾作为杰出的批评家有得天独厚的条件。一是有文学创作的实践与体验，他从二十年代开始从事创作，写过小说、话剧和散文。早年曾以小说《终条山的传说》被鲁迅所称道，赞其文采的"绚烂"。② 所作剧本《梁允达》《这不过是春天》，等等，也以艺术表现的精巧而受到好评。他在三四十年代写成的《意大利游简》和《切梦刀》，是相当优美的散文。李健吾很相信王尔德所说的，一个好的批评家同时又是好艺术家，他是把批评作为一种艺术创作来看的，很自然，创作的甘苦与经验使他在从事批评时更注重创作规律的探索，也使他的批评更贴近创作。他批评作品时常用直观感性的把握，这跟他在创作中培养的敏锐的艺术感受力恐怕也大有关系。

李健吾第二个得天独厚的条件是他曾留学法国，熟悉外国文学，对法国文学有专门的研究，翻译过《包法利夫人》等名作，还写过《福楼拜评传》等专著，在接受外国文学"科班"训练中打下较坚实的"功底"，使他能够深入而不是皮毛地了解与吸收西方批评理论，进而融铸自己的批评方法。他选择、借鉴印象主义，跟他对法国文学批评比较了解也有关，他所尊崇的印象主义者，如雷梅托、法朗士（Anatole France）等，大都是用法文写作的 2 批评家。我们评析李健吾的批评理论与方法时，将特别注意到他这些条件及其实际影响。

---

① 可参见梁实秋的《现代中国文学之浪漫的趋势》（《晨报副镌》1926年第54期）和《现代文学论》（《偏见集》，南京：正中书局，1934年）等文。
② 参见鲁迅《中国新文学大系·小说二集·导言》。

李健吾把他的第一个批评论集起名为《咀华集》，四十年代出版的第二个集子又叫《咀华二集》，所取义是"含咀英华"，把作品当作美妙的花朵来品味鉴赏。这书名本身就标明一种批评姿态，即鉴赏的而非审判的。李健吾印象主义批评的精义也在鉴赏。除这两个集子以外，后来李健吾还写过许多评论，但总的水平都不如前两个论集。这里评述李健吾的批评，所根据的材料主要也在《咀华集》与《咀华二集》。

一、灵魂在杰作之间的奇遇

"灵魂在杰作之间的奇遇"，这是法国印象主义批评家法朗士的名言，为李健吾所一再引用和推崇，正可以用来概括李健吾印象主义批评的要义。如果考察李健吾的批评实践，不难发现这位批评家也承继了中国传统文学批评的某些思维方法，如讲求阅读行为中的悟性。这在其风格批评中尤为明显。但印象主义作为一套完整的批评理论与方法，是从外国传入的，李健吾主要是在研究和探索西方印象主义批评的基础上，吸收某些本土的传统的成分，建构其批评系统。为了"寻根"，有必要先追溯西方印象主义批评的源流，然后再考察李健吾的接纳、发展与变形。

印象主义批评流派在西方兴起是本世纪头三十年，李健吾的接受大致在其高潮刚过不久。印象主义其实是唯美主义的余波。唯美主义强调艺术的独立，提出"为艺术而艺术"；否认艺术模仿人生，而主张人生模仿艺术，这些观念与后来印象主义所提出的一些主张是一脉相承的。印象主义也强调"为批评而批评"。此外，印象主义者很看重批评家的主观介入和创造性发挥，他们显然赞同王尔德所提出的唯美主义命题，即把创作和批评一视同仁，甚至认为"最高之批评，比创作之艺术品更富有创造性"[①]。印象主义也把批评等同于创作，或以个人创作的态度从事批评。如果了解唯美主义与印象主义的密切关系，就不会奇怪，李健吾的印象主义批评中，何以又会间或表现出某些唯美的特点：李健吾有时喜欢作纯

[①] 转引自梁实秋：《王尔德的唯美》，《梁实秋论文学》，高雄：台湾时报文化出版公司，1981年。

艺术纯技巧的批评。

印象主义的哲学基础是相对主义和怀疑论，认为宇宙万物永远都处于变动的状态，不可能真正把握客观真实，一切所谓"真实"都无非是一种感觉，是相对的主观的。人们只能相对地把握客观世界变动中的某一瞬间，这一瞬间的"真实"也还只是个人的主观感觉或印象，一切盖然推理无非是感觉的作用，因此无论诗、音乐还是哲学，都只有遵循个人的趣味与感觉。这种唯心的哲学观否认了人类认识与把握客观世界的可能性，从反对绝对主义走向了相对主义，将客观世界实在性消融在怀疑论者不可捉摸的印象之中。

由此出发，印象主义者就特别强调以个人的感觉与印象去取替外在的既定的批评标准，或者根本否定任何批评标准。他们之所以需要批评，并非要说明或解释作品，而是要借批评"间接吐出藏诸内心的诗"①，期望以批评的方式表达自己对作品或外在世界的"印象"，让自我心灵在这种"印象"的捕捉与凝定过程中得到一种明敏好奇的"享受"。在诸多印象主义批评家中，法朗士的表白是最彻底明了的："很坦白地说，批评家应该声明：各位先生，我将借着莎士比亚、借着莱辛来谈论我自己。"②

按照一些西方批评史的归纳，印象主义的批评观有三点最引人注目：一是否定批评的任何理性标准和美的定义，以个人的"情操"作为批评的唯一"工具"，因而强调批评家要具有敏于感受的气质。二是认为批评与创造是一回事，只有艺术家本身才是合格的批评家，而一个好的批评家也可以通过他的批评而成为好的艺术家。三是认为批评不担负任何外加的任务，按照"为艺术而艺术"的逻辑，可以提出"为批评而批评"，或者说，批评只为批评家在自我创造力的发抒中"自我完善"（Autotelic）。③

从理论承续关系方面考察，李健吾对西方印象主义源流的了解是比较广泛而全面的。诸如王尔德的"创作与批评同一"说、圣佩夫（Sainte Beuve）的批评"情操"说、黑兹利德（Hazlitt）的"艺术神采"说、雷梅托（Jules Lemaitre）

---

① 圣佩夫（Sainte-Beuve）语。转引自［美］卫姆塞特、布鲁克斯：《西洋文学批评史》，颜元叔译，台北：志文出版社，1984年，第457页。
② 同上注。
③ 同上书，第22章。

的"批评是印象的印象"说、法朗士的"灵魂在杰作之间奇遇"说、古尔蒙（Bemy de Gourmont）的"印象形成条例"说，等等，李健吾都曾经有所研究，并作过介绍。李健吾考察和参照了诸多印象主义者从各种不同侧面提出的观点，并按照自己的理解和需要做了融汇综合。其中对他理论影响最大最直接的，是法朗士与雷梅托。

李健吾比较集中评介印象主义批评理论的文章有：《神鬼人》（评巴金）、《边城》（评沈从文）、《自我和风格》以及《咀华集·序一》与《序二》。我们可以看看他是如何消化和吸收外来的理论的。

首先是对文学批评本质的看法，这也牵涉到批评的功能以及对批评的要求问题。李健吾所持的是"自我发现"论，把批评当作"自我发现"的一种手段。他在《咀华集·序一》中说：

> 批评的成就是自我的发现和价值的决定。发现自我就得周密，决定价值就得综合。一个批评家是学者和艺术家的化合，有颗创造的心灵运用死的知识。他的野心在扩大他的人格，增深他的认识，提高他的鉴赏，完成他的理论。

这里所说的批评本质或功能涉及多方面，但核心是"自我发现"，他正是从这一点向印象主义靠拢，强调批评中"创造的心灵"，强调通过批评"扩大人格"，强调"鉴赏"与"体味"。他在同一篇文章中还特别提到，一个人的生命有限，"与其耗费于无谓的营营"，不如多读几部作品，报告一下自己的读书经验，而这目的，还是使"自我不至于滑出体验的核心"，其意是要靠"体验"来维持和证实自我在这"一切不尽可靠"的世界中的存在意义。按此逻辑，把批评看作是一种精神自救，一种"享受"，是很自然的。

李健吾当然清楚，张扬"自我"对于创作来说并非新鲜事，但认为拿"自我"作为"批评的根据"却是"一种新发展"。这可以说是他试图"革新"批评的自觉意识，所以他认为强调"自我发现"的结果必然宣告"批评的独立"，批评也就由充当作品或其他外部事物的附庸而转为一种独立的创造"艺术"。[①]

既然批评主要是一种"自我发现"，那么就不存在也不该有什么客观的固定

[①] 李健吾：《自我和风格》，《李健吾文学评论选》，银川：宁夏人民出版社，1983年，第215页。以下凡引李健吾文，均出自该书，不再注明版本。

的标准。李健吾认为许多批评家都特别关注作品的所谓"客观意图",仿佛批评的要务就是发现与解释这种"客观意图",但李健吾觉得所谓"客观意图"是不存在的,便是作者也不见得就清楚的,所以批评家也无从解释。何况人人有各自的"发现",就会有不同的解释,那么任何"解释"也都无所谓是否合乎"标准"。李健吾完全否定作家创作有"客观意图",这是一种主观的武断,闭上眼睛不等于就可以抹煞有些创作的确是有其"客观意图",而作为批评家发现与解释这种"客观意图"也不是没有意义的。但在李健吾的"偏激"中,倒又可以"发现"他对批评的思考更多地注意到作品可能存在的"意图"的多义性,以及读者和批评家阅读批评作品可能采取的不同角度与层次,充分认识到批评家"接受"作品过程中的再创造的意义,有点接近当今所说的"接受美学"。这对于拓展批评思维来说不无价值。

李健吾所说的"接受"的个人性相对性并非以理性为主的,而主要是印象的,情感性的。他很赞成雷梅托所提出的对批评家的要求:"不判断,不铺叙,而在了解,在感觉。他必须抓住灵魂的若干境界,把这些境界变做自己的。"他还一再引用并欣赏法朗士的说法:"好批评家是这样一个人:叙述他的灵魂在杰作之间的奇遇。"①

李健吾推崇印象主义不全出于个人的喜好,而是有他的针对性的。他追崇印象主义,目的之一是纠正他所认为不健全的批评风气。李健吾说:

> 我厌憎既往(甚至于现时)不中肯,然而充满学究气息的评论或者攻讦。批评变成一种武器,或者等而下之,一种工具。句句落空,却又恨不把人凌迟处死。谁也不想了解谁,可是谁都抓住对方的隐慝,把揭发私人的生活看作批评的根据。大家眼里反映的是利害,于是利害仿佛一片乌云,打下一阵暴雨,弄湿了弄脏了彼此的作品。②

李健吾很少直接在批评文章或论著中涉及现实政治,他是个自由主义者,这个立场使他在三四十年代那种非常"政治化"的环境中未免显得过于清高,有点精神贵族气味。他对左翼的革命的文学批评不满,对右翼的文学批评也不附和,

---

① 李健吾:《自我和风格》,《李健吾文学评论选》,第 214 页。
② 李健吾:《李健吾文学评论选》,"序一",第 2 页。

他幻想在持不同政治观点的文学势力的斗争缝隙中谋求"自由"。他声明批评家"不是一个清客,伺候东家的脸色;他的政治信仰加强他的认识和理解,因为真正的政治信仰并非一面哈哈镜,歪曲当前的现象。……他明白人与社会的关系,他尊重人的社会背景;他知道个性是文学的独特所在,他尊重个性。他不诽谤,他不攻讦,他不应征。属于社会,然而独立"。① 可见李健吾毕竟不能完全做到"清高"与"超脱",不能和他所推崇的西方印象主义者那样,完全否定政治、社会环境对于批评的制约作用,还是不能完全照搬西方印象主义的观念。李健吾在介绍法朗士、雷梅托等印象主义批评家的理论时,是极力推崇非理性、非标准、纯感性的批评的,这在《自我和风格》等文中表现得很明显。但当李健吾结合批评实践提出自己的理论观点时,他就适当兼顾到他所认为的必不可免的理性分析。如他在评论沈从文的小说《边城》时,就先提出自己对批评中的"印象"与"经验"两者关系的处理意见。对批评家来说,他认为:

他不仅仅是印象的,因为他解释的根据,是用自我的存在在印证别人一个更深更大的存在,所谓灵魂的冒险者是,他不仅仅在经验,而且要综合自己所有的观察和体会,来鉴定一部作品和作者隐秘的关系。也不应当尽用他自己来解释,因为自己不是最可靠的尺度,最可靠的尺度,在比照人类已往所有的杰作,用作者来解释他的出产。②

这些话是李健吾在自己的实际评论上引发的,与上述他介绍雷梅托、法朗士时赞赏印象主义的那些观点似乎有所不同,在这里,李健吾还是不忘记理性分析与印象升华,他甚至认为个人的经验不是唯一的批评尺度,必须结合"已有的杰作"来进行评判。这说明李健吾只是大致上或者说是在一些基本问题上推崇与赞同印象主义批评理论,但他还是保留了理性分析与判断的要求,不像纯粹的印象主义者那样,醉心于相对主义与怀疑论,完全把批评当作发抒一己"印象"的精神"享受"。

我们将李健吾归属于印象主义批评家,也只是一种"大致"的划分,只是说他的批评注重感性与印象,比较接近印象主义,而且他自己也并不反对别人把他

---

① 李健吾:《李健吾文学评论选》,"序一",第3页。
② 李健吾:《〈边城〉——沈从文先生作》,《李健吾文学评论选》,第50—51页。

看作是印象主义者。但在事实上他又不可能全盘照搬印象主义的批评理论与方法，对于西方的印象主义来说，李健吾的借用是打了很大"折扣"的；而对于三四十年代的李健吾来说，也许正因为打了"折扣"，在一定程度上适应了本土的接受条件，他的批评才形成了自己的特色，并在风格与艺术形式批评方面取得相当的成功。

二、整体审美体验

李健吾在借鉴西方印象主义批评理论的基础上，形成了一套独特的批评方法。这套方法是李健吾在批评实践中逐步探索建立的，又吸收了传统批评的某些手段，基本特点就是注重对作品的整体审美感受，这可以说是印象主义的，但又不完全等同于他所借鉴的西方印象主义，在现代批评史上也显得很独特。

李健吾的批评方法有较为明显的可操作性，不像纯粹的印象主义批评那样玄虚。用他自己的话来说，批评的过程主要分两步：第一步，形成"独有的印象"；第二步，将这印象适当条理化，"形成条例"。[①]

这和一般注重理性判断的批评是不一样的。一般理性的批评，如社会学批评、道德批评、心理分析批评和种种偏重细谈分析的新批评，等等，都很注重先有明晰的指导思想或模式，包括美学原则、社会理想、道德标准，等等，在进入批评之前已经把握好评价作品的尺度，一当进入批评，即使还刚刚处在阅读过程中，理性所支配的尺度和标准就已经时时在起作用。整个阅读过程主要是理性分析与归纳的逻辑思维过程，虽然其中也可能伴随有艺术体验，可能不断融入批评家的审美感受，但这些并不是批评的基点，理性的引导与制约在批评过程中始终起主要作用。

而李健吾的批评从阅读作品一开始，就力图进行感性把握，努力避免先入为主的理性干扰，接触一本书，一部作品，用他的话来说，"先自行缴械"，什么文法、语法、艺术法则，等等，统统都"解除武装"，完全做到"赤手空拳"去进入作品的艺术世界。

[①] 李健吾：《答巴金先生的自白》，《李健吾文学评论选》，第41页。

李健吾这样来描述进入批评时的思维活动状态：一本书摆在批评家的眼前，批评家必须整个投入，凡是"书本以外的条件，他尽可以置诸不问"。他大可不必着急去分析清理，他所全神关注的是"书里涵有的一切，是书里孕育这一切的心灵，是这心灵传达这一切的表现"。就是说，批评家尽量去体验作品的艺术世界，以及支持这艺术世界的精神和经验。批评家当然不是完全被动，他的体验可能与作品和作者的经验相合无间，这时批评家就"快乐"；如果与作品和作者的经验有所参差，他便"痛苦"。这就形成两种"体验"结果。"快乐，他分析自己的感受，更因自己的感受，体会到书的成就，于是他不由自己地赞美起来。痛苦，他分析自己的感受，更因自己的感受体会到书的窳败，于是他不得不加以褒贬。"①

李健吾进入批评的阅读行为是以主观体验为基本特征的，他力图先投入作品的艺术世界，以直观的方法获取切身的感受与"第一印象"。

李健吾认为批评家难得是忠实的，当他用全副力量去取得"第一印象"后，要坚信自己的"第一印象"，他又称之为"独有的印象"，即是纯属自己体验的，不受外在原则侵扰的。这种印象不光是批评的出发点，也是批评的结果。李健吾批评的主要成分是由印象构成的。

不过，李健吾并不满足于散漫的完全处于感性阶段的阅读印象，这是很难作为批评的最后成果并传达给读者的。李健吾和纯粹的印象主义者不同的是，他还要讲求某些理性支配。当他获取阅读的印象之后，接下来要做的工作，更是将印象条理化。用他自己的话来说，是"从'独有的印象'到'形成条例'"。他把这过程称作"批评家的挣扎"，即是"使自己的印象由朦胧而明显，由纷零而坚固"。"形成条例"当然要有一些分析、综合。如同上述的李健吾的话中所提过的，在"体会"之中也会有所"褒贬"，但这种褒贬不是先入为主的，也不是纯粹理性评判的，归根到底还是比较直观的、感性的，批评家不过是使感性的印象更加明显和"成形"罢了。而且在"形成条例"时，李健吾也还是忠实于自己的感受。他意识到批评家的阅读印象和"经验"，与作品中作者的"经验"，通常都可能形成"龃龉"和"参差"，那么也不必俯就作者的"自白"，还是要忠实于自

---

① 李健吾：《答巴金先生的自白》，《李健吾文学评论选》，第40—41页。

己的感受,"各人自是其是,自是其非,谁也不能强谁屈就"。他认为各人的"印象"不同,彼此有"龃龉"是正常的,"这是批评的难处,也正是它美丽的地方"。① 足见李健吾讲"形成条例",不排除在获得阅读的直观印象之后做一定理性分析归纳,但其基点始终没有离开过"印象"与"感受"。

我们不妨联系李健吾的批评实例,再深入探讨一下他的批评方法的特点与得失。

例如,在评论林徽因的小说《九十九度中》时,李健吾完全放任自己去感受去投入作品的艺术世界,评论是这样写出批评家自己的阅读印象的:

> 作者引着我们,跟随饭庄的挑担,走进一个平凡而熙熙攘攘的世界;有失恋的,有作爱的,有庆寿的,有成亲的,有享福的,有热死的,有索债的,有无聊的,……全那样亲切,却又那样平静——我简直说要透明;……一个女性的细密而蕴藉的情感,一切在这里轻轻地弹起共鸣,却又和粼粼的水纹一样轻轻地滑开。

林徽因这篇小说发表后没有引起大的反响,也许因为这作品写得很随意散漫,主要传达一种氛围,和当时读者习惯的情节小说很不一样。据李健吾说连某大学的"文学教授"也"读不懂"。但李健吾却"偏要介绍"这篇"过时"的不受欢迎的作品,因为他读了有自己的很好的印象与感受,他宁可相信自己的感受,也不愿随俗或以先入为主的"公式"去衡量与解释作品。如李健吾自己所说,他是根据自己的"禀赋"去感受与观察作品的,这种"观察"是"全部身体灵魂的活动,不容一丝躲懒",也就是上面讲的全部"投入",首先"赤手空拳"迎上作品,获得直观的印象。于是李健吾就从这篇被文坛冷落的作品中读出了北平溽暑一天的"形形色色",读出了"一个人生的横切面",他感到作品所提供的世界是那样的"亲切""平静",甚至有一种"透明"感,而女性作者情感之蕴藉竟又如"水纹"的轻轻滑开……这一切都是直观的印象与感受,不能不承认李健吾的艺术体验极细,并显然受他自己禀赋包括艺术个性的影响。我们也许都能读出《九十九度中》那种生活描写的平凡,或许还能从不同层面去体悟作品何以把人生种种写得如此琐屑而真切,但李健吾说简直有"透明"感,这却是他的独特

---

① 李健吾:《答巴金先生的自白》,《李健吾文学评论选》,第42页。

的印象，带有他自己的想象甚至是禅悟。李健吾把整个评论都建立在这些极富个性的阅读印象上面，并往往能与他的读者"以心传心"，不靠"说明"或"解释"就取得感触的共鸣，批评在很大程度上就引入鉴赏的境地。

李健吾坚信批评也是艺术创造，所以他很珍惜并坚信自己的阅读印象与感受，不轻易受其他外在因素的左右。例如在评论巴金的《爱情的三部曲》时，他从这三部小说中所得到的最突出的印象是"热情"，他感到无论写到希望、信仰、恋爱、寂寞、痛苦……种种色相交织的生活，全都离不开"热情"二字。巴金曾声明他的小说有"横贯全书的悲哀"，李健吾却不轻易接受作者的"声明"，他觉得"悲哀只是热情的另一面"。三部曲确实写得躁动而杂乱，到处都可以读到牢骚、愤慨、梦呓和叫嚣，等等，这也许可以作理性分析，断言是小资产阶级情绪的表露，或者是时代氛围的折射，等等，当时和后来有大量评论都是从这些角度评价的。而李健吾却抓住自己阅读的"印象"，作为全部批评的基础，从小说的"躁动"和"杂乱"中感到青春期的莫名惆怅与追求，还是以"热情"的印象做文章。此外，李健吾还感到巴金写文章如同在生活，"他生活在热情里面，热情做成了他叙述的流畅"，"他不用风格，热情就是他的风格"。批评家还用比较和比喻来表达自己读巴金的印象和感受："读茅盾先生的文章，我们像上山，沿路有的是瑰丽的奇景，然而脚底下也有的是绊脚的石子；读巴金先生的文章，我们像泛舟，顺流而下，有时连你收帆停驶的工夫也不给。"

当年李健吾评巴金《爱情的三部曲》的文章发表后，巴金提出反批评，认为李健吾所说的"热情"之类不全符合其创作的意图。李健吾又写了《答巴金先生的自白》为自己的阅读"印象"辩护，并申明作家的意图和批评家的经验是"两种生存，有相成之美，无相克之弊"，谁也不用屈就谁。李健吾的意思是维护"批评的独立性"。不过巴金也很有眼力，他的确看出了李健吾印象式批评的某些特点与得失。这里不妨将巴金的话引述一下，以加深我们对李健吾批评的印象。巴金对李健吾说：

你好像一个富家子弟，开了一部流线型的汽车，驰过一条宽广的马路。一路上你得意地左顾右盼，没有一辆比你的华丽，没有一个人有你那样驾驰的本领。你很快地就达到了目的地，现在是坐在豪华的客厅里的沙发上，对着几个好友叙述你的见闻了。你居然谈了一个整夜。你说了那么多的话。而且使得你的几个好友都忘记了睡眠。朋友,我佩服你的眼光锐利。但是我却要疑惑你坐在那样迅速的汽车里面究竟看清楚了什么?①

巴金对李健吾的指责是出于作者的立场,他佩服李健吾眼光的锐利,但认为像李健吾那样印象式的走马观花,对作品未能看得更深,而对阅读印象的发挥又未免过于散漫无节制。巴金用"开流线型汽车""一路左顾右盼"来比喻李健吾的批评,可以说很生动准确,点明了李健吾印象式批评的一个重要特点——力求整体审美体验。

对李健吾来说,所谓"第一印象",所谓"直观感受",都是整体审美体验。他进入批评接触作品时,不是靠细致的品尝、咀嚼,而主要凭直观从整体上去体验与把握作品的基本艺术氛围,然后以"快速的思考",将整体审美感受作适应的理性收缩,也就是把印象简化,提取最突出的成分,形成对作品的评论。这里已经有"条例"的形成,但并非纯理性的、逻辑的,仍然立足于印象和感受,将印象收拢、简化并适当地理性升华。而收拢升华后所形成的批评结论,也还带有印象的、感性的色彩和味道。

李健吾整体审美体验的关键是"快速的思考"。因为他很看重阅读的"第一印象",或"独有的印象",这是他批评的出发点和主要根据。但是"第一印象"是在走马观花式的很放松的阅读状态中形成的,往往零散模糊,而且稍纵即逝,因此他要用"快速思考"的办法,非常迅捷而简明地把印象中最鲜明的特点抓住,并马上凝固起来。这就是上面提到的"形成条例"。但不是慢慢地精细地形成,不是深思熟虑地形成,因为那样就会有过多的理性渗入,有可能导致印象的变形,所以李健吾常用的快速思考是趁热打铁或快刀斩乱麻。这方法和西方印象主义批评是非常接近的,西方印象主义批评也很注重抓瞬间感受,将批评建立在对作品的鲜活的印象上,不过李健吾似乎更条理化一些。

李健吾在这方面具有相当的功力。他很重视用联想比较法来勾勒自己的阅读印象,或通过比较来引发与加深印象,从而增加对作品总体审美特征的了解。例如在评论李广田的散文《画廊集》时,李健吾很欣赏其淳朴、亲切与平凡的人生

---

① 巴金:《〈爱情的三部曲〉作者的自白》,作为附录收入李健吾:《李健吾文学评论选》,第37页。

气息。认为这是一本主要"帮人渡过生活的书"。这本书显然勾起李健吾对于生活中许多平凡而可忆念事物的惜恋心境。这可能是一种淡淡的有点飘渺的印象。如何将这印象凝定下来而又能保留鲜活的气息呢？李健吾联想到李广田介绍过的英国作家玛尔廷《道旁的智慧》，于是他干脆借用玛尔廷书中的意境来表达自己读《画廊集》的印象：如同在尘埃的道上随手掇拾一朵"野花"，一片"草叶"，或漂泊者行囊上落下的一粒"细砂"，这就把对《画廊集》那种"素朴的诗的静美"的印象转达出来了。为了加深这种印象，引发艺术的联想，李健吾接着把李广田与著名的散文家何其芳比较，指出何其芳较注重以"颜色"的"绚丽"引人，其作品更接近"情人和春天"；李广田却以"亲切之感"去抓住读者心弦。认为李广田是寂寞的诗人，却更体会"秋黄"，"把秋天看作向'生'的路"。

有时阅读印象是很难明确地把握和传达的，如果用逻辑性分析性的语言去传达，很可能言不尽意，而且会歪曲或损失阅读的体验。所以李健吾宁可常用联想、比较的感性的表达方式。李健吾这种接近感性的表达方式显然继承了我国传统批评的点悟或禅悟的思维特点。有时用极简明有力的一二句话就将整体审美所获得的体验极鲜明地"传染"给读者。点到即止，批评家显得那样随便、轻易而又自信地道破作品的"天机"，顿使读者灵俯洞开，与批评家和作品沟通。读李健吾的批评，表面上是印象式的传达，很随意，其实靠的是才气，是感受力，当然还有潜在的理性思维力。如上述对林徽因、李广田的评析，往往"一语中的"，既保持感受、印象，又有理性的把握、评析。

李健吾的印象主义批评既重视"独有印象"的形成，又不忘记"价值的决定"。这样，他就尽量避免了纯粹印象主义的神秘与虚玄。考察李健吾的批评文字，除了对作品的直观感受传达外，议论分析也很多，有时他还注意外部关系的分析，参照作家的生平阅历与个性，考虑作品的写作背景。如他评《八月的乡村》那种粗犷风格与矫健的笔力，就联系到其作者肖军的"浪子"经历与热情浮躁的个性。评《西川集》那种"温暖亲切"的情味，兼顾到作者叶圣陶平实敦厚的秉性。这种"背景"分析，就不光是印象的，更是理性的，逻辑性的。有时李健吾的分析还相当细。如肖军的《八月的乡村》中感叹号用得很频繁，一般读者可能不太留意。而李健吾发现了，认为这是作者在"不知不觉之中，热情添给句子一种难以胜任的力量"，"好像一道道水闸，他的情感把他的描写腰截成若干惊叹。文字不够他使用，而情感却爆竹一般随地炸开"。并指出这些惊叹号的大量使用，既显出作家的热情，也显出他的浮躁。像这种分析，就主要是逻辑性的理性的，是"价值的决定"。

不过，即使在作"价值的决定"时，李健吾也力图不远离自己的阅读印象和直观感受，他的目的是与读者沟通，唤起感受性的直观性的共鸣。李健吾的"价值的决定"尽量少用或不用分析性的概念与批评术语，他从不轻易在评论中套用什么文艺上的"主义"。他把"主义"看得很无所谓，认为"任何主义不是一种执拗，到头都是一种方便"①。这使得李健吾的批评即使有概念分析和逻辑推论，也显得很随意亲切。当然，这种批评风格与其潇洒自如的随笔文体和感悟式的语言的特点也大有关系。②

李健吾这种印象式批评虽然颇具特色，追慕者模仿者也频频出现，但在三四十年代毕竟未能得到充分的发展。根本原因是这种重个性重直观重印象的批评，不适应那个时代追求共性、理性、革命性的社会审美心理，对风格、技巧的审美评论很容易被看作是"贵族化"的雕虫小技。

还有一个原因是，自从现代批评诞生以后，批评家为了彻底更新批评理论与方法，纷纷将目光转向西方分析性、逻辑性、科学性的批评传统，而视本土批评传统的直观感悟方法为敝屣。作为现代批评形成、发展的历史过程，这种有些矫枉过正的现象也许应该得到理解。而李健吾却显得有些"不合潮流"，他从西方借鉴的印象主义批评在相当程度上是与我国传统批评合流的。从现代批评发展长远的目标看，这种"合流"是可贵的探索和贡献，但三四十年代批评界的主导趋向仍然是打破传统，而不是利用和发展传统，或者说，还没有实力将这两方面结合起来，所以李健吾带有传统特征的印象主义批评也就不可能被重视和欢迎。尽管事实上有相当多的读者感情上也很欣赏李健吾批评的传统思路与优美方式，但

---

① 李健吾：《答〈鱼目集〉作者》，《李健吾文学评论选》，第110页。
② 本文是笔者所写的《李健吾的印象主义批评》的前半部分，其后半部分将另行发表。其中专门评述李健吾的批评文体与语言特色，指出李健吾受蒙田（Montaigne Michelde）《随笔集》的文体影响很大，同时吸收传统批评文体某些特点，形成了潇洒自如的美文式批评文体。其批评语言追求形象、抒情的特色，重直觉感悟，不重逻辑分析，重"能指"，而又重"所指"，决定了读者在读李健吾批评时需采取体验式的阅读行为。

在理论上又对李健吾的批评持排拒态度。

进入八十年代以后的情况就不一样了。思想解放带来了文坛与批评界活跃的局面，批评家们逐渐有了勇敢地接纳各种批评理论方法的胆识和气量。李健吾批评的价值重新得到承认，并被许多年轻的评论家视为文体方面的楷模。几十年来习惯于大批判，现在读读李健吾，就觉得格外的轻松与亲切。更何况李健吾在继承发展传统直观感悟式批评方面，也很值得学习借鉴。李健吾式的印象主义批评真正得到发展，应该说还是在八十年代中期。

但现在回过头来看印象主义批评"复兴"的现象，也有值得反思的地方。有些批评家顺着李健吾式的批评路子跑，却走了极端，不问批评对象是否适合，都用印象式批评，写起文章来完全不做理论分析，全靠"印象"和"感觉"。批评表面上很漂亮，可是没有力度和深度。印象主义批评是有局限性的，它以作品的心理效应推导批评标准，结果容易混淆作品的实际价值与感受的结果，即所谓"感受谬见"（affective-fallasy）。李健吾还有他的高明，那就是他从不把"印象"当结论，也从不轻易以印象批评去对付那些不适宜的批评对象。所以他还是比较成功的。而一些继承者忽略了印象派批评的局限性，一味崇拜"印象"与"感觉"，结果只学会了李健吾的皮毛，而丢弃了他的批评精神。

1991.11.29 于未名湖拥竹居

论李健吾文学批评的审美个性[①]

丁亚平

在中国现代文学批评史上,李健吾是一位强调自我,张扬个性,标举风格的批评家。他在《答巴金先生的自白》中写道:"一个真正的批评家,犹如一个真正的艺术家,需要外在的提示,甚至离不开实际的影响。但是最后决定一切的,却不是某部杰作或者某种利益,而是他自己的存在,一种完整无缺的精神作用。"[②] 也就是说,文学批评家,他有他不可动摇的立论的观点,他有他一以贯之的精神个体性,左右批评的,是批评家的自我。而优秀的批评家是以其"这一个"自我,以其殊异的个性特征,在文学艺术的批评园地揭橥其鲜明的风格的。李健吾说:"区别这自我的,证明我之所以为我的,正是风格。"

难能可贵的是,李健吾不仅理论上倡导呼吁,而且,凭着他那印象赏鉴式的直观批评,细致绵密的心灵探险和满贮深情、平等亲切的文字,构建了一种令人神往的批评境界。

"开了一部流线型汽车"
——整体直观 印象赏鉴

李健吾在从事文学批评之前和同时,还创作了许多有特点的优秀的戏剧、小说和散文作品。在大量的创作和评论实践中,他积累了丰富的审美鉴赏经验,培

[①] 原载《中国现代文学研究丛刊》1987年第2期。
[②] 本文引李健吾的有关论述,凡加引号而未作注者,均分别引自李健吾的《咀华集》《咀华二集》《戏剧新天》《李健吾文学评论选》《李健吾戏剧评论选》《李健吾创作评论选集》等论著,兹不赘述。

养了敏锐的美感能力和直观能力，形成了自己文学批评的重要特色：整体直观的美学批评。他懂得，作品是一个完整的有机统一体，一个活泼泼的生命，"活到任何一处遭到割裂后便会流血的程度"[1]。作品的有机整体性决定了文学批评的审美整体性。而整体性的批评观念和方法，正是体现了文学批评的系统思想。在李健吾看来，"形式和内容不可析离，犹如皮与肉之不可揭开"。一个伟大的作家，企求的不是辞藻的效果，而是"万象毕呈的完整的谐和"。所以批评家们绝难用形式内容解释一件作品，"除非作品本身窳陋，呈有裂痕，可以和件制服一样，一字一字地捋扯下来。"由这样的美学观点出发，李健吾的文学批评总是呈有机的整体的审美意识。它或整体直观、或印象赏鉴、或比较或综合，显得驾轻就熟，游刃有余，看似漫不经心的印象品评，却令人咀嚼回味，好像随意的轻轻点拨，却叫人反思顿悟。

这种印象式的直观批评，是一种"快速的思考"，虽然依赖感觉、印象，还是有理性的底蕴潜沉其中，因而易于敏锐地发现、把握作家作品的艺术特色，对之作出总体上的真切的美学评价。李健吾的文学批评充分发挥了这个优势，取得了为人瞩目的成就。他这样来评沈从文：

沈从文先生是热情的，然而他不说教，是抒情的，然而更是诗的，……《边城》是一首诗，是二佬唱给翠翠的情歌。《八骏图》是一首绝句，犹如那女教员留在沙滩上神秘的绝句。

这充溢才智的简明生动的比喻句，把作家及其作品的美学个性描述得淋漓透辟。唐湜在谈到李健吾评论沈从文时说："不仅小说家沈从文写活了他的人物，他的湘西故乡，而且，批评家刘西渭也写活了他的人物，他的小说家沈从文！"[2] 沈从文是具有浪漫主义倾向的主情作家，但他却很少没关栏地纵笔直接抒情，而是寓炽情于淡远意境的冷静描摹和人物故事的客观展示之中，作品具有浓郁的诗的意味。显然，李健吾所作的印象式的审美感受和审美判断，熨帖真切地抓住了沈从文的这种总体性的艺术特征。此外，李健吾说读了路翎的作品，让人"感到他有一股冲劲儿，长江大河，旋着白浪，可也带着泥沙"，塞先艾"凄

---

[1] 圣约翰·欧维思语，转引自［美］约翰·霍华德·劳逊：《戏剧与电影的剧作理论与技巧》，邵牧君、齐宙译，北京：中国电影出版社，1961年。
[2] 唐湜：《含咀英华》，《读书》1984年第3期。

清"，萧乾"天真"而"忧郁"，等等，都"一语中的"地抓住了作家作品的主要审美特性和美学风格，显示了批评家锐敏的艺术触角和美感能力。

恩格斯说："任何一个人在文学上的价值都不是由他自己决定的，而只是同整体的比较当中决定的。"① 李健吾在进行文学批评时，还常用比较的方法，使印象直观批评取得整体和对比效果，从而加强读者对作品的把握和理解。李健吾提笔写起评论来，古今中外作家作品只要有助于说明问题的，全都形诸笔下。有时是不同风格的作品之间进行比较，如沈从文的《边城》和《八骏图》；有时是不同个性的作家之间，如"隐士"废名和"战士"巴金同时论评；有时也作中外作家作品的比较。评巴金《爱情的三部曲》就将巴金和左拉、乔治·桑作了比较。指出左拉对巴金存有影响，但在热情主观这一点上巴金和乔治·桑更为相似："乔治·桑把她女性的泛爱放进她的作品；她钟爱她创造的人物；她是抒情的、理想的，她要救世，要人人分到她的心。"巴金呢？他"同样把自己放进他的小说，他的情绪，他的爱憎，他的思想，他全部的精神生活"。在比较的基础上，李健吾简赅地指出："热情就是他的风格。"

这是对巴金创作风格的直观的然而却是准确的整体把握。文学史家王瑶这样评巴金："他不是那种冷静的客观的观察人生的作家，在他的作品里可以明显地感到作家的爱和憎的激情。"（《论巴金的小说》）王瑶经过深入研究而作的论评和二十余年前李健吾的论断基本一致，可见李健吾所作的印象直观和整体比较大体不差。整体直观的印象批评于此显示了较高的准确性和内在的力度。

李健吾的文学批评，作为一种审美的艺术的批评，其基本法则在于它的直感性。在整体直观的印象式审美批评过程中，批评家对被感知的事物（作家作品及其构成）在一瞬间作出直接的评价和确定，其间好像没有推托，轻而易举，不存在任何障碍和困难，过程似乎是自己进行的，并且伴随着对审美感受和审美判断之正确性的坚信感。这种直接的感受和直观的批评，显然不是一种非理性的神秘活动，它包涵有对作品的理解和认知。否则，审美感受和批评本身将不可思议。苏联心理学家科瓦廖夫说："对有高度感受力的读者来说，感情和理智的过程仿

---

① 人民出版社编：《马克思恩格斯全集》第一卷，北京：人民出版社，1983年，第523—524页。

佛融合在一起并保证理解作品的高水平。"[1] 批评和鉴赏的这种"高水平"在于，通过整体直观和咀嚼玩味，一旦确定把握，作出美学评断，就豁然贯通，"众物之表里精粗无不到，而吾心之全体大用无不明"（朱熹语）。读者也在这种充满坚信感和亲切感的鉴赏批评中自然而然地了解到作品的艺术秘奥，而和批评家一样享有艺术发现、天机道破的愉悦。

无疑地，这是一种具有真正创造性的思维方式和批评方法，并且有着鲜明的民族特色。在中国古代，人们认识事物的过程，带有明显的直观性、经验性的特点，一般并不作逻辑推理和分析，而常常进行直观的类比和简单的综合，直接体悟和猜度事物的内在特质，有时甚至完全超越了语言。庄子所谓"意致"，孔子所谓"默识"，禅宗所谓"顿悟"，以及"得意忘言"等等，都是一种直接把握和洞察觉悟。与此相关，中国古代批评理论的重要特点，是批评者用自己的审美知觉去感受、省悟、涵泳、吟味作家作品。在赏鉴批评中，古人强调的是灵手、灵眼、灵气的捕捉。金圣叹说："文章最妙，是此一刻被灵眼觑见，便于此一刻被灵手捉住。盖略前一刻，亦不见；略后一刻，亦不见；却于此一刻，忽然觑见，若不捉住，便寻不出。"[2] 这话多少有点玄虚，但却有代表性地道出了传统批评的特点。显然，它和西方传统文论偏于分析、重视逻辑演绎不同，而是侧重于综合、感觉、感受、体验、直觉、顿悟，"不重逻辑分析而重直观的鉴赏，不重理论的完整而多随机的评议"[3]。李健吾的批评实践，反映了传统美学观和批评方式的潜移默化的影响和渗透，以及他的批评性摄取和创造性运用。这表现在他的评论较多的主观色彩，重直观感受和主体意识却又并不流于相对主义以至神秘主义，多整体印象赏鉴却又没有形而上学的机械毛病，玄而又玄的外表已被剥落得干干净净，随意性、不确定性被代之以意识到的内容和合情合理的美学分析，而且，通过中外切实的整体比较，加之他作为批评者的主体意向和审美体验导向作家作品潜在的浑一境界，使评论既能对作家作品尽收眼底，把握它的总体风貌，又能深入底里，探及作品深层的内涵意蕴。

---

[1] [苏] A. 科瓦廖夫：《文艺创作心理学》，程正民译，福州：福建人民出版社，1983年，第157页。
[2] 金圣叹：《读〈西厢记〉法》。
[3] 卢康华、孙景尧：《比较文学导论》，哈尔滨：黑龙江人民出版社，1984年，第202页。

当然，李健吾文学批评也有不尽如人意之处（某种程度和意义上也正是传统思维和批评方式自身的限制）。这只要和现代文学批评大师茅盾简单比照一下就可见出。茅盾文学评论多为社会历史的宏观批评（即便微观研究也出之以宏观把握），常作深刻精湛的思想内容分析和艺术品评，读之使人感到视野开阔，并能掂出其中厚实凝重的思辨力量；李健吾的印象直观式批评，虽能准确地看出、一下子抓住作家作品的主要特征，读之使人心领神会、感到一种扑面而来的横溢的才气和明敏的眼光，但大都却未能由局部的微观的批评进入文学现象和普遍规律的宏观透视和深入的理性扫瞄，亦未能由审美范畴的鉴赏批评进入历史范畴的纵横交错的社会批评，因而往往显得敏锐真切感受有余而深邃阔大不足，亦即哲学思辨、历史把握不够。这是李健吾那一泻千里、叫人几乎追不上的匆匆一瞥中留下的缺失。"像涧底铺满鹅卵石的一股清溪，在读者心上涓涓地流过，滑溜痛快，没有半点涩滞"① 固然好，但读者有时却需要冲击，需要驻足三思，看得更深点、更远点。巴金在那篇《〈爱情的三部曲〉作者的自白》里，不无调侃地作了这样一个比喻："你好像一个富家子弟，开了一部流线型的汽车，驰过一条宽广的马路。一路上你得意地左顾右盼，没有一辆比你的华丽，没有一个人有你那样驾驰的本领。你很快地就达到了目的地，现在是坐在豪华的客厅里的沙发上，对着几个好友叙述你的见闻了。"这话虽然带有火药味，但却指出了李健吾文学批评的独异点、美点和缺点。

"抓住灵魂的若干境界"
——心灵探险　情绪浸入

李健吾在文学批评中，开着他那辆"流线型汽车"，并不是在作品呈示的人生图景的外面浮光掠影，兜兜风，而是驶进作家和他的人物的心灵深处进行探险活动，"探幽发微，把一颗活动的灵魂赤裸裸推呈出来"。在评论沈从文《边城》的文章里，李健吾独具只眼，"一直剔爬到作者和作品的灵魂深处"。他走进沈从文的"理想的世界"，小心翼翼地作着自己"心灵的奇遇"：把那个肝胆相照的真

---

① 柯灵：《论李健吾的剧作》，《文艺报》1981年第22期。

情实意的情境世界，把那些可爱、纯洁、质朴的灵魂，以及隐寓其中的作家晶莹跃动的心灵全都探得并摹写出来。

李健吾的这种批评方式，除了传统的因素以外，显然还融入了新机，接受了"五四"世界主义风潮的有力影响。他的理论文字就曾竭力张扬、鼓吹西方印象主义及唯美主义的文学批评。在《自我和风格》里，李健吾满怀欣喜地引述了法朗士"那摇动而且迷惑了若干心灵的美丽词句"——关于批评和批评家的定义：

犹如哲学和历史，批评是明敏和好奇的才智之士使用的一种小说，而所有的小说，往正确看，是一部自传。好批评家是这样一个人：叙述他的灵魂在杰作里面的探险。

印象主义批评主要形成、盛行于十九世纪下半叶的法国，导源于印象画派，与同样重视刹那间感觉的唯美主义批评和哲学上的经验批判主义也有联系和相通之处。其主要代表是法朗士和勒麦特。他们以为每个人的感受、印象是代表真理、是真实的，因而批评不外乎把对于作品的印象凝定下来。在他们看来，一个批评家，他的使命不在判断，铺叙，而在了解、感觉、体悟，让自己的心灵进入作家作品的心灵世界。李健吾曾加以申述说："批评家必须抓住灵魂的若干境界，把这些境界变做自己的。"

在五光十色、纷然杂陈的外来思潮中，李健吾发现、拿来了印象主义，并加以有意识的学习和借鉴。其深刻的内在原因是，近代西方受东方哲学和文化影响兴起了反叛传统的现代意识，以及更重要的，中国人以本民族的眼光看现代西方（现代主义的阵阵浪涛及前此的包括唯美主义、印象主义在内的层层波澜），情不自禁地发生了强烈震动和深深共鸣。李健吾他之接受印象主义，也正是立足于本民族的坚实土壤上，用传统的审美心理和美学习惯（注重对主体内在情感的体验、感受和探寻）去考察西方文艺批评理论的结果，有意思的是，民族的传统的眼光作为一种潜意识的存在，他并没有意识到，而用这种眼光审视的结果，他却抑制不住地极力声明发扬了。

然而，李健吾也并未全盘接受印象批评的理论和方法，他对印象主义是批判地吸收的：剔除了印象派的神秘论、怀疑论等消极因素，强调文学批评的个别性、创造性和审美特性，形成了自己独到的批评方式。即便他最感兴趣的"心灵的探险"，也并不一味模仿，而是进行创造性探索和修正，努力走自己的"心灵探险"之路:他在"探险"的途程中,肯定了文学批评的主客统一的标准;结合作家生平、个性等因素来探求作品的潜在模式;并且用丰富的情感进行心灵的批评,给评论换上了一副充溢人情、真情的亲切面孔。

李健吾不赞成印象派的随意任性的轻率态度和否定有规律性的客观标准存在的观点。他不随风转、赶浪头,也不故作惊人之论,而以人生态度和美学眼光审视作品,用科学的谨严对待作家。李健吾曾说过,批评的成就,既是"自我"的发现,同时又是价值的决定。既是作者和批评者的人生态度和审美意识的主观表征,同时又是社会现实和文学规律的客观标尺。有前者,才会有文学的丰富多彩、百花齐放,才会有所谓"一千个观众就有一千个哈姆莱特",才会有百家争鸣、风格各异的批评家出现;有后者,才会不流于相对和神秘,才会有作品客观的社会价值的正确评判。[①] 这种主观和客观,外在和内在统一的美学标准,显然是较为切合文学创作的实际情况的,它有助于对作品进行正确的艺术批评和分析,也有助于批评家作"心灵的探险"。李健吾利用这种标准进行批评实践,基本上是成功的。像他评夏衍的《上海屋檐下》,评沈从文的《边城》,评巴金的《爱情的三部曲》,等等,都既是掘发作家的独异个性而作灵魂的拷问,剖示作者的内在用心而做客观的展呈,同时又时时闪露出批评家的"自我"形象。"自我"与"心灵探险"携手并进,融为一体,显出了与政治批评、社会历史批评迥然不同的艺术本色和美学眼光。

说实在的,作为心灵探险的文学批评也确乎不容易。批评家需要"降心以从,努力接近对方——一个陌生人——的灵魂和它的结晶",所以难免有失误,或狭隘偏执,或隔靴搔痒,或不着边际,甚至误入歧途。在这种情况下,李健吾努力避免失误,用"全份的力量来看一个人潜在的活动,和聚在这深处的蚌珠"。他潜心体味,深入洞察,着力发掘作品意蕴题旨,领悟作品所深藏的混沌、朦胧的意味,在心灵的观照中把握对象内在的真实。表面上看,李健吾作文学评论,常以潇洒的风姿,漫笔纵论,涉笔成趣,喜欢绕弯子,说题外话,但实际上他却是小心地把自己的犀利之笔,探入作家作品的艺术堂奥和境界之中,是在参照作

---

① 参见拙作:《简论文学批评的标准是主观尺度与客观标准的统一》,《江海学刊》(文史哲版) 1986 年第 6 期。

家的个性及其周围的各种关系和背景，联系作家的情感思想、审美意识、气质禀赋来作心理探析、美学赏鉴。他以为，作家得天独厚的气质性情，是"文学不朽的地基"，所以他在研究、评论作家作品时予以特别重视。他评巴金，说作家"选了一个和性情相近的表现方法"；评叶圣陶，抓住作家自谓的"平庸"进行发挥论评，从而把叶圣陶的"平庸"敦厚的血肉性情和他温暖亲切的文字风格感的内在联系揭示出来了。李健吾评沈从文、萧乾、罗淑、陆蠡等都注意到这种联系，大都揭示并描述了作家个性等主观方面诸因素在作品中的折射及其形成的各别境界。

由于作"心灵的探险"，强调用整个心灵去拥抱作家和他的形象世界，并能联系审美主体亦即作家个性来深刻体味和感悟，所以势必要求批评家主观介入，将全部情热灌注到艺术生命中去，遗忘自己，和作家作品同经验共生存，而获致情感的熏陶浸染和对流交融，发现和揭示文学作品的秘奥。这样的文学批评，自然带有强烈的主观抒情倾向而较少思辨色彩，也没有冰冷的纯理性语言，甚至缺乏逻辑结构和章法组织，而有的是情感的逻辑、诗化的语言和有血有肉活泼具体的美学批评。

普希金在谈到文学批评时说："哪里没有对艺术的爱，哪里就没有批评。"[1] 李健吾正是抱着对艺术和艺术家的爱去努力接近艺术灵魂而作心灵的探险的。他的文学评论，盈溢着浓烈而又深沉的情绪氛围。他三十年代初写的《朱大枬的诗》一文，满蕴对亡友的思念和追悼的悲痛感情，以饱蘸血泪和渗着情思的沉重之笔，为我们描绘和剖析了一颗悲苦的诗魂。全文充满深挚的情感。《叶紫的小说》中的评论也同样流贯着对黑暗社会窒息、迫害作家生命的愤懑和对早夭作家的痛惜之情。此处，批评家呈示给读者的，是"一个在血肉中凝定的灵魂"。这种情绪化的批评，在李健吾笔下，有时完全诗化了。像评茅盾《清明前后》创作的历史和心理背景，像评何其芳《画梦录》中意境创造等就是如此。这种批评，简直像是散文诗！它同干巴巴没有血肉的八股式、学究气的批评文字不可同日而语。事实上，它本身就是一种创造，一种艺术品，它之能征服万千读者是不言而喻的。

---

[1] 伍蠡甫主编：《西方文论选》下卷，上海：上海译文出版社，1979年，第373页。

"对作者们朋友似的态度"
——平等密切　坦率严谨

老作家韦君宜在给李子云评论集《净化人的心灵》所作的"代序"中写道：

> 有的评论文章的作者显得很有学问，文章分量重，令我只有敬服。有的则不是这样。记得少年时代看见过刘西渭（是李健吾先生的笔名吧？）评巴金小说的文章，探索作者创作的心情，曾经深为激动，至今没有忘记。

她认为李健吾文学评论给她印象最深的是文章使人感到了他对作者们朋友似的态度，不但肯定作者的长处，而且也对作者的短处和失着采取友谊的理解态度。这好比一个好朋友做了一件有缺点的事，敞开心扉跟他谈一谈。韦君宜无限感慨地说："我觉得这样的格调在评论文章中十分难得。"这种难得的文学评论关键在于批评家对作家的创作甘苦要能理解，对艺术创作的审美特性要能把握，也就是说，要成为作家的知音，艺术的里手行家。李健吾幽默地说："正因为每一个创作家具有经验，甘苦，见解，所以遇到一个批评家过分吹毛求疵的时候，犹如巴尔扎克恨不能拿钢笔插进圣佩夫的身子。"

批评家确实不好当。他不仅要冒着被作家斥为狗、鼠、毛毛虫、强盗、屠户，被人用钢笔插进肚子的危险，而且更重要的，在作品面前，他要心灵绵密，倾全灵魂以赴之，观察丝丝入扣，体会真切深邃，打开自己情感的翳障，接受作家情感的存在，尊重作家的艺术个性，把握作品的风格特点。他进行文学批评，好像是在一种相似而实异的心灵世界里旅行，辗转其间，不仅礼貌有加，而且洞幽烛微，综合自己所有的观察和体会，作出自己有说服力的审美和情感的赏鉴和批评。李健吾许多评论文章，很像是和作家促膝谈心，与好友真诚交换意见，是平等的，说理的，也是科学的。评罗淑，他是把她当作"永远亲切的姊妹"来阐释评述的，因而体会独到、论评贴切。他评卞之琳的诗，卞之琳写了两篇文章答辩。本来，两人的文章切磋琢磨，交换看法，进行有益的探讨，是一种很正常的作家和批评家的关系，可就是这种正当的讨论交流却引起了别的古怪误会和议论。李健吾光明磊落，胸襟阔大，他认为"争论是走向真理的道路。读者从争论中可以判断是非，而有所受益，有所认识"。因此，他不畏人言啧啧，抱着知我罪我,一任诸君的态度,将他和卞之琳、巴金等人的往还论辩的文章悉数收入他的评论集里,显示了评论家的勇气、自信和博大胸怀。

这种批评风度的形成,除前面讲的批评家要掌握艺术的特殊规律外,还必须态度诚恳,亲切平易又不缺乏科学精神和批评良知,亦即批评家也需要有严谨而又坦率的态度,使评论既具有自由感和平等感,也具有科学性。

李健吾很强调和重视批评者内心的自由和文学批评的科学品格,努力复其以应有的尊严。他经常提及批评者的"限制",主要指两个含义:一是批评者的主观好恶、情感判断和审美趣味,时时出面左右批评;二是狭隘的功利观使批评容易变成一种政治武器,或者等而下之,一种争权夺利或揭发隐私的工具。在限制面前他表示要"和自己作战",极力求得公允真切的美学批评。对前一种限制,他认为"批评最大的挣扎就是公平的追求","希冀达到普遍而永远的大公无私"。对后一种限制,他说"我们需要一种超然的心灵"。"只要他为人类共有的高尚的理想活着,我们便把自由创造的权利给他。"这虽然多少缺乏社会历史感,并有抽象化的毛病,但在政治上、伦理上却是对当时反动统治和污浊社会的一种抗议;在美学上也是一种较为正确的审美观,有其传统渊源。道家美学就反对狭隘的功利美学观,对那种绞尽脑汁去追求与功名利禄、声色犬马相联系的美非常反感,他们看出了审美同超功利的关系,认为美是一种自然无为、不受外物役使而获得精神自由的心理状态,而审美的要义正在超越外在必然性而取得自由。显然,这是一种深得美和艺术真谛的审美观。李健吾说他的文学批评是"学着在限制之中自由","而最大的自由便是在限制之中求得精神最高的活动"。这颇具辩证意味,是将文学批评当作一种审美活动,并着意使之成为切实的自由的美学批评。

王尔德认为,"批评本身是一种艺术"[①],李健吾补充说,批评是"一种独立的艺术"。这不仅强调了文学批评的个性和风格,而且指出了批评者摆脱狭隘功利观,求得内心的自由对审美体验和审美判断的重要性。这种自由,是渗透一切心灵的自由,是不诽谤、不攻讦、不应征、"属于社会,然而独立"的尊重个性的自由,是"以尊重人之自由为自由"的自由,是对创造性的肯定和保护的自

---

① 转引自李健吾:《自我和风格》,《李健吾文学评论选》,银川:宁夏人民出版社,1983年。

由。这是真正审美的自由批评的自由。李健吾这种自由的批评观，是建立在现代思想意识的历史趋势的基础之上的。李健吾常常强调他和他的同代是"现代人"。在他看来，"物质文明复杂化了我们的世界也复杂化了我们的心"。现代人的思想意识的历史趋势正在于，随着物质文明和精神文明的发展，张扬个性，以人及其自由为出发点，而不以狭隘的功利考虑和固定的社会需求为指归。基于这种思想，李健吾的文学批评观和审美观，强调批评家的个性和自由，要求批评的独立和尊严。然而，也并非孤芳自赏或高高在上，而是以爱与知的态度，跟作者和读者们平起平坐，交朋友，建友谊，平等、诚挚、亲切，却又不失为一个可敬的严肃的批评家。

一般说来，进行心灵的探险、情绪化的批评的美学批评家，寻求的审美对象是能与之灵魂接近、情感共鸣和心灵对应的作家作品。这是因为，批评家所作的审美判断，实际上是一种凝神观照的形式，是对审美对象的性质以及性质上的结构的一种喜爱的注意（参见韦勒克、沃伦《文学理论》）。李健吾所佩服的圣·佩韦就曾明白地说过："凡自身具有一种艺术或者系统的才智之士，愿意接受的只是和他观点相同，和他喜好相同的东西。"的确，我们从李健吾文学评论所选择的对象，约略便可以得知他的审美趣味、政治思想和艺术观点。巴金、曹禺、沈从文、李广田、萧乾、芦焚、何其芳、卞之琳、废名、林徽因等等，都是他笔之所之的评论对象。这些作家虽然政治倾向有左倾右倾、发展变化之别，然而他们当时都有一个大致相同的政治态度和审美意识：他们都是民主主义作家，大都不满意继续内外受压迫、奴役的地位以及国民党反动派的倒行逆施，同时，他们对共产党也不太理解，企望与政治保持距离。他们比较重视艺术本身的特点，追求艺术的美学效果，取得了较高的艺术成就。虽然李健吾和这些作家的共同点比较多，并且许多是好朋友，但他并没有无原则地捧场或一味地称颂，而是以其拳拳之心、殷殷之言，好处说好，坏处说坏。如对巴金、曹禺、废名等人的作品均有所褒贬，直言不讳，臧否分明，情真意切而又语重心长，使作家们在彼此理解和互相尊重的坦率、友好的氛围中心悦诚服，首肯心折。

李健吾是一位具有自己深刻印记的批评家。他的文学批评是一种独特的审美感受和审美鉴赏，是一种艺术和美学批评。在传统和外来思潮面前，他认真地思考，批判地承继，努力探索，勤勉实践，用民族自制的溶液稀释、化合舶来品，从而获到新型的模式，取得独创的成果，使人瞠目不已。

  他是一个"鬼才"，一个有艺术气质的作家加学者式的批评家。他这种整体直观、心灵探险的印象赏鉴式的美学批评，与现代文学批评史上茅盾等的社会的文学批评在审美观念和批评模式上都不一样，但也不失为一种值得借鉴的文学批评的审美方式。四十年代从事文学批评的李广田、唐湜等人就多少受了他的影响，写了许多有特点的评论文字。而事实上，李健吾的批评范式，其影响和意义并不限于他的同代和已经消逝了的昨天，而在于今天和明天。

论李健吾的文学批评[1]

李桂起

在中国现代文学批评史上，李健吾占有不容忽视的地位。三四十年代，李健吾以"刘西渭"为笔名，写下了一系列的文学批评文章，曾编为《咀华集》《咀华二集》《咀华余集》问世。在当时，李健吾的文学批评以其对评论对象的深切理解和独特的文体风格，颇为读者所赞许。他以坚实的批评实践为中国现代文学批评在三四十年代的成长做出了不可磨灭的贡献。他的文学批评应该成为我们现代文学史研究的一个需要开发的课题。

一

同亚里士多德、莱辛、别林斯基、刘勰、严羽等这些中外文学批评史上的批评大师们不同，李健吾没有建立过什么宏大深邃的文学批评的理论体系，他甚至不像茅盾、胡风等曾以自己的理论主张形成标志着一个在文学史上具有深远影响的文学流派的旗帜。他的批评始终是一种实践性的批评，以一个诚实读者的身份倾谈自己文学欣赏的感受，以此阐发对文学的某些见解。然而，李健吾的文学批评却又不同于那些即兴的观感式的点评或粗率的作家印象记之类。他的批评分开来看固然只是从微观的角度，对作家的创作做具体的透视和评析，合起来看却又是一个互为容纳的精神实体。这个精神实体有自己的哲学意蕴，有自己的理论系统，有自己统一的对生活、对艺术的见解。透过这些见解，我们既可以看到中国现代文学批评的某些轨迹，也可以理解李健吾对于中国现代文学批评所具有的独特意义。

---

[1] 原载《文学评论》1992年第3期。

谈到对文学批评所抱的基本观点，李健吾曾这样说过："批评并不像我们通常想象的那样简单，更不是老板出钱买的那类书评。它有它的尊严。犹如任何种艺术具有尊严。正因为批评不是别的，也是一种独立的艺术，有它自己的宇宙，有它自己深厚的人性做根据。"① 他又说："什么是批评的标准？没有。如若有的话，不是别的，便是自我。""拿自我作为创作的根据，不是新东西。但是拿自我作为批评的根据，即使不是一件新东西，却是一种新发展。这种发展的结局，就是批评的独立，犹如王尔德所宣告，批评本身是一种艺术。"② 李健吾对批评的这种理解包含着三项互为依存的内容：首先，李健吾把批评理解为一种艺术。既然批评也是艺术，那么批评便不是对于某些理论观点或作品的被动的接受与阐释，而同样是一种积极的创造活动。这种活动应该同创作一样凝含着批评家对生活和艺术的独到感悟与发现。批评具有自己独立的介入生活的价值，批评家也应该在批评中显示出自己的主体作用。其次，李健吾把批评的基础理解为批评家的自我存在，所谓批评的"尊严"也就是批评家自我人格的尊严。因此批评应该是批评家的一项独立自由的精神活动。在这项活动中，活跃着批评家自己的思想、自己的想象、自己的意志、自己的人格。批评和文学创作、批评家和作家是平等的。这种平等关系，也就决定了批评家自己应有的地位。再次，李健吾把批评的"根据"理解为"深厚的人性"，批评既是批评家以自己意识到的人性内容为依据对作家及其作品所展示的人性的理解，同时又是批评家借以提高与增深自己人性的通道。从这里出发，一个批评家可以厘清自己对茫茫的人生世界和艺术世界的思路，可以解答他所遇到的人生和艺术的问题，甚至可以由此为自己铺设一条人生的道路。换言之，文学批评不是一种单纯的欣赏表达，而是批评家一种特殊的人生实践。在这种实践中，贯穿了批评家全部的生命体验和精神追求。批评应该是一项有助于增进人性的事业。以上三点可以说是构成了李健吾文学批评的精神内核。李健吾文学批评的模式特征、方法特征和文体特征都是以此为依据的。

从批评观念的渊源关系来看，李健吾对文学批评的这种理解主要来自两个方面的影响。一是西方十八世纪启蒙主义思潮之后那种从古典主义原则中解放出来

---

① 李健吾：《答巴金先生的自白》，《咀华集》。
② 李健吾：《自我和风格》，《李健吾文学评论选》，银川：宁夏人民出版社，1983年。

的自由主义批评意识的影响；二是西方近代人本主义哲学的影响。

西方文学批评在十八世纪之前一直是古典主义的一统天下。亚里士多德所开创的古典主义批评原则为人们奉为圭臬，两千多年来虽略有变化，但始终是指导着人们批评实践的金科玉律。这种情况到十八世纪开始发生了变化。在近代个性解放和文学对人的重新发现的思潮启迪下涌现出了自由主义的批评意识。这种批评意识有两个显著特点：一是它同古典主义主要把批评看作是对创作的艺术形式和修辞技巧的探究不同，主张批评应该从创作的附庸地位分离出来，独立地承担介入人生、指导人生的精神活动的功能。如狄德罗认为批评家同哲学家和诗人一样，负有用人性的本善去指导人生的职责。阿诺德认为批评同创作一样，也是人的一种"自由的创造活动"。史勒格尔认为"批评即创作"，批评家同样要具有描绘人类灵魂的能力。圣·佩韦认为"批评即发明"，同创作相比，批评只不过是以"间接方式揭示那隐藏着的诗或创造"。王尔德认为"批评就是艺术"，批评的功能同样是对美的表现和揭示。二是它反对古典主义竭力维护统一的批评原则的做法，认为批评的尺度具有一定的相对性。批评的基础是欣赏，而欣赏的基础则出自人们不同的审美趣味。批评应该尊重人们审美趣味的差别。伏尔泰批评那种强求划一的古典主义原则："几乎一切的艺术都受到法则的束缚，这些法则多半是无益而错误的。指导写作的书比比皆是，而切实可行的范例却很少见到。""注释家和评论家大量发表著作，向诗人们发出指示。……他们学究式谈论着那些只存在心醉神迷境界里才能感觉到的东西；即使他们的法则是正确的，那些法则又有多大用处呢？"[①] 法朗士更直接了当地表示："在文学的问题上没有一条意见是不能很容易地被跟它恰恰相反的意见反对掉的。"批评不存在真正一致的标准。批评应该承认趣味的多元化，而不应是唯一的判断。[②] 尽管上述批评家从美学归属上看并不属于同一的批评流派，但他们对批评的看法却表现了一个共同的历史趋势，即批评主体意识的强化和批评多元化的追求。二十世纪西方文学所谓批评时代的出现，不能不说是以这种自由主义的批评意识为先导的。而中国现代文学批评的建设，最初也正因"五四"新文化运动的背景作用，是从对这种自由主义

---

① 伏尔泰：《论史诗》。
② 法朗士：《笛师们的争论》，《文学生活》第一卷。

批评意识的接受开始的。中国现代文学批评的建设同样面临一个突破古典文学批评规范的问题，对此自由主义批评意识在批评观上的变革无疑具有冲击性。在当时，对批评个性的强调与尊重几乎是最早一批新文学批评家们的共同主张。如周作人认为：批评一方面是"诚实的表白自己的印象"，其基础是自我的个性，另一方面"只是偶然的趣味的集合，决没有什么能够压服人的权威，批评只是自己要说话，不是要裁判别人"。[①] 为此他否定"道统""文统"等古典批评规范，提出"诚"和"谦"的批评原则。茅盾也曾说过："请不要错认'批评'二字是和司法官的判决书相等的呀！更请不要误认文学批评家就是'大主考'！批评一篇作品，不过是一个心地率直的读者喊出他从某作品所得的印象而已。"[②] 郭沫若则强调批评的本质是"审美"的，"文艺批评的可能性本依据于我们对于艺术作品的理解能力"，"批评本没有一定的尺度。批评家都是以自己所得到的感应在一种对象中求意义"。[③] 李健吾的批评观可以说是对上述文学批评观念的一种继承。

应该承认，这种自由主义的批评意识对于中国现代文学批评最初的建设是具有积极作用的。正是借助于这一批评意识，中国现代文学批评才在否定陈旧的古典批评观念的基点上，完成了中国文学批评由传统向现代的转换，并为形成现代文学批评多元开放的品格奠定了最初的基础。但是，如果今天从马克思主义科学文艺批评观的角度来考察，我们也必须认识到这种自由主义批评意识所内含的消极作用。自由主义的批评意识把自我确立为批评的出发点，抹杀或轻视批评的客观标准，在艺术原则和批评原则上表现了一种相对主义的倾向。这很容易使批评满足于对艺术表象的感性印象而难以达到对艺术规律的深层的理性把握，同时也容易使批评实践演变为一种脱离批评对象的批评家的自我宣泄。西方印象主义批评后来的流弊正是这种批评意识向极端发展的结果。这也是二十世纪包括马克思主义文学批评在内的一些新的批评流派对自由主义批评观不满，起而倡导科学主义批评原则的原因之一。自然，李健吾的文学批评也不可避免地留下了自由主义批评意识的这一印痕。

把批评视为"一种独立的艺术"，视为一种自由的精神创造活力，虽然从观

---

① 周作人：《文学批评杂话》，《谈龙集》。
② 茅盾：《"文学批评"管见一》，《茅盾文艺杂论集》上集，上海：上海文艺出版社，1981年。
③ 郭沫若：《批评——欣赏——检察》，《批评与梦》，《文艺论集》。

念上说是李健吾秉承了西方近代自由主义的批评意识,但同时也体现着李健吾自己的一种内在的批评气质。文学批评作为介于理论和创作之间的实践活动,具有自己独特的性质。一方面它是一种逻辑思维活动,以一定的理论建构作为基础,从特定的理论出发阐释与评价作品和作家的创作活动;另一方面它又是一种审美感受活动,以一定的欣赏作为基础,从具体的审美感受出发解读与领悟作品,并由此而对作家及其创作做出相应的审美判断。对这两个方面不同的侧重,便构成了文学批评不同的出发点和批评气质。据此,批评家可以分成理论型的批评家和艺术型的批评家两大类型。就内在气质而言,李健吾显然属于后者。作为艺术型的批评家,李健吾更重视文学批评中的审美活动。他不愿意通过思辨式的理论阐述来表述自己对人生、对艺术的见解,而更愿意相信自己具体的审美感受,用艺术化的而非逻辑化的方式把握自己面前的评论对象。

从这样的个人气质出发,李健吾把文学批评解释为一种用艺术的感悟去认识人性和参悟人生的精神活动。他说:"我不大相信批评是一种判断。一个批评家,与其说是法庭的审判,不如说是一个科学的分析者。科学的,我是说公正的。分析者,我是说要独具只眼,一直剔爬到作者和作品的灵魂深处。"因而"一个批评家,第一先承认一切人性的存在,接受一切灵性活动的可能,所有人类最可贵的自由,然后才有完成一个批评家的使命的机会"。[①] 这种对批评的解释,使李健吾的批评观具有明显的特色。三十年代我国文学批评中最具影响的是以左翼作家为代表的社会历史批评和梁实秋为代表的新人文主义批评。尽管他们的政治色彩不同,但在批评模式上却有着近似性。无论是社会历史批评还是新人文主义批评,都不把批评看作是一种感悟,而看作是一种判断。它们更多偏重的是批评的逻辑特征和理性素质。左翼作家的社会历史批评从马克思主义文艺观和现实主义理论出发,把批评主要看作是"生活的批评,社会的批评,思想的批评"。[②] 重视对作品的历史背景和社会内涵的分析,并常以作家的思想立场和创作倾向来鉴别其创作的优劣是非。新人文主义批评则从白璧德的抽象的"人的法则"出发,把批评视为"严谨的判断",如梁实秋所言:"批评家需要的不是普遍的同情,而是

[①] 李健吾:《〈边城〉——沈从文先生作》,《咀华集》。
[②] 冯雪峰:《论民主革命的文艺运动》,《雪峰文集》(二)。

公正的判断。批评的任务不是作文学作品的注解，而是作品价值的估定。"[1] 重视的是对作品的道德分析，强调以一种超验的人性法则来厘定作品与作家。而李健吾却把批评解释为艺术的感悟，这感悟的基础不是某种既定的理论和法则，而是批评家自我"人性"的存在，是批评家从这"人性"出发对作品和作家内在生命的体验和理解。无疑，李健吾的文学批评在三十年代具有一种特殊的价值。他的文学批评所代表的自由主义倾向同社会历史批评的科学主义倾向，新人文主义批评的古典主义倾向构成当时中国现代文学批评的三足鼎立的多元格局。他强调批评的审美特征和感性素质，在一定程度上弥补了社会历史批评和新人文主义批评的不足。当然李健吾文学批评在批评的逻辑特征和理性素质方面的不足，反过来也得到了社会历史批评和新人文主义批评的补充。它们之间的这种互补关系，正是三十年代中国现代文学批评多元格局的一个主要特征。

二

李健吾文学批评所受西方近代人本主义哲学的影响，主要表现在他对批评的内在精神的理解上。在把文学批评看作是一种"独立的艺术"，把批评的过程解释为艺术感悟的同时，李健吾并没有把批评的本质完全归结为单纯鉴赏式的审美批评。他认为美的基础是善，而艺术的基础则是人性的存在。所以，他认为批评作为一种"独立的艺术"，其本质是"人性的发现"，批评的过程作为艺术的感悟则是"一个人性，钻进另一个人性"，对对方那一人性的感悟与理解。李健吾曾多次强调他的文学批评是对"人性的追寻"。他说："一个批评者，穿过他所鉴别的材料，追寻其中人性的昭示。因为他是人，他最大的关心是人。"[2] 那么李健吾在这里所强调的"人性"对于他的文学批评到底具有一种什么样的意义呢？

在评论萧乾的《篱下集》时，他曾引用卢梭的一段话来说明他对人性的理解："世人除去人，还有什么东西知道观察此外的一切，估量、筹划、逆料它们的行动，它们的效律，把共同生存的情绪和单独生存的情绪连结在一起的？……

---

[1] 梁实秋：《喀赖尔的文学批评观》，《浪漫的与古典的》。
[2] 李健吾：《叶紫的小说》，《咀华二集》。

所以，说真个的，人是他栖止的地上的帝王；因为他不仅驯服所有的走兽，他不仅用机智分配元素，实际地上只有他独自知道分配，凭借思维，甚至于遥远的星宿他也弄做自己所有。请你指给我看看，地上会有另一个走兽知道用火，知道赞美太阳。什么！我能够观察，认识生物和它们的关系；我能够感觉秩序，美丽，道德；我能够静观宇宙，把我举向统治宇宙的主宰；我能够爱善，行善；而我拿自己和兽相比，卑贱的人，是你可怜的哲学把你弄得和它们相仿；或者不如说，你别想弄糟你自己；你的禀赋，天生和你的原则作对；你行善的心情否认你的理论，甚至于你官能的妄用，随你怎样也罢，全证明你官能的优越。"[①] 他继而自己体会说："人为万物之灵。犹如孟子，浪漫主义相信人性本善，罪恶由于社会组织的不良，或者学识的发展。人生来寻找幸福，因为寻找幸福，反而陷入痛苦的旋涡。同时寂寞，在这四顾茫茫的人海，注定是超人的命运。……人类的良善和自然的美好终结在个性的发扬，而个性不蒙社会青眼，或者出于有意，独自站在山头傲啸，或者出于无心，听其沉在人海混迹。精神上全是孤独。忧郁是这里仅有的花朵。所以，与其把忧郁看作一种结果，不如看作是一种本质。"所以，同狄德罗、卢梭等这些启蒙主义思想家一样，李健吾推崇人的感性的美好和人性的力量，并认为人具有一种"普遍的人性"，即心灵的本善。他认为作家的创作便是这人性的本善和个性的发扬，而批评的价值便在于从作品中去发现与揭示这人性的本善和个性。很显然，对人性的这种理解，是一种人本主义的理解。当然我们可以指出人本主义在其哲学意义上的局限和失误，但我们在这里首先要了解的是这种人本主义精神对李健吾的文学批评的形成所具有的特定的建构作用。

发端于文艺复兴时期的西方人本主义思潮，至德国的古典哲学的杰出代表费尔巴哈达到它的高峰，在马克思主义和现代非理性主义兴起后而渐趋衰落。人本主义和西方近代文学思潮有着密切的渊源关系，它孕育了十八世纪的启蒙主义文学思潮、十九世纪的浪漫主义和批判现实主义文学思潮，对近代文学批评观念的形成也产生过直接的影响。人本主义把观察人、理解人、认识人当作其哲学的出发点，从而打破了宗教神学对人的精神统治，恢复了作为个性的人的价值和地位。人本主义认为人的独特性便在于人性的存在，即人的感性存在和理性存在。

[①] 卢梭：《萨华副主教的信仰宣言》。

感性是理性的基础，理性是感性的升华，而人性中的最本质、最核心的内容便是"善"和"美"。"善"和"美"是引导人类走出黑暗的愚昧和贪欲，走向理想社会、理想人生的火炬。费尔巴哈曾经说过：善"不是别的，而只是人的真实的完全健康的本性，因为错误、恶德、罪过不是别的，而只是人性的歪曲、不完整、与常规相矛盾"，因此幸福便是这种"人的真实的完全健康的本性"的发扬。① 马克思和恩格斯曾指出人本主义哲学的最大失误是在于脱离人的具体的社会存在去抽象地谈论人性，把人性看作是超越人的存在的先验的本质。其实"人是一切社会关系的总和"，人性的内涵归根结底是由人的社会存在决定的。尽管人本主义哲学不能真正科学地解释社会和文学中的人性问题，但是对于文艺研究和文学批评它还是曾有过不可磨灭的贡献。首先，人本主义使批评家比较重视文学艺术中人的存在，强调对文学作品人性内涵的发掘，强调人性的力量，人性的价值，以及人性中"善"与"美"对人生的指导作用；其次，人本主义使批评家比较重视感性的作用，强调由艺术感觉去理解作品、理解作家，在此基础上达到理性的把握与评价。

正是这种人本主义的哲学立场，使李健吾把批评的本质看作是"人性的发见"，把批评的出发点确立为艺术的感悟，使得他在批评实践中格外重视自己的审美感受，重视从这种审美感受去透视作家的艺术个性和人格个性，从而形成一种"以文论人"的批评模式。在他分析和评价任何一部文学作品时，他总是透过作品的存在去发现作家的存在，由作家所营造的艺术世界去认识作家内在的心灵世界。由《边城》他看到了一个崇尚美与真淳的沈从文，由《九十九度中》他看到了一个以机智和超脱来看取人生的林徽因，由《城下集》他看到了一个忠厚平和却又富有同情心的蹇先艾，由《爱情的三部曲》他看到了一个因热情、激奋而显得浮躁的巴金。李健吾曾把自己的这种批评模式解释为"灵魂的批评"。

的确，从李健吾的评论文章中我们可以看到，面对自己的批评对象，他保持着一种强烈的深入对方灵魂的欲望，总是企图通过作品所提供的艺术表象达到对作家这一个活生生存在的人的理解。在评论沈从文的《边城》时，他通过作品所表现出来的艺术特征和创作倾向，把握了作者特有的心灵个性。他说："沈从文

---

① 费尔巴哈：《幸福论》，《费尔巴哈哲学著作选集》。

不是一个修士。他热情地崇拜美。在他的艺术制作里,他表现一般具体的生命,而这生命是美化了的,经过他的热情再现的。"从沈从文的艺术气质和心灵个性出发,他认为《边城》就是一部表现"美"的小说,湘西地方的风情美和小说人物的心灵美。"这里的一切是和谐,光与影的适度配置,什么样人生活在什么样的空气里。"正是由于小说立足于表现美,所以小说不去触及生活中的丑。"沈从文先生在画画,不在雕刻。他对于美的感觉叫他不忍心分析,因为他怕揭露人性的丑恶。"作者的这种创作心理,也就决定了小说的写法。《边城》不是一部写实主义的作品,作者是把小说当作诗来写;作者在这作品中讲究的不是对客观生活细节的描绘,而是对一种美的感觉的描绘。深入灵魂的欲望常能帮助李健吾比较准确地触摸到作品内在的神韵,并由此洞视作家的创作心理动机及人格特征,这尤其表现在当他评论同他的审美情趣与艺术气质比较接近的作家时。除沈从文外,在对废名、何其芳、卞之琳、李广田等的评论中,我们也能够见到他独到而精辟的见解。而对这些作家们的批评,在当时左翼作家的社会历史批评那里常常是较为薄弱的环节。

如前所述,李健吾本质上是一个艺术家,在人本主义哲学的基础上他是用一个艺术家的眼光来看待人和人性。他对人性透视的基本视点是审美的。恰如他曾经评论过的沈从文一样,他总是企图从人性中发现那些善和美的内涵,而力避冷静、客观、毫无情面地揭示人性的恶和丑。他相信善与美可以引导人生趋向理想的境界,而文学则正负有用这善与美去引导人生的职责。这种以审美为基点去认识人性的立场,无形中形成了他文学批评的一项重要尺度。

从这一尺度出发,李健吾比较推崇那些侧重表现善与美的作家,也更喜欢那些注重展示理想的人性境界的作品。相反,对那些着重表现生活的真,努力发掘人性中丑恶一面的作家,他尽管也承认与推崇他们的价值,但在审美趣味上却难以降心以从。在谈到法国作家巴尔扎克和福楼拜时,他这样评价道:"巴尔扎克是个小说家,伟大的小说家,然而严格而论,不是一个艺术家,更遑论伟大的艺术家。为方便起见,我们甚至可以说巴尔扎克是人的小说家,然而福楼拜,却是艺术家的小说家。"[①] 在中国作家中,他似乎对沈从文、对废名比对茅盾、巴金有

---

① 李健吾:《〈边城〉——沈从文先生作》,《咀华集》。

更多的偏爱。这种批评尺度，使他比较崇尚表现而轻视再现，在批评气质上表现出一种浪漫主义的倾向。他曾这样称赞过沈从文："他知道怎样调理他需要的分量。他能把丑恶的材料提炼成功一篇无瑕的宝石。他有美的感觉，可以从乱石堆中发现可能的美丽。这也就是为什么，他的小说具有一种特殊的空气，现今中国任何作家所缺乏的一种舒适的呼吸。"① 就科学主义的批评学眼光而言，不难看出这种批评尺度的缺陷，但如从批评个性化和多元化的角度而言，这种尺度对李健吾来说确实具有重要的实践价值，它同李健吾的批评观念和艺术气质形成一种有效的配合，使李健吾确立了自己重感性、重审美的批评个性。同时，在批评实践中，李健吾也并不处处把自己的尺度当作判断作品价值的唯一原则，而排斥其他的批评标准。自由主义的批评意识又使他承认尺度的相对性，并认为批评的标准同文学的创作方法一样都应是多元的。他曾说："一个批评者有他的自由"，"不幸是一个批评者又有他的限制"，"他有自由去选择，他有限制去选择。二者相克相长，形成一个批评者的存在"②。这种多元意识使他在具体地评价作家和作品时往往能表现出一种尺度的灵活性。在比较乔治·桑、福楼拜、左拉的创作时，他指出他们各自的创作特点，同时又承认无论是浪漫主义、现实主义或者自然主义都有"他们各自创作的理论的根据"，而从不同审美基点出发对这些作家创作的批评，也都能"以各自曾经具有的丰富的内涵，为我们解释作品在我们心里留下的感受"。③

三

自由主义批评意识和人本主义哲学作为李健吾文学批评的精神内核，决定了李健吾对批评的本质、批评的功能的理解，因而也影响了他对自己批评方法和批评风格的选择。

李健吾强调鉴赏的主观感受性和审美的个体经验性，重视批评中的主体意识，这使他的文学批评带有明显的主观性色彩。他曾说："我的解释并不妨害我

---

① 李健吾：《〈边城〉——沈从文先生作》，《咀华集》。
② 李健吾：《咀华集·序》。
③ 李健吾：《三个中篇》，《咀华二集》。

首肯作者的自白。作者的目的也绝不妨害我的解释。……我的解释如若不和诗人的解释吻合，我们经验就算白了吗？诗人的解释可以撵掉我们或者任何其他的解释吗？不！一千个不！幸福的人是我，因为我有双重的经验，而经验的交错，做成我生活的深厚。诗人挡不住读者。"① 他还说："一个真正的批评家，犹如一个真正的艺术家，需要外在的提示，甚至离不开实际的影响。但是最后决定一切的，却不是某部杰作或者某种利益，而是他自己的存在……他有他不可动摇的立论的观点，他有他一以贯之的精神。如若他不能代表一般的见解，至少他可以征象他一己的存在。"② 为此，他把批评的功能引申为：批评既是在探讨别一个人性，也是在建立自己的人性。"批评的成就是自我的发现和价值的决定"，批评家的目的是在"扩大他的人格，增深他的认识，提高他的鉴赏，完成他的理论"③。李健吾对批评的这种见解很能令人想起法朗士在其《文学生活》第一卷序言中说过的那段名言："为了真诚坦白，批评家应该说'先生们，关于莎士比亚，关于拉辛，我所讲的就是我自己'"，"优秀的批评家就是这样一个人，他把自己的灵魂在许多杰出作品中的探险活动，加以叙述。"所以，李健吾常和朱光潜一起被看作是我国三十年代印象主义的批评家。但是同法朗士等这些比较纯粹的印象主义批评家不同，他并没有把批评的主观性强调到绝对的程度。从人本主义哲学的立场出发，他把批评的本质理解为"人性的发现"。所谓"发现"当然既需要主体的创造性，又离不开客体的实在性，而不是主体超脱客体的随意发挥。所以在重视批评家的自我意识和主体作用的同时，李健吾又能以审慎的态度对待批评家的自我意识。他认为要准确评价作家，首要的还是应该从作家的创作实际出发。"我们欣赏一件作品，应当先行接受它的存在，这就是说，它带来的限制。"④ 这对李健吾来说似乎是一个矛盾。批评的出发点究竟应该选在哪里呢？是作品和作家的客观实在，还是批评家的自我主观印象？抑或是一种既外在于作品和作家，又外在于批评家自我的超验的法则？作为一个侧重于批评实践而非侧重于理论建树的批评家，李健吾无意从理论上去解决这个矛盾，或者说他根本就没有想到要

---

① 李健吾：《答〈鱼目集〉作者》，《咀华集》。
② 李健吾：《叶紫的小说》，《咀华二集》。
③ 李健吾：《咀华集·跋》。
④ 李健吾：《答〈鱼目集〉作者》，《咀华集》。

去解决这个矛盾。在批评实践中,他用一种东方人的圆融与通达绕开了这个批评观念上的难题,没有固执地跟在法朗士等人后面一直走下去,而是选择了一条很有中国式的"中庸"特色的批评道路。他以印象主义批评为基础,调和了包括社会历史批评在内的其他一些批评流派在方法上的特点,把它们杂糅融会,为我所用,形成一种实践性很强的批评风格。

为了在批评的主体与批评的客体之间搭起一座能够互相通联的桥梁,李健吾在批评实践中格外强调一个"诚"字。李健吾知道,批评尽管可以称为一种"独立的艺术",但并不真的等同于创作。批评的特质决定它具有科学的属性,因而不能是纯主观的东西。"批评最大的挣扎是公平的追求",而公平的前提是尊重批评客体的客观存在。但文学批评正因为对象、方法、目的、过程的制约,本身又具有非科学、准科学的属性,它又离不开主观的参与。无论是强调自我还是肯定非我,偏执一端都不会对批评实践有好的效果。要么是批评家把作家遮蔽,批评变成批评家的自我宣泄;要么是作品把批评家淹没,批评流为繁琐的演绎或枯燥的阐释。因此,李健吾主张一个批评家应该以真诚之心去感悟与理解作家或作品。批评家的批评固然要以"自己深厚的人性做根据",但在把自我介入批评对象之前,首先要充分尊重批评对象的个性存在。李健吾认为批评就是"灵魂企图与灵魂接触"[1]。这个命题应该说是李健吾批评方法的基石。李健吾自称他的批评方法就是"努力来接近对方——一个陌生人——的灵魂和他的结晶。我也许误入歧途,我也许废话连篇,我也许不免隔靴搔痒。但是,我用我全份力量来看一个潜在的活动,和聚在这深处的蚌珠"[2]。

李健吾在批评实践中,确实是这样做的。三四十年代的中国文坛上,活跃着多种流派、多种风格的作家,对这些作家,李健吾尽管从自己的审美趣味出发,不免有其偏爱,有其选择,但一旦把对方纳入自己批评的视野,他都能采取一视同仁的态度,不以地位论成败,不以门户论高低,而是努力从自己对具体作品的艺术感觉出发,企图最大限度地接近作家的心灵世界,以自己之心体味他人之意,咀嚼作家沉淀在作品中的诸般人生滋味。无论是对远离政治、专注艺术的沈

---

[1] 李健吾:《叶紫的小说》,《咀华二集》。
[2] 李健吾:《咀华集·跋》。

从文、废名、卞之琳、何其芳等人，还是对隶属于左翼阵营、充满政治热情的萧军、叶紫、陆蠡等人，他都能用一颗朋友的心去理解他们，从他们的创作实际出发，指出他们的优劣长短、成败得失。

这种真诚的态度造成了李健吾文学批评一种特有的宽容品格。尽管有时他的意见也非常尖锐犀利，有时也会带来作家的反诘，如对巴金《爱情的三部曲》的评论，但他从不板着脸去教训别人，摆出一副盛气凌人的架式。因为他明白"一个作者不是一个罪人，而他的作品更不是一篇罪状。把对手看作罪人，即使无辜，尊严的审判也必须收回他的同情，因为同情和法律是不相容的。……在文学上，在性灵的开花结实上，谁给我们一种绝对的权威，掌握无上的生死？"[1] 因此，他强调批评者的"同情心"，"拿一个人的经验裁判另一个人的经验，然而缺乏应有的同情心，我们晓得怎样容易陷于执误"[2]。"同情心"使李健吾对他的评论对象有一种深深的感情体验，由此而转化为自己独到的艺术见解。在评论叶圣陶的《西川集》时，他从理解作者的人格出发，发掘出叶圣陶作品的价值："叶圣陶先生的平庸，如他所谓，是他的血，他的肉，所以透过他的文字，很快就和我们的心灵融成一片，成为我们的经验，好像一个亲人，不用繁文缛节，就把温暖亲切的感觉给了我们。""我……喜爱他的平庸，因为他从来没有向他的性格和他的读者撒诳，另给自己换一个什么亮晶晶的东西惹人注意。"从常人以为的"平庸"而见出作者质朴诚实的本色，并热情洋溢地予以肯定，不能不说是李健吾的独到之处。"同情心"使李健吾能充分尊重自己的评论对象，尊重对方从而也使自己获得了尊重。这种品格自然使李健吾的文学批评获得了人们的喜爱，也获得了长久的生命力。

在具体方法上，李健吾的文学批评确实具有印象主义批评的许多特点。他的批评一般不把先验的理论作为批评的支柱，从特定的理论框架出发去套取作品和作家。在他的批评文章中你很难找出长篇大论的理论引用，也不容易寻到严密规整的逻辑推理。他的批评，重感悟，重直觉，常把逻辑的推理隐藏在具体、丰富的审美感受后面，让人感到他的分析与阐释不生硬、不枯燥，一切都在一种轻

---

[1] 李健吾：《〈边城〉——沈从文先生作》，《咀华集》。
[2] 同上注。

松、自然的氛围中进行。他的批评以对作品"文本"的识见为起点,但并不隔离作家,对"文本"做那种阐释式的索隐式的细密分析。"文本"不过是他介入作家心灵世界的通道。他从"文本"上获得作家心灵反射的信息,从而由此及彼,观照作家体现在作品中的人性内涵,感知作家活生生的生命存在。但他又不同于纯粹印象主义批评那种"视自己和艺术品的关系较不严厉,陈列较少的理由较少的论据,把批评限于亲切的谈话或浪游者的漫步,想着停止就停止,觉得亲切有味的时候连篇不休,完全尊从自己的嗜好、幻想和癖性,……相信意见的不可救药的分歧,谈讲钦佩的人往往没有节制"[①]。他的批评意见,并不脱离特定的评述对象,完全尊重一个读者对作品的实际感受,并非是法朗士那种远离"文本""六经注我"式的批评家。他的批评常能着眼于作品的客观存在,以作品论作家,尽管有时有不全然准确处,但论据是充分的,分析也是严谨的。如在对废名和萧军创作的评论中,他都能从他们具体作品的"文本"特征出发,剔剖出作家独有的创作心理,又从他们的创作心理梳理出他们的人生倾向和人格特征,力图达到一种主观印象和客观分析的统一。

在分析废名的作品时,他通过废名作品的修辞特征与句式特征,指出废名那种刻意追求语言的完美和故意制造语意空白的艺术个性,又从中把握住废名厌弃世俗在艺术天地中寻求孤芳自赏的心灵个性,并由此概括出废名作品的独特价值及其局限:"不和时代为伍,自有他永生的角落,成为少数人留连忘返的桃源","他逃逸光怪陆离的人世,如今收获的只是绮丽的片段。"而这"正是他所得到的报酬,一种光荣的寂寥"。在分析萧军《八月的乡村》时,李健吾首先指出小说的产生有着作者特定的心理背景,这就是萧军独特的出身和个性使他对自然、对故乡的山水有一种天然的深厚感情。当日寇的铁蹄蹂躏了他的家乡,这感情便化为一种巨大的悲哀浸没他的心灵,于是在法捷耶夫《毁灭》的启示下,他写下了《八月的乡村》,目的不是为艺术,而是为了传达自己那激愤难抑的感情。因此情感的抒发构成《八月的乡村》的突出特色。李健吾指出小说给读者最强烈的感受,不是它的人物性格塑造,而是它对东北自然景色的描写。这种描写带有一种极强的移情色彩,寄托着作者对那片土地深深的爱与憎。这种移情,使萧军的描

---

① 华林一:《印象主义的文学批评论》,《东方杂志》1928年第2号。

写有一种摄人心魄的力量，却也破坏了描写应有的艺术效果。"他的情感火一般炽着，把每一句话都烧成火花一样飞跃着，呐喊着。他努力追求艺术的效果，然而在他不知不觉中，热情添给句子一种难以胜任的力量。""好像一道一道的水闸，他的情感把他的描写腰截成若干惊叹。文字不够他使用，而情却爆竹一般地随地炸开。……他用惊叹号把自己情感、意见、爱恋，等等活活献给我们。"这些既"显出他的热情，却也显出他的浮躁。在情感上，他爱风景，他的故乡的风景，不免有所恨恨；在艺术上，因为缺乏一种心理的存在，内景仅仅做到一种衬托，和人物绝少交相影响的美妙效果"。热情使萧军失去了冷静，失去了冷静，使他难以从事细致的艺术雕磨，因而导致《八月的乡村》艺术上的粗糙。但是李健吾并没有因此而责难萧军，他宽容地指出作家的失误更多地是由于时代的局限而不是作家的艺术素质。"时代和政治不容我们具有艺术家的公平（不是人的公平）。我们处在一个神人共怒的时代，情感比理智旺，热比冷要容易。我们正义的感觉加强我们的情感，却没有增进一个艺术家所需要的平静心境。"由此他深深地理解了作家的心理与人格。

四

读李健吾的文章，总让人感到有那么一种自然的魅力。这魅力的形成一方面来自他那种敏锐、超拔的审美感受力，另一方面则来自他批评文章的文体特征。而这两个方面又无不同他"灵魂企图与灵魂接触"的批评态度和方法相联系。

所谓"灵魂企图与灵魂接触"，关键是批评家对自己批评对象的真诚感悟，而真诚感悟的基础则是批评家那丰富、深入的审美感受力。缺乏这种基础，仅从某种特定的理论出发演绎作品或图解作品，便谈不上什么"灵魂与灵魂"的接触。充分的审美感受力是贯流在李健吾文学批评中的生命的血液，也是孕育着他作为一个出色批评家的智慧与才华的温床。这种审美感受力既表现在他能够透过作品去挖掘作家溶解在作品中的心理内涵和人生意蕴，又表现在他能够从创作规律出发，以一个内行的眼光审视作家在艺术上的成败得失。因为李健吾不仅是一个批评家，同时也是一个成就斐然的作家。批评家和作家的双重身份使他评论作品时常能独具慧眼，把握住作品内在的脉络，又不昧于己见，无视作品独特的优长。

在评论卞之琳的《鱼目集》时，他紧紧抓住诗人的艺术气质和创作个性，排除他人对诗人的诗作"晦涩"的责难，指出鉴赏者不能以自己的审美经验简单套取不同个性作家的作品。经验是相对的，过分执着于自己的经验，必然会对一些作家、一些作品产生误解。要想去理解别人，首先就得进入别人为你提供的那个经验世界，用充分的审美感受力去感知作者的审美感受。《鱼目集》的艺术特征便在于它是用象征主义创作方法为读者提供的一个审美经验世界，而象征主义主要着眼于"暗示"，以暗示"点定一片朦胧的梦境，以有限追求无限，以经济追求富裕"，"象征主义不甘愿把部分的真理扔给我们，所以收拢情感，运用清醒的理智，就宇宙相对的微妙的关系，烘托出来人生和真理的庐山面目"。对此，用浪漫主义或古典主义的审美经验去理解是不行的。在评论芦焚的《里门拾记》时，他赞叹作者那种对艺术的执着和在描写中刻意求新求奇的精致，但同时又指出这种刻意雕磨的做工，让人感到一种"缺乏自然天成，缺乏圆到"的遗憾。他佩服作者讽刺的深入，却又感到如和鲁迅、张天翼的讽刺相比，作者的讽刺缺乏一种内在气质的底蕴。讽刺应以深沉为底色，是从心灵深处生发出来的浑然天成的气质，而不是有意为之的谴责。"芦焚先生的失败不在于他的热衷，而在于他的笨拙：他不能叫我们觉出他的用意。一件艺术品，一件作者想要求得到他的效果的作品，即使是着眼在内容的鲁迅，必须避免他的用意，因为这会破坏他所需要的力量。"从这些评论，不难看出李健吾审美感受力的深入和敏锐。一个成功的批评家，必要的理论修养当然是必不可少的，但那种敏锐的审美感受力的培养与训练更应该被看作是构成其批评才能的最基本的素质。

对灵魂的真诚感悟，使李健吾把文学批评看作是批评家与作家之间的"心灵对话"。既然是对话，批评家与作家都处在平等的地位上。批评家既非作家的太上皇，亦非作家的附庸。这就造成李健吾文学批评一种独特的文体风格。李健吾的文学批评文章似乎都可以看作是同朋友讨论文学、讨论创作、讨论人生的书信。在文章里，他常常是抓住一两个核心问题，说人论文，漫漫道来，从不经意处暗藏着含蓄的点拨，于平易温和中闪烁着智慧的灵光。如在评论林徽因《九十九度中》的描写特点时，他这样评论道："用她狡猾而犀利的笔锋，作者引着我们，跟随饭庄的挑担，走进一个平凡然而熙熙攘攘的世界：有失恋的，有作爱的，有庆寿的，有成亲的，有享福的，有热死的，有索债的，有无聊的，……全那样亲切，却又那样平静——我简直要说透明：在这个纷繁的头绪里，作者隐隐埋伏下一个比照，而这比照，不替作者宣传，却表示出她人类的同情。一个女性的细密而蕴藉的情感，一切在这里轻轻地弹起共鸣，却又和粼粼的水纹一样轻轻地滑开。"亲切平易的语调，巧妙婉转的提示，以及恰到好处的比喻，一下子缩短了读者和批评家之间的距离，也加深了作家在读者心中的印象。

与这种随笔式的文体和亲切委婉的文风相对应的，是李健吾文字的放达与优美。既然文学批评是对作品的品赏，进而是对作家心灵的感悟；既然文学批评要由文及人，最终目的是要理解一种人格，从而确定一种"善"与"美"的人生理想，那么批评就不能把批评的对象视为躺在解剖台上静待批评者来解剖的实验品，而应该把批评的对象视为活生生的生命体，努力贴近那里面运动着、活跃着、汹涌着的生命的热流。批评者本身也应该是活生生的批评者，用自己的心灵去冲撞对方的心灵，用自己的生命去感悟对方的生命。因而，文学批评就不仅是一种逻辑的推理与评判，它更是一种审美体验的再创作。而审美，便需要用感情去融会感情，用形象去体悟形象。所以，李健吾的文学批评特别重视描述的形象化、说理的情感化和文字的优美。他把逻辑的推理与评判暗藏在诗化的语言中，用审美的氛围包融理性的分析，使他的批评文章获得了一种特殊的风韵。在评论蹇先艾的《城下集》时，他这样写道："蹇先艾先生的世界虽说不大，却异常凄清；我不说凄凉，因为在他观感所及，好像一道平地的小河，久经阳光熏炙，只觉得清润可爱；文笔是这里的阳光，文笔做成他的莹澈。他有的是个人的情调，然而他用措辞删掉了他的浮华，让你觉不出感伤的沉重，尽量去接纳他柔脆的心灵。这颗心，不贪得，不就易，不高蹈，不卑污，老实而又那样忠实，看似没有力量，待雨打风吹经年之后，不凋落，不褪色，人人花一般地残零，这颗心灵依然持有他的本色。"在评论叶紫的小说时，他说："叶紫的小说始终仿佛一棵烧焦了的幼树，没有《生死场》行文的情致，没有《一千八百担》语言的生动，不见任何丰盈的姿态，然而挺立在大野，露出棱棱的骨干，那给人苦壮的感觉，那不幸而遭电击的暮春的幼树。它有所象征。这里什么也不见，只见苦难和苦难之余向上的意志。我们不妨借悲壮两个字来形容。"无怪乎有人曾这样称赞李健吾：

"他写的每篇批评,都是精致的美文。"①

五

但是在历史地评价李健吾文学批评的优长和特点的同时,我们也应该看到他的文学批评在同马克思主义科学文艺批评的比较中所暴露出来的局限和弱点。

首先,自由主义的批评意识使李健吾比较重视个人的自我感受性和审美经验的相对性,尽管他提出"灵魂企图与灵魂接触"的批评方法,并以此作为自己艺术感悟的基础,但这并不能从根本上改变他的文学批评的主观性倾向。读李健吾的文学评论文章时常会让人感到,当李健吾面对同他的审美情趣和艺术气质比较接近的作家时,他的感受和分析往往是准确而精彩的,但当他面对同他的审美情趣和艺术气质不怎么契合的作家时,他的把握常常不是那么特别准确,因而他企图深入对方灵魂的欲望也往往难以真正达到预期的目的。在评论巴金的《爱情的三部曲》时,他企图通过对《雾》《雨》《电》三部小说的人物塑造以及小说的艺术表达特征,揭示巴金独特的创作心理及作家的艺术个性。他依靠自己的审美感受力确实发现了一些东西。他看到了巴金那强烈的面向人生的热情,也看到了这热情的过于显露和冲动使巴金失去了一种艺术的冷静,因而造成巴金小说艺术表现的不足。但是这种发现仅仅形成一种较表层的感性印象,而没有真正揭示出造成巴金那种人生热情的社会原因和个性原因,因而也就使得他对《爱情的三部曲》的思想分析和艺术分析缺乏必要的理性深度,也缺乏明确的针对性和有力的说服力。所以巴金在回答李健吾对《爱情的三部曲》的批评时曾这样说过:"你抓住了两件东西:热情和爱情。但刚一抓到手你就不知道怎样处置它们,你就有些张皇失措了。""你很注意《电》里面的敏,你几次提到他。你想解释他的行动,你却不能够,因为你抓不到那要点。"② 巴金这番话虽然不无当事人情绪的偏激,但也从一个侧面说明了李健吾批评的弱点。李健吾对茅盾的评论,也由于过分倚重于自我感觉而显得不是特别准确。如说茅盾在气质上切近左拉,如仅就

---

① 司马长风:《中国新文学史》中卷,香港:昭明出版社,1978年。
② 巴金:《〈爱情的三部曲〉作者的自白》,李健吾:《李健吾文学评论选》。

《子夜》《清明前后》而言，确可做如是说，但如联系《蚀》三部曲、《虹》《霜叶红似二月花》等作品来看，便不那么言之成理了。茅盾在创作观念上确曾受过左拉自然主义的影响，但真正的内在气质同左拉并不相同。有的评论家就曾指出，茅盾的创作常常能让人嗅到一种内在的被压抑的热情，一种骨子里的"浪漫谛克"，这同左拉那种实验主义的创作态度显然是不同的。

其次，自由主义的批评意识还使李健吾的文学批评过分偏重于审美分析和人性分析的尺度，而比较忽视历史分析和社会分析，因而造成他对有些作品和作家的理解往往缺乏一种历史的纵深感，对作品产生的特定的时代氛围也往往缺乏足够的解释。因此他的文学批评可以说是长于微观，而失之宏观。即使在评论沈从文这种同他在审美趣味和艺术气质上比较接近的作家时，也避免不了这方面的局限。对沈从文小说的评论，他虽准确地把握了沈从文的审美素质和创作心理，但对沈从文何以偏执于湘西的淳朴民风，而对都市文明力加贬斥的心理契机，对沈从文笔下的湘西世界特定的历史含义和文化含义却难以做出应有的解释。在评论朱大枬的诗时，李健吾虽从深切的感悟出发，发现了诗人那颗由于黑暗的压抑及对人生的迷惘而孤独、感伤、苦闷、空虚的心灵，并由此发掘出朱大枬的诗所包含的那种内在的人生痛苦以及诗人对这种痛苦所采取的从"淡忘"到"淹沦"的消极悲观的人生态度。但由于李健吾的批评过分拘泥于"心灵感悟"的方式，而缺乏科学的社会分析方法，所以对形成朱大枬这种人生态度和诗歌感情倾向的社会原因，则没有能够进行深入细致的探讨，对朱大枬这类知识分子人生道路的社会含义也缺乏超越性的透视。

再次，人本主义哲学的局限性也造成李健吾文学批评的局限性。他的文学批评虽然以"人性的发现"作为批评的宗旨，但由于人本主义哲学不能科学地解释人性问题，因此每当他在评论中涉及具体的人性分析时，往往不如他分析作品的艺术特征那么精辟生动，而常给人笼统、零碎和表面化的感觉。如在评论《雷雨》中的繁漪形象时，他看到了繁漪所代表的社会意义，也看到了繁漪同周朴园的矛盾是构成这部剧最惊心动魄最成功的情节因素，但是等到他要具体把握繁漪的形象和繁漪同周朴园矛盾的社会内涵与人性内涵时，却又无法展开真正深入的理论分析，仅仅停留在用大量形象化的语言堆积自己表层的感性印象上。生动有余而深度不足。这既是他的批评方式的局限，同时也是人本主义哲学抽象的人性观所给他带来的理论的局限。这种局限使他不能够科学细致地透视到人性的内涵，因而也就使他难以在具体的批评实践中对人性真正展开深入详尽的理论分析。对这一局限，李健吾自己也有所意识，他曾这样慨叹说："没有东西比人生变化莫测的，也没有东西再比人性深奥难知的。了解一件作品和它的作者，几乎所有的困难全在人与人之间的层层隔膜。"① 因而他承认自己的批评有时是"隔靴搔痒"，有时会"误入歧途"。能够明白自己的局限而又不讳谈自己的不足，我想这种诚实的态度也是李健吾和他的文学批评的本色。

最后，李健吾文学批评随笔式的文体和放达的文字风格也有自己的不足。随笔式的文体固然有自由、轻快、生动、平易之长，但往往也有不够严谨、缜密、精致之弊。这种随笔式的文体有时会因太留连于个人的随意性而把话题过分宕开，去题旨较远，给人以散漫的感觉。对放达的文字风格的追求，虽然可以从中见出李健吾作为艺术家的才气和不拘一格的语言个性，但也常流露着其语言运用的随意和枝蔓。对他的这种语言弱点，巴金曾有过批评。他说："你一路上指给我看东一件西一件，尽是些五光十色的东西。但你连让我仔细看一眼的工夫也不给。你说我行文迅速，但你的行文的迅速，连我也赶不上。"② 过多的形象化的感受表述，过分的感觉式的语意跳跃，也会使他的有些文章造成读者阅读的隔膜。如果从文学批评语言的科学性的角度来看，这不能不说是一个较大的弱点。

---

① 李健吾：《爱情的三部曲》，《咀华集》。
② 巴金：《〈爱情的三部曲〉作者的自白》，李健吾：《李健吾文学评论选》。

李健吾的京派文学批评
——兼论对茅盾之京派批评的回应

高恒文

内容摘要：李健吾是京派著名的批评家，他的批评家的声誉和成绩，主要是建立在他对京派作品的评论。本文在 20 世纪 30 年代中国现代文学的文学史语境中考释其文学批评的立场、观点，因而在重点分析他对京派作品的评论之外，还将对相关问题——如对巴金小说和茅盾文学批评的评论——进行必要的论述。

关键词：京派　海派　文学批评　小说　诗　茅盾

李健吾是著名的小说家和戏剧作家，也是著名的文学批评家。作为文学批评家，其声誉和成绩，来自他的京派文学批评。所谓"李健吾的京派文学批评"，既指他对京派文学的评论，也指他的京派文学家的身份。应该说明的是，他的京派文学批评，是以署名"刘西渭"的系列文章而著名于世的，所以本文的题目，确切地说，应该是"刘西渭的京派文学批评"。关于李健吾的京派文学批评家身份，戏拟今日学术论文的一种文体的叙述形式，当曰：20 多年前，我在叙述京派历史的专著《京派文人：学院派的风采》中，曾经确认：

从某种意义上说，李健吾似乎成了"京派"的发言人，而他的评论也扩大了"京派"文学的社会影响。[①]

拙著是京派历史的叙述，所以对李健吾的京派文学批评并没有专论。换言之，即

---

① 高恒文：《京派文人：学院派的风采》，上海：上海教育出版社，2000 年，第 129 页。

李健吾作为京派文学批评家之事实,既已明了,而其批评之立场、内涵及其文学史意义,未作深入、细致的论述。

检阅中国现代文学研究的已有的学术成果,李健吾的文学批评,已有相当数量的研究和论述,但对"李健吾的京派文学批评"这一关键性的问题,却一直没有得到应有的重视,甚至是忽视,因而论述往往不得要领,既不确切也欠深入①。因此,本文试图重新讨论李健吾的京派文学批评及其文学史意义,重点在于考释其批评之思想立场、内涵。

一、《〈九十九度中〉——林徽因女士作》:京派的文学立场

李健吾 30 年代中期以"刘西渭"笔名发表的评论,其明显的事实,有三点值得注意:第一,基本上均发表在京派的报刊《大公报·文艺》上;第二,主要是对京派作品的评论,文章随即收入《咀华集》,进一步扩大批评的范围,则是 1937 年之后的事,见《咀华二集》;第三,这些文章都写于作者南下上海之前的北平②。这个事实,当然不足以确定李健吾作为京派批评家的身份。关键的问题,应该是考察其批评的立场。

李健吾的批评立场,首先是集中体现在他的评论林徽因小说《九十九度中》这篇文章之中。《〈九十九度中〉——林徽因女士作》特意提及林徽因的这篇小说"发表在《学文》杂志第一期"③。我们知道,《学文》是京派的一个重要杂志,卞之琳甚至说:

《学文》起名,使我不无顾虑,因为从字面上看,好像是跟上海出版,最有

---

① 温儒敏的《中国现代文学批评史教程》是同类著作中的优秀之作,其中特立一章,题为"李健吾的印象主义批评",对李健吾的文学批评的"印象主义"特征,有相当准确而深入的论述。唯其如此,"李健吾的京派文学批评"这一问题,不在论之中;李健吾的文学批评的文学史语境,其论点与京派、海派文学思想之关系,这些问题也不在论题之中。温儒敏:《中国现代文学批评史教程》,北京:北京大学出版社,1993 年,第 125—148 页。本文所谓的"往往不得要领,既不确切也欠深入",指此外的同类论著,恕不一一列举。
② 李健吾:《咀华集》,上海:文化生活出版社,1936 年。李健吾在其《李健吾创作评论选集》的《序》中说:《咀华集》"是我在北京写的"。张大明编:《李健吾创作评论选集》,北京:人民文学出版社,1984 年,"序言",第 2 页。
③ 刘西渭:《〈九十九度中〉——林徽因女士作》,《大公报·文艺》1935 年 8 月 18 日。

影响的《文学》月刊开小玩笑，不自量力，存心唱对台戏。但是它不从事论争，这个刊名，我也了解，是当时北平一些大学教师的绅士派头的自谦托词，引用"行有余力，则致以学文"的出典，表示业余性质。①

按，《文学》，乃左联著名杂志；"当时北平一些大学教师"，指《学文》主编闻一多、叶公超等京派作家；"自谦托词"，印证了闻一多对刊名的解释：出典于"行有余力，则致以学文"，意在示人"态度上较谦虚"②。1934年，京派与海派，南北并立，有形或无形的对立，确实存在。卞之琳的感觉是对的，不管有意还是无意，《学文》与《文学》的不同旨趣和风貌，隐然具有京派与海派的对照意味。果然，《学文》刚一面世，茅盾即在左联杂志《文学》上发表评论，将《学文》与左联的杂志《东流》对比，称赞《东流》是"向上生长的果子"，批评《学文》是"熟烂了的果子"——"你一眼看到的，是他们那圆熟的技巧，但圆熟的技巧后面，却是果子熟烂时那股酸霉气——人生的虚空"③。虽然这是对《学文》的批评，而非确指《九十九度中》，但这个批评中应该也包含了对《九十九度中》的批评，因为林徽因的这篇小说，发表在《学文》创刊号，并且作为创刊号的重要作品发表的。强调作品的思想性，嘲讽"圆熟的技巧"，这是十分典型的左翼文学的文学观；作为"左联"的领导成员之一，茅盾的批评立场是十分明确的。这样，再看李健吾的评论，《〈九十九度中〉——林徽因女士作》云：

《九十九度中》在我们过去短篇小说的制作中，尽有气质更伟大的，材料更事实的，然而却只有这样一篇，最富有现代性；唯其这里包含着一种独特的看法，把人生看做一根合抱不来的木料，《九十九度中》正是一个人生的横切面。……（引略）在这纷繁的头绪里，作者隐隐埋伏下一个比照，而这比照，不替作者宣传，却表示出她人类的同情。④

---

① 卞之琳：《窗子内外：忆林徽因》，引自《卞之琳文集》中卷，合肥：安徽教育出版社，2002年，第181页。
② 闻一多：1934年3月1日，《致饶梦侃的信》，闻黎明、侯菊坤编，闻立雕审定：《闻一多年谱长编》，武汉：湖北人民出版社，1994年，第453页。
③ 茅盾：《〈东流〉及其他》，《文学》1934年4月第三卷第四期。值得注意的是，最先对茅盾此文提出不同意见的是施蛰存《题材》一文，而茅盾随即在《文学》上发表文章《谈题材的"选择"》进行辩论。
④ 刘西渭：《〈九十九度中〉——林徽因女士作》。

称赞作品"最富有现代性",称赞作品表达了作者的"人类的同情",恰恰与茅盾的两句关键性评语——"圆熟的技巧""人生的虚空"——所体现的思想,形成对照。李健吾的文章中,"现代性"一词,共出现三次,其意义,不仅指作品的"技巧",也指作品的思想,即"作者对于人生看法",而且更重要的则是因为"作者对于人生看法"——

  一件作品或者因为材料,或者因为技巧,或者兼而有之,必须有以自立。一个基本的起点,便是作者对于人生看法的不同。由于看法的不同,一件作品可以极其富有传统性,也可以极其富有现代性。①

这是尤其值得注意的问题。也就是说,李健吾称赞《九十九度中》的"现代性",更重要的原因在于作品所体现出来的"作者对于人生看法"。很显然,在李健吾看来,这种"作者对于人生看法",在《九十九度中》呈现为"人类的同情",绝不是茅盾所谓的"人生的虚空"。因此,仅此一点,由《〈九十九度中〉——林徽因女士作》一文,可见李健吾作为一个京派批评家的文学批评的立场。

  我们尚且不能确认李健吾这样高度称赞"发表在《学文》杂志第一期"的《九十九度中》,就一定是隐含了对茅盾批评《学文》杂志的回应,但李健吾不能同意茅盾对《学文》杂志的批评,则是完全可以肯定的。茅盾的批评不仅强调作品的思想性,嘲讽"圆熟的技巧",表现出典型的左翼文学批评的立场,而且他进一步批评《学文》所体现的"人生的虚空",原因在于"生活条件和社会阶层的从属关系决定了人们的意识",这是典型的阶级论的批评立场。进一步考证李健吾之于茅盾这种批评立场的区别,一个重要依据则是李健吾1935年发表的《新诗的历史》一文。这篇文章措辞异常严厉地批驳了茅盾对徐志摩的评论,本文第三节将讨论这个问题。

  考释李健吾的文学批评的立场,《〈九十九度中〉——林徽因女士作》结尾的一个论断,尤其值得注意:

  奇怪的是,在我们好些男子不能控制自己热情奔放的时代,却有这样一位女作家,用最快利的明净的镜头(理智),摄来人生的一个断片,而且缩在这样短

---

① 刘西渭:《〈九十九度中〉——林徽因女士作》。

小的纸张（篇幅）上。①

熟悉李健吾 30 年代文学批评的读者，应该知道，"在我们好些男子不能控制自己热情奔放的时代"一语，所指是很清楚的：既是泛指，亦有特定的明确所指。最为明确的所指，当为巴金。《〈雾〉〈雨〉与〈电〉——巴金先生的〈爱情的三部曲〉》《〈神·鬼·人〉——巴金先生作》是对巴金小说《爱情的三部曲》和《神·鬼·人》的评论，"热情"一词，正是这两篇文章的最重要的关键词；甚至作者在《〈雾〉〈雨〉与〈电〉——巴金先生的〈爱情的三部曲〉》中亦云，"我曾经用了好几次'热情'的字样"②。李健吾的评论，引述如下。《〈雾〉〈雨〉与〈电〉——巴金先生的〈爱情的三部曲〉》云：

  巴金缺乏左拉客观的方法，但是比左拉还要热情。在这一点上，他又近似乔治·桑。乔治·桑把她女性的泛爱放进她的作品；她钟爱她创造的人物；她是抒情的，理想的；她要救世，要人人分到她的心。巴金同样把自己放进他的小说：他的情绪，他的爱憎，他的思想，他全部的精神生活。③

《〈神·鬼·人〉——巴金先生作》则进一步这种"热情"之于巴金的意义：

  这就是说，巴金先生不是一个热情的艺术家，而是一个热情的战士，他在艺术本身的效果以外，另求所谓挽狂澜于既倒的入世的效果；他并不一定要教训，但是他忍不住要喊出他以为真理的真理。④

所谓"艺术本身的效果以外""以为真理的真理"，言外之意是很明显的。这个批评，和朱光潜 1937 年发表的《眼泪文学》一文，基本思想是相近的。朱光潜说，一位小说家在自己小说后记中说，这篇小说完稿之后再读这篇小说，又一次流泪。文章由此而引起议论，认为"能叫人流泪的文学不一定就是第一等的文学"："眼泪是容易淌的，创造作品和欣赏作品却是难事，我想，作者们少流一些眼泪，或许可以多写一些真正伟大的作品；读者们少流一些眼泪，也或许可以多欣赏一

---

① 刘西渭：《〈九十九度中〉——林徽因女士作》。
② 刘西渭：《〈雾〉〈雨〉与〈电〉——巴金先生的〈爱情的三部曲〉》，《大公报·文艺》1935 年 11 月 3 日。按，此文收入《咀华集》，题目改为《〈爱情的三部曲〉——巴金先生作》。
③ 刘西渭：《〈雾〉〈雨〉与〈电〉——巴金先生的〈爱情的三部曲〉》。
④ 刘西渭：《〈神·鬼·人〉——巴金先生作》，《大公报·文艺》1935 年 12 月 27 日。

些真正伟大的作品。"① 朱光潜的批评，显然是指巴金等作家，所以巴金发表《向朱光潜先生讲一个忠告》，严厉反驳朱光潜的批评②。所谓"少流一些眼泪"，即情感的节制。朱光潜对"眼泪文学"的批评，并非偶然，亦非京派、海派南北并立的门户之见，而是出自其一以贯之的文学理论和美学思想。情感的节制，审美的"距离"，是朱光潜《文艺心理学》《谈美》的核心思想。早在 1926 年，朱光潜评论周作人散文集《雨天的书》时，就说："这书的特质，第一是清，第二是冷，第三是简洁"；"在现代中国作者中，周先生而外，很难找得到第二个人能够做得清淡的小品文字。"③ 对《雨天的书》的欣赏与对"眼泪文学"的批评，其思想的出发点，是同一的。进而言之，情感的节制，实乃京派的基本的文学思想。早在 20 年代初，周作人自云："我近来极慕平淡自然的景地"，"希望能够从容镇静地做出平和冲淡的文章。"④ 这个自述，正是周作人在朱光潜称赏不已的《雨天的书》的自序中说的。30 年代，周作人一再说："我个人不大喜欢豪放的诗文，对于太白少有亲近之感"⑤；"不大喜欢李白，觉得他夸。"⑥ 所谓"夸"，即情感的夸张和文字的夸饰。朱自清指点杨联陞写作时，强调"简洁"；杨联陞回忆说："朱师佩玄（引按，朱自清）说我的文章太熟，要往生里改，叶师（引按，叶公超）认为应学俞平伯、冯文炳（废名）两位的小品，文白夹杂，要恰到好处。"⑦ 卞之琳自述其创作追求时说："我写诗，而且总在不能自己的时候，却总倾向于克制，仿佛故意要做冷血动物。规格本来不大，我偏又喜爱淘洗，喜爱提炼，期待升华。"⑧ 因此，李健吾《〈九十九度中〉——林徽因女士作》中所谓的

---

① 孟实：《眼泪文学》，《大众知识》1937 年 1 月第一卷第七期。
② 巴金：《向朱光潜先生讲一个忠告》，《中流》，1937 年 4 月第二卷第三期。关于巴金这篇回应文章以及这次"眼泪文学"论争的具体分析，参阅拙著《京派文人：学院派的风采》第六章第四节《关于"眼泪文学"》，第 159—163 页。
③ 孟实：《〈雨天的书〉》，《一般》1926 年 11 月第一卷第三期。
④ 周作人：《〈雨天的书〉序二》，《语丝》1925 年 11 月 30 日。
⑤ 岂明：《〈颜氏家训〉》，《大公报·文艺》1934 年 4 月 14 日。
⑥ 不知：《〈醉餘随笔〉》，《华北日报》1935 年 6 月 21 日。
⑦ 杨联陞：《追怀叶师公超》，叶崇德主编：《回忆叶公超》，上海：学林出版社，1993 年，第 44 页。
⑧ 卞之琳：《〈雕虫纪历〉自序》，《雕虫纪历》（增订本），北京：人民文学出版社，1984 年，"序言"，第 1 页。

"在我们好些男子不能控制自己热情奔放的时代"一语，既隐含着对巴金小说创作的批评，也体现出他的京派文学批评的立场。

这里，补充两点，作为上文论说的旁证。

第一，李健吾对《九十九度中》的高度称赞，并非个人偏爱独赏。例如，卞之琳就曾一再称赏林徽因的这篇小说，其《窗子内外：忆林徽因》说，《九十九度中》是林徽因"最放异彩的短篇小说"①；其《〈徐志摩选集〉序》云，"1934年林徽因发表的短篇小说《九十九度中》更显得有意学维吉妮亚·伍尔孚而更为成功"②。"有意学维吉妮亚·伍尔孚"之说，可以落实李健吾《〈九十九度中〉——林徽因女士作》中"我所要问的仅是，她（引按，林徽因）承受了多少现代英国小说的影响"之问。所谓"现代英国小说的影响"，此说极有见地，李健吾精通法国文学，马塞尔·普鲁斯特（Marcel Proust，1871—1922）是比维吉妮亚·伍尔孚（Virginia Woolf，1882—1941；今通译名为"维吉尼亚·伍尔夫"或"维吉尼亚·伍尔芙"）更早亦更著名的"意识流"小说家③，但他准确地指出《九十九度中》所受到的艺术影响是来自"现代英国小说的影响"。

第二，在李健吾《〈雾〉〈雨〉与〈电〉——巴金先生的〈爱情的三部曲〉》《〈神·鬼·人〉——巴金先生作》和朱光潜《眼泪文学》之后，京派年轻作家常风在《巴金〈爱情的三部曲〉》一文中，更为明确地批评巴金创作的"热情"。文章引述巴金在《爱情的三部曲》新版"总序"所说的对自己的这部作品"每次读时要流出感动的眼泪"的几段文字，认为："巴金先生在这点似乎和托尔斯泰犯了同样的错误"；"在《电》里面许多文字巴金先生看了垂泪心颤，而不能引起我们同样的反应，就是以为巴金先生不曾仔细注意性质不同的两种价值"——题材的价值和"作品的内在价值"④。常风的文章，引述巴金自述所谓阅读自己的作

---

① 卞之琳：《窗子内外：忆林徽因》，《卞之琳文集》中卷，第 181 页。
② 卞之琳：《〈徐志摩选集〉序》，《卞之琳文集》中卷，第 322 页。
③ 按，马塞尔·普鲁斯特（Marcel Proust，1871—1922），李健吾文章中的中译名为"浦鲁斯蒂"，见《〈鱼目集〉——卞之琳先生作》："浦鲁斯蒂（M. Proust）这伟大的现代小说家，不下于福楼拜，也在创造一份得心应手的言语。"天津：《大公报·文艺》1936 年 4 月 12 日。
④ 常风：《巴金〈爱情三部曲〉》，《逝水集》，沈阳：辽宁教育出版社，1995 年，第 139—142 页。

品"每次读时要流出感动的眼泪"而展开评论,论旨和写法,均与朱光潜《眼泪文学》相近;所谓"巴金先生不曾仔细注意性质不同的两种价值",则与李健吾《〈神·鬼·人〉——巴金先生作》中的说法相近:

> 了解巴金先生的作品,先得看他的序跋,先得了解他自己。我们晓得,一件艺术品——真正的艺术品——本身便该做成一种自足的存在。它不需要外力的撑持,一部杰作必须内涵到了可以自为阐明。莎士比亚没有替他的戏剧另外说话,塞万提斯没有替他的小说另外说话,他们的作品却丰盈到了人人可以说话,漫天漫野地说话。……(按,引略)然而现下流行的小说,忘记艺术本身便是绝妙的宣传,更想在艺术之外,用实际的利害说服读者。①

因此,常风的《巴金〈爱情的三部曲〉》,作为旁证,也说明了李健吾文学批评的京派立场。这里必须说明的是:李健吾、朱光潜、常风三人先后批评巴金的创作,是京派文学批评中的一个罕见的事实;在京派与海派南北并立之际,这样评论巴金的创作,其实表明了对巴金的文学成就和文坛地位的重视,有所批评、异议,并非否定、抹杀,更无恶意,恰恰是恪守文学批评之为文学批评的本分。事实上,巴金与京派成员多有交往,与李健吾、沈从文、萧乾等人私交尤深②;而京派对海派文学的最严厉的批评,以至否定,其实是针对林语堂所倡导的小品文③;尤有意味的是,京派与海派论争之后,京派对海派,甚至对来自海派的批评、指责,不置一辩,尽显其卞之琳所谓的"绅士派头",看似大度实则傲慢。因此说,京派成员对巴金小说的这种持续的关注,实际上是高度重视的一种表现。这种隐约微妙而意味深长之处,隐含在历史文本和文学史事实之中,若非细致而深入的考释,则不得见矣;论者仅据孤立的文本而望文生义,或者仅见当事人的论争而就事论事,则难免徒见表象之失。

---

① 刘西渭:《〈神·鬼·人〉——巴金先生作》。
② 李健吾在《〈李健吾创作评论选集〉序》中回忆他 30 年代文学批评时说:"我用的笔名全是刘西渭。最初只有巴金和沈从文知道。"可见他与巴金的私交。《李健吾创作评论选集》,"序言"第 2 页。巴金与沈从文、萧乾的私交,分别见巴金悼念沈从文的文章和萧乾的回忆录。
③ 高恒文:《"幽默":"低级趣味"》《晚明小品:与周作人无关》,《京派文人:学院派的风采》,第六章第一节,第 141—144,第二节,第 144—153 页。

二、《〈边城〉——沈从文先生作》：卓见与歧义

《〈边城〉——沈从文先生作》与《〈九十九度中〉——林徽因女士作》一样，对作品有着热情洋溢的欣赏。《〈九十九度中〉——林徽因女士作》偏重于揭示作品的文体特征，全文的要旨是：

《九十九度中》正是一个人生的横切面。在这样溽暑的一个北平，作者把一天的形形色色披露在我们的眼前，没有组织，却有组织；没有条理，却有条理；没有故事，却有故事，而且那样多的故事；没有技巧，却处处透露匠心。这是个人云亦云的通常的人生，一本原来的面目，在它全幅的活动之中，呈出一个复杂的有机体。用她狡猾而犀利的笔锋，作者引着我们，跟随饭庄的挑担，走进一个平凡然而熙熙攘攘的世界：有失恋的，有作爱的，有庆寿的，有成亲的，有享福的，有热死的，有索债的，有无聊的，……全那样亲切，却又那样平静——我简直要说透明；在这纷繁的头绪里，作者隐隐埋伏下一个比照，而这比照，不替作者宣传，却表示出她人类的同情。①

这里生动地揭示出《九十九度中》的叙述的章法和结构。这是作者特有的散文化的笔法，而非学术论文的分析。但是作者的思想并不尽于此，必须将此说与文章最后提示的"现代英国小说的影响"之说，联系起来，如此则可见作者所揭示的叙述之章法与结构，别有所指，即"意识流"小说的文体特征。

《〈边城〉——沈从文先生作》偏重于揭示作品的思想特征，认为《边城》所描写的世界是"理想的世界"，所表现的人物是"可爱的人物"，再三言之：

在这真纯的地方，请问，能有一个坏人吗？在这光明的性格，请问，能留一丝阴影吗？"由于边地的风俗淳朴，便是作妓女，也永远那么浑厚……"

这些可爱的人物，各自有一个厚道然而简单的灵魂，生息在田野晨阳的空气。他们心口相应，行为思想一致。他们是壮实的，冲动的，然而有的是向上的情感，挣扎而且克服了私欲的情感。对于生活没有过分的奢望，他们的心力全用在别人身上：成人之美。

---

① 刘西渭：《〈九十九度中〉——林徽因女士作》。

《边城》便是这样一部 idyllic 杰作。这里一切是谐和，光与影的适度配置，什么样人生活在什么样空气里，一件艺术作品，正要叫人看不出是艺术的。一切准乎自然，而我们明白，在这种自然的气势之下，藏着一个艺术家的心力。①

这和周作人评论废名小说的说法，十分相近。周作人说，"废名君的小说里的人物也是颇可爱的"：

废名君小说中的人物，不论老的少的，村的俏的，都在这一种空气中行动，好像是在黄昏天气，在这时朦胧暮色之中一切生物无生物都消失在里面，都觉得互相亲近，互相和解。②

李健吾所谓"这里一切是谐和，光与影的适度配置，什么样人生活在什么样空气里"云云，用词造语，与周作人的这段话，几无二致。并且，周作人也同样认为废名小说所表现的是理想的世界：

这些人与其说是本然的，无宁说是当然的人物；这不是著者所见闻的实人世的，而是所梦想的幻景的写像，特别是长篇《无题》中的小儿女，似乎尤其是著者所心爱，那样慈爱地写出来，仍然充满人情，却几乎有点神光了。③

甚至李健吾这篇评论中说"废名先生仿佛一个修士"④，似乎也来自周作人文章中所谓的"废名君的隐逸性"之说⑤。引述、比较周作人评论废名小说的论点，并不是说李健吾沿用周作人的观点，反倒是为了说明李健吾论说的准确性：他的论说隐含了一个卓见，即暗示沈从文小说和废名小说的思想内容的某种相似性。确实如此，沈从文在《论冯文炳》一文中，肯定了这种相似性："用同一单纯的文体，素描风景画一样把文章写成。"⑥沈从文的创作，确实接受了废名小说的影响，这一点见诸他明确而坦诚的自述⑦。但是沈从文在《论冯文炳》中同样明确

---

① 刘西渭：《〈边城〉——沈从文先生作》，《文学季刊》1935 年 6 月第二卷第三期。
② 岂明：《〈桃园〉跋》，钟叔河编订：《周作人散文全集》第 5 卷，桂林：广西师大出版社，2009 年，第 508 页。
③ 同上书，第 507 页。
④ 刘西渭：《〈边城〉——沈从文先生作》。
⑤ 同②。
⑥ 沈从文：《论冯文炳》，《沫沫集》，上海：大东书局，1934 年，第 8 页。
⑦ 沈从文在他的小说《夫妇》的"附记"中，称赏废名"用抒情的笔调写创作"，并坦言自己的创作"受到了废名先生的影响"；引自《沈从文文集》第八卷，广州：花城出版社，1983 年，第 393 页。

地说明了他的小说与废名小说的不同，甚至毫不掩饰自己作品的青出于蓝而胜于蓝之处：

> 用矜慎的笔，作深入的解剖，具强烈的爱憎，有悲悯的情感。表现出农村及其他去我们都市生活较远的人物姿态与言语，粗糙的灵魂，单纯的情欲，以及在一切由生产关系下形成的苦乐，《雨后》作者在表现一方面言，似较冯文炳君为宽而且优。①

李健吾没有注意到"似较冯文炳君为宽而且优"这一点。他反复论述沈从文作品中的"可爱的人物""理想的世界"，仅着眼于两者相同、相近的一面。尤其是"《边城》便是这样一部 idyllic 杰作"这一点睛之笔，更易引起误解。其实李健吾在认定《边城》是"一部 idyllic 杰作"的同时还说：

> 作者的人物虽说全部良善，本身却含有悲剧的成分。唯其良善，我们才更易于感到悲哀的力量。这种悲哀，不仅仅由于情节的演进，而是自来带在人物的气质里的。自然越是平静，"自然人"越显得悲哀；一个更大的命运影罩住他们的生存。这几乎是自然一个永久的原则：悲哀。②

此处"悲剧"之说，极有见地。《边城》中的老船夫，女儿自杀之后，独自抚养外孙女翠翠，自知已经年老，由此希望在自己去世之前，完成翠翠的婚事，然而这样一个平实的愿望却也没有能够实现，并且因为他操心翠翠的"婚事"，与翠翠追求的"爱情"，构成了矛盾冲突，他自责好心办成了坏事，遗憾、伤心地去世了。翠翠刚刚成年，相依为命的外祖父突然去世，相爱的人去了外地，她谢绝了好心人的生活帮助，决心等待相爱的人回来。这样的人物，不仅仅是"可爱"。他们默默地承当生活中突如其来的打击、不幸和灾难，坚韧地生活，体现出了严肃认真的生活态度和庄严崇高的人生形式。何为"悲剧（tragedy）"？此之谓也③。李健吾所谓"悲剧""悲哀的力量"，"不仅仅由于情节的演进，而是自来带在人物的气质里的"，应该就是这个意思。

但是，既曰"idyllic"（田园诗；牧歌），又曰"悲剧"，李健吾的论述，不免

---

① 沈从文：《论冯文炳》，《沫沫集》，第 9—10 页。
② 刘西渭：《〈边城〉——沈从文先生作》，《文学季刊》1935 年 6 月第二卷第三期。
③ [美] 依迪丝·汉密尔顿：《悲剧的概念》，《希腊精神》（修订本），葛海滨译，北京：华夏出版社，2019 年，第十一章，第 186—194 页。

概念混乱、逻辑矛盾。所以我在上文说,"《边城》便是这样一部 idyllic 杰作"之说,容易引起误解。或许李健吾的"《边城》便是这样一部 idyllic 杰作"之说,同样是来自上文所引周作人评论废名小说的说法,所谓"梦想的幻景的写像""神光"云云。周作人此说,主要是指《无题》(即《桥》),所言确实,并且"神光"一词,似含微讽之意。而沈从文恰恰在《论冯文炳》中对《无题》有这样明确的批评:"实在已就显出了不健康的病的纤细。"① 所谓"纤细",即沈从文自谓"似较冯文炳君为宽而且优"之"人物姿态与言语,粗糙的灵魂,单纯的情欲,以及在一切由生产关系下形成的苦乐"的反面。

不仅《边城》,而且沈从文湘西系列小说,都不是通常意义上的田园诗(牧歌)。称沈从文表现的湘西世界是"世外桃源",更是由来已久的误读。所以汪曾祺在《沈从文的寂寞》中说:

> 湘西地方偏僻,被一种更为愚昧的势力以更为野蛮的方式统治着。那里的生活是"怕人"的,所出的事情简直是离奇的。一个从这种生活里过来的青年人,跑到大城市里,接受了五四以来的民主思想,转过头来再看看那里的生活,不能不感到痛苦。《新与旧》里表现了这种痛苦,《菜园》里表现了这种痛苦。《丈夫》《贵生》里也表现了这种痛苦。

> 提起《边城》和沈先生的许多其他作品,人们往往愿意和"牧歌"这个词联在一起。这有一半是误解。沈先生的文章有一点牧歌的调子。所写的多涉及自然美和爱情,这也有点近似牧歌。但就本质来说,和中世纪的田园诗不是一回事,不是那样恬静无为。有人说《边城》写的是一个世外桃源,更全部是误解(沈先生在《桃源与沅州》中就把来到桃源县访幽探胜的"风雅"人狠狠地嘲笑了一下)。《边城》(和沈先生的其他作品)不是挽歌,而是希望之歌。②

汪曾祺特别指出沈从文作品的这一点,是有所指的;所谓"沈从文的寂寞",亦指沈从文的作品被误读甚至被指责、被批判的"寂寞"。

然而,李健吾说《边城》是田园诗,这仍然是一个极有启发性的说法。在现代文化语境中的田园诗(牧歌),有别于传统的田园诗(牧歌),就在于作者意在

---

① 沈从文:《论冯文炳》,《沫沫集》,第9—10页。
② 汪曾祺:《沈从文的寂寞——浅谈他的散文》,《晚翠文谈》,杭州:浙江文艺出版社,1988年,第157、160—161页。

以一个单纯、淳朴、美好的想象世界对照复杂、混乱、险恶的现实社会。犹如一个以儿童视角展开叙述的故事，以儿童的天真、诚实揭示成人的世故、虚伪，比如冰心的小说《分》，凌叔华的小说《小哥儿俩》，萧乾的小说《篱下》，以至当代作家林海音的小说《城南旧事》，等等。鲁迅小说《社戏》，与同在《呐喊》中的《孔乙己》《药》等作品并读，别有意味。正是在这样的意义上，美国批评家克林斯·布鲁克斯如此评论威廉·福克纳的书写故乡那个"邮票大小的地方"的小说的思想意义：

> 要考察福克纳如何利用有限的、乡土的材料来刻画有普遍意义的人类，更有用的方法也许是把《我弥留之际》当作一首牧歌来读。首先，我们必须把说到牧歌就比得有牧童们在美妙无比的世外桃源里唱歌跳舞这样的观念排除出去。所谓牧歌——我这里借用了威廉·燕卜荪的概念——是用一个简单得多的世界来映照一个远为复杂的世界，特别是深谙世故的读者的世界。这样的（有普遍意义的）人在世界上各个地方、历史上各个时期基本上都是相同的，因此，牧歌的模式便成为一个表现带普遍性的方法，这样的方法在表现时既可以有新鲜的洞察力，也可以与问题保持适当的美学距离。①

我们同样可以借用威廉·燕卜荪的关于田园诗（牧歌）概念，来理解《边城》等作品的思想意义。对于沈从文来说，不仅是以"边城"那样的湘西世界来对照现代中国的都市世界，而且还有他所谓的"过去"与"当前"的对照。《〈长河〉题记》云：

> 在《边城》的题记上，且曾提起过一个问题，即拟将"过去"与"当前"对照，所谓民族品德的消失与重造，可以从什么方面着手。《边城》中人物的正直和热情，虽然已经成为过去了，应当还保留些本质在年轻人的血里或梦里，相宜环境中，即可重新燃起年轻人的自尊心和自信心。②

也许李健吾正是在这样的意义上称赞《边城》是"一部 idyllic 杰作"？我们由他特意使用"idyllic"一词，望文生义，便径直联想到中世纪的田园诗（牧歌），是

---

① 李文俊：《一个自己的天地》，[美]威廉·福克纳：《我弥留之际》，李文俊译，桂林：漓江出版社，2019年，第9页。
② 沈从文：《〈长河〉题记》，《沈从文全集》第10卷，太原：北岳文艺出版社，2002年，第7页。

否误解了作者的深意?

《〈边城〉——沈从文先生作》与周作人评论废名小说的关系,也是李健吾文学批评之京派立场的一个证明;这篇评论的思想的复杂性,无论是卓见,还是偶有容易引起误解之处,都是评论《边城》的优秀之作。

三、《〈鱼目集〉——卞之琳先生作》:一次有意义的"冒险"

以《咀华集》而论,李健吾的文学批评,更关心小说、散文。虽然关于戏剧也只有一篇《〈雷雨〉——曹禺先生作》,但李健吾不仅是著名的小说家,也是著名的话剧评论作家,所以这仅有的一篇话剧评论,似乎不能说明问题。如此看来,《咀华集》中唯一的一篇诗论——《〈鱼目集〉——卞之琳先生作》,就具有特别的意义。卞之琳是"汉园三诗人"之一,而李健吾同时还发表了评论"汉园三诗人"另外两位的作品评论:《〈画廊集〉——李广田先生作》和《〈画梦录〉——何其芳先生作》。这里可见李健吾奖掖后进、鼓励京派年轻作家的热情。然而这种热情,并非我所谓的《〈鱼目集〉——卞之琳先生作》的特别的意义。

朱光潜在《谈美》中论述文学批评,评点"近代在法国闹得很久的印象主义的批评"时,曾引述"他们的领袖法朗士"的名言:"一切小说,精密地说起来,都是一种自传。凡是真批评家都只叙述他的灵魂在杰作中的冒险。"进而认为:"印象派则以为批评应该是艺术的、主观的。"[1] 李健吾的文学批评,具有印象主义批评的主要特征[2]。《〈咀华集〉跋》中定义"批评的成就就是自我的发现和价值的决定",强调批评家的"人格"和"自我的存在",认为批评"本身也正是一种艺术",这些说法与印象主义批评观,几无二致。

我以为,李健吾具有丰富的创作经验和显著的艺术成就,更有十分敏锐的艺术感觉,所以他评论小说,更是行家里手,精彩纷呈,卓见迭出,虽然不免追随印象主义而来的芜杂、离题、率意;然而评论新诗,事实证明,对李健吾来说,

---

[1] 朱光潜:《"灵魂在杰作中的冒险"——考证、批评与欣赏》,《朱光潜全集》第二卷,合肥:安徽教育出版社,1987年,第40页。
[2] 温儒敏:《李健吾的印象主义批评》,《中国现代文学批评史教程》,第六章,第125—148页。

确乎"灵魂在杰作中的冒险"。这并不是说他对卞之琳作品的误读，更不是指他缺乏新诗的创作经验——他在"新月"时期发表过新诗，而是指他的新诗批评所体现出来的诗学素养。卞之琳曾经"惊讶"今人编辑诗选，李健吾的诗，"收入的选本竟是《现代派诗选》"；他说，"这又出我意外，我想如果健吾自己见到，也会惊讶。以为论情调和语言，要勉强分派，他写的这路诗应该更适于收入《新月诗选》"①。在卞之琳看来，《新月诗选》与《现代派诗选》的作品，思想和艺术，应该有浪漫主义与现代主义之别。他评论徐志摩的创作时说："他的诗思、诗艺几乎没有越出过十九世纪英国浪漫派雷池一步。"② 而卞之琳，我们知道，是著名的现代主义诗人；即使早期创作，如其自述："我最初发表的那批诗作……除了都有所谓《新月》诗派语言和形式的影响，内容和情调，并不接近"③。也就是说，《新月》出身的李健吾，他的诗思、诗艺，明显属于浪漫主义的诗学传统。虽然他视野广阔、兴趣广泛，也曾在评论文章中提及波特莱尔（Charles Pierre Baudelaire，1821—1867）、瓦雷里（Paul Valery，1871—1945）等法国著名象征主义诗人，并引述他们的言论④，但他对象征主义和象征主义之后的现代主义诗

---

① 卞之琳：《追忆李健吾的"快马"》，《卞之琳文集》中卷，第244页。
② 卞之琳：《徐志摩诗重读志感》，《卞之琳文集》中卷，第310页。
③ 卞之琳：《追忆邵洵美和一场文学小论争》，《卞之琳文集》中卷，第222页。
④ 《〈雾〉〈雨〉与〈电〉——巴金先生的〈爱情的三部曲〉》中曾说："波德莱耳（Baudelaire）不要做批评家，他却真正在鉴赏。""我们喜爱波德莱耳。"波德莱耳，通译"波德莱尔"或"波特莱尔"。比这重要的是，《答〈鱼目集〉作者》引述瓦雷里的诗论，作为论据。《答〈鱼目集〉作者》，《大公报·文艺》1936年6月7日；瓦雷里，李健吾文中的译名为"梵乐希"，此乃20世纪30年代中文中的通译。但是此文回应卞之琳的反驳，因此也许是在论争开始李健吾才意识到卞之琳创作与法国象征主义的某种关联，因而以瓦雷里诗论作为论说的理论依据。如果是这样的话，那么李健吾显然忘记了卞之琳曾经在《新月》发表过译文——哈罗德·尼柯荪（Harold Nicolson）《魏尔伦与象征主义》；《新月》1932年11月第四卷第四期。值得注意的反倒是《新诗的演变》一文所用的"纯诗"（Pure Poetry）一词。作者特意随文附注了法文，显然是指法国象征主义诗论的一个著名的概念。这篇文章论述以此概念论述李金发等人的诗，还说："他们所要表现的，是人生微妙的刹那，在这刹那（犹如现代西欧一派小说的趋势）里面，中外古今荟萃，空时集为一体。他们运用许多意象，给你一个复杂的感觉。一个，然而复杂。"这是十分精确的评论，揭示出李金发等初期象征主义诗歌创作的最重要的艺术特征。随文附注的"犹如现代西欧一派小说的趋势"一语，指英、法"意识流"小说的"意识流动""联想"，此说极有见地。《新诗的演变》，《大公报·小公园》1935年7月20日。

歌，似乎并无深入研究①。因此，他对卞之琳诗的误读，应该说是难以避免的。

这里举证一个实例，可以进一步说明这个问题。《〈鱼目集〉——卞之琳先生作》中评点卞之琳名作《断章》，仅瞩目第二节的两行"明月装饰了你的窗子，/你装饰了别人的梦"，由"装饰"看出"悲哀"②。然而卞之琳却说，《断章》表达的是"相对"的观念③。"悲哀"是情感，而"相对"是思想；李健吾关注情感抒发，卞之琳意在智性表达。浪漫主义与现代主义之别，在这个细节中有着意味深长的体现。进而言之，《断章》两节，每一节写一种"相对"的处境，两节叠加、并置，每一节的意义就发生了变化，不再仅仅是表现一个具体或特定的情境，而是成为一个象征，"相对"的观念由此得到表达。李健吾只瞩目其中一节，那么只能是偏重从对"相对"处境的描写中读出情感，甚至是把这一节看作是诗人书写自己的一次情感经历或一个情境。

卞之琳第二篇回应李健吾评论的文章，题目是"关于'你'"。这确实是一个关键性的问题。在卞之琳看来，李健吾的误读，一个重要原因是误解了诗中的"你"（或"我"）这样的人称代词：为了求得"戏剧的效力"，诗中"也常有'你'来代表'我'，或代表任何一个人，或只是充一个代表的听话者，一个泛泛的说话的对象"④。所谓"戏剧的效力"，就是通过"戏剧化"而达到"非个人化"。这也就是卞之琳后来在《〈雕虫纪历〉自序》中所说的：

> 这时期我更多借景抒情，借物抒情，借人抒情，借事抒情。没有真情实感，我始终是不会写诗的，但是这时期我更少写真人真事。我总喜欢表达我国旧诗的"意境"或者西方所说"戏剧性处境"，也可以说是倾向于小说化，典型化，非个人化，甚至偶尔用出了戏拟（parody）。所以，这时期的极大多数诗里的"我"也可以和"你"或"他"（"她"）互换，当然要随整首诗的局面互换，互换得合

---

① 李健吾《自传》云，清华大学读书期间，随法文课老师兴趣，"读的是一些当时流行的象征主义诗歌"。李健吾：《李健吾自传》，中国人民政治协商会议运城市委员会文史资料研究委员会编：《运城文史资料·第8辑纪念李健吾专辑》，1989年，第3页。未知阅读的具体情况，但李健吾1930年留学法国，主要研究法国现实主义作家福楼拜，则是众所周知的事实。
② 刘西渭：《〈鱼目集〉——卞之琳先生作》。
③ 卞之琳：《关于〈鱼目集〉——致刘西渭先生》，《大公报·文艺》1936年5月10日。
④ 卞之琳：《关于"你"》，《大公报·文艺》1936年6月19日。

乎逻辑。①

李健吾的误读,一个重要的原因就在于没有理解这种艺术技巧,所以卞之琳特意以"关于'你'"为题,回应李健吾的误读。这种技巧与其说是"我国旧诗的'意境'"的写作技巧,不如说更是"西方所说'戏剧性处境'"的写作技巧,而就卞之琳的创作而言,更准确的说法,其实应该是来自西方现代主义诗歌的重要艺术特征。误解诗中的"你"(或"我"),把诗的叙述者当作诗人自己,把诗当作诗人的情感倾诉,恰恰是浪漫主义诗歌的阅读常规。李健吾对卞之琳作品的误读,正是一个浪漫主义诗人对现代主义诗歌的误读。本文正是在这个意义上,借用法朗士名言"灵魂在杰作中的冒险",形容李健吾对卞之琳诗的评论。

然而,尽管有所误读,李健吾的评论仍然不乏真知灼见。再以对《断章》的解读为例,略作辨析。从《断章》第二节的两行中读出"悲哀":"诗面呈浮的是不在意,暗地却埋着说不尽的悲哀。"② 李健吾这样解读,揭示诗所隐含的情感,注意了诗的文字表面意义与隐含意蕴的关系,正是解读诗的正途。尽管卞之琳说《断章》表达的是"相对"的观念,但李健吾在这两行中读出"悲哀",却未必"全错"③。写作《断章》的同一年,卞之琳写了一首《旧元夜遐思》,第一节如下:

灯前的窗玻璃是一面镜子,
莫掀帷望远吧,如不想自鉴。
可是远窗是更深的镜子:
一星灯火里看是谁的愁眼?④

诗中的这个情境,与《断章》第二节的情境,极其相似:"元夜"(元宵节)是有"明月"的,因此也可以说明月装饰了这个欲"掀帷望远"的思念远方的不眠者的窗子;只不过对方此刻不是在梦见了你的梦中,而是也站在窗前欲"掀帷望远",看到的却只是自己的一双"愁眼"。千里相思,佳节分离,诗中岂无"悲哀"?据卞之琳回忆,著名音乐家冼星海曾为《断章》谱曲:

---

① 卞之琳:《〈雕虫纪历〉自序》,《雕虫纪历》(增订本),"序言",第3页。
② 刘西渭:《〈鱼目集〉——卞之琳先生作》。
③ 卞之琳:《关于〈鱼目集〉——致刘西渭先生》。
④ 卞之琳:《旧元夜遐思》,《新诗》1937年1月第四期。按,此诗写于1935年2月。

这首诗惆怅的情调是有的，当年我听冼星海自己曼声低吟他据此谱成的小曲，我听不出伤感，可是现在见谱上明明注了"带感伤"，我想人家这样"接受"，确也未尝不可。①

诗人自曰"惆怅"，音乐家以为"感伤"，此亦证明，李健吾所谓"悲哀"，并非完全是误读，卞之琳说"全错"，未免年少气盛，意气用事。

《〈鱼目集〉——卞之琳先生作》发表之前，1935年7月，李健吾曾发表《新诗的演变》一文。这篇文章收入《咀华集》时，作为《〈鱼目集〉——卞之琳先生作》的第一部分。《新诗的演变》中有一个重要问题，与本文讨论的问题密切相关。

《新诗的演变》在回顾新诗发展时，高度评价了"徐志摩领袖的《诗刊》运动"在新诗发展史上的"功绩"。值得注意的是，文章特意批驳了"有位先生"对徐志摩的评论。这是篇幅很大的三段文字，不得不引述：

有位先生或许出于敌意，以为徐氏（引按，徐志摩）死得其当。因为他写不好诗了。他后来的诗歌便是明证。坐实这证明的，就是他诗歌中情感的渐见涸竭。他太浪费。他不像另一个领袖，闻一多先生，那样富于克腊西克的节制。

这位先生的刻薄，一种非友谊的挖苦，我不大赞同。徐氏的遇难是一种不幸，对于他自己，尤其对于《新月》全体。他后期的诗章与其看作情感的涸竭，不如誉为情感的渐就平衡。他已经过了那热烈的内心的激荡的时期。他渐渐在凝定，在摆脱夸张的辞藻，走进（正如某先生所谓）一种克腊西克的节制。这几乎是每一个天才者必经的路程，从情感的过剩来到情感的约束。……（引略）

所以徐氏的死，对于他自己，与其看作幸，勿宁视为损失，特别是对于诗坛，特别是对于《新月》整个合作。因为实际，他的诗章影响不小，他整个的存在影响尤大。谈到新诗，我们必须打住，悼惜一下这赤热的不幸短命的诗人。②

短短不到两千字的短文中有这样长的三段话，所以说是特意写出的批驳文字。"这位先生"就是茅盾。1933年2月，茅盾《徐志摩论》，发表在《现代》杂志第二卷第四期。上引文字中，李健吾转述的"情感的渐见涸竭"，就是茅盾《徐志

---

① 卞之琳：《冼星海纪念附骥小识》，《卞之琳文集》中卷，第208—209页。
② 李健吾：《新诗的演变》，《大公报·小公园》1935年7月20日。

摩论》中所谓的"诗情的枯窘";茅盾认为"志摩是中国布尔乔亚'开山'的同时又是'末代'的诗人""我以为志摩诗情的枯窘和生活有关系,但决不是因为生活平凡而是因为他对于眼前的大变动不能了解且不愿意去了解",就是李健吾说"某位先生""以为徐氏死得其当"一语的来历[①]。"敌意""刻薄""挖苦"等用词和"以为徐氏死得其当""看作幸"等用语,都是非同寻常的措辞,可见李健吾不仅批驳茅盾的论断,而且动情地表现出对茅盾《徐志摩论》的态度。

对《徐志摩论》的批评,体现的不仅是"新月"派成员的意见,也是京派的立场。胡适、叶公超、林徽因等"新月"派作家对徐志摩的评论,姑且不论;这里别举一例,说明这个问题。因为"女师大事件",周作人曾与徐志摩有过很伤和气的论争,然而在徐志摩去世时,他在《新月》发表了长篇悼念文章,高度肯定徐志摩新诗创作的成就和历史贡献:"他(引按,徐志摩)的半生的成绩已经很够不朽";"在文学上的功绩也仍长久存在";"在这地'复活'的时期中途凋丧,更是中国文学的一大损失了"[②]。周作人此文,令废名一再称道[③]。很显然,李健吾对徐志摩的评价,与周作人的看法,基本一致。

李健吾的京派文学批评,还有值得讨论的问题。比如他对废名的评论,虽然没有专文,却在不同的文章中一而再、再而三地评论废名的创作和作品,常常是近百字的论述,几乎言必称废名;他对《画廊集》和《画梦录》的评论,甚至比评论《边城》《九十九度中》更为确切,也颇有卓见。限于篇幅,本文不能继续进行评述了。

最后,略论李健吾的文学批评的文体特征,以结束本文。李健吾确实是把他的评论当作"一种艺术",然而却不见精心雕琢的刻意和痕迹,反倒是率意而谈,洋洋洒洒,一任其才气横溢,以至汪洋恣肆,因此常常议论离题,节外生枝;文章多有警策之语,时有妙喻,然而偶有概念混乱,比拟失当。所以卞之琳在追忆李健吾的文章中说:"健吾为文,特别在三四十年代,总的说来,笔势恣肆,易致滥漫、失控,顾不到逻辑性";"他当时的文笔真似一匹快马,驰骋中蹄下也时

[①] 茅盾:《徐志摩论》,《现代》1933年2月第二卷第四期。
[②] 周作人:《志摩纪念》,《新月》1932年3月第四卷第一期。
[③] 废名:《周作人先生》,《人间世》1934年10月第十三期;废名:《关于派别》,《人间世》1935年4月第二十六期。

有前失后失，有时也会踩不中靶心（点子），那倒往往不是追不上而是追过了头。"① 所言甚是，所喻恰当。"快马"，"跑野马"之谓也。无独有偶，同样是暗用"走马观花"之喻，卞之琳的"快马"之喻，呼应了巴金30年代回应李健吾评论的文章中的"流线型的汽车"之喻："你好像一个富家子弟，开了一部流线型的汽车，驶过一条宽广的马路。一路上你得意地左右顾盼，没有一辆汽车比你的车华丽，没有一个人有你那样的驾驶的本领。你很快地就达到了目的地"；"你永远开起你的流线型的汽车，凭着你那头等的驾驶本领，在宽广的人生的路上'兜风'。在匆忙的一瞥中你就看见了你所要看见的一切，看不见你所不要看见的一切。"② "富家子弟"，"洋场阔少"之谓也。巴金此喻，实乃左翼作家口吻。有意思的是，李健吾在《〈神·鬼·人〉——巴金先生作》中，恰恰曾用"不羁之马"之喻，批评"像巴金那样的小说家"："甚至有时于在小说里面，好像一匹不羁之马，他们宁可牺牲艺术的完美，来满足各自人性的动向。"③

---

① 卞之琳：《追忆李健吾的"快马"》，《卞之琳文集》中卷，第245页。
② 巴金：《〈爱情的三部曲〉作者的自白》，《大公报·文艺》1935年12月1日。
③ 刘西渭：《〈神·鬼·人〉——巴金先生作》。

论京派批评观[1]

刘峰杰

一

所谓的京派批评，我是指与三十年代的京派创作相表里的一个批评流派。它因身处平津（北平和天津）地域而得名，所以它与地域文化之渊源不可切断。但由于地域文化是一个与地域特征不可分割，同时更与社会政治特征不可分割的文化概念，故京派之产生，也就兼有地域因素与文化因素两重成分的发生特点。从地域角度看，京派批评的主体因大都活动在平津地区，又大都出自名校如清华、北大、燕大等，为他们的交流与凝聚提供了一定的方便与心理条件。地域的限制往往就是文化的限制。当时的平津不是社会政治斗争的中心，这就为他们在某种程度上超越社会政治问题，提供了有利契机。比较而言，京派较少政治痛苦，较少直接看到社会的黑暗，以及不必急于加入政治团体和表态，使他们的非政治性生存有了一些保障。鲁迅对京派的分析，堪称范例。他认为内陆性的地域特征与作为"明清帝都"的文化氛围及心理含量，是京派得以出现的原因。[2] 这说明，京派的产生，既是地域性的，如若把他们放置在南方，他们很可能会变换一副面目；又是社会性政治性的，要是他们处身的环境充满政治的火药味，他们亦不可能那样优游自得。

不过，仅仅追述京派批评产生的地域原因与文化的乃至政治的原因，那是很

---

[1] 原载《文学评论》1994 年第 4 期。
[2] 鲁迅：《京派与海派》，《鲁迅全集》第五卷，北京：人民文学出版社，1981 年。

不够的。京派批评的出现代表着中国现代文学批评的审美自觉与成熟。从"五四"新文学运动开始,出现过以陈独秀、胡适、周作人为代表的初期文化批评派,但它着重讨论的是文化革新问题,文学的自身规律仅在周作人的论述中获得过相当充分的研究,因而,没有形成巨大的批评冲击力。浪漫主义的创造社,曾被视作"为艺术派",但其对于唯美主张的肯定,与其说是对于文学本质之界定,不如说是为了张扬个性而发出的呐喊。在创造社的批评中,对文学功利的夸大与对文学审美特性的夸大,往往十分奇特地混合在一起,这使它不可能成为一个专心于文学审美特性探讨的流派。后期创造社会走向革命文学,就是有着一定因果联系的必然现象。文学研究会推行为人生的文学主张,并未因为对于人生的高度重视,而彻底丧失对文学本体的兴趣,但是这一流派既然确定了人生高于一切的思路,它对文学审美特性的注目就必然是有限的甚或是游移的。这决定了"为人生派"是一个上承文化批评派,下连革命文学批评派的过渡性批评流派。所以,至三十年代,新文学含有了好几个有影响的批评派别,但它们的出发点与批评标准,都不是纯文学纯审美的。京派批评完成了新文学的这一内在要求。第一,是它较为全面地引进了西方的纯美文学思想,并付诸批评实践。朱光潜对克罗齐的介绍,使人们看到了艺术活动与其他人类意识活动的根本区别,李健吾对法朗士之印象主义创作观的肯定,帮助他从事了与纯美思想相适应的鉴赏印象式的批评活动。梁宗岱、卞之琳研究现代派艺术,亦突出了文学的自身特点。将他们与王国维进行比较,可以看出,王国维在引进西方纯美思想时,中国还缺少现代意义上的文学创作实绩,他只能用于传统文学的研究,虽发掘了传统文学中的纯美思想,但局限于古代,使得纯美文学思想的传播面不大。京派批评则通过对现代文学创作实践的分析来传导纯美文学思想,这就使其显得实在而富有活力,纯美文学的思想不仅以其理论的新鲜感吸引了人,亦以其创作的生命形态来感动了人。因此,京派批评在改变现代批评的理论参照系时,也为创作树立了新的参照系:按照纯美文学的理想来创作文学。第二,是它的批评主体充分认识到了建立纯文学的必要性。朱光潜曾说:"许多新诗人的失败都在不能创造形式。"[1] 于是,他

---

[1] 朱光潜:《给一位写新诗的青年朋友》,《朱光潜全集(3)》,合肥:安徽教育出版社,1987年。

认真研究中国旧诗的内在结构，试图以此为新诗提供借鉴的经验，希望新诗在广泛的取舍中提高艺术品位。李长之主张"其所以为艺术者，不在内容，而在技巧"。[①] 在谈到批评任务时，又说批评家要尽自己最大的可能去研究技巧，去了解什么是最高的技巧，什么是某个作家的特有技巧，并体验作家技巧之中的创作甘苦，也表达了同样的思想：尽管文艺可以作为武器，但它是有别于其他武器的，如果文艺不能与公式和大纲划分开来，它就不能实现自己的目的。翻阅梁宗岱的诗论，他把诗的生命与诗的艺术性相连，认为"最高的艺术，更不能离掉形式而有更伟大的生存"。[②] 因此，他不同意"建设明了的通俗的社会文学""有什么话说什么话"这些新文学的早期口号，把它们定位在"反诗"这一性质上。虽然这样的看法过于偏激，却不能否认其出发点，是对艺术的执着追求，是渴望新文学朝着艺术的完美发展。李健吾提出了"文学的尺度"[③] 这一概念，尽管未作理论上的系统说明，却在批评实践中处处贯彻了它。这使他面对的即使是大作家，也从不放低艺术的标准。他说巴尔扎克是小说家，福楼拜才是艺术家，表明他对艺术的要求苛刻而精深。所以，我们认为，京派批评的出现，不仅是一个特定地域里的特定文化现象，这一现象与社会政治有关，而且，作为中国现代文学批评内在发展的结果，如果说"五四"的文学革命，主要显示着人的自觉，开辟了思想自由的前景，那么，京派批评代表着文的自觉，试图回归文学本身，开辟了审美的前景。

这样看来，同处一个地域，不是划分京派批评范围的唯一标准。当时亦在北京的周作人、废名、俞平伯、梁实秋，虽与朱光潜、沈从文、李健吾、李长之等人关系密切，但他们的内在分歧相当大。沈从文借评废名之机，对他们就有批评。他认为废名创作中所呈露的"衰老厌世意识"，"不康健的病的纤细的美"，除了满足"个人写作的怪悦，以及二三同好者病的嗜好"[④]，对于文学工作来说，是一种精力的浪费。李健吾对周作人等提倡的小品文亦有不恭之词："就艺术的成就而论，一篇完美的小品文也许胜过一部俗滥的长篇。然而一部完美的长作大

---

① 李长之：《我对于文艺批评的要求与主张》，《批评精神》，重庆：南方印书馆，1942年。
② 梁宗岱：《新诗底纷歧路口》，《诗与真·诗与真二集》，北京：外国文学出版社，1984年。
③ 李健吾：《李健吾文学评论选·序一》，银川：宁夏人民出版社，1983年。
④ 沈从文：《论冯文炳》，《沈从文文集》第十一卷，广州：花城出版社，1984年。

制,岂不胜似一篇完美的小品文?"李健吾认为:只劝人去追随袁中郎,这不是"发扬性灵",而是"销铄性灵"。①梁实秋作为古典主义者,曾明确反对朱光潜对艺术即直觉的采纳,认为"文学里所表现的东西才是文学的重要之所在"②。于是,梁实秋与京派有着根本不同的思路:一者以伦理道德来确定文学的本质,一者从审美特性出发来看文学的特殊性,这决定了他们不可能为同一的文学目标而奋斗。

唯有沈从文、李健吾、朱光潜、李长之、梁宗岱等有基本一致处。他们之间虽无明确的纲领,却有默契与支持。朱光潜推崇过李健吾:"书评成为艺术时,就是没有读过所评的书,还可以把评当作一篇好文章读……刘西渭的《读〈里门拾记〉》庶几近之。"③李健吾对沈从文有赞扬,称他是"走向自觉的艺术的小说家"。而沈从文亦认为李健吾是他小说的最好读者。同时,沈从文对袁可嘉以及盛赞李健吾的少若也有相当的赞扬。④基于这种事实,论京派批评观,应以沈从文、李健吾、朱光潜、李长之、梁宗岱、萧乾等为代表,而在京派主持的刊物上发表过批评文章的卞之琳、袁可嘉等人,亦可看作是京派思想的维护者。我们对京派批评的总结,即从他们的批评活动中抽绎而出。

二

京派批评虽然常常被目为一个只重艺术的派别,其实,它对文学与人生的关系,也是有所肯定的。在面对"为艺术而艺术"的责难时,李健吾所以能"一笑置之",是因为他原本就没有放弃对于人生的追求。正如他所说的:"一切是工具,人生是目的。"⑤文学总是不能离开人生而存在的。论及戏剧,他的看法是"一出好戏是和人生打成一片的。它挥动人生的精华,凭借若干冲突的场面,给

---

① 李健吾:《鱼目集》,《李健吾文学评论选》,银川:宁夏人民出版社,1983年。
② 梁实秋:《我是怎样开始写文学评论的》,《梁实秋文学回忆录》,长沙:岳麓书社,1989年。
③ 朱光潜:《编辑后记》,《文学杂志》第一卷第二期。
④ 参见沈从文:《新废邮存底》,《沈从文文集》第十二卷,广州:花城出版社,1992年。
⑤ 李健吾:《〈使命〉跋》,张大明编:《李健吾创作评论选集》,北京:人民文学出版社,1984年。

人类的幸福杀出一条血路。人生最高的指示在这里，人生最深的意义也在这里"。① 李健吾选择法国作家莫里哀、福楼拜、司汤达、巴尔扎克，作为研究对象，所反映的亦是他对人生的厚爱。所以，我们有理由认为，李健吾在批评实践中已经建立了"人生的尺度"，这一尺度与其"文学的尺度"结合在一起，成为评判文学的基本准则。

李长之和梁宗岱同样没有忽略人生的文学价值。李长之对茅盾文学观有异议，他认为茅盾"专从表现现实与否，以批评文艺的，最容易把青年导入这个虚伪的一途"。② 在评述是重善还是重美时，他甚至相当偏激地宣告："倘若偏重，我宁偏重美而不偏重善。"③ 据此以为他对人生持彻底否定的态度，那就错了。"文艺是批评的直接对象，因为文艺是表现人生的，所以人生是批评的间接对象了。批评家不特要了解文艺，还得要了解人生，还得要了解文艺和人生的连系。"④ 李长之这样写时，说他是人生派，似不为过。梁宗岱把其批评的主要笔墨用于纯诗的研究与阐发，但在论及如何提高诗的创作水平时，也一样把视线投向了人生，这使他提出了作家应当热烈生活的观点："我以为中国今日的诗人，如要有重大的贡献，一方面要注重艺术修养，一方面还要热热烈烈地生活，到民间去，到自然去，到爱人的怀里去，到自己底灵魂里去，或者，如果你自己觉得有三头六臂，七手八脚，那么，就一齐去，随你底便总要热热烈烈地活着。"⑤ 这虽然不是左翼革命文学的深入生活之论，这里偏重于作家对于人生的体验，但是，我们说梁宗岱所期望的文学创作，是拥有人生内容的表现，应该符合其思想实际。梁宗岱曾反复强调诗是"物我的统一"，其中的"物"，就是人们所要求的人生。

克罗齐对朱光潜的影响很大。如果说克罗齐用艺术的独立性排斥了文学与人生关系的论述，朱光潜对此还是有所表白的。他一方面肯定艺术与实际人生有距离，另一方面又从"艺术是情趣的表现，而情趣的根源就在人生"的角度，得出

---

① 李健吾：《文明戏》，《李健吾戏剧评论选》，北京：中国戏剧出版社，1982年。
② 李长之：《论新诗的前途》，《批评精神》。
③ 李长之：《我对于美学和文艺批评的关系的看法》，《批评精神》。
④ 李长之：《论文艺批评家所需要之学识》，《批评精神》。
⑤ 梁宗岱：《论诗》，《诗与真·诗与真二集》。

了"离开人生便无所谓艺术"的结论。① 在分析创作动机时,他就突出了人生的分量:"克罗齐说,艺术家都是自言自语者,没有把自己的意境传达给别人的念头,因为同情名利等等都是艺术以外的东西。这固然是一部分的真理,但却不是全部真理,艺术家同时也是一种社会的动物,他有意无意之间总不免受社会环境影响,艺术的动机自然须从内心出发,但是外力可以刺激它,鼓励它,也可以箝制它,压抑它。"② 这把文学创作无以脱离人生制约这点说得很清楚。正是出于这样的考虑,他在研究作家的艺术敏感时,把作家"对于人生世相的敏感"作为一个基本内容,认为只有把"事事物物的哀乐可以变成自己的哀乐,事事物物的奥妙可以变成自己的奥妙"③,才会有同情,有想象,有澈悟,有创作。在朱光潜的思想中,没有人生,就没有文学,有文学在,就有人生在,引出这样的结论,是实事求是的。

然而,京派的"人生"不是人生派的"为人生"。一个"为"字,强调了人生对文学的完全制约作用;作家要抱着为人生的目的去创作,作品的内容要以是否符合人生来加以衡量。所以,"为人生",不仅把文学与人生的关系联系得过于紧密,亦常有以人生代文学的倾向存在。结果是,文学变得像人生一样实际,对文学的阐释往往变成了对人生的阐释。京派批评没有忘却人生,而人生在其思维中已被涂上了另一种色调,有着另一种解释。

"不为"恰恰是京派批评的一种态度。"不错,艺术的凭借是物质的,艺术的反映是时代的,艺术的功效是造福于人类的,容或是武器的是宣传的,然而这与创作之主观的意识的过程不必有关。事实告诉我们,在创作时一有意识地顾忌到许多,却必不会有伟大的艺术。"④ 李长之认为文学对于人生之摄取,不是僵硬的,显明的,应该是自然的,自动的。强求与人生的结合,会破坏艺术的完美;只有在随意的非强求的表现中,艺术才不会因人生的摄取而褪色。李长之反对盲目扩大表现人生的范围,正是这种不为态度的体现:"一时没感到杀,杀,杀,没感到捡煤球,不要紧,可以等到感到的时候写。现在只感到山水画中的风景

---

① 朱光潜:《慢慢走,欣赏啊》,《朱光潜全集(2)》,合肥:安徽教育出版社,1987年。
② 朱光潜:《近代美学与文学批评》,《朱光潜全集(3)》。
③ 朱光潜:《从我怎样学国文谈起》,《朱光潜全集(3)》。
④ 李长之:《批评家为什末要批评》,《批评精神》。

等，也不要紧，感到这个就最好写这个，等到你整个生活，整个情感，是改头换面了，那么，再写改头换面的诗，也不迟。"① 因此，京派批评看到了人生的存在，但却未把全面地、直接地、即时地去拥抱人生，作为其文学观而加以肯定。相反的，在他们看来，作品写得"近人情"，或者说"真切"，它就不愁没有现实的内容。这时候，它"往往正因为无为而无不为"，"比许多写实主义的作品反而更暴露了我们的现实"，"发人深省，像一面镜子"。②

朱光潜的距离审美观是京派批评主张"不为"的理论总结。他指出了实用态度与审美态度的悖谬："看正身，看现在，看自己的境遇，看习见的景物，都好比乘海船遇着海雾，只知它妨碍呼吸，只嫌它耽误程期，预兆危机，没有心思去玩味它的美妙。持实用的态度看事物，它们都是实际生活的工具或障碍物，都只能引起欲念或嫌恶。"所以，要想观照到美，要想创造出艺术，创作主体不是把人生收拢来，而是推开去，站在一定的距离之外去玩味它，才能从容加以表现而不失败。因此，他又说："要见出事物的美，我们一定要从实用世界跳开，以'无所为而为'的精神欣赏它们本身的形象。"朱光潜认为：文以载道说，文学工具说，极端的写实主义之所以失败，其关键即在丧失了文学与人生之间的距离。他的结论果断而坚决：凡创作主体不能从"主位的尝受者退为站在客位的观赏者"，"不能把切身的经验放在一种距离以外去看"，其"情感尽管深刻，经验尽管丰富，终不能创造艺术"。③ "距离"在京派这里，成了人生与文学之间的中介、过滤器，它排除人生的混浊，吸收人生的清纯，它把实用的人生转变为审美的人生，把物质世俗的世界，转变为精神的艺术。在他们看来，强调文学与人生结合，而忽略这种结合的中介方式，是不符合审美创造之规律的。这样，我们可以说，京派批评不是一个反人生的派别，也不是一个为人生的派别。它不反人生，使其看到了文学从人生中来；它不为人生，使其坚信文学要高于人生，超越人生。它所憧憬的艺术，是与人生接触，又从人生中升华而起的人类精神想象的大世界。

---

① 李长之：《现代中国新诗坛的厄运》，《批评精神》，重庆：南方印书馆，1942年。
② 卞之琳：《大卫·加奈特的〈夫人变狐狸〉》，《沧桑集》，南京：江苏人民出版社，1982年。
③ 朱光潜：《当局者迷，旁观者清》，《朱光潜全集（2）》。

三

于是，我们认为，京派批评拥有自己的艺术理想。因为，他们既然把文学看作是一个审美的世界，那么，按照审美的需要来创作文学作品，并坚定不移地追求与实现这种美，也就成为京派眼中文学创作的目标。检索京派批评活动，他们对创作的三个方面的要求，揭示了这一艺术理想的三个主导特征。

一、重直觉。直觉是创作主体特有的情感活动，它"离理智作用而独立自主"[①]，却能凭借表现的能力，在凝神观照中达到对于物的精神把握。所以，对理性的介入持十分审慎的态度，乃至反对理性介入创作，是主张直觉艺术时的惯常态度。朱光潜在讨论创作与"名理""道德"关系时，就把直觉看作一道无形的屏障，维系创作的成败："在美感经验中，无论是创造或是欣赏，心理活动都是单纯的直觉，心中猛然见到一个完整幽美的意象，霎时间忘去此外尚有天地，对于它不作名理的判断，道德问题不能闯入。"[②] 李长之反对"理智地创作"，肯定的也是艺术的直觉性："意志地，理智地去创作是毫无是处的。只有在人的情感生活中，人的幻想力最活动，所以我尝说现代创作家必须从浅薄的理智中解放出来就是为此！"[③] 李健吾对何其芳的推崇，亦是对于直觉的推崇。这是因为何其芳超越了他所学哲学专业的逻辑羁绊，达到了一般作者很难达到的艺术纯粹性。因此，当何其芳表白自己没有是非之见，只喜欢事物而不判断事物时，李健吾对此深表赞同，从中揭示了直觉的特点："经耳目摄来，不上头脑，一直下到心田。"经耳目到头脑，那是判断过了；经耳目到心田，那是没有判断。所以，直觉不是理性，却又能直接把握事物。这使李健吾得出了这样一个结论："伟大的艺术家，根据直觉的美感，不用坚定的理论辅佐，便是自然天成，创造惊天地泣鬼神的杰作。"但这不是说京派批评放任直觉而弃绝了理性。"一个作者可以不写一句理

---

① [意] 克罗齐：《美学原理·美学纲要》，朱光潜等译，北京：外国文学出版社，1983年，第18页。
② 朱光潜：《文艺与道德》，《朱光潜全集（1）》，合肥：安徽教育出版社，1987年。
③ 李长之：《论文艺作品之技巧原理》，《批评精神》。

论，这不是说，从开端到结尾，他工作的过程只是一团漆黑"①，明确的思想意识同样是照亮创作之光源。从李健吾评价巴金有着"直觉的情感的理"②，梁宗岱主张创作要"用了极端的忍耐去守候"思想概念化练成绚丽的色彩或影像③来看，京派批评不是没有肯定理性，而是认为这种理性要被作家的情感化解，要被作品的形象吸纳，所以已非纯理性。这样，京派对直觉实际实现了两度认同：第一次，通过排斥理性，稳固了直觉在创作中的主导地位；第二次，又通过对理性之有条件承认，拓展与加深了直觉的内涵，使直觉更具表现生活的审美张力。因此，不论是就思想的出发点或终点而言，京派批评始终是倡导直觉的，京派批评的艺术理想是以直觉为内核的。

二、重自足。自足是对实用世界的隔离，形成一种单纯而又完整的审美世界。朱光潜揭示过这点："艺术所摆脱的是日常繁复错杂的实用世界，它所获得的是单纯的意象世界。意象世界尽管是实用世界的回光返照，却没有实用世界的牵绊，它是独立自足，别无依赖的。"④ 就其自身而言，自足就是可以自我阐释。李健吾写道："一件艺术品真正的艺术品——本身便须做成一种自足的存在。它不需要外力的撑持，一部杰作必须内涵到了可以自为阐明。莎士比亚没有替他的戏剧另外说话，塞万提斯没有替他的小说另外说话，他们的作品却丰颖到人人可以说话，漫天漫野地说话。"⑤ 对京派批评而言，创作能否由实用世界进入审美世界，并达到审美世界自身的内在丰盈，是一个必要的尺度。一种艺术，若与实用世界纠缠过紧，它就不能成为艺术；一种艺术，若还未能达到意蕴饱满，却又情态飞动，它就不是完全的艺术。艺术的自足性对于京派批评，是其目标之一。

在此方面，李健吾的批评活动，代表了京派的态度与成就。在分析现代作家的创作时，他对"自足"难以存身的现状曾有深刻体认："不幸生在我们这样一个时代，满腔热血，不能从行动上得到自由，转而从文字上图谋精神上的解放。甚至于有时在小说里面，好像一匹不羁之马，他们宁可牺牲艺术的完美，来满足

---

① 李健吾：《〈画梦录〉——何其芳先生作》，《李健吾文学评论选》。
② 李健吾：《〈爱情的三部曲〉——巴金先生作》，《李健吾文学评论选》。
③ 梁宗岱：《保罗梵乐希先生》，《诗与真·诗与真二集》。
④ 朱光潜：《形象的直觉》，《朱光潜全集（1）》。
⑤ 李健吾：《〈神·鬼·人〉——巴金先生作》，《李健吾文学评论选》。

各自人性的动向……忘记艺术本身便是绝妙的宣传，更想在艺术以外，用实际的利害说服读者。"① 李健吾没有把艺术不能自足的原因完全归罪于作家，因为作家失去了自足所需之"平静的心境"。他也没有放弃自足。他往往肯定作家的正义感，却又惋惜他们艺术上的不完美。巴金常以写序的方式说明作品，李健吾认为这是"战士"的做法，而非艺术家所为。萧军常以"题旨的庄严和作者心情的严肃喝退我们的淫逸"，李健吾看出了他的身上存在两种人格："一个是不由自主的政治家，一个是不由自主的字句画家。他们不能合作，不能并成一个艺术家。"② 而茅盾，"政治的要求和解释开始压倒艺术的内涵"③，李健吾以为这背离了鲁迅含蓄地暗示自己理想的做法。我们发现，李健吾的批评从来不像茅盾、周扬，会为作品的思想倾向，降低对作品艺术性的要求。一方面，他没有忘却正义、良心；另一方面，又没有忘却审美、艺术。他使用了双重标准，并且两个标准不可相互代替。这既为他肯定一切进步力量提供了保证，也为他维护艺术的完美，提供了视角。在这方面，萧乾有关社会良心与艺术良心的区别，也是立足于此的。社会良心固然不可否认，艺术良心同样应当予以承认，所以，他有这样的看法："在不放松现实的前提下，批评家可不可以容一些社会良心与艺术良心相矛盾的作家，偶尔顺从他艺术的良心写点非战斗性的东西呢？"④ 由此可知，京派批评对于自足艺术的追求，是坚定的。作家如若献身艺术，就应全身心地投入；作家如若创作艺术形象，就应创作生气灌注之形象。"艺术是一个无情的女神，半心半意不用妄想她的青睐。"⑤ 所以，容不得作家分心，容不得形象破裂，构成了京派所谓自足艺术的前提和条件。

三、重和谐。和谐来自人生。它是人生和谐之思想在艺术创作上的体现，却又主要用以说明艺术文体所达到的精美程度。梁宗岱的一段话概括了京派的思想："所谓一件艺术品底美就是它本身各部分之间，或推而至于它与环绕着它的

---

① 李健吾：《〈神·鬼·人〉》，《李健吾文学评论选》。
② 李健吾：《〈八月的乡村〉》，《李健吾文学评论选》。
③ 李健吾：《叶紫的小说》，《李健吾文学评论选》。
④ 萧乾：《〈创作四试〉前记》，《萧乾选集》第四卷，成都：四川人民出版社，1984年。
⑤ 李健吾：《情欲信》，《李健吾文学评论选》。

各事物之间的匀称,均衡与和谐。"① 朱光潜为此提供的有关思路则表明:艺术和谐的创造,是艺术家良苦选择的结果。所以,他认为艺术家与一般人对待事物态度的不同正是实现艺术和谐的前提:"艺术家估定事物的价值,全以它能否纳入和谐的整体为标准,往往出于一般人意料之外。他能看重一般人所轻视的,也能看轻一般人所看重的。在看重一件事物时,他知道执着。在看轻一件事物时,他也知道摆脱。艺术的能事不仅见于知所取,尤其见于知所舍。"这虽然偏重于说明艺术家对待人生,要通过取舍来达到和谐生存。艺术创作又何尝不是如此。"行于其所不得不行,止于其所不得不止。"② 朱光潜把行文之自然而不违背恰当取舍,视为创作正途,其出发点就是建立在艺术和谐这一理想之上的。而萧乾则指出艺术和谐是艺术走向读者发生功用的条件。他把作家使用文字比作画家使用色彩,得出这样一个看法:"一个适当的和谐的安排将使我们忘记了彩色和画板,而投入画中的境界。连一卷好的电影炭画都有这本领。字典里尽管有的是字,人间有的是情景,唯有一个善选择会安排的作者始能得到预期的效果。"③ 在他看来,艺术的和谐在以下两个步骤中产生:运用技巧达到内容与形式的不可分割,从而使作品成为一个有机体;又因为技巧的运用是恰当自然不露痕迹的,从而增添了作品的和谐感。那种割裂艺术内容与艺术形式的做法,为追求技巧而使得艺术失去美感的偏颇,都是不能接受的。

从评废名的文章中,亦可见出沈从文和李健吾对艺术和谐的重视。沈从文认为废名小说中的文白杂糅,破坏了原有的"朴素的美",④ 就是不满这种"畸形的姿态",冲淡了作品的和谐之感。李健吾说得更清楚:由于废名"特别着眼三两更美妙的独立的字句"的创造,而且这些"字句可以单自剔出,成为一个抽象的绝句",这结果只具有了"思维者的苦诣",而"失却艺术所需的高度的谐和"。⑤ 这说明:艺术作为一个整体,它要求各部分的相映成辉。撇开全体而收获绚丽的片段,不顾基调而强涂上不合适的色调,只能破坏艺术的和谐。艺术之美

---

① 梁宗岱:《诗·诗人·批评家》,《诗与真·诗与真二集》。
② 朱光潜:《慢慢走,欣赏啊》,《朱光潜全集(2)》。
③ 萧乾:《为技巧伸冤》,《萧乾选集》第四卷。
④ 沈从文:《论冯文炳》,《沈从文文集》第十一卷。
⑤ 李健吾:《〈画梦录〉——何其芳先生作》,《李健吾文学评论选》。

不是可以离开全体的效果而求得的，它从作品的和谐中产生。

此外，沈从文以"节制"论郭沫若和茅盾，认为他们的作品太多废话、空话；李健吾说茅盾作品中多有剑拔弩张的慷慨陈辞，亦是和谐标准下的一种评价。这再次告诉我们，没有和谐就没有美，在任何情况下，这都是不可违背的一个规律。

京派批评用直觉、自足、和谐构成的艺术理想是相当独特的。它以艺术为目的，为追求高水准的艺术创作而设置。它由京派批评所倡导，却不仅仅属于京派。它不像梁实秋与古典主义的关系，梁实秋以古典文学宣扬的只是古典主义的理想；也不像茅盾与人生文学的关系，茅盾以人生文学推进现实主义思潮。京派批评的艺术理想，包含着更多的对于艺术之一般规律的探讨与总结，在把文学带到审美之中的时候，它属于任何流派。

四

至此，我们论述了京派批评的两个基本看法：一个从人生出发，文学应是审美的产物；一个从作为审美的产物出发，文学应具有纯粹的艺术性。接着的问题必然是：这种纯粹审美作品有无功用呢？京派对此并未回避。李长之把这当作有"教训"："文学作品里没有教训是句骗人的话。"[①] 萧乾承认文学可以是善的，"艺术和道德并不如我们臆想得那样敌对。"[②] 朱光潜具体解释了这一问题："文艺与道德不能无关，因为'美感的人'和'伦理的人'共有一个生命"，"在实际上'美感的人'同时也是'科学的人'和'伦理的人'。"只是由于艺术思维已被审美化、生命化，京派才自觉形成了不同一般的艺术功用理论。这可用三种转移加以概括。

其一是由狭隘功用观转向广义功用观。京派成员反对只赋予艺术一种功用的做法："在历史上道德、宗教和政治都利用过文艺做宣传品。中国唐宋以后的古文家要用文载道，西方假古典派作者要借诗歌、戏剧作教训的工具，结果是文艺

---

① 李长之：《童话论》，《批评精神》。
② 萧乾：《艺术与道德》，《萧乾选集》第四卷。

走上很偏狭、陈腐、肤浅的路。"朱光潜分析了人性的丰富性，把获得丰富的营养当作人性发展的条件："人性中本有求知欲而没有科学和哲学活动，本有美的嗜好而没有艺术的活动，也未始不是一种缺乏……健康的人生观应该能容许多方面的调和的发展。压抑、剥削、摧残，最多只能造成畸形的发展，最后总不免流于偏狭虚伪。"因此，他认为，面对丰富的人性，只给人性以单一的营养，那就必然扼杀人性，使人失去全面发展的机会。跳出狭隘功用的限制，不作压抑人性的工具，用本身的自由，为健康的多方面的人生观之建设，贡献一份力量，是艺术应尽的一份责任。于是"健康的人生观和自由的艺术"[①] 之并行不悖，成为京派所向往的一种境界。

其二是由入世功用观转向出世功用观。入世功用观宣传倡导投身现实的精神。出世的功用则把对现实的超越，看作艺术的目的。朱光潜阐述了京派主张出世功用的理由。因为现世充满了利害，人们不能跳脱这个圈套而独立，这使他们不能实现自己的追求。而美感的世界则提供了对于这种利害的隔离，使人能够向着理想的境界提升。于是，艺术的欣赏也就成为一种追求理想的行为："从有利害关系的实用世界搬家到绝无利害关系的理想世界里去"[②]。朱光潜强调人生的艺术化，强调人要过一种理想的生活，均为重视艺术的出世功用。沈从文在创作之中，声称其目的在于营造与供奉一个"人性小庙"，这是对艺术之出世功用的实践。他说："这世界上或有想在沙基或水面上建造崇楼杰阁的人，那不是我。我只想造希腊小庙。选山地作基础，用坚硬石头堆砌它。精致，结实，匀称，形体虽小而纤巧，是我理想的建筑。这小庙供奉的是'人性'。"[③] 沈从文在其作品里不去写大丑大恶，是因为他把美好、理想看得更重要，要为美好、理想而写作，以便达到重建这美好与理想的目的。在回答为什么写作时，他这样写道："因为我活到这个世界里有所爱。美丽，清洁，智慧，以及对全人类幸福的幻影，皆永远觉得是一种德性，也因此永远使我对它崇拜和倾心……这点情绪促使我来写作，不断的写作，没有厌倦，只因为我将在各个作品各种形式里，表现我对于

---

① 朱光潜：《文艺与道德》，《朱光潜全集（1）》。
② 朱光潜：《谈美·开场白》，《朱光潜全集（2）》。
③ 沈从文：《从文小说习作选·代序》，《沈从文文集》第十一卷。

这个道德的努力。"① 沈从文是一个具有出世精神的作家。

李健吾对沈从文的评价，呼应了沈从文的创作追求。这体现了他们的强烈共识。李健吾有这样的描述："他热情地崇拜美。在他艺术的制作里，他表现一段具体的生命，而这生命是美化了的，经过他的热情再现的。大多数人可以欣赏他的作品，因为他所涵有的理想，是人人可以接受，融化在各自的生命里的。"② 从沈从文以作品来证明人性皆善来看，李健吾认为他是一位具有浪漫主义气质的艺术家。这样的论述，不仅是京派批评对于理想功用的证明，从某种意义上说，也揭示出了京派批评所谓理想功用是偏向对于人性皆善的肯定。

其三是由外在功用之证明转向内在功用之倡导。外在功用不被京派批评重视表现在少谈或不谈文学改造社会，改造制度的作用。相反，相信文学不能离开人心之更新，生命之升华，成为京派的论述重点。"我坚信中国社会闹得如此之糟，不完全是制度的问题，是大半由于人心太坏。我坚信情感比理智重要，要洗刷人心，并非几句道德家言所可了事，一定要从'怡情养性'做起，一定要于饱食暖衣、高官厚禄等等之外，别有较高尚、较纯洁的企求。"③ 朱光潜主张人要免俗，即是主张人心要经过美感的修养，养成"宏远的眼界和豁达的胸襟"，追求人的最高生存。因此，艺术对人的作用，实际是对生命的作用。朱光潜又说："读诗的功用不仅在消愁遣闷，不仅是替有闲阶级添一件奢侈；它在使人到处都可以觉到人世相新鲜有趣，到处可以吸收维持生命和推展生命的活力。"④ 李健吾亦把读诗当作"免俗"看，承认自己是一个俗人，但诗却改变了他："诗把灵魂给我。诗把一个真我给我。诗把一个世界给我，里面有现实在憧憬，却没有生活的渣滓。这是一种力量，不像一般文人说的那样空灵，而是一种充满人性的力量。人性是铁，诗是钢。它是力量的力量。好像一把菜刀，我全身是铁，就欠一星星钢，一点点诗，做为我生存的锋颖。我知道自己俗到什么样无比的程度。人家拿诗做装饰品。我用它修补我的生命。"⑤ 从强调作用于人心到强调作用于生命，京

---

① 沈从文：《篱下集·题记》，《沈从文文集》第十一卷。
② 李健吾：《〈边城〉——沈从文先生作》，《李健吾文学评论选》。
③ 朱光潜：《谈美·开场白》，《朱光潜全集（2）》。
④ 朱光潜：《谈读诗与趣味的培养》，《朱光潜全集（3）》。
⑤ 李健吾：《序华铃诗》，《李健吾文学评论选》。

派批评把艺术的内在功用具体化了，这种具体，使得京派批评突出了生命的意义，也寻找到了艺术作用于人，作用于人生的基本方式。

毫无疑问，京派的这种看法，与无产阶级文学的功用观相去甚远，甚至可以说，是反对无产阶级文学功用观的。但是，京派批评者并未彻底否定无产阶级文学所体现的一切方面，毋宁说，其间的分歧，更多地着眼于艺术方面。这即使不能说是京派所有成员的一致看法，在其不同成员身上，还是有着相近体现的。朱光潜对文以载道的某些肯定，可以见出他对求生存，求人道的思想，还是尊重的。他说："就大体说，全部中国文学后面都有中国人看重实用和道德的这个偏向做骨子。这是中国文学的短处所在，也是它的长处所在。短处所在，因为它钳制想象，阻碍纯文学的尽量发展；长处所在，因为它把文学和现实人生的关系结得非常紧密，所以中国文学比西方文学较浅近、平易、亲切。"[1] 这样的观点，与无产阶级文学重功利是有相通之处的。我们检索发现，朱光潜对为大众，为革命，为阶级意识的文学，持否定态度，其直接否定只在两点：口号未能产生文学所代表的文化；思想过于狭窄。此处可以这样推论：未能产生文学，只能标示其艺术成就不高，代表的文化思想狭窄，只是需要扩展而非抛弃。朱光潜后来可以接受马克思主义的实践美学，应与他这里的思想有一定的关系。沈从文和萧乾或反对"玩文学"，或反对感伤的文学，明确主张不应标榜"艺术至上"，亦说明他们所要求的创作是严肃和认真的，是肩负着人生职责的。这与无产阶级文学精神不是绝对不相容的。

李健吾对无产阶级文学的肯定已经明朗化。他评叶紫，赞扬其顽强拼搏的精神："叶紫并不孤独。正因为平凡，正常，永远在反抗，他才可贵。"当他说叶紫只为被压迫者过哀哀无告的农夫，苦苦在人间挣扎的劳动者而活时，是充满同样感情的。李健吾只说："他揉搓不出富有造型美丽的人。"[2] 李健吾对茅盾的分析，已能看出他对无产阶级文学有着某种程度的认同。他称赞茅盾"在思想上成为社会改革者，在精神上成为成熟读者的伴侣，在政治上成为当局者的忌惮"。[3] 他对于茅盾艺术的弱点，没有姑息，但却以相当宽容的态度加以评述。所以，我们认

---

[1] 朱光潜：《文艺与道德》，《朱光潜全集（1）》。
[2] 朱光潜：《叶紫的小说》，《朱光潜全集（1）》。
[3] 朱光潜：《清明前后》，《朱光潜全集（1）》。

为，京派批评虽然形成了注重人类审美特质的功用观，却未走向封闭的艺术之宫；他们的努力，既与恢复文学创作的正常态势一致，也与求进步的人类力量根本一致。

五

应当承认，京派批评为试图开辟一块文学净土付出了不懈的努力。这代表着一小批远离政治的知识分子的审美选择。这种审美选择若是出现于"五四"时期，它会被纳入个性解放的思潮加以评价。它出现得太晚。三四十年代是阶级斗争、民族斗争十分激烈的时代，非阶级、非政治的思想不仅难以存身，且被目为反阶级、反政治的思潮而受到抵制、批判。因此，京派所采取的人生态度与审美选择，也就必然要与时代之间产生很大的冲突。当时代需要政治力量时，京派却说审美的力量不容忽视；当时代要用现实的功利去要求一切活动时，京派却说文学应当超越这种功效；当时代只强调改变现实的生存状态时，京派却主张改变人本身更重要。结果，尽管京派成员大都生活态度与文学态度十分纯正，他们的这份用心还是被时代的更为急切的问题所卷没了。无产阶级文学阵营对其进行了坚决的斗争。姚雪垠认为京派具有古物商人气、遗老气、绅士气。巴人说朱光潜在"冷眼看投水女人的姿态底美妙"，把沈从文视作一位没有被时代叫醒的体现了湘西水手粗野情感的作者，甚至以"更毒！而且手法也更阴险"[1] 来评价他。周扬则认为朱光潜的距离美学是唯心的"观念论的美学"[2]，他把艺术与生活的全面结合当作艺术能够伟大的唯一条件。李健吾和萧乾都曾为自己辩白，或说不是形式主义者，或说不是为艺术主义者，这说明他们同样遭到了来自政治的压力。我们认为，这种评价不无道理。京派确实流露过他们对阶级和政治的轻视。但完全从政治上衡估京派批评，并不完全合理。因为合理之理，既可按照时代的要求来制定，也可按照历史的要求来制定；既可按照政治的要求来制定，也可按照事物固有特点来制定，这样，从一个角度言之成理的理，换一个角度来看，也就不那

---

[1] 巴人：《展开文艺领域中反个人主义斗争》，北京大学等主编：《文学运动史料选》第四册，上海：上海教育出版社，1979年。
[2] 周扬：《我们需要新的美学》，《周扬文集》第一卷，北京：人民文学出版社，1984年。

么合理了。由此而论，对于京派批评只施用时代的政治的标准去衡估其价值，只能计量出它政治意义的单薄。这对原本就以超越现实政治的京派来讲，只揭示了它不太重要的一面。它的更为重要的一面是从文学历史出发，建立在这一历史经验之上的对于艺术自身规律的探讨。其实，在现代批评的疆界中，京派批评是一个最有审美活力的批评群体。它构筑了纯美艺术的系统，从人生出发，通过审美的中介，达到艺术的创造，从而实现对于人生的美化。朱光潜为之提供了独特的理论基础，李健吾、沈从文为之进行了卓有成效的批评实践，梁宗岱、卞之琳为之开展了必要的学术研究活动。所以，京派批评虽是一个没有内部分工的批评流派，却因各自批评个性的配合，产生了它的整体冲击力。从京派流变的角度来看，这种冲击力还是相当久长的。在日后中国现代政治与文化的巨大嬗变中，京派的成员虽有沉浮，坚持原有理论的外部条件失去了，具体的批评实践也停止了，但在他们所能继续的学术研究中，对艺术的忠诚却始终没有改变。因此，我愿这样结束本文：京派批评是在历史的夹缝中产生与生存的，当政治与艺术相冲突的这种历史夹缝消失以后，京派的思想必将有一个更大的发展前景。在八十年代的生命美学思想中，在文坛之上一大批青年批评家的追求中，在要求回到艺术，尊重艺术的一次次呼声中，都有京派的影响在。京派批评不为某一特定时代服务，不为某一种政治倾向服务，却在实实在在地为艺术服务，它属于艺术。

李健吾的批评观念[①]

杨苗燕

批评是一种理解

李健吾认为：批评是一种理解。这指出了作为一个批评家应取的态度。实际上，它包含了两个方面的内容：其一，它强调了作为批评主体的宽容意识。李健吾说过："我不得不降心以从，努力来接近对方——一个陌生人——的灵魂和它的结晶。"[②] 他承认作品的绝对存在，认为我们必须对它有一个充分的谅解，应该还它一个本来面目，也就是公道。当然，他承认追求公道是不容易的，并称之为批评最大的挣扎，因为一切公道都有批评主体的存在限制。为此，李健吾常常引用考勒瑞对年轻人的忠告来勉励自己："就缺点来批评任何事物，总是不聪明的，首先是应当努力发现事物的优点。"[③] 他自己也总是用心发现对方的好处，用"全份的力量来看一个人潜在的活动，和聚在这深处的蚌珠"[④]。譬如谈到叶圣陶，连作家也觉得自己的"文学和为人全都平庸"，"好比一个皮球泄了气，瘪瘪的"，而李健吾却独具慧眼地喜爱他的平庸，因为他从来没有向他的性格和他的读者撒谎，另给自己换一个什么亮晶晶的东西惹人注目，好像一切废料仰仗镀金镀银来抬高身价。可见，李健吾的宽容意识并非无原则的吹捧，而是充满个性的独特发现和理解。批评是一种理解的另一方面内容是：它强调作为批评主体的选择自

[①] 原载《文学评论》1988年第6期。
[②] 李健吾：《李健吾文学评论选》，银川：宁夏人民出版社，1983年，"序一"，第1页。
[③] 同上注。
[④] 同上注。

由。这既表达了作为一个批评家对事业的尊重，又是针对当时批评界的状况有感而发的。出于对批评已经变成一种武器或者一种工具，不着边际而又恨不得把人凌迟处死这样一种状况的反动，李健吾认为文学批评应该摆脱狭隘的功利观，求得内心的自由。"一个批评者有他的自由。他不是一个清客，伺候东家的脸色"①；当然，这种自由也不是绝对的，它是以尊重人的自由为自由，是不诽谤，不攻讦，不应征，属于社会，然而独立的尊重个性的自由。这就是为什么李健吾能不顾作者的地位，也不顾俗论的毁誉，严肃地发掘许多无名之辈的原因。如《咀华二集》共收了十七篇文章，评论了十一二位作家，但除巴金外，其余都是当时不被社会人们所注意的。

批评是一种灵魂的奇遇

对于这个问题，李健吾在理论上接受了法国印象主义批评家法朗士关于批评是灵魂在杰作间的奇遇的观点。因而他认为批评就意味着一个灵魂与另一个灵魂或其他一些灵魂的碰撞和交汇。作家把自己的灵魂化为杰作，批评家则"必须抓住灵魂的若干境界，把这些境界变做自己的"②。但是，李健吾同时也意识到：灵魂的奇遇或心灵的探险既因为以自我为批评的根据而使得批评成为一种独立的存在，又不可避免地陷入自我的束缚之中，因为"凡自身具有一种艺术或系统的才智之士，愿意接受的只是和他观点相同，和他喜好相同的东西"③。批评家要在浩如烟海的艺术史中选择自己的批评对象，一旦他作出了这种选择，一旦他在批评里放进了自己，放进了他的气质，他的人生观的时候，他与他的批评对象就已经获得了某种契合，就已经融为一体。但同时，尽管他是一个伟大的批评天才，也容易被"一种规定好了的欣赏力"束缚住，这种欣赏力"不管多柔软，很快就到了它的限制"。这里，我忽然想起艾略特关于艺术家要逃避个性和圣佩夫关于一个丰盈的批评天才的条件，就是他自己没有艺术、没有风格的话，逃避个性并非不要个性，没有艺术没有风格也不是不要艺术不要风格。他们的意思只是，当艺

---

① 李健吾：《李健吾文学评论选》，"序一"，第3页。
② 李健吾：《自我和风格》，《李健吾文学评论选》，第214页。
③ 同上书，第218页。

术家或批评家逐渐形成自己的某种欣赏框架或思想倾向时，应力图突破它，在更广阔的视野里接纳艺术。我以为，李健吾也正是这样提醒自己和批评家们的，因为他一方面深深明白：在批评活动中，两个灵魂的交汇所产生的火花是批评的基础，是至关重要的；另一方面也清醒地意识到：光靠心灵的共鸣和吸引而产生的批评毕竟是狭窄的。只有冲破这种局限，开放自己的心门，建立以个性的吸引为基础而又具有宽容意识的开放性的批评系统，才是伟大的批评家。

批评是一种艺术

批评是一种艺术，这是唯美主义者王尔德的著名论断。李健吾在建立自己的批评理论和进行批评实践时，也常常提到这一命题和体现出这一原则。那么，李健吾与王尔德以及把王尔德的命题变本加厉地发挥的法朗士、勒麦特是不是一样的呢？

据《中国大百科全书·外国卷》中"印象主义"条目：印象主义批评是一种拒绝对作品进行理性的科学分析的批评，它强调批评家的审美过程，至多指出这美的印象是如何产生的，是在哪种条件下被感受到的。因此，印象式的批评是一种朦胧的，没有明确论证的"以诗解诗"式的批评，而且往往写成散文诗的格式，这样，文学批评就成为一种与文学创作没有本质区别的艺术门类，写这种批评文字的人往往本身也就是诗人或作家。按照这个框框，李健吾确实有许多方面是符合条件的。比如，他比较强调自己的直觉感受，比较注重对作品美的发现，同时，他的批评也确是一篇篇美文，充满散文般的艺术魅力。但是，印象主义批评最核心的东西——拒绝对作品进行理性的科学的分析，却与李健吾的批评绝对无缘。李健吾认为批评是一种艺术，主要是在把批评看作是一种具有创造性和个性的存在这样的意义上立论的。一个批评家是学者和艺术家的化合，有颗创造的心灵，运用死的知识。他的野心在扩大他的人格，增深他的认识，提高他的鉴赏，完成他的理论。在这里，李健吾并不把批评看作是神秘的，只根据批评家自己的感触而写，而拒绝任何规范标准，他认为批评有其自身的使命，这种使命不是摧毁，不是和人作战，而是建设，而是和自己作战。这与那些"闪避比较困难与抽象的问题，对理性地分析诗歌之可能持怀疑态度，因而对方法论问题完全缺乏考虑"的印象主义批评家是并不相同的。

在批评领域里，个性这个概念是很宽泛的。它有对题材的特别偏好，包含某种对人生的独特体验，也指对艺术对象的某种表现方式。我以为，李健吾所强调的个性，主要是后者：表现。他在《自我和风格》里就说得很清楚："我把自我特别提出来，不是有意取闹，而是指明它的趋势。它有许多过失，但是它的功绩值得每一个批评家称颂。它确定了批评的独立性。它让我们接受了一个事实：批评是表现。"

李健吾早年曾留学法国，勤勉和博学使他熟悉了蒙田、圣佩夫、法朗士等一大批欧洲大陆的批评巨匠。他钦佩他们，因而在批评中也常常自觉不自觉地流露出这些巨匠们的影子。然而，一方面，李健吾深厚的旧学根底使他的批评垫上了厚厚一层中国式的底蕴，另一方面他个人天才的创造力又使他能融多方精髓于一体，他的批评文笔，既有圣佩夫、法朗士式的涉笔成趣，也有蒙田式的哲理颖悟，还有中国传统批评的意境韵味。他以蕴含着真情，又如行云流水般的文笔，把一幅幅美景展现给我们，把一个个活的灵魂剖析给我们，让我们在美的感受中去凭古吊今，去回顾回环复杂的历史，去理解沸腾激荡的灵魂。李健吾并非囿于个人的主观感受而喋喋不休，也不是玩味优美的文字，作空泛的感叹，而是饱含着对艺术真诚的爱，把艺术品所体现的及自己从中所感受到的关于人、关于历史、关于社会、关于艺术等的观点毫无保留地表现出来，他的脉搏与作家，也与读者一起跳动，他一开始就用一个明确的准绳，一个从自然采取的准绳来武装自己，然后凭一股热情来执行他的任务。这，就是李健吾的批评艺术，也是李健吾之所谓"批评是一种艺术"的真正内涵。

无疑，李健吾不会不明白艺术与批评之间的区别。如上所述，他有着自己明确的批评态度，明确的批评目的，以及对批评本身明确而独特的看法。但是，他也无暇去细细分析二者有何异同，只是凭着批评需要知识，批评需要理解，批评需要心灵的相对自由的信念，默默地在批评的道路上跋涉着。寂寞中，他常常这样勉励自己："假如有一天我是一个批评家，我会告诉自己：

第一，我要学着生活和读书，第二，我要学着在不懂之中领会，第三，我要学着在限制之中自由。"[①]

[①] 李健吾：《李健吾文学评论选》，"序二"，第4页。

徘徊在现代与传统之间

——李健吾与中国现代文学批评理论的建构[①]

文学武

内容摘要： 在20世纪中国文学批评普遍追求科学实证精神、关注作品宏大叙事主题的格局中，李健吾的文学批评却有着独特的风格。他在维护文学批评的尊严、独立，在沟通西方文学批评与中国传统批评的交汇、融通中做出了重要贡献，也大大增强了中国现代文学批评的审美意识。这表明了批评家在中国现代文学批评发展到一定时期的某种必要的自省，其理论建构对于中国现代文学批评有着纠偏的意义。但由于过于推崇直觉和印象，导致了李健吾的文学批评在一定程度上存在科学和理性精神不足的缺陷，与整个中国文学批评的主潮产生了一定的抵牾。

关键词： 李健吾　文学批评　审美意识　印象主义

中国现代文学批评自从它的诞生之日起就开始了其寻找现代性的历程，科学和实证主义精神成为批评家的自觉追求，朱光潜说："谨严的分析与逻辑的归纳恰是治诗学者所需要的方法。"[②] 这主要源于他们对西方文学批评的借鉴："文艺批评在我国的文学史中虽自有一定的系统和一定的方法，但我们所谓近代的文艺是近代世界潮流的派衍，因而所谓文艺批评也是这样。"[③] 但这种科学批评由于

[①] 原载《社会科学辑刊》2013年第5期。
[②] 朱光潜：《诗论·抗战版序言》，《朱光潜全集》第3卷，合肥：安徽教育出版社，1987年，第3—4页。
[③] 郭沫若：《批评—欣赏—检察》，《创造周报》1923年第25号。

过分追求知性分析和逻辑运用，无形中淹没了文学的生动性和丰富性，也使得文学的美感在批评的过程中受到很大的损害。而 20 世纪 30 年代盛行于中国批评界的社会学方法更是强化了文学批评的政治功能，甚至以阶级分析代替了艺术分析。在这样的批评格局中，李健吾却借鉴西方印象主义的批评，并把其创造性地和中国传统批评融通，激活了批评的灵性，构建了自己独特的文学批评风格，影响了一批批评家如李广田、唐湜等。朱光潜认为李健吾的批评本身就是一种艺术，"书评成为艺术时，就是没有读过所评的书，还可以把评当作一篇好文章读……刘西渭的《读〈里门拾记〉》庶几近之。"① 这些表明了批评家在中国现代文学批评发展到一定时期的某种必要的自省，其理论建构对于中国现代文学批评有着纠偏的意义。但另一方面，由于过于推崇所谓的直觉和印象，导致了李健吾的文学批评在一定程度上存在科学和理性精神不足的缺陷，与整个中国文学批评的主潮产生了一定的抵牾，因而始终没有形成重大的影响，这里面所蕴含的理论命题同样值得思考。

一

从文学批评的历史来看，中国的现代文学批评虽然肇始于"五四"新文学运动，并伴随着文学的发展而取得了一定的成就，涌现了诸如周作人、茅盾、郭沫若等一些批评家。但在很多人的心目中，批评却仍然被视为创作的附庸，更没有被当作独立的艺术形态而受到特别的重视。更其不幸的是，批评在不少批评家的笔下更多地成为了攻讦或谩骂的武器，显然，这种情况的出现对中国现代文学批评的成长和发展是十分不利的。周作人曾不止一次地呼吁："宽容是文艺发达的必要的条件。""批评是印象的图鉴，不是法理的判决，是诗人的而非学者的批评。"② 但并没有受到应有的重视。直到李健吾的文学批评才第一次真正使文学批评成为了和创作具有同等地位而又具有自身独立精神的艺术，也使得批评家在对创作主体的阐释、交流中获得了前所未有的尊严。

---

① 朱光潜：《编辑后记》，《文学杂志》1947 年第 1 卷第 2 期。
② 周作人：《文学上的宽容》，《自己的园地》，石家庄：河北教育出版社，2002 年，第 9 页。

在李健吾看来，批评是自我价值的发现，是一种独立的、充满创造性的艺术，因此它本身具有自己的独立和尊严。而批评家和创作者由此构成的是一种平等、互相尊重的关系。虽然当时有不少人都认识到文学批评的作用，但却很少有人像李健吾这样执着维护文学批评家和文学批评独立精神。在西方印象主义者的眼中，尽管文学批评和感性的创作有一定的距离，但这两者之间并非冰火不容。相反，它们作为文学实践的有机组成部分可以相互启迪，丰富文学的世界。在批评的实践活动中，一个好的批评家可以通过他的批评而变成艺术家。李健吾曾在自己评论集的序言中引述了王尔德的一段话："没有批评的官能，就没有艺术的创造……因为创造新鲜形式的，正是这种批评的官能。"[1] 正是在这样的意义上，李健吾对于文学批评得出了自己的见解，那就是：批评不应成为作品或其他外部事物的附庸，它有着自己的独特的美丽生命，完全是一种独立的创造，而批评家正是在这样的过程中完成了自我价值的实现。李健吾说："我菲薄我的批评，我却还不敢过分污渎批评的本身。批评不像我们通常想象的那样简单，更不是老板出钱收买的那类书评。它有它的尊严。""一个有自尊心的批评者，不把批评当作一种世俗的职业，把批评当作一种自我的表现，藉以完成他来在人间所向往的更高的企止。"[2] 李健吾在对批评本质属性的理解上的确有着自己的真知灼见。这一点如果和后期创造社、太阳社等一些成员在革命文学论争中所提出的观点以及后来一些左翼批评家的观念加以比较就会愈加清楚。正是从文学从属政治的理念出发，一些激进的左翼批评家几乎无一例外地抹杀文学以及文学批评的独立属性，他们宣称："一切的文学，都是宣传。"[3] "当一个留声机器——这是文艺青年们最好的信条。"[4] 进而他们把文艺批评当作一种清查、斗争的工具，对于他们所批评的对象不作分析地乱扣帽子，甚至等而下之地对批评对象进行人身攻击。这实质上是一种非常粗暴的作风，对中国后来的文艺实践更是产生了严重的消极影响。

---

[1] 李健吾：《李健吾文学评论选》，银川：宁夏人民出版社，1983年，"序二"，第3页。
[2] 李健吾：《答巴金先生的自白》，《咀华集·咀华二集》，上海：复旦大学出版社，2005年，第15、16页。
[3] 李初梨：《怎样地建设革命文学》，《文化批判》1928年第2号。
[4] 麦克昂：《英雄树》，《创造月刊》1928年第1卷第8期。

作为一位文学自由主义的信奉者，李健吾对 20 世纪 30 年代这种常见的粗暴批评态度十分不满。他说："批评变成一种武器，或者等而下之，一种工具。句句落空，却又恨不得把人凌迟处死。谁也不想了解谁，可是谁都抓住对方的隐匿，把揭发私人的生活看作批评的根据。"[1] 李健吾断然否定了批评者所扮演的判官式的角色和所谓绝对真理的化身，而更多地把评论当作自我的一种心灵活动。我们从李健吾的评论文章中可以发现，虽然他的评论的对象很多，既有和自己审美情趣接近的京派同仁如沈从文、卞之琳、萧乾、林徽因、何其芳、李广田、芦焚等人，也有和自己审美理想迥异的左翼作家如茅盾、萧军、叶紫、夏衍等，但一旦进入审美的过程，李健吾却能抛开一切外在因素的影响，完全持一种公平的姿态，对批评对象更多的是一种理解。"凡落在书本以外的条件，他尽可置诸不问。他的对象是书，是书里涵有的一切，是书里孕育这一切的心灵，是这心灵传达这一切的表现。"[2] 例如，当时沈从文创作的一些作品由于和现实保持了一定的距离而遭到左翼批评家的激烈指责，然而李健吾却发现了沈从文独特的价值，对他的创作多次给予充分的肯定，称赞沈从文是一个逐渐走向自觉的艺术家，更把沈从文的《边城》比喻为一颗千古不磨的"珠玉"。李健吾这种对作家宽容、同情的态度在对废名的评论中表现得也很明显，后来的文学史验证了李健吾这种独具慧眼的才能。

李健吾认为，如果一个批评家没有了独立的人格精神，那么他就无法摆脱对各种外在势力的依附，他的批评价值也就无从谈起，因此李健吾把批评家的道德修养提到了重要的位置。"一个批评者有他的自由。他不是一个清客，伺候东家的脸色……他不诽谤，他不攻讦，他不应征。属于社会，然而独立。"[3] 作为批评家，应该始终把关注的重点放在对作品审美性的体验和把握上。当然，在这样的审美过程中，由于批评家进行的是一种创造性的工作，他对作品的理解、阐释可能会和作家的意图出现偏差，因此批评家的工作在很多时候并不被评论对象所理解，甚至遭到指责。然而李健吾却始终秉持这种独立人格，正是由于这种独立的批评态度，他曾经得罪了不少的作家，比如巴金、曹禺、卞之琳、朱光潜等。茅

---

[1] 李健吾：《跋》，《咀华集·咀华二集》，第 94 页。
[2] 李健吾：《答巴金先生的自白》，《咀华集·咀华二集》，第 16 页。
[3] 同[1]，第 185 页。

盾是当时文坛很有影响力的一个作家，李健吾在一些评论文章中也涉及对他的评价。李健吾一方面认为茅盾是一位小说巨匠，"他为自己也为文学征服了万千观众，为同代也为后人开辟了若干道路"①。但在另一方面，由于茅盾过于追求作品的倾向性而在某种程度上导致了艺术的粗糙，缺少想象力。对于这一点李健吾也严肃地指出来，他说："临到茅盾先生，暗示还嫌不够，剑拔弩张的指示随篇可见。""坏时候，他的小说给人报章小说的感觉。"② 李健吾之所以得出这样的结论，完全不是出于所谓政治或者艺术派别的偏见，而是秉承的公正和艺术良知，也正是在这样的意义上，李健吾的批评才能获得一种穿越时空的不朽价值，得到大多数艺术家的认可。

二

李健吾和那个时代的不少批评家如梁实秋、朱光潜、梁宗岱、李长之等一样，具有会通中西文化的宏阔视野，他创造性地把中国传统文学的批评精神和西方的现代批评精神融合在一起，进而形成了自己独特的批评观念和范式，至今仍然没有失去其应有的价值。

由于李健吾文学批评的独特性，人们一般都把其视为印象主义的批评家，进而认为李健吾主要依赖的是中国传统批评的范式和语言。但应当指出的是，印象主义批评在西方有着严格的界定，它不能简单地与中国传统印象式的批评等同起来。事实上这也是对李健吾批评的一种误读。李健吾的文学批评尽管与中国传统文学批评的渊源较深，但两者之间仍然存在着区别，这主要体现在李健吾的文论中经常使用西方现代批评的"比较"以及"综合"的方法，具有了一定的现代属性。在这一点上，李健吾的批评就与另一位京派批评家沈从文拉开了距离。

比较是一种充满理性的思维活动，从本质上说它体现了客体世界中间各种有形无形的联系，因此它在现代科学研究中扮演着日益重要的角色。虽然在中国传统文学批评中偶尔也有比较方法的使用，但严格说却并不是源于一种自觉的方法

---

① 李健吾：《叶紫的小说》，《咀华集·咀华二集》，第126页。
② 同上书，第128页。

论意识。而李健吾的文学批评却把比较方法的运用提升到一种很高的地位，有着强烈的方法论追求。他说："然而，物以类聚，有时提到这个作家，这部作品，或者这个时代和地域，我们不由想到另一作家，另一作品，或者另一时代和地域。"① 诗学比较既是一种宏观的文化背景比较，也是微观的审美范畴乃至风格、文体等的比较，而李健吾更偏好审美风格的比较，他经常把风格相同或迥异的作家放在一起，以看出作家的异中之同或同中之异，加深人们的印象。特别是当两个作家表面风格相似而精神实质迥然不同的时候，这种比较就更为关键。沈从文、废名的作品都以描写乡村田园风光而著称，人们容易把他们当作风格相同的作家，然而李健吾在比较中却发现了两者之间巨大的差别。他认为废名的作品因为过于冷静、追求艺术的超脱，因而不太容易为普通读者接受；而沈从文就不同了，"他热情地崇拜美……大多数人可以欣赏他的作品，因为他所涵有的理想，是人人可以接受，融化在各自生命里的。但是废名先生的作品，一种具体化的抽象的意境，仅仅限于少数的读者。"② 在20世纪30年代，何其芳、卞之琳、李广田由于相近的诗风被人们称为"汉园三诗人"，但李健吾还是在详尽的比较中发现了他们的不同。

虽然西方印象主义极力推崇纯感性的批评方式，排斥任何理性的判断和批评标准，但文学批评是一项非常复杂的精神活动，它不可能完全摆脱理性思维，在实践中也很难完全做到像印象主义所宣称的那样。而事实上李健吾对印象主义的接受还是有所选择和疏离的。李健吾虽然信奉艺术的直觉理论，欣赏印象主义批评的自我性和创造性，但他也显然认识到，一个批评家由于受到自身阅读经验等的限制，他必须要具有一定的理论基础和开阔的视野，这样的批评才能最大限度接近艺术规律。而我们从李健吾自己的一些话语中也能看出这些倾向。他说："所有批评家的挣扎，犹如任何创造者，使自己的印象由朦胧而明显，由纷零而坚固。""从'独有的印象'到'形成条例'，正是一切艺术产生的经过。"③ 李健吾在文学批评中一般都是先用感性的语言对审美对象做总体性的描述，然后在大量的材料中提炼出自己的观点。他的《边城——沈从文先生作》一文就较为典型

---

① 李健吾：《画梦录》，《咀华集·咀华二集》，第83页。
② 李健吾：《〈边城〉——沈从文先生作》，第26页。
③ 李健吾：《答巴金先生的自白》，《咀华集·咀华二集》，第14、15页。

地体现出这种特点。尽管作者在文章开头一再声明批评不是一种判断，但他在论及沈从文的《边城》时开宗明义地亮出了"沈从文是一位渐渐走向自觉的艺术的小说家"的观点，接着他在沈从文与废名、司汤达、乔治·桑等人的一系列比较中全面分析了沈从文作品的特征，最后又详尽分析了《边城》的艺术。虽然这样的逻辑结构被很多感性的语言所包裹，但仔细分析还是能发现它若隐若现地存在着。而沈从文就不同了，他的文学批评几乎完全是由感性所主导，更具有东方民族特色，那种评点式的批评占据着绝对的地位，却始终没有上升到理性思维的层面。如沈从文评论徐志摩，无论是对徐志摩早期的创作还是晚期的创作，无论是散文还是诗歌，他几乎都是那种描述、印象式的语言："一切的动，一切的静。青天，白水，一声佛号，一声钟，冲突与和谐，庄严与悲惨，作者是无不以一颗青春的心，去鉴赏、感受而加以微带矜持的注意去说明的。"[①] 像这样的评论固然也有其价值，但必须指出的是，这样的阶段只是文学批评的初始阶段，没有知性的分析，也就无法做出系统的阐释。虽然沈从文的文学批评也不乏比较的方法，甚至有时在一篇文章中多次使用，这当然有理性思维的成分，但如果和李健吾比较起来看，沈从文的这种比较就缺少李健吾的中西诗学比较的视野，基本上局限在当时国内同时代作家之中，其理论的价值也就相当有限。李健吾在自己的批评活动中把理性分析引入进来，从而在一定程度上弥补了印象主义批评的缺陷。

在借鉴西方文学理论的同时，李健吾还把目光投向了中国古典文学的理论资源，从他的文学批评所经常使用的"意境"美学范畴以及顿悟式的语言都能看出这一点。尽管人们在对意境的内涵及其特征的理解上并不完全一致，但它最核心的一点是得到普遍认可的，那就是：以有形表现无形，以有限表现无限，以实境表现虚境，最终达到浑然一体的世界。宗白华先生说："什么是意境？唐代大画家张璪《画论》有两句话：'外师造化，中得心源。'造化和心源的凝合，成了一个有生命的结晶体，鸢飞鱼跃，剔透玲珑，这就是'意境'，一切艺术的中心之中心。"[②] 尽管在20世纪30年代中国很多批评家都接受了西方批评的理论体系，

[①] 沈从文：《沫沫集·论徐志摩的诗》，《沈从文全集》第16卷，太原：北岳文艺出版社，2002年，第101页。
[②] 宗白华：《中国艺术意境之诞生》，《宗白华全集》第2卷，合肥：安徽教育出版社，1994年，第326页。

但李健吾还是把中国传统的意境范畴作为他批评实践的重要一环。意境是"情"与"景"、"意"和"象"、"隐"与"秀"的结晶，只有把两者有机融合在一起才能创造出含蓄、蕴藉的文学世界，否则艺术就是不完整、不和谐的。因为李健吾的批评始终把艺术的自足性放在至关重要的位置，这样意境也就成了他衡量作家创作是否完美的主要依据之一。李健吾在很多评论文章中都对沈从文、废名、何其芳等人的作品给予了较高评价，很大程度上是由于他们的作品表现出的深邃、和谐的境界。他评价《边城》说："《边城》便是这样一部 idyllic 杰作。这里一切是谐和，光与影的适度配置，什么样人生活在什么样空气里，一件艺术作品，正要叫人看不出艺术的。"[①] 在对叶紫、萧军甚至茅盾等人的评论中，李健吾时有微词，很大的一个原因也是因为他们过于追求作品的社会价值而没有在作品中创造出情景交融的意境。

更能见出李健吾文学批评与中国传统文论关联的是他感悟式的批评方式和话语。由于思维方式和文化心理结构等影响，中国传统文学批评形成了自身独有的特点，比如偏重内省、直觉、主情、鉴赏等。这种印象式的批评方法并不遵循所谓严格的理论框架，它非常重视妙悟以及形象比喻的运用，所谓"禅道惟在妙悟，诗道亦在妙悟"。与现代流行的批评方法比较起来，它在审美直接性的契合和对风格的品味、辨析上就有着自身的优势。对于传统批评的这些特点，李健吾在自己的文学实践中充分地加以吸纳，从而赋予了其鲜活的生命。李健吾的评论文章主要采用的是一种娓娓而谈的随笔文体，更多地从自身的人生经历和作者的人生经历中去慢慢进入主题，并不过分使用学院派的批评术语，读起来反而有一种亲切之感。至于在批评的语言上的特点，李健吾几乎得到了人们一致的肯定："他写的每一篇批评，都是精致的美文。"[②] 为了能恰当地描述评论对象的特征，李健吾往往使用形象直观而又简洁的比喻、顿悟等方式，以达到得鱼忘筌、得意忘言的效果，从而把审美的主动权交给作者。如他用了很多比喻来形容沈从文的作品："《边城》是一首诗，是二佬唱给翠翠的情歌。《八骏图》是一首绝句。""《边城》便是这样一部 idyllic 杰作……这不是一个大东西，然而这是一颗千古不

---

① 李健吾：《〈边城〉——沈从文先生作》，《咀华集·咀华二集》，第 28 页。
② 司马长风：《中国新文学史》中卷，香港：昭明出版社，1976 年，第 251 页。

磨的珠玉。"① 李健吾这种诗性、鉴赏、顿悟的批评方式虽然在中国批评追求以西方现代批评为模式的语境中始终处于边缘的角色，但它独有的生命仍然对不少批评家产生了一定的影响，如梁宗岱的《诗与真》和《诗与真二集》、戴望舒的《论诗零札》、李广田的《诗的艺术》、艾青的《诗论》、唐湜的《意度集》等都在某种程度上运用了这种批评方式，尤其是唐湜的《意度集》最为明显。唐湜说："我那时觉得艺术是生活的批评，批评也该是一种能表现青春的生命力或成熟的对生活沉思的艺术。一篇批评文章本身就应该是一幅好画，一篇好散文，或一篇有蓬勃的力量的搏斗的心理戏剧。"② "我曾经入迷于他的两卷文学评论《咀华集》，由他的评论而走向沈从文、何其芳、陆蠡、卞之琳、李广田们的丰盈多彩的散文与诗；而且，反过来又以一种抒情的散文的风格学习着写《咀华》那样的评论。"③ 甚至在20世纪80年代还有一批批评家采用了这种批评方式。李健吾把批评本身真正变成了一种能给人美的享受的艺术。

三

由于李健吾文学批评所显露的独特个性和生命，其受到人们的重视和赞誉是完全正常的。特别是当它出现在一个社会价值论占据主流，以崇奉宏壮、崇高为美的时代背景中，确实给人们吹来了一股清新之风。但应该看到的是，李健吾的文学批评世界并不是一个完整严密的逻辑体系，有时不可避免地出现自身所无法调和的矛盾。同时由于所持批评方法的限制，其与中国现代文学批评致力寻求现代化的趋势也产生一定的抵牾。此外，由于批评视角的原因，他在对一些作家的评价上难免也会出现偏差。

作为自由主义批评家，李健吾本能地对以社会价值尺度为中心的批评标准产生反感。他一再声称作家和批评家都应该摆脱功利主义的影响，要求作家与政治保持超然的距离，主张文学应当建立在人性的基础上。在他看来，只有表达出深

---

① 李健吾：《〈边城〉——沈从文先生作》，《咀华集·咀华二集》，第26、28页。
② 唐湜：《前记》，《新意度集》，北京：生活·读书·新知三联书店，1990年，第1页。
③ 唐湜：《读〈李健吾文学评论选〉》，《新意度集》，第211页。

广悠久的人性的作品才能获得持久的艺术生命。"批评之所以成功为一种独立的艺术,不在自己具有术语水准一类的零碎,而在具有一个富丽的人性的存在。"① 这样,他在衡量作品的时候更多地是从人性的角度出发,凡是在文学中表达出人性的作品就得到了他特别的肯定,这从他对沈从文的评价中看得很清楚。沈从文作为一个很有艺术个性的作家,其作品大都表达了对纯朴、和谐人性之美的向往,对于沈从文这样的追求,李健吾给予了很高的评价,《边城》在他眼里就成为了一部"人性皆善的杰作"②。

但问题的复杂性在于,在现代中国的社会历史背景中,人性不是抽象的,它也不可能和社会性、阶级性完全割裂开来。特别是在峻急的 20 世纪三四十年代,对于文学的政治化要求具有某种合理性,大多数人关心的是文学对社会、人生的认同,而文学的审美性则相对被淡化了,两者之间有一种内在的矛盾、冲突。在这种情形中,鲁迅、茅盾、冯雪峰、瞿秋白、胡风等人更多地关注文学的政治形态,这种观点自然对李健吾也有影响。李健吾并不赞成把文学和现实人生完全隔绝的做法,他同样明白文学社会价值存在的合理性,这样就决定了所谓人性和艺术自足性在很大程度上处在一种理想状态,经常和现实发生摩擦、冲突。李健吾自己也意识到这一点,他说:"时代和政治不容我们具有艺术家的公平(不是人的公平),我们处在一个神人共怒的时代,情感比理智旺,热比冷容易。我们正义的感觉加强我们的情感,却没有增进一个艺术家所需要的平静的心境。"③ 因此,他对周作人、废名等完全脱离社会现实的小品评价并不高,批评他们片面追求所谓艺术空灵的做法。他说:"站在一个艺术的观点,文字越艺术化(越缺乏生命),因之越形空洞,例如中国文字,临到明清,纯则纯矣,却只产生了些纤巧游戏的颓废笔墨。"④ 可见李健吾在这里强调的又是作品的社会属性。虽然李健吾极力想在作家的人性和社会阶级性之间寻求平衡,但在现实中有时却很难处理,比如他对鲁迅、茅盾、叶紫、萧军等左翼作家的评价中都能感觉到人性尺度和社会性尺度的双重标准。这无形中造成了其理论内在逻辑的断裂,因此对这些

---

① 李健吾:《爱情的三部曲》,《咀华集·咀华二集》,第 1 页。
② 李健吾:《篱下集》,《咀华集·咀华二集》,第 37 页。
③ 李健吾:《八月的乡村》,《咀华集·咀华二集》,第 115 页。
④ 李健吾:《〈鱼目集〉——卞之琳先生作》,《咀华集·咀华二集》,第 65 页。

作家创作价值的分析与实际情况出现了一定的脱节。愈到后来，李健吾愈感到两者之间调和的难度，以致他最终更多以社会属性替代了人性属性的评价，这也是李健吾稍晚出版的《咀华二集》总体上要比《咀华集》逊色的重要原因。

李健吾的文学批评给人的印象往往是大都停留在感性的层次，他在对作家、作品感性的审美描述上具有非凡的才能，这种感性的生动性、鲜明性和美感常常给人们带来审美的愉悦。但在文学研究中，如果仅仅停留在这样感性的层次，就不能获得深刻的理性认识，也不能深刻把握客体间的关联和规律。而从中国现代文学批评发展的历史来看，追求批评逻辑的严密和理论思维的自觉恰是一种必然的趋势，这从王国维、茅盾、瞿秋白、朱光潜、胡风、周扬等人的批评中都能见出。尽管李健吾采用的不完全是中国式的印象批评方法，渗透了一定的理性，但从整体上看，它确实存在散漫、自由、逻辑不够谨严、缺少科学实证分析等缺点。当年的巴金在对李健吾的辩驳中曾提到这一点："你好像一个富家子弟，开了一部流线型的汽车，驰过一条宽广的马路。一路上你得意地左顾右盼，没有一辆比你的华丽，没有一个人有你那样驾驰的本领。你很快地就达到了目的地……朋友，我佩服你的眼光锐利。但是我却要疑惑你坐在那样迅速的汽车里面究竟看到了什么？"[①] 虽然巴金的这些话并不是专门针对李健吾文论的弱点，但它的确在一定程度上击中了要害。李健吾的一些评论文字的确存在像巴金、梁宗岱所说的游离主题，结构过于枝蔓、松散的情况。由于过多地使用形象、顿悟式的语言，虽然能够给读者带来美感，但它却也很容易出现只可意会不可言传的情形，无法科学揭示对象的本质特征，甚至会给读者带来理解上的混乱，可谓漂亮有余而深度不足。如李健吾经常描述作品所使用的"珠玉""丰盈""红宝石""烧焦的树"等比喻的词语虽然增加了文章的光彩，但无疑又缺少一种明晰、科学的准确含义。对此梁宗岱也曾不留情面地批评李健吾在用词上只顾追求漂亮而缺乏严谨，认为李健吾存在滥用名词的情况。梁宗岱的话虽然说得严苛，但并非无中生有。如果拿李健吾的《咀华集》和朱光潜的《诗论》比较起来，就能更加清楚地看出李健吾文学批评的这些不足之处。甚至比起梁宗岱的文学批评来也有差距，

[①] 巴金：《〈爱情的三部曲〉作者的自白——答刘西渭先生》，《大公报·文艺副刊》1935年12月1日。

这当然并非都是李健吾的过错,而是他徘徊于现代与传统之间所付出的代价。

李健吾虽然属于所谓的京派作家,但他的评论对象并没有局限在这样一个相对狭小的圈子,对其他文艺阵营的作家也多有论及,其中包括左翼作家茅盾、叶紫、萧军、夏衍、路翎等。不仅有影响较大的作家,也有一些刚出茅庐的作家,在对同时代作家投入的巨大精力而言,李健吾是十分突出的。由于李健吾的评论视角大都是从风格的层面入手,因此在面对风格突出、个性鲜明的作家作品时,他的直观感悟的批评方式就游刃有余,能最大限度地发挥自己敏于艺术感受的特长,这在他对如沈从文、李广田、何其芳、萧乾、卞之琳、曹禺等人的评价中表现得最为淋漓尽致。但一旦遇到如萧军、茅盾、叶紫、夏衍等偏重社会意识的作家,他的风格批评就失去了应有的光芒,显得力不从心,因此也就无力把握其作品的社会意义。李健吾对鲁迅有不少间接的评价,而且评价甚高,但这些评价依然局限在风格学的层面。他说:"鲁迅的小说,有时候凄凉如茌绝境,却比同代中国作家更其提供力的感觉……鲁迅的艺术是古典的,因为他的现实是提炼的,精粹的,以少胜多,把力用到最经济最宏大的程度。"[①] 这样的艺术分析不可谓不精彩,但问题是,对于鲁迅这样在现代中国有着巨大思想意义的作家,仅仅从风格的角度来认识无疑大大削弱了其应有的价值,因此其深度就不如瞿秋白、茅盾等人对鲁迅的评价。李健吾的艺术感悟力和判断力是毋庸置疑的,但即便如此,他也遗漏了同时代不少很有天分和艺术个性的作家,比较重要的就有郁达夫、丁玲、萧红、老舍、张天翼、徐志摩、戴望舒、吴组缃、张爱玲等。虽然一个评论家不可能穷尽所有作家作品,但无论怎样,这对李健吾的批评世界而言都是不小的遗憾,对中国现代文学批评也是一种损失。

李健吾的文学批评在中国现代文坛是一种独异的存在。他在维护文学批评的尊严、独立,在沟通西方文学批评与中国传统批评的交汇、融通,在对作家艺术世界细致入微的评论等方面的贡献是有目共睹的,甚至可以说,他是中国现代最具文学性的批评家。同样,由于各种因素的限制,他的文学批评不尽完美,对于这些不足人们同样不应回避,就像有学者所言:"李健吾的批评,尽管庭院深深,繁花似锦,小桥流水,情致生动,但毕竟气象不够宏伟,无以与文学批评史上的

---

① 李健吾:《叶紫的小说》,《咀华集·咀华二集》,第127页。

批评大家相提并论。这结果，李健吾的批评构成了批评史的永恒绝唱，却未构成批评史上的震荡千古的黄钟大吕。"[1] 而随着新中国成立后日渐紧张的政治和社会环境，李健吾的文学批评很长一段时间被遗忘，甚至连批评家自己也进行了自我的否定，为它涂抹上了一层悲剧的色彩。对于今天而言，对李健吾的文学批评做出充分、科学的评价，有助于总结出中国现代文艺理论的宝贵经验，而这也是文学研究者应有的历史责任。

---

[1] 刘锋杰：《中国现代六大批评家》，北京：北京大学出版社，2005年，第255页。

新中国成立后李健吾的文学批评[1]

麻治金

内容摘要：在艺术表现层面上，"典型论"中所强调的人物与环境关系对艺术真实性的把握，使李健吾与马克思主义文艺观之间存在某种共通性，成为新中国成立后李健吾得以继续从事文学批评特殊的内在原因，也是其沟通文艺与现实政治关系的方法，从而确保了文学批评维持了某种程度的艺术性内容。但政治对文学规律的不断规约，又使得李健吾必须不断协调批评的文艺性内容与政治立场之间的关系，小心翼翼地确保文学批评维持在规范之内。而调整的过程又难免暴露出文学规律与政治规约不可调和的矛盾。这是讨论新中国成立后文艺与政治关系的一个特殊的视角。

关键词：李健吾　典型论　文学规律　文学批评

1945 年后的李健吾强调文学活动的"国民责任"，"艺术的欣赏还在其次焉者也"。[2] 1947 年在上海的一次座谈会上的发言《文艺上的新倾向：通俗、尝试、暴露、讽刺》里，李健吾认为这些"文艺上的新倾向"，"都是时代所赋予进步文艺的"，作家要敢于尝试"使用人民自己的工具"，去暴露和讽刺时代的黑暗，"这四种倾向综合起来，就表现了在希望中找寻一点光明，在绝望中求得一条生路的努力"。[3] 1948 年李健吾翻译出版《契诃夫独幕剧集》，主要理由就是契诃夫

---

[1] 原载《中国现代文学研究丛刊》2020 年第 1 期。
[2] 李健吾：《"夜店"上演了！》，《周报（上海 1945）》1945 年第 11 期。
[3] 李健吾：《文艺上的新倾向：通俗、尝试、暴露、讽刺》，《文汇报·星期谈座副刊》1947 年 2 月 23 日。

"接近民众"。① 这些观念与写作《咀华集》时候的观念有明显的不同。但李健吾的这种文艺倾向不是由政治而文艺,而是由文艺而政治的。因此在李健吾的文艺与政治的关系中,文艺仍然是自由的。但政治活动对文艺的规训也使李健吾产生了巨大的压力。如1946年与田汉关于"戏剧的大众化"问题中旧剧改革的分歧,1947年围绕《女人与和平》与楼适夷等人的争论,无不预示了新中国成立后李健吾的文艺处境。因此,如何处理文艺与政治的关系,具体为文学规律与政党意志的关系,是进入共和国时代后许多文人必须面对的问题,李健吾也概莫能外。

一

毛泽东的《在延安文艺座谈会上的讲话》(以下简称《讲话》)成为新中国成立后文艺活动的政治原则,而在具体的创作方法和理论问题上,马克思主义文艺观中的"典型论"——"典型环境"与"典型人物"的关系——成为普遍的艺术要求,并且带有强烈的政治属性。因此,处理自己的文艺观念与现实政治的关系,就是处理与《讲话》的政治原则要求以及马克思主义文艺观的关系。而李健吾的文艺观与马克思主义的文艺观之间存在着的某种共通性,成为新中国成立后李健吾仍然得以保持文学批评特殊的内在原因。

在《福楼拜评传》中,李健吾谈到《包法利夫人》艺术表现上的成功就在于,福楼拜能够将人物的性格与环境有机地结合起来,能够做到"人物与景物的进行一致","将人物和景物糅合在一起。环境和性格是相对的:没有环境的映衬,性格不会显亮,没有性格的活动,环境只是赘疣"。② 在批评《雷雨》时,李健吾就指出:"命运是一个形而上的努力?不是!一千个不是!这藏在人物错综的社会关系和人物错综的心理作用里。"到了批评萧军《八月的乡村》时,就指出萧军没能做到将人物的情感心理和性格与作者所擅长的景物描写相互之间形成交相影响的艺术效果。李健吾认为,这是一种现实主义的创作方法,"《包法利夫

---

① 契诃夫:《契诃夫独幕剧集》,李健吾译,上海:文化生活出版社,1949年,"序",第4页。
② 李健吾:《福楼拜评传》,桂林:广西师范大学出版社,2007年,第82—83页。

人》是一个优越的例证。法捷耶夫的艺术达到现实主义的顶峰"。① 夏衍的戏剧《一年间》的成功在于能够"忠实于性格,忠实于环境","属于生活"。李健吾认为,艺术家"要尽可能搜集一切材料,然后比较排列,心灵化入,在真伪之中有所择别。从搜集材料到想象的创造,还有一条长路。搜索,体味,正和再度投生仿佛。他不仅构成性格,还须交织出来熔铸这个性格的社会以及一切成分"。② 其艺术创作也努力践行这种方法。他在1958年对关汉卿戏剧的批评就运用"典型环境"和"典型性格"的观念作为批评的话语来指出关汉卿戏剧的意义。"最好的剧作家都要等他们孕育的人物在心头活了过来,才肯动笔,也才能尊重人物的典型存在,强迫自己退到客观地位,为配合最能突出他们的存在的典型环境(有时候,人物取得生命,也就同时取得成长的环境,所以创作公式在这里是得不到的)"。③ 可见在具体的艺术表现上,李健吾或许并不认为自己的文艺观与马克思主义文艺观间存在根本的冲突。

李健吾曾积极地学习和接受马克思主义文艺观。1950年,李健吾同巴金、王辛笛等人创办平明出版社,据周忱回忆,李健吾为了出版社的生存和自己的"进步",着手翻译《马克思恩格斯论文学与艺术》,后因种种原因,连同已完成的翻译交给王道乾译完。④ 可见李健吾对马克思主义文艺观是有深入了解的,此后并熟练运用到具体的文学批评当中去,在政治规范的范围内充分发挥辩证法的方法,将塑造人物性格的艺术与唯物史观统一起来。

但从文艺表现来看,李健吾并不反对,甚至在某种程度上接受并自觉应用辩证法的方法和历史唯物主义的观念。因为在李健吾看来,马克思主义文艺观仍然是关于文艺的理论话语。同时,李健吾对马克思主义文艺观的接受过程,是从"人性"落实到社会阶级观念的过程,而人的阶级观念也并不必然否定人性。正如鲁迅与梁实秋的争论,并不是否定"人性"的存在,而是强调人性的现实性因素。人性观念与阶级属性并不冲突,反而更具有历史现实性。或许可以这样说,新中国成立后李健吾的文学批评是在阶级观念中讨论人物性格塑造的真实性,但

---

① 李健吾:《咀华集 咀华二集》,北京:人民文学出版社,2007年,第144页。
② 同上书,第187页。
③ 李健吾:《关汉卿创造的理想性格》,《戏剧论丛》1958年第1期。
④ 周忱:《"他有跳蚤起跳的那种严肃"——道乾先生生涯追思》,《东方杂志》1994年第2期。

并不完全依附于阶级理论，而仍然保持着"人性"尺度。因此，在这个意义上，新中国成立后李健吾的文学批评仍然是关于艺术的批评。

二

但是在新中国成立后的政治环境中，艺术话语往往要上升到政治立场来认识。1949年底围绕欧阳山的《高干大》展开的座谈会上，李健吾试图就"艺术而艺术"讨论小说中的人物形象，便遭遇到进退失据的尴尬。该座谈会的讨论过程全文刊登在1950年《小说》（香港）上。参会的除了李健吾，还有周而复、叶以群、魏金枝、冯雪峰、柯灵、许杰、靳以等人。[①] 从他们讨论的内容不难看出，李健吾更关心的是小说人物塑造的艺术性问题，与冯雪峰、周而复、魏金枝、靳以等人更强调小说人物所承担的政治意识形态意义形成鲜明的对比。下文归纳概述座谈会中部分内容，以展示其中的矛盾冲突。

李健吾认为该小说不是以写合作社，而是以写人为中心的，写高干大如何克服困难拼死作战的，只是有些情节设置没有必要，有些人物塑造没有照顾到环境的因素。在对待蛾子婚姻的态度上，高干大这个人物有点不近人情，"不知道作者要写他的为公忘私，还是要写出农民单纯的本性"，而且"恶斗太戏剧化了。从小说欣赏上说似乎过火，不写这一段也可以站得住脚了"。这正说明作者对农民了解深刻，因此写得很细致，"写高干大并不是了不起的人，还有缺点，他是活的，使人觉得很亲切"；"《高干大》里的风景写得不孤立，如旧小说里的描写一般，不突出，感到亲切"。

李健吾的观点大多遭到了魏金枝和靳以的反对，使得李健吾不得不将艺术讨论转向政治表态：认为高干大这个形象充分体现了农民反对官僚主义的要求，"信仰他所从属的党，是一个为人民谋福利的党。一个高干大，就是所有农民要求的化身，也是一切人民要求的化身"。冯雪峰认为，该小说的中心思想就是反官僚主义。但李健吾认为，其反官僚主义是自发的，并且最终是个悲剧，却是个

---

① 见《〈高干大〉座谈会》，《小说》（香港）1950年第3卷第4期。韩石山在《李健吾传》中基本上照录了会议的谈话内容，可参考。

好悲剧，冯雪峰则强调高干大的共产党员身份，是有领导的，《高干大》反官僚主义，但不反领导；他所完成的是一个历史任务，是一个喜剧。

李健吾与冯雪峰的冲突集中体现在他们关于该小说的悲喜剧性质的争论上：

李健吾：我为什么说这是悲剧，因为任务完成了，个人却可能死了，像 Hamlet。

冯雪峰：你这意见我不同意，Hamlet 完成什么任务呢？我说的任务是历史任务。

李健吾：你说的是哲学上的意义，我说的悲剧是从戏剧意义上来讲的。

明显可以看出，李健吾所重视的是人物艺术塑造得成功与否，而冯雪峰等人在乎的是政治意识形态要求下对人物应当所是的解读。在对话过程中，李健吾是尽量迎合冯雪峰等人的说法的，同时又努力为自己的说法进行辩解，阐明自己的艺术观点。他想把讨论的内容限定在艺术的范围内，但这并不是冯雪峰等人所关心的，也不是座谈会的目的。在政治规训的压迫下，文艺作品的悲喜剧性质问题是不能够"从戏剧意义上来讲的"，而只能从所谓的"历史任务"予以定性。最后周而复的总结强调了《讲话》中对知识分子的小资产阶级定性以及接受改造的现实要求。在这篇座谈会的记录稿后，刊登了冯雪峰的《欧阳山的〈高干大〉》，为小说做了政治定性。而在这场座谈会上，曾经作为沦陷区的"剧坛盟主"的李健吾显然是作为被批判的对象来处理的，即小资产阶级的知识分子。而李健吾与冯雪峰等人的冲突，与1946年和田汉就"剧艺大众化"中旧剧改革问题的商讨并没有质的区别。李健吾从"平剧的致命伤乃在音乐失却了创造力"，"中国的乐器的简单先就限制了音乐的繁复的适应"的艺术形式问题来探讨旧剧的改革问题，而田汉给李健吾的回信强调旧剧的改革不是艺术形式的问题，而是所谓的"新的思想内容"，实质上是《讲话》精神确定下的政治意识形态内容，"改革旧剧的内容使适合现代需要是我们的政治任务，由此而创造戏剧的民族形式是我们的文化任务。这一改革真是'兹事体大'，绝不是文人们一厢情愿的片面的尝试可以完成的。当然有待于文人与音乐家及其他艺术工作者集体的努力"。当时远离政治中心的李健吾仍然可以将与田汉的商讨视为不同文艺思想的交锋，但新中国成立后的现实却绝不容许李健吾"自由散漫"地讨论艺术问题。

在同期《小说》上还刊登了吕荧的《论现实主义》，将《包法利夫人》定性为自然主义的表现方法，虽然写出了福楼拜对资产阶级金钱社会的不满和攻击，然而这种不满却是平庸的，这种认识是肤浅，批判是微弱的，"这简直是'波华利夫人式的'不满和攻击"，充满着小市民的庸俗的梦想；福楼拜根本就"没有接触到人的本质，社会的本质，反而遁入爱的世界和情感的虚空中去了"。相比较而言，巴尔扎克的《尤金妮·葛郎代》（《欧也妮·葛朗台》）则能让人看到阶级社会里统治法国社会的真正力量，感受到真正的现实人生的"典型的"悲剧。[①] 而李健吾则以为福楼拜正是继承并发展了巴尔扎克，《包法利夫人》对人性的深刻表现和悲悯的情怀，并有意将其作为现代文学应当学习和发展的方向。

我们不能简单地说李健吾缺乏政治意识，他缺乏的是政党意识。经过抗战的李健吾越发注重艺术对现实民主政治发挥积极的作用，对新中国艺术事业充满了期待。但李健吾的政治意识基于个人情怀的国家意识，是最单纯朴素的情感，不是政党意识。按照革命的逻辑，李健吾不是共产党员，在革命的事业中，只能算革命的同路人，民主人士。李健吾对共产党的认识，对革命的理解绝不会是出于党性的原则。这样的同路人，在新中国成立后的政治思想定性中，是最先也最需要进行思想改造的一群人。1950年春上海文化界的思想整风中，剧专的李健吾自然成为整风对象。他因此写下《我学习自我批评》，不得不深挖自己错误的思想根源，认同政党立场下对自己的政治定性。1950年的《光明日报》全文刊出了李健吾的自我批判。其中"我热情地赞美革命，可是我对政治并不了然，假如我对国民党冷漠，不是因为政治上认识清楚，而是站在个人恩怨的立场"，"个人主义，自由主义，小资产阶级意识，再加上唯文学观和不健康的身体，活活把我养成了一个不尴不尬的知识分子"，[②] 李健吾不得不表示对政治压力的屈服，《我有了祖国》是李健吾在政治压力下另一种形式的表态。[③] 1951年的散文集《山东好》歌颂社会主义建设的优越性，1952年的《美帝暴行图》则配合政治的需要，等等，都是使自己能够跟上时代的步伐，保留在新社会能够继续言说和工作的资格。

李健吾十分清楚，为了保持言说和工作的资格，他必须抛弃"唯文学观"，

---

① 吕荧：《论现实主义》，《小说》（香港）1950年第3卷第4期。
② 李健吾：《我学习自我批评》，《光明日报》1950年5月31日。
③ 李健吾：《我有了祖国》，《解放日报》1950年10月18日。

改造自己的思想特别是文艺思想。可到底如何改造思想，改变多年以来形成的文艺观念？除了向党表忠心和自我批判外，党的艺术要求如何落实为实际的文学活动，这对历来强调艺术个性的李健吾来说无疑是巨大的难题。1950年，在处理个人文艺观念与现实政治话语要求的关系方面，李健吾显然是不成功的。他强调政治意识下对作品的社会意义进行判定，但又无法将艺术问题纳入政治话语体系中来，并且个人的文艺思想总有跳脱出政治规范的趋势。例如1950年出版了李健吾翻译的托尔斯泰戏剧《文明的果实》，在后记中，李健吾首先强调了该剧的社会意义，即身为大地主阶级的托尔斯泰第一次将农民形象放到戏台上，"这位有良心的大地主，到了晚年，明白自己属于剥削阶级，带着一种赎罪进香的虔诚，尽可能在生活上、艺术上、道德上，任何一方面，为他熟悉的农民争取出头露面的机会"，但随即又指出托尔斯泰并不袒护宠爱的农民，也第一次通过比契诃夫更为深入地刻画没落的贵族和消闲帮闲的知识分子来予以猛烈的批判。在新中国成立后的政治意识形态里，农民是高尚美好的，知识分子是卑微堕落的。这样认识该剧的意义，显然是符合时代要求的。但以上仅仅是个帽子，接下来他所关心的，仍然是熟悉的性格的艺术，并这样总结道："性格是真实的，意义是深长的，表现是正确的……然而由于艺术的卓绝的力量，这出伟大的喜剧把自己从时代的废墟之中挽救了出来。"[1] 言下之意，《文明的果实》的成功主要不在于社会意义或政治立场，而在于在艺术上成功地塑造了人物的性格。这显然与《高干大》座谈会上的观点是一样的。

三

新政权要求李健吾必须认识到，政治或者政党的立场不仅必须是艺术应当表现的思想内容，同时必须是艺术主导者，是判定艺术价值和是非的标准和权威，任何艺术问题首先必须是政治问题。对李健吾来说，认同新政权，渴望被新政权接受，就意味着必须让自己的思维方式符合新政权的政治逻辑，但同时又必须维护政治逻辑规范下自己作为艺术家应有的良心、公正的艺术态度。这也成为新中

---

[1] 李健吾：《文明的果实·后记》，上海：新文艺出版社，1950年。

国成立后从事文学批评和艺术研究的知识分子需要小心翼翼探索的问题。就李健吾的文学批评看,其方法便是在具体的文艺批评中充分运用马克思主义唯物史观和辩证法思想。

以李健吾对司汤达和巴尔扎克的批评为例。1959年《文学评论》上发表了李健吾的《司汤达的政治观点和〈红与黑〉》,他引用法国当代共产党员作家阿拉贡的观点,认为"《红与黑》是一部政治小说",小说的题名《红与黑》即是采取象征的含义来阐明当时尖锐的阶级斗争关系。司汤达的"小说几乎全有关心当代政治和社会变革的倾向",表达的是他对当时的法国统治阶级的敌视态度。但司汤达的政治观点是保守的,他同情资产阶级,后来又崇拜拿破仑,在他阐述对"共和派"和"自由"的理解时,认识不到人民反抗贵族统治的坚定力量,"对人民缺乏信心"。因此,他的作品缺乏鲜明的阶级立场,他所塑造的于连只是一个具有"真正英雄的气质"的反抗精神的个人主义者,反映出当时的"社会关系主要只是个人和统治阶级的矛盾关系","是作者的精神产物,更是时代产物"。① 李健吾肯定了司汤达创作《红与黑》是"时代精神"的产物,在某种意义上维护《红与黑》的艺术价值,也就维护了自己的文学观念,即创作者的人生经验、社会处境和性情特点是作品诞生的内在因素。文中指出批评对象的政治立场问题,却绝不上升到政治批判的高度。总体来看,李健吾对司汤达的批评保持着应有的历史的公正态度,体现了一个批评家的良心。同年发表于《文学知识》上的《〈红与黑〉里的于连及其他》对于连的艺术形象予以充分肯定,根本上在于性格的真实,即"小资产阶级个人主义的向上爬,和作为被压迫者对压迫者充满仇恨"这两个方面造成的矛盾,但需要强调的是"也就是后者使于连保住自己的人格,始终不肯屈服在统治者的脚下。这是他悲剧的根本原因,也是我们今天肯定他的地方"。② 李健吾努力将性格艺术与阶级意识有机统一起来,其目的仍然是关心性格艺术,而非政治观念。

关于巴尔扎克,李健吾1961年发表的《巴尔扎克是一个怎样的正统派》则分析巴尔扎克与所谓"正统派"关系的复杂性,并认为这种复杂性也使得"他在

---

① 李健吾:《司汤达的政治观点和〈红与黑〉》,《文学评论》1959年第3期。
② 李健吾:《〈红与黑〉里的于连及其他》,《文学知识》1959年第4期。

政治上始终是一个边缘人物的地位对他的现实主义精神和创作方法反而有利",他的创作是"完成一种良心的责任",他是"真诚的历史学家"。也就是说,在政治立场上,巴尔扎克并不符合政治正确的要求,但这并不应当成为我们否定其文学成就的理由。李健吾在文末总结了文章的目的:

  恩格斯分析巴尔扎克,是辩证唯物主义和历史唯物主义方法结合着用的。所以截取片言只语,作为论断巴尔扎克的依据,就一定会导致对《人间喜剧》的作者发生误解和对恩格斯的正确分析发生片面解释的严重后果。巴尔扎克的政治简介的具体内容,我们这里很可能还没有怎么说清楚,所以即使作为注脚,也需要考虑后再用或者不用。①

  但1963年围绕"巴尔扎克在他的《农民》里是否像他所说的那样公正"的"学术通信"里,② 李健吾的批评却暴露出来难以掩饰的矛盾。李健吾肯定读者刘志新认为巴尔扎克对农民不公正的判断,但通篇大部分内容却是在谈论巴尔扎克对农民形象的真实表现,"巴尔扎克对农民的现实关系的深刻理解,正如马克思所指出的,主要是写出了小农不计利害的贪财","独具只眼,看出了农民在大革命后所处的境遇和关系",也揭示了阶级社会存在的事实。而我们也似乎可以发现,李健吾是在政治逻辑的话语体系里维持艺术逻辑,然后由艺术逻辑向政治逻辑引导。如巴尔扎克虽然真实地理解和把握住了农民的现实关系,但"不等于说,《农民》就没有问题值得推敲了",也就自然而然地转向政治立场的问题。而又说巴尔扎克的政治立场问题也导致他艺术创作上的缺陷。这似乎成了这时期李健吾在文学批评中调和文学规律与政党意志冲突关系的基本方法。当然这种调和是有限度的,有时候难以自圆其说。例如,李健吾一方面认为巴尔扎克深刻理解农民的现实关系,真实地表现了大革命后农民的境遇;另一方面又认为因为其政治立场的问题,试图用人道主义调和阶级矛盾,使得这些农民"很难说成真正的农民"。总结起来就是,巴尔扎克真实表现了的农民却不是"真正的农民"。可见艺术上的真实和政治上的"真实",这两个不同的逻辑,李健吾终究是无法调和的。

---

① 李健吾:《巴尔扎克是一个什么样的正统派——读书笔记》,《文学评论》1961年第4期。
② 李健吾:《巴尔扎克在他的〈农民〉里,是像他所说的那样公正吗?》,《文学评论》1963年第4期。

如果将沈从文在新中国成立后完全失去文学话语能力的情况与李健吾相比较，我们不难发现，李健吾文艺观中对"人性"的认识与马克思主义文艺观的"典型论"之间存在的某种共通性，是新中国成立后李健吾仍然能够进行文学批评的内在原因。可以说，李健吾仍然是忠实于艺术的。而在艺术的范围内表现政治与在政治的范围内规范艺术，是批评家需要不断调整的关系，必须小心翼翼地确保文学批评维持在政党意志的规范之内。而调整的过程又难免暴露出文学规律与政治规约不可调和的矛盾。这构成新中国成立后文学批评中的一种现象。